綠度母

阿螃 著

博客思出版社

第一章　萬壑松濤　2014～2015　12

第二章 鐘眠花舟 1998~1999 112

第三章　風中之城　1991～1992　290

第六章 離婚蜜月 2015 573

第一章　萬壑松濤　2014～2015

一、立春

小米粥和春餅的餘味尚未在唇齒間消散，我已經信步於一排排整齊肅穆的花崗石墓碑間了。

長風陵園職工食堂的伙食味道不提也罷，大小年節裡的食譜安排還是值得稱道的。春餅、餃子、元宵、粽子、月餅、臘八粥、年糕……應景的吃喝從來不落。多數時候，它們是和那些用來祭祀的供品一鍋出的，最大限度地保障了對外供應的充足。剩下的——不妨說是留下來的，作為午餐福利來內部消化掉，厲行節約。這是職工食堂順應時代潮流，配合禮儀部日益細化的業務拓展，將環保理念、職工關懷和陵園經營有機結合起來的積極探索，實打實的一舉三得。

正是那些和日曆緊密關聯的食物，讓我這樣一個深居簡出的煢煢孑立之人，依然可以把每一個歲時節令都過得滋味滿滿，像那麼回事。由此，我也便記住了那一段早已離我遠去的俗世煙火，它們平淡，卻不平凡。油鍋撩起的烈焰忽明忽暗，在那三百多個黃昏的顫抖空氣中，輝映著心事重重的灶前人，也一次又一次照亮了我蒙塵的舊憶。

除了那一舉三得，內部消化這些食物還有另一個意義——從側面彰顯了我們的禮祀服務並非流於形式。這些祭品的內在品質有著來自於職工的擔保，簡單直白，世人共睹，日月可鑒。我們服務的根本對象，不只是歸天仙遊的逝者，更是慎終追遠的生者，後者比前者更需要撫慰。

說到服務，長風陵園真正實現了一條龍。從遺體接運到冷藏防腐，從化妝入殮到舉行告別儀式，從遺體火化到骨灰寄存安葬，從墓園管理到代客祭掃，從每年的常規公祭到網上祭奠館的全時對外開放，各個環節無縫銜接，服務覆蓋邊角線面。這一切，得益於殯儀館和墓區一體化的殯葬服務體系。

近些年國家一直在搞殯葬改革，頒布了一系列基於縮減墓穴硬化面積，提高生態安葬率的獎補政策。越來越多的人更新了觀念，擯棄傳統墓穴，採用樹葬、花葬和草坪葬等回歸自然的安葬形式，不築墳頭，不立墓碑，只在一小塊公共區域表以逝者名姓與生卒日，共享有限的土地資源，既環保又經濟。除了這些，還有一種更為形而上的骨灰處置形式——海撒，可謂了化於無形，天地人合一。這些日漸興起的生態葬已經成為趨勢，對長風陵園正在進行的墓區擴建規劃產生了深遠影響。

好在安葬形式再變革，也暫時不會影響到我這個殯葬用品銷售員的職業生涯。更多人還是對安置陰陽氣骨的陰宅素有寄託，我收入的重要來源——骨灰箱盅，也就不會輕易退出商品市場乃至人類死亡文明的歷史舞臺。而且，我們的祭祀文化淵源深厚，「禮有五經，莫重於祭」，看得見的祭掃形式比失了形的肉身皮囊更具有存在與延續的意義，這也是我們根本上其實是在為生者服務的原因所在。

未來相當長的一段時間裡我不會失業，這讓我感到安心。除了可以繼續留在長風陵園這上千畝園林裡，享受得天獨厚的天高地闊與雲淡風清外，我還將繼續接受來自職工食堂「生死同仁」的人文關懷——不管這份關懷的緣起隱含著多少世俗所以為的不堪。

有時候，我們需要的就是某種形式。一張薄餅，一道合菜，一碗清粥，雖然簡單，卻足以擔當起一個承襲了千百年的關於冬去春來的鄭重儀式。在我看來，它們與告別廳裡的白菊、黑紗、挽聯和哀樂沒什麼本質區別。

只是，立春的北京依舊寒冷。

腳下這條青磚甬道位於整個長風陵園的最東緣，沿途雜草叢生，枯葉滿地，因人跡罕至而倍顯蕭瑟。這是從職工食堂到北山墓區的幾條路徑中最不起眼的一條，並且也不算便捷，就算哪位同事飯後想要到那一大片松柏林間散步消食的話，通常也不會選擇這條路。社會人士更是極少出現在這裡，長風陵園比他們在常規情境之所見要大得多。所謂常規情境，無非是指從陵園南大門進入，周旋於業務室、松濤館、告別廳、火化間、骨灰堂和燒紙區之間，以及到北山墓區安葬和掃墓祭奠的這一切活動的行之所至。故而，這條青磚甬道永遠是安靜的，除了我每天午飯後以職工食堂為起點走上一個單程外，鮮有旁人攪擾。

這成了一條專屬於我的路。

甬道盡頭有一座十幾米高的小土丘，是二○○○年陵園擴容墓穴時挖掘出來的土石堆積而成的，它已經存在了十四年。那年初夏我剛來這裡上班，見證了長風陵園有史以來規模最大的一次擴建。眼見著一個「墳頭」平地而起，一尺尺升高的同時也被一遍遍地夯實，最終形成的體量，便是那些看不見的地下墓穴空間的總和。

小土丘位處陵園偏隅，並未有礙觀瞻。在得知它將來不會再被移除的確切消息之後，我在上面栽種了一株白玉蘭。

起初我有些擔心，怕它長大後卓然而立，過於突兀，但這份顧慮很快就被打消了。陵園倚山而建，到處都是參天大樹，從遠處看，小土丘與整片山林有機地融為了一體。另外，和那株白玉蘭共同生長起來的，還有野生的灌木和雜草，它們很快就填補了那塊高地上的大片空白，弱化了白玉蘭的存在。只是玉蘭花期較早，每年開春，在爛漫山花尚未綻放之時，那一樹高調的素白以及彌散在乾冷空氣中的段段幽香，還是顯得有些不凡。

這座小土丘為我的陵園生活增添了一項姑且可以被稱為運動的內容。旺盛的雜草被我日復一日踏出了一條深深的「之」字形小路，像斷流後乾涸的蜿蜒河道。溯源而上，行至丘頂，曾經纖細柔弱的樹苗早已壯實得難以撼動了。這不像是源頭，更像是世界盡頭，被終極的清淨永久隔絕著。

玉蘭塚，我這麼稱呼它。沒人關心這株和野生雜草灌木共生的白玉蘭，也沒人洞見它是整個長風陵園裡海拔最高的「墓碑」，更不會有人破譯塚下的秘密。

站在玉蘭塚上，三萬餘座墓碑悉收眼底。與這幅遼遠壯闊的全景畫面相襯的，是一派出奇的

靜謐，靜到可以聽見來自玉蘭樹下根須撩動土壤的窸窣聲，猶如觀看無聲老電影時自己發出的喘息。夜晚就大不一樣了，那些層次分明的風聲總是令人浮想聯翩，它們時大時小，時急時緩，帶著抑揚頓挫的韻律，好像有人在說話，從寒暄問候到傾訴宣洩，從嬉笑怒罵到自言自語。總有一些對這個娑婆世界情緣難解，不肯沉睡也不肯消散的魂靈，風是他們的語言，他們和這個世間的我們原本無異。

我瞭望著片片墓園，聆聽著清冷空氣裡若有似無的聲音，這是每一天中我最為清醒的時刻。

在這個行業待久了，早晚有一天要放下唯物主義的大旗。從十四年前剛入行時起，我就隱約感覺自己又生長出了一顆「心」。伴隨著環境裡的經受，這顆「心」越來越大，逐漸超越「本心」，最終撐滿了整個胸膛。我稱它為「敬畏心」。

我敬畏這裡的一切。敬畏之中，時光飛逝。時光飛逝，卻逃不出輪迴。

那些每年都在我的凝視中生發出來的新芽與花葉，在經歷了一輪又一輪的春生、夏榮與秋枯之後，終將在一個又一個不經意的日子裡，被幾陣夜風吹落，順應天命化作來年的春泥，接下來便是一場註定漫長的冬眠。直到次年，新鮮的嫩芽又會在某一個乍暖還寒的初春之刻被我凝視出來，開始了又一度的輪迴。

我抬頭仰望，此刻枝條空空，比天空還空。

新芽的孕育尚需時日，這個寒冬比往年都要漫長一些。可我虔誠地相信，深埋腳下的根系從今天起就悄然甦醒了，它們已經開始從尚未回暖的土壤中努力地汲取養分，源源不斷地向枝頭輸送開來。

我從棉服外兜掏出一瓶純淨水，對著陽光看了看。昨晚它被放在窗外凍了一夜，經過上午的自然解凍，現在裡面還有一小塊冰沒有化掉，正是我想要的理想狀態。

我淺淺啜了一口，針扎般的刺骨寒涼自上而下佈滿胸腹，浸透周身。這樣的冰點刺激，亦不失為每年立春這一天特有的儀式。

一瓶冰水被我傾灑在了玉蘭樹下，是滌盪，

也是潤澤。

阿茹娜，你一定比我更能強烈地感受到來自地面之下的不朽生息。那些根須溫柔地纏繞著你，這方香泥充分地包裹著你，你已經和它們，和這株白玉蘭融為一體了。

以前你比我大七歲，如今我比你大七歲，我會逐漸老去，而你永遠年輕。所以，你應該比我更有理由相信，或遲或早，春天終歸要來。

二、冷境

午後，一束陽光透過松濤館的天窗，斜射到玻璃櫃檯裡的漢白玉骨灰盒上，泛著慘白的明媚。我挪動身下的圓凳，讓自己也進入到光束中，身上漸漸有了些暖意。

我開始做起紙活。一疊疊金色錫箔紙折製的半成品，被我拉伸整理成了「金元寶」，一百個一組分裝在透明的玻璃紙袋裡，蓬蓬鬆鬆，滿滿當當。前來祭掃的顧客會將它們連同那些「天堂銀行」發行的巨額「鈔票」一同請走，投入焰火，化作另一個世界的財富。

我做了太多的紙元寶，櫃檯裡已經沒有多餘的空間來存放了。好在松濤館不缺地方，想用它們來把隔壁的小倉庫塞滿可不容易。

就算不做這些紙活，也得找點兒其他事情打發時間。

我經常擺弄的還有那些棉麻絲綢。平時，它們被整齊地疊放在櫃檯旁的低櫃上，一共兩摞。一摞是壽衣衾枕，多是些龍鳳、團壽和花卉類的傳統圖案，另一摞則是特殊圖案的銘旌蓋單。不論是電腦刺繡的「安息主懷」和十字架，還是提花織錦的往生極樂陀羅尼經，或是燙金彩印的護航逍遙暗八仙，以及偶爾會用到的各種旗幟……不同的信仰被收納在一起，在這裡和諧共生著。每天我都要把這些織物重新疊理一次，手指在層層柔軟中得到舒活的同時，也防止了布料積灰，保全了它們入爐碳化前的最後一抹亮色。

在這裡要學會「沒事找事」，這樣手指才不

至於凍僵。

松濤館的暖氣片幾乎是個擺設，十四年前我剛來這裡時便是如此，它所散發出來的那點兒微弱到可以忽略不計的熱量，禁不起幾次開門就被抵消掉了。和我在松濤館裡搭檔的同事走馬燈似的來一個走一個，大都是寒冬時節離去的。倒不是因為我和他們交情深厚才對細節記得清楚，而是因為印象中每個人鬧辭職的那段日子，冰冷的空氣裡總是迴盪著他們對暖氣沒完沒了的抱怨聲。

「姐，老徐來過沒？」身後傳來晴晴的聲音。

「沒有，你怎麼還沒走？」我沒抬頭，也沒停下手裡的活兒。

「兩點領導過來開會。」

「哦。」

「在樓上多媒體室。」

「嗯。」

說話間她已繞到了櫃檯前，「這裡已經是冰窖了，你就別再這麼冷了。」

我瞟了一眼這個有些神經質的「九五後」實習生，「領導開會，跟咱們有關係？」

「當然！關係到松濤館每一位同事的生死存亡！」她一臉正氣。

我沒理她，紙元寶繼續在手中綻放著。

「這個會老徐特重視！」她隔著櫃檯湊向我耳邊，「他花錢請人製作了PPT，關於北山東麓那片墓區擴建規劃的。」

「然後呢？」

「九成九他要提前過來做準備，我就有機會光復松濤館了！」

「九成九，你還挺保守。」

「水滿則溢，月滿則虧，做人要謙虛嘛。」說罷她自己先笑場了，自我解嘲地朝稀疏的瀏海吹了口氣，露出光潔的額頭。

「有進步。」我隨便應和著。

晴晴把包丟到壽衣上，從懷裡掏出一個機器貓造型的液晶顯示溫度計，端端正正地擺在櫃檯中間。這個小玩意兒她昨天也帶來了，時不時拿起來掃一眼，頻率比刷朋友圈和微博還高。

　　去年入冬以來，她到主任辦公室反映過好幾次松濤館暖氣不熱的問題，都被老徐以各種緩兵之計敷衍過去了。最後這一次老徐乾脆改了口風，說松濤館哪兒有那麼冷，分明是她太嬌氣。他還拿我當標兵，說我在松濤館幹了十多年，從沒聽我抱怨過一句。這丫頭便在盛怒之下網購了一個溫度計，看這架勢是要用事實來雄辯，不討到說法絕不甘休。

　　不一會兒，老徐果然夾著公文包推門而入。晴晴像發現獵物般，抄起溫度計衝了過去，高舉到他面前。

　　「哆啦A夢！」老徐脫口而出。

　　「哇塞主任！這您都知道，童心未泯啊！」晴晴笑瞇瞇地打趣道。

　　「我小孫女喜歡。」老徐幸福地咧嘴一樂。

　　「您再瞧瞧，這上面還有個液晶顯示屏呢！」

　　「哦，14.3——兩點半了嗎？」老徐懷疑地看了眼自己的手錶，「你這什麼電子錶啊，精度不夠，還快了一個多小時。」

　　晴晴眉頭一皺，小嘴一撅，「您沒瞅見後面還有個『圈C』嗎？這是溫度計！」

　　老徐又一看，這才被迫展現出了一副「原來如此」的表情。

　　「擱頭幾天，連十四度都上不去呢！」晴晴不再兜圈子，義憤填膺的氣勢頗有幾分抓賊時人贓俱獲的意味。

　　老徐乾咳兩聲，佈滿胡茬兒的腮幫子蠕動了幾下，嘴裡似有一口咳不出的黏痰。

　　「中午吃的什麼？」老徐話鋒忽轉。

　　「春餅啊。」晴晴一頭霧水。

　　「立春了，說暖就暖。」老徐草草安撫了一句，朝樓梯走去。

　　「我說徐主任！」晴晴緊追兩步，提高了聲調，「節能減排非要到這份兒上嗎？火化間也節煤嗎？那死人豈不都得金身不化嘍？」

　　已經走到樓梯拐角處的老徐停住了腳步，俯視著下面那個口無遮攔情智未開的年輕女孩，厲聲呵斥道：「那兩個字是你該說的嗎？來這兒多久了？還不知道行業禁語嗎？」

晴晴自知失言，不好意思地吐了下舌頭，「這不是沒外人嘛，再說今天下午我輪休。」

「那也不行，這是紀律！下次再被我逮到就扣你獎金！」老徐黑著臉說道，抬腳繼續上樓。

顯然他已經化被動為主動，見好就收。不過，剛上了幾級臺階他又停住腳步，探身朝還立在原地的晴晴說道：「年輕人啊，我再給你科普一個知識，我們這裡的火化爐燒的是柴油，不是煤，以後不懂不要亂說！」

晴晴像根木頭似的戳在那裡，盯著餘音未消的空蕩蕩的樓梯，氣得說不出話來。

「冷不了幾天了，忍忍吧。」我趕緊寬慰道，再不發聲的話，我都懷疑她會僵到石化，到時候我可挪不動。

「你怎麼也跟他一個調調？」晴晴將氣兒朝我撒來，跺著腳來到櫃檯前，溫度計隨手一丟，「今年冬天是捱過去了，那明年呢？後年呢？整個長風陵園就數咱們松濤館最冷！我可沒你那麼強的承受力，忍了一年又一年，居然忍了十四年！」說到這裡她突然一頓，語氣轉而委婉起來，「不過呢，你的毅力還是蠻值得學習的。」

「有什麼好學的。」我不屑道。

「我也要持之以恆，天天去跟老徐念叨，三百六十五天都念叨，閏年念叨三百六十六天。念念不忘，必有迴響！有一口氣，點一盞燈！加油！必勝！奧利給！」

晴晴振臂高呼，下意識地瞥了一眼溫度計，立時驚呆，「我勒個去！又降了0.1，兩點二十了！」說罷氣呼呼地自掌了下嘴，「他嬸兒的，這老徐有毒啊！」

看著她那一本正經犯魔怔的勁兒，我忍不住想笑，但還是控制住了牽動嘴角的那根神經，現在的年輕人大概都是這樣吧。

松濤館溫度低有兩個原因，一是空間大、挑空高，二是這裡處於供暖系統末端，都屬於先天缺陷，沒辦法解決。裝空調的話，電費將是一筆不小的開支，以摳門著稱的老徐是絕不會為我們送這份「溫暖」的。

對於在這裡工作的人來說，唯一的解決辦法就是忍。既然改變不了，那就安靜地妥協吧。寒冷不僅屬於我和晴晴，也屬於每一位來過松濤館的顧客。

十四年來我接待過的顧客中，有成交的超過八萬人，提供過諮詢的超過三十萬人，如走馬燈般從眼前飄過的，超過百萬人。閱人無數後，我早已習慣了以平常心去面對那一張張與我無關的傷逝面孔。我始終覺得，與其讓未亡人臉上的淚水受熱蒸發，留下一片乾澀的鹽鹼，還不如將其冰凍，封存起來，連同所有的情感與回憶，以及承載它們的這座城。

寒冷，是每一個冬季裡，松濤館對我和蒞臨這裡的所有顧客的無情饋贈。

晴晴不會明白這些，她還太年輕。十四年前的那個我又何嘗不是如此，時間是人類永遠的導師。

「姐，我男朋友準備跟他哥們兒合夥弄個廣告公司，要不咱們一起幹吧？」

不小心飄遠的思緒被拉了回來，我撐開一個大號玻璃紙袋，把剛做好的一堆紙元寶往裡裝。

「廣告我不懂。」我說。

「這有什麼不懂的！就是賣廣告，各種形式的廣告，和賣骨灰盒一樣。」

「既然一樣，何必改變。」

「換個環境啊，你該不會是準備在這冰窖裡待一輩子吧？」

「不知道。」

「我看懸！」她信手擺弄著溫度計，語調忽而一沉，「你呀，能在這鬼地方一待就是十四年，再待上一輩子也沒啥稀奇的。」

我微微一怔，抬起頭來。

晴晴正望向落地窗外，目光幽遠，臉上的表情有些異樣。恍惚間，我的手莫名其妙地打了個滑，裝了大半袋的紙元寶撒落了一地。

那一片閃閃的金光恍若時間的長河，流淌到開闊平坦的地域後，驟然變緩。在這新建起的時間座標之下，所有事物都遲滯起來，包括眼前的一切，以及我的思維與行動。

我緩緩蹲下來，將地上的紙元寶一一拾起，重新裝進玻璃紙袋，動作怠惰得像電影裡的慢鏡頭。

「呀！發財了！發財了！」晴晴恢復了常態，興奮地衝進櫃檯裡。

我呆呆地望著這個彷佛從另一個次元穿越而來的年輕人，短短十幾分鐘的工夫，她的性情分裂了好幾次，到底哪一種才是她的本色呢？

她攏起元寶拋向空中，金光在她黑亮的雙眸中閃爍了幾下，似流星劃過夜空。鬧騰夠了以後，她手腳並用，動作麻利，三下兩下就幫我把地面掃蕩乾淨。

她沒發覺我情緒的起伏，就此跳出了剛才的話題，自言自語地絮叨起了一會兒進城和男友約會的事來。

我的腦海裡還盤旋著她剛才的那句話：「你呀，能在這鬼地方一待就是十四年，再待上一輩子也沒啥稀奇的。」

聽起來有道理，可哪裡又透著不對勁。

十四年，對於站在一個時間起點還沒有經歷的人來說確實漫長，稍加渲染，這種感覺便會和一輩子趨近，晴晴那麼說並非沒有道理。可對於已經經歷這十四年，卻還沒有經歷後半輩子的我來說，其實不然。往回看，是彈指一揮，往前看，又何嘗不漫長？浩瀚的歲月中，我的生命隨時可能終結在任何一個和其他日子別無二致的日子裡，被同事們逕直抬到火化間時，遺體尚溫。不需要告別儀式，也不需要墓穴墓碑，骨灰撒在玉蘭塚上就好。不論是我的家庭關係還是社會關係，都簡單到不能再簡單了。在這遠離城市的荒郊野外，我斷絕了與那片塵世的一切非必要聯繫，對那廂而言，我彷佛已經不存在了。

十四年前，我購買了人生第一部手機，也是截至目前我唯一擁有過的手機。只有父親會通過它和我聯絡——準確地說，應該是其他人根本不可能用這種方式找到我。

我只在每年母親忌日的那天清晨才開機，父親會在這一天打電話給我，這成了我們之間無需約定的默契，接完這通電話我就關機。其餘的日子裡，這部在當時也算時髦過的諾基亞 7110 只會和充電器一起，靜靜地躺在宿舍抽屜的最深處，日復一日淪為古董。讓我欣慰的是，它至今沒出過什麼大毛病，信號和音質都很給力。手機對我的用途，不是聊微信、刷微博和叫各種外賣，也不是網銀轉帳、網購和五花八門的APP，它的使命，僅僅是保證我和父親一年一度的那幾分鐘通話。

「姐，這次要帶什麼東西？」

晴晴的聲音再次把我的思緒拉了回來，不知為什麼，今天特別容易走神。或許會有什麼非同尋常的事情發生吧，這個意念一閃而過。

「衛生巾，還有牙膏。」我不假思索地答道。

「能來點兒新鮮的嗎？每次都是衛生巾、衛生紙、牙膏、肥皂、洗髮水……這些日用品門口新開的小超市不都有嗎？再說了，衛生巾上禮拜剛買了兩大包，你該不會是每週來一次大姨媽吧？」晴晴滿臉不悅，她總是希望我的要求可以變些花樣，也算是為她每週進城逛街增添幾分富有姿彩的理由。

「小超市東西貴。上次你給我買的那種衛生巾又便宜又好用，這次要是還打折，就多買一些。」

「好吧好吧，那我走了。」她不耐煩地說道，探身從壽衣上抓起皮包，把溫度計往裡一丟，蹦跳著離開了。

那個躍動著遠去的身影洋溢著青春的熱情，如同一簇熊熊燃燒的火焰，讓我暫時忘記了寒冷，然而寒冷又是無時無刻不存在的。

我何嘗不難捱松濤館的冬天。我和晴晴的區別，僅僅是我早已練就了化解那些抱怨的能力罷了。我不能跟她比，她時刻準備著辭職，而我，或許真的要在這裡待上一輩子——漫長的一輩子。

三、絳紅

松濤館的大廳裡只剩我自己。

燒紙區方向飛來半張冥幣，貼著窗戶呼扇了幾下，又被捲走。我循著它消失的方向望過去，天邊的烏雲如同墨汁滴進清水的一瞬，渾濁而富有層次，正聲勢浩大地滾滾而來。中午在食堂吃

飯時，午間新聞說今天有大雪。

如此看來，這束從天窗打到櫃檯裡的陽光便愈發珍貴了。它一直在以不易察覺的速度位移，我把身下的圓凳又挪了挪，重新回到它的包裹中，貪婪地汲取著立春之日賜予我的最後一縷溫暖。

光束裡的我猶如追光燈下的演員，偌大的松濤館大廳是我一個人的舞臺。環繞我的除了那道天光和陰冷的空氣外，還有一些特別的觀眾。他們沒有具體固定的形態，有時吸附在天花板或牆壁上，有時懸浮在半空中，有時蜷縮在角落裡，有時匍匐在我近前，有時像水一樣四處流動，有時像風一樣飄忽莫測……它們靠著不斷變幻來演繹有別於人類的生命，以不為我們所理解的形式而存在。這不是幻覺，也不是想像，而是一種無法肯定也無從否定的感應。

這是一幕獨角戲，劇情是遐想。

視野窮盡之處，一條絳紅色絲絨帶隨風舞動著。在我和它之間遼遠的空間裡，懸浮著無數細密微小的顆粒，它們是宇宙中的星辰，任意兩顆之間的距離都要計以光年。

就在我沉浸在一片浩瀚時，那條絲絨帶驀地閃現至我近前。如此迅疾的速度只可能存在於超強的外力之下，或是純粹的意念之中——連我也屬於意念的一部分。

它在我臉旁搧著陰風，讓我想起了剛才那張沒燒淨的冥幣，彷彿它去滾滾烏雲中遊走了一程後，換了副模樣再度歸來。

我伸手探過去，它卻像個羞澀的少女般躲閃起來，蛇樣靈活地穿梭於我的指間和腕周。

追逐與糾纏中，年華飛逝著。

待我覺得無趣了，才放下揮舞已久的雙手。它也停下來，像一道橫幅展開，示威般地懸停在我面前。細密的經緯線背後隱約透出一雙眼，與我對視。

我再度伸手想要一探究竟，那雙眼消失了。幾乎是同時，絲絨帶嗖地一下纏繞在了我的手腕上，將我拉升到空中，越纏越緊。

它嵌入了我的皮肉，勒斷了我的血管，噴湧而出的血流顏色很深，不是鮮紅，而是和它一樣的絳紅。我掙扎著，血像暴雨般從空中灑落，整座城市也被染成了絳紅。

我並不疼，只感覺又累又渴，想喝水——帶冰的水。

絲絨帶繼續拉我向上攀升。不知過了多久，當我失血過多，體力耗盡，漸漸放棄掙扎的時候，它又毫無徵兆地猝然將我鬆開。

我的身體疾速墜落，向下俯衝，穿越了數不清的黑洞後，終於望到了人間燈火。

隨著「砰」的一聲巨響，我重重砸在了一輛正在血泊中飛馳的白色轎車上。瞬間釋放出來的魂魄從瓦解掉的屍骸上飄過，帶著殘留的意識。我驚詫地發現，那一地碎片並非筋骨皮肉，而是塑料、硅膠、碳纖維和金屬……

在這座被絳紅之血浸染的城市上空，傳來一通令人出離情境的乾咳。

「咳咳！咳咳！」

我緩緩睜眼，但見老徐正站在櫃檯前，原來剛剛做了一場夢。

「安晴走了？」他問。

「嗯，進城了。」我起身整理了一下倚靠歪斜的壽衣。

「這丫頭，一天到晚心思完全不在業務上。」老徐氣道，然後打起了慣有的官腔，「今天業績如何？」

「沒什麼人，就賣了個『手機』。」我如實答道。

寒暑易節，本該是殯葬行業的旺季，這幾天生意卻格外冷清，尤其是今天。從早晨到現在，只賣掉了一個 iPhone 5S 紙紮。不出意外的話，今天將被載入史冊——以營業額最低而被載入我在松濤館十四年職業生涯的史冊。

不記得從哪一年開始了，應該至少有四個年頭了吧，每年這一天，那個戴黑粗框眼鏡的男孩都要來給他的「女朋友」過生日。初見他的那一年，他還是個穿著肥大校服的中學生，現在應該上大學了。

今天他早早就來了，俊朗的面龐褪去了去年還有的那股稚氣，黑粗鏡框換成了金絲半框，個頭又躥了一些。一開始我沒認出他來，那聲「嗨」

也因經歷了變聲期而顯得陌生，直到他問起「手機」，我才反應過來，笑著說了聲「你好。」他是唯一一位我會用這兩個字招呼的顧客。

男孩看上去心情不錯，面色紅潤，想必已經走出失去初戀女友的陰霾，開始一段全新戀情了吧。他每次都是只買一套手機紙紮，這類產品永遠緊跟時代潮流，保持著與現實商品幾乎同步上市的節奏，而那些絕大多數人生前消受不起的「別墅」「豪車」「遊艇」「私人飛機」和「宇宙飛船」，款式至少有十年沒更新了。

我跟他也算半熟了，今天我有些好奇地問他為什麼不從網上買，那樣至少能省下一半的錢。他搖搖頭，說怕貨不對版。我不解地聳聳肩，「貨不對版」這個詞彙在我們的語境中奇怪而有趣。

他耐心跟我解釋起來。前年他從網上買過一個 iPhone 4S，收到貨後發現是 iPhone 4，但後面卻貼著「iPhone 4S」的標籤。仔細觀察後，他發現那個標籤下面還有個標籤，撕開一看，露出了裡面的「iPhone 4」。原來不是標籤貼錯了，而是標籤升級了，標籤說幾就是幾。他無法說服自己把那個冒牌貨燒給她，氣憤地把「手機」揉成一團扔進紙簍。從那以後他就下定決心，只要是送給女朋友的禮物，決不網購。松濤館的東西價格雖貴，但絕對對版，而且還配有和真實手機一樣的「充電器」和「耳機」，是真正的良心品質。

我又問他，為什麼蘋果手機不管哪一代，在我看來除了大小以外模樣都一樣呢？他立馬掏出自己的手機，和準備買的紙紮並排擺在一起，為我細細做了比對。果然，儘管 iPhone 5 真機和 iPhone 5S 紙紮在外觀上非常相似，但後者增加了指紋識別和雙色溫補光的功能，所以二者在 Home 鍵和 LED 閃光燈這兩處有明顯差異。最後，他還特別強調，最關鍵的是，iPhone 5S 支持 4G 網絡而 iPhone 5 不支持。

看來，他女朋友生前一定是個追趕時髦的手機控。這麼多年了，身在另一個世界還能獲得如此寵溺，我由衷地為她感到欣慰，也為男孩這份認真單純的深情讚嘆。

男孩付完錢，高興地說這就去燒給她，跟我道了「再見」就離開了。我還不習慣對他說這兩個字，只回了句「慢走。」然而，當他的背影馬上就要消失在門口的時候，這一次我竟莫名開了口，幽幽道出了那句難以啟齒的「再見。」

「業績這麼差，你好好反省一下，回頭寫份檢查給我！」老徐一副公事公辦的態度。

「這不還在年裡嘛，沒人願意在這日子口辦喪。」

「我是說同比，松濤館比往年營收差太多。」

我愣了一下，憤懣陡生。喪葬品又不是小百貨，松濤館更不是街邊攤，隨便吆喝幾聲就能賣出去幾個骨灰盒。

「聽說告別廳和火化間最近也挺清閒，大齊和嚴師傅他們也都要寫檢查嗎？」我克制住情緒，儘量讓語氣如常。

「當然，都一樣！」老徐沉著臉，以為這樣就能堵住我的嘴。

他裝腔作勢的樣子讓我感到噁心，特別是在我這樣一個行業資歷比他長得多的老員工面前，但我無意跟他正面搞僵。

「可能是判官丟了生死簿吧。」我試圖緩和一下氣氛，「也可能是天堂人滿為患，上帝調控，人流限行。」

他兩手往胸前交叉一揣，刻意擺出一副與我對立的樣子，「鐘眠啊，你也知道的，今年殯儀這塊兒大裁員，你自己要是不想進步，那我也沒辦法！」

我努力調整呼吸，卻難以調伏壓抑了半天的憤怒。他哪裡是在跟我交流業務，明明是找茬兒逼我下崗。

他一定不知道，我可以接受寒冷，接受乏味，接受辛苦，接受全年無休，接受加班不加薪，接受他對我各種毫無道理的指摘……唯獨不能接受的，是讓我離開這裡，剛才他觸碰到了我的底線。

「不就是寫檢查嘛，行！」我從櫃檯底層抓起一摞捆紮得像磚頭一樣結實的黃表紙。

「你要幹嘛？」他驚問。

「寫這上面，燒給你！」說著我將黃表紙狠狠朝他砸去。

他居然沒有躲閃，確切地說，是沒有反應過來。一縷鮮血從他的額頭流下來，滴灑在散落一地的黃表紙上，塗花了印在上面的佛手七言咒。那一地絳紅，和剛才夢裡的顏色一模一樣。

「吱扭」一聲，大門開了，隨著厚厚的棉簾被掀起，一股寒風不失時機地躥了進來。眼前的景象變得模糊，聽覺卻異常清晰起來，一串高跟鞋落地的「噠噠」聲由遠及近。

我揉揉眼睛，發現自己正斜靠在壽衣上，那束稀薄的光束早已隱去。老徐和被染成絳紅色的黃表紙也全然不見了，如同那座絳紅色的城市和那一地絳紅色的碎片，消失得毫無痕跡，仿佛從未出現過。

視野漸次分明，一襲白衣正款款飄來。

是人，還是鬼？究竟發生了什麼？

直到嗅覺被寒流裹挾而來的一縷幽香刺激了一下後，我才心身一凛，原來，剛才做了一個夢中夢。

這種感覺委實不好受。夢中，以及夢中所夢到的一切，仿佛真實地經歷了一番，我猶如久病未癒般疲乏無力，大腦也幾乎停止了轉動。

我漠然環視著整個大廳，湧起了一種從未有過的陌生感，而那個離我越來越近的白色身影，又仿佛曾在哪裡見過。那麼此刻，我是真的清醒了嗎？會不會又被包裹在另一重更大的夢境中呢？如果是的話，惟願不要再有絳紅色的鮮血。

我「又」整理了一下剛才倚靠過的壽衣，站起身來，雙手合握在一起，自然安放於小腹前，同時讓自己的嘴角呈現出幾乎察覺不到的輕微上揚，這是令表情莊重而不失親和的要領。這套動作我每天都要切換數十次，是十四年來我在松濤館裡面對顧客時最為慣常的標準儀態。當然，此刻還差最後一步。

待那襲白衣行至櫃檯以外十塊地磚，也就是距離我整整七米遠時，我微調了一下視線的角度和焦距，對立春午後姍姍來遲的第一位顧客，施以注目禮。

四、蓮盒

她摘下卡其色平頂氈帽，露出了花白的頭髮，隔著寬寬的櫃檯，亦可真切地看清她眼角深深的魚尾紋。就這個年紀而言，她的身材保持得還是相當不錯的，以至於剛才還沒走近時，我曾一度以為，那白衣飄飄的身影是一位氣質頗佳的少女。

「有好一些的骨灰盒嗎？」她的嗓音低沉沙啞，「給我女兒用的。」

又是白髮人送黑髮人。黃泉路上無老少，這種事對我稀鬆平常，但每一次還是禁不住感慨。

我打開貨櫃的射燈，介紹道：「這裡面都是高檔材質的，紅木、金絲楠和天然玉石，您想瞭解哪一款，我拿下來給您看。」

她的目光在一排貨櫃上掃視了幾個來回，停駐在了中間最高層，「那個好像是蓮花？」

「阿姨，那一款是睡蓮，材質是冰種岫玉，打完折五萬八。」我暗暗觀察她的反應，「工藝美術大師手工雕刻，有鑒定證書。」

這款蓮花骨灰盒問津者不少，無一例外都是聽到價格後即刻喪失了興趣。這年頭，貸款買壽穴的大有人在，骨灰盒的消費市場還是比較理性的。沒人會像挑選首飾衣裝那樣，即便買不起，也不妨上上手，甚至試穿試戴一把。畢竟，那些萬元起價的骨灰盒是被鎖在貨櫃裡的，由射燈營造的氛圍烘托著，高冷得不接地氣，仿若一件件稀世藝術珍品。而再體面，也將被埋葬。

出乎意料的是，這位白衣婦人並沒有對報價表現出驚訝或失望。她面色平靜，盯著蓮花骨灰盒陷入了沉思。

我拿來一塊絨墊鋪在櫃檯上，掏出鑰匙打開玻璃門鎖，踩著圓凳，小心翼翼地取下骨灰盒。整個過程，她的目光一刻都沒有從我手上離開過，隨著骨灰盒的移動，視線劃出了從高到低，由遠及近的兩段軌跡。

我把骨灰盒端放在絨墊上，與此同時，她已從掛在臂彎的咖啡色小皮包裡掏出來一副玳瑁老花鏡戴上，仔細端詳起來。

這個骨灰盒被束之高閣已有十年之久，今天頭一次被正式請取下來。

脫離了射燈，自然光下的它呈現出來的是另一種截然不同的韻致。當年剛到貨時的凜凜寒光已然褪去，取而代之的是被歲月漆上的一層溫潤包漿。我驚異於這樣的變化之美，遺憾的是只能獨自感受，這裡再沒有人見過它最初的模樣。

哪有什麼物是人非，物也是在變的，世間一切都是時間的囊中之物。

蓮花題材的骨灰盒並不少見，這一款的獨特之處在於盒蓋上的蓮花是立體的，盛開在荷葉浮雕之上，青白色的花瓣層層疊疊，正中橙黃的皮色被獨具匠心地俏雕成了蓮心，形態是逼真的，質感卻是夢幻的。我曾有過這樣的遐想，或許有一天，會遇到一位對這朵蓮花一見鍾情的「買蓮還櫝」者，將下半部分鑲著遺像框的盒身捨棄，僅帶走有雕工的上半部分。由此，這朵蓮花便徹底抹去了曾經的身世與過往，脫胎換骨，成為一件純然的藝術品。

真若如此，也是一樁美好幸事。

然而十年來，它一直靜靜地盛開在貨櫃裡，仿佛在隔板上生根，我早已不再對那筆高額提成抱什麼幻想了。這位白衣婦人是第一位在聽到價格以後還能對它保持興趣的人。

在這個沒什麼生意的無聊午後，我不想費太多口舌去推銷這樣一個或許將和我一樣，會在這裡待上一輩子的骨灰盒，但我仍樂意為這位婦人效勞，哪怕她只是欣賞把玩一下也好。何年何月才能再把它從貨櫃裡取下來，就不得而知了，權當是我在這個寒冷立春奉送給她的一點兒溫情美意吧。

材質優良、造型別緻、工藝精湛、價格昂貴，這些因素使得這個蓮花骨灰盒與其他骨灰盒還有著一些形而上的不同。比如說，能否把它賣出去，靠的不是推銷，而是運氣，或是說緣分。

我和那筆不菲的提成之間的緣分又何嘗不是如此呢？可我卻難以參透，究竟是買家和蓮花骨灰盒的緣分決定我和這筆提成的緣分，還是我和這筆提成的緣分決定買家和蓮花骨灰盒的緣分？表面上看，自然是買賣在先，成交後才有提成。可誰又能斷言，這場成交不是由於我和那筆提成機緣深厚，從而反過來驅動了這筆本非命中註定，可看上去又理所當然的交易呢？

我沒邊沒沿地胡思亂想著，抬眼間瞥見天窗完全被烏雲遮蔽，這才意識到整個大廳陷入了昏暗。我打開全部照明燈，頭頂上空響起了嗡嗡的電流聲。

難以想像，十幾分鐘前我還被一束追光燈般的光束籠罩著。太陽的光芒穿過針孔大小的雲破之處，剛好投射到了這顆塵埃般的星球上的塵埃般的我身上，天地間何等壯觀的三點一線，只可惜那幅畫面太短暫。

我喜歡雪，卻對立春這場行將到來的降雪心懷抵制。

前段時間，氣象臺曾發布過一個次日有暴雪的紅色預警，城市各公共系統均十萬火急地啟動了應急預案，高調戒備的狀態令全城人心惶惶。未承想，半夜突襲的妖風擾亂了蓄積已久的雲勢，沒下雪也就罷了，翌日竟晴空萬里，一絲雲都沒有，氣象臺不得不向社會公眾誠摯致歉。可能是老天爺也覺得那次玩笑開大了，這一次竟給足了氣象臺面子，積極配合著他們的預報，兩廂合夥，極盡能事地和立春這個節氣擰巴著。

「吱扭」一聲，門又開了，每一次開門都伴隨一股寒流的侵入。這次進來的，是一個穿藏藍色羽絨服的高個兒男人。隨著他一步步地走近，又有一種似曾相識的感覺生起。

如果說剛才這位婦人讓我覺得眼熟，更多是因為那個由遠及近的白衣飄飄的意象的話，那麼，這個男人的眼熟純粹就是因為相貌了。

他的五官有點兒像那個叫潘嶽的小夥子，也許他是潘嶽的哥哥吧。因為即便給潘嶽加上這些年未盡的陽壽，這個男人看上去仍要比潘嶽成熟許多。潘嶽的忌日還遠，生日則已經過去半個月了，故而他可能只是得閒過來走一走，寄託一下近日湧起的哀思吧。

之所以對潘嶽的資料記憶深刻，是因為他是和我「前後腳」來這裡的。

十四年前初夏的一個清晨，剛來這裡上班沒幾天的我，扛著從園林組借來的鐵鍬，手握一株玉蘭樹苗從他墓前經過時，正在進行安葬儀式。我的同事落葬師小齊——長風陵園僅有的幾個資

歷比我老的人之一，現在是禮儀部的主管，這些年他發福不少，後來被人改稱大齊了。那天他身著一襲肅穆黑衣，正在沉緩的哀思樂中誦讀著半文半白的悼詞。待我植完樹苗從北山返回來再次經過那裡時，已經禮成人散，只有碑上那幾個熠熠生輝的剛描好的金字，宣告著一位「新人」的初來乍到。

潘嶽當年和我同齡。墓碑上照片裡的他很帥，那不是通常意義的帥，而是一種沒有缺陷，幾近完美的帥，一種和任何一位男明星站在一起都毫不遜色的帥。那時候，禮儀部幾個愛八卦的小姑娘把潘嶽封為了長風陵園的「園草」，並一致認為他長得比她們上學期間的歷任校草都耐看。可校草畢竟是校草，是有血肉有溫度的，是現實的，是生動的。而我們的園草呢？關於他的一切，只是一塊冰冷的墓碑和一張黑白的半身遺像，沒有一丁點兒可以供那些花癡們的情思擴容和幻想的空間。更關鍵的是，潘嶽的墓地處於最平淡無奇的普通墓區，所以，沒過多久他便不再是那些姑娘們的談資了。令她們能長久津津樂道的，還是藝術墓區、家族墓區和豪華墓區的逝者們。心機深重的姑娘會偷偷記住高顏值逝者的生辰與忌日，到了日子，一旦得空就去他們的墓區溜達溜達，以期邂逅前來弔唁的喪屬，看看那些繼承了他們財富的男性後代是否也遺傳了他們的容貌基因。哀戚的境遇更易催生浪漫的邂逅，不是沒有先例，曾經在松濤館工作過的一個楊姓女孩就是用這招兒釣到了一位連相貌都「富麗堂皇」的富二代。不久她就結婚，辭職，移民去了澳洲。正是她當年的離去，讓我有機會獲得了松濤館的這份工作。私底下，她們管這種事叫「相白親」。

那個疑似潘嶽哥哥的男人，在距離櫃檯十二塊磚遠的一排易拉寶前停下了腳步。那是關於代理祭奠服務升級的綜合介紹，包括中元節放河燈，寒衣節送棉服以及在各種傳統年節裡提供餃子、元宵、粽子和月餅等一切應景祭食。得益於互聯網技術的發展，近些年我們的服務比過去更方便貼心，禮儀部在提供服務的同時，還可以通過手機視頻直播來供喪屬遠程觀摩和在線互動。

不只是禮祀，整個殯葬服務的升級都要倚賴於高科技，不久的將來，很多理念都將被顛覆。比如逝者的墓誌銘不再受碑體面積的限制，而是以二維碼的形式被鐫刻在墓碑上；3D列印技術將應用於意外死亡逝者的儀容修復，最大限度地彌合親人的心靈創傷；利用VR技術進行生命教育，以第一視角體驗死亡……

「您剛才說多少錢？」白衣婦人摘下老花鏡，她已經把蓮花骨灰盒上上下下裡裡外外仔細看了個遍。

我的目光從易拉寶那邊收回，「阿姨，打完折是五萬八。」

我語氣得體，一點兒都不會讓她感到這款骨灰盒能和我的提成扯上什麼關係。事實上我也壓根兒沒往那方面想，她和那些詢過價便立即失去興趣的顧客的區別，也許充其量就是上過手而已。

和剛才一樣，她聽到價格後依舊沒什麼反應，也看不出絲毫情緒。好在這是一個足夠清閒的午後，那位正在看易拉寶的男士也暫時沒進入到十塊方磚的範圍之內，我尚有時間來陪伴這位失去愛女的老婦，哪怕是發呆。

「我要了。」她說道。

「什麼？」我以為自己聽錯了。

「這個骨灰盒我要了。」她不緊不慢地從皮包裡掏出一張金色的卡片，「其他還有什麼需要搭配的，麻煩您幫我置齊。」

我接過卡片，怔怔地注視著那串長長的數字。她沒催促我，默默站在那裡，像我剛才靜候她時那樣。

餘光中什麼東西閃了一下，我望過去，是蓮花瓣上的一點高光，這小小的刺激讓我猛地回過神來。

我精神一振，迅速從櫃檯裡揀選出了灰袋、千古墊、銅錢、金鋪銀蓋、流蘇蓋布和奠字紅包布，把它們一件件整齊地摞在一起，裝入透明玻璃紙袋，一併收納到骨灰盒裡，然後寫下清單，在計算器上一通狂按。我出示最後核驗過的數字給她看，她滿意地點點頭。

刷卡時竟有種做賊心虛的緊張。我的手腳比

平時麻利了許多，仿佛慢一秒鐘她就有可能改變主意，或是發生別的什麼意外。所有擔心都是多餘的，她輸入了正確的密碼，移動POS機吐出了三聯清晰的熱敏紙單據，最後，她利索地在其中一聯上簽了字。

我長舒一口氣，沒想到原以為生意最差勁的一天，如此輕易就出了一件大貨，這筆提成對我來說可謂鉅款。

每個月扣掉社保後，我能拿到手的工資和提成還有不到四千塊，再除去房貸和宿舍房租，剩下的錢就只夠基本生活費了。很早以前我就想買一把專業的園藝剪刀，玉蘭塚上的白玉蘭需要好好修剪一下。那棵樹很奇特，枝椏總是習慣性地往西邊生長。頭些年樹苗還小的時候，用普通剪刀即可，這些年格外壯實起來，只能去園林組借園藝剪刀。雖然每年只用一兩次，但我還是想買一把專屬於自己的，奈何囊中永遠羞澀，一點兒活錢都沒有，這次終於可以遂願。除此以外，下個月在吃喝上也能稍稍寬鬆一些，不用只揀白菜豆腐蘿蔔土豆這幾樣本命菜了。

基於職業道德，我克制住了內心的喜悅，始終在我的上帝面前保持著一副莊重肅穆的表情。

我去倉庫翻出了蓮花骨灰盒的原裝紙箱，擦拭乾淨，將骨灰盒妥善裝好，又用繩子捆紮結實，以便提攜。

「姑娘，你多大了？」她慈祥地笑問。

「阿姨，我三十七。」我答道。

「我女兒比你小兩歲，她叫小蓮。」說完她垂下眼簾，突如其來的悲情將前一秒鐘的笑容全然抹去。

「您請節哀！」我安慰道。

她點了下頭，沒再說什麼，提起紙箱黯然離去。

目送著那個比來時孤單了許多的背影，我的感覺還不算太糟。這樣的場面見得實在太多，神經早已麻木。我也不會介意她拿我和一位逝者作比較，畢竟，顧客是我的衣食父母。

這一天果然要被載入我在松濤館十四年職業生涯的史冊，理由剛好與此前我所想像的相反，不是以營業額最低，而是以營業額最高。人生充滿玄機，買賣亦是緣分。誰買走了那個蓮花骨灰盒不重要，重要的是，在恰當的時間，恰當的地點和恰當的境遇裡，因緣和合，自然而然。

我重新調整貨櫃上的貨品，以彌補蓮花骨灰盒騰出的空位。關閉櫃門時霍然發現，玻璃上映出了另一個人的身影。

我趕緊從圓凳上跳下來，回轉身去，那個穿藏藍色羽絨服的疑似潘嶽哥哥的男人，正站在櫃檯前，朝我微笑著。

五、求婚

我條件反射般地啟動了顧客接待模式，準備向這個男人致以一個特屬於殯葬行業的似笑非笑。幾乎是同時，他開口喚了一聲：「眠眠。」

剛提起來的嘴角僵住了，我呆立在那裡。除了在與父親一年一次的通話時，難得從手機裡聽到幾聲這樣的暱稱外，偌大世間，如此稱呼我的人屈指可數。

他的臉上帶著點兒孩童般的靦腆，可鬢角的幾絲花白頭髮還是出賣了年齡。剛才那個關於他是潘嶽哥哥的猜測被否定，這張成熟英俊的面孔之所以讓我覺得眼熟，除了因為他和潘嶽在某些地方的確有些相像外，最根本的原因是——我們本就相識。

伴隨著這個遲滯的領悟，我又心生疑惑，既然他的面孔能讓我想起潘嶽，可為何每當我從潘嶽墓前經過，偶爾瞥見到那張遺像的時候，卻從來沒想起過他呢？誠然我們曾經交往的深層底色一向清淺無華，可這個曾兩度在命運節點給予過我莫大幫助的男人，十四年裡我對他的記憶竟淡薄至此。

「你好！」他伸出一隻手，遲疑了一下，又縮了回去。

若要將這個尷尬舉動解釋為，意識到隔著一排骨灰盒進行這樣的握手禮儀不太妥當的話，似乎也說得通。但我更相信，這是因為除了那個戛然而止的奇怪表情外，我始終像一尊雕塑般佇立

在櫃檯另一側，尚未給他任何反應。

他異常敏感地在乎著我的感受，和以前一樣，絲毫沒變。

我回過神來，重新朝他一笑，嘴角提起的弧度比剛才那個沒來得及釋放出來的職業化淺笑放大了不少，但並沒有回覆他的那句問候。「你好」和「再見」都是我們的行業禁語，除了那個每年來買手機紙紮的男孩，我還沒為任何人破過例。

「沒想到你還在這裡。」他說，神情放鬆下來。

「混口飯，你呢？什麼時候回來的？」

「上個月。」

「這麼久了，一直沒你消息。」我低聲說道，這句話因缺乏底氣而顯得飄忽。我自己又何嘗不是切斷了和外界的一切聯繫。

「我在德國讀完碩士又讀了博士，後來就留下工作了。」

「在那兒做什麼？也是裝假肢？」

「差不多吧。」他笑了笑，「主要是做義肢和矯形器研發，人工神經網絡領域。」

「哦。」

「今年準備在北京開公司，代理一個德國品牌的殘障運動輔具。」

「還走嗎？」

「不走了。」

我接連問了幾個問題，算是彌補了剛見面時的那一小段冷場，但是很快，由我主導的這場簡單對話便不知該如何繼續往下進行了，我不知道我們之間還有什麼可以用來寒暄的。

氣氛消沉下來。在這個寒冷的立春，每多想一件事，每多說一句話，都是對體能的巨大消耗。

我們隔著櫃檯面對面站著，目光難再重新匯聚到一起。我的視線投向一個黑檀龍鳳雙人骨灰盒，他的視線仍停留在我身上，這讓我有些不自在。

「節哀順變。」我說，是該切入正題的時候了。

工作性質決定了只要我站在這個裝滿喪葬用品的櫃檯裡，便隨時都能對顧客呈現出一副肅穆真誠的面孔。

他環顧四周，見整個大廳裡只有我們兩人，才確定我是在和他說話。

「不好意思，你剛才說什麼？」他一臉錯愕。

在沒有任何約定的情況下相會於松濤館這樣的場所，我自然而然地認為他是為了某位逝去的親故而來。也就是說，今天這場時隔十四年的重逢，本質上不過是一場平凡無奇的邂逅，和發生在街頭巷尾並無區別。

「是來送朋友，還是親人？」我換了一種表達。

他恍然大悟，繼而哭笑不得，「你以為我是來奔喪的？」

我愣了一下，旋即意識到自己出言莽撞，搞了烏龍。

「對不起！實在對不起！」我連連道歉。

「沒關係，是我來得太突然了。」他趕緊寬慰道。

「那你來這兒做什麼？不為喪事，難不成為喜事？」我調侃了一句，也算解嘲。

「當然。」他點點頭。

這下輪到我疑惑了。

他又回頭望了一圈，再次確定大廳裡沒有別人後，才從兜裡掏出一樣東西來。

我好奇地盯著那隻手，它在我眼前慢慢張開。寬大手心裡擎著的，是一個小巧的絳紅色皮盒。

又是絳紅色，我暗暗一驚。

該不會真的還在夢境裡吧？難不成剛才那筆提成化作了泡影？這樣的夢境到底還有幾重？還會不會有絳紅色的血？我不敢再深想下去。

他把小盒放在櫃檯上，打開了盒蓋。剎那間，我的眼睛被星芒晃了一下，心跳隨之加速。

已經是第二次經歷了，但這攝人心魄的感覺並未因此衰減。看來，這種散發著奪目光芒的堅硬物質，之所以能夠成為世間男女寄託情感的載體和其中一方的求愛道具，除卻價值因素，也是可以扯上些物理學和生物學方面的依據的。

這枚一克拉鑽戒在櫃檯裡的一組漢白玉骨灰

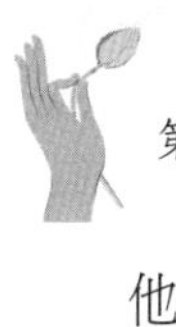

盒的襯托下，愈發清透璀璨。

比戒指更能吸引我目光的，是盒蓋的內壁，上面有一個一元硬幣大小的「眠」字，不是寫上去的，也不是印上去的，而是用小米一粒一粒黏上去的。

十四年了，鑽石的光芒依舊，而那個曾經金燦燦的「眠」字，卻被歲月塗抹成了黯淡的灰褐色。

「眠眠。」他溫柔地喚道，從盒子裡取出戒指，這時我注意到了他右手背上一片若隱若現的疤痕。

關於那場往事，我的記憶是支離破碎的，此刻僅能回憶起幾個小小片段，它們如同一個被拆散的巨幅拼圖中的幾塊毫無關聯的局部。我不知道當初的我，是如何做到硬生生地把一段完整記憶切割成無數碎片的。這麼做的目的是，若要復原某段往事的前因與後果，終歸是需要一點點時間的，而這十四年來，我從未給予自己哪怕一點點時間。如此說來，我也便明白為什麼很少想起他了。

我游曳在關於那片疤痕的混亂記憶中，一時間難以理清頭緒。看來，一點點時間是不夠用的，我高估了自己復原那些碎片的能力。

好在我這個肇事者尚有良知，並沒有忘記那片疤痕是我造成的，並且它還和小米、鑽戒之間有著深切關聯。這一點我非常肯定，就如同我篤信，眼前這枚戒指就是十四年前的那一枚。

陷入迷離往事的我，視覺漸漸模糊。那片疤痕猶如被進行了美顏似的，奇蹟般地恢復了平滑光潔，帶給我一陣自欺欺人的安慰。

我的嘴角下意識地輕輕上揚，這個細微動作像發令槍般，傳遞給我面前這個男人一個類似於起跑的信號。這是個錯誤的信號，或者說是個誤會，但無關緊要。該來的總會來，對於形式大於內容的事情，看透了也就無所謂了。就像此刻從我中指指尖滑到指根的那一道環狀的冰涼，姑且拋卻所謂情感載體和求愛道具這些人為賦予的內涵，鑲嵌在這一圈冰涼上的那個價值不菲的晃煞人眼的東西，說到底，也就是一塊石頭。

他隔著櫃檯，在那排漢白玉骨灰盒上方擎著

我的手。

我其實比十四年前消瘦了許多，但因為一到冬天手就凍得發腫，所以那枚戒指戴上去剛好，至少此刻剛好。剛才那個想法得到了驗證，一個可以在骨灰盒前求婚的男人，完全沒有理由覺得在骨灰盒前握手有什麼不妥。

我們當年交往的時間短暫有限，但我一直確信我對他的瞭解，而這絕非我的鑒人能力所致，因為我並未能像如此深刻地瞭解他一樣，去瞭解其他人。從這個意義上來說，我和這個男人應該是最匹配的。早晚有一天我們會像溪流一樣匯聚，此前的一切錯過，全是因了山勢地緣的情淺流長。

「眠眠，你介不介意……我在這樣一個不合時宜的場合……」他囁嚅難言，和十四年前一樣，始終羞於把「求婚」二字送出口。

那一次我拒絕了他，堅定地認為他這個「高富帥」沒有理由愛上我這個灰姑娘——不，我只是個醜小鴨。他能把我定義為他的結婚對象是一件完全不科學的事情，純粹就是老天爺閒得無聊，拿他的感情開了一次小玩笑。當年我看透了這一點，他卻渾然不知。

十四年後的今天，暫且不說科學不科學，這一次不太像是玩笑了，老天爺不至於無聊到全天下只盯著我們兩人尋開心。常情之下，它的玩笑要有規模，起碼是一座城市，比如那次暴雪紅色預警後的爽約，以及這場即將到來的與春天意象背道而馳的意外之雪。

這一次的求婚，更像是命運的要脅，對一個三十七歲還孑然一身的女人的赤裸裸的要脅——想一想吧，你究竟還有幾次拒絕的權利可供揮霍？

「有什麼不合時宜的？」我的眼眶忽而一熱，「這裡可是京畿仙嶺，風水寶地！」說罷我將手從他的手中抽出，轉身去給那個裝滿高檔骨灰盒的玻璃貨櫃上鎖。我有意放慢了動作，因為不想讓他看到我微紅的面龐和潮濕的眼角。

他忍不住笑了，玻璃門上映出了一個微微顫動的身影。受他感染，我也跟著笑起來。

我仍背朝於他，笑容逐漸放大，眼角卻更加

濕潤了，兩行掛不住的熱淚順著臉頰流淌下來。還好我可以做到笑不出聲，並且時刻保持身體正直，穩若磐石。這是幹我們這一行的人，在不知不覺中練就出來的一項特殊本領，或是說職業技能。

而我，業務熟練得很。

六、謊言

明宇，這個向我求過兩次婚的男人，今天想和我一起進城，去十五年前我們初識的地方看一看。其實更準確的說法應該是——他認識我的地方。當時我好像連他的模樣都沒看清，要不是兩個多月後的又一次相遇讓我有機會重新認識他的話，他在我生命中的那次出現，便只是一個過客，一個符號。

他有所不知，對於我這個連買衛生巾都要請同事代勞的人而言，進城並不是一個討好的提議，但我還是答應了。長久工作和生活於這片山林中深居簡出的我，也該走動走動了。

離下班時間還早，為了不讓明宇等太久，我破天荒地決定早退幾個小時，找來一個同事替班。

交接完畢，剛要出門就與一行人撞了個正著。老徐走在前面，殷勤地為他們開路，他應該是在我剛才去休息室收拾東西時出去的。我掃了一眼，那些人裡有區民政局的，還有區委的。

「領導們好！」我側身讓路，明宇也跟著退了幾步。

走在最後的是民政局社會事務科的小田，她朝我揮揮手，目光高效地在明宇身上打了個轉。

「準備移民啊？」她在我面前停下腳步。

「什麼？」我被問得一愣。

「改天再找你聊，我也取取經！」她意味深長地擠擠眼，然後小跑幾步，追上了那行人。

「你要移民？」明宇驚訝地問道。

「移民……」我回過味兒來，「怎麼可能，她寫小說呢，總愛胡說八道。」

幾個月前的一天，小田隨領導來視察，得空到松濤館跟我閒聊了會兒。她說她想寫一部關於殯儀館的恐怖小說，知道我在這裡待的時間長，想讓我提供一些素材。我說我從沒遇過什麼幽靈鬼怪，玄之又玄的事情倒是經歷過幾遭。她最感興趣的是「相白親」，我給她講了小楊的故事，正是因為那個我素未謀面的女同事嫁給富二代並且移民了，我才得到了松濤館的這份工作。助她結緣的是一個被葬在豪華墓區的中年男逝者，論起來是她小叔子。有一天我從他墓前經過時，無意中發現，他和我同年同月同日生。

這個小田姑娘果然具有當作家的敏感，剛才她一眼就辨出了我和明宇十幾分鐘前才建立起來的特殊關係，至於那句冒冒失失的胡話，顯然是個玩笑了。

天陰得厲害，雪花在空中結成雪片，翻滾而下，大地迅速被染白。

停車場本來車就不多，那輛車前蓋上沒有積雪的黑色奔馳轎車愈發顯眼，明宇的腳步正是朝那個方向而去的。沒想到，車子的引擎還未冷卻，我們的人生已然改變。

以前坐過兩次他的車，那時他開的是一輛桑塔納，也是黑色。第一次是十五年前，在我表姐凌小凌生日的晚上，我和明宇同時被邀請到她家赴宴，那才是我們真正意義上的相識。說來令人唏噓，當時他和我表姐是戀愛關係。晚餐結束後，明宇開車把我和我的自行車一併送了回去。第二次是次年，他去德國的前一天幫我拉過一趟貨。每一次坐他的車都有些不太尋常的背景，故而我對車廂這個侷促的場景格外敏感。

姑且以世俗的眼光來評判，僅從這輛行政級的奔馳E系轎車便可看出，這些年來明宇事業有成。若以同等標準來考量我的話，便是一事無成了。不是自慚形穢，「一事無成」對我而言算是個中性詞，甚至偏褒義。

我在長風陵園松濤館裡做了十四年的喪葬用品銷售員，停滯不前是這個崗位特有的工作狀態，當然，也沒什麼退步的餘地可言。與我業績

掛鉤的因素，不是那些幾年才能賣出去一個的高檔骨灰盒，而是生老病死的自然規律。

我們的社會正在進入老齡化，六十歲以上的人口超過兩億，二十年後數字將會翻一倍，這是特屬於我們這個行業的人口紅利。去年內地殯葬第一股在香港上市，顯現了行業前景的廣闊。然而，紅利的兌現將是一個漫長漸進的過程，短期內並不會產生令我收入提高的井噴式效益，相比起來，反倒是網購的負面影響來得更迅猛直接一些。老徐就算再不通人情，也不至於像我夢到的那樣，拿什麼所謂業績來說事的。

這些年來倒也不是沒有調崗或晉升的機會，每一次我都放棄了，還是不在其位不謀其政為好。以前和禮儀部主管大齊閒聊時，他常會流露出一種和業務本身無關的累。他非常清醒，明白讓自己從「小齊」變成「大齊」的，不僅僅是因為自己增長的年齡和發福的體態，更是因為升職後所需要的對等擔當，否則他也不會在這裡一幹就是十幾年。他還年輕，未來還有很大的發展空間。我和他有著同樣的清醒，卻走著截然不同的路，我不喜歡被權威者用人為制度取代自然規律來考核，松濤館的工作狀態才是最適合我的。說不枯燥不乏味那是假話，終歸是十四年如一日。我一直默默調整著自己，在漫長的歲月裡學會了從忍受到承受，從承受到享受。能在這樣的境況下主動做到「一事無成」，本身也算「成就一事」了吧。

雪越下越大，車廂裡的暖風徐徐吹來，帶給了我久違的熱度。有別於職工食堂裡混雜著飯菜味道的熱氣，也有別於宿舍被窩裡暖水袋傳遞來的熱量，更是有別於不得不以卑微姿態，靠不斷精確位移才能被那道天光包裹而汲取到的微弱熱能，此刻我所感受到的這種熱度，是一種從容而體面的溫暖。

每一塊肌肉和每一個關節都放鬆下來，我不再是寒冷的一部分，擁有了屬於自己的體溫，以及這小小空間所賦予肉身的清晰而完整的輪廓。

「跟小凌有聯繫嗎？」我問，這是一個繞不

過去的話題。

「沒有。」明宇答道，「你們呢？」

「好久沒見了。」

「她還好嗎？」

「結過兩次婚，現在應該還是單身吧。」

明宇沒再吭聲，似乎這個話題應該到此結束，我卻逕自往下說起來。

「早些年我們偶爾還通個電話，一般是她打給我，晚上打到宿舍傳達室。這幾年都用微博微信了，我不用手機，她就不怎麼聯繫我了，更不願意來陵園找我，嫌晦氣。」

我看了一眼明宇，見他沒什麼特別的反應，又繼續講起來。

「大概九年前吧，她嫁了一個做東南亞紅酒生意的商人，跟他去了香港。兩個月後有人上門收債，她才知道那個男人早就破產了，他們在港島住的高級公寓也不是他的，是一個親戚出國以後託他照看的。小凌跟他離了婚，回來後抑鬱了好一陣子。有一天晚上她喝多了給我打電話，痛斥那個騙子，說自己唯一得到的，就是酒櫃裡的幾瓶紅酒，喝到一半才發現已經過期了好多年。她心一橫，又喝了很多，心想乾脆喝死算了，說著就嗚嗚哭起來。我撂下電話打車直奔她家，還好她沒做什麼出格的事，也沒撒酒瘋，不知道是不是因為酒過期了，酒氣揮發，度數不夠。又衝我宣洩了一會兒後她就睡著了，一覺睡到天亮。我還要趕回陵園上班，不能再陪她，她給我報銷了來回的出租車費，那是我們最後一次見面。

「三年前，她又嫁了個二流導演。這次婚姻也很短命，婚後那個男人經常夜不歸宿，小凌就找了個私家偵探調查，發現他在外面同時包養了兩個情婦，甩出證據跟他鬧離婚。那人是個老油條，不可能讓小凌分到他的財產，不過為了自己在圈子裡的聲譽，多少出了些精神補償費。這一次她就沒那麼想不開了，至少沒再喝多給我打電話。」

結束了這番有如匯報工作式的講述，我長吁一口氣，徹底收了聲息，接下來便是一段無言的靜寂。

我暗暗觀察著明宇，他的雙手輕搭在方向盤

上，凝視遠方，表情看上去挺平靜，但比起剛才，還是有了點兒不易察覺的變化。

「你要是後悔，還來得及。」我說著就要摘手指上的戒指，故意把動作做得很大，以確保他能用餘光看到。

他從方向盤上騰出一隻手，按住我。

「有意思嗎？」他微有慍色，但語氣是平和的。

「玩笑啦。」我赧然一笑。

誰叫小凌是他的前女友呢？雖說他倆當年分手的根本原因是性格不合，但直接導火索是我。當然，我並非第三者。

十四年前我拒絕了明宇的第一次求婚，小凌對此毫不知情。曲終人散也就罷了，一切都將過去，就像未曾發生。可是如今，我和明宇重新走到了一起，三人間的尷尬又要重新面對。或許正是因此，我才害怕冷場，故而一直在拼命地找話說，不合時宜地開了那個著實沒有意思的低級玩笑。

我把戒指旋正，撫摸著那塊美麗堅硬的石頭。見我安靜下來，明宇才把手重新放回到方向盤上，專心開車。

他的心情真如看上去這般平靜嗎？縱使剛才那個玩笑真的沒有意思。我是說，僅就於我，僅就於今天發生的一切，他就真的能平靜下來嗎？

那個貼著「眠」字的小盒跟隨了他十四年，歷經兩次求婚，如今他終於如願，用這枚一克拉的鑽戒圈住了我。花十四年的時間做成了一件事，是否該用「成就感」來形容他此刻的心情呢？不，我斷然替他做出了否定。以明宇各方面的條件，什麼樣的女人找不到？我承認我確有謙遜的美德，但客觀地說，我這麼一個要貌沒貌，要才沒才，從外到內沒有任何突出優點的平凡至極的女人，是絕不足以令一個哪怕是最普通的男人，會因為我能答應他的求婚而滿懷成就感的。相反，我能在「奔四」的年紀把自己嫁出去，並且還嫁了一個多少年輕貌美才華出眾的女人都求之不得的「高富帥」，要說成就感，也是我才該擁有的。在一系列有可能用來形容明宇此刻心情的語彙中，我覺得當以「安慰感」最為貼切。

與其說我是在剖析明宇的心理，不如說我是在尋找一個讓自己放低姿態的理由。那些所謂的推理方式合理與否並不重要，重要的是，那是我自己認可的邏輯。

我調整了一下坐姿，讓自己更為放鬆，也許我應該全身心地去享受眼前這份難得的溫暖與舒適，而不是如此費盡思量。我將頭扭向窗外，目光盡可能地放遠。

又是一段冗長的靜寂，這一次我沒再感到不適。

良久，明宇先開了口，「可不可以問個問題？」

「嗯。」我的目光並沒有從窗外那一片白茫茫中收回來。

「如果……」他頓了頓，「我是說，如果。」

我扭過頭來，看著他。

「如果時間可以倒流，十四年前的那一次，你會答應我嗎？」

「……」我的唇齒下意識地動了動，卻沒能立即給出答案。

我將目光重新投向窗外。紛飛的雪片狠狠砸來，我多想按下車窗，讓它們將我淹沒、冰封。

明宇是個聰明人，卻問了一個低級問題，比我剛才那個玩笑還低級。可低級不等同於容易，甚至恰恰相反，這道題目難度極高，如何做出適宜的回答，是對我智商與情商的雙重考驗。

對於這場長達十四年的感情長跑，雖然我一直在無限感動著，同時也在反覆感慨著：

本來，十四年前我就可以擁有這樣的踏實感與幸福感了……

本來，十四年前我就可以擁有這樣的踏實感與幸福感了……

本來，十四年前我就可以擁有這樣的踏實感與幸福感了……

……

可即便這樣，倘若上天再給我一次重來的機會，我依舊無法接受明宇那一次的求婚。只因那個時候，我的心中再沒有多餘的空間來容納他。

「對不起，不會！」

一個聲音從車窗外那個冷酷世界的遙遠盡

頭傳來，帶著巨大的迴響，那是我的靈魂掙脫一切桎梏發出的自由之聲，是我給予自己的真實答案。

車流開始增大，行速放緩，時間也彷彿凝滯下來。我在形式上擁有了足夠長的一段空白來思考，交付身旁這個男人的，該是什麼答案。

明宇沒有催促我，只是利用車子走走停停的間歇，偶爾朝我一望。我可以感受到他目光裡所蘊藏的期待，以及同時摻雜著的一種和他氣質極不相符的不易察覺的卑微，那成了光明正大的暗示：即便是欺騙，他也願意。

「會的。」這個聲音很輕，來自於被車廂內的溫暖俘虜了的皮囊。

窗外是進城前的最後一片農田，天際線因暴雪而失形。我極目遠眺著——神佛菩薩、上帝聖母、真主安拉以及各路仙靈，請你們寬恕我對這個男人的善意欺騙。

「謝謝！」他客氣地說道。

這份客氣，讓我意識到了那無謂的懺悔不過是真實謊言與蹩腳演技的一部分，而他並不介意。他介意的，僅僅是我的答案——我最終選擇交付於他的那個具有象徵意義的答案。

後來他再沒問過我類似問題，這一次的問答耗盡了彼此的元氣，兩個人都需要一場漫長的調理與修復。心照不宣，才應該是我們之間那道薄弱意志底線的增固劑，幸好我們都深諳此理。

天地被大雪連成一體，我的心境一如此景，渙散得遼遠蒼茫。

深深的灰暗中，我再也無法辨清這座城市的輪廓，它像一座巨大的墳墓，埋葬了我十四年的青春、夢想與激情。可我依然眷戀著它，就像松濤館的嚴寒總是年復一年地把我凍僵，然而冬天，永遠是我至愛的季節。

七、故地

由於是皇城根兒下的重點保護建築群落，那一大片老房子才在這些年裡來勢洶洶的拆遷大潮中得以倖免。臨街房被刷成了一水兒的青灰色，粗陋卻有效地掩飾掉了市井的雜亂。

一座座熟悉而又陌生的建築從車窗外掠過，明宇說感覺像是在穿越，我也有同感，畢竟我也十四年沒來過這一帶了。但很快我就意識到，這份認同可能是個誤會。

明宇的時間感應該是以過去為起點向現在延伸而來的。他離國十四年，對這裡的記憶定格在了上世紀的最末年，於是，當他看到私家宅院變成了國際青年旅社，新華書店變成了光纖網咖，照相館變成了手機專賣店時，撲面而來的全是滿滿的新時代氣息。我的時間感則與其相逆，是以現在為起點向過去延伸的。儘管我還在使用那個老掉牙的諾基亞 2G 手機，但已潛移默化地接受了時代產物在這片熟悉土地上的變換更迭，就算它們和這些老房子的形式反差再大，也不會對我產生視覺上的刺激了。因此，和故人重逢且故地重遊的這幅光景，我感受到更多的，反倒是掩映在那一片躁動浮光下的陳年舊氣。

「記得今天是什麼日子嗎？」等紅燈的時候明宇問道。

這種問題很容易把我搞懵。我不太關注日期，日曆更是極少去翻，但清明節、中元節和寒衣節這些直接和工作息息相關的日子，自然是想忘都忘不掉的。

橫幅、易拉寶和宣傳頁，這三大利器通常提前兩週就要到位，充斥於包括松濤館在內的陵園裡的每一個公共角落，儼然一派肅穆版的張燈結綵。中元節和寒衣節比清明節還忙，因為我主動請纓，義務承包了製作河燈與寒衣的全部勞作。寒衣可直接請走，到燒紙區焚化。河燈則有兩種，我手工折製的紙燈僅用於代客祭掃，喪屬可在預留的空白處寫上追思寄語，中元節之夜由禮儀部的工作人員統一裝置燭燈，放逐陵園靜思苑內的遙天池。還有一種是內置紐扣電池的塑料彩蓮燈，請購後可自行敬獻至親人福位前，待中元節當日夜幕降臨時，會有工作人員將電源開啟，徹夜長明。

素以陵園為家的我，過「鬼節」比過春節熱鬧多了。

除了這些和工作捆綁在一起的日子，還有那些或相對或絕對固定在生命中的特殊日子，我也會記得特別清楚，比如姨媽造訪的日子、月末發工資和還貸的日子以及阿茹娜和我母親的忌日。除此以外，我們職工食堂裡那些應景的食物，則充當了其他可能會被我忽略掉的年節的備忘錄。

「立春。」我答道，中午才剛吃過的春餅不至於這麼快就忘記。

「還有呢？」明宇接著問。

「破五吧？」我又想起今天食堂還準備了餃子，但我選了春餅和小米粥。

「還有……」明宇繼續提示。

我努力想了想，欲言又止。我並不準備把今天還是阿茹娜忌日的這件事情說出來，這不該成為我們之間的話題，至少此刻不該。更何況，這也絕非他的提問所指。

「不知道了。」我說。

「我們第一次見面就是立春，一九九九年二月四日，到今天正好十五年。」

「哦。」我的應聲更像是蒼白的喟嘆，嘆這大千世間裡微妙而深沉的因緣際會。

那一天，其實還有另一重值得紀念的意義。我閉上眼，盡力去回憶只涉及明宇的那一小部分，大腦的搜尋引擎朝著十五年前的時間點去定位。

一九九九年二月四日的中午——抑或是下午，我依稀記得那天天氣很冷但陽光明媚。逆光中，那個身形挺拔的陌生男子像是從電影銀幕上走下來的，周身發散著生動柔和的光輝。可我並沒有追究他的面龐，關於時間的記憶更是模糊。如果明宇說的日期無誤，接著往下推導的話，一定還會有和春餅相關的晚餐記憶。

我深吸一口氣，用兩倍的時間緩緩呼了出去，剛剛在腦海裡捕捉到的幾片薄如蟬翼的記憶碎片瞬間消散了。

「那房子還出租嗎？」他又問，話題從時間改換到了空間。

我暫時得以從回憶的困境中解脫出來，「頭幾年租給了一個南方人賣服裝，現在做什麼就不知道了。」

「馬上就到了。」他翹首眺望前方的丁字路口，充滿了期待。

這是一個漫長的「馬上」，車流因下雪而擁堵，比一旁金水河的流速還慢，幾百米開了半個小時。華燈初上才抵達目的地，我們幸運地趕上了路邊剛巧騰出來的一個寶貴車位。

車窗降下，寒氣夾帶著濕冷的雪粒灌進來。我們一齊朝斜對面的那家店鋪望過去，但見門上貼著一堆花花綠綠的廣告，煞是刺眼。櫥窗裡面一個不懼嚴寒穿著情趣內衣的塑料模特，魅惑地朝街上行人拋著媚眼，門頭招牌上的幾個大字異常醒目——紅色激情成人用品店。

不知從哪裡冒出來一個紮馬尾辮的胖姑娘，冷不丁地從車窗丟進一份小報後扭頭就跑。報上幾個滾燙大字不容分說地闖入眼簾：偉哥雄風，激情燃燒。

我和明宇面面相覷，而後都忍不住笑了。

「你不是要懷舊嗎？去吧，我在這兒等你。」我打趣道。

明宇尷尬地搖搖頭，把小報丟到後座，熄了火，「走吧，先去吃飯。」

沒錯，眼前這個成人用品店就是我和明宇初識的地方。十五年前，它曾是一個小小的花店，老闆就是我。房子的主人則是我的表姐，也就是明宇的前女友，那個已經與我失聯了很久的離過兩次婚的女人——凌小凌。

不過是想在曾經相識的地方觸一下景，生一下情，紓散一些春雪的寒意，慰藉一番重逢的彼此，不承想現實竟如此犀利刻薄不留情面，非要讓我們樸素的願望破滅到體無完膚乃至粉身碎骨之境。

好吧現實，你贏了。

成人用品店對面的角樓飯莊是這條街上唯一健在的老店，也是春節期間開門營業的少數店面之一，多少給了我們一些安慰。

進門以後，才發現一切都已面目全非。曾經簡單隨意的明式八仙桌和長條板凳變成了沙發卡座，貼在牆上用毛筆書寫的紙質菜單變成了平板電腦裡圖文並茂的電子菜單，服務員的工作服也從粗布碎花圍裙變成了筆挺的一步裙制服。原

來，不變的只有店名——能把名字保留下來也算不錯了。我和明宇相視一笑，找了個靠窗的位置坐下來。

明宇問服務員有沒有春餅和粥，回答是沒有。

「你想吃什麼？」他轉而問我。

「隨便，我不挑食。」我說。

明宇的手指在屏幕上左左右右滑動一番，最後點了一套烤鴨，一條清蒸魚，配了兩道時令菜。

「還好有荷葉餅，也算『咬春』了。」他邊說邊起身離席，「我出去一下，菜上來了你先吃。」

我還沒來得及追問什麼，他便匆匆而去。

窗外的雪下得酣濃，對面成人用品店的霓虹燈箱亮了起來，閃著豔俗的流光。我慶幸這是一場未遂的懷舊之旅，它以戲謔的方式掩飾掉了我心底那份無可言喻的近鄉情怯。

不遠處的路燈下，那輛黑色奔馳被橙黃色的光暈包裹著。一個七八歲上下的胖男孩跑了過去，把汽車後備箱上的雪收集在一起，拍拍打打，堆起了一個小雪人。後來又躥出來了一個年齡相仿的瘦男孩，趁胖男孩不備，揚手一推，雪人立時散掉了。胖男孩氣得抓起一把雪，攢成雪球擲向瘦男孩。瘦男孩反應敏捷，側身一閃，雪球打在他身後的樹幹上砸開了花。胖男孩又抓起一把雪追過去，不一會兒，兩人跑出了我的視野。

我的目光繼續在窗外流連，隨機投放在往來的行人身上。從概率上講，一頓晚餐的時間裡，很有可能會經過一兩位我曾在松濤館裡接待過的顧客。此刻我的神情是怡然的，不必再像平日上班時那樣，要隨時切換，精細化地管理好自己的表情。而他們，也應該熬過失去親朋的最悲痛的那段時日了吧。

不同於在溫暖車廂裡的肌肉上的放鬆，現在我的這份鬆弛，源於重返俗世的熟稔與追念，但更多的回憶則是點到為止。

我一直凝視著窗外，忘記了時間的存在。

菜上齊後，不知又過了多久，明宇回來了，

頭上和肩上散落著沒抖淨的雪片。

「不好意思，讓你久等。」他一臉歉意。

「沒事，我不餓。」我注意到了他手中提的塑料袋，「你去買東西了？」

他神秘一笑，從袋子裡拿出一個圓形的一次性餐盒。

隨著盒蓋掀開，一股熱氣伴著一縷清香撲面而來，我的嗅覺先於視覺辨認出了那一盒淡黃色的液體。剎那間，腦海深處的幾塊記憶碎片條件反射般地自動吸合在了一起，可幾乎是同時，又被一股突如其來的發自本能的抗拒力掰開，重新摔成了碎片。

「趁熱吃吧。」明宇遞來一把湯匙，他手背上那片淺淺的疤痕又在不經意間闖入了我的視線。

「其實……」我接過湯匙，隨手攪動了幾下，「你不必這樣對我。」

小米粥，這個原本存在於我和別人故事裡的深深意象，被陰差陽錯地嫁接到了我和明宇的世界裡。

「你知道我這人……」他抽了張餐巾紙放到我面前，「嗯，不太會表達。」

我低著頭，卻能感覺到他說這話的時候一定在深深望著我，柔和的目光籠罩著我。

「我明白。」我微微哽咽。

我真的都明白，面前這一盒熱氣騰騰的小米粥，就是他對我最深情的表白。

這個男人對我的好，像麻醉劑一樣，可以讓我暫時忘掉許多傷痛。如果說手上戴的鑽戒是一針劑量剛好的杜冷丁的話，面前這盒小米粥則是效力更強勁的嗎啡，且劑量翻倍。此刻，藥力正在向我的腦部蔓延。

我享受著麻醉帶給我的虛幻快感，恍惚間流露出了一種彷若得到真實幸福般的感動。但飄飄然中，還是保留了最後一點兒清醒。

麻醉驅散了痛楚，傷痕還在，它像一道永遠無法填平的溝壑，比明宇手腕上的那片燙疤還要觸目驚心，隨時都可以讓我重新陷入它最初產生時的劇痛。這十多年我挺過來了，不是因為多麼堅強，而是因為選擇不去看它。就像那些被我拆

得七零八落的記憶碎片，我無所不用其極，絕不允許它們輕易就以完整的面目示現。

這一刻我所應受到的幸福與感動，全是病態中的虛妄幻影，我不能讓這個無辜男人把假象當作真實，不能讓他把自己架空到一個看似美妙的空中樓閣之上而渾然不覺。在平地上走路也會摔跟頭，總不會比從高處摔下來更慘痛。

進城前在車上的那番思量明明已經放低了姿態，卻為何這麼快就反悔了呢？

我小心翼翼地掩藏好紛亂的情緒，像噝口水一樣，把差點兒流下來的淚水「噝」回到了眼眶裡。然後放鬆情緒，故作不經意地往嘴裡送著小米粥，這對我的演技無疑是巨大的考驗。

此刻，我擁有兩個維度的觀眾，一個是戲裡的觀眾——明宇，我不能讓他察覺到我內心暗湧的澎湃激流；另一個是戲外的觀眾——真實的自我。那個「真實我」正在從一個高高的視角俯視著伏在餐桌前大快朵頤的「演員我」，而「演員我」則正在通過一種旁人永遠破譯不了的隱秘方式，細細地向「真實我」傳遞著，一波波來自內心深處的——絕望與不甘心，彷徨與不自信，虛偽與不在乎。

八、夜歸

吃完飯時間尚早，明宇開車把我拉到了星光城。

前一陣子晴晴經常提起這裡，據說是北京最大最高級的綜合性商城，去年年底才開業。記得那段時間，一到要進城，她就眉飛色舞地開始跟我念叨，星光城的裝修多麼潮流時尚，入駐的品牌多麼高端奢華，她恨不得連男朋友都不見，就一猛子扎到那裡去，不待到凱麗金的〈回家〉響起決不出來。我對這個話題毫無興趣，連禮節性的傾聽與應和都欠奉，漸漸她也就不再跟我提這些了。

其實，沒有聽眾充其量是個次要原因，甚至連原因都算不上。晴晴和我說話的時候我經常不搭腔，她從沒介意過，並不會因為我興趣索然就停止說道。我也不會介意她給我帶來的噪音干擾，我理解她，理解每一個和我在松濤館搭檔過的人。沒生意時的松濤館是一個能讓人窒息的地方，在被一堆喪葬用品環繞的陰寂中，說話，成了最簡單有效的排遣方式。當然，這是在智能手機這個「物種」被培育出來和人類作伴之前。但無論如何，在現實情境中面對著會呼吸有體溫的真人去傾訴，這種交際形式的地位可以被削弱，卻不可能完全被手機所取代。晴晴就是把這種虛實間的互補發揮到了極致，不看手機的時候，她基本上都是在說話。

她後來不再提星光城的根本原因，應該是那裡的東西實在太昂貴，她消費不起吧。對心儀而無法擁有的東西過一兩次眼癮是享受，次數多了就是折磨了。

太久沒逛過商場的我，已經不太適應那種環境了。我像劉姥姥進大觀園一樣四下打量著，怪不得晴晴曾經那麼著迷於此。炫目的氛圍光中，那些聞所未聞的品牌店裡的每一件商品都光鮮靚麗得不可一世。它們給我帶來一種錯覺，仿佛只要付清了那些價籤上標示的高昂價格後，顧客所能帶走的，將不僅僅是商品本身，還包括眼前浮動的如夢如幻的流光溢彩，耳畔流淌的曼妙悠揚的妙音天籟，以及那從方向不明的某個角落裡隱隱飄來的花草香氛……這一切美好的感知全部都可以打包帶走，只要你願意，並且有辦法。

在一家義大利品牌的女裝店裡，明宇看中了一款羽絨服，說很適合我，讓我試穿。

「都立春了，買什麼羽絨服。」我斷然拒絕。

「松濤館太冷了。」

「真的不要。」我語氣堅定，卻是連個蒼白的理由都找不到。

他沒再跟我多說，轉身召喚導購小姐，讓她目測我的身材去選號碼，然後掏出錢包，修長的手指從一行整齊排列的卡片上掠過，抽出其中一張。

「等一下！」我喊道，在他把那張卡片交付導購小姐之前。

照這架勢，不買下來他是不會善罷甘休的。

要是買得不合適，以後還得折騰著換貨，到時候錢沒少花，麻煩也沒少添。我不情願地抓起羽絨服，乖乖去了試衣間。

憑著這一簡單粗暴的招數，大到羽絨服皮靴，小到手套襪子，明宇把我從上到下置辦了個嚴嚴實實。我沒爭著去付款，蓮花骨灰盒的提成在這些名牌商品面前毫無存在感，而虛招子又是我所不屑的。

我驚嘆於這座商城的應有盡有，不只服裝百貨，還有餐飲、休閒和娛樂。我這個與世隔絕了十四年的人，對購物的概念還停留在燕莎、賽特、百盛和藍島那幾個曾在上世紀九十年代紅火過的百貨商場和一系列大型批發市場。明宇告訴我，現在這種大型綜合性商場都叫Mall。我想起以前晴晴嘴裡也經常蹦出這個詞兒，她還說，在星光Mall裡，只有想不到的，沒有找不到的。

果然，逛到四樓的時候，我們不知不覺走進了一大片佈置得很有天然野趣的園藝用品區。我饒有興致地挑選了一把園藝剪刀，這是這個晚上唯一一件我自主決定購買的東西。在收銀檯前，我和明宇同時掏出了錢包。

「我今天賣出去了一個高級骨灰盒，有一大筆提成呢。」我趁明宇不備，從他手中奪下錢包，「買家你見過，就是在你之前進來的那個白衣老太太。」

收銀小姐聽得一愣。明宇朝她笑笑，拿出手機，點開了付款碼。

她回過神來，拿起掃碼器剛要對準手機，卻被我一把按住，那道紅色的激光射線被迫改變方向，打在了桌面上。

我用另一隻手把錢拍在櫃檯上，語氣堅決：「麻煩收我的！」

話音未落，耳邊就響起了可疑的「嘀」的一聲。明宇自行把手機平放在櫃檯上，讓屏幕伸進了那道識碼不識錢的激光射線裡。

我鬆開了按著掃碼器的手，朝收銀小姐尷尬一笑。

「只進不出，以後就沒大生意了！」我悻悻地把錢包丟還給明宇。

收銀小姐把小票和園藝剪刀裝進購物袋裡，

遞到明宇手中，「謝謝兩位光臨！」

「多謝，剛才不好意思。」明宇接過袋子，轉而低聲對我說，「沒生意就沒生意，那份工作不做也罷！」

我本想接上一句「不工作你養我啊！」話到嘴邊又嚥了回去。鑽戒都已經戴在手上，再說那種話未免太矯情了。

回到陵園已是深夜。雪姑娘向人間散盡了一地鉛華後，悄然遁去。天空也沉沉入睡，恢復了昔日寂靜空靈的素顏。

明宇把我送到宿舍樓下，隨我一起下了車，把大包小包從後座拎了出來。

「我送你上去。」他說。

「不用了，室友在，這麼晚不太方便。」我撒了個謊。

宿舍是雙人間，晴晴休假一走，便只剩下我一人了。我還沒有做好和一個男人單獨在一起的心理準備——絕對而純粹的單獨，比如說，在一個只有十幾平方米的侷促的私人空間裡。

「冷不冷？」他問。

我搖搖頭，新買的羽絨服已經穿在身上了，既輕快又保暖。

「那我們再走一走，好嗎？」

「走一走？陵園夜遊，你不怕？」

「好歹我也是學醫出身的。」他拉開車門，把那堆東西塞回了車箱。

我欣然接受了他的提議。在這樣一片童話般的皚皚雪原之上，在這樣一個值得擁有尾聲與謝幕的夜晚，我其實也特別想再走一走。

積在樹梢上的雪花被細風吹落，在路燈的光暈中洋洋灑灑地飄舞，製造著雪還沒停的幻象。一排排整齊肅穆的花崗石墓碑比平日裡多了幾分安詳，兩串深深的腳印沿著冬青簇成的甬道一點點地向前延伸著，行至無路可走，便到了玉蘭塚下。

「那個藏族姑娘……」明宇突然開口，「阿茹娜，對吧？」

這個名字猶如一個定好響鈴的鬧鐘，撕破了

雪夜的靜謐。一陣陰風橫掃，捲起雪粒擊打在臉上，比帶著冰塊的純淨水還要寒涼，我全身過電般地打了個激靈。

從下午重逢到現在，已經過去了十個小時。也許是陰差陽錯，也許是我們都在下意識中迴避著，這個理應在第一時間裡就被談及的話題，一直無人碰觸。可恰恰此時，恰恰此地，明宇提起了她。

莫非他知道玉蘭塚的秘密？不可能，絕不可能。

果然，他接著又問：「她的義肢用得怎麼樣？有沒有定期維護和升級系統？」

「她……後來出了車禍，去世了。」我仰起頭，聲音消弭於夜空。

我並沒有給他糾正剛才的一個小錯誤——阿茹娜不是藏族，而是蒙古族。這不怪他，不是他記錯了，那只是當年的一個小誤會。另外，我有意用「後來」弱化了時間的概念，是不想讓他產生太多無謂的唏噓。事實上，當年他為阿茹娜裝上那副昂貴的智能義肢後不久，它們就變成了一堆血染的碎塊。

「帶你去看看我栽的玉蘭樹吧。」我引領他往玉蘭塚上走。

那條被我踏出來的「之」字形小路被積雪覆蓋得了無痕跡，腳下有些濕滑，明宇適時牽起了我的手。

「你的帳戶還正常吧？」我問，既然已經提及阿茹娜，便不該再迴避這個問題。

「正常。」他答道。

「人都沒了，前世的債還得還。」我感慨著，「還有一年，整整一年……」

忽而，我的手感到一股強大的後作用力。是明宇停住了腳步。我鬆開他的手，獨自又往上走了幾步，拉開一段距離後，才敢於回過頭來看他。

明宇站在離我不遠的低處，在昏黃的路燈中注視著我，目光深邃。

我意識到了自己剛才輕微的失態，趕忙解釋道：「我是在替冷桑感慨，妻子去世了，還要承受那麼大的經濟壓力，他是個手藝人，賺錢不容易。」說完我繼續往上走，一口氣來到了玉蘭樹下。

「這裡叫玉蘭塚。」我喘著粗氣，對跟著走上來的明宇說道。

這個名稱一向只存在於心中，沒想到今生還能有機會將這三個字說出口。餘音徘徊在耳畔，自己的聲音聽起來格外陌生。

明宇也來到玉蘭樹下，面朝一大片墓群，默默遠眺著。他的臉上生起一層淡薄的光澤，側顏清冷分明。雪夜的明暗反串成了一張負片，和我每天中午登臨這裡的景象幻夢般地疊加在一起，化作一片灰茫。

我轉過身，朝著和他相反的方向望過去。

北面最高的那座山巒上，如果此刻上面有人，並且他擁有一個倍數足夠高的望遠鏡的話，他將從那裡看到這樣一幅畫面：夜幕合圍著山林中的潔白世界，31,268座被白雪覆蓋的墓位，兩行深深的腳印，一座不高的小丘，一棵枝頭空空的玉蘭樹，一個男人和一個女人，沒頭沒尾地聊著發生在十四年前的破碎往事。

「打算在這裡待上一輩子嗎？」明宇來到我面前。

我不由得一驚。一日之中，竟有兩個人問了我同樣的問題。

「或、或許吧。」被羽絨服包裹得開始冒汗的我，卻在不經意間打了個寒戰，那幾個字因此而產生了頓挫。

「辭職吧。」他將我攬入懷中。

我嗅到了一股淡淡的科隆香水的幽香，那氣味令我恍惚覺得，身旁的白玉蘭在這立春的冰天雪地裡提前綻放了。乍然刺激之下，一個大大的問號從天而降，我不解風情地推開明宇，掙脫了他那寬闊溫暖的懷抱。

「誰告訴你我在這裡的？小凌，鄭虹，還是羅大同？」

「都不是。」他的語調意味深長，帶著一種克制。

這就奇怪了，我犯起了嘀咕。他和小凌一直沒有聯繫，下午已經交代過了，毋庸置疑。鄭虹和羅大同倆口子以前都是我的同事，鄭虹是入

殮師，羅大同是採購部主管，三年前他倆雙雙辭職，一起去印度靈修就再也沒回來。鄭虹是明宇在醫科大學裡的同學，當年我開花店的時候，就是因為明宇牽線，通過鄭虹和羅大同得到了為長風陵園供應鮮花的機會。關掉花店後，我便就著這層關係謀到了現在松濤館的工作，這些都是明宇去德國以後的事了。鄭虹和羅大同都曾問過我，是否有明宇的聯絡方式，自打他出國後，同學們就再也跟他聯絡不上了。明宇走前曾給我留過一個電子郵箱，但被我弄丟了，自是愛莫能助。也正是那時，我意識到了他和我一樣，切斷了和至親以外的一切聯繫。

除了這三個人，我真是想不出我們之間還有什麼交集，能為他提供消息，讓他懷揣著那個裝著璀璨石頭和陳年小米的絳紅色小盒，追尋到了長風陵園的松濤館。

「那你是怎麼找到我的？」我壓抑不住這份好奇。

他笑笑，欲言又止。

「你，到底還知道我多少事？」我警覺起來。

「你，到底還瞞了我多少事？」他以同樣的語氣反問，然後似笑非笑地望著我，彷彿我是一個被警方掌握了確鑿犯罪證據的嫌疑人。

我不甘示弱，回敬他以更犀利的目光。

我們緘默著，像兩個鬥氣的孩子似的，都在盡力壓制著自己心中的未解謎團，但各自所表現出來的那股氣勢，卻是已然將對方的底牌看穿，此時此刻只不過是在給對方一個坦白交代的機會而已。

這種心靈上的角力持續了相當長的一段時間。而後，不知是怎樣一個突如其來的靈犀使然，我們的目光毫無由頭地同時變得柔和起來，隨即誰也沒繃住，不約而同地一起笑了，頗有些一笑泯恩仇的意味。由於不是在松濤館，這一次我可以笑得無拘無束，已經不記得上一次如此開懷是在什麼時候了。

我們的笑聲打破了白雪覆蓋下的所有寂靜、寂寞和寂寥，迴盪在玉蘭塚上無盡的夜空中，久久不絕。

九、家宴

一週後，明宇帶我回家去見他的父母。我沒讓他來陵園接我，而是和他約在了他家附近的一個超市門口見，準備提前採購一些登門禮。

除了俗套卻也不會有什麼閃失的糕點和果籃外，我還買了扒雞、醬鴨、酥魚和網肘，湊齊了雞鴨魚肉四大樣。

「來家裡吃飯，還買這麼多熟食？」明宇看見我拎的東西時，有些迷惑。

我不好意思地朝他一笑，毫不諱言自己那番小心思。

明宇還不知道，我在做飯這件事上不是一般的無能，與油鹽醬醋鍋碗瓢盆天生絕緣。每當灶火燃起，我都會像中了邪一樣過度緊張，任那預先在腦海裡演練過無數次的菜譜連同我的智商，一齊被藍色的火焰燒掉，然後於慌亂之中，將準備好的食材和調味品草草下鍋，形如毀屍滅跡。哪怕只是烹飪最簡單的一道菜，廚房也會被我弄得混亂不堪。比廚房更狼藉的，是吃第一口菜時的心情。記得有位美食家曾經說過，每一道佳餚裡都暗藏著一個美好的靈魂，我做的菜剛好相反，裡面暗藏的是醜惡的靈魂——還不止一個。因為每一位領教過我廚藝的人的感受都是獨特而抽象的，借用一下那句話：幸福都是相似的，不幸卻各有不同。

我費盡口舌解釋這些，無非是醜話說在前面，一會兒乾瞪眼看著他父母在廚房裡忙活就不好了。多買一樣現成的食物，他們就可以少忙活一道菜，少受一會兒煙熏火燎，我良心上的不安也便能減輕一些。

明宇聽得一愣一愣的，待我終於閉嘴後，他才開了口：「那個……你多慮了，今天我做飯。」

「你做？早說嘛！」我鬆了一口氣，「害我廢那麼多話！」

「一句話就能說明白，誰叫你非得鋪墊那麼多！」明宇溫柔地埋怨道，「走啦，回家。」

那一大通煞有介事的解釋的確小題大做，如此矯情可能是因為登門前的緊張吧。我已經太久沒和工作以外的人打過交道了，十四年來一直把自己封鎖在一個密閉的場裡，拋棄了其他社會角

色和家庭角色，如今突然「破殼而出」，需要一個適應過程。

關於做飯這件事，懸著的心是放下來了，尷尬症又犯了，我依稀回想起了十五年前小凌邀請我和明宇去她家過生日那天的情景。可能是由於最近人生狀態發生重大改變的緣故吧，我對那些記憶碎片的控制能力越來越弱，它們時不時地從腦海裡冒出幾片，自行復原的面積也越來越大。對於和明宇有關的那一部分，我採取了消極抵抗。

那是我們第二次見面，距離立春的那次初遇已經過去了兩個多月。當我們三人一齊在餐桌前落座後，我和明宇才認出了彼此。那天就是他做的飯，每一道菜都是大廚水平。我當時暗暗羨慕，小凌性格糟糕，卻找了這麼好的男朋友，不但又高又帥，人還隨和穩重，連名字都那麼性感，更要命的是他還做得一手好菜。我不得不接受了那個普遍真理，男人果然都是迷戀女人外在的，小凌那姣好的臉蛋和惹火的身材更容易俘獲男人心。而明宇這樣有內涵的紳士絕不可能僅圖外在，所以我敢肯定，小凌一直在他面前裝淑女，裝聖女。在她的真實性格暴露之前，不知道他們還能走多遠。

往事一波波地暗湧著，百感交集。我抬手挽上明宇的胳膊，隨他朝著掩映在一片茂密楊樹林中的老社區走去。

明宇的父母以前都在衛生系統工作，這個社區是單位的福利分房，雖然老舊，但鬧中取靜，購物與交通都很便利，他們一家在這裡生活了近三十年。

這段路程並未消除我的緊張，以至於進屋看到玄關落地鏡上那個大大的紅「囍」時，第一個反應竟然是：他家有人結婚？第二個反應才是：哦，是我們。從小到大見過了太多的紅雙喜，全是屬於別人的，如今自己成了主角，一時半會兒還真有點兒不適。

兩位老人聞聲來門口迎接，他們都已滿頭白髮，比我想像中蒼老得多。明宇給我們做了似乎略顯多餘的介紹後，阿姨親切地拉起我的手問寒問暖，叔叔則躬下身，把一雙嶄新的紅色棉拖鞋放到我腳下。我的雙手一直被阿姨握著，只好連連欠身，向他道謝。

「老太太，你先讓人家進來好不好？」叔叔嗔怪道。

「就是就是！瞧我囉嗦的。」阿姨放下我的手，張羅著幫我掛外套。

「自己知道就好。」叔叔悶頭嘟囔了一句。

「老頭兒，今兒我讓著你，咱倆暫時休戰！」阿姨舉起雙臂，十字交叉，擺出了一個停止的手勢。

一頭霧水的我抬眼和明宇交換了一下眼神，他神情自若地笑笑，意思是讓我別介意。

我當然不會介意，雖然不知道我來之前兩位老人之間發生了什麼，但他們的率真讓我的緊張一下子煙消雲散，取而代之的是我對這個家庭所產生的親近感與歸屬感，這種感覺在我的前半生裡是缺失的。

我那可憐的母親生下我不久後就因誤服藥物而去世。誤服，這是我成人以後對此事的定性，我不認為她的行為是自殺。父親沒有再婚，一個人艱難地拉扯我長大，直到我十八歲高考落榜，他為不想復讀且無一技之長的我謀了一份超市收銀的工作，然後就辭了職，開始了籌謀已久的流浪生活。父親不斷變換城市居住，沒有固定電話，也沒有手機，任何人都找不到他。但在每個深秋母親忌日的那天清晨，我都會如約接到他從遠方打來的電話，這成了我們父女兩人共同祭奠母親的簡單而神聖的儀式。

這樣的家庭背景雖不太尋常，卻又格外清淨。不管二老對我的親善是否有憐憫同情的因素在內，我對他們的親近感絕對是樸素真誠的。母愛於我而言一直是個蒼白抽象的概念，可是在不久的將來，我可以重新獲得喊「媽」的機會，並且還多了一個「爸」，這是多麼幸福與幸運的事。

我在兩位老人的熱情護送下來到了客廳。

這是一套普通的老式三居室，客廳不大，四處裝點著彩燈和氣球，洋溢著喜慶與溫馨。茶几上有一大包五彩繽紛的糖果，還有一疊用來分裝糖果的粉色燙金小紗袋，裝好糖果的袋子整齊地碼放在一旁。窗邊的書桌上堆著一大摞請柬和信

封，旁邊有一本攤開了的小冊子和一副眼鏡。看樣子，我來之前他們正在忙活這些事，兩位老人各有分工。

「今天你來了真是太好了，婚禮的好多事啊，還得你來定。」阿姨說道。

「媽，你們聊，我去做飯！」明宇說著直奔廚房。

這個反應太突兀，我們三人齊刷刷地朝他的背影望過去，「砰」的一聲，廚房門被緊緊帶上。

「才三點，著什麼急啊，再說菜都準備得差不多了。」阿姨抱怨道，轉而對我說，「這孩子也不知道怎麼想的，婚禮的事我們一要跟他商量，他就找藉口去忙別的了。你看這喜糖，這請柬，雜七雜八我和老頭兒能安排的儘量都給安排了，就是知道你們忙，想少給你們添麻煩。可有些大事我們定不了啊，婚禮是搞中式的還是西式的？婚慶公司選哪家？一提這話頭兒他就躲……」

「現在有鐘眠做主就行了。」叔叔端來了茶水和果盤。

「對，今天你拍板兒！」阿姨用牙籤戳起一顆又紅又大的草莓給我。

我細細咀嚼著，品味著，調動全部味蕾去感受這久違了的軟糯香甜，上一次吃草莓不記得是哪一年了。

整個下午我都沉浸在暖暖的溫情中，和兩位老人詳細地討論著婚禮的大小事宜，能落實的當即落實。明宇則一直貓在廚房鼓搗飯菜，偶爾迫於阿姨的召喚，不情願地伸出頭來應和兩聲。

晚霞染紅了窗外的樹梢，幾片枯萎卻一冬未落的闊葉輕顫了幾下，時間一晃而過。

明宇的烹飪接近尾聲，他端著盆碗碟盤一趟趟地穿梭於廚房和客廳間。我起身要去幫忙，被阿姨一把攔下，她說大家分工不同，婚禮的事情他既然甩手不管，那就得任勞任怨為我們三人做好後勤服務。

恍若一場光能的交接，隨著餐桌上方吊燈的亮起，窗外枝頭上的最後一抹餘暉悄然褪去。

每一道菜都品相精美，令人垂涎。就連我買的熟食，明宇也都分別取出一些，湊成一個大拼盤。

盤，配了胡蘿蔔和西蘭花精心裝飾了一番。除了這些，還有絕不會缺席的小米粥，這一次是高配版，裡面加了紅棗、枸杞和桂圓。做飯對明宇更像是樂趣和享受，如此想來，我對自己糟糕廚藝的那份愧疚也便釋然了。

觥籌交錯間，阿姨為我佈了幾道菜，欣慰地說道：「婚禮總算理出個頭緒了，後面的事你們也得計劃安排了，以後在吃喝上啊，都得多加注意！封山育林，抓抓緊……」

「媽，您扯遠了！」明宇給阿姨夾了一筷子菜，順勢打斷了她的話。

「遠？你倆都啥歲數了？怎麼就沒點兒緊迫感呢？」阿姨擰著眉頭說道，卻又在下一秒鐘洋溢起了一臉燦爛的笑容，「名字我都想好了，男孩就叫明春雷——春天的春，雷電的雷。女孩就叫明晨露——清晨的晨，白露的露。怎麼樣？」

我不好意思地笑笑，明宇除了尷尬，似乎還有些緊張，惶然地放下筷子後，手又不知該如何安放了。

氣氛像來了冷空氣般驟冷下來，三個人不約而同地將目光投向半天沒吭聲的老爺子。

只見他眉頭緊鎖，好像在思考著什麼深刻的哲學命題，與我們完全不在一個世界裡。當他意識到自己陷入了六道視線的重重包圍時，才輕輕一哼，「什麼呀，跟天氣預報似的！」

我和明宇忍不住笑出了聲，冷場被打破。阿姨當然不會覺得好笑，還好她的注意力不在我們身上。

「老頭兒，那你也說兩個，咱們四個人舉手表決，公平PK！」阿姨正式宣戰。

我實在沒有能力抵禦「PK」這種詞彙從一個白髮老人嘴裡冒出來的喜感，只得以餐巾紙掩面，但求自己看上去笑得別太過分。離開了松濤館，我對表情的管理能力大打折扣。

「老太太微博微信比我玩兒得都溜，這些日子為了起名，成天泡在網上找靈感呢。」明宇跟我說道。

「這叫與時俱進！」阿姨目光如炬，氣貫長虹。

叔叔不為對方氣勢所懾，抿了口酒，不緊不

慢道：「起名是門大學問，明宇的名字就是我起的，單字，鏗鏘有力，擲地有聲，用字簡明通俗，卻不輸氣場……」

「行啦，別吹了！」阿姨不耐煩地催促著。

「那我就說兩個？」叔叔擺出紳士範兒，環視了一圈在座列位。

我和明宇連連點頭，投以期待的目光，以示敬重。

「快說！」阿姨拍了下桌。

「僅供參考！」叔叔清清嗓，面向我和明宇說話，「女孩就叫明洪，洪流的洪，男孩就叫明震，震撼的震。我跟你們說啊，這兩個字可是大有來頭……」

「你怎麼不說洪水的洪，地震的震啊？」阿姨厲聲打斷，「全是自然災害，還不如我那天氣預報呢！」

「你這個老太太哇，為什麼總是跟我作對？都鬧騰一天了，咋就不能跟我夫唱婦隨一次呢？」叔叔終於爆發，認真表達著自己的不滿，不過他的語氣和表情著實可愛，引得我和明宇捧腹大笑。

「誰叫你先說我天氣預報的！」阿姨很是委屈，隨即又抖擻精神，「老頭兒！我就是不服你，你不就比我多讀幾本書嘛，有本事咱們接著PK！」

叔叔不甘示弱，「P就P！」

說罷，兩位老人同時起身離桌，朝不同方向走去。

我的笑容頓時僵住，這兩位老小孩該不會真動氣了吧？我瞟了一眼明宇，他仍樂個不停，火上澆油地喊道：「老爺子，加油！老太太，Go! Go for it!」

「有戲看了。」明宇為我添滿小米粥，「讓他倆表演吧，咱們吃。」

幾分鐘後，兩位老人「殺氣騰騰」地回來了，手裡都舉著一個小本子，鼻梁上都多了副老花鏡。我探頭朝那兩個小本子望去，上面密密麻麻地記錄著他們這些天乃至這些年想出來的各種名字。

兩人你一言我一語，一輪接一輪辯論著，

不一會兒就陷入白熱化。概括起來，阿姨起的名字大多婉約小清新，叔叔起的名字盡顯雄渾大氣場，兩人爭得難解難分，對話完全不在一個維度上。

他們互掐沒關係，我和明宇可是誰都不敢偏向，只能說些和稀泥的話，堅決不參與投票。吃完飯，我倆爭先恐後地清理餐桌、洗碗和掃地，不停地給自己找活兒幹，以迴避這場爭端。待收拾妥當，老倆口還在鏖戰，一個以沙發為陣地，一個以書桌為堡壘。於是，我們只好以吃得太多需要散步為藉口，適時逃離了這個「是非之地」。

十、閃婚

春寒料峭，夜色正濃，經歷了一天喧囂的城市回歸了平靜。

明天我將難得享受一次休息日，晚上不必再費力趕回陵園。阿姨幾天前就把叔叔的書房給收拾出來了，裡面有一張羅漢床，床上用品全是新換的，今晚我就睡那裡。客廳的書桌本來是擺在書房裡的，叔叔離不開它，臨時被移到了客廳。兩位老人明裡暗裡為我所做的一切都讓我感到溫暖，遇到一個好男人不說，還趕上了這麼好的家庭，我不知自己如何修來的這份福報。

我和明宇之間該說開的也已說開，眼下再沒什麼特別的牽掛了。

一週前那次進城時間太緊迫，精神太緊繃，行程淪為了過場。此刻步履散淡，我終於有機會細細去打量，這座夜幕降臨以後我所熟悉——曾經熟悉的城市。

霓虹映亮了蒼穹。十四年來，這些在黑暗中跳躍的繽紛色彩只在夢境中閃現過幾次，而我所習慣了的與黑夜匹配的色調，只有長風陵園的路燈投射下來的昏黃。透過那層稀薄的濾鏡，可以瞭望到星月與銀河。

「眠眠。」明宇喚道。

「嗯？」

「我替二老謝謝你。」

「謝什麼？」

「你改變了那個想法。」

「什麼想法？」

「就是……『約法三章』。」

「『約法三章』？」我停下了腳步。

他也駐足，轉身面向我，「早知道你改變想法了，這些日子我也不至於那麼辛苦地跟他們周旋了。」

我訕訕一笑，繼續前行。

從他淡淡的無奈中，我又追憶起了一些往事。沒錯，那塊將要化成齏粉的關於「約法三章」的記憶碎片，連同他手腕上的疤痕、由小米黏成的「眠」字以及戴在我手上的這枚鑽戒，這一切要素聯合起來，才是有關十四年前明宇第一次向我求婚時的完整記憶。

我眺望著不斷融入到遠方暈影中的紅色汽車尾燈，意識又飄忽起來。

當時是在機場，明宇即將赴德國留學。我非但拒絕了他，同時還鄭重聲明：未來某一天，倘若我真的答應了他，那麼他必須接受三件事：一、不舉行婚禮；二、不要孩子；三、不論將來我以任何理由提出離婚，他必須無條件同意。

十四年了，沒想到他依然把這些話放在心上。關於這個男人，我不知還有多少難以打撈的記憶，倘若他不提及，便將被時光吞沒。

今天下午，那些看似不太尋常但又無所謂的細節，這一刻才顯現出了真實輪廓。我終於明白，阿姨為什麼總是埋怨明宇對婚禮的事情不上心，以及明宇為什麼一進門就直奔廚房不出來。他何嘗不想遂了兩位老人的心願，把我們的婚禮搞得隆重體面，可讓他糾結的是，他還清楚地記得並且不願違背我提出的那三條霸王條款。同時，我也霍然領悟，阿姨在飯桌上剛一提起關於孩子的話題時，他的尷尬和緊張意味著什麼，除卻一點點再正常不過的羞怯的人之常情外，更多還是因了那三道沉重的鐐銬。

真是難為他了。

其實，即便在當年，那些刻薄的條款也就是些說說而已的情緒化產物，我自己都未必認真過。更何況十四年過去了，人到中年的我哪裡還會那麼偏執，作為偏執的產物，「約法三章」也好，「霸王條款」也好，早該自動解約了。

至少，擺在眼前的第一條已經宣告作廢。

「明宇，你娶了我，將來會不會後悔？」我問了個傻傻的問題。

但他還是認真地做了回答：「只有跟你在一起的時候，我才會感到踏實和安慰。這種感覺對我很重要，我不想再失去。」

像是有什麼東西熨帖在了心頭，柔軟、溫暖而渾厚。一週前的那個猜想也在這一刻被證實，安慰感，是我所能給予這個男人的不一定唯一，但一定是最大的回報。

我亦獲得了同樣的踏實與安慰。十四年前，我像一隻斷了線的風箏，為了一個放不下的執念，將自己放逐到了遠離都市霓虹的郊野山林，把剩餘的青春與生命交付於那裡，孤單地找尋自我，感悟生死，探索未知，進而越飛越高，越飛越遠，沒有方向，也沒有盡頭。我曾以為我的歸宿就是那茫茫長空，永遠回不到最初的地方了。殊不知，自己身上有一根線，在那一片早已遠得望不見的紅塵中，有個人一直在默默地高舉線輪，任憑我想飛多高就飛多高，想飛多遠就飛多遠。直到我感覺疲憊了，懈怠了，他才適時收回了那根長長的線。

腳踏實地的這一刻，我發誓再也不飛了。

可能是這場愛情馬拉松跑得太久的緣故，有關結婚的一切程序化事務都被天然賦予了一種逆反心理，成了高效率的閃電行動。三天後，我們領了結婚證。

十四年前，明宇去德國前購置的一套位於北二環的公寓成了我們的新房。他算是押對了寶，這套房子的市價如今翻了不止十倍。記得當年小凌還陪他一起去看過房，她曾興致勃勃地給我講述過那個樓盤的品質多麼高檔，地理位置多麼優越，未來的升值空間多麼廣闊……誰知造物弄人，最終成為那套房子女主人的，不是她而是我。

明宇的朋友小于一直租住在那裡。小于在銀

行信貸部工作，當年的房貸就是他經手辦理的。巧的是小于迫於家裡的壓力，不久前剛剛置辦了一套精裝修公寓，正準備啟動一輪以儘快結婚為目的的相親活動，隨時可以搬走。這樣，我們的新房得以順利騰出。

接下來明宇開始籌備裝修，其間還要採購大到傢俱家電小到鍋碗瓢盆等一系列生活用品。兩位老人依舊為婚禮的瑣事操心勞碌著，讓他們鬆了一口氣的是，婚慶公司確定下來後，絕大部分事情都可以交由他們去做。而且，明宇對婚禮的態度一百八十度大反轉，他經常也會拿拿主意跑跑外勤，老倆口為此很是滿意，誇我調教有方。當然，二老還是經常會為起名的事吵吵鬧鬧，有時還會延伸到學前教育和人生規劃，這已經成了他們晚年生活的一部分重要內容了。我由於還要上班，在這些大事小情上反倒落了個清閒，唯一算是出了些力的，是利用一個輪休日，和明宇一起去給我這邊的親友送請柬。因為我家庭的特殊情況以及長久以來我的半隱居狀態，需要邀請的親友只有十幾位，將將湊成兩桌。陵園的同事不必邀請，發點兒喜糖就行。幹我們這行的人，尤其是從事入殮、火化、落葬等核心業務的，除非是自己至親或摯友的婚禮，否則都會自覺迴避這種場合的。

那天天剛矇矇亮，我們就驅車前往我的老家——離北京兩小時車程的璞玉。我們先去縣城郊外的陵園為母親掃了墓，然後進城，把幾家親戚的請柬一一送到。親戚要留我們吃飯，我們以有事為由謝絕了。

明宇說想看看我生活了二十一年的老宅什麼樣，我便指引著他，朝一大片老舊的平房區駛去。近些年大伯家的堂哥一直借住在那裡，我不想打擾，就遠遠指給明宇看，他在一片雜亂破敗中辨認出了我家的屋頂。

低空傳來一陣鴿哨，令人浮想聯翩。從這座小縣城裡，不知走出去了多少像我一樣的年輕人，起初只為謀生，後來與外面世界的糾纏越來越多，到最後再也回不來了。

我和明宇就這樣匆匆一瞥，悄然離去。

抵京後，我們逕直去了我在北京唯一的親戚

家。舅舅和舅媽都在，他們以前沒見過明宇，當年小凌和他還沒深入交往到需要見父母的程度。二老得知我的婚訊非常高興，欣然收下請柬，同時也遺憾地表示，小凌去歐洲出差半年，婚禮那天回不來。我擺出一副惋惜的樣子，內心卻在暗自慶幸，感天謝地。

兩個月後婚禮如期舉行，舅舅舅媽代替我的父母坐在了女方的主席，因為沒人能在婚禮前找到我的父親。我曾試圖碰碰運氣，撥通了一個陌生的電話號碼，但那個操著濃重東北口音的人，說不認識什麼「鐘遠聲」。

半年前，在母親三十六週年忌日的那天清晨，我如期等到了父親打來的電話。我們例行公事般地聊了幾分鐘，掛掉電話後，我習慣性地存下了那個來自內蒙古圖里河鎮的號碼，並讓它覆蓋了前年這一天存下的一個四川阿壩州的號碼。

那天，在明宇的一再催促之下，我終於拿起電話撥打過去。結果不出所料，又是一個小旅館的公用電話。也有意料之外的事情，聽筒那端傳來的不是我聽不懂的蒙古語，也不是什麼特色並不鮮明的「蒙普」，而是一口大碴子味兒東北話。我的疑惑暴露了見識的淺薄，明宇拿來地圖指給我看，原來，那個名叫圖里河的地方位於「雄雞」的冠子上，屬於內蒙古呼倫貝爾盟，緊鄰黑龍江，是大東北的一部分。

圖里河，全國最冷的地方，一月平均氣溫零下三十攝氏度以下，極端最低氣溫零下五十二攝氏度。

父親已經在外流浪了十九年。對於他為自己後半生所規劃的生活方式，我經歷了從最開始拒絕理解，到後來試圖理解，再到現在大致理解的艱難而漫長的轉變過程。與此同時，我自身也歷經了青春從繁盛到枯萎，理想從輝煌到褪色，愛情從幻想到幻滅再到重生的一系列人生歷程。在不自覺的自我探索中，我發現自己繼承了父親的執著，卻沒有繼承他的隱忍，畢竟，我還有一部分遺傳基因來自我那早逝的母親。好在這個世界沒什麼絕對不能改變的，否則我也不會撐到今

天。

我為自己所能改變的那一小部分感到欣慰。

參加婚禮的人都很知趣地沒和我提工作上的事。其實我一點兒都不忌諱，事實也證明我並沒有因為從事喪葬行業而沾染霉運，相反，都這把年紀了還能嫁給一個「會做飯的高富帥暖男」——這是小凌通過舅媽的微信向我們祝福時對明宇所用到的評價。如此人生運氣，莫不是要歸功於長風陵園的上風上水？遺憾的是，我一直沒機會把這些說出口，每當我把話頭兒引向自己的工作時，人家就善解人意地轉換話題，顧左右而言他了。「他」——當然是新郎。明宇那邊的親友好應付，基本上都是以他們說話為主，所言無非是誇讚他們的明宇如何優秀多麼完美。面對我這邊親友時的情況就大不一樣了，鬧熱的環境中，我不得不耐著性子回答他們提出來的大同小異的問題，像應聘一樣重複著明宇的履歷，婚禮快結束時，嗓子都快冒煙了。

「累死了！真後悔沒堅持『約法三章』。」

夜闌人靜，我坐在梳妝檯前一邊疲憊地卸妝，一邊無力地抱怨著。儘管是開玩笑的語氣，但我還是注意到了鏡中的明宇，他那成熟英俊的面龐好似覆上了一層薄薄的寒霜，比圖里河的隆冬還冷。

周遭的空氣並未因此而凍結。明宇走過來，從後面俯身環抱住了我，臉頰輕貼在我尚未卸完妝的額頭上。

他的臉分明是溫熱的，剛才一定是錯覺。

「眠眠。」他喚了一聲，我感受到了他喉嚨的顫動。

「嗯？」我望著鏡中的他，努力提了提精神，報以微笑。

他閉上雙眼，深情耳語了一句：「我愛你！」

十一、無常

明宇想和我去歐洲度蜜月，他說那座他學習與工作了十四年的德國南部小城，承載了他對我的全部思念，到處都有他獨自散步時的孤單背影，連空氣裡都懸浮著他喚我名字時的餘音。

我在感動之餘，更多是心酸。如果說，那十四年對他是一種思念成疾的折磨的話，對我又何嘗不是一種負人情思的不堪呢？我沒將這些心緒表露出來，而是違心地把心酸說成了牙酸，揶揄他我的牙都被那番話酸倒了，不過我還是答應了他。

請假時老徐一臉為難，咬咬牙才給了我五天假。他說現在人手周轉不開，晴晴最近可能還要被禮儀部借調，那批實習生最快也要兩個月以後才能來報到。老徐還說到郊區踏踏青也不錯，等時機合適了再把足額的存休補給我，這五天權當是白饒的。

身為老員工，我沒理由不顧全大局。老徐所說的那批實習生，來自民政管理學院。陵園和他們簽署了合作協議，隨時為在讀生開放實習機會，同時保證未來十年裡，每年至少提供一個中層管理崗位來接收學院的應屆優秀畢業生，逐漸實現管理層大換血。今年算是真正的合作元年，這個夏天就要迎來第一批新人了。

那些學習過現代化殯儀技術與管理專業課程的可畏後生，早晚有一天要把我們這些沒有學歷並且連專業知識也不系統的老員工全部取代。我想起了兩個月前在松濤館做的那個夢，夢裡老徐讓我寫檢查，裁員心思動到了我頭上，我氣急敗壞地用黃表紙把他砸得頭破血流。夢不是無故而生，它來源於潛意識，來源於對現實的真切感觸。

在長風陵園工作了十四年，我第一次產生了職業危機感。

蜜月旅行被迫取消，明宇的不悅鮮明地掛在臉上。他本來就不希望我做這份工作，幾次試探我的想法時我都裝糊塗。現在可好，他終於可以藉著對我沒拿到婚假的不滿，把積鬱釋放出來。

他「報復」我的方式很詭異——逼我去考駕照。他說蜜月旅行不去也罷，那就把假期分散用

完，每週去學兩天車。理由很充分，陵園離家太遠，我每天早出晚歸，地鐵加公交往返四個多小時，還經常要一「站」到底。開車雖然也不輕鬆，但比起擠車還是要舒服多了。

事實的確如此。結婚以後，每天晚上回到家裡我都累得像一灘爛泥，長此以往，真的很難再承受下去，而我意欲解決這個問題的思路和明宇截然不同。宿舍已經預交了半年房租，現在還沒到期，我早就想跟明宇商量一下，準備繼續在陵園住宿，一週回家一次。可每次話到嘴邊都嚥了回去，自知這個想法不近人情。

「以後上下班必須開車！」明宇強調。

醉翁之意不在酒，他其實是在要脅我辭職，只不過沒好意思把「不想開車就辭職」這後半句話說出口。他非常清楚我是一個對駕駛提不起絲毫興趣甚至非常抵觸的人，我對駕駛的抵觸，僅次於對做飯的抵觸。

可他混淆了一個概念，愛不愛開車和開不開車明明是兩回事。倘若我選擇了開車，那他逼我辭職的本意不就泡湯了嗎？還白白搭上了一輛車。再說現在買車需要搖號，也不是想買就能買上的。退一步講，就算我真的在這個節骨眼兒上辭職，也絕不會是因為這個幼稚的二選一遊戲。

令我始料不及的是，沒多久明宇就把新車開回來了。原來他早早就開始了操作，申請的是新能源車，獲得指標要容易得多。這讓一直和他耍心眼的我徹底傻了眼。

還讓我感到特別不是滋味的，是那個二選一的題目，我只看到了表面上蒼白膚淺的要脅，卻沒領悟到更深層的實在關愛。明宇希望我辭職是真心誠意，倘若我不辭職，改善一下我上下班的交通條件同樣是真心誠意。

以為看透了一盤棋局的路數，卻不想最終被將軍的人是自己。

心防不堪一擊，對於上班這件事，我第一次產生了動搖。人生充滿悖論，有些籌碼就是用來浪費的，包括那輛車。另外，這段時間我亦經常感慨，隨著那一批接一批年輕畢業生的到來，就算我不辭掉工作，早晚有一天工作也會辭掉我。

我犧牲了一夜的睡眠來做最後的權衡，心裡

的天平始終在左右搖擺。最終壓成定局的砝碼，是一筆快要到期的零存整取存款。

那是我上班以來攢下的過節費和年終獎，再加上這個月還沒拿到手的工資和提成，這些錢剛好可以撐到明年二月份的最後一期還貸。只有這件事得到保障，辭職才具有可能，否則一切都是空談。其實明宇給過我一張銀行卡，裡面有足夠多的錢供我自由支配，但我不準備讓他的錢和我背負的那筆債務產生瓜葛。

解決了唯一的後顧之憂，辭職這件事被搬上了日程。

屬於我和明宇的新生活即將開啟，與此同時，我在長風陵園裡的一切，都將宣告終結。有緣起自然要有緣滅，倘若這世間一定要維持某種看不見的平衡的話。

遞交辭呈那天，老徐並沒有特別驚訝。他一如既往地打著官腔，給了我一大堆輝煌的口頭評語，說捨不得我這個老員工走，希望有朝一日我還能回來共圖大業。這話聽起來格外滑稽，我忍不住笑了，趁他簽字的時候悄悄別過頭去。

除卻生死無大業，原以為每一位從事殯葬業的同行都會這麼想，看來我錯了。

環境未必能改變所有人，人也未必能被所有環境改變。對於長風陵園和我，這兩個條件雙向選擇的結果，便是長風陵園改變了可以被它改變的我，或是說，我被可以改變我的長風陵園改變了。

在處理我辭職這件事情上，老徐顛覆了我對他固有的偏見。我已經做好了再繼續工作一段時日的思想準備，總要給他留出一些人員調度的時間。沒想到的是，在陵園目前人力資源青黃不接甚至連正常婚假都請不下來的情況下，他竟然同意我即刻離職，並且還讓財務給我多發了半個月工資，算是補償欠我的婚假。

我真心向他道了謝。其實，除了愛打官腔和過於刻板外，老徐這個人並沒有大家傳說中的那麼「壞」。我感恩於在這裡和我共同工作過的每一個人，包括曾在夢中起過殺機的老徐同志。

辦完辭職手續和工作交接，我回宿舍收拾東西。

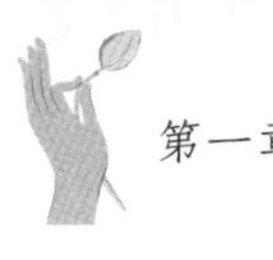

晴晴正四仰八叉地躺在床上，舉著平板電腦玩兒遊戲，電子音效吵吵鬧鬧。今天是她休息的日子，她居然沒出門，真是稀罕。

我沒在宿舍住的這段時間，她可能一次掃除都沒搞過，連垃圾都懶得扔，桌上堆滿了各種零食包裝和吃完的外賣餐盒。還好，她沒敢糟蹋我的床鋪，我只在床尾發現了她每晚都要抱著入睡的毛毛熊，那是她男朋友去年送她的生日禮物。

我把熊丟到她床上，她一腳踹下了地。不用說，一定是和男朋友吵架了。

她還不知道我辭職的事，此前我沒透露過任何這方面的想法。

我來到窗邊，推開半扇，「晴晴，我辭職了。」

她「哦」了一聲，過於平淡的反應令我意外。也許是遊戲玩兒得太投入了，根本沒過腦子吧。我沒在意，開始收拾自己的東西。

除了一直存放在行李箱裡的一幅被報紙包裹的破損油畫外，所有屬於我的私人物品全部堆在了床上，它們被一件一件收納到行李箱裡，和那幅油畫躺在了一起。

遊戲的電子音效突然消失，宿舍立時安靜下來。

「哎！」她長嘆一聲，「沒想到我這個天天喊著要辭職的人，到頭來，還是沒早過你這個打算在這裡待一輩子的人。」

晴晴像是在對我說，又像是在自言自語。她還保持著和剛才一樣的姿勢，手中的遊戲並沒有停止，她只是關閉了聲音。

我繼續埋頭收拾東西，莫名生起的一股愧疚感讓我無言以對。

所有家當都被裝到行李箱裡後，我才驚異地發現，除了才買不久的那把園藝剪刀外，十四年來我幾乎沒添置過什麼像樣的東西。唯一有些突兀的，是箱子的大部分空間裡，塞滿了晴晴那次進城幫我買的打折衛生巾。

寂靜的空氣中傳來輕微的「絲絲」聲，一個被風吹落的零食包裝袋在地上打著旋。

晴晴終於放下手裡的玩意兒，扭頭望向我，「姐，這是不是就叫無常？」

我愣愣地朝她望去，四目相對。恍惚中，那個臉上還帶著嬰兒肥的女孩，已不再是我曾經認識的晴晴了。

我低下頭來，摩挲著平鋪在箱子裡的衛生巾，它們至少夠我一年的用量。伴著塑料包裝發出的簌簌聲，我淡淡一笑，「這才叫無常。」

與晴晴就此別過。她想送我，被我謝絕了，她沒再堅持，我也就無需多費口舌。

我拖著行李箱離開了宿舍，朝北山方向走去。玉蘭花期已過，我準備最後為它修剪一次，它那總是過度向西伸展的枝椏。

甬道兩側的春花如約綻放，精心搭配出來的色系淡雅溫馨，香氣清幽深沉。我對這裡一草一木一磚一瓦的熟悉，勝過對人的熟悉。那些同事們在我眼前如流水般來來去去，包括幫我在這裡謀到職位的鄭虹和羅大同，還有兩任陵園園長、三任殯儀館主任，以及禮賓員、防腐師、火化師、入殮師、落葬師……更不用說實習生、園丁、保潔和保安那些臨時工了。故長久以來，我在潛意識裡一直有一種陵園主人的姿態。

直到今天我才明白，這裡真正的主人，是那些擁有堅實墓碑的或已沉睡或尚清醒的靈魂，他們是有「產權」的。而我，一個行李箱就可以裝下這十四年裡的全部所有。比起他們，生者都是過客。

行至墓園深處，我取出園藝剪刀，提著它，再次上到了那座登臨過數千次的玉蘭塚上。

東北方向的山坡正在伐木，陵園新一輪的擴建已經開始。那面山體將像梯田一樣被削出幾個平面，用不了多久，就會樹起如林的墓碑。全面實現生態化殯葬尚需時日，在這不會太短的過程中，可能還將伴隨著幾輪傳統硬質墓區的擴建。很快，玉蘭塚就不再是長風陵園的制高點了，甚至在不久的將來，它也將被夷為平地。

我最後一次眺望整個陵園，白天的這裡真的是這座城市最靜謐的地方。倚在玉蘭樹前，閉上眼，隨時都能沉沉睡去。

我舉起剪刀準備修剪，行將觸碰到枝條時，

胸口突感一陣刺痛，那油光鋥亮的尖刃彷彿戳在了我的心臟。

西方，它為什麼總是向西方過度伸展？難道說，那個方向有她什麼牽掛？

我茫然西眺。良久，淚水霎時湧出，一滴一滴，鏗鏘入塵。

十四年來，我竟對那些繾綣情愫渾然未覺，一年又一年，一次又一次，揮舞著碩大的剪刀，粗暴地剪斷了那一根根掛滿深情的向西旁發的枝條。

後知後覺的我這一次終於放棄了修剪的念頭。這把從這座城市最高級的商場裡購買的園藝剪刀，今生可能再也不會有被使用的機會了。就當是一個紀念吧，紀念我在松濤館工作的十四年裡，所賣出去的那個最昂貴的蓮花骨灰盒。

突然感覺特別累，彷彿十四年來經歷的所有疲乏同時化現，一股腦兒全部壓了過來。不堪重負的我靠著玉蘭樹坐下來，手垂放在泥土上，感受著大地的回暖。

起風了，那是靈魂特有的表達。微風是問候，小風是傾訴，風間的停滯是沉默，乍起的狂風則是陽壽未盡者在哭訴……此刻的風盤旋著，吹亂了我的頭髮，一片沒燃燒充分的黃表紙在頭頂上空舞動著，這是他們在向我話別。

我閉上眼，周身泛起涼意。空氣顫抖著，升騰著，似有無數雙手將我溫柔地托舉起來，緩緩升空，越來越高。身體逐漸放鬆，四肢舒展開來，一點點地脫離了身下的依托。陣陣松濤中，我自由地翱翔於那一片蒼鬱的群山萬壑之巔。

這是我最後的徜徉，這是我永遠的流連。

31,268 座墓碑，77,549 個在世與不在世的名姓，77,550 個終將安息的靈魂。

別了，阿茹娜。

別了，曾與阿茹娜為伴的你們。

就這樣，我終於結束了這份從事了十四年零七天的工作，以後再也不用和死亡打交道了。這不只是明宇的期待，也同樣是親友們長久以來的企盼，如今他們如願以償。而我，成立了家庭，即將變為一個全職太太，在不久的將來或許還會有個孩子，如此人生，也算是修成正果了吧。

十二、流轉

辭職以後的時間之於我，像水之於溺水者，多得令人窒息，我必須找些消磨時間的事情來做。想來想去，覺得還是應該從如今的本職做起，家庭主婦也是有技術含量的，尤其是對我這麼一個吃慣食堂睡慣宿舍的人而言。我需要儘快適應自己的新角色，努力學會如何打理這個剛剛組建起來的小家庭。

不過，做早飯這件事情還是暫且免了吧。

十四年來我已經養成了不吃早飯的習慣，因為性價比太低，一碗稀粥一塊錢，半兩米都沒有，還不如午飯時多打二兩乾飯。另外，我做不到早起。

以前在陵園的上班時間是早上八點。得益於住職工宿舍的便利，加上不吃早飯，我習慣了每天睡到七點四十五分自然醒。穿衣洗漱五分鐘，走到松濤館五分鐘，每天都是提前五分鐘到崗，前後誤差不會超過一分鐘。這個「三五」原則貫徹了十四年，記憶中我只遲到過一次，那一次和父親有關。

在母親三十週年忌日的前一天晚上，我像往常一樣把在抽屜深處又沉睡了整整一年的諾基亞7710手機拿出來，充滿電，第二天一早揣在了身上。剛出宿舍父親的電話就打了過來，通話時我不知不覺地放慢了腳步，經過松濤館背身的紫藤長廊時，我在一個石凳上坐了下來。那是我們通話時間最長的一次，大約有七、八分鐘，父親當時身在雲涼，那時他已在外雲遊了十二年。以前他每次給我打電話時，所在的地方都是荒遠陌生的，這一次的雲涼雖同樣荒遠，卻並不陌生，於是我就和他多聊了幾句，談及內容包括曾經聽聞的遠古時代隕石雨遺跡、隨季節而變幻形態的情人湖以及現代詩人李荼得和他那首著名的〈雲涼之夜〉。

那天上班我遲到了三分鐘。當我小跑著來到松濤館門口時，每天和我交班的夜班員老謝已經站在那裡瞭望「多時」了。他格外關切地打量了我一番，未見異常，神情這才放鬆下來。

「小鐘啊，搭班這麼多年了，我終於加了一次班，得感謝你給我這次機會！」他調侃道。

「起晚了，真不好意思。」我找了個藉口。

我的生物鐘就這樣被冤枉，替我這唯一的一次遲到背了黑鍋。不知是不是出於報復，又或許是我的名字早已打下的讖語，辭職以後，那個看不見的鐘就像睡著了一樣，再也無法調節，我依舊會在每天早上七點四十五分這一時刻準時醒來。

結婚後一直跑通勤，從前的作息徹底顛覆，每天清晨五點我都要被兩個鬧鐘殘忍地折磨醒，可即便這樣，身體仍未形成刺激性記憶，那個在體內運轉了十四年的生物鐘具有極其穩固的節奏，難以撼動。

想早起醒不來，想賴床又睡不著。七點四十五分，成了我左右都難以逾越的時間點。

明宇每天什麼時候起床什麼時候出門，我全然不知。一覺睡醒來到餐廳，早餐都已擺好。

起初，每次吃完都會有強烈的內疚感襲來，於是我設定了六點半的鬧鐘，想爬起來為明宇做早餐，奇怪的是我從來沒被叫醒過。每天一睜眼，時針和分針依舊會呈現出那個熟悉的角度——三十七點五度，在松濤館無聊時我曾計算過。後來在我的一再質詢下，明宇才承認鬧鐘是被他偷偷取消的。

我只好跟他談判，要麼別碰我的鬧鐘，要麼以後早餐別做我那份。讓一個在外忙事業的男人給一個家庭主婦做早餐，實在可笑。可這兩個條件明宇都不接受，理由很簡單，他以前一向自己做早餐，習慣了。另外，一份也是做，兩份也是做。

想想也是，他的主張沒毛病，我又何必非要難為自己。就這樣，一個家庭主婦名正言順地甩掉了做早餐的包袱。

明宇的生物鐘遠不如我的好使，需要靠鬧鐘來叫。為了不打擾我，他特意買了個電子手環，不是為了監測睡眠和計算步數，僅僅是為了使用它的振動鬧鐘功能，這樣他就能在不吵到我的情況下每天六點半準時醒來了。起床後，他先要去附近的小公園慢跑五公里，然後回來沖澡，做早餐。

煎蛋、火腿和全麥麵包，配上生菜、番茄和芝士，便是簡單可口的三明治了，再加上新鮮的時令水果、頭天晚上預約煮好的小米粥和開胃酸黃瓜，這樣的早餐可謂土洋結合，營養豐富。值得一提的是，熬粥用的小米是明宇從山西特產專賣店裡買來的特級沁州黃。

吃完早餐他就去上班了，我只負責在七點四十五分自然醒，然後心安理得地享用餐桌上的一切。我的胃並沒有像生物鐘那樣難以調節，不吃早餐這個劣習，結婚後算是被矯正了。

一個月後，我終於喝膩了小米粥。

「以後早餐別熬粥了。」我直言道。

「你怎麼隨便毀約？」他有些不滿。

「毀約？」

「剝奪我踐行承諾的機會。」

在他看來，每天給我熬小米粥是一份時效為一輩子的合約。

「『約法三章』毀約時，你怎麼不這麼說？」

這個反駁殺傷力很強，他無言以對。

時至現在明宇仍不明白，關於小米粥的那個約定，從一開始就是個不折不扣的玩笑，而他心甘情願在上面簽字畫押。我沒再說什麼，打岔去做別的事情了。

抱怨歸抱怨，第二天早晨，小米粥真的從餐桌上消失了，取而代之的是牛奶配果仁燕麥片，土洋結合的早餐時代就此結束。

吃完早餐，刷碗、收拾房間、洗衣服和打理陽臺上的綠植成了我的日常職責，做完這些差不多就到中午了。由於沒有什麼體力上的消耗，早餐的營養和熱量又足夠高，午餐就免了。下午的時間基本上是用來消磨的，電影、電視劇和各種綜藝節目，每天都要看到頭昏腦脹，明宇給我充的那些VIP會員總不能浪費掉。約莫五點的時候，我開始準備晚餐，這是我作為家庭主婦所能盡到的一項最為像樣的義務。

對我而言，做飯這件事的技術門檻極高。而曾經那幾回烹飪失敗導致的至今猶在的心理陰影，又在時刻提示著我，做飯對我絕不僅僅是個技術問題——事實上，我和這份活計天生犯相。

還是在我去長風陵園工作之前，開花店的時候，我曾買過一本菜譜大張旗鼓地學起了做菜。遺憾的是，只學做一次就金盆洗手了，那道菜裡面藏匿著的「醜惡靈魂」封印住了我，往事不堪回首。

在做飯這方面，我是七竅通六竅——一竅不通。現如今，我要做的就是打通這最後一竅。

我從網上搜索了很多菜譜，找到了一套最適合自己用的。這套菜譜的與眾不同之處在於，食材和調料的具體克數全都做了標明，而不像其他菜譜那樣，統統冠以「適量」或「少許」。為此，我還專門買了一臺精度到毫克的廚房電子秤，正式踏上了人生第二次廚藝探索之路。

令人難以置信的是，這一次，我那最後一竅很快就被打通了。倘若不是在睡夢中受了食神的點化的話，就只能把原因上升到人生哲學的範疇了。隨著閱歷與經驗的積累，炎涼世間錯綜複雜的種種度量一點點清晰分明起來，熟稔於心後觸類旁通，分寸毫釐已然和經驗感覺融通在了一起，再也不會為「適量」二字茫然了，火候的掌控亦是如此。只是可惜了那臺電子秤，買來沒幾日就被束之高閣。

後來，我非但不再按部就班地唯菜譜是從，偶爾還會自己開發一些創意菜餚，味道都挺不錯。當然，明宇的鼓勵也是我不斷進步的重要因素。我做的每一道菜他都讚不絕口，從沒剩過，這讓我對做飯這件事情的態度由極端抵觸轉變為了成就滿盈，所謂犯相云云不攻自破。

明宇的公司剛起步，正是要勁的時候，他每天回家都很疲憊，但為了不讓我的體形橫向發展，晚餐後他還是振作精神，義不容辭地承擔起了陪我散步之重任。除了不定期地到大型超市採購食材和日常用品外，更多時候我們是到他每天晨跑的小公園裡遛一遛，這通常是我一天當中唯一的戶外活動。

這樣的生活狀態對我來說是新鮮的，愜意

的。然而，當所有的新鮮與愜意被掛在了「日復一日」這個車輪上，總有一天它們會被磨平，碾碎。

把菜譜上能做的菜品做遍以後，一種無所適從的感覺開始無聲無息地蔓延開來。我不止一次做過這樣的夢，自己身處一個大到像海一樣望不到邊際的巨型游泳池裡，目光在水平面上失去了焦點，意識也渙散稀薄，判斷不出岸的方向，只能隨波漂蕩。包圍我的，除了水，還是水。

唯一能帶給我一些刺激的，是每個月末的那筆還款。

帳戶上現有的存款本可以把剩餘的債務一次性還清，還能免除一些利息，可我不願那麼做。我必須一期一期地去償還，從第一期到第一百八十期，它們是我人生中必須進行的一百八十場莊嚴儀式。

明年的二月二十八日是最後一期還款的日子，準確地說，是最後一期的最後還款日。長久以來，我已經習慣了在每個月的最後一天還款。一百八十個還貸日裡，總共有一百零五個三十一號，六十個三十號，十二個二十八號和三個二十九號。

十五年的還貸生涯，覆蓋了我生命中的五千四百七十八天。在結婚前的那十四年裡，沒有一天我不在節衣縮食，當我為了幾分錢而斤斤計較時，心臟的跳動都會變異成喪失節律的抽搐，日漸萎縮變形。可我享受這自虐的感覺，每每這時，他的氣息便如結晶般附著在了那些乾涸幽深的褶皺上，仿佛從未離開過我。

長久以來，他一直以這樣的方式——也僅能以這樣的方式存在於我的生命中，身體裡，我總是渴望將每一期還貸的期限盡可能地延展到最長。

五千餘日彈指一揮，剩下這二百餘日也正在如風般掠過，那些氣息將越來越淡，直到完全消散。因此，隨著十五年還貸生涯的即將結束，我非但沒有如釋重負的輕鬆感，反而生起了巨大的失落感。而最後一期還貸剛好是在二月，比其他月份少了幾天，這便讓我那與日俱增的失落感冥冥中又加重了幾分。

我曾試圖排遣這種焦慮，既然無法阻止最後一個還貸日的來臨，至少別讓接近它的過程太折磨人了。或是說，既然這個日子早晚要來，索性來得痛快一些吧。如此想來，是否應該慶幸二月比其他月份少了幾天呢？可我又不甘心。

其實哪天開始哪天結束還不都是一樣的，橫豎這五千四百七十八天。道理何嘗不懂，只因最後一期還貸剛巧終結於二月這個天數會發生變化的特殊月份，所以才衍生出了這麼多無謂的糾結。

我的心如同一個永遠配不好砝碼的天平，輕易便會失衡。陷入思維方式誤區的我，很難從這樣的惡性循環中解脫出來。如果這是一種心理疾病的話，想必我已病入膏肓。

十三、速度

我想轉移一下注意力，最好的方式就是繼續給自己找事情做，但絕不是去尋覓另一套菜譜，不管它是否標明了食材的精確克數。「適量」二字我早已不再畏懼，做菜這件事對我不再有挑戰性，喪失了它特屬於我的那一部分鮮活個性，淪為家庭生活鏈條中平庸的一環，我也就不想再為其傾注更多的精力了。

我決定去考駕照，投入到另一個完全不同的環境裡，在這個盛夏給自己找點兒罪受，消耗消耗體力，可能就不會再有那麼多精力去胡思亂想了。更何況那輛新車已經在地庫裡停了那麼久，如同被打入冷宮般無人理會，唯一陪伴它的，是角落裡的充電樁，命運不該對它們如此不公。

我沒和明宇商量，而是先斬後奏，在眾多駕校中報了一個有班車直達但離家最遠的，這樣來回的路途上便可以多消耗掉一些時間。我對明宇的解釋則是這個駕校比較新，車況好，這個季節沒有空調是不行的，我抵禦炎熱的能力可沒有抵禦嚴寒那麼強。明宇自然不會有什麼意見，我能振作起來也是他所期待的。

學車是件辛苦事，欣慰的是，對開車一直抵

觸的我竟然對各項操作的理解和上手毫無障礙。帶我的教練姓王，比我大一輪，是個不折不扣的話癆，和他在一起時永遠不會冷場，可以讓我免於陷入想東想西的自我折磨。這成了後來我只約他課時的重要原因，所以，學車這件事一拖就是兩個月。

「為師我幹這行快二十年了，如今也算桃李滿天下，學子盡乾坤了。」休息的間隙他沒話找話，自我陶醉著。

「祝賀你！」正發呆的我敷衍了一句。

「應該是我祝賀你！」他的語氣波瀾不驚，卻成功吸引了我的注意力。

「為什麼？」

「因為我準備把『最佳學員』的榮譽稱號頒給你。」

「並列最佳嗎？和所有桃啊李啊一起？」我不屑一笑，毫不留情地揭穿了他，「你跟每個學員都這麼說過吧？」

「反正本年度名額就一個，非你莫屬。」他入戲頗深。

「好吧，既然我這麼優秀，咱今兒就別練了。」我藉機說道，這至少可以成為我們在這三伏天裡偷懶的藉口。

「我看行。」他遞給我一根煙，為我點燃。

這就是我們的相處狀態，自然中帶著一絲游離，無聊中透著幾分喪氣。除了跟他學開車，我還跟他學會了抽煙——真抽，而不是假模假式地擺擺樣子。每次去駕校的兩個學時裡，有一半甚至更多的時間，我這個「最佳學員」都是和他在樹蔭下消磨，閒聊、抽煙、嗑瓜子。有時他實在聒噪得厲害，我不得不違背專門約他課時的那份初衷，跟他說「拜託，讓我靜靜！」他便識趣地去找別人聊了，那張嘴真是一刻都閒不下來。

因為話多，跟他關係好的幾個教練給他起了各種綽號，什麼「王大白話」「王大嘴巴」之類的，叫得最響亮的卻是那個最令我費解的「王黑牙」。身為資深煙民的他，牙齒的確不白，可也不比別人的牙黑到哪兒去。我問他這個綽號的來歷，他不好意思地咧嘴一樂，解釋道：「他們說我話太密，嘴老張著，牙容易曬黑。這是文學修

辭——誇張，誇張你懂嗎？」我點點頭，強忍住了笑，從那以後便對他以「黑牙」相稱。

很多人都有性格分裂的另一面，這一點在黑牙身上表現得特別明顯，而且他還可以隨時在兩種狀態之間自由切換，卻不會給人突兀的感覺。和他混熟了以後，我也經常會和他講起一些自己的事情，不是指那種一般意義上的閒聊，而是帶著傾訴口吻的談心。每每此時，他都會立即收聲，從一個話癆搖身一變，成為安靜忠實的聽眾，得體地去配合我提及每一個話題時所附帶的情緒。

不管我講述什麼，有趣的或無趣的，他都認真傾聽，並且會像一個相聲捧哏那樣「嗯啊哦哎」地應和幫襯，但從不刨根問底。在他面前我總是很放鬆，很自我，所說的每一句話更像是喃喃囈語。除了那些家常瑣事的碎碎念，我也並不諱言那於我滋味寡淡的夫妻生活。講得最多的，還是我在長風陵園上班時記憶深刻的事情，比如園草地位十四年都沒被撼動的美男子潘嶽，每年都來給已故女友買「蘋果手機」的眼鏡男孩，那個在明宇向我求婚的日子裡買走最昂貴的蓮花骨灰盒的白衣老婦，為了寫恐怖小說來向我求素材的民政局的小田秘書……我還講到了我的同事晴晴、老徐、老謝、小齊大齊、松濤館的前任售貨員小楊和辭了職雙雙去印度靈修的羅大同鄭虹夫婦，講到了玉蘭塚、阿茹娜甚至那筆貸款……除了這些，我還提及了很多更為久遠的往事，比如我那早逝的母親，我曾經開過的花店，還有一個連明宇都不知道的秘密：我那已經在外流浪了十九年的父親，並不是孤身一人，他的行囊裡還深藏著一個袋子，裡面裝著的，是他最親密的戰友的骨灰……

我所談及的這一切都是碎片式的，是從腦海裡隨機迸發出來的。黑牙雖然是個話癆，卻不善於發問，抑或是他有意緘默吧。那些碎片很難有機地拼合成一個相對完整的故事，哪說哪了。

我很詫異自己為什麼能在黑牙面前暢所欲言，他不過是一個混在人堆裡就再也找不出來的普通人。我甚至認為，等拿到駕照後，用不了多久我就會忘掉他那毫無特徵的模樣。在更為久遠的某一天，我所能記起的關於他的一切，也許就只有「黑牙」這個綽號了。

轉眼入秋，天氣轉涼，我順利通過了路考。在一個天空湛藍萬里無雲的日子裡，我開著新車去了駕校。領到駕照後，我給黑牙打了個電話，約他在停車場見一面。

他一溜小跑來到我面前，我朝他晃晃手裡的小黑本，從車裡拿出一條用報紙裹好的雲煙給他。

「承蒙栽培！」我說。

「俗！」他一臉不屑。

「不要拿來！」我伸手要去奪回。

他趕緊把煙夾到腋下，嘿嘿一樂，「下不為例！」

我白了他一眼，拉開車門準備上車，他趁機朝裡望了望。

「就你自己？你開車來的？」他驚訝地問，神情誇張。

「還能是車開我？」我笑著反問。

「過來時你可是無證駕駛！」他訓斥道，掄起香煙朝我腦袋拍過來。

我沒躲閃，讓教練打一下不丟人。而他那抓著香煙的手卻是高高舉起，輕輕落下，虛晃了一槍。

我翻開手中的駕照，舉到他面前，「您看好了，發證日期是三天前，要真是倒楣被交警抓到，最多也就是沒帶駕照的性質，扣分罰款而已。」

「行！交規學得不錯，都能訓教為師了。」

「不敢，學以致用罷了。」

「好吧，就算這樣，拿駕照第一天就被罰一分，為師臉上也沒光啊！」

「十二分全扣了也沒事，吊銷駕照更好，重學一遍，還能再來找你嘮嗑呢。」

「我身上那麼多閃光的優良品質你不學，偏學貧嘴。」黑牙手裡的香煙再次朝我腦袋拍過來，這次比上次稍重了些，我聽見了煙葉簌簌作響。

他還要趕著回訓練場，就此和我告別，「將來等你飛黃騰達了，別忘了為師。」

「騰達？」我哼笑著，「我頂多撲騰兩下。」

「大家都一樣，多個朋友多條路嘛。」

「您桃李滿天下，不差我這一個了。」

「總之啊，你記得為師就行。俗話說得好，一日為師，終生為父。」

「滾！」我低吼一聲。

他哈哈大笑起來，好像真佔了我多大便宜似的。

「真得走了，學員還等我嘮嗑呢！謝了啊！」他揚了下手裡的香煙，轉身跑了。

我發動了車子，剛要起步，卻見黑牙揮著香煙，掉頭跑了回來。

我落了車窗，不知他還有何貴幹。

他彎下身，從車窗外探進半個腦袋，姿態滑稽。他注視著方向盤中央的車標，一本正經地說：「把握好方向，不管是開車，還是過日子，這是為師最後送你的深情寄語。」

我還沒反應過來這突變的畫風，他又伸進一隻手來，摳了一下車門上的窗控鍵，玻璃升起的同時，他迅速把腦袋和手一齊退縮出去。

我隔著玻璃朝他笑了笑，一腳油門揚長而去。沒說再見——說不說都是一樣的。

不見，誰也不會想起誰；見了，誰也不會把誰記多久。

這應該就是我能在黑牙面前輕鬆暢所欲言的緣故吧，潛意識裡，我把這份師徒關係也定性為了萍水相逢。後視鏡裡，當我看到黑牙用手中的香煙朝另一個教練的後腦勺偷襲了一下，隨即嬉笑著跑遠時，我終於明白了這一切。

我竟喜歡上了開車，駕駛給我帶來了前所未有的全新體驗。

電動車的「電門」響應非常及時，起步超快，比汽油車更有推背感。那天我不知哪兒來的膽子，在五環上玩兒起了超車，時速表顯示的數字瘋狂地往上飆，一百一、一百二、一百三、一百四……速度可真是個神奇的東西，那種刺激給我帶來了巨大的快感與充實感。狠踩「電門」的時候，注意力全部集中在駕駛上，腦海近乎真空，可以不再去想別的事情，包括即將到來的二月二十八日，以及如何繼續向這場婚姻妥協。

那感覺，像迴光返照。

當時速加到一百五十公里的時候，尚有的理智告訴我：夠了，真的夠了。扣分罰款無所謂，超速百分之五十就要吊銷駕照了，這是我不該觸碰的底線。雖然我把黑牙定義為萍水相逢之人，但我還是不想給他丟臉。更何況，我也不能把那筆尚未清償的債務留在世間，置別人生命於不顧地自私地去迎接那一場車毀人亡一了百了的猛烈撞擊。

二〇一五年二月二十八日，將上演我生命中最重要的一場儀式，我至少要肢體健全地捱到那一天。

一週後，我乖乖去接受了違章處罰，除了罰款，還被扣掉了九分。我決定相當長的一段時期內不再摸車，一方面是因為真的不想進學習班，另一方面是因為愛因斯坦的相對論。

身為理科盲的我，對相對論這一著名理論賦予了極其淺薄的理解：既然速度與時間成反比，那麼，是不是我的運行速度越慢，從身邊流淌過的時間就會越快呢？

不知從何時開始，心中那個總是搖擺不定的天平已經嚴重地傾向了一側。我做夢都在渴望，有什麼魔法能把當天到明年二月二十八日之間的一百多個日子從我生命中抽走，待明天早晨一睜眼，時鐘上所指示的那個亙古不變的七點四十五分，便是屬於二〇一五年二月二十八日那一天了。

我真的沒再碰車，而是著了魔般地成天窩在家裡，像個烏龜似的能不動就不動，享受靜止帶來的速度。我從未質疑這個邏輯的滑稽荒唐，權當是為惰性找了個自欺的理由吧，對此我絕不辯駁，我連辯駁的氣力都沒有了。

結婚伊始，日子是在跑通勤的辛苦忙碌中度過的；後來辭職做起了家庭主婦，日子是在對生活的新鮮感、對物質的滿足感和對烹飪探索的成就感中度過的；習以為常後，日子是在學習駕

駛的勞逸與充實中度過的；拿到駕照後，日子是在速度帶給我的思維真空中度過的。如今，我再也找不到繼續度過後面為數不多的日子的理由了——我是說，二〇一五年二月二十八日之前。

於是，我僅能以厭棄一切的姿態來維持某種不變，以此來應對日後的萬變。厭棄一切，包括厭棄這場婚姻。

我知道這一天早晚要來，只是沒想到，會早到半年未竟。

十四、色影

我的婚姻像泡了十幾泡的茶水般索然無味，也許它原本就是一杯白開水，從來就沒有過什麼滋味。

婚後我收穫的所謂快樂，大多歸結為事情本身，比如做飯和駕駛。也有一些沒有清晰輪廓，或者難以獨立存在的雜糅在我和明宇之間的姑且可以被稱之為幸福的事，它們零星細碎且短暫易逝，是明宇單方面無條件的付出，我所能回饋於他的更多是感動與感恩，故而我們之間的微妙平衡才得以維繫。這個家庭從一開始就基礎虛乏，它被建置在一條高空鋼索之上，下面或泥或海，或萬丈深淵。那個名叫「婚姻」的走鋼索的人，始終被一團迷霧環繞著，能看見的只有近前。起初它尚邁步穩健，如履平地，越往後越下腳猶疑，顫顫巍巍。我和明宇，就是它手中那根長長竹竿的兩個端點，這樣的婚姻，更像是一門需要精確計量的技術。

婚姻唯一給予我的不可取代的，是從明宇父母那裡汲取的親情。我們每週末都一起吃飯，因為有了廚藝上的蛻變，我將廚房裡的活兒全部包攬下來。晚上，一家人圍坐在一起，吃著我烹飪的並不驚豔但還算適口的飯菜，聊些有趣無趣的家常，聽老倆口為一些有所謂無所謂的事情拌嘴……這些平凡的生動，才算是婚姻本身帶給我的可以用心咂摸的滋味。

做晚餐，曾經是我作為一個全職家庭主婦

所能盡到的最像樣的義務，我因此斬獲了榮登人生巔峰般的驕傲與喜悅。現在，這件事對我來說只剩下了油膩與燥熱，連起碼的應付都無意承擔了。自打學車以後，除了去明宇父母那裡我偶爾還會做次飯，平日已經很少下廚，基本上都是在超市買半成品，或者乾脆吃外賣。不久前，我像中了邪似的開始沉溺於所謂的相對論，決定以厭棄一切的消極態度來迎接那個日子，連加熱半成品和叫外賣也淪為了負擔。

這個下午，正當我為晚上吃什麼而傷腦筋時，明宇打來電話，說臨時約了客戶談事情，晚上不回來吃了。我鬆了一口氣，一個人的晚餐好說，幾塊蘇打餅乾就搞定了，何必非要把胃搞得跟泔水桶似的。

我不是不知道厭食症有多可怕，可是當一個人連生活都厭倦了的時候，厭食又算得了什麼。

沒有事情能讓我興奮起來，一切都是那麼無聊，我甚至已經不去思考該如何打發無聊了，思考這個問題比無聊本身更無聊。我只需將自己的生命維持到二〇一五年二月二十八日即可，其餘的，交給天。

我蜷在沙發裡，盯著鐘錶，就著白開水嚼了三片蘇打餅乾，每片用時十分鐘，消磨掉了天黑前的最後半個小時。懶得開燈，卻又不想陷於黑暗，於是打開了電視，只因遙控器剛好就在身旁。

頻道鍵被一按到底，電視畫面走馬燈般迅速切換著，房間裡流光溢彩，恍若時空隧道的入口。我陶醉於這個無意中創造出來的小趣味，像個嬰孩般輕易就獲得了成人體會不到的滿足，這種感覺足夠我與這個晚上的無聊再對抗一陣子。

電視頻道翻了一圈又一圈，無數個輪迴之後，視神經被迅速閃現又迅速消失的一抹絳紅色刺激了一下。不知是怎樣一個倏忽而過的意識使然，我的手勁兒稍稍一懈，按鍵彈了起來。

流淌的「時光」突然停滯，電視屏幕定格在了一個購物頻道上。畫面裡，戴碎花圍裙的家庭主婦正在用誇張的表情和語氣賣力地介紹著一款多功能拖把，可我視覺的殘存記憶還浸潤在一片絳紅色的汪洋之中，無法上岸。

十多年來，我一直逃避與抗拒著那抹色彩，可它還是時常闖入我的夢境，不容分說地侵染著夢中的一切意象，無論情節走向如何，最終的畫面都會有絳紅色的血。

這是它第一次突破夢境的維度，侵入到現實中來。我的手指被它降服，違背意志，在遙控器上稍微移動了一下，按下了反向的頻道鍵。

一下，兩下，三下……那片波瀾壯闊的色彩重新回到了視線裡。

倒伏的軀體像是被一股巨大的力量衝擊了一下，我騰地從沙發上坐起來。只有這個顏色，可以讓我即便是在變幻莫測的繽紛異彩中，亦能敏感迅疾地將它分辨出來，不管自己是多麼不情願與之面對。

電視畫面的前景是一座規模龐大的金頂寺院，依山取勢，雄奇壯觀。後面是連綿的山巒，山頭高聳陡峭，裸露著巨大的岩石。岩石和寺院之間的山體上有一處平整開闊的天然斜面，上面覆蓋著一張足有三十人高的巨幅黃幔，四周環繞著身著絳紅色袈裟的喇嘛，他們如海浪般輕輕湧動著。伴隨著清晨第一縷朝陽，黃幔被徐徐拉起，一幅巨大的釋迦牟尼佛唐卡展現在了天地間。

絳紅色的外圍同樣人頭攢動，無數打著結的白色哈達越過他們，從四面八方投向巨幅唐卡，如白鴿棲落於佛身，那是信眾們最美好的祈福。數以萬計身著盛裝披戴華麗飾品的藏民們，朝著唐卡的方向，或磕著等身長頭，或搖著嘛呢經筒，口中念念有詞，嗡嗡梵唄伴著裊裊桑煙，彌散在蔚藍高遠的天空中。

接下來，鏡頭切換到了一個圓形法場。法場取位於曬佛臺和下方寺院後身之間的一處寬大臺地，因了寺院金頂的襯托，以及周圍一圈密密匝匝的五色幡幢，氣勢極為恢弘。法場一側趺坐了數十位正在誦經的喇嘛，另一側是吹奏法號敲擊鑼鼓鈸鐃的法樂隊，場中是幾位藏戲舞者。法場四周亦僧俗合圍，這裡是觀瞻巨幅唐卡全貌的最佳視角。

畫外音此時響起，我的手指又在遙控器上挪動了一下，按下了音量增大鍵。

「唐卡是藏族傳統文化藝術的瑰寶，除了常見的彩繪唐卡外，還有堆繡、刺繡、緙絲及珍珠唐卡等形式。今年的玉沁曲林曬佛節與往年不同，歷年展出的唐卡都是寺院裡世代收藏的老唐卡，而三個月後即將展出的綠度母唐卡則是全新製作的。因此，本屆玉沁曲林曬佛節也將是一場殊勝的開光儀式，央悉仁波切將專程從海外歸來加持本次法會，與秋眉法師共同主法，預計將有數萬僧俗前來觀瞻。據悉，該綠度母唐卡畫心高約二十二丈，寬約十五丈，由秋眉法師的關門弟子老桑嘉措繪製底稿，十三名寺院專職拉日巴採用傳統堆繡和扎繡等技法，耗時兩年才完成，目前正在進行裝裱……」

「老桑嘉措……」我輕輕念出了聲，這個名字是陌生的，卻又帶著一部分熟悉的元素。

片花掠過，畫面切換到了寺院裡。在一個小小的角落，地上擺放著許多礦石和簡單的切割與研磨工具，一位年輕喇嘛正手握石碾，把粗磨完的綠松石碎粒進一步研磨成更細的粉末。接著，鏡頭移到庭院中央，那邊熱鬧一些。幾位喇嘛各自忙活，有的在往木框上綳畫布，有的在給畫布刷漿，還有的手握擴口酥油茶碗，正在用碗口一圈圈地打磨畫布。解說詞配合這些畫面，講述著繪製唐卡前，需要嚴格遵循古法所進行的基礎準備工作。

然後，畫面又切換到了室內。在一座寬敞明亮的藏式佛堂裡，泛著油潤光澤的木製雕花佛龕佔據了整整一面牆，主尊強巴佛通體鎏金，寂靜安然。佛前整齊擺放著酥油燈、酥油花、淨水碗和曼扎等聖物，其餘幾面牆壁上繪有各式吉瑞圖案，為莊嚴殊勝的佛堂增添了一抹祥和。

十幾位喇嘛畫師集聚在佛堂前，專心繪製自己面前的唐卡，因了正在繪製的畫面位置的高低，他們有的坐在氆氌墊上，有的坐在小木凳上，彼此間的工作區錯落有致，都能享用到充足的光線。那些唐卡大都半人多高，內容和完成度不一，有的剛打底稿，有的在著色，有的在分染，有的在勾線，還有的幾近完成，只差開臉。畫師們不用畫架，而是以一根粗實的繩子從後面提拉著畫框，繩子另一端被拴在高高的房梁上，倘若

顛倒過來看，這些畫像極了一個個正在放飛的風箏。

鏡頭從每一位喇嘛畫師的身後掃過，連同他們的畫作，逐漸拉遠，最後停留在了一個身形瘦削的背影上。

他端正趺坐於整個佛堂的最遠端，和其他人一樣，身旁擺放著五顏六色的瓶瓶罐罐。他左手擎托花青色碟，右手端握畫筆，貼合畫布的手掌一側套著棉墊，以防汗液和油脂蹭到畫面，正神情專注地為一處山石打底色。

特寫鏡頭一邊推近一邊緩緩移動，最終停在了他右後方的某個角度，可以清晰地看到他運筆的技法和畫布上的每一處細節。

我的喘息突然加速，面龐開始發燒，血液幾欲沸騰。萬端心緒驟然攏到一起，擰成了一個擇不開的結。

世間一切斑斕，原本皆為他的囊中之物。那些鮮豔華麗的色彩被他掭於筆尖，塗於畫布，幻化成了精美的線條與圖騰，被時光加持，饒益有情，千古弘傳。可他並不滿足於此，這樣的摯愛與榮耀遠遠不夠，於是，他從朵朵斑斕中甄選出了最為深沉莊嚴的一色，跳將進去，義無反顧地皈依了它。

我來到電視前，蹲下身近距離地凝視著，焦點不是畫布，而是那一襲絳紅。

三年零三個月的閉關，原來，他真的做到了……

心下早已了然，可直面時還是禁不住感慨萬千，熱淚盈眶。我想像不出，究竟要有多麼大的信心與恒心，才能克服那些常人難以想像的孤獨困苦，用畫筆點亮至深暗調中的點點高光，換得這一身求之不易的袈裟。

我聽到幾聲帶著空曠迴響的「滴答」，是我那佈滿褶皺的心臟在滴血，劇痛不減當年。時間不是萬能的，有些心傷永遠不會撫平。我輸了，徹徹底底地輸了，輸掉了十五年來的全部努力。

他耳廓上那顆不起眼的黑痣被鏡頭放大，我情不自禁地伸出了手，恰在此時，眼前陷入了一片漆黑。

我彷佛被吸進了屏幕背後的那個世界——可

那個世界明明是彩色的啊！或許，在兩個世界之間穿越就是要經歷這樣一場黑暗吧。

我在黑暗中繼續摸索著，憑藉想像，從他的耳朵撫摸到脖子，再到面頰。手指的觸覺帶著和我身體近似的溫度，但質感不是柔軟的肌膚，而是平展硬質的液晶屏幕。

沒有穿越，我仍身在屏幕前的這個世界裡。

我朝陽臺外瞭望了一下，左鄰右舍都亮著燈。這該死的智能電表，欠它一分錢都不行。

我起身從酒櫃裡摸索到一個香氛燭杯點燃，重新坐回沙發。

暖氣太旺，很快就將臉上的淚水蒸乾，一股燥熱陡然生起。我隨手拿起昨天送餐小哥派發的海報，不停地搧著風。燭火被吹得搖搖晃晃，忽明忽暗，映著我的影子在牆上飄來蕩去，好似殘陽下的孤魂野鬼，一種從未有過的孤獨感油然而生。

我撂下海報，吹滅蠟燭，平躺在了沙發上。

「嗡—嗟咧—嘟嗟咧—嘟咧—娑哈。」

十多年前的那個酒醉之夜，這句我怎麼都念不利索的神秘咒語，如今竟記憶猶深。

「嗡—嗟咧—嘟嗟咧—嘟咧—娑哈……嗡—嗟咧—嘟嗟咧—嘟咧—娑哈……嗡—嗟咧—嘟嗟咧—嘟咧—娑哈……」

我一遍遍地念誦著，在黑暗中閉合了雙眼。

頭腦中的意念越來越少，越來越稀薄，被一點點地抽成了真空。真空也是有顏色的，一開始是絳紅色，後來變成了白色，再後來變成了透明，最後，連關於真空的念頭都遁去了。看來，不一定非要在高時速中才能達到這樣的境界。

我睡著了，不知道睡了多久，但一定不會很長，或許幾分鐘，或許幾十秒，或許一剎那。多麼短暫並不重要，重要的是我真的睡著了。

所以，當我再次睜開雙眼時，就像喝酒斷了片，忘記了此前發生了什麼，黑暗再一次吞噬了我。比黑暗更恐懼的，是從一個黑暗，進入另一個黑暗。

這種近乎絕望的感覺帶來了一種前所未有的刺激，在大腦深處催生了一場瘋狂暴動。那些塵封已久的瑣碎念頭彷若受到電擊般重新被激活，

繼而甦醒過來，裹挾著全部的記憶碎片，逃命般地噴薄而出，雜亂無序地散落在我面前，堆積如山。

雖然我曾給黑牙講過不少從腦海裡隨機提取出來的往事碎片，但始終沒提及那抹絳紅。而且，每每給他講完，我都有一種靈魂被抽離過的感覺，仿佛剛才的那個我，講的是別人的故事。此刻，我確信自己的靈魂和軀體是熨帖在一起的，她親手捧著這些被藏匿了十多年的記憶碎片，對封鎖在這片黑暗中的我說——

它們都在，一片也未曾少。

往事殘破不堪，卻一直在遼遠的天邊熠熠生輝。

我環視四周，在黑暗中找到了一個可以聚焦的點，視覺上稍微舒服了些。

插在花瓶裡的那枝夜光花，是明宇的傑作。今年母親節，他說要代表我們未來的孩子提前送給我一份禮物。那天他早早就下班回家，用網購的蓄光材料，前前後後鼓搗了兩個多小時，製成了十朵康乃馨。他在每個房間都擺放了一枝，包括廚房、衛生間和玄關。每天入夜，它們就會散發出令人著迷的螢光。

然而，那些幽深迷離的色影不過是黑暗中的幻象，面前這一抔抔被輝映成絳紅色的碎片，才是我生命中最真實的存在。

我定了定神，簡單梳理了一下剛才在黑暗中發生的一切。然後，大腦本能地傳達出了兩條清晰明確的指令：一，我決定離婚。二，現在應該到樓下的自助服務終端去買電。

十五、告白

明宇很晚才回來，換下衣服直接就去洗澡了，沒像平時那樣先練會兒臂力器或啞鈴。

上床躺下後，他拿起床頭櫃上最新一期的《國際矯形外科月刊》翻看起來，這是他每天的睡前功課。然而這個晚上，他只是粗粗瀏覽，翻頁的動作也有些潦草。

我坐在梳妝檯前，先是找尋頭上早生的白髮，一根根拔掉，然後開始細數那些不知何時從眼角冒出來的魚尾紋。數煩了，隨手拿起一盒眼霜，仔細閱讀包裝盒上的每一個字，包括生產日期和批號。總要找點兒事做，我不想在兩個人都清醒的時候躺在那張床上。

「眠眠。」明宇喚道。

「嗯？」我望向鏡中，他手捧期刊，目光投向鏡中的我。

「最近是不是有什麼心事？」他極少這麼直接地問我個人問題。

我刻意提了口氣，「沒有啊。」

「真的？」

「可能在家裡待著有點兒無聊吧。」我找補了一句，然後打開眼霜，用指尖輕點了一下，在眼周漫不經心地塗著。

「去旅行怎麼樣？」

「哪兒也不想去。」

「實在覺得悶，上班也行。」

「上班？」我不可思議地笑了笑，「除了賣骨灰盒，我還能做什麼？」

「想回那裡的話……」他合上手中雜誌，「也不是不可以啊。」

我的笑容被一股寒意僵住。這瓶眼霜含有薄荷精華，但應該不至於清涼到如此地步。

他竟對我隨意的一句調侃認了真，而我，也禁不住順著這個話茬兒胡思亂想起來。

真若回去的話，該以什麼樣的理由呢？因為熱愛那份工作，所以想和老徐「共圖大業」嗎？還是要去驗證晴晴隨口說的那個關於我會在松濤館待上一輩子的預言？好吧，就算無需理由，我的確想吃這回頭草，可是今非昔比，難不成真要去和那些剛從專業院校畢業的年輕人競爭上崗嗎？說實話，把自己的餘生安置在一個供別人長眠的地方，向死而生，現在想想還是有些不甘的。這種感覺是辭職後才有的。

有些事，回不了頭。

「不可能。」我堅定地說道。

「那就自己做點事？你以前也有開店的經驗。」

「開店……」我沉沉應道，思緒飄遠。

我想到了花開花落與四季更迭，想到了晝夜交替與生死輪迴，想到了構成這一切循環往復的本質，是人和物以及無限微觀存在的自我複製，它們總有無力解脫出來的境遇。

鏡中的明宇即使一臉疲憊，目光中也飽含溫柔與善意。如果他也是在演戲的話，演技絕對可以拿獎。這麼想，我對這場婚姻的負罪感也便自欺欺人地減輕了一些。

對話卡在了這裡，我不知道該如何繼續下去。

在家做全職主婦不願意，旅行散心也不願意，找份新工作去上班還不願意，回長風陵園繼續賣骨灰盒依舊不願意，自己當老闆開店總該願意了吧？在沒有特殊理由拒絕的情況下，的確也不該再拒絕了。既然我已決意離開明宇，解散這個家，那就該儘早規劃一個日後養活自己的方式。

身後響起了鼾聲。我收起眼霜，這才敢於長久去注視鏡中那張臉。

在這個深夜裡，我更願意以這樣一種介於虛實之間的狀態，來向這個男人表達我最真實的內心。雙目閉合的他沉靜安然，無論如何也不像是善於表演的人，剛才那通胡亂揣測實在卑劣。

明宇，對不起。

很多事情恕我難以向你直言，一是沒有勇氣，二是對你不公，說到底還是沒有勇氣——沒有勇氣面對因對你不公而導致的傷害。此時此刻，面對熟睡的你，我終於可以將一直深埋在心底的這些話講出來。你向我求婚的那個立春之日，進城途中曾問過我，倘若時間倒流，我會不會答應你第一次的求婚？對不起，當時我騙了你，真實的答案應該是：不會。

睿智且敏感的你一定早已將這個謊言看穿，你只是在耐心地等待，以期用更為長久的時間來將這個謊言所帶來的陰影默默消化掉。我和你一樣，也如此期待著，因為那個謊言同樣給我這個撒謊者帶來了不小的傷害。我也曾努力讓自己相信，或許有一天，當我重新思考那個問題的時候，我會真心實意地把答案修正為：會。

可是今天，一抹絳紅和一場黑暗，讓我痛徹心扉地明白了什麼叫前功盡棄，什麼叫付諸東流。

明宇，請你相信我，我真的曾無數次試圖挽救我們的婚姻，在你每一次深情對我微笑的時候，不管當時的我多麼沮喪與沉淪。可我始終無法讓你滿意，也無法讓自己滿意。今晚，我終於決定驅散瀰漫在我們之間的全部謊言，我要坦誠地告訴你，也是明確地告訴我自己：你永遠無法取代那個人在我心中的地位，不論以前，現在，還是將來。

儘管我是在用意念來向你表達，但仿佛真的把這些話說出了口，有一種如釋重負，暢快淋漓的感覺。

十五年前，我請求你幫忙，向銀行貸款三十萬元，其實是為了替那個人彌補他曾對阿茹娜犯下的過失。按照我的計劃，我是說，如果阿茹娜後來沒有死，如果她被我拯救之後，能夠重新像鮮花一樣美麗綻放的話，他的負罪感就會減輕一些。那麼或許，待到關期圓滿，他便會從遙遠的雪域回到熟悉的紅塵，而非披上袈裟，踏入空門。沒承想功虧一簣，當年我終因一己私念釀成災禍，非但沒有拯救阿茹娜，反而害死了她。逃脫了法律的制裁，卻逃脫不了道德的審判，我沒臉面再去見他，更不敢奢望他的歸來。

除了終生的愧疚，我還為此背負了十五年的債務。連本帶息四十萬元，這個數字對我這樣卑微無能的人而言，你一定知道那意味著什麼。

後來，隨著這筆貸款的行將終結，我也曾在睡夢中輕飄飄地幻想過，如果有一天，我將貸款的秘密告訴他，他會有什麼樣的反應呢？退一萬步講，終是源於一個善意的初心吧。那麼，他會出於感動我的付出而原諒我的罪過，重返紅塵嗎？或者僅僅是因感動我的付出而原諒我的罪過？還是永遠都不肯原諒我，僅僅是在我哭訴的某個瞬間流露一點兒虛無縹緲的感動？好吧，就算這一切都沒有，那麼至少，我還擁有一個與他再度相見的還算充分的理由吧？僅僅是為了一場傾訴，傾訴完起身就走。畢竟，我也為自己的罪過付出了沉痛代價。

我不否認這是一筆交易，這也成了能令我從在長風陵園待上一輩子的這種狀態中擺脫出來的唯一可能性。

我把那個幻夢包裹得嚴嚴實實，從不敢在現實中觸碰，但同時卻在默默地進行著倒計時。即便真的付諸行動，也必須等到那筆債務全部清償，也就是說，要等到二〇一五年二月二十八日以後。

可那個幻夢卻在二〇一四年二月四日，一個大雪紛飛的立春之日被冰封住了。

你突然出現在我面前，在一片黑白的肅穆中向我求婚，顛覆了我近十四年如一日的狀態，也打亂了我對那筆交易的盤算。

我承認我被你的癡情感動，所以才有了車上的那個謊言，才有了「約法三章」的一筆勾銷，才有了我們的這場婚姻，才有了我對不久的將來我們或將擁有一個孩子的默許……全新的生活讓我從固有的思維體系中跳脫出來並試圖重新規劃自己的人生。我相信，隨著貸款的還清，我終能將那個被暫時冰封住了的幻夢徹底擊碎。每當這個信念稍有動搖，我便諄告自己要現實，不要迷戀那虛妄的海市蜃樓，不要飛蛾撲火，不要孤注一擲，這個年歲的我什麼都輸不起了。我甚至還開導自己，百鳥在林，不如一鳥在手……對不起，請原諒我如此拙劣的比喻。

然而，時至今日，當我從電視屏幕上再次看到他——哪怕僅僅是個側影，我才明白自己其實從未甘心，我對那個幻夢仍心存覬覦。並且，隨著二月二十八日一分一秒地迫近，這份心念越來越膨脹，它像初升的旭日猛然從心底最幽深的角落裡迸發出來，能量異常巨大，帶給我強烈的震顫。

我竭盡所能地重新盤算起了那筆交易，醉心於那一點點可憐得微乎其微但卻足夠令我癡狂的成交率，倘若他真的因為感慨我的付出而原諒我的罪過，並重返紅塵，那麼，我甘願傾覆我的一切、全部和所有，包括尊嚴——如果那時的我在他面前還擁有的話。

甚至生命。

鏡子裡，那本雜誌從你的手中滑落，而你

渾然未覺，最近你真的太累了。我何嘗不知，這疲憊不僅源於你的工作，還有很大一部分來自於我，以及這場行走在高空鋼索上的脆弱婚姻。

明宇，你對我體貼入微，傾注了滿滿的情感，又那麼通情達理，包容了我施加給你的種種不公，你是一個再完美不過的好男人，可我終將令你失望，成為你此生永遠的折磨。所以，在你還沒有受到更大的創痛之前，我必須給你一個了結。

這一切，就要結束了。

灰飛煙滅的「約法三章」也有死灰復燃的這一天，我寧願相信老天爺再度玩弄了我們，也不願相信這是我對你的背叛。可老天爺不會向你道歉，所以錯的永遠是我。

如今，我意執行「約法三章」第三條——離婚。

十四年前在機場，雖然你只是微微頷首，但那意味著你答應了那三條，你一定會像兌現小米粥的承諾那樣兌現它們。更何況，在連我自己都已經淡忘的情況下，結婚之前你還在隱忍招架著前兩條，想必，第三條也不會賴帳的。

還有，請你千萬不要寄希望於倘若我和他的那筆交易無果，我有可能回心轉意於你，更不要因此而苟且維持我們的婚姻，施捨給我一個所謂的退路，那對你太不公平。你不是我，且我之於你亦有別於他之於我，你萬萬不可像我一樣為愛失掉尊嚴，因為你對我的愛，沒有理由比我對他的愛更為深重。

但我終究還是要多想一些。萬一，你真的會像我一樣丟掉那說重亦重說輕亦輕的尊嚴呢？那我便只能說：求你千萬別這樣，就算是給我一個破釜沉舟的機會，好不好？我們的婚姻便是那釜，便是那舟。我能夠以你想像不到的最卑微的姿態來乞求你——成全於我。

一萬個對不起夠不夠？如果不夠，那就十萬個、一百萬個……我絕不會認為對你的歉意氾濫，反而永遠只會覺得匱乏。因為我能給予他一分的愛，便要加倍償還給你十分的愧。

這算是我的勇氣與擔當嗎？可為何此刻我竟怯懦得不敢取走你手旁的雜誌，更不敢去為你掖

好垂落的被角。

我害怕弄醒你，害怕你醒來後直面我的心事。只有在凝望鏡中沉睡的你時，我才敢於默默向你傾訴，惟願此刻熟睡的你，能在夢中知會一切。

在你面前，我永遠不能坦然。

在你面前，我永遠充滿愧疚。

在你面前，我永遠是個蹩腳的演員。

我關掉了房間裡所有的燈，藉著夜光康乃馨的幽暗螢光回到梳妝檯前，繼續坐在黑暗中為你守護，希望你能擁有一夜深沉安好的睡眠。而今夜的我，寧肯再一次承受黑暗的折磨，也不願你驟然醒來時看到我來不及拭去的熱淚。關燈的黑暗比停電的黑暗更讓人窒息，只因光明就在那小小的按鈕之上，而我，縱有力拔山兮的力量，也難以將它按下去。

十六、原點

明宇提出開店的建議時，我未置可否，這份沉默被他心領神會地理解成了默許。在可以意會的事情上，我們之間向來不需要過多的交涉，這樣彼此便有了更多進退的餘地。在和他正式攤牌離婚之前，這些餘地對我意義重大。

第二天明宇下班回來後，拿出一張紙給我。我莫名有些忐忑，接過來一看，上面列印著幾條門店的出租信息，涉及地理位置的關鍵字被馬克筆劃線提亮。

「你真的支持我開店？」

「當然。」

早晨他出門前我還沒睜眼，現在的對話與昨晚戛然而止的那場對話無縫銜接起來。

「當年要不是你介紹了長風陵園這個大客戶給我，花店早就倒閉了。」我先自潑一盆涼水，「我天生不是做生意的料。」

「誰說的？我可是親眼見識你賣掉了那個天價骨灰盒。」

這當然是調侃，我淡然一笑，望著那張紙陷

入了沉思，「可是……開家什麼店呢？」

「別著急，慢慢想。」明宇寬慰道。

我打開手機地圖，對照著那些出租信息研究起來。

繼做飯和駕駛這兩件事以後，我終於又有了一件值得投入身心去做的事情，可以藉此來填補生活的大片空白，將最後兩個月的婚姻不失優雅地打發掉。

此後，明宇每天都要從網上搜集各種房屋出租信息，把有價值的匯總到一起列印出來，下班回家拿給我看。他還會在每一條信息上圈圈點點，做一些標註，比如「繁華路口」「高端社區」「高校輻射」和「醫院周邊」等，以此來作為經營方向的參考。

那些門店好是好，但租金和轉讓費都很高，研究幾天下來，沒一個能讓我動心的。

明宇看出了我的心思，直說費用不用多慮。我何嘗不知道，他只是想讓我有個喜歡的事情做，並未指望這個店能賺什麼錢，否則也不會在我還沒想清楚用途的前提下就著手找店面了。我的初衷卻和他大相逕庭，這一次我不能再倚靠他，必須從現實著眼，要慎重地去考慮將來自己是否有能力將那筆不菲的房租賺出來，並且還要有足夠的盈利來支撐自己日後的生活。

除了租金和轉讓費，還有一個必須考慮的重要因素。北京房價太貴，我沒有能力再租一套用來居住，能以店為家是最好的，像以前的花店那樣，外間經營，裡間既可以當倉庫又可以住人。明宇找來的信息中不乏商廈裡的商位，這些我一概不考慮。

我也曾跟他談過，門店由我自己來找，反正我在家裡有的是時間。他的公司剛起步，業務也才初見起色，近期簽下了一個高爾夫輪椅品牌的亞洲區總代理，主打履帶式越野助力輪椅，前景廣闊。由於和歐洲總部有時差，他經常要加班到很晚，我不能再讓他為我的事情牽扯更多精力了。可明宇不以為然，說也算是工作間隙的調節。

他越是積極努力地幫我找門店，我就越有緊迫感，覺得應該儘早跟他攤牌離婚的事情，並且

開誠布公地告訴他，他花費了那麼多精力所收集來的信息，對我絕大多數都是不對路的。可讓我矛盾的是，我想等到貸款清償之後再正式提出離婚，沒什麼特別的緣由，只是單純地希望在二月二十八日這個終極還款日來臨之前，我和明宇之間的一切都能維持原有的規則與慣性。於是，我只能假託地理位置不喜歡或者周邊環境不滿意等各種藉口，斃掉了他找來的那些信息。

我自己也在找，關注的方向則和明宇截然相反，都是些房租很低但是地理位置比較差的，它們還有一個共同點，就是都適宜店家一體。我不再像以前那樣宅在家中，跑出去看了很多門店，對周邊環境做了充分考察，寄希望於能在那些不太繁華的路段，發現隱藏商機。我必須儘快將門店拿下，必須保證二月二十八日還完最後一期貸款後，儘早將離婚協議交付明宇，而不論那時發生什麼，我都可以全身而退。

倘若二月二十八日前仍找不到合適的門店的話，我就去打工。

做什麼不要緊，能即刻上崗並且管住宿就行。只有這樣，我才擁有更多的主動權來決定自己離開這個家的節奏。我甚至還想過，倘若打工這件事也未能遂願的話，也不排除即刻動身，離開這座城市——不是回老家，也不是去別的地方，而是帶著十五年來收集起來的一百八十張字跡大都已經褪色的熱敏紙存款憑條，再次踏上那片遙遠的雪域，找尋到他，履行交易或投身那場幻夢。

餘生可供我生存的地方，要麼必須有他，要麼必須有和他相關的回憶。這是我在那個停電之夜經過一番冥想後沉澱下來的堅執。

在這有著深重預謀卻又混混沌沌的忙碌中，又是一年春來到。

二月四日這天，明宇早早就下班了。他帶回來一捧紅玫瑰送給我，還說在一家名叫「春萊」的西餐廳訂了位，晚上要帶我去那裡用餐。

那捧花一共十六朵，象徵著我們相識十六年。

春萊——春來，明宇選擇這家餐廳也是用心良苦，可他還不知道，這將是我們一起度過的最後一個立春。因了這個隱秘的基調，我對這一天的期許是，未來我們天各一方之時，關於這個春日的回憶應該是溫情而灑脫的，帶著些食盡人間煙火的淡泊，也帶著些拂卻浮世凡塵的曠達。當然，這對明宇而言都將是日後獨身時的後知後覺，當下他還要被我繼續蒙蔽一段時日——僅餘的二十四天。

沒有任何一家餐廳可以提供我需要的這種格調，完成這場儀式的最佳場所，只有一個地方——我們共同生活了僅僅十個月，即將物是人非的這個家。

我讓明宇打電話退掉了餐廳的訂位，陪我去超市採購。大半年沒正經做飯的我，準備在這一天重起爐灶。

春餅、醬肘子、炒合菜和小米粥，每一樣都是我親力親為。為這個家做飯的機會越來越少了，愧疚的我更願以這種簡單樸素的形式，來作為對這段行將瓦解的短暫婚姻的誠摯紀念。十天後是我們的結婚登記日，我不敢確定那時的我是否會有今天這樣良好的心態，於是提出將這兩個紀念日合二為一來過。明宇開了一瓶三十年陳的女兒紅，只斟了兩小杯便收起了酒瓶，他說現在不能貪杯。我惶然一笑，儘管早就偷偷採取了那個卑劣措施，但表面上還是要配合備孕這件事。

這頓像模像樣的家宴給我們帶來了久違的溫情，我心中那些不可告人的積鬱與彷徨也暫時排遣掉了幾許。舉杯祝福後，我用手指蘸了一點兒酒，悄悄滴灑在地上。今天也是阿茹娜去世十五週年的忌日，歷年此日，我為她獻祭的不是酒，而是灑在玉蘭塚上的一瓶冰水。

隨著二月二十八日一天天地迫近，還是沒有找到合適的門店，唯一一家地理位置和租金都還算理想並且適合店家一體的，最終沒有談攏。房主要求房租年付，我不想在分手前欠明宇太多。

心力交瘁的我逐漸放棄了開店的想法，那個晚上也是藉著明宇的提議半推半就。開店就會

有賠錢的風險，還是打工安妥。最近出去看房，我同時都在留意餐廳、超市和賓館是否有招工信息，這些地方雖然工資低，但不會有太高的學歷和技術門檻，我的年齡也基本都在錄用範圍，最重要的是，這些工作大都是即刻上崗，並且其中不乏食宿全包的。我甚至決定這幾天就去一家烤鴨店面試，正盤算著去辦一個健康證明。可就在這個節骨眼兒上，發生了一件令我始料未及的事情。

那天明宇下班回來後照例從包裡掏出幾頁紙，我以為和往常一樣，是他從網上下載的門店信息。它們對我已經沒有意義了，但我還得裝裝樣子，畢竟是他百忙中的一番心血。

一看我就呆住了，自己手裡拿著的，哪裡是什麼門店信息，而是一份版式正規的房屋租賃合同。甲方是一家房地產經紀公司，乙方清楚地寫著明宇的名字。

「怎麼回事？」我驚訝地問道。

明宇神秘一笑，示意我繼續往下看。

我匆匆略過那些格式化內容，很快就找到了核心條款，在房屋處所後面的橫線上，寫的是「北京東城區三元大街二號門面房兩間」。

我定了定神，又把那行字一個一個重新確認了一遍。

沒錯，這個熟悉的地址正是我當年開花店的處所，也就是去年我和明宇準備探訪的那家成人用品店。房東是我表姐，明宇的前女友，凌小凌。

我彷彿剛從一個沉睡太久的夢境中醒來，心神恍惚，眼前的一切如何也看不明白。

「今天小凌給我打了個電話。」明宇說道。

我回過神來，輕輕「哦」了一聲。

去年我們結婚時，小凌正在國外出差，大家算是幸運地迴避了一場尷尬。除了我使用智能手機後，和她互加微信時寒暄了兩句外，後來就沒再聯繫過。她一直都很忙，成天飛來飛去，在朋友圈裡曬各種美食和自拍，發各種雞湯和牢騷，最近迷上了健身，經常發一些香汗淋淋出水芙蓉的照片。

聯絡再少，我們三人之間的尷尬也不會憑空消失，早晚還是要面對，誰叫她是我表姐呢。幸好今天明宇幫我獨擋了這一「劫」，算是為我將來再面對小凌時做了個緩衝。只是造物弄人，當我再次與小凌面對時，或許我和明宇已經解除了那重法律關係。

「她怎麼想起給你打電話？」我問。

「她給你手機打了多少次都是關機，我打也是。」明宇不滿地解釋道。

「哦，我手機可能沒電了。」最近恢復了做飯，不再叫外賣，手機對我就沒什麼大用了。

「她結婚了。」明宇說。

「啊？和誰？」我驚問。

「一個汽車4S店的技師，業餘做健身教練。」

「怪不得她最近老去擼鐵。」我恍然大悟，「怎麼認識的？」

「幾個月前，在高速公路上。」明宇答道，「小凌的車出了點兒毛病，在緊急停車帶停下來。剛巧那人也停在那兒，他車上有工具，輕鬆幫她搞定。」

「希望這次靠譜。」我真心為這個在感情上始終不順的女人祝福。

「她說就不大辦了，下月過來送請柬，小範圍吃頓飯。」

「也好。」我點點頭，話鋒一轉，「那這份合同怎麼回事？」

「她問起你最近在做什麼，我照實說了，告訴她你正在找門店。她說這房子現在是委託一家仲介公司管理，可以去問問他們現在的情況，要是能接過來最好，還是自己人租著踏實。她給了我仲介的地址和電話，我就跟他們聯繫上了。說來也巧，那個成人用品店經營得不好，還有兩個多月就到期了，已經通知仲介找下家。仲介說這房子最近好幾撥人來看過，隨時有可能租出去。我怕錯過時機，就自作主張把合同簽下來了。然後我又去店裡直接跟老闆談了會兒，最後達成協議，我補償他們兩個月的房租，他們答應過了春節就騰房，最遲月末交鑰匙。」

「那……小凌沒說別的？」我問。

「別的？」

「當年的情況你也瞭解一些，我差點兒被她

逼走……」

「那倒沒有，她只是說房子還是當年你裝修的，被後來那幾撥人糟踐得不行了，你要是想重新裝修的話，費用她出。等明年跟仲介合同到期，就不跟他們續簽了。」

聽明宇講完來龍去脈，我在激動之餘又無限、茫然。這一遭，不知是劫是緣。

這個門店各方面的條件對我來說都再適合不過了。為了守護舊憶，我選擇了背井離鄉，繼續生活在這座城市，而那棟老屋正是孕育那些舊憶的母體。

十五年後，它為我重新敞開了大門，準備再度接納我。我本該慶幸與欣慰，可現在卻有些畏懼了。我不知道，自己是否有足夠的勇氣，在我和他曾經共同生活、奮鬥與夢想過的地方，從此以後，獨自去生活，獨自去奮鬥，獨自去夢想。

那時候，日子是美好的，撕掉的日曆卻是沉重的。

那時候，朝霞是絢爛的，襲來的夜風卻是寒涼的。

那時候，他與我相濡以沫，還未曾與我紅塵相隔。

那時候，他是我心目中的大畫家，還不是現在的畫僧老桑嘉措。

那時候，他的理想被我挪借過來虔誠地供奉膜拜，而他，還沒有皈依那抹深沉的絳紅。

將來有一天，不是還要去履行那筆交易嗎？既然如此，還有什麼不能面對與承受的。歷經了那場黑暗之後，一場逆行之旅就已然開啟了。我和他的全部往事，那些被摔砸得支離破碎但卻一片未失的記憶碎片，所有這一切，都將被裝進幻夢編織的行囊裡，伴隨我，重裝上路。

想不到兜兜轉轉了一圈之後，又回到了原點。只是如今的我們，皆已面目全非。

十七、祭奠

二〇一五年二月二十八日，凌晨三點五十二

分。

天花板快要被我看穿了。

以前不管有多少心事，我的睡眠品質都還是不錯的，這幾天卻經常半夜醒來就睡不著了，實在辜負自己的名字。而那個讓我每天早晨七點四十五分準時睜眼的神奇生物鐘，曾經像是被加了密般再也無法調節，最近也徹底紊亂。

我躺得渾身僵硬，索性起來，躡手躡腳地穿起了衣服。

「起這麼早？」昏暗中傳來明宇的聲音。

「一直想不出用這房子做什麼，出去走一走，找找靈感。」我答道。

「我陪你。」他說著就要起來。

「別！你還得上班呢。」我按住他，語氣難得溫柔，「早餐別做我的了，我在外面吃，然後直接去拿鑰匙。」

短暫的沉默後，他沒再堅持，伸手拉開了床頭燈。

隨著那聲「啪嗒」，我渾身一緊，心臟像含羞草般合攏，包裹住了藏匿其中的心事，生怕它們被這片光明圍剿。

明宇重新回到睡眠狀態，似是可以任由我在這個房間裡肆意妄為，而他甘願被我忽略成一尊不具神識的雕塑。

我穿好衣服，用打濕了的毛巾胡亂抹了把臉，塗了油性最大的面霜。換鞋，穿外套，拎包，關燈，推門而出，整個過程不過三分鐘。

我已經儘量輕地去關門了，深潭般的寂靜還是將那「砰」的一聲放大，形成了一面頂天立地無形堅固的牆，把我和身後的世界分隔開來。

我沒乘電梯，小跑到了樓下，生怕稍一耽擱，皮包中的銀行卡和離婚協議書便會被身後那個世界偷窺到。

寒風順著領口和袖口灌進來，二月的最後一個凌晨，用它所剩無幾卻足夠霸道的凜冽劫持著我，來和它一起緬懷剛剛過去的冬季。我毫無反抗之力，甘願淪為它的俘虜。

凌晨四點的城市有著另一副陌生的面孔，白日裡鬧哄哄的街道，此時出奇靜謐。這強烈的反差讓我想起了半年多前的一件小事，那時候，我

和明宇的婚姻還處於正常狀態，保持著晚餐後出去散步的習慣。有一天，我們常去的公園裡正在進行湖水清淤作業，於是改道，一路溜達到了公園外的街心廣場。大媽們正在跳廣場舞，整整齊齊地排了少說也有一百人，場面頗為壯觀。我們從舞蹈方陣前經過時，音箱發生了故障，前一秒還舞曲激昂震耳欲聾，下一秒則音樂停止聲息全無。當時大媽們正擺著一個前腿弓，後腿繃，雙臂伸展擁抱太陽的動作，那個偉岸的姿態被定格在了原地。就在大媽們還沒反應過來怎麼回事而面面相覷的那幾秒鐘，便是和這黎明前的街道一樣的靜謐，兩者的區別僅僅是持續時間的長短。

此刻，我在無盡的靜謐中孑然而行，卻找不到一個可以面面相覷的人。

身後傳來「唰唰」聲，還有機動車由遠及近的呼嘯聲，來自同一維度的聲響沒有打破這份靜謐，反而烘托與強化了它，這就是黑夜的力量吧。

我回頭望去，一個穿著夜光安全服的環衛工人正在清掃馬路。不遠處的公交車站上，一個不知是在等待頭班車還是夜班車的中年男子，正瑟縮在那裡翹首張望。當他看到朝他行駛過來的是一輛排著黑煙的泔水車時，失望地搖了搖頭。

他們的一天都是從這樣的靜謐開始的，這些人熟悉這座城市的另一副面孔，與它相融共生。而我，一個披星戴月去銀行的人，屬於他們的異類，我決定偽裝成在這片靜謐中兀自夢遊的過客。

銀行只有五分鐘的路程，沿著大馬路就能走到，直來直去，沒有任何可以繞行別的路徑的機會，想要耽擱一些時間的話，除了刻意南轅北轍，就只有最大限度地放緩腳步了。我選擇了後者，對一個夢遊者來說，最匹配的狀態是出離於一切的漫不經心，而非一副心事重重步履匆匆的樣子，那是幾個小時以後上班族們才該有的狀態，現在還沒輪到他們上場。

「唰唰」聲越來越近，從後面趕上了我。那個環衛工人身材勻稱，步態輕盈，雖然帶著口罩，但不妨礙分辨，是一個眉目清秀的女孩。

發覺了我在看她，我們同時點了下頭。

年輕和美貌這兩大資本完全可以讓她獲得一份更為輕鬆且收入更高的工作，可她卻忽視或擯棄了這一切，選擇了在每一天的至暗時刻，孤獨地做著這份又髒又累的活計。每個人都有自己的境遇，年輕時誰沒有過理想，誰的理想又沒被現實摧殘過。

並行前進了幾米後，她超過了我，拖著掃把拐上另一條街道。我繼續自己的方向，以更緩慢的速度行進於最後的一百米。到達銀行門口時，也才四點二十二分。

防盜門緊閉著，我試著推了一下，冰冷厚重的鋼板紋絲不動。頭頂上方懸掛著一個紅眼攝像頭，我仰頭朝它笑了笑。不知電纜另一端監視器前的安保人員是否會注意到這一小段畫面，我誠意讓他們看清我的面龐並感受到我的友善，只想以此來向他們表達，我是一個普普通通的客戶，不是搶銀行的壞蛋，我只是來得有點兒早。

旁邊是一個二十四小時服務的自助銀行，裡面有三臺 ATM 機，角落裡的那一臺有存款功能。結婚以後，每個月的最末一天，我都是在那臺機器上完成還款的。玻璃門上貼著一張告示：設備升級維護中，夜間暫停使用。

我今天也沒打算用它。以前的一百七十九期還款全部是在 ATM 上自助存入的，最後一次總該有別於往常，我準備在櫃檯辦理。

銀行門口有一個冬青圍成的小廣場，平日裡總是坐滿人的幾條長椅此刻空蕩蕩的。我在離銀行大門最近的位置坐下，被路燈的光芒籠罩，感受著真實存在卻難以覺受的溫暖。

我點燃最後一根煙，對著燈泡吐了幾口煙圈。

最近經常在家裡偷偷抽煙，雖然每次都會開窗通風，但明宇還是不難發覺的。他對煙的味道格外敏感，窗邊那柔軟厚實的雪尼爾落地窗簾定會不聲不響地將我出賣。

他沒揭穿我，而是一如既往地寬容著我，哪怕事關備孕。我也一如既往地就勢放縱著自己，一次又一次向下試探著他的底線，我知道距離觸及到它已經不遠了。底線突破之前，懷柔、克制和隱忍永遠是他對我的相處方式。

他是如何深諳此道的呢？僅僅是因為愛嗎？愛到可以對我無限寬容乃至縱容，縱容到了連我自己都覺得過分的地步嗎？

我承認，我對這個男人的瞭解還非常有限，但很遺憾，我沒有機會再繼續對他進行探知了。我們之間唯一可以再讓我多想一些的，就是倘若明宇先於他走進我的世界，而這十多年的百轉千迴也將從我們的生命中抹掉的話，那麼，我和明宇之間就不會有如今這麼多的誠惶誠恐與相互折磨了吧。

輕薄的煙霧緩緩升空，逐漸變形，好似一個風情萬種的女子，一會兒扭動著纖細的腰肢，一會兒舒展著柔軟的雙臂，在橙黃的燈暈中盡情地呈現著千姿百態。像賣火柴的小女孩為了美好幻象不停地擦亮火柴一樣，我不停地吞雲吐霧，只為欣賞那一團團變化莫測的虛影。

一根香煙很快燃盡。我掐滅煙蒂，丟進煙盒，捏癟，朝銀行門口的垃圾箱投過去。沒投中，煙盒跌落在大理石地面上，泛起幾聲落寞的迴響。

剛才看久了那些繚繞的煙霧後感覺有些萎靡。我打了個長長的哈欠，面前的景物在瞇合的眼縫中變了形，再度睜眼時，便產生了一種將整個世界盡收眼底的錯覺，這種感覺只在玉蘭塚上才曾有過。

離銀行開門還有整整四個小時。本該用於睡眠的時間，被一個謊言、一溜小跑、一場俘虜、一段夜路和一根香煙填充掉了小小的一部分，接下來的漫長時間，該用什麼來打發呢？

還可以冥想，這樣，或許便能沉沉睡去。一覺醒來，車水馬龍，霞光萬丈。

暗夜、失眠、寒冷、靜謐、清潔女工、等公交的男子、泔水車、夢遊、緩慢的步履、緊閉的防盜門、紅眼攝像頭、仰頭微笑、停用的ATM機、空蕩蕩的長椅、路燈的光芒、最後一根香煙、變幻莫測的煙霧、燃盡的煙蒂、捏扁的煙盒、落寞的迴響……一個個剛剛經歷過的情景在腦海裡蒙太奇般地閃過，這些流水般無甚意義的畫面我永遠不會忘記，它們都是為這個特殊日子鋪墊的不可複製的儀式。

然而這一切還不夠，遠遠不夠。

二月二十八日，不僅是這個月的最後還款日，更是這十五年的最後還款日，它將成為我前半生的終結，而我人生的後半程，從此陷入未知。

終結——這個我一直懼怕來臨的時間點近在眼前，現在我比以前任何時候都要懼怕。

我懼怕的是，貸款結束後，隨之消逝的不僅僅是十五年來始終熨帖在心靈上的那縷氣息，還包括我對那些記憶碎片的復原能力——儘管它們一片也不曾少；我懼怕的是，那些碎片只有輪廓是清晰的，上面的內容會隨時間的流逝而變得混沌模糊；我懼怕的是，不久的將來，當我重上高原，踏入寺院，向他攤開已經在手中緊握了十五年的那張皺巴巴的底牌時，上面空空如也，與準備同時交付與他的那一百八十張褪色的熱敏紙存款憑條無異；我懼怕的是，當我丟掉那白紙一樣的底牌，在他面前急切地攤開行囊，請他和我一起做一個記憶拼圖遊戲，以重拾那段往事時，他只是淡然一笑，決然而去。最終，我陷入了更大的混亂與茫然，連尋找他的初衷都記不得了。

徹底遺忘了我們的過去，徹底遺忘了我是誰，他是誰。

曾經怕憶起，如今怕忘卻。二者之間的界限，就在今天。

十五年來，那些我輕易不敢去觸碰的記憶碎片，常會在我意志最薄弱的時候跳出幾小塊，一次次地攪擾我好不容易平靜下來的心緒，卻只是淺嘗輒止。因為每當我忍不住試圖去拼湊它們的時候，周身又會條件反射般地激起一股巨大的力量，將那些碎片毫不留情地打亂，或撒向澎湃江河，或沉入涓涓溪流。我以為它們將匯入汪洋，不再有昔日性情，甘心融入那片終極蔚藍，恍若意識迷失的盡頭。可它們總會在我不經意時悄然泅渡回來，而我，也從未隨同它們在那片蔚藍中停泊過，只因在這紅塵世間，還有一筆尚未償清的債務。

朔風掃過，泛起松濤般的沉吟，把我連同這個靜如深海的夜緊緊包裹了起來。

二〇一五年二月二十八日，凌晨四點四十五

分，距離債務清償只剩三個多小時，留給我的時間不多了。

我要將藏匿於腦海深處的碎片傾覆而出，以最大的耐心來將它們重新拼湊、黏合。這一次，我不會再抗拒與逃避，我要將它們悉數鐫刻在那張底牌上，唯有如此，才能實現我對那場幻夢的邀約。

邀約，而不純粹是一筆交易。

我自是清楚，拼合這些支離破碎的記憶，就像縫合一塊塊被凌遲下來的筋骨皮肉，即便恢復了大體形貌，也是一片血肉模糊，觸目驚心。

可是今天，我甘願承受這一切。

謹以這些回憶，作為我對這行將結束的十五年還貸生涯的最為鮮活熾熱，也是最為撕心裂肺的——

深情的祭奠。

第二章　鐘眠花舟　1998～1999

十八、晨醒

一九九八年，七月四日。

還沒入伏就熱得不行了，知了成了這條老街的主宰，一浪接一浪刺耳的聒噪挑釁著還在睡夢中的我。

我決定給區園林局打電話，請他們開大罐車過來噴藥驅害，越快越好。可讓我發瘋的是，那串不知從哪裡搞來的電話號碼總也按不對，一遍，兩遍，三遍……任我小心再小心，總還是會按錯一個數字，而且每次錯的都不一樣，越錯越急，越急越錯，陷入了死循環。

「咣啷！咣啷！」外屋傳來一陣聲響，蓋過了蟬鳴和電話按鍵音，終於把我從夢魘中解脫出來。我伸著懶腰打了個呵欠，恰在這當兒，嘴裡落進了什麼，嚇得我一激靈從床上彈坐起來。

「呸！呸呸！」那團東西被我狠狠吐在地上，饒上幾口吐沫星子，喉嚨受到刺激乾嘔了幾下。

我拉開半扇窗簾，昏暗頓時被遣散。剛才吐出去的，是幾塊邊緣不規則的灰白色片狀物，床上也有，一碰就碎，好像是牆皮。

仰頭望去，佈滿裂紋的屋頂上，正趴著一隻碩大的壁虎。它足夠警覺也足夠冷靜地觀察了幾秒鐘，確認我沒打算傷害於它後，從容不迫地朝窗邊爬去，熟門熟路地順著風斗溜走了，所經之處又掉落了幾塊牆皮。

困意消了大半的我，撈起半夜踹落在地的T恤和短褲穿上，蹬上一隻拖鞋，在雜物中搜尋另一隻。

「咣啷啷！咣啷啷！」那聲音再度傳來，比剛才更急促，我這才意識到是有人在敲門。

我光著一隻腳跑到門口，卸下門閂，拉開了那道掛著厚重窗板的老榆木對開門。

陽光燦爛得不真實，一個妝容精緻身材曼妙

的年輕女人站在我面前，恍若下凡的天女。

「豬呀！睡那麼死！」

好似一塊隕石從天而降，把我的錯覺連同尚餘的最後一點兒困意一併砸碎。行色匆匆的上班族、如魚穿梭的自行車、鬧鬧哄哄的公交站，還有那混合著蔥花和韭菜花味兒的煎餅果子攤，門外這番景象怎麼也不像天女降臨的地方。

「姐！」我笑臉相迎，接過小凌手中提的一袋早點。

她進門後的第一件事，就是扯開所有窗簾，推開所有窗戶，仿佛屋裡充滿了毒氣。

四下亮堂起來，我意外地在臉盆架後發現了另一隻拖鞋，這才想起昨晚出去上廁所，回來時被滿地雜物絆了個趔趄，甩飛一隻鞋。當時困意正濃，懶得尋，就光著一隻腳回裡屋繼續睡了。

小凌從皮包裡拿出一個大信封，隨手丟在一旁的紙箱上。

我打開一看，裡面有兩份文件，一份是房產證複印件，另一份是有「凌海男」簽名的房屋租賃合同。這棟老屋的產權人是小凌的父親，我的親舅舅。

「姐，辛苦你了！」我感激地說道，「本來想請你好好撮一頓，可惜你明天就走。」

「鐘眠！」

「到！」我挺直身板，肅然聽訓。

「親姐妹明算帳，咱們在商言商。」

「就是就是！」我連連點頭。

「按市場行情，這地段面積差不多的門臉兒起碼兩千塊，我給你打七折，季付，將來就算賠了，房租也不能拖欠一分，明白嗎？」

「姐，瞧你說的，哪兒能賠啊！咱這兒可是風水寶地，天子腳下好生財！」

我朝西面那扇窗戶望過去，它猶如一幅精美的油畫，裝點著老舊的牆面。金水河上波光粼粼，故宮角樓華美巍峨，明黃色的琉璃瓦在初升的朝霞中金燦燦的，簡直就是一幅財源滾滾的大寫意。

「好吧，那就恭喜發財！房租從下月一號開始算好了。」

「那我豈不佔便宜了？」

「有史以來，你佔我便宜還少嗎？」小凌白了我一眼。

「有屎以來……姐，陪我去蹲會兒吧。」我捂著肚子，的確有些那個意思。

「憋著！」她又甩了個白眼，從兜裡摸出一張便簽，「這是新申請的電話號碼，明天有人來佈線裝機。」

我一看，尾數是「十八」，「要發！這號兒真不賴！」

「花錢買的能不好嘛！做生意還得有個靚號，初裝費就不找你要了，別忘了月底交電話費。」

「嘿嘿，姐你真好！你也記得把這個號碼留給舅舅舅媽，我爸聯繫不到我，肯定要問他們。」

「姑父怎麼還不回來啊？出去都那麼久了。」

「說話三年了，可能要走遍全國吧。」

小凌嘆了口氣，「本來我就忙，現在還得監護你！」

「我又不是小孩子，有啥好監護的！要說監護，也是我監護你——你家這老房子啦。」我按了按鼓得厲害的牆面，灰土掉了一地，「得好好裝修一下。」

「一直說要拆遷，也就沒打理。河邊返潮，這麼多年又沒人住，不荒才怪。」

「那到底拆還是不拆啊？」

「不拆了，政策剛明朗，保護這一帶的老建築，不再搞開發建設。你放心裝修吧，錢我出一半。」

「仗義！房租怎麼給你？」

「打我卡上，裝修費用你算好了除以二，從第一筆房租裡減掉，帳號在背面。」

我把那張寫著電話號碼的便簽翻過來，背面是一串更長的數字和一行小字：中國銀行，凌小凌。

「沒問題，那你出差什麼時候回來？」

「估計得一年吧，看那邊的情況。你這兒要是沒別的事，走之前我就不過來了。」

「明天下午幾點的飛機？要我送嗎？」

「怎麼送？你有車？」

「自行車嘍。」我指指牆邊的老鳳凰。

「行李箱呢？我扛著？」小凌難得笑嘻嘻地和我說話，可能是翻白眼翻累了。

她走到那輛自行車前，按了下車鈴，響起一通艱澀的嘶鳴，「西邊巷口有個修車鋪，你要是用得著就去大修一下，用不著就打足氣，湊合著騎到缸瓦市賣了吧。」

「缸瓦市？哪個省的？」

「你那泡屎裝腦袋裡了嗎？」她氣道，從包裡抽出一張紙巾，擦掉沾在手上的灰塵和鏽跡，「在西四那邊，騎車過去十分鐘，一個自行車黑市。」

「還是修修，留著自己用吧。」我心想，你還當我真傻啊。

從小我就深諳和小凌的相處之道，越跟她裝傻充愣，越容易從她那裡揩到油水。她心知肚明，可甘願被我套路，因為這樣可以反襯出她的成熟與高明。她總喜歡像大人一樣管教我，那種控制欲我理解不了。無所謂，各取所需就好。

「這些亂七八糟的東西你看著處理吧，前兩天我過來翻騰了一遍，有用的都拉走了，剩下這些都是不要的。用得上的就留下，沒用的該扔扔該賣賣，別再問我，更別問我媽，否則你就什麼都甭打算扔了！」小凌邊說邊跨過雜物，來到西窗旁的一個低櫃前。

她拉開櫃門，裡面有電飯煲和一些鍋碗瓢盆，「去年我公寓裝修的時候過來住了幾個月，炊具餐具齊全，都給你留下了。煤氣可以打電話叫，五十五塊錢一罐。做飯記得開換氣扇，在後院做也行，就是得防著野貓。」

「你看我像做飯的人嗎？你又不是沒領教過我的手藝，有一次差點兒把我掐死。」

「我懷疑你要用氯化鈉毒死我。」

「我早偵察好了，對面的角樓飯莊不錯，以後就是我的食堂了。」

「就你這樣，將來怎麼嫁人？」小凌戳了我腦門一下。

幸虧我有預感，頭及時往後一仰，她手指的力道解掉了大半。這個下手沒輕沒重的暴力女人，我從小就怕她這「一陽指」，倒楣的時候一天中過七八回。

「鐘眠啊，老實告訴你，舅舅和舅媽都反對你做生意，我可是替你說盡好話，他們才勉強答應把房子租給你。但你也別感動，我不單純是為了你。房子長期閒置不好，得有人氣，另外，我跟錢沒仇，咱們也算雙贏，懂嗎？」

我點頭如搗蒜，「姐，等我發財了，一定好好孝敬你和舅舅舅媽！」

「先照顧好你自己吧，愁死個人！」

「你交際那麼廣，介紹一個會做飯的帥哥給我嘍！」

「好男人誰會要你啊。」小凌撇撇嘴。

我悶悶哼了一聲，敢怒不敢言，在她背後做了個高難度的鬼臉。

交代完這些，小凌又開始囑咐我防火防盜、水電氣安全以及門前三包等一系列事宜。她每說一件事，甭管大小，我都必須重重點頭，至少要達到四十五度，還要配合認真嚴肅的表情，否則她就認為我沒聽明白或者根本沒聽。要不是因為出國前還有很多事情忙著要辦，她肯定還得叨嘮個沒完，出門了還一步三回頭地朝我嚷嚷：「晚上有大暴雨，捎雨就關窗啊！」

想到她已經走出了那麼遠，不一定能看清我點頭，善解人意的我向她深深鞠了三躬，仿若遺體告別。

小凌是一個工作能力很強的人，她把這種強悍的作風也帶到了為人處世上，對各種分寸的把握比別人都要猛烈一些。這絕不是所謂的至情至性或敢愛敢恨，而是偏執。二者的區別在於，前者不會總強迫別人做什麼，比如重重地點頭。

她總說我沒人要，嫁不出去，可她自己呢？像小凌那樣性格強勢到時時給人以壓迫感的女超人。如果我是男人，寧願娶一個像我這樣起床找不著鞋，連簡單飯菜都不會做的笨女人，也不願意娶

道理貌似如此，依舊會被現實顛覆。畢竟小凌有著令許多女人都望塵莫及的美貌，身材又好，所以還是相當有男人緣的。而且因了她不俗的裝腔技術，跟她交往的男人往往品質頗高，就像此刻不遠處，那個剛從一輛黑色桑塔納裡走下

來，風度翩翩地為她拉開車門的身材挺拔的男人。儘管帶著墨鏡，但從那立體分明的面部輪廓不難判斷，他理應擁有一張英俊的臉。

什麼時候，我的生活才能走進這樣一個男人呢？我感慨著，覺得他遠在天邊，遙不可及。

隨著那輛桑塔納的遠去，我收回了紛飛的思緒。昨天我才從生活了二十一年的小縣城璞玉來到首都北京，成為一名傳說中的北漂，當下多思無益，安身立命才是根本。幸好有舅舅一家作為依靠，他家這座閒置多年的皇城根兒下的老房子，如今成了我創業的起點。

馬路上翻滾著汽車引擎製造的重重熱浪，除了廢氣的味道，還夾帶著陣陣來自金水河的鹹腥。朝霞逐漸褪去，日光開始發白，地表和體表的溫度都在快速升高。抬頭望去盡是晴空，高調得一絲雲都沒有。小凌說晚上有大暴雨，可現在看不出任何徵兆。

十九、玄機

我坐在門口，吃著早點看街景。上班族們偶爾也會不經意地朝我瞥來一眼，遭遇我恰好投射到他們身上的目光。相視的一刻比豆漿滑過喉嚨的時間還短暫，不會擦出火花，也不會感到尷尬，發生這一切的可能性都被他們匆匆的步履帶走了。這就是這座城市的早晨，我懷著無限憧憬想要融入，然而此刻，我和它之間尚且隔著一條沸沸揚揚的車水馬龍。

吃完早點正式進入工作狀態，首先要做的，是把那輛蒙塵多年的自行車搞定，最近免不了跑跑顛顛，剛好派上用場。

我推車來到小凌說的修車攤，修車師傅正坐在小馬札上抽著煙鍋，可能是剛結束了一茬兒早高峰的忙碌。路邊一個中學生模樣的男孩子給山地車打足了氣，往鏽跡斑斑的餅乾桶裡丟了兩枚硬幣，躥車飛馳而去。

修車師傅撂下煙鍋走過來，把我的自行車掛到一個鐵架上，搖了兩下腳蹬，輪子呼呼轉起來。他仔細聆聽著內部軸承的響動，說這車不錯，但得拿拿龍，還得做個全面保養，約莫兩小時才能搞定，叫我中午過來取。

我謝過師傅就先回去了，店裡還有一堆叫人頭疼的雜物等著我收拾。

舅舅一家從這裡搬走很多年了，這座老房子成了一個日漸被遺忘的倉庫。我一邊整理一邊浮想聯翩，但凡將來稍微能派上點兒用場的，都盡可能地先保存下來。實在沒用的必須果斷清理掉，尤其是體量龐大的東西，比如小凌兒時用過的竹製小推車，還有那個半人高的粗陶大麵缸。

閃轉騰挪了一番後，該扔的扔了，能賣的賣了，餘下的東西裡有八大件算是最有實用價值的。一張單人木板床、一個單開門小冰箱、一部十八寸小彩電、一架噪音很大的臺式電風扇、一臺皮帶鬆了但將就能用的雙缸洗衣機、一套冬天取暖用的爐具、一個空液化氣罐外加一個燃氣灶頭。除了這些，其他暫且留存的小件物品全被裝進了一個大紙箱裡。

收拾得差不多了，我又給房子進行了簡單測量，談裝修時可以作參考。兩間房加起來三十八平米，格局還算周正，沒有什麼因為斜面而導致的不規則形狀，加減乘除足夠應付。

轉眼時已過午，我去取了自行車，而後直奔附近最大的建材市場。

保養以後的自行車跟新的一樣輕快，疾馳如飛，我慶幸自己沒有一時腦熱，貪圖小財把它賣到缸瓦市那個鬼地方。

在建材市場趴活兒的包工頭都嫌我的活兒小不願接，這叫我犯了難。一個熱心老哥給了我指點，他說往東兩站地，有個叫三角地的地方，可以去那裡抓人，都是按天計酬的小工。不過他們只管自帶工具和幹活兒，主輔料得我來操辦。我覺得可行，自己買材料品質更有保障，既然面積都已量好，現在乾脆先把材料買回去。

轉了一大圈，我來到了一家貨品比較齊全的建材店。導購按我的裝修要求和提供的面積拉了個材料清單，幫我選齊了地磚、油漆、水泥、沙子和膩子等常規材料。我付了款，去外面叫車，他剛好利用這個時間到倉庫提貨。

市場門口臨時搭建的涼棚裡，那幾個光膀子

打牌的人都是趴活兒的司機，路邊停著的一排麵包車就是他們吃飯的傢伙。

我剛要上前攀談，發現涼棚後面有一家小小的圖片社，玻璃門上貼著「名片立等可取」幾個大字，心想既然路過，索性進去把名片印了，還可以吹會兒空調。剛才那通東跑西顛讓我汗流浹背，有種隨時虛脫倒地的感覺。

推門而入，清涼瞬間襲來。體感的切換猶如任何事物的兩極，比如黑白，美醜，善惡，以及生死……最近總是頻頻冒出一些思想火花，可能是因為事業上升期吧，我厚著臉皮這麼想。

生平第一次做名片，見識了電腦排版，選上一款中意的模版輸入信息就可以了，方便快捷。「立等」卻不是那麼回事，最快也要二十分鐘。雖說待在這空調房裡實在舒服，讓我等上大半天也樂意，可還有那麼多事等著辦呢，豈容懈怠。我決定不「立」在這兒等了，晚些時候再過來取名片。

從圖片社出來，冷熱的切換同樣分明迅猛。真實的世界原本如此，我只是回來了而已。

我到涼棚去找司機，暗暗擔心的爭相拉活兒的場面沒有出現，行有行規，他們之間自有秩序。看上去最年輕的那個小夥子給我報了價，免費搬運，我覺得公道就沒砍價。

我跟他上了一輛小麵包車，把剛才買的貨拉上，一腳油運回到店裡。

草草卸了貨，上午好不容易清理寬敞的空間又被填得滿滿當當。顧不得收拾，我又隨麵包車返回建材市場去取自行車和名片，而後還要到傳說中的三角地去抓人。

我很滿意這一天的工作效率，這是我第一次正式向這個世界展示自己的能力。同時，我也有信心去迎接今後生活與工作上的各種挑戰，接下來的每一個環節都將按照預期向前推進，步步為營。

那年我二十一歲，正是一個習慣用有限視角無知無畏地去瘋狂解讀未知的年齡。直到那天下午，返回圖片社取名片時遭遇了一件事情，我才開始明白，有一種可以超越自己思維邏輯的東西，叫變數。有些變數是有徵兆的，算命先生便是以先驗這些玄機為業的人，我這樣的芸芸眾生只有後知後覺。

那天在圖片社裡，我的眼睛被什麼東西晃了一下，那道光似閃電般耀眼。不同的是，閃電可以照亮整個夜空，而那道光只屬於它自己，周遭的一切統統因它失色，連光天化日都被反差成了黑暗子夜。尚不懂玄機謂何的我，甚至缺乏最淺顯直觀的聯想，比如我並沒有因為幻見了閃電，就相信晚上真的會有大暴雨。

而那天的變數，絕不僅僅是天氣。

那道明光來自於一個銀色的金屬物質。奇怪的是，晃了我一眼之後它便暗淡下來，恢復了滄桑厚樸的本色。似乎剛才那驚天一閃，僅僅是為了引起我的注意，以至於我在冥冥之中產生了好像在哪裡見過它的錯覺。

那是一個長短和粗細都和我的小拇指差不多的圓筒形吊墜，這樣的造型和體量決定了它的內部空間應該被利用，也就是說，它很有可能是一個可以從某個部位開啟的小盒子。筒身上刻了些簡單而不知所云的圖案，還有一行豎版的奇怪字符，像被歲月雕蝕而成的神秘咒語，蘊含著世間萬物的玄妙，讓人禁不住去猜測，裡面究竟裝藏了什麼。

吊墜是掛在一個男人脖子上的，他身形瘦削，上穿一件鬆鬆垮垮的舊T恤，下穿一條膝蓋破了洞的牛仔褲，一手拎著一袋燒餅，一手握著一盒中華牙膏。

這個從外表看來平凡得有些落魄的人，正站在玻璃門上「名片立等可取」幾個大字後面，閱讀一張貼在外面的A4紙上的廣告。

雖近在咫尺，但那張紙不偏不斜剛好擋住了他的臉。

「你的名片。」到裡面取名片的小妹出來了。

我接過來核驗了一下，確認信息無誤後收起。再抬頭時，那個男人不見了。

我快步衝向門口，推門而出。

午後的太陽烘烤著整座城市，熱浪滾滾。街上人少得可憐，我的目光從極其有限的幾個路人身上一一掃過。

樹蔭下有個衣衫襤褸的老乞丐正在打盹兒，對面的公交車站有一對年輕情侶正在等車，左右兩邊各一百米的範圍內沒有交叉路口，只有三個行人，一邊是兩個穿著紅色籃球衫走遠的男生，另一邊是舉著遮陽傘朝這邊走來的黃裙女人。其餘的，就是那幾個聚在涼棚下打牌的光膀子男人了，剛才幫我拉貨的小師傅已經回到了他們之中。

我又往圖片社左右兩邊各走出去二三十米，朝做各類生意的小門店裡張望了一番，也沒發現什麼「可疑」的人。

重新回到圖片社門口，我愣愣地站在那裡，琢磨著剛剛發生的不可思議的一幕。

核驗名片的時候，我的視線離開他最多十幾秒鐘，除非他是短跑健將，可以在如此短暫的時間裡跑到我視野以外的地方。可大熱天的為什麼要拼盡全力去跑呢？難不成他買了燒餅或牙膏沒付錢？為了這點兒東西不值當吧。就算這樣，也不該傻到拿著贓物站在街頭看廣告啊。

我回頭看了一眼剛才阻隔在我和那張臉之間的A4紙，是一則美工招聘啟事。

光天化日，朗朗乾坤，一個大活人就這麼蒸發了？還是說，那道「閃電」、神秘吊墜、燒餅、牙膏以及穿T恤牛仔褲的男人全是幻覺？正當我百思不得其解，以為是自己中暑而導致的精神恍惚時，忽而意識到，剛才有一個重大疏漏。

我快步來到圖片社隔壁小賣部的另一側，這裡有一個非常不起眼的窄窄的鐵柵欄門，僅容一人通過，門後是一級級向地下延伸的逼仄臺階。鐵柵欄門上掛著一個用三合板做成的簡陋小招牌，上面是四個被太陽曬脫了色的歪歪扭扭的毛筆字：時空旅社。

我沒多想，推開鐵柵欄門衝了下去。

昏暗的樓道裡，待瞳孔稍稍適應，我分辨出了這裡的大體格局。直直的樓道兩側，都是形式統一的單間，門上的房號從「01」排到了「16」。正對樓梯的房間開了一個小小的窗口，玻璃上的「登記室」三個字是用紅膠布貼成的。

我朝一個開著門的房間門口走去，悄悄向裡張望。十平米左右的空間裡，陳列著簡單的傢俱，呼呼轉著的吊扇下面，一個穿背心的男人正抱著半拉西瓜用水果刀剜著吃。

是該向他打聽，還是該到登記室查詢，或者索性將這些房間的大門叩上一遍？毫無主張的我在樓道裡徘徊了一個來回，重新回到樓梯口時，又有了一個新發現。

就在樓梯拐角的斜面下方，還有一個看上去和其他客房不太一樣的房間，簡易的門板上有一個用紅漆書寫的數字，編號是「00」，門虛掩著。

我走過去，順著門縫朝裡打探，一眼就看到了桌上的牙膏和燒餅，禁不住一陣驚喜。舉起手臂剛要叩門，卻又猶豫了。

我有什麼理由這樣做呢？

稀里糊塗地跑到這裡，似乎是某種自然而然的慣性使然。這慣性，究竟是出於對那個男人瞬間消失後去向何方的純粹好奇，還是真覺得那個吊墜似曾相識，所以想一探究竟？

我的手懸在門板前，茫然無措。

可以肯定的是，不管以什麼樣的緣由去叩響這道門，都將是冒昧之舉。在這樣一個熱氣騰騰的忙碌夏日，我不該無謂地浪費時間和精力。

回去吧，我暗暗對自己說。

不知是手臂背叛了大腦，還是僅僅是個意外，就在我將要把懸著的手臂放下的一刻，胳膊卻像一棵剛被伐斷的大樹，失去支撐力後朝一個方向傾倒下去，手掌如同樹冠撲向大地，不輕不重地撞在了門板上，發出「砰」的一聲悶響。

我還沒來得及將一臉錯愕收起，門開了。

那個吊墜再度出現，與我的視線平行。這一次，我和它之間不再隔有那道貼滿廣告的玻璃門。而後，我的目光從吊墜上移開，一點點地往上爬升，終於看見了剛才被擋在A4紙後面的那張臉。

二十、嘎烏

昏晦的光線斜射在他的臉上，半明半暗，像一尊頗具質感卻溫度盡失的石膏像。那兩道目

光渙散空洞，毫無神采，如遠古的荒原般了無生機，死寂得令人卻步。

然而，我的內心卻湧起了一股狂瀾。

儘管他的形貌變化很大，大到超越了我的理解，可我還是認出了他。這個神秘吊墜剛才給我帶來的似曾相識的一閃念，不是錯覺。

「找誰？」他的聲音冷得像冰，但並沒有在這個酷暑送來清涼，而是走向極端，霎時讓我陷入嚴冬的徹骨之寒，那股狂瀾一下子被冰封住了。

「大畫家……」我夢囈般地喚道，掙扎著從那片寒寂中解脫出來，心裡卻是極不自信。

我見過的那個畫家和小凌是同屆大學生，現在最多也就三十歲，絕不該是這樣一副滄桑模樣。而那個引我循跡而來的神秘吊墜，縱然當年給我留下了深刻印象，也奈何不了時間久遠，我不可能記清它的細節。

我的目光重新回到吊墜上，卻不知為何，只要看到它，我就堅信沒認錯人。這個男人和這個吊墜之間形成了一種互為印證的奇妙關係，兩廂模糊的記憶彼此映射，而後沿著輪廓自然相吸，完美地匹配在一起，如同兩片相合的虎符，同時出現便有著不容置疑的權威。

這個旅社名副其實，像時光機般把我帶進了另一個遙遠的時空。

七年前的風城，黃昏的美術館外，紅旗飄飄，小凌和我，爽口的甜醅，跛腳的男人，百元大鈔和五角硬幣，燦爛一笑，出租車和公交車……還有眼前這個神秘感十足的吊墜，一幅幅如泛黃老照片般的畫面從腦海裡浮現出來，猶如呈堂證供，強化著我剛才的直覺。

「大畫家，你不記得我了？」我自信了一些。

「你認錯人了。」他說著就要關門。

我趕忙向前一步，用一隻腳抵住門板，「你忘了？我還借過錢給你呢！」

「砰」的一聲，他強行關上了門，幸虧我躲閃及時才沒被夾到腳。

我拍著門板繼續喊：「喂喂！七年前，風城美術館，我借了五毛錢給你，你不記得了嗎？我是凌小凌的表妹，凌小凌是我表姐啊！」

裡面沒動靜，我又把最後兩句話重複了一遍，依然無聲無息。

或許真的認錯人了，那個吊墜就算和當年見過的一模一樣，又能說明什麼呢？款式相同的東西有的是。什麼虎符什麼時光機，全是沸熱濕氣蒸騰出來的幻影罷了。

正當我失意地準備離去時，身後傳來「吱扭」一聲，我立即回轉。

「你是鐘眠？」他從門後探出半個身子。

「天啊！真的是你，大畫家！」我興奮地喊道，沒想到他居然還記得我的名字。

我從包裡摸索出名片盒，遞上了人生第一張名片，「我是鐘眠，如假包換！」

他接過名片看了一眼，「抱歉，我沒有。」

「那你叫什麼，我還不知道呢。」

「原冬，原來的原，冬天的冬。叫我名字就行了，我不是什麼畫家。」

「你不是畫那個什麼……」我撓撓頭，「對，唐卡！」

「學過幾年而已。」

「你怎麼會在這兒啊？」

「過來辦點事，昨天才到。」

「這麼巧？我也是昨天來的呢！」我朝房內瞟了一眼，「我可以進去嗎？」

他遲疑了一下，不太情願地把門打開了一些，「不好意思，請進。」

儘管有心理準備，但我還是沒想到這個「00」號客房會狹小到如此地步。實際上這並不是客房，甚至連房間都算不上，僅僅是利用樓梯下方的不規則空間圍出來的一個小隔間，總共也就三四平方米，頂部是個大斜面，進來以後稍不注意就會磕到頭。單人床和小方桌是僅有的兩樣傢俱，因為空間實在太小，不得不緊挨著擺放。所謂的床，也是根據這個狹小空間量身訂製的，非常窄，和火車硬臥差不多。要是兩個高個子人同時在這裡的話，因了頭頂上的那個斜面，最多只能容納一人直立。

他把桌上的牙膏和燒餅推到牆邊，探身把床尾的帆布背包拎過來，丟到桌上。

「坐吧。」他說。

挪動背包純粹多此一舉，我坐在床的中段，頭就快要觸到樓梯的斜面，再往裡去就得哈腰駝背了。他則儘量往方桌那邊靠，即使這樣，我們也幾乎是挨坐在了一起，胳膊之間若即若離，偶爾會輕輕觸碰在一起。侷促的空間把呼吸、心跳和體溫都強加給了彼此，無可迴避，也沒法掩飾。

我環視著這狹小得過分的所謂客房，樓梯斜面的最高處與兩面牆的交匯處結了大大的蜘蛛網，一根長長的細絲拉到了一旁的吊燈電線上。吊燈懸在方桌上空，像個風燭殘年的老人，竭盡最後一點兒氣力，才發出極其可憐的微光。腳下的地板革磨得辨不清花色，到處都是煙頭燒過的黑洞。倘若不是親見，我真不敢相信，在這首善之都還會有條件差到如此地步的旅館。

他的鞋尖幾乎貼著門板，剛才我在門外舉著手臂猶豫著是否要叩響這道門的時候，他應該也和現在一樣，就這麼一個人默默坐在這裡，陪伴他的只有黯淡的幽光和凝固的時間。

從一張A4紙到一道門板，此前總有東西阻隔在我和他之間。現在，當我們突破了這些阻隔，幾乎是彼此相貼地並坐在一起時，卻彷彿又有什麼比紙和門板更厚重的東西，繼續屏蔽著我們。

他問起我怎麼會出現在這裡，我便把剛才在上面取名片，後來被這個曾在七年前見過一次的吊墜所吸引，繼而追尋到這裡的整個過程說了一遍。

講述這些的時候，我時不時歪頭瞟上一眼他脖間的吊墜。這個小東西一定蘊藏著什麼魔力，幾分鐘前，它拋出了一條可以穿越一切的透明游絲，將我從光天化日牽引到了昏暗地下，成就了我和這個七年前有過一面之緣的男人的又一次邂逅。

吊墜的主人始終低著頭，手裡捏著我的名片，對這場奇遇並沒有表現出應有的興趣，這讓我有些失落。

「原來你是這個『眠』。」他終於開口。

「我小時候精力旺盛，半夜裡老哭鬧，父

母最大的願望，就是我能安安靜靜地睡上一宿整覺，所以給我取了這個名字。」我像背書一樣解釋道，幾乎每一個見過我名字的人都會有同樣的反應，我向來以這樣的通稿來應付。

「鐘眠花舟……」

「我的花店，剛開始籌備。」

「北京房租很貴吧？」

「當然，不過這是小凌家的房子，給我打了折。對了，你們有聯繫嗎？」小凌是我和他唯一共同認識的人。

「沒有，我跟她不熟。」

氣氛陷入了一種微妙的尷尬。

他和小凌「不熟」，那和我豈不更不熟了？畢竟我是通過小凌才和他有的一面之緣，他連小凌都不屑談，和我這個萍水相逢之人又有什麼可聊的呢？哪怕這已經是第二次邂逅。不知道他剛才的話算不算是逐客令，也許我應該知趣，立即告辭了。

起身前，我忍不住又瞟了一眼他的脖間，

「這吊墜哪兒買的？」

「不是買的，一個朋友做的。」

「哇，手這麼巧！」我由衷讚嘆，「那上面是什麼字？」

「藏文，六字真言。」

「六字真言……」我低聲重複著，對它的認知僅限於《西遊記》，記得唐僧把孫悟空從五行山下解救時，念的就是這個咒。

「是不是可以打開？」我又問。

「這是個佛盒，藏語叫嘎烏。」

「嘎烏……」我生澀地模仿著他的發音，

「裡面裝了什麼？能給我看看嗎？」

他未置可否，目光始終沒離我的名片，手汗讓沒有覆膜的紙片邊緣變色並捲起。

「那我不打開，你摘下來，給我看看那些圖案就行。」我趕緊補充道，因為和宗教有關，怕有所冒犯。

他依然沉默不語。

「算了算了！」我給自己找了個臺階，「看了也沒用，反正也買不到。」

忽然覺得特別憋悶，仰起頭來想望望窗外，

卻忘記了這個「房間」根本沒有窗。得儘快離開這鬼地方，我暗暗後悔，壓根兒就不該來。

「沒想到你還記得它……」他突然開口，在我又一次即將起身的時候。

他的語氣是飄忽的，誘我思緒扶搖而上，恍惚看到一束天光投射到我們兩人身上。那是從七年前穿越來的晚霞，召喚著我的記憶慢慢甦醒過來，仿佛那些遙遠的畫面才是我們身處的現實，而這方地下空間，都是來自那個時空對未來的奇異幻夢。

人的記憶有兩種存儲方式。一部分是存放在抽屜裡的，有較為清晰的碼放邏輯，常用的放在外面，不常用的放在裡面。時間久了，很難想起抽屜深處放了些什麼，而一旦被某個機緣觸發，抽屜完全拉開後，那些以前有意收藏或不經意間被擱置起來的一切，將會盡現。另一部分的記憶則是漂浮在海面上的，隨著洋流四處游曳，若隱若現。它們的邊緣會隨著時間流逝而逐漸糟朽，最終都將沉入海底。這兩部分記憶的最大不同是，前者早晚有一天會被發現，後者則很可能再也打撈不起來。

這一天，這一刻，我腦海中容納著關於這個男人記憶的抽屜，被一拉到底。我可以清晰地追憶起，那場只有三分鐘的短暫邂逅的始末與細節。至於還有沒有漂浮在海面上的，或行將沉入海底的記憶，當下處境壓抑的我，暫時無力探尋。

七年前的那次邂逅，我剛滿十四歲，還是一個懵懂青澀的初中二年級學生。而他，在風城民族藝術學院美術系唐卡專業讀大四，天之驕子，風華正茂。

二十一、舊憶

一九九一年國慶節前夕，我的父親要去新疆參加一個戰友的葬禮。正值青春叛逆期的我，想利用這個機會出去放放風。

我找到一個會寫連筆字的高二學姐，請她幫

忙偽造了一張假條，內容是我要隨父親去風城參加親戚的葬禮，請假四天。這張假條的交換條件是一個禮拜的零食，不許重樣。

班主任看著假條，盤問起細節時我對答如流，因為有事實作依據，只不過是把父親的戰友說成了自己的「二叔」，把葬禮地點換成了我雖沒去過，但也有些基本瞭解的風城。班主任被輕鬆搞定，我得逞逃了幾天課，再加上國慶節和一個週末，便擁有了一個美妙的小長假。我用父親留給我的生活費買火車票去了風城，投奔對象是小凌，當時她正在風城外國語學院讀大四，她們宿舍剛好有個空鋪，我可以借住。

前兩天小凌都有課，給我安排的活動除了在學校食堂和附近的小館子吃吃喝喝外，就是陪她聽課。唯一的娛樂，是帶我去圖書館看了一部錄像，去年上映的張國榮主演的《阿飛正傳》。我沒看懂，小凌卻看得直流淚，往回走的路上我讓她給我講講，她一把將我推開，讓我別煩她。

我到風城的第三天下午，小凌終於沒課了，她帶我離校，去著名的小吃街吃了個肚兒歪，後來又給我買了一碗酸甜爽口的甜酪消食。我們漫無目的地走著，不知不覺溜達到了美術館一帶。太陽就要落山，街上一切有形之物的影子被拉得很長，四處飄揚著國旗，金燦燦的晚霞映射其上，猶如仙女們美麗的裙裾。

我們在一個路口拐彎，上到了美術館西側的一條小街。聽小凌說這條街剛拆遷完畢，正在搞文化園區建設，而美術館後身那一大片區域，將要興建風城第一家五星級酒店。

我無心聆聽這些，隨便應和著，注意力全都集中在了前方。一個一瘸一拐的男人，正和我們同向行進著。小凌也注意到了那個男人，直勾勾地盯著他看。

我們和他之間的距離迅速縮小，剛一超過他，小凌就別到他面前，轉身立定。

「喲！這不是大畫家嘛！」小凌刻意拉長了語調，表情更是浮誇。

那個男人被迫停下了腳步，神色窘迫，「這麼巧。」

「這是我表妹鐘眠，過來玩兒幾天。」小凌

介紹道。

他朝我望過來，點了下頭。

我莫名感到一陣羞澀，低頭吃起了甜醅。

「腿怎麼瘸了？還是在搞行為藝術？」小凌陰陽怪氣地問。

「剛才不小心崴了一下。」他說。

我悄悄打量著面前這個即便跛了腳也依然瀟灑的男人，年紀應該和小凌差不多。一條深色牛仔褲，一雙牛筋底休閒鞋，一件寬鬆卻不失版型的長袖T恤和一件鬆鬆垮垮地繫在腰間的藏藍色帽衫，這套裝扮沒什麼特別，但穿在他身上，散發著一種說不清的獨特氣質。還有他額前那微長的瀏海，風一吹便沒有方向地肆意撩動，為那氣質平添了一縷不羈與灑脫。小凌剛才管他叫「大畫家」，不管帶著多少揶揄的口氣，僅從他的外表來看，矇騙我這種情智雙低的初中生還是綽綽有餘的。

我不好意思像個花癡似的繼續偷看他，除了靠不停地吃東西來掩蓋那點兒朦朧的少女情懷外，很快，我又找到了另一個容納目光的地方。

稍一抬眼，就能看到他脖子上掛的一個圓筒形的銀色金屬吊墜，體量比我的小拇指略粗略長，筒身上有漂亮的花紋，還有一行自上而下排列的看不懂的字符。漢字、英文、日文、韓文、阿拉伯文……我能辨別出來的無非就這幾類文字，顯然都不是。

注意力雖然轉移到了吊墜上，但他們的對話還是被我一字不漏地聽了去。

原來，這位畫家忘記帶錢包了，出來時身上的零錢剛好夠買車票，所以沒及時發現。現在他兜裡沒錢了，只能拖著跛腳一瘸一拐地走回學校去。

「七八站地走回去？你這樣子怕是天黑透了都到不了，搞不好還會留下後遺症，那可就真殘廢了！」小凌奚落道，語氣更像是詛咒。

「沒那麼嚴重。」畫家說。

「算你走運，碰上我們了。」小凌傲慢地挑挑眉，從錢包裡抽出一張百元大鈔，懸舉在半空，好像所有人都應該為她手中那張紙片臣服。

我下意識地往一旁橫跨了一大步，感覺這樣

就能把自己從她口中的那個「我們」裡剔除掉。

「票太大了。」畫家說。

「我沒零錢。」小凌說。

畫家長吁一口氣，脖子上的吊墜隨之起伏了一下。他朝道路兩邊望了望，滿臉無奈，「回學校的那趟車是投幣的，不找零。」

他剛才一定是在看附近有沒有可以換到零錢的地方。可惜這裡不是主街，街道兩側都是剛剛拓出來的草坪綠化帶，上面堆砌著一個個還沒有構建完成——即便完成我也看不懂的現代雕塑，整條街連個小賣部或報紙攤都沒有。

「那就打車啊。」小凌說。

「打不起。」他說。

「不用還了，拿去吧。」小凌將手裡的鈔票揚了揚，口氣像是在施捨一個乞丐。

「謝謝，不必了。」他壓抑住不悅，「我還是走回去吧。」

「那隨你便了。」小凌似笑非笑，那張鈔票像一個用完了的道具，被她收回了錢包。

我很氣憤，剛才買甜醅的時候，她明明破開了一張整錢，現在卻說自己沒零錢，唯一的解釋就是她壓根兒不想幫助這位畫家。

我當然不會傻到當場揭穿她，但也不忍心看著畫家一瘸一拐地那麼老遠走回去，照他剛才的樣子，別說七八站地，走上七八百米都夠他受的了。我突然想起剛才甜醅店老闆找的那些零錢裡有一枚五角硬幣，小凌不願意要，直接丟給了我。

我用沒端甜醅碗的那隻手從口袋裡摸索出那枚硬幣，走上前送到他面前，怯生生地問了句：「夠嗎？」

他驚訝地看著我，似乎有過一瞬間的猶豫，可下一秒就露出了燦爛的微笑。

他接過硬幣，感激地說道：「剛好，改天還給你哦，謝啦！」

幾毛錢本來沒必要還的，真要還的話也得通過小凌，可他說這話的時候神情始終是專注於我的，再沒看向小凌一眼，包括接下來的告別，他也只是笑著朝我揮了下手，便一瘸一拐地往剛才行進的反方向走去。夕陽把他的影子拉得很長，

前面路口左轉就是公交車站。

小凌看上去情緒不佳，我冒著有可能引燃一顆炸彈的風險，從她那裡探來了一點兒關於那位畫家的消息：他和小凌的男友冷桑是舍友，但專業不同，他是學唐卡繪畫的。

本想再多問兩句，但見小凌一副馬上就要爆發的樣子，只好作罷。她沒追究我剛才「多管閒事」已經算是給我臉了，我哪裡還敢再往槍口上撞。

小凌有一個常人難以企及的超能力——隨時讓自己精神分裂。她對我好的時候簡直不能再好，這也是我願意千里迢迢來找她玩兒的先決條件，可她一旦發起脾氣來，炸彈般的威力也是夠我死幾回了。不過那件事情後來一想，當時我也沒必要多慮。不管小凌出於何種居心不想幫助那位畫家——暫且不論他是不是真正的畫家，這個稱呼已經先入為主地植入了我的觀念，至少我沒揭穿她。小凌雖然沒有達到羞辱他的陰暗目的，卻也沒有因此損失什麼。而我給了畫家五毛錢去坐車，完全是出於良心與道義的舉手之勞，大可不必像自己做錯了事似的那麼心虛。

七年前的記憶大致便是如此了，那些情節在腦海裡的再現其實只是幾個刹那，似乎還有一些再使勁想想還能回憶起來的細節，但地下室的潮悶讓我沒有更多精力去深究了。

從剛才在上面圖片社看到那個嘎烏，到此刻和嘎烏的主人並坐在一起，前後不過十幾分鐘，卻似經歷了滄海桑田。而兩次邂逅所間隔的彼此未知的七年，被強行壓縮後塞進了這狹小的異形空間，令我更感侷促。

我實在無法將身旁這個瘦削單薄滿面滄容的男人，和七年前那個陽光瀟灑充滿活力的藝術青年聯繫到一起。他自虐般地蝸居在這裡，莫非是為了體驗苦難生活從而尋覓創作靈感？

「凌小凌在北京嗎？」他再度開口。

房間裡像是注入了新鮮的空氣，舒暢了許多。此前的氣氛因為我提及小凌而走了樣，可她畢竟是我們唯一共同認識的人，刻意迴避反而奇怪。他可能是剛剛意識到了這一點，故而才又主動問起。

「今兒在，明兒就不在了，她要去新加坡出差。」我答道。

「成家了嗎？」他又問。

「沒有，交過幾個男朋友都吹了，現在有一個醫生正談著，估計也長不了。」我實話實說，「這個女人有男人緣，可性格太壞，沒人能跟她長久，談得最長的就是大學時那個了。」說到這裡我精神一振，「對了，她男朋友跟你是一個宿舍的？」

「上下鋪。」他漠然道，再無聲息。

對於這樣一個擅長製造冷場的人，我已經開始適應了。

我努力調整著呼吸，想靠平心靜氣來給自己降溫降躁，但效果有限。他看上去倒沒那麼難捱，只是偶爾用寬鬆得變了形的袖口將額頭的汗珠拂去。

地下室通常冬暖夏涼，這個時空旅社的其他房間便應該如此，就算它們再簡陋，至少房型規矩，空間夠大，有窗戶和吊扇進行通風。只有原冬的「房間」是個例外，這個簡易的隔間更像是用來儲物而非住人的。因為處在樓梯口的拐角處，外面的熱浪輕易就能灌進來，地下室固有的潮氣被蒸騰後很難流通，待在這裡比暴曬在烈日下還難受。

見我躁動不安，他拿起桌上那管中華牙膏，把盒子騰出來，拆開展平，給我當扇子用。

我搧著紙盒，空氣小範圍地流動起來，舒服了一些。漸漸平靜下來的我，思維也順暢了不少。

「你來這裡做什麼？旅遊嗎？」我問，按說這個問題早該被提及。

「算是吧。」

「第一次來北京嗎？」

「嗯。」

「那我騎車馱你去看天安門好不好？」

「我自己可以去。」

我停止搧風，把紙盒撂在了一旁。

「那一會兒我請你吃飯！」我竭力維持熱情，在逆反心的作祟下，刻意和他的冷漠作對。

「謝謝，不必了。」他的口氣猶如七年前回

絕小凌手中的那張百元鈔票。

「我的花店明天開始裝修，第一次創業，就當為我慶祝一下吧，也算給你接風洗塵。」我厚著臉皮，決定窮追猛打到底。

「我的晚飯已經有了。」

「就那幾個燒餅？」我撇撇嘴，懶得再跟他周旋，「怎麼說我也在你危難的時候出手相助過，要不是我，當年你那條腿沒準兒真就走殘廢了！話都說到這份兒上了，好歹你也該給個面子嘛！」

既像是在威脅，又像是在央求。

「我跟凌小凌……」他為難道，「真的不熟。」

「小凌？」我一怔，旋即意識到，原來，不想見小凌才是他一再推託的緣由。

「她明天就要出國了，忙得很，我壓根兒沒打算叫她，叫了也不會來。」我趕緊解釋道。

他還有些猶豫，但再也沒找別的推託理由，算是默許了。看著他那不情願卻又很無奈的樣子，我竟有些得意。

「那今天晚飯就這麼說定了！」我強調了一遍，「現在我得去趟三角地，找幾個小工。」

「三角地？」他扭頭望向我。

「一個非法勞務市場，聽說離這兒不太遠。」我解釋道，不明白他怎麼會對這個奇怪的地名感興趣。

「我帶你去吧。」說罷，他起身推門而出。

我愣在那裡，一時沒反應過來。

幾秒鐘後，他從門外探頭進來，催促道：

「走啊，那地方我知道！」

二十二、遲覺

從地下室上來，眼睛被太陽刺得睜不開，我又想起了小凌早上離去時的那番叮嚀。晚上真有大暴雨的話，這一天就要經歷太多的極端了。除了天氣，還有圖片社玻璃門內外的冰火兩重天，我身旁這個男人七年前後形貌與性情的差異，以及他脖子上的嘎烏在不同情境下呈現出來的光澤。很難相信，十幾分鐘前，圖片社門口的那道霹靂之光來自於此刻樸質無華的它，由此成就了這一場穿越時空的追尋、重逢與未知。

我取來了自行車，原冬還老老實實地站在地下室門口。

「得回去一趟，燒餅沒拿。」他說著就要下去。

我箭步一衝，用前輪別住他，「說好的我請你吃晚飯，你自帶燒餅算怎麼回事！」

「這麼熱會壞的，要不我拿來給他吧。」他看向我身後。

我回頭望過去，圖片社門口的老乞丐還在樹下打盹兒，跟前的破搪瓷缸標誌著他的職業。

「現在的乞丐有幾個要飯的啊。」我撇撇嘴，但見他神情嚴肅，又道，「好吧，念你慈悲，我今兒就替你行個善。」

我把自行車往他身上一推，大步流星地朝老乞丐走去。

「喂！」他在後面喊了一聲，我沒回頭。

我打開錢包，這才發現最小面值是五元，不禁追悔莫及。那破搪瓷缸裡只有幾分錢硬幣，想找個零都沒得。老乞丐毫無察覺我的到來，睡夢香濃。我咬咬牙，心痛地把錢丟了進去。

「怠忽職守！」我甩下一句，悻悻而去。

「你可真大方！」原冬說道，語氣絕不是讚美，可我照單全收。

「現在可以走啦？」我叉著腰，窮大方的人更要故作瀟灑。

「還是我帶你吧。」他利索地跨上自行車。

「哈！好嘞！」我歡呼著躥上後座。

從老乞丐身旁經過時，原冬按了幾下車鈴，清脆的「叮啷」聲在燥熱的空氣中蕩漾開來。

他終於睜開眼，神情怨懟地皺皺眉，卻在下一秒鐘看到了搪瓷缸裡的「大鈔」，拿起四下張望，目光最終投射在了我身上。我正側身坐在自行車後座上，微笑著朝他揮手致意，漸行漸遠。

原冬載著我，往我來時的方向騎了半站地，然後左轉，斜穿進一條小窄巷，拐了幾個彎，再一出去，就上到了寬寬的大街上。又騎了沒多

遠，便到地方了。

原來是一大片呈三角形的綠化園區。由於有繁茂綠林的遮擋，從外面看不出什麼門道。

街邊空場橫七豎八停著很多自行車，原冬在一處有鐵柵欄的地方停下來，用鏈鎖把車輪鎖在了欄杆上。

我隨他沿著一條甬道往園林深處走了幾十米，又穿過一大片丁香林後，才見識了什麼叫別有洞天。誰會想到，一個大型非法勞務市場堂而皇之地滋生在城市中心。

從裝扮和說話的情態上，很容易就能分辨出雇主和勞工。他們搭訕交流，東拉西扯，討價還價，好不熱鬧。那些暫時沒人問津的勞工們，或蹲或坐或站，三五成群地圍在有限的樹蔭下，聊天、抽煙、打牌、下棋、看打牌、看下棋……每個人都有自己打發時間的辦法。

又往裡走了一小段，在幾株花開正茂的木槿旁，原冬停下了腳步。高高的樹杈上掛著一個小紙板，寫著「瓦工」兩個粗黑笨拙的大字。原冬和一個正在觀看別人打牌的中年男人打了個招呼，然後介紹我和他認識。

那人姓劉，唐山人，是個有三十多年經驗的老瓦工，既打零工也承包小工程。

我拿出早晨畫的那張標有尺寸的草圖給他看，說了說裝修的大致要求。他拉我們到一旁找了個清淨的空地，把圖紙平攤在地上，撿來兩塊小石子壓住，從腰包裡掏出一個袖珍計算器和一個捲了邊的小本子，蹲在地上對著圖紙邊算邊寫。很快，他就給出一套項目明細和初步預算。他說我要是想省心，就把活兒全包給他，木工和電工他幫著找，都是搭檔了多年的哥們兒。現場實測後，他還會再做一份精確預算，沒特殊需要絕不增項，隨時開工，一週左右就能完活兒。

報價符合我的預期，這位劉師傅看著幹練敦厚，又是原冬介紹的，我當即跟他互換名片，請他一切代勞，約好明天一早進場。

離開瓦工區後，我把憋了多時的疑惑問出了口：「你不是昨天才來嗎？怎麼會知道這個地方？還認識那個劉師傅？」

「上午閒逛，進來瞧瞧。跟老劉也談不上認

識，看他們打牌時隨便聊了幾句。」

說完他加快了步伐，我想要跟上，卻被幾個開著玩笑相互推搡的男人堵住了路。躲閃的時候，胳膊被一根探出來的樹枝劃破，這一耽擱，又被甩出了很遠。等我氣喘吁吁地追上原冬的時候，他已經來到自行車旁，正躬身開鎖。

「怎麼走那麼快！」我氣道，抹了把傷口滲出來的血跡。

「不是要去吃飯嗎？」他跨上車，「晚上有雨，早去早回。」

我看看天，「雨？沒雲哪兒來的雨！」

「上車！」他催促道，同時腳下一蹬，車子溜出去了兩三米。

我小跑著躥上後座，「你先原路返回，快到建材市場時再聽我號令。」

從地下室到三角地，我們之間的交流時常陷入不暢。我沒有試圖去摧毀那些看不清的障礙，而是選擇繞道而行，以免驚擾到真相，令它們出於自我保護而變得更加撲朔迷離。

七年前後的他怎麼會在形貌和性情上有著滄桑巨變？為什麼淪落到入住條件那麼差的地下室？他來北京的真實目的是什麼？我當然不會傻到以為他真是來旅遊的。還有，他和小凌之間以前究竟發生過什麼不愉快？我是說，在七年前的那次邂逅之前。

這些疑問暫時被埋藏在了心底，我猶如本能般地知道，這是我在他面前必須遵守的天然法則。然而，如果把這有所圖謀的刻意敏感比喻成一株悉心培育的小花的話，那麼，與敏感所伴生的種種遲鈍，便成了花旁瘋長的野草。

原冬載著我穿梭於下班高峰時段的車流中，重回到建材市場附近的路口時，我開始向他發出繼續前往飯店的指令。他的車技非常好，變道轉彎特別平穩，總會在臨近路口的時候適時停止蹬踏，利用慣性滑行出一個優美的弧度，像起草畫稿時鉛筆從紙上掠過的筆觸。

「喂，你可不可以幫我畫一幅財神？我想掛在店裡。」我仰起頭來說話，這樣才能確保聲音穿越街上嘈雜，傳送到他的耳朵裡。

我沒聽見回答，只看見他搖了搖頭。

「你開個價，別客氣，請財神要『錢』誠──金錢的『錢』，否則不靈的。」我自顧自地說著，「唐卡太貴我請不起，國畫油畫都行，或者別的什麼，只要你能畫的。」

「好久不畫，拿不起筆了。」他說話時依舊目視前方，連微微的側頭都沒有，我勉強聽清。

「不畫了？太可惜了！那這些年你做什麼呢？」

「凌小凌沒和你說過？」

「沒有啊，你不是說你們不熟嘛，她從來沒跟我提起過你。」

「沒說就算了。」

「你好歹是大學生，總不至於比我慘吧。不瞞你說，我還擺過地攤倒賣過火車票呢。」

「我在風城監獄。」

「什麼？」

「風城監獄。」他重複了一遍，這一次是扭過頭來說的，同時提高了音量。

「啊？」我沒忍住，大叫一聲。

突如其來的一個急剎車，我的身體劇烈地前仰後合，腦袋結結實實地撞在了他的背上。下一秒鐘，車子定在那裡。

跟在我們後面的自行車被迫也來了個急停，險些撞到我。我探身朝前面望了一眼，並無緊急情況。那個中年婦女重新起步，從旁邊超過去的時候，回頭狠狠瞪了我們一眼，嘴裡罵罵咧咧。

「怎麼了？嚇我一跳！」我驚魂未定，鬆開了抓在他腰間的手。剛才要不是我反應迅速一下子抓緊他的話，非得從後座甩下來不可。

他單腳點地，扭頭看著我，一臉嚴肅，「該我問你，大呼小叫什麼意思？」

「當然是激動啦！」我忍不住又興奮起來，和剛才的情緒重新對接上。

「激動什麼？」

「這麼說，你是光榮的人民警察嘍？」我難以抑制發自心底的崇敬之情。

但見他緊擰的眉頭逐漸打開，嘴唇動了動，卻什麼也沒說出來，好像把要說的話給忘記了。幾秒鐘後，他一直點著地的那隻腳用力一蹬，我的身子隨之晃動了一下，車子繼續前行。

「不過呢，在監獄那種地方工作也是挺有挑戰性的……」我自言自語著，並沒指望他回應，自行打開了一片合理想像的空間。

作為警察，衣著破舊形貌滄桑地住在那個糟糕透頂的地下室裡，可能是執行某個特殊任務的需要吧。比如說，有犯人越獄後潛逃至此，經常在三角地一帶活動，他是奉命前來協助偵查的……這些想像猶如電影裡的情節，諸多疑竇隨著那些根本禁不起推敲的所謂推理一點點地消解著，而我的心情，亦自欺欺人般地輕鬆起來。

太陽西斜，不再那麼暴曬。原冬的車速比剛才快了許多，周身掠過陣陣海風般的清涼。我伸手擼了一把從頭頂拂過的柳條，藉著速度扯下一葉，夾在指間當哨子吹，聲音比蟬鳴還嘹亮。早晨它們攪擾了我的美夢，這下總算出了口惡氣。

美夢，我當時做了什麼美夢呢？可惜現在完全想不起來了，唯一還有點兒印象的是，夢中的我如醉如癡，笑靨如花。

拐過最後一個巷口，我扔掉吹爛的柳葉，指著不遠處一座古香古色的中式小樓喊道：「到啦到啦，就是那裡！還好我沒記錯路！」

二十三、桑田

我讓原冬點菜，他草草翻了幾頁菜單，「涼拌魚腥草，別的你點吧。」

我沒再跟他客氣，這一天忙得連午飯都沒吃，全靠早上那點兒油條豆漿撐著，已經餓得前胸貼後背了。我懶得翻菜單，只看了首頁的推薦菜，點了烤鴨、燒帶魚和醬肘花，配了個炒時蔬和兩道老北京小吃，外加一瓶二鍋頭。

點完菜，我招手喊了聲：「三兒！」身著白色對襟坎肩的跑堂提著銅壺小跑過來，麻利地為桌上的青花瓷壺斟滿了開水。

「你常來？」他問。

「就來過一次。」我答道。去年小凌過生日在這裡請客，我知趣地沒提這些。

蓋碗茶具裡有提前放好的茉莉花茶，原冬為

兩個茶碗斟了水。

「就是可惜你這握過畫筆的手了。」我望著他那修長卻粗糙的手指感慨著，承接起剛才的話題，「你們工作很辛苦吧？」

他用茶蓋輕拂著茶碗裡漂浮的茉莉花瓣，低聲道：「當然。」

「說說。」

「沒什麼好說的。」

我對著空氣乾乾一笑，在這隨時冷場的節奏下，學會了自我調節。

「那先說說我吧。」我呷了口茶，切換到了另一種情緒中，仿佛剛剛喝進去的茶裡飽含人生百味，而端坐在這裡的我，已歷盡世事滄桑，「就從我們在風城碰面那一年講起。」

他蓋上茶碗，目光從茶水上移開，雖然看不出新的焦點在哪兒，但能感覺到他準備認真傾聽。

「七年前的秋天，我父親去新疆參加一個戰友的葬禮，那年我十四歲，上初二，正是叛逆好動的年紀。我偽造了一張假條，逃課去風城找小凌玩兒，那天剛巧在街上碰到了你。上中學那幾年不說也罷，高考落榜後我不想復讀，也沒一技之長，父親就託朋友在縣城最大的超市給我謀了個收銀的差事，然後他就四處雲遊去了。我的工作很無聊，後來換到促銷崗好了些，可以跟顧客聊天打發時間。我賣過電器、酒水、調料、生鮮、炊具、日化……把全場賣了個遍。最後都幹煩了，就辭職做起了小買賣，擺地攤，賣些雜七雜八的東西，貴在輕鬆自由，就是賺得少。去年春節被人蠱惑走了邪路，在火車站倒騰火車票，剛要出手就被一個鐵路警察給盯上了……」

說到這裡我望向原冬，「幸虧我反應快，立即收手，後來我才知道，廣場上到處都是便衣。我不敢再作死，只好把票退了，白白損失了幾十塊退票費。」我嘆了口氣，見他沒準備接話，便繼續說道，「這些年就是這麼混過來的。去年我父親給我匯了五萬塊錢，說我長大了，讓我自己支配，我沒多想，先把錢存上了。今年城管查得特別嚴，擺地攤的跟過街老鼠似的，成天跟他們打游擊，忒累！上個月我把貨全甩了，決定用那筆錢做些正經事。小凌家有個老房子，是臨街門臉兒，這些年一直閒著，我就借來開店了。」

說話間，除了烤鴨，其他菜陸續上齊。我舉起酒杯招呼道：「來，為你接風！」

「還是祝你生意興隆吧！」他和我碰杯，毫不含糊地喝了一大口。

「好了，該你說了。」我放下酒杯。

他沒吭聲，夾起一筷子魚腥草送到嘴裡，用力咀嚼。

「那我先請教個問題，鐵路警察歸誰管啊？和監獄警察是一個系統嗎？那次可是把我嚇破膽兒了。」

他搖搖頭，「我不是警察，不清楚。」

「不是警察？那你在風城監獄做什麼？」

他又連吃了好幾口魚腥草。我驚訝於他怎麼能夠接受那種古怪味道，我剛剛吃了一口，沒好意思吐出來，硬著頭皮吞了下去。

「哈哈！你該不會是負責宣傳工作，畫黑板報什麼的吧？」我腦洞大開，胡亂猜測著，「雖然大材小用，好歹專業對口。」

「我不在那裡工作。」他說，然後拿起酒瓶端詳，想必他是第一次喝二鍋頭，沒想到勁頭會這麼衝。

「你剛才不是說……」我忽而沒了底氣，「那個……在風城監獄嗎？」

他重重放下酒瓶，冷冷望向我，目光中帶著行將爆發前的最後隱忍。

我嚇了一跳，被這股突如其來的強大氣場震懾住了。

「你沒聽錯，我的確是在風城監獄。」他清清楚楚地說道。

「那……」我咬了咬唇，腦子停止了轉動。

「可我並沒說我在那裡工作！」聲音不大，但帶著力道，尤其是「工作」兩個字，它們承載著這句話的重音。

我安靜地坐在那裡，看上去足夠鎮定，其實是被那句話中滲透出來的寒意凍僵了。

他端起酒來又是一大口，八錢杯見了底。我下意識地跟著端起酒杯，卻只是湊到唇邊微抿了一小口。

「我不是在那裡工作，而是……」短暫的停頓後，他終於挑明，「在那裡服刑。」

剛入口的酒像一把尖利的冰刀，卡在了我的喉嚨裡。

「不好意思，讓你失望了。」他低下頭來沉沉說道，「我坐了六年牢，幾個月前刑滿釋放，來這裡是為了找工作。對三角地比較熟，是因為今天我在那裡蹲了一上午，想碰碰運氣。」

深感震驚的同時，還要保持一份對這個並不相熟的男人的矜持與尊重。我不會表演，此刻唯一能做的，便是默默調整呼吸，於不經意間把卡在喉嚨裡的那一口冰冷辛澀的烈酒優雅地嚥下。

自打下午在那個糟糕的地下室見到他的一刻起，我就有一種不對勁的感覺，也曾飄忽地以為，或許是藝術工作者為了獲取創作靈感而去體驗各種極端的生活。後來，在他騎車載我來飯店的路上，我又誤以為他是在監獄工作的獄警，天真地想像著，他來這裡是為了執行某個秘密任務，住地下室和去三角地也都是為了追蹤線索。此時此刻，當真相赤裸裸地擺到面前，我才明白，與其說我反應遲鈍或思維反常，還不如說，我在刻意維護著心中的一段舊憶。只因七年前，那個雖然清高慎言但最終對我燦爛一笑的藝術青年，如泛黃老照片般，早已化作了我心中一份被定格了的美好。

現在，所有不對勁的感覺全都得到了一個比各種臆想都更為合理的解釋，他毫不留情地剝奪了我繼續自欺的權利。

每個人都曾是一片滄海，終會在某一個睜眼醒來的日子裡，發現自己變成了桑田。只是有些人，醒得太早。

我將剩下的大半杯酒一飲而盡，這一次它不再似冰，而是灼熱如火。

這家飯店的生意特別好。小二兒們端著裝滿美味佳餚的大盤小碟穿梭於廳堂，三兒則拎著開水壺殷勤地為滿堂賓客添水，一派祥和熱鬧。誰也不會注意到，此時角落裡這張餐桌上所籠罩的異樣氣氛。

「這算是行為藝術嗎？」我漫不經心地問道。

酒精發揮了作用，它開始入侵我的中樞神經，讓我逐漸從各種繚繞的情緒中暫時抽身，這個處境尷尬的飯局，由此擁有了意想不到的韻律與節奏。

他的神情明顯放鬆下來，自嘲地笑笑，拿起酒瓶給兩個酒杯斟滿了酒。

「其實你一直都在迴避，對吧？」後知後覺的我跟著笑了，「怪我太蠢沒領會。既然不想說，編個瞎話敷衍一下不就得了？」

「七年前後，我們這兩次碰面都挺偶然，你覺得還會有第三次嗎？」他問。

我看著他，不明白這個問題暗藏著什麼玄機，「僅從概率上講，應該不太可能吧。」

「不見，誰也不會想起誰；見了，誰也不會把誰記多久。」他舉起酒杯，「來，為了以後不會再見，乾杯！」

這是我有生以來聽過的最奇怪的祝酒詞，我陪他一飲而盡。

他說得沒錯，我們僅是見過兩次面而已，連朋友都算不上。今晚，就是不相熟的兩個人偶然湊在一起吃頓飯，話說到哪兒算哪兒，又何必費盡心機去編造謊言。冥冥中，我感覺他隨時都會消失，天各一方，將是他留給我那場青春邂逅的最後一抹寫意。

「準備找什麼樣的工作呢？」我問。

「最好管吃住，穩定的。三角地裡都是短工，你知道哪兒還有勞務市場嗎？」

我搖搖頭，同樣身在異鄉為異客的我，又有多少能力去幫助這樣一個天涯淪落人呢？畫家與警察，那些被我綁架意淫過的光輝此刻全部散去，對這個男人的無稽幻夢變異成了一塊比現實還堅硬的頑石，我沒有能力負重前行，只能將它棄於荒野，任其生滅，風化成灰。

「那你知道哪兒有便宜的旅館嗎？」他又問。

「便宜的？你現在住的地下室還不夠便宜嗎？」

「一天要二十塊。」

「這是首都啊，不會再有更便宜的旅館了。」

他嘆了口氣，「實在不行，就只能先去做短工了，總得把房費賺出來。」

一個膚淺閃念倏地從腦海裡飄過，我沒多想就脫口而出：「條件差點兒，十五塊一天，住不住？」

「你不是說──沒有更便宜的旅館了嗎？」他被我整迷惑了。

「我又沒說十五塊的是旅館。」我模仿著他剛才的口氣，把重音放在了最後兩個字上。

「能睡覺就行。」他來了興致，眼裡閃著光，「在哪兒？」

「一個堆滿瓷磚、水泥和沙子的地方。」

「倉庫？」

我搖搖頭。

「工地？」

我點了下頭，緊接著又搖頭，「算你說對一半。」

「到底是哪兒？」

「就是我名片上的那個地址啦。」

「你的花店？」

「現在叫工地更合適。」我糾正道。

我開始適應酒精，恢復了應有的思考能力，理解了剛才那個「膚淺閃念」背後的邏輯。我不想讓他認為我的行為是施捨，就像今天我施捨了那個老乞丐一樣。二者之間的區別僅僅是，我施捨給老乞丐的是五塊錢，而於他，則是施捨了一個睡覺的地方。所以，我必須象徵性地給這個地方規定一個價格。至於更深層的問題──為何要幫他？我可以羅列出好幾條理由，但它們無一不是薄弱的，我寧願歸結為自己的善良本性。

可是，他眼中那抹難得一見的神采正在漸漸褪去。

「算了。」他說。

「也是，明天就開始裝修了，又髒又亂的。」

「我不是那個意思。」

「那是哪個意思？」

「怕給你添麻煩。」

「怎麼會呢，這是兩全其美的事。我還想請你幫我照看一下裝修呢，這樣我就能騰出時間出去跑了，開業前事情多得很。」我真誠地說道，這的確是那幾條薄弱理由中的一條，「不過呢，在裝修期間，你該出去找工作就出去找，也不用時時刻刻都盯著，劉師傅人挺好，我信任他。你不是想找管吃管住穩定一點兒的嗎？慢慢找，等什麼時候找到合適的再搬過去。房費好說，先賒著。」

他低著頭，遲遲不作答。

「你要是覺得我虧了，每天還可以幫著搞搞衛生什麼的。」我補充道。

「謝謝，還是算了吧。」他再次拒絕，這一次的語氣溫和了許多。

「因為小凌嗎？」我忽然意識到。

他沒吭聲，疏離的目光映出了內心的彷徨。

「不是跟你說了嘛，她明天就出國了，要走一年呢。一年的時間，你還找不到一份像樣的工作嗎？」

服務員推著烤鴨車過來了，適時打破了僵局。她重新擺盤，在餐桌正中騰出了一大片完整區域，兩盤鴨肉、兩屜荷葉餅、蘸料、配菜和鴨架湯大張旗鼓地填補了那片空白。

我揭起一張薄餅，用公筷夾了兩大塊肥瘦相宜的鴨肉，蘸了麵醬，配上蔥絲，捲好放到原冬餐盤裡。

「這可是正宗的北京烤鴨，說心裡話，這家做的比全聚德還好吃——雖然……雖然我沒吃過全聚德，哈哈！」

他僵硬地笑笑，拿起鴨捲，緩緩送到了嘴邊。

儘管他在努力地咀嚼著，但不難看出，他根本沒有心情真正享受這份美味。用他幾個月以後的話來說就是，這一刻，他內心充斥著將要欠我一輩子的感覺。這感覺來得太突然，所以顯得愈發凝重，特別是在他剛剛出獄不久，還不知道未來生活該如何重建的這段彷徨無依的日子裡。

我的感慨則更現實。剛剛我們還在為吃過這頓飯以後，彼此就天各一方不會再見面而碰杯，卻不想，轉眼我就成了他的二房東。

我又要了兩碗豆汁兒，以此來挑戰那盤魚腥草。原冬皺著眉頭嚐了一口，後來再也沒碰。我幸災樂禍地笑著，喝完自己那碗，又大義凜然地

把他那碗也喝光了。能喝得慣這奇怪的東西，是因為小學每年放暑假時，父親都會把我送到北京的舅舅家——我準備開花店的這座老房子裡小住幾天。小凌每天都會帶我去附近的一個小吃店裡吃早點，豆汁兒是必點的。後來那家店拆遷了，小凌一家也搬了樓房，我就再也沒喝過豆汁兒了。遙遠的舊憶在心底一閃而過。

此後的席間，我們的談話內容都是圍繞著這桌飯菜、北京近期持續的高溫以及即將啟動的花店裝修。關於原冬服刑的事情和涉及小凌的話題，我隻字沒有再提。

二十四、夜談

從飯店出來天已黑透，夜空中沒有一顆星，月亮更是不知躲到了哪裡，雲層果然積湧上來。天氣涼快了一些，忙碌而奇幻的一天就這麼進入了尾聲。

這時的我還沒意識到，承載我人生的那列火車剛剛經過一個重要道岔，駛向我從未幻想過的遠方。我不後悔那天所做的任何決定，誰又知道沒選擇的那條路通向何處呢？非要去衡量對錯的話，最簡單的標準就是看將來是否後悔，這是一種極度私人化的審判。從這個意義上說，此生我走錯的道岔只有一個，它源於一個不端的念頭，從此走上萬劫不復。

可以選擇的是道岔，無法選擇的是宿命。

在我平淡無奇的前二十一年生命裡，打記事起，可以被稱為非同尋常的日子有兩個。一個是我十八歲那年，父親離開我，背著戰友骨灰去流浪的那一天。另一個就是今天，我決定帶著一個剛刑滿釋放不久的男人回去，未來或長或短的一段時間裡，我將和他共處一室，而此時我還不知他因何入獄。前者是我無法掌控的宿命，後者是我自己扳合的道岔。

和來時一樣，原冬騎車載著我，不再需要我

發號施令，他對路線的記憶能力非常好，不一會兒就順利返回時空旅社。

他獨自下去收拾東西和辦理退房手續，我在外面等候。

旁邊的圖片社已經下班，緊閉的玻璃門內，黑暗中亮著兩個紅點。我好奇地走過去，朝裡張望，是一對蠟燭形的小燈，隱約映出了端放其間的財神。

那張招聘啟事不見了，一塊沒撕乾淨的膠條昭示著它曾經的存在。我失神地盯著玻璃，自己的影子和財神重疊在了一起。

可能是那個職位已經招到人了吧，也可能是他們改變主意不打算招了。對我而言，這些都不是那張紙被扯掉的意義，它更像是一個專為我佈設的謎面，現在掩藏其後的面孔揭曉了，也就不必繼續張貼在那裡了。

人的面孔又何嘗不是另一重謎面。

縱使風華凋敝，意氣無存，可他若不說，我絕然不會猜到，這些年來他一直待在一個名叫監獄的地方。就像今天的天氣，白日晴空萬里，現在烏雲密佈，隨著一道閃電劃過夜空，天雷滾滾，震耳欲聾。

我回到時空旅社鏽跡斑斑的鐵柵欄門前，凝望著腳下一級低於一級幽深逼仄的臺階，它們在結滿蜘蛛網的昏黃吊燈的渲染下，恍若神秘的時空隧道。

濕涼的空氣挾捲著雨滴、樹葉和沙塵肆意撲打在我臉上，街上的行人如同洪水來臨前的野獸般四處奔逃著。

我默然駐守在「時空隧道」的這一端，注視著那個從微光裡現出的身影，和七年前在夕陽中跛腳離去的背影遙相輝映。這一次他是面朝我走過來的，步履平穩而堅實。

那個晚上，我們共同完成了一場時空穿越的最終儀式。而後，又穿越了暴雨全面降臨前的盛大序幕。

我背著原冬的帆布包，他騎車載著我，於狂風中一騎絕塵，爭分奪秒地和那些從天而降的雨滴競速，終於在它們大規模地傾盆而瀉的前一刻，倉皇趕回店裡。

身上還是被打濕了一大片。比我們的樣子更狼狽的，是進門後的一片混亂。各種裝修材料毫無條理地堆放著，無處下腳。

「下午卸完貨，又跟車回建材市場了，沒來得及整理。」我解釋道。

「沒關係，我來！」原冬抹了一把臉上的雨水，動手收拾起來。

我也跟著一起幹，他搬大件，我搬小件，不一會兒工夫，所有建材都被整整齊齊地集中到了一個角落裡，空間頓時寬敞了不少。

「睡覺在這邊。」我推開裡間虛掩的門，拉開燈，指著裡面另一道門，「那個門直通院子，加上咱們總共就三戶，西屋那戶偶爾過來，北屋是老倆口。」

「這裡還有人住？」他神情尷尬。

我趕忙收起床上的睡裙，「我不是人嗎？」

「剛才你怎麼沒說？」

「你也沒問啊。」我一臉無辜，「再說了，我不住這兒住哪兒啊。」

「那我睡外面，打個地鋪。」

「打地鋪是當然，不過明天就開工了，外面太髒，沒法睡。」

「可這裡……」

我把床推到牆角，把裝雜物的大紙箱挪到床尾，無關緊要的東西統統被塞到床底，立時騰出了一塊規整空間。

「你把地擦一擦，墩布在院裡水池邊牆上掛著。」我對他說道，然後從紙箱裡翻騰出來一張破了個小洞的單人藤席、一條窄窄的瑜伽墊和一大一小兩條床單，沒想到這些可有可無的東西這麼快就派上用場了。

原冬清潔乾淨了地面，把瑜伽墊和藤席也擦拭了一遍，一一鋪在地上。沒有枕頭，他從包裡拿出一件外套，疊了幾折，高度剛好。還好是盛夏，鋪蓋可以因陋就簡，不管怎樣，比起時空旅社那個「00」號房間來說強太多了。

我拿起稍大的床單比劃了一下，找來了釘子、榔頭和鐵絲。原冬立即會意，搬來一個油漆桶踩上去，在相對的兩面牆上各釘一顆釘子，纏上鐵絲，拴拉住床單兩角，一個簡單實用的隔簾輕鬆搞定。

睡覺的問題完美解決。剛才還跟打了雞血似的幹得熱火朝天的我，驟然懈怠下來，釋放出了一種從內到外的疲憊。

我們輪流到後院去洗漱，捏著膠皮管子擦身沖涼，洗淨髒衣，而後各自「上床」休息。

雖然下著雨，但房間裡還沒有徹底涼快下來。

那臺老舊的臺式電扇時隔多年重新上崗，有規律地製造著快要散架的噪音，但願可以用過這個夏天。我意識到將來外屋還得裝一臺空調，腦袋裡的帳本嗖地刷新了一下，錢這東西還真得計劃著花。

窗外鄰家的屋簷上飛濺起朵朵水花，在昏暗的光線下失了真，像文藝電影裡經常出現的畫面。接下來往往就是鏡頭切換至室內，金黃色的光暈中，沉默的男主角和同樣沉默的女主角，除了外面淅淅瀝瀝的雨聲外，還要能聽到他們隱隱的呼吸。沉默到足夠長的時間以後，其中一方才開始呼喚對方的名字。

「原冬。」

「嗯？」

「你還沒睡？」

「嗯。」

「那……睡吧。」

「你怎麼不問我為什麼坐牢？」他突然問道，似乎這個問題一直掛在他嘴邊。

這的確是個繞不過去的問題。按常理，吃晚飯時我就該問起，卻不知為何當時沒有問出口。是怕他尷尬嗎？不。儘管他是在被我一再追問的情況下才說出了坐牢的經歷，但選擇說實話是他自己的決定。是怕自己接受不了真相嗎？不。六年的刑罰所對應的罪行不會是罪大惡極，在這個每天都會發生無數駭人聽聞事件的時代裡，人們的內心都磨礪得異常強大了。那究竟是什麼原因，讓這個本該在第一時間被問起的問題缺位了？

我已經記不起自己在最適宜問這個問題時的所思所想了，只記得錯過了第一時間以後，好幾次想要再開口詢問時，又總覺得這個問題不符合

當前語境了，於是嘴巴一次又一次地叛變，冒出來的話頭兒都變成了有關吃喝以及最近惱人的持續高溫，緊接著就開始後悔，尋思著剛才要是問了也就問了。可換作當下，仍會覺得不合時宜，由此陷入了死循環。

「為什麼？」這一次我及時問出了口，如釋重負。

「我殺了人。」他說。

他的聲音不大，摻雜著電扇的噪音和外面的風雨聲，但我聽得真真切切。

殺人，他剛才說。我的心臟在那一刻漏跳了一拍。

這不是文藝片。能飛濺起來的，不只是打在屋簷上的雨，還有血。原本用來握畫筆的手上所沾染的，也不只是顏料，同樣還有血。

我感到一陣憋悶，比在時空旅社裡還要難耐。每一次呼吸都像是打氣筒在抽拉，胸腔持續擴張，隨時可能爆炸。

只好暫停呼吸，比起爆炸，我更願承受窒息的痛苦。

窒息而死——不會有飛濺起來的血。

死，不一定非要流血，不一定非要那麼血腥。

這樣想來，氣息反而通暢起來，情緒也舒緩了一些。

這就是黑暗的力量，它和酒精一樣，可以掩飾與化解掉很多不易駕馭的情緒。所不同的是，酒精是讓人去逃避，從而偏離理性；黑暗則是讓人去面對，從而回歸理性。

「哦。」我應道，如同氣球洩氣時「嗤」的一聲。

我吸取了晚餐時的教訓，不想再度陷入那個像是被施了魔咒般的死循環，在第一時間追問了一句：「可以說說嗎？」

「就在咱們七年前那次見面幾個月後……」他停滯了幾秒鐘，當電扇完成一輪完整的擺頭重新吹向他時，才繼續說道，「我們學校音樂系的一個女生出了車禍，正在搶救，我去醫院探望。她的一個追求者堵在醫院門口不讓我進，他把我當情敵，非要找個地方跟我談談。這個人我其實不認識，只聽別人提起過一次。我不想觸怒他，這樣對大家都不好，就跟他走了。

「他帶我去了醫院主樓後面一處沒開工的工地，我坦誠相告，我和那個女生只是普通朋友。可他根本聽不進去我的解釋，情緒特別激動，不知從哪裡順來一根鋼釬朝我刺過來。我雖然躲閃開了，腹部還是被刺了一下。後來我和他為了爭奪鋼釬扭打起來，我比他力氣大，把他抵到了一臺挖掘機前，暫時控制住了他。他像個瘋子似的罵我，朝我吐口水。我想讓他冷靜下來，提著領口往挖掘機上撞了兩下，他突然不再掙扎了。我鬆開衣領，他的身體軟軟滑了下去……

「我跑到醫院找人搶救，然後打電話報警自首。最後，因故意傷害致死罪被判了十年刑，後來減了四年。」

雖然和窒息無關，但聽起來也沒那麼血腥，我得到了一點兒微薄的安慰，長舒一口氣。

「撞了兩下怎麼就死了呢？」我問。

「剛好撞在車門的合頁上，顱骨凹陷性骨折，導致顱內出血。」

「那你的傷怎麼樣？」

「當時穿得很厚，皮外傷而已。」

「那個女生叫什麼名字？」我又問，她的名字與我對整個事件的理解並無關聯，可我還是很想知道。

「阿茹娜。」

「姓阿？」

「其實她姓江，全名是江阿茹娜。她父親是漢族，母親是蒙古族。」

擁有這麼好聽的名字的女生，樣貌也應該不俗吧，我浮想聯翩，越發好奇，「那個不讓你進去的人是誰？」

「王雨，風城外國語學院的，中學時就追求她。」

「外國語學院？那他……和小凌是校友？」我驚道。

「嗯，他們認識，但王雨是學法語的。」

我不禁倒吸一口涼氣，這兩個同校之人都對原冬充滿了深深的敵意，是巧合還是另有隱情呢？我沒就此深問，迴避和小凌有關的一切，已

經成為我和原冬心照不宣的相處之道。

「人還在搶救中，就算他把你當情敵，打架也得分場合啊！」

「他覺得是我害了阿茹娜，因為她出車禍前見過我。」

「見過又怎樣？」

「我確實說過一些刺激她的話，這件事我很後悔。」

「那她到底算不算你女朋友？」

「我們認識的時間不長，有過短暫的交往，但只是聊聊天，聽聽音樂，還一起在食堂吃過兩次飯，就是普通朋友那種，可她或許不這麼認為。」

「那她後來呢？」

「聽說沒什麼大礙，不久就出院了。」

「那就好。你也不用太自責，感情的事本來就不該勉強。」

原冬沒再說話，我也沒再繼續追問。說到底，我不過是為他提供了一個比時空旅社更便宜的地鋪，這不足以成為交換他隱私的籌碼。

雨比剛才又大了一些，連成了細密的雨簾，房檐上那些飛濺起來的水花，幾乎是在生成的同時，便與那道雨簾融匯到了一起。屋內的暑氣被置換掉了大半，終於可以睡一個舒服覺了。

我關掉電扇，噪聲的折磨就此結束。進入夢鄉之前，除了嘩嘩的雨聲和偶爾被一陣疾風撩起的柳條抽打在外屋西窗的聲音外，黑暗中再沒傳來其他聲響。

二十五、突襲

從老屋醒來的第二個清晨，喚醒我的不是蟬鳴也不是敲門聲，而是一股清新的小米粥味道——這是後來被修訂過的結論。

起初，我認為小米粥味道屬於清晨夢境的一部分。它瀰漫在雨後的舒爽空氣中，伴著些濕潤泥土的氣息，引我走出幽谷，來到一片開闊的原野。遠方冒著裊裊炊煙，我朝它奔去，那是家的方向。夢境是在我奔跑的途中被打破的，耳畔傳來了和眼前景象不和諧的汽車喇叭聲和車鈴聲，還有熙攘嘈雜的市井人聲，我被拉回現實，睜開了雙眼。

我輕咳一聲，隔簾另一側沒有反應。小心掀開一角，地鋪已經收拾起來，整齊地碼在牆邊。我換好衣服，把那疊睡具放在床尾的雜物箱上。

循著誘人的香味來到外屋，好似又回到了剛才的夢中，我進入了那個冒著炊煙的家。

蔥花餅、煎蛋、小米粥和涼拌小菜，樸實無華卻又顯得格外精緻，可能是因為承載它們的是一張過於簡陋的「餐桌」吧——幾箱瓷磚和幾張廢報紙。

原冬正提著兩個油漆桶往那邊走，見我出來，道了聲「早！」

「早！」我伸了個懶腰，「你說巧不巧，剛才做了個田園美夢，夢裡聞到小米粥味兒，結果你真熬了。」

「不巧。」他放下油漆桶，「夢裡沒有嗅覺，你聞到小米粥味兒的時候其實已經醒了。」

「不可能，那個夢後面還有一大截兒呢。」

「後面的不是夢，是你的想像。」

「我讀書少，你別騙我。」我半信半疑，捏了一牙餅吃起來，「哇！美味！哪兒買的？」

「我做的。」

「煤氣罐是空的，拿啥做？」

「飯煲。」

「吹牛！飯煲能做這麼好吃？」

「不信算了。」他在油漆桶上坐下，吃起飯來。

這時我才注意到角落裡的低櫃上多了不少東西，除了菜刀和砧板外，還有小米、麵粉、雞蛋、香蔥和油鹽醬醋等調味品，昨天還以為那些做飯的傢伙什兒要永遠被雪藏呢。

我看著尚餘一點兒小米粥的電飯煲，還是不太相信，「蔥花餅和煎蛋，都是用這個做的？」

「不然還能用什麼？這裡能加熱的東西只有它了。」

「食材哪兒來的？」

「附近有個農貿市場，騎車幾分鐘就到

了。」

「行啊，地雷的秘密都被你探到了！」我也在油漆桶上坐下來，感覺有點兒硌得慌。

硬件雖然差勁，就餐環境卻是超一流。我們的「餐桌」被原冬安排在了西窗下——這棟老屋的最美一隅，抬眼便是故宮角樓和金波翠柳，儼然一個格調優雅的觀景餐廳。

不知是不是因為頭晚大魚大肉吃得太多的緣故，以前對小米粥從來沒興趣的我，這個早晨連喝了兩大碗還沒夠。可惜鍋已見底，原冬自己也只喝了一碗而已。我沒過癮，讓他晚飯再熬一鍋，放涼水裡拔著，等我回來要喝個痛快。

吃得差不多的時候，他拿出一百五十塊錢，「這是十天的房錢，先付你這麼多。」

我的腦袋裡閃過一道靈光，興奮道：「我有一個雙贏的計劃，咱們可以再合作一把！」

「合作？」他隱隱有些笑意，可能覺得我過於認真了吧。

「這些錢就充當未來十天的伙食費吧。」

「你的意思是……一日三餐都讓我給你做？」

「不是給我，是給咱倆！」

「咱倆？」

「我不會做飯，每天都在外面吃，少說也得花銷十幾塊。要是買食材自己做的話至少能省一半，這些錢夠兩個人吃十天了。對我來說，沒多花錢，但更營養更衛生。對你來說，出些力就行了，不用再在吃飯上有額外花銷。飲食上我沒什麼太高要求，但也別像你昨天那樣，幾個燒餅就打發了，基本營養還是要保證的。我出錢，你出力，雙贏！」

他低頭沉思著，沒有馬上答覆。

我想了想，又說：「你該出門就出門，做飯也不耽誤找工作不是？最近這幾天我都得出去辦事，中午飯就別管我了，我自己在外面解決。你要是覺得我虧了，晚飯的標準可以再提高一點點——就一點點哦。」我伸出小拇指形象化地示意了一下。

「不過呢，開工第一天事情多，還有人過來裝電話，所以今天你最好先別出去找工作，全程幫我盯一下。」我起身取來錢包，拿出一百塊，和剛才那一百五十塊放在一起，「等電話通了之後，給氣站打電話要罐煤氣，罐身上有號碼，飯煲也不是萬能的。換煤氣剩下的錢，就當是給你報銷今早的花銷了，這些柴米油鹽一次性支出也不少，啟動資金我來承擔，以後再缺什麼我就不管了，全打在伙食費裡。」

我把錢推到他面前，以他現在的經濟狀況，是沒有理由拒絕我這個提議的，也沒有底氣跟我假客氣。

他悶頭把最後一點兒小米粥喝淨，那張臉依舊漠然，但再也不是昨天那種拒人千里之外的冰霜之寒，而是生動了許多，像櫃上那袋金黃色的小米，泛著淡淡光澤。

這一天我的安排是上午去工商局辦執照，下午採購貨架和訂製燈箱，店裡的事都交給了原冬。

走之前，我隨口跟他念叨了幾句關於門窗的事。這房子我舅舅以前也用來做過生意，我有意將防盜用的老舊厚重的窗板換成時下主流的金屬捲簾，這樣勢必要增加一筆不小的費用，可能會超出裝修預算。我讓原冬幫我想一想，看有沒有更好的方案。

劉師傅帶著兩個工人準時到場。他先測量了一遍，數據和我昨天提供的基本一致，只是牆面的狀況比他預想的要糟糕得多，不少地方隆起甚至脫落，開合處不是在膩子和水泥之間，而是在水泥和牆體之間，所以整個牆面都要刨掉重做。這是個耗時費力的活兒，勢必要追加一些工費，水泥的用料也要相應增加不少。劉師傅又掏出了那個袖珍計算器，重新計算了一遍，給了我一個調整後的報價。我沒意見，需要增加的材料也請他幫忙代購。隨後，他拿出提前起草好的裝修合同，一式兩份，把工程地址、工程款、交工期限和付款方式都仔細填上，行文簡單，但關鍵內容都有約定，我爽快地簽了字，付了開工款，餘額等完工驗收後再支付。交接完，我又跟原冬交代了幾句便安心地離開了。

剛一出門，我就傻了眼。

這個世界從昨天下午開始，就總是接連不斷地製造各種意外來讓我經受，包括和原冬的奇幻邂逅，以及後來從他那裡獲悉的一件比一件令我錯愕的事情。還有那任性的天氣，白天一絲雲都沒有，晚上卻暴雨奇襲。而眼下，那個今天下午就要飛走並且表示走前不再過來的女人，突然出現在了門口。

她帶著墨鏡，正笑意盈盈地朝我走來。那笑容看上去另有深意，好像在說：「我就是來給他難堪的。」

喉嚨又乾又澀，手心裡卻是一片能攥出水的潮濕。我理解原冬不想與小凌碰面的意願，但這應該不至於有那麼大的作用力，讓我緊張到手心冒汗的地步。

她離我越來越近，當我可以從她的鏡片上看到自己的影子時，記憶深處的一幅陰鬱畫面猛地被激活。

那段記憶很短暫，不是存放在抽屜裡，而是漂浮在海面上的，它本該被我逐漸遺忘。可小凌的意外出現猶如一場颶風，捲起滔天濁浪，那塊雖已漂遠卻還沒來得及徹底腐朽沉入海底的記憶碎片，這一刻被狠狠摔到了我面前。

七年前的那天，原冬走後，除了關於他身分的問詢外，我還問了小凌一個問題。原以為那個問題無關緊要，或許還能干擾一下她的情緒，撲滅那莫名其妙的怒火，卻不想踩上了雷。

「姐，你看見他的吊墜了嗎？」我忍不住問道，「看上去好神秘的樣子。」

小凌彷彿忘記了我的存在，目光像兩把尖利的冰刀，朝那個正一瘸一拐往車站走去的背影深深刺了過去。隨後，她的齒縫間擠出了兩個字，聲音雖小，我卻聽得真切，不由得脊背發涼。

「賤人！」她惡狠狠地說道。

兩天後是國慶節，小凌帶我去參加她男朋友冷桑班裡組織的郊外燒烤。包車準時到達學校門口的集合地點，小凌讓我待在車上佔三個挨著的座位，她自己則在下面等冷桑。那天冷桑來得特別晚，小凌冷著臉把他叫到一邊，兩個人說了幾句就吵起來，還發生了肢體衝突。小凌伸手去扯冷桑的衣領，冷桑一把攥住她的胳膊，把她拉到旁邊的樹叢中，接下來發生了什麼就不知道了。幾分鐘後小凌氣呼呼地從樹叢裡出來，逕直上了車。冷桑沒上車，而是朝來時的方向往回走了。小凌坐在車窗邊怒視著他離去的背影，刀子般的眼神讓我想起了那天原冬離去時，她吐出那兩個字時的情景，不同的是，這一刻她的眼裡閃著淚光。

七年後的今天，我意識到那兩天發生的事情或許有著某些隱匿的關聯。可無論如何都不足以讓我理解，對一個人究竟要多麼憤恨，才會罵出那麼難聽的字眼。

也許有些情節並不存在，只是因為時間久遠，夢境和記憶的邊界變得模糊，錯亂地混淆在了一起。要是在平時，我尚可這樣安慰自己。可是此刻，當相距幾米遠的小凌和原冬，只差一個轉身就將再度彼此直面的千鈞一髮之際，我只能信其有——相信那些曾經讓我脊背發涼的陰鬱畫面，全是真實的。

二十六、花鑰

「姐！」我強擠笑容，「你昨天不是說，走之前不過來了嘛！」

「辦點兒事，剛好路過。」她摘下墨鏡，妝容一如既往的精緻，「要出門啊？」

「嗯，去工商局。」我說。

車站候車的乘客和往來行人掩映了站在門口的我們，都市的喧囂更是很好地將我們的交談壓蓋住了。我假裝不經意地朝屋裡一瞥，原冬剛好背朝我們，正在和劉師傅說話，並沒有注意到門外這突發一幕。

「這麼快就開工了？」小凌朝裡張望著，抬腳就要進去。

我一把挽住她，「姐，我趕時間呢！」

「那還不快走！」她想甩掉我，又被我緊緊拽住。

「鬆手！」她警告。

「裡面都是土，別弄髒了你這麼漂亮的高跟鞋。」我拉著她不放。

順理成章地，我的胳膊成了送到野獸嘴邊的

獵物。她出手一如既往地狠毒，再不鬆開怕是要被擰掉一塊肉。

我忍不住發出一聲低嚎，捂著灼燒般的胳膊，疼得眼淚差點兒掉下來。

她哪裡會管我死活，掙脫開來就要繼續往裡走，情急之下我大吼一聲：「凌！小！凌！」

這三個字帶著強大的穿透力，蓋過了一切聲響，不僅惹得路人紛紛側目，連屋裡的劉師傅和兩個工人也齊刷刷地朝門外望過來。

時間像是被我按下了暫停鍵，她的腳步終於定在了門檻外——和原冬只有三米之遙。

原冬的背影一動未動，雕塑般地佇立在那裡。片刻的遲疑之後，他邁開步伐，果斷朝裡屋走去。

他領會了我的意圖。多虧裡屋有個直通院子的後門，這才成就了一次完美的金蟬脫殼。就算小凌看見原冬離去，也絕不會猜出是誰，最多把他當成一個裝修工人，不可能追究他的去向。

我陡然生起一股深深的愧疚，昨天還信誓旦旦地跟原冬說小凌不會再過來，誰會料到她搞突襲呢？事已至此還是應該慶幸，這樣的結果總比讓他們兩人撞面強。

小凌被我那一嗓門嚇到了，她回轉身來，又驚又怒地瞪著我。

從小到大，這是我第一次在她面前直呼其名，而且是在大庭廣眾之下，以類似於呵斥的口氣。縱使給我吃了豹子膽後再去做夢，也絕不會夢到如此瘋狂的事來。這一次，哪怕她把我胳膊擰斷嘴巴撕豁，我也認了。

我惶恐一笑，趕緊賠罪道：「姐，對不起！我剛才是條件反射，你把我擰疼了。」我舉著胳膊給她看，「瞧瞧，紅了一大片，你最近練什麼內功了？這麼厲害！」

「以前下手比這狠的有的是，也沒見你吼過我啊？」她怒斥道。

「那個……最近啊，我不是在養生嘛。」我故作鎮定，信口開河，「每天早晨起來都要舒活舒活肺葉，把一晚上的濁氣給排出去。唱歌啊吟詩啊之類的，想起什麼吼什麼，你聽我中氣還挺足吧？」

「年紀輕輕養哪門子生！」她的語氣中還帶著些惱意，但氣兒已經消了大半。

我重新挽住小凌，但不再像剛才那樣生拉硬拽，「姐，你要進去視察，我總不能失陪吧？那多怠慢啊，可我真的趕時間呢！」

「你什麼時候變得這麼磨嘰啊？該不是想要背著我折房子吧？鐘眠，我可告訴你，這房子是文物，歲數比咱倆加一起都大，你要折騰也得有個限度！」剛剛才平復了一些的小凌，這會兒又急赤白臉地嚷嚷起來。

「想折騰我也折騰不起啊，就算你肯給我報銷一半的費用，我也得考慮我那半兒不是？」我邊說邊斜眼一瞥，但見原冬已經從旁邊的院門走出，毫不猶豫地朝著遠離我們的角樓方向而去，瞬間消失在了人海中。

我鬆開拉著小凌胳膊的手，「你要非得進去，我還真能攔著不成？」

「哼！」小凌三步併作兩步衝進屋，頗有點兒要把自己老公捉姦在床的氣勢。

我快步跟上，趁她東看西看的時候，湊到劉師傅跟前，悄悄告訴他這女人是房東，千萬別在她面前提原冬。

小凌在外屋巡視了一圈，沒發現什麼異樣，接著朝裡屋走去。這時我的腦袋「嗡」的一聲，致命的疏忽讓我的心一下子又提到了嗓子眼兒。

防不勝防。雖然原冬已經離開，地鋪也收起來了，可那道床單做成的隔簾還掛在那裡。

來不及了，她先於我推門而入。

總不能把她生拖出來吧——拖出來也沒用，那麼大一條床單，就算是瞎子，一進門也能一把摸到。還有床尾紙箱上的鋪蓋捲兒和帆布包，罪證當前，百口莫辯。

我驚恐地望著她的背影，心臟突突得厲害，所有神經都糾結在了一起。

接下來的情節不難想像，小凌一臉陰霾地走出來，不顧外人在場，就地對我進行一通劈頭蓋臉的風暴式審訊。而我，絕不可能在這麼短的時間裡編出一個令她信服的謊言，這就是在劫難逃吧。

「合同簽了嗎？」小凌從裡屋走出來，神色

未變，語調如常。

「啊？」我愣愣望向她，一時沒轉過味兒來。

「這兒呢，您過目。」劉師傅看了我一眼，適時掏出他身上那份合同，呈送小凌。

我趁機溜到裡屋，那道隔簾奇蹟般地消失了。再一看，它被放置在了雜物箱上，剛好蓋住了我擔心的那堆東西。我鬆了一口氣，謝天謝地，原冬在那麼緊急的情況下還能想到這個細節。

小凌看完合同，又從劉師傅那兒瞭解到了裝修方案，沒發現有什麼可疑和不妥，這才善罷甘休，在我殷切的期待中高抬貴腳，走出了門。

「裝修費用你記好明細，要是讓我發現做花帳，就別指望報銷一分錢了。」她訓教道。

「姐，瞧你說的，我怎麼會是暗地裡揩油的那種人呢？做人要堂堂正正，從小到大，哪一次我佔你便宜不是光明正大！」

「還好意思說！」小凌白了我一眼，還是沒忍住被我逗笑了。

我也陪著她笑，卻時刻保持警惕，生怕一不留神又出什麼狀況。以前我常跟她半拍馬屁半開玩笑，說她總是大材小用，拿她那一笑傾城之貌來一笑傾我，上一秒還跟我談笑風生，下一秒就叫我巢覆卵碎，鼻青臉腫。

「哎，差點忘了正事了。」小凌想起什麼，在包裡翻了翻，拿出一把花朵造型的小鑰匙給我，「前幾天過來收拾東西，發現信箱鎖頭不好使，就換了套新的。昨天著急和明宇去辦事，鑰匙忘記給你留下了。」

「明什麼？什麼宇？」我精準地捕捉到了她話語中陌生的關鍵字。

「明宇，我男朋友。」

「就是昨天開黑色桑塔納的那個大高個兒？」

「對啊。」

「都到門口了，咋不帶來讓我見見啊。」

「等過了考察期再說。」

「考察？你出國了咋考察？讓他等一年？」

「哼！別說一年，十年、二十年他也得願

意。」

「十年、二十年？那時候男人還是一枝花，女人可就豆腐渣了。」

「當然不會真那樣了，傻瓜！這是相處策略，要讓男人形成這樣的心理定勢，女人才能永遠佔主導。」

「聽起來好麻煩。」

「你不懂。」

「好吧，我不懂。萬一他沒通過你的考察，我條件低，可以免試錄取。」

「你呀，沒戲！」小凌挑挑眉，「追他的女人多了去了，你連第三陣營都排不上號。」

我氣得剛要爭辯幾句，想想還是忍住了，岔岔地擺弄著那把鑰匙。

「鑰匙你收好，別弄丟了。」她說。

「沒人給我寫信！」我帶著些還沒來得及消化掉的負面情緒，但轉而一想，萬一小凌真去院子裡拆鎖，恐怕又要節外生枝。

當務之急是儘快把這顆地雷給排除掉，於是我慌忙改了口，「不過，沒準兒也會訂份報紙雜誌什麼的，提高一下文化修養。姐，你該不會就是為了給我送把信箱鑰匙，才專程跑一趟的吧？」

「我陪明宇去北二環看個樓盤，約在前面美術館路口見。」

「不是還在考察嗎？買房可是談婚論嫁的節奏啊！」

「這叫經濟考察。」

「那我陪你去等他吧。」我拉著小凌往她說的方向走。

「你剛才不是說趕時間嗎？」

「剛才是剛才，現在我覺得陪你更重要，你這一走，咱姐倆一年都見不著了。」

「只要你聽話，努力做事，姐會全力支持你的。」她難得慈祥地對我說道。

「放心吧，姐！」我拉起她的手，似乎還真有那麼點兒不捨的感覺了。

我們來到他們約見的路口。街邊的樹蔭下，我不停地找話茬兒，想分散一下小凌的注意力，生怕她突然想起什麼又殺回到店裡去。

「他在哪兒工作啊？」我問。

「西總醫院。」

「是醫生嗎？哪個科的？要不要我當臥底，幫你考察一下他的醫術醫德？」

「康復醫學。」

「搞啥的？」

「主要為殘疾人服務。」

「裝假肢？」

「不完全是，還有矯形，治療各種功能障礙……哎，說多了你也不懂！」小凌不耐煩道，

「你想去考察？那我就成全你，是想裝隻胳膊呢，還是想裝條腿？」

「算啦算啦！小姨子免試通過行了吧！」我連連擺手，明知她是在開玩笑，可還是條件反射地後退了兩步。

小凌得意地笑了，她就是喜歡看我在她面前犯慫的樣子。

「姐，說正經的。」我重新湊到她身旁，「我覺得考察男人啊，還得看他肯對你花多少心思，雖說現在花心思不代表以後也會花心思，但要是現在不花心思，以後就更不可能花心思了，所以說嘛……」

「少囉嗦！」

「以後每年的情人節、聖誕節啊，元旦、春節、元宵節啊，端午啊，中秋啊……還有三八五一六一七一八一十一……所有節日都讓他來我店裡，給你買九十九朵玫瑰，堅守這個浪漫儀式……」

「你咋不說清明中元啊？想錢想瘋了！」小凌陰沉著臉，魔爪再度朝我嘴巴伸過來。

我臉一歪，身一扭，雖及時躲閃開來，卻顧此失彼，臀部又中了突襲，疼得我嗷嗷直叫。

「時間快到了。」小凌看了一眼錶，「你不是要去辦事嗎，還不趕緊走？」

「既然來了，也讓我考察一下外貌呀，上次太遠沒看清，我可是『外貌協會』的。」我揉著屁股，準備和她耗到底，不把她送走決不罷休。

「你走不走？」小凌繃起臉，「今兒怎麼這麼貧嘴啊？」

我不敢和她正面對抗，只好改換路數，從包

裡掏出一張名片，雙手呈送到她面前，「房東大人請多多關照！」

小凌抄起名片掃了一眼，「這設計也太土了吧？」

「挺好的呀！你看這紙多白，字印得多清楚。」

她沒理我，目光轉而投向遠方，明豔的面龐忽而漾出甜蜜的神采。

「我走了啊。」她看都沒看我一眼，捏著我的名片，朝一輛正在減速往路邊靠的黑色桑塔納款款而去，儀態優雅地上了車。

我使勁朝駕駛室裡張望，依然只能看到那個男人的大致輪廓。他的車從我面前經過，絕塵而去，越來越小，直到消失。

地雷成功排除，這一次的踏實，才是真正的踏實。

太陽已經老高，再不抓緊時間上午的號就排不上了。一分鐘也不容耽擱，我伸手攔了輛出租車，直奔工商局。

二十七、島嶼

昨夜雨水帶來的清涼迅速退卻，空氣回升到了盛夏該有的溫度，沒有絲毫的含糊與讓步。我在驕陽下一路縱橫，汗水一遍遍地沖刷著面龐，時常浸入眼角，引起一陣沙疼。不求上蒼眷顧於我，這世間有太多和我一樣渺如塵埃的人，惟願這份付出可以打動這座城市，讓我儘快與它相融。

工商局上午的號已經放完，我索性花錢找了個黃牛代辦，省卻了不少麻煩，速度也能快些。材料遞交進去，三天後就可以來領執照了。

中午在路邊攤吃了份涼麵，而後又馬不停蹄地轉戰到了城北的一個傢俱電器城。轉悠了一下午，購齊了貨架、保鮮櫃、餐桌椅、兼作收銀檯的儲物櫃和空調，統統約在一週後送貨。

一天的工作全部完成，我擠上了回程的公交車。兩站地後幸運地得到一個座位，身體放鬆下來，才得以釋放出一些精力，去回想早晨的事情。

我和小凌離開後，原冬一定在外面逡巡並暗

中觀察了很久才敢回店。按理說，送走小凌後我應該先回去尋他，通知他警報解除，再向他致歉並解釋，我對小凌的突襲毫不知情。可我本應去擔當的這一切，卻因為趕著去辦事而忘記了——忘記，我竟信手拈來了這樣一個低級詞彙。捫心自問，真實的情況究竟是忘記，還是被刻意忽略掉了呢？一天的忙碌讓我無暇對自己的私心進行審判，此刻，當我像魚類洄游般隨著下班人流歸去的時候，潛藏心底的愧疚終於翻湧出來。

回到店裡已經五點，工人們還在光著膀子勞碌著，電鋸的轟鳴吞噬了周遭一切聲響。劉師傅正在清理抹泥刀，見我回來了，點頭打了個招呼，手裡的活兒沒停下。

我環視了一圈，沒見原冬，莫非他早晨離開以後就沒再回來？剛才的愧疚如洩洪般驟然排遣掉了大半，繼而來填補這份空缺的，是譴責。他一定是藉著躲小凌這茬兒出去找工作了，無論理由多充分，也不該對我早上的囑託置若罔聞，甩下店裡這攤事一走就是一天，太不負責任了。

這樣的審判讓我的良心寬慰了一些，但很快我就發現，屋子裡除了我，共有四個人。早上劉師傅只帶過來兩個小工，難不成後來又過來一個？還是說——原冬就在其中？

我朝另外三個人逐一望去，視線鎖定在了那個背朝我盤腿坐在地上的人。他一手舉錘，一手握釺，正對著牆壁賣力敲鑿。上前細一看，這個光著膀子頭戴一頂報紙帽的滿臉灰土的人，不是原冬又能是誰！

「你怎麼也幹上了？」我喊道，聲音勉強壓過電鋸的轟鳴。

他撂下工具，摘下紙帽，面無表情地朝門口揚了下頭，示意我到外面說話。

我跟他走了出去。他從兜裡摸索出香煙和火機，點上一根。

這是他第一次在我面前抽煙。我腦補著早晨他徘徊在金水河畔翹首等待時的無望與無奈，抽煙，成了最好的排遣方式。剛才那番用來寬慰自己的無理審判滑稽而可恥，我愈加後悔早晨沒回來找他。

他狠狠吸了幾口煙，神情漠然，「我還是走

吧。」

「因為早上的事？」我問。

他朝這座城市的黃昏吐著煙圈，沒有風，那些煙霧總是要在他周身縈繞一會兒，才緩緩散去。

晚高峰的車流和人流在街上奔淌著，和早高峰最大的不同是路人的狀態。捧在手裡邊走邊吃的早點，變成了拎挎著的於下班途中採購的晚餐食材，臉上除了勞碌一天的沉重與倦意，還增添了一抹即將歸家的期待與溫情。然而，就在絕大多數人繁忙的一天即將結束的時候，另一群人的繁忙才剛剛開始。比如對面角樓飯莊裡的那些正在招呼新老主顧的跑堂夥計，以及正悶在操作間裡飽受煙熏火燎的廚師，他們的行業與這座城市有著幾個小時的時差，卻也是日復一日，朝朝夕夕。

香煙燃盡，原冬掐滅煙頭，精準地投進了幾米開外的垃圾桶。

我沒等來他的回答，便繼續解釋道：「我也沒想到她走之前還會過來，她約了男朋友在附近見面，順路給我送信箱鑰匙。早上幸虧你反應快，她沒看見你。現在更不用擔心了，她人已經在天上了。」

他仍不作聲，將那個報紙帽對折，對折，再對折，直到再也折不動。

「她走以後我應該回來告訴你一聲的，我知道你肯定沒走遠，但因為趕時間去工商局，所以就沒回來。你要是因為這事生氣，我接受，向你道歉！」我誠懇地說道，「不過，你實在要走我也不攔，但你要想清楚，包吃住的工作沒那麼好找，住旅館的話，你身上的錢還夠撐幾天？別跟我說你要跟劉師傅他們一起做短工，你看三角地那麼多人趴活兒，什麼時候才能輪到你？何況你又沒這方面的技術專長。」

我悄悄瞟了他一眼，那張滿是泥垢的臉不再那麼僵硬。

「收工吧，你先去洗洗，該準備晚飯了，我去給師傅們買點兒冰鎮啤酒。」

「我去買吧。」他把一直捏在手裡的報紙團塞進褲兜，胡亂抹了把臉，朝小賣部走去。

「等下，給你錢！」我邊喊邊從身上摸索出一些零錢。

他沒回頭，盛夏的熱浪中傳來一聲：「我請客！」

我收起了錢，卻沒有收回投射在他身上的目光。那個背影曾讓我在一天之中兩度面對，加上七年前他一瘸一拐離去時的那次，呈現在我面前的這三個漸行漸遠的背影，每一次的處境都非同尋常。倘若時光可以倒流，倘若我可以通過類似靈魂出竅的方式擁有上帝視角的話，我一定要在他每一次離去時，飛到他行進的正前方去看一看，甩給我的那些背影的另一面，是什麼樣子。

不一會兒，原冬拎著半打啤酒回來了。我和他一起招呼大家休息，劉師傅說等各自把手頭的活兒收了尾再喝不遲，原冬便順應大家，把啤酒放在了角落裡。

他掏出那張被折得不成樣子的報紙，展開整理了一下，重新戴在頭上，繼續敲鑿那面裸露出了大半面青磚的牆壁。

電鋸又開始轟鳴，我朝原冬喊了一聲：「別幹了，戴這帽子像個傻冒！」說罷，我一把扯下他頭頂的報紙帽。

他沒理我，手裡的錘子仍敲個不停。

燥熱加噪音令我格外躁動，口渴難耐，可又不好意思自己先去拿啤酒喝，忽而想起早上讓原冬熬小米粥的事。

電鋸間歇性地工作著，我不想再扯著脖子喊，便等了個停息的空當問他：「小米粥熬了沒？」

「誰傻冒？」他不失時機地趁火打劫。

「我傻冒，行了吧。」我懶得和他計較，電鋸同時響了起來。

「什麼？」他問，也不知是真沒聽見，還是裝沒聽見。

可能是因為太過迷戀清晨那一縷縈繞在夢境邊緣的小米粥清香，所以第二次將那三個字送出口時，我的氣息才會過於飽滿，情緒才會過於投入。就在我為了壓過電鋸聲而蓄力大喊的一瞬，那該死的電鋸竟停了下來，轟鳴聲戛然而止，高分貝的噪音瞬間切換成了如那幾瓶冰鎮啤酒般的清透寧靜。

於是，不止店裡，不止這條老街，不止這座城市、這片大地、這顆星球……整個宇宙都迴盪著我那一聲元氣滿滿能量十足的咆哮——

「我！傻！冒！」

工人們全都停下了手裡的活兒，驚異地望著我，連門口的行人和在車站等車的乘客都紛紛朝店裡投來了好奇的目光。

我也被自己這聲咆哮嚇傻了，嘴巴卻還處於慣性之中，後面三個字被輕輕地一帶而過，「……行了吧。」

原冬滿意一笑，撂下工具，從木訥的我手中抽走報紙帽，揉成一團丟掉。

空氣裡懸浮著的，除了尷尬，還是尷尬。

如果說早晨衝小凌的那一聲大吼是出於無奈，這一次就純屬自找沒趣了。倘若剛才外面的路人之中，碰巧有經歷過早晨我那一嗓的，也是緣分了。以後那人要是來買花，我可以免單，條件是請他封口，把這兩檔子事永遠爛在肚子裡。

「吼一吼，健康有！」我擺出一副滿不在乎的樣子，拎起一瓶啤酒狂灌，好不涼爽痛快。破罐破摔也要彰顯豪情，氣吞山河。

「鐘眠。」原冬從後面喊我一聲。

我快快轉身，但見他揮手一擲，一個不明物體朝我飛了過來。我本能地用沒拿啤酒瓶的那隻手一抓，竟是一塊厚厚的牆皮。剎那間，鬆軟的白灰在我頭頂上空魂飛魄散，化為細碎的渣土和一團濃濃的煙霧，我變成了和他們幾個一樣滿臉塵灰的土人兒。

我僵站在那裡，怒髮衝冠算什麼，倘若我的頭髮夠長，房頂都能掀翻。

「哈哈！哈哈哈！」所有人都笑作一團。

那些高高低低的笑聲沒完沒了，此起彼伏，氣浪般朝我襲來，卻絲毫沒能撼動我的姿態與表情。我一手拎著啤酒，一手高高攥拳，雕塑般佇立在那裡。灰塵包裹了我，笑聲包裹了灰塵。

時間彷彿被放大，歷經了一輪漫長四季，重歸盛夏。

意識甦醒過來。我那一直怨怒緊繃的臉上，某根神經莫名一跳，牽動著一小塊肌肉跟著輕微

抽動了一下，緊接著，其他肌肉像被推倒的多米諾骨牌一樣，全然鬆懈下來。剛才定格的那個雖然尷尬卻也霸氣十足的怒髮衝冠的表情，頓時瓦解掉了。

我跟著他們一起笑了起來，先是傻傻地哼笑，繼而是肆無忌憚地狂笑。我不知道自己在笑什麼，但就是想笑。看我笑得暢快，他們也都笑得更厲害了。如果真的笑一笑十年少的話，那天在場的所有人都能笑回娘胎裡去。

直到笑聲中傳來一聲「收工！」大家的情緒才暫時收束。劉師傅他們輪流到後院洗手洗臉，回來各自拿了啤酒。有人笑勁兒沒過，剛喝一口就噴了出來，惹得其他人連鎖反應，又笑了一輪。

原冬拎著酒瓶在角落裡坐下，背靠著裸露的青磚喝起來。幹了一天活兒的他一定很疲憊，但此刻精神是放鬆的。他仰頭望著天花板，抑或是天花板外遼遠的天空，恬淡的笑容始終掛在臉上，彷佛是從七年前穿越而來。

很久以後的一天，晚餐時偶然說起那天的事。我問原冬，我當時的樣子當真有那麼滑稽可笑嗎？他說不是所有的笑都跟滑稽有關，笑有時和哭一樣，是一種宣洩與釋放。他那天的感觸可以這樣來比喻：在茫茫大海上，一個人沒有方向地漂流了很久，霍然發現一座島嶼，他慢慢靠近，小心翼翼地登臨。幾番試探之後，他開始跳躍與奔跑，他要向自己證明，腳下是實實在在的陸地，這不是夢。直到筋疲力盡他才停下來，以平躺之姿熨帖於大地之上，深情地感受著對於常人來說再尋常不過，而對於他，卻是彌足珍貴的安穩而踏實的感覺。鐘眠花舟，就是那座可以讓他在茫茫大海中靠岸的島嶼，而我，則是上天派來眷顧他的貴人。這個貴人曾「救」過他兩次，第一次是七年前，她借了他五毛錢乘公交車回學校，那一次是「救場」；第二次是在他刑滿釋放後最落魄的時候，她收留了他，這一次是「拯救」。

我不敢承受如此鄭重其事的評價，謙遜地將這一切歸結為人之常情。

從他的敘述中，我也敏銳地洞察到了一點

兒涉及他和小凌關係的隱秘。關於七年前我借他錢的那件事，正常的表達本該是「救急」，可他卻說是「救場」，由這個細節可以推斷出，原冬也像小凌對他那樣，確係把小凌也放在了自己的對立面。也就是說，當年從我的視角所捕獲到的關於小凌深深厭惡原冬的一切情節，原冬心知肚明。故而，七年後的他不想見小凌的原因絕不僅僅是出於自尊——不想以一個刑滿釋放者的身分去面對曾經相識的人。他完全可以不需要任何理由——就是不想見她。

至於他和小凌之間究竟存在著什麼「不共戴天」的仇怨，我暫時還沒想去探究。

二十八、花舟

那一聲令我顏面盡失的驚天咆哮頗不值得，原冬其實早就熬好了小米粥，並遵照我早上的指示，放在後院的水盆裡拔涼。我連喝滿滿兩大碗，總算了卻了一天的念想。

交代給他的其他事情也都完成得妥妥當當。電話已經接通，為了防止施工時落灰，他用自己的衣服把電話機嚴嚴實實地包裹起來，所以我回來時沒看到。煤氣也換了，和灶具一起被安置在了後院的角落裡。那裡有個簡易雨搭，白天他費了不少氣力把那塊地方清理乾淨，還在劉師傅的幫助下給雨搭進行了加固。以前舅舅一家一直在那兒炒菜做飯，水泥牆上一片熏黑的痕跡忠實地記錄著他們忘卻的每一頓餐食。接下來一段長短未知的日子，它將被我和原冬製造的油煙層層覆蓋，兩段不同背景的人間煙火，被迫重疊在一起。

原冬下午就買好了晚餐食材，待工人們離開後，開始了另一通忙活。

施工期間的烹飪條件有限，每一道菜都來之不易。這晚的主食是青椒肉絲拌麵，配菜是菠菜粉絲和皮蛋豆腐，還有我撐破肚皮也喝不完的一大鍋小米粥。跟早晨一樣，幾箱瓷磚、兩個油漆桶加之西窗外的景致，構成了我們的私享觀景餐

廳。

趁原冬撈麵的當兒，我溜出去買了瓶二鍋頭回來。

「美景、美食、美酒，好日子缺一不可！」我邊說邊從櫥櫃裡拿出兩個搪瓷小缸，到後院沖洗乾淨。

「什麼好日子？」原冬問。

「開工大吉啊。」

「不是才喝了啤酒嗎？」

「那是飯前漱口水！」

「多少錢？算伙食費裡吧。」他掏出錢要給我報銷。

「不用，剛才你請我，現在當然是我請你！」

我斟好酒剛要舉杯，忽而發現我這盤拌麵裡多了個鹵雞腿，另一盤裡卻沒有，不知他從哪兒變出來的。

「雞腿怎麼只有一個？」我問。

「中午飯你不是沒回來吃嘛，補償給你的。」他說。

「那也不能吃獨食啊！早上我說伙食標準可以提高一點點，當然是兩個人一起提高，一個鍋裡吃飯哪兒有分這麼清的！」我把雞腿撕成兩半，放他盤子裡一塊，然後舉杯招呼，「來啊，慶賀今天開工！」

他沒再推辭，端起酒和我碰杯，「一切順利！」

這頓飯簡單卻不失滋味，我驚異於原冬怎麼會有如此不俗的手藝，一問才知，他在監獄伙房做了三年工，耳濡目染學了些烹飪技術，就是沒太多掌勺機會。

昨天每次聽到「監獄」時，我心裡都會「咯噔」一下，今天的感覺有些不太一樣，那聲「咯噔」像是被一層柔和的東西包裹著，有了緩衝。

「現在就是你實踐的最好機會，什麼菜最拿手？」我饒有興致地問道。

「拿手說不上，甜醅雞做的最多，跟廚師長學的，每次都要做滿滿一大柴鍋。」

「甜醅我吃過，酸酸甜甜的，跟醪糟似的。」

「甜醅的原料是青稞，比醪糟更有嚼頭，香

味更特別。」

「那東西能做雞？」

「嗯，熗鍋時底油要多一些，旺火把雞塊炒到金黃，多烹料酒，要聽到『刺啦』聲，聲音越大越好，然後再加甜醅和調料，小火慢燉入味。」

接著，他又給我講了不少在那裡學到的烹飪小技巧。同樣的食材同樣的步驟若是做出的味道不一樣，只可能有兩種情形，要麼是火候的差異，要麼是缺少某種關鍵的調味料。我對做飯沒興趣，但夾雜在那些道理中的關於美食的描述聽得我食欲大增，食欲帶動了酒興，我越喝越興奮。

監獄，這個冰冷的概念因了原冬在伙房幹活兒的經歷變得生動起來，像是被爐火染上了一層溫度。剛才充盈於心的那種緩衝感，或許便是源於這冷熱間的傳導與交融吧。

我沒酒量，加之喝得急，很快就上了頭。原冬勸我少喝我不聽，後來他不再跟我碰杯，自己也不續杯了，我乾脆自斟自飲起來。

整個晚上我都在不停地說話，大多是些東拉西扯的碎碎念，說完就忘了。也有永遠忘不掉的，那晚我給原冬講述了花店名稱的來歷，以及說到店名，便不得不提及的關於我父親的那些鮮為人知的秘密。

我抿著搪瓷缸裡的酒底，目光停留在原冬白天作業的那面牆上。暗黃的燈光下，裸露出來的青磚斑駁滄桑，像整齊疊摞的一塊塊墓碑，沒有墓誌銘，卻都有著不足為外人言道的屬於自己的故事。

突然產生了一種強烈的塗鴉衝動。我撂下酒，噌地起身，拎起被屁股焐熱了的油漆桶，直直來到了那面牆跟前。

默默佇立了一會兒後，我打開油漆桶封蓋，用毛刷蘸著紅漆，在那片青磚上寫下了「鐘眠花舟」四個鮮紅的大字。油漆蘸多了的地方往下流淌，形成了一條條寬窄不一但卻異常平行的垂線，彷彿一道神秘的簾子，召喚著我們穿越到牆的另一面。

「花舟……」原冬沉吟著。

「好聽嗎？」

「嗯。」

「那我們以後就這麼叫，好不好？」

「好。」

我蓋上油漆桶，把刷子丟到廢報紙上，靠著牆角坐下來。幾小時前，原冬就是坐在這裡，悠然喝著啤酒，這是一個可以給人安全感的地方。對於這個曾和我擁有過同一角落的人，我決定和他講講我的父親。

鐘遠聲，我已經快三年沒見過這個有些傳奇色彩的男人了。

他一直漂泊在外，居無定所，沒有呼機，沒有手機，我們之間唯一的聯絡方式是他打電話給我。他已經走了兩年零八個月，其間只聯繫過我兩次，都是在母親的忌日，未來應該也是這樣，這將成為我們一年一度共同祭奠母親的儀式。只有那一天，我才知道他身在何處，而那所謂的何處，沒多久就會變成另外一個地方。上次和他通電話時我還在老家，來電顯示屏上是一串「0」。

電話裡，他的聲音又滄桑了一些。滄桑，而不是蒼老，有如秋風拂掃落葉時的深邃質感。

「眠眠，我打了五萬塊錢給你。你長大了，自己支配吧。」他說。

「老爸，你在哪兒啊？」我急切地問道。

「內蒙 xuan hai，就這樣吧，再見！」他的回答簡單至極，緊接其後的告別更是格外突兀。

聽筒裡傳來的風聲和划槳聲影響了我對音節的辨析，我還沒來得及追問沒聽清的那兩個字是什麼，他就匆匆掛斷了電話。我不知道那一次他為何要吝惜語言，後來才明白，那應該是一個海事衛星電話。

我跑到縣城最大的書店，查閱了很多版本的內蒙古地圖，都沒找到「xuan hai」這個地方。後來，我又去了縣裡唯一的網吧，對電腦操作尚不熟練的我，在網吧老闆的幫助下，費了半天勁才終於搞明白，他說的應該是「xu yuan hai」，即「虛源海」，在內蒙古阿拉善盟額濟納旗，是一個岸邊長滿了高高蘆葦的大湖，仿若沙漠中的一滴眼淚。

店名裡的「舟」字，便是為了紀念父親打給我的那個海事電話。關於虛源海的景致，我所能想像到的是：大漠孤煙，長河落日，一個孤單的男人，背負著一袋骨灰，泛舟蘆花叢中。

「骨灰？」原冬驚訝地問道。

「對啊。」我淡淡一笑。

這個晚上，我藉著酒勁兒格外興奮，迫切地想要和他分享那個我連小凌都沒有告訴的秘密。於是，我決定從一個更為久遠的時間點開始講起。那麼首先，要從我的名字說開去。

我經常會被人問起名字中「眠」字的由來。的確，這個字不太符合中國人的取名習慣，為此，我的解釋都是這個通行的偽版：我小時候精力旺盛，不愛睡覺，父母為了讓我消停點兒，期待我有朝一日能安安靜靜地睡上一宿整覺，便給我取名「鐘眠」。另一個版本，也就是真實的版本，我從未向任何人講過，那其實是一個悲傷的故事。睡不著覺的人不是我，而是我的母親。她生下我後患了抑鬱症，夜夜失眠，不得不痛下決心給我斷奶，靠安眠藥來緩解病情。一開始每次只吃一兩片，不久就增加到三四片，到最後吃五六片都不管用了。一個深夜，她在恍惚中服下了瓶裡所有的藥片。翌日清晨，父親被我的哭鬧吵醒，當他呼喚母親的時候，才發現這一次她是永遠地睡著了。父親愧疚於自己的疏忽，咬破手指在母親梳妝檯的鏡子上寫下了六個鮮紅大字：人生一場大夢。這六個字後來被鐫刻在了母親的墓碑上。為了紀念母親，也是為了不讓我受她的遺傳，此生每一天都能擁有一個安穩的睡眠，父親把我最初的名字「鐘棉」改成了「鐘眠」。

父親沒有再婚，一個人艱難地拉扯我長大，直到我十八歲高考落榜，他託人給我謀了個超市收銀的工作。幾個月後，他和我進行了一次長談，三天後的一早，也就是母親十八週年忌日那天，他背上早已打好的行囊，和我一起去了母親墓園，對我說以後這裡就拜託我了。隨後，他從墓園直接去了火車站，自此我們再沒見過。

一方託付於我的植根於家鄉的墓穴，一袋隨身背負的遊走於天涯的骨灰，父親此生最為親密的兩位故人，他們之間互不相識，歸宿更是截然不同。所以，在我尚且年輕的視野中，他們成了這個世界上我所能夠目擊到的——相距最遙遠的

兩個人。

二十九、遠聲

父親行前和我的那次長談是在晚餐中進行的，那天他比平常多做了兩個小菜，倒了兩杯酒。以前他只是偶爾自己淺酌，這是第一次正式邀我同飲。

「眠眠啊，你十八了，可以適當喝點兒酒了。」他把一杯酒放到我面前，席間頻頻與我碰杯，好像只有藉著酒意才好把後面的話說出口。

那個晚上，父親給我講了很多三十年前他在新疆戍邊的事情。

他一生去過的最遠地方，是一片長滿胡楊的荒漠綠洲，在那裡，他和一個名叫高黎明的戰友結下了深厚的情誼。後來父親退伍回了內地，身為孤兒的高黎明留在了那裡，一留就是一輩子。我隱約想起來，我很小的時候見過他，那年春節母親回了娘家，父親邀他來我家過春節，他好像沒結婚。我對他的一切記憶都很模糊，包括樣貌，印象中他是個少言寡語但非常隨和的人。

我不明白那晚父親為什麼突然給我講起這些，隱隱感覺到氣氛有些異常。果然，他說著說著就哽咽起來，起身離開了餐桌。

我憂心忡忡地跟過去，見他打開了那個帶鎖的床頭櫃，從裡面捧出一個綢緞質地的黃色紮口袋。

「這是什麼？」我問。

「高黎明的骨灰。」他答道。

我嚇了一跳，倒不是懼怕這袋骨灰，而是擔心父親在這個晚上一系列不同尋常的舉動。然而此刻，但見他眉宇舒展，情緒已恢復如常，我這才放下心來。

原來，四年前的那個秋天，父親去新疆參加的那場葬禮就是高黎明的，他因肝癌晚期不幸去世。追悼會上，老指導員交給了父親厚厚一沓信，最上面一封是高黎明臨終前在病床上寫給他的，據說寫了好幾天。高黎明沒有家庭，也沒有親人，那封信就算是遺書了。其餘的信，全是父親以前寫給他的。

在遺書中，他回憶了他和父親年輕時候的過往，他們曾經有一個約定，就是將來有一天，各自能放下一切俗務，相伴雲遊天下。遺憾的是，他的生命提前走到了盡頭，無法和父親共同實現這個夢想了。現在，他唯一的願望是父親將來有機會幫他把骨灰撒掉，撒到一個最美的地方。和那封信在一起的，還有一個存摺和一張照片。存摺上有十五萬元，是他此生全部的積蓄。其中五萬元他請父親幫忙捐助給自己兒時生活了八年的福利院——如果現在還存在的話。餘下的十萬元他將全部贈與父親，作為他們共同「旅行」的支出。那張黑白照片是他們唯一一張合影，父親也拿出來給我看了。照片上的兩個人年輕俊逸，朝氣蓬勃，他們背靠背坐在一片茂密的胡楊林中，仰望著各自頭頂的那方雲天，笑容燦爛，遐想著美好的未來。

父親跟我長談的目的，就是要正式向我宣布，他已經辭掉工作，準備去雲遊了。他要帶著高黎明的骨灰，去尋找最美的地方，完成他生前的遺願。本來這個計劃在高黎明去世當年就應該開始，可那時我還小，父親決定再等四年，待我年滿十八歲，結束了高考再開啟這場旅程。

和我說這些的時候，他已經買好了三天後去昆明的火車票，那是他計劃中的第一站，後面還有多少站他自己也不知道。而他計劃出發的那一天，「正巧」是母親忌日。

父親的行囊裡裝著高黎明的骨灰、他們唯一的合影、他寫給父親的遺書、他們之間往來的全部信件，以及他們在那一段我所不熟知的歲月裡的青春和夢想。父親背負著這一切，在那個名叫「凌海媛」的女人墓前坐了很久，行前深鞠了三躬。

離開墓園後，他不讓我去火車站送他，只答應我陪他等公交車。車來了，我上前緊緊擁抱了他，就此別過，再見不知何日。車影漸漸遠去，我感覺整個世界只剩下了我一人。

去年從虛源海打來電話那天，剛好是母親的二十週年忌日。電話裡他的聲音散發著中年男人

特有的磁性，我很想和他多聊一會兒，可惜那次通話太短暫，他甚至沒來得及提骨灰的事就掛掉了電話。我知道他一定還沒有撒掉，可能是暫時沒找到「最美的地方」，也可能是他還想去更多的地方，可又不想讓旅行過於孤單。

我多麼期盼他能在某段旅程中結識一位紅顏知己，繼而在一個美麗清淨的地方，撒掉那袋伴隨了他多年的骨灰，完成戰友的遺願。然後，停泊下來過日子也好，繼續旅行也好，後半生也算是有個可以相互依靠的人了，可這註定難以實現。

一方面，父親的審美是孤獨甚至是孤僻的，何時能找到「最美的地方」，完成戰友之託，對他還是一個遙遠的未知，這更像是一個披著旅行探索外衣的哲學命題。另一方面，母親去世後，他的生活變成了環繞於我的蒼白平面，在盡了十八年做父親，並且是做一個好父親的義務之後，寄情山水的旅行人生給他支撐起了另一個立體多彩的世界，這或許才是最契合他後半生的生活方式。所以，他很有可能不再需要所謂的歸宿了。他的歸宿，永遠在路上。

講述完這一切，我離開那方青磚角落，回到「餐桌」旁。酒瓶不知何時被原冬收起來了，兩個搪瓷缸裡都被盛上了小米粥。

我沒在意，接著跟他碰杯，帶著心意相通的儀式感，哪怕裡面裝的不是酒。

「沒有高黎明的話……」原冬喃喃道，「我們就不會認識了。」

我愣了一下，旋即反應過來，事實的確如此。

他突然笑了，不是朝我，而是朝牆上那四個鮮紅大字。他好像看到了那道紅簾背後的景象，思緒飄到了很遠的地方。項上的嘎烏似感知到了他的心事，閃過幾點星芒。

「那個……」我心血來潮，「你的嘎烏，可不可以讓我拜一拜？」

他看向我，臉上還帶著那股莫名的笑意，「為什麼？」

「那裡面一定有法寶！給我拜拜，保佑我老爸早日找到……最美的地方，撒……撒掉高黎明的骨灰！」我的舌頭已經不好使了，語氣仍熱情澎湃。

「怎麼拜？」

「你不讓我碰它，我也不難為你，你就坐那兒，別……別動，我拜你……拜你就行！」我邊說邊站起來，晃晃悠悠地走到他面前，撲通一下跪在地上。

他立刻慌了神，趕緊起身把我拉起來，無奈地搖搖頭，從脖子上取下了嘎烏。

我剛要伸手去接，他又一把攥住，嚴肅正告：「不許打開！」

我使勁點點頭，雙手展平，畢恭畢敬地齊眉高舉，他這才把嘎烏放到我的手心裡。

我如獲至寶地接過這個帶著原冬體溫的神秘小盒，昨天在時空旅社想多看兩眼都難，今晚卻能將它捧在手中細細觀賞把玩，不知這算不算是我給他講述父親故事的交換。

我來到那四個紅漆大字跟前，四下裡踅摸著，沒物色到合適做掛鉤的東西。又在兜裡摸索一番後，掏出了早晨小凌給我的那把小小的信箱鑰匙。

我把鑰匙插在青磚之間的縫隙裡，花朵鑰匙柄的部分留在外面，將拴嘎烏的羊皮繩懸掛其上。輕微晃動了幾下後，羊皮繩與那些流淌下來的紅漆線條構成了平行。

我跪在地上，煞有介事地雙手合十，扭身問他：「是不是應該念些咒語什麼的？」

「嗡─噠咧─嘟噠咧─嘟咧─娑哈。」

「啥？」

「綠度母心咒，嘎烏裡面是一張綠度母匝尕。」

「匝尕是什麼？」

「一種畫幅特別小的唐卡。」

雖然不瞭解綠度母是什麼神仙，但唐卡藝術的莊嚴神聖令我崇仰。我讓原冬把那幾個字又重複了好幾遍，自己那不爭氣的舌頭才勉強倒騰順溜。

我面對嘎烏合十祈禱，認認真真地誦念了三遍綠度母心咒，又規規矩矩地磕了三個頭，而後把嘎烏從牆上取下，好奇地在耳邊搖了搖，傳來

幾聲窸窣。

「真的不能打開？」我心有不甘地問道。

原冬伸出手，懸停在我面前，不說話。我憨然一笑，不敢再進一步冒犯，乖乖把嘎烏放回他手裡。

他把羊皮繩重新套到脖子上，開始收拾碗筷。

比起原冬這一天的辛苦，我在外面的奔波勞頓根本算不了什麼。最直接的表現就是，他躺下不到兩分鐘就打起了鼾，而我，上床後尚有精力去想些事情。

腦海裡揮之不去的，是原冬戴著報紙帽，滿面灰垢地和工人們混在一起勞作的情景。我不禁唏噓，倘若沒有當年那場意外，倘若他的人生軌跡像絕大多數人一樣正常，那麼，他現在定是一名小有成就的唐卡畫師了。

當下，我們都處在各自的命途岔口，亟待去建立一個完全不同於以往的全新的生活方式。區別在於，我已經找到了方向，而原冬的未來，尚不可知。

青磚上那四個鮮紅大字，將要連同我為鐘遠聲與高黎明所做的祈禱，被永久地封存在那面牆體裡了，然而，它們所綻放出來的理想之光，卻可以穿透一切，銳不可當。這棟老屋將承托起我的青春與熱望，重新煥發出新的活力。我憧憬著鐘眠花舟的美好未來，也許以後我可以用賺來的錢去旅行，幫助父親尋找最美的地方。原冬，如果那時他還沒有找到自己的人生方向的話，至少可以幫我來打理花舟，我願意把我的理想分一半給他，只要他能放下過去的包袱，冰釋掉和小凌之間的那些在青春期裡或許誰都曾經有過的，原本無所謂的——所謂前嫌。

黑暗中的我癡癡地笑了。我很奇怪，究竟是什麼力量，可以讓我對花舟、對原冬擁有如此充盈的信心。或許是因為酒精，或許是因為年輕，或許二者兼有。

那晚我做了一個浪漫而荒誕的夢，醒來後唯一清楚記得的，是一葉開滿鮮花的扁舟。

三十、經緯

原冬主動提出來，等裝修完工再出去找工作，我自然是求之不得，這樣我便能多吃幾天他做的飯，家常的味道跟快餐就是不一樣。

接下來的幾天，他儼然成了裝修隊裡的正規軍，主要工作是打雜。不管是電工、瓦工還是木工，他可以給任何一位師傅打下手，在不同的工種間隨時切換。他還承擔起了在炎炎烈日裡外出跑腿的苦差，義不容辭地去採購臨時需要的材料和配件。而他在這個團隊裡最重要的身分，其實是廚師。

按江湖規矩，雇主應該管工人們午飯，開工第一天這件事被我忘在了腦後。還好原冬幫我安排好了一切，上午他就換了煤氣，把院裡做飯的小角落收拾出來，支好灶具，買回菜來，給工人們做了頓像樣的午飯。

開工第二天一早，我拿了三百塊錢給他，跟他說：「中午別做飯了，大熱天的太辛苦，還得刷碗收拾。對面角樓飯莊有十塊錢的套餐，兩葷一素，你們去那兒吃吧。」

他思量片刻，抽出一張還給我，「二百就夠了，飯還是我來做，比外面吃得飽，也吃得好，還夠我們每人喝一瓶冰鎮啤酒。」

「四個人，一星期，你確定二百塊就夠？」我難以置信。

「可能還會有結餘，我補到晚飯裡。」

「那敢情好！」我欣然答應。

想必對於會做飯的人來說，那些活兒也沒我想像得那麼麻煩與辛苦吧。我又拿出九百塊錢，和那一百湊成一千，留給原冬當備用金，索性把花舟的大事小情全權交付給他，這樣我就可以專心忙活外面的事務了。

原冬沒辜負我的信任，他不僅是勤快的小雜工和優秀的大廚師，更是一個出色的設計師。他沒少在裝修的整體風格和裝飾細節上為我出謀劃策，還幫我解決了那個一直讓我頭疼的門窗問題。

八十年代末，在那股下海經商的熱潮中，舅舅辦了停薪留職，將自家房改造成門臉兒，做起了兒童玩具的小生意。改造後的老屋門窗開得

豁亮，每天打烊後要掛上厚重的窗板。記得當時賣得最火的，是一種亮麗新潮的兒童頭盔，除了天氣最熱的那兩個多月，其他時節都賣得不錯。尤其是週末，帶孩子到景山、北海和故宮遊玩的人特別多，一天能賣出去十幾個。還有每年的春節檔，銷量火爆得一度脫銷，因為燃放煙花爆竹時，這種帶面罩的小頭盔可以起到很好的防護作用。後來舅舅單位裡經歷了不小的人事變動，幾經權衡，他決定復職上班。次年單位分了新樓房，一家人便搬走了。近些年，這一帶常有拆遷的傳言，他們也就疏於打理，閒置起來做了裝雜物的倉庫。

我本想把那些用鐵皮包裹著的厚重木板換成時下流行的金屬捲簾門窗，因為預算問題一直在猶豫，那天跟原冬隨便念叨了兩句，沒想到他走了心。仔細檢查之後，他發現那些窗板表面雖然生鏽斑駁，但主體沒有太大損壞，也沒變形，建議保持原狀，簡單保養修護一下，刷一層清漆就行了，可以作為老屋的時代特色保留下來。我接受了他的建議，節省下了一筆不小的開支。

他還否定了我要往窗框和門框上刷大紅漆的想法，認為即便是修繕，也該修舊如舊，可以再買一桶紫色和一桶黑色，把大紅調成絳紅，這樣看起來顯得古樸自然。我同樣無條件地接受了這個建議，在他面前，我的審美可以做出喪權辱格毫無底線的讓步。另外，我想在牆上貼一種印有花卉圖案壁紙的想法也被他否決了，他說花哨的壁紙會喧賓奪主，西式的裝飾風格也與青磚黛瓦的老房子格調不搭，而且壁紙在平房裡容易受潮捲邊。不喜歡白牆的話，可以刷上色調極淡的淺綠啞光漆，既清新自然，又能像綠葉一樣襯托滿室鮮花。我連連叫絕，暗自慶幸那天我看中的那款碎花壁紙剛好缺貨。除此以外，他還提議所有的室內窗臺都加寬五公分，應該有效利用這幾處展示空間，擺放一些小型盆植來對窗口進行裝飾，它們本身也可以成為商品。

原冬在表達這些想法的時候全是輕描淡寫地隨便一說，可在我看來都是神來之筆，筆筆點睛，不僅不用付出很大代價，還能節約不少成本，這種舉重若輕的審美操作和他以前受過的藝術薰陶是分不開的。有一次我見他刷牆漆時動作流暢，塗抹均勻，便開玩笑地說道：「我看漆工這個行當最適合你，以後真想和老劉混的話，可以往這方面發展。」

「為什麼？」他問。

「因為你是大畫家啊，哈哈。」

他的臉色立馬沉下來，「再這麼叫，就解除合作關係！」

「別別！」我趕緊繳械投降，「不叫了！不叫了！」

這一次我算摸清，除了涉及到小凌的話題，和畫畫有關的一切，也是他不容冒犯的雷區。

他不會明白，「大畫家」這三個字並不是玩笑，更不是奚落與嘲諷，而是從我內心自然釋放出來的，投射在當年那個風華正茂的藝術青年身上的樸素意象。從七年前植根於我心中的那一天起，就再沒改變過——儘管此前那七年，它被擱置在我記憶的抽屜裡，那麼深，那麼久；儘管此時此刻，光膀子幹活兒的他，看起來和那個稱呼全然錯位，毫無關係。

遺憾的是，我無力向他解釋這一切。

裝修的事情有原冬打理，我很放心，常常在外面一跑就是一整天，除了領取執照和辦理稅務登記這些衙門口的事務之外，還要訂製燈箱和採購很多東西。幾天後，我曬得快和老劉他們一樣黑了，胳膊也爆掉一層皮，好在所有工作都在按部就班有條不紊地向前推進著，這是對我辛苦付出的最大犒勞。

一週後裝修如期完工，訂好的貨架、收銀檯、餐桌椅和保鮮櫃等大件物品相繼送到，空調和燈箱也都裝好，除了鮮花這個主角，為它服務的一切設施和用具均已就位。我決定開業當天一早再去進貨，以便最大限度地保證鮮花品質。

為了摸底行業情況，不久前我在老家的一個花店打過短工。那座小縣城因為離北京近，不用付出太大的成本就可以共享大都市的豐富資源，很多做生意的都到北京來拿貨，鮮花這行也不例外。我從打工的花店裡窺探到了貨源、熱銷品

種、利潤空間等行業資訊，也學到了足夠我運營一個花店的花卉保鮮、修剪、搭配和包裝等基本技術。此外，我還去位於北京城南的那個著名花卉集散地進行了實地考察，可謂勢在必得。

開業那天，天還沒大亮我就搭早班車去了花卉市場。等車時在報攤上買了份《人才市場報》，按計劃，裝修完工後原冬就要開始找工作了，我先幫他參謀參謀，也好打發途中時間。

首次進貨，我的原則是單品數量不宜多，但要盡可能地保證多樣性，這樣貨架會更豐富好看。玫瑰、康乃馨、扶郎、百合、勿忘我、滿天星、情人草、蘇鐵、散尾葵……除了必備的傳統鮮切花和襯葉外，我還進了少量特色花材來試探市場。

選完貨，我從門口叫了一輛小麵包車，於上班早高峰來臨之前，把一車最新鮮的花材送到了花舟。

窗板已經卸下來，櫥窗一塵不染，潔淨通透，這些都是原冬的功勞。他和我一樣，天不亮就起了床。

原冬正在拖地，見我回來了，撂下拖布迎出來，「你吃飯去，這兒我來。」說罷他開始從車上卸貨。

新買的杉木雙人餐桌椅依舊擺放在西窗下，我們的觀景餐廳由此升級。我將溫熱的小米粥一飲而盡，拈起一片抹好腐乳的煎饅頭片吃起來，又香又酥。

看著原冬來來回回忙碌的身影，我忽然心生感恩。不是因為我自己做不來這些事，而是因為在創業伊始，有人能如此陪伴我，幫襯我，和我分擔與分享關於花舟開業時的一切，真是一樁幸事。

吃完早飯，我開始修枝剪葉，這是最基本的日常操作。原冬則包攬了收拾餐桌和刷碗的活兒，幹完這些，他又擦拭了一遍昨天已經擦過好幾遍的貨架。

待枝葉修剪得差不多了，我拿來包裝材料，開始紮花。

「一束花啊，就像一鍋亂燉，可以根據自己的口味來搭配。」我自言自語般地賣弄起了對花藝的淺薄理解，「說簡單就簡單，甭管燉啥都是一鍋菜。說不簡單也不簡單，不論是主材還是輔料，任何一種食材放得不恰當，都有可能毀掉一整鍋。說到底就是，花材的組合很重要，既要有新意，又要色彩互襯，濃淡相宜，層次也要盡可能地豐富，兼顧線、塊、面、散、異等形狀。內涵上更是要統一和諧，不能犯衝突……每種花都有自己的花語，不能亂送，愛人情人送紅玫瑰，母親送康乃馨，父親送石斛蘭，探望病人可以送馬蹄蓮，慶祝開業可以送一品紅……這些都是花語明確的花材。還有一些通用品種，基本上適用於各種場合，比如百合、鬱金香、蘭花、雛菊等等……」

我就隨便說說，沒想到原冬還挺感興趣，擦完貨架後，他搬來小凳在我跟前坐了下來。

我更來了勁頭，繼續侃侃而談，「我以前臥底的那家花店啊，一點兒創意都沒有，就拿愛情主題來說吧，給花束起的名字都是些『浪漫相約』『天長地久』『愛你一萬年』『真的好想你』……簡直俗不可耐！搭配上也是想當然，沒啥講究。聽聽我起的名字吧，你看這是『紅粉佳人』，紅玫瑰和粉玫瑰，搭配情人草做點綴，送給哪個女人都能討喜；再看這『1+1=3』，勿忘我和萬年青打底，主材是兩大一小三種顏色的太陽花，專賀喜得貴子；還有這『繽紛時刻』，五顏六色的法國雛菊配上熱情奔放的蘇鐵葉，適用於初次約會時的矜持與浪漫；最有創意的啊，要數這束『N40，E117』，特為結婚紀念日或者相識紀念日量身訂製，淡色系的香檳玫瑰搭配形如經緯和座標的針葵和滿天星，收到花束的人一定會問這個名字的含義，送花的人就可以給出這樣一個浪漫的回答：『我永遠不會忘記，我們在這顆星球上初次相遇時的座標。』當然啦，這是北京的經緯度，其他地方呢，換組數據就行了。」

我把一部分花材放到保鮮櫃裡，其餘的分類插入花筒，擺上貨架，紮好的花束則放在最醒目的位置，打上營養液，整個花舟煥發出了不一般的光彩與生機。眼前這番景象不正是一週前的那個夢境嗎？此刻的我置身於載滿鮮花的一葉扁舟裡，心神隨之蕩漾起來。

「怎麼樣？這些搭配有沒有什麼問題？大畫家給指導一下唄。」我忍不住又犯了忌，安靜地等著他發作。

他呆坐在那裡，不言語。我抄起一根長長的蘇鐵葉，撩了一下他額前的髮梢。

「嘿，想什麼呢？」

「我在想……」他回過神來，「是不是應該買個大點兒的地球儀，便於客人查詢經緯度？」

我「噗」地笑出了聲，沒想到他還認真了。笑他的同時，腦海裡又一次浮現出了七年前的那幅畫面。此時此刻，我特別想知道風城美術館旁——我們初遇的那條小街的經緯度。

笑著笑著，一股不可名狀的感動油然而生，我的眼眶一熱，瞬間潮濕。

我不露聲色地抹掉那溫熱的液體，繼續笑，讓笑聲放大，這樣才能將剛才閃念間迸發出來的荒唐情緒掩飾掉——我怎麼可能因為他那個滑稽可笑的想法而感動得流淚呢？

笑是一種傳染病，原冬也跟著笑了起來，和一週前那次一樣，笑得真實開懷。如果說那天的笑是壓抑已久後的宣洩與釋放的話，那麼這一刻的笑，則搭載著另一種微妙的情愫，那是因不小心暴露了自己尚存的一點兒純真而泛起的一絲羞澀。還好，這份尷尬並不會令情緒的主人感到特別難堪。

不需要更多的話語，我們都能感受到彼此心靈的融通，那些笑聲，是對青春和理想最美好、最崇高也是最浪漫的致意，不管是他的，還是我的，抑或是我們共同的。歡聲笑語連同滿室馨香飄逸到了整條老街上，鐘眠花舟迎來了開業後的第一縷朝陽。那一天是頭伏，真正意義的盛夏，就這麼光輝絢爛地來臨了。

三十一、執念

原冬幫我清理乾淨了一地的殘枝敗葉，然後坐在餐桌前，翻看起了我帶回來的《人才市場報》。

我湊過去，抽出夾在中間的唯一彩頁，是一家新成立的廣告公司的招聘專版。

「商品包裝平面設計，六人，戶籍不限，本科，美術設計類專業，試用期三個月，月薪八百元，轉正後月薪一千兩百元加提成。」我邊念邊指給原冬看，「這個職位機會最多，怎麼樣？」

他不屑地搖搖頭，繼續翻看手裡那疊報紙。

「喲，瞧不上啊？也是，你以前畫的是唐卡，是佛菩薩，是信仰，是藝術……商品包裝平面設計算啥呀，一天到晚和方便麵、二鍋頭、衛生紙這些俗物打交道，繞不開吃喝拉撒。」

這一次他的耳朵像是關閉了一樣，任我肆無忌憚地冒犯禁區，一聲未吭。他的目光從每一個版面上草草掃過，我在他對面坐下來，倒要瞧瞧他能看出什麼名堂。

報紙很快就被他從頭翻到了尾。他又往回翻了幾頁，將折角的一張抽出來，其他報紙被撂在了一邊。

我一下子警覺起來，那個版面我印象深刻，從密密麻麻的排版就能看出，都是些雜七雜八的小公司，我略去沒看，可他唯獨留下了這一版。他更細緻地瀏覽了一遍，用筆在右下角的一條信息上畫了個圈。

我剛要伸頭看，他就把報紙疊起來，塞到牛仔褲後兜裡。

「我走了。」他起身說道。

我趁他不備從他兜裡抽出報紙，躲到一旁迅速展開，被圈出來的是一家我沒聽說過的保險公司，招聘業務員，條件不限，管吃住，底薪三百，提成豐厚。

「你要去賣保險？」我驚訝地問道。

「給我。」他朝我走過來。

「不給！」我將報紙高高舉起，準備和他談一談。

哪知他稍一抬手就揪住了報紙的一角，我往後一退，他便借力扯下了巴掌大一塊，畫圈的那則啟事剛好在他手裡。

他把那角報紙疊起來，這一回塞進了牛仔褲前兜。

「最煩那些推銷保險的了，一天到晚打電話

發傳單，還上門騷擾，更可恨的是殺熟，你可別打我主意啊！」我將手裡殘缺的報紙揉成一團，又氣鼓鼓地補充了一句，「當然，我跟你也不熟！」

「這個適合我。」他說。

「這就是你找工作的標準？」我很是詫異。

雖然他也曾試圖在三角地找過活兒，但那是出於經濟所迫的一時之需，無可厚非。可現在情況不同了，我都說了房租可以賒著，工作慢慢找，他的著眼點也理應高一些。

「對，條件不限，管吃住，有底薪，這就是我的標準。」他說得字字雪亮，「我現在的身分是刑滿釋放人員！」

我渾身一顫。原來，他剛才的一臉不屑不是對彩頁上那個職位的蔑視，而是一份冷冷自嘲。入伏第一天，我被打了個透心涼，關於「大畫家」的執念也被冰封住了。

記憶的大海幽深莫測，遼遠的地平線上泛著點點金光，潮汐的湧動將那幾塊零星碎片朝我推來，最終，它們擱淺在了岸邊。

我從沒想到過，自己對唐卡這門繪畫藝術的感知與感動那麼充沛，那是一次前所未有的震撼體驗。第一次知道唐卡，同樣是在七年前，確切地說，就在和原冬那次邂逅的前幾分鐘。

那天我和小凌途經美術館門口的車站時，我被櫥窗裡的一組海報深深地吸引住了。小凌對我自然又是一通冷嘲熱諷，說我這個對藝術超級免疫的小屁孩也學會附庸風雅了。

我沒理她，繼續沉浸在自己的精神世界裡。那些濃烈深沉的色彩和細密優美的線條是我從未見識過的，畫中神佛的尊名更是全然不知，可這並不妨礙我的欣賞。他們有的端坐於蓮花臺上，慈眉善目，像是在參禪打坐，又像是在講經說法。也有的呈憤怒威猛相，或身乘靈禽異獸，或腳踩地獄餓鬼，高舉法器降服各路魔障。還有的所畫並非神佛，而是由方形和圓形嵌套起來的帶有強烈空間感的神秘幾何圖案，一層環繞著一層，好像可以無限延展下去，任一方寸都能撐起一個微觀世界，讓我從反向的視角感受到了宇宙浩瀚。

在這組海報中，有一幅比較特殊，那上面集合了上百張唐卡，依比例來看，尺寸應該都很小。小凌催我走的時候，我正在欣賞其中一幅，只記得她是女性化身，遍身瓔珞法寶，曼妙的姿態與慈悲的眼神超越了此前我全部審美體驗的總和。遺憾的是，後來我再也憶不起她的尊容了。可能是那天的眼界豁然打開的緣故吧，唐卡上無從分辨的神佛菩薩的法相疊混在了一起，最終熔煉成了一幅無形大象。唯一印象深刻的，是看到那張小唐卡時我心懷激盪，有種觸電般的感覺，打個冒犯的比喻——有點兒像一見鍾情時的怦然心動。待這種感覺逐漸平復下來以後，又轉換成了一種久違的踏實感——可以隨時隨地忘卻煩惱，帶著強烈歸屬感的那種踏實。

同時升騰起來的，還有一股奇妙的感動，像電影高潮來臨時響起的配樂，讓包括怦然心動和踏實感在內的全部感受都得到了強化，強化到七年後的這一天，我還能原汁原味地去回味，儘管我早已記不起那位菩薩的容顏與形象了。然而此前，這段熨帖心靈的記憶竟和那些不願被重拾的不堪記憶一起，被放逐於滄海，漂向了遠方。

從海報上印的畫展信息得知，那次唐卡展的最後期限是九月二十九日，剛好就是當天，閉館時間已過。我重重嘆了口氣，感受到了一種由錯過帶來的宿命感。

我沒有和小凌分享關於唐卡的任何感受，那只會自討沒趣，破壞掉一份彌足珍貴的心靈體驗。

我們繼續溜達著，拐上了美術館側身的街道後，就有了和原冬的那次邂逅。簡單的幾句交談絕不足以留下那麼深重——深重而不僅僅是深刻的記憶。深重，是因為那天原冬轉身離開以後，我才得知他學的就是唐卡專業。

沒想到，錯過那個唐卡畫展的遺憾尚未紓解，我又錯過了在一位唐卡畫家面前表達崇仰的機會。

後來，我不識時務地提起了他戴的吊墜，小凌恨恨地說出了當時令我脊背發涼，七年後令我手心冒汗的那兩個不堪字眼。迷茫和膽怯籠罩著我，使我放棄了對那位畫家的繼續探知，包括他

的名字。

當時的我，只是一個視野並不開闊並且社交半徑極其有限的初中生，而原冬，是我認識的第一位和藝術相關的人，並且從事的是唐卡繪畫——這門幾分鐘前我才接觸到的撼人心魄的玄妙藝術。正是這些於特定情境下激發出來的熱忱，將一個頑固的執念植入了我的心田，無法磨滅。七年前，從我望著那個一瘸一拐的背影在夕陽中漸行漸遠的那一刻起，他已經是我心中的大畫家了。他畫的不是別的，而是唐卡。

這才是關於七年前那次邂逅的最完整記憶。「大畫家」的執念是當年締結的一縷纏綿善緣，而非憑空妄想，所以七年後我才會如此念念不忘，才會寧可冒著踩雷的危險，也不願錯過任何一個將那三個字說出口的機會。

可是如今，命運竟讓這位大畫家淪落到去賣保險！

原冬站在西窗邊，凝視著被朝霞籠罩的華麗角樓，每一片琉璃都燦爛輝煌。他的目光游離縹緲，像是也欲幻化成光芒包裹的一部分——可他此刻卻身在陰影中。不是陽光照不到他，而是他自己選擇了被黑暗吞噬。

不難想像，在獄中的兩千多個漫長日夜他是怎麼度過的。那些或將與他終生相伴的難以驅散的陰霾和無法撫平的創傷，足以令他妄自菲薄，自暴自棄。我多麼希望他能從那不堪回首的前塵跳離出來，重建信心向前看，給自己一個蛻變的機會，試著去應聘那個關於包裝設計的職位。包裝——我突然意識到了什麼。

看看他自己的「包裝」吧，現在他身上穿的，還是我們在時空旅社邂逅時的那身鬆垮T恤和破洞牛仔褲。裝修期間亂糟糟的倒也沒覺得突兀，現在在這乾淨整齊的環境裡，在一片靚麗鮮花的映襯中，這身穿著就顯得頗為難堪了。

「你先別走，等我回來！」我抄起包就跑了出去。

我叫了輛出租車，直奔紅太陽服裝城，以前在老家擺地攤的時候，我去那裡批發過帽子和手套。

在我的觀念中，面試這樣鄭重的場合，襯衫

領帶西褲皮鞋應該是男人的標配。選中款式後才想起沒有尺寸，衣服褲子好說，根據身高胖瘦估摸一下不會差太多，難的是腳下穿的鞋。說來也巧，前天夜裡，我起夜時迷迷糊糊又找不到拖鞋了，不想開燈打擾原冬，便摸索到了他的拖鞋穿上，出去上廁所。他的鞋很大，我的腳在裡面晃蕩得厲害，一抬腳差點掉茅坑裡。第二天早晨我隨口問了句，得知他穿四十三碼。

買完衣服和皮鞋，我又將襪子、領帶、腰帶和手包一併拿下，來去如風地回到花舟。

「去試試吧！」一進門我就把兩個購物袋往原冬懷裡一揣。

他瞟了一眼露在外面的吊牌，眉頭一皺，顯然是被上面虛標的價格嚇到了。

「批發市場買的，便宜得很。」我氣喘吁吁地解釋道。

「謝了，我不需要。」他把袋子撂在了桌上。

「人在衣裝馬在鞍！你也不想想，不穿得人五人六的誰敢買你保險？等賺了錢還我就是了。」

我把購物袋重新塞到他手裡，推他往裡屋走。他沒再爭辯，半推半就地進去了。

蒼天，上帝，佛祖，真主……請眾神滿足我這個小小的願望吧，願那些衣服褲子和鞋都能與他合體，大熱天的，千萬別讓我折騰著去換貨。

不知是祈禱的靈驗，還是我低估了自己的觀察力，不僅是我，連原冬自己都非常驚訝，那身衣服簡直就是量身訂製。他完全變了一個人，煥發出了前所未有的神采。

「包裝設計師算什麼啊，現在的你，一看就是藝術總監範兒！」我興奮地說道。

「還好是易拉得。」他對著鏡子調整領帶鬆緊，襯衫內微微凸起的嘎烏剛好被領帶扣遮掩住，看不出任何不妥。

「其實打領帶也不難，只不過……」

「只不過你也不會。」他毫不留情地說出了真相。

「誰說我不會？」我薅住領帶，像牽牛一樣把他拉過來扯過去，勒得他直低頭哈腰，連忙求饒，「你會你會行了吧！趕緊鬆手，別扯壞了！」

見他服軟，我才鬆開手，洋洋得意道：「我當然會啦——會繫紅領巾！」

原冬又氣又笑，回到鏡前把領帶重新整理好。我趁機從他換下的牛仔褲前兜裡摸出那角報紙，撕得粉碎，丟進了垃圾箱。

「還是去試試這家吧。」我拿起那張彩頁，在他眼前晃了晃，「東邊路口就有直達車，要是應聘成功了，我請你吃——你做的甜醅雞！」

他臉上殘存的最後一抹笑意遁去，接過報紙看了一眼，沒說什麼，疊起裝進我剛買的山寨手包裡，出了門。

望著他離去的背影，我又一次祈禱。這一次不求別路神靈，只求佛菩薩，畢竟原冬曾描摹過他們，而且他戴的嘎烏裡面還珍藏著一張綠度母小唐卡。綠度母，應該是位法力很強的慈悲菩薩吧，可惜原冬教我的那句咒語已經忘了。不是說心誠則靈嘛，那麼現在，我懷著無上敬意與誠意，謹向諸佛菩薩虔誠祈禱，願那家廣告公司可以為一個修習唐卡專業的稀缺人才適度通融，忽略掉他人生中那遺憾不堪的六年，賜予他一個全新的機會。對大多數人而言，那份工作再普通不過，可對原冬這樣一個刑滿釋放不久的人來說，關乎命運轉折。

他本應是一個畫家——大畫家。

三十二、脫節

原冬離開不久，花舟就開了張。

買花的是個女高中生，穿著附近一所中學的校服。她挑選了一枝粉紅色的康乃馨，說今天是她們班主任的生日，讓我幫她包得美美的。我送了她滿天星做搭配，還免費升級了包裝，算下來沒啥賺頭。但看著女生特別開心的樣子，我還是很欣慰，這可是我的第一位客人。

以為一大早就開張是個好兆頭，結果後來的客人大都是等車時進來蹭空調的，車一來抬腳就跑。那枝康乃馨的美好芬芳被我殘酷地消費了大半天，直到索然無味。為了打發時間，我出去買了幾份有招聘版的報紙回來研究。傍晚才又有人買走了兩盆水培綠植，多少給了我些安慰。

原冬做早飯的時候把我的午飯也弄好了，顯然是準備在外奔波一整天。如果上午那家沒應聘成功，下午他還會去哪裡呢？有了那身行頭，他也該提起點兒自信，不至於再把目標鎖定在那些亂七八糟沒前途的小公司上了。興許他今天運氣不錯，應聘成功後直接就上崗實習了呢，那張彩頁上寫著「急招」，果真如此今晚就能吃上甜醅雞了。我的嘴巴無味地咂摸了兩下，於結果來臨前肆意揮霍著幻想的權利。對這頓晚餐的期待，遠遠超越了對能再多賣一束鮮花的期待。

快六點的時候，原冬拎著一袋子菜回來了。一進門他就直奔飲水機，接了杯冰水一通猛灌。

我滿懷期待地打開袋子，裡面是一捆青菜、一塊豆腐、幾頭香菇和一把粉條，沒有和甜醅雞有關的任何食材。

「吃些清淡的也好，這幾天忙得有點兒上火。」我儘量掩飾起失望。

「今天頭伏，吃餃子。」他說著進了裡屋，我聽到插銷合上的聲音。

再出來時，他已換回了原來那身T恤和牛仔褲。

我把下午的研究成果——一張新的彩頁拿給他看，「明天去試試這家吧，是個合資企業，招插畫師，底薪一千五。」

「不去。」他把剛買回來的菜放進洗菜盆，開始準備晚餐。

「為什麼？」

「不靠譜。」

「你還沒看，怎麼知道不靠譜？」

「彩頁都不靠譜。」

「那什麼叫靠譜？賣保險嗎？」

「賣保險至少不需要工作經驗！」

「工作經驗？」我隱約明白了什麼，「你跟他們說你沒有工作經驗？」

「那還能怎麼說？說我的工作經驗就是在食堂打雜嗎？還是畫黑板報、除草、搬磚、組裝零件、糊紙盒？要麼就是被拉到農場搶麥收？還有學歷，你真的覺得肄業證和畢業證就只是一字之

差？」動輒如霜似冰的他，這番激動狂躁還是第一次。

我被噎得說不出話來，手裡的彩頁被涔涔汗水濡濕。當年他出事的時候還沒畢業，這的確是我的疏忽。

「可以變通一下嘛！」我故作輕鬆，「編個工作經驗又不是什麼傷天害理的事。」

「那畢業證呢？」

「沒畢業證不代表你沒受過相關教育啊，不就少聽幾堂課，少考幾門試嘛！一會兒你去照個證件照，再把學校和專業全稱寫下來，我去給你弄個證！」

「不需要。」他揚了下手裡的菜盆，示意我讓開。

「先去照相吧，菜我來洗。」我非但沒給他讓路，反而湊上前一步。不鏽鋼盆抵在我胳膊上，襲來一陣涼意。

我們就這樣僵持著，兩個人面面相對，不偏不斜，正是照證件照的端正角度。人的眼睛要是有拍照功能該多好，眨一下就能捕捉到影像，對著空白相紙再一眨，便能顯影。

他突然失去了耐心，手上發了下力。我不動，他加大了力度，我依舊頂住不動。隨即，我被積聚在盆口沿上的一股強大力量猛地推開，胳膊上立時浮現出了一道深深的紅印，剛好和一週前小凌擰過的那塊淤青疊加在一起，像從井蓋上碾軋過去的一道車轍。

他端著菜盆朝後院走去，帶著一股子一去不回頭的氣勢。我捂著被硌得生疼的胳膊，心情和他身上那件破舊T恤一樣，皺皺巴巴，難以撫平。

人要學會妥協，原冬找工作的過程，就是我認知這個道理的過程。他早早就明白了，否則也不會一到北京就往三角地那樣的地方扎。他是對現實的一次性妥協，而我，是對「大畫家」這個執念的一點點放下。

我們的關係並沒有因為那天的不愉快而繼續惡化，但還是產生了一些微妙的變化，那是一種出於彼此間的某種顧忌而導致的生分與隔膜。

每天清晨起來，原冬要做的第一件事情是卸窗板，然後搞衛生，準備早飯和我當天的午飯。我的第一件事情則是到報亭買幾份報紙回來，瀏覽一遍招聘信息，在上面圈圈畫畫。經歷了首次應聘失敗，我不再只盯著那些印刷精美的銅版紙彩頁，大公司都比較正規嚴苛，再怎麼變通也是紙包火。我果斷調整了方向，開始關注起小公司來，但最根本的一條原則我沒妥協，就是工作內容一定要和藝術沾邊。

吃完早飯刷完碗，原冬便坐在窗邊翻看報紙。可能是出於對我的防範吧，他再也沒在那些報紙上做過任何標記，只會留下他覺得有用的版面，連同我畫圈的那些一起帶走。

「就缺個證了。」每次看到他穿上那身襯衫西褲，打上領帶，我對他的信心就會滿血復活，不厭其煩地刺激他一句。

他從不回應，也不吭聲。我越發不解，他對現實已經妥協到了可以去蹲三角地，去賣保險，為什麼不肯向這個現實做另一種形式的妥協呢？比如辦個假證。

我不知道他是否真去了我圈選的那些公司面試，如果去了的話，學歷一定是最大的阻礙。沒辦法，現在本科是個硬門檻。碰壁多了，自然就該學會變通了，比我每天苦口婆心的勸慰和教育更有效。可他若陽奉陰違，壓根兒沒去呢？

幾天後，原冬交給我一張證件照和一張字條，上面寫著他的姓名、性別、生日、入學時間、畢業時間以及學校和專業全稱。

「放心吧，剩下的我來搞定。」我開心地說道。

開心不僅是因為他學會了變通，更是因為這足以證明他去了我圈選的那些公司參加面試，可見他並沒有放棄自己的專業。

第二天，我花高價辦了一個加急假證——最實事求是的假證，除了「畢業」這個名分，證上所有內容都是真實的。

另外，原冬還在我的「調教」下學會了：如何變相迴避自己那段過去——把服刑說作「在監獄行政部門工作了六年」；如何變相說明自己的

工作經歷——把在監獄畫黑板報和為獄刊畫插圖說作「做宣傳工作，負責美編」；以及如何變相說明自己的離職原因——把刑滿釋放說作「工作缺乏挑戰，加之合同到期，決定換個環境」……

然而，這一切嘗試並沒有帶來什麼效果，大多數面試的結果都是等通知，有幾家沒讓他等通知，當面就拒絕了。他後來還跟一家公司提出過，希望能給他一個實習機會，哪怕是打雜，並且試用期可以不領工資，也無濟於事。

我安慰他，隨便找份解決溫飽的工作很容易，想找專業對口的還是要花些時間的，別著急，慢慢來。他報以沉默，這在我看來已經是最好的回饋了，我怕他再像上次那樣狂躁地詰問我，不容分說地把我推到他的對立面。最近這段時間，雖然他的情緒一直低落，但至少沒再像以前那樣，總是說些自暴自棄的話了。

這種格局也很快就被打破。我沒想到會有這麼一天，連我自己對原冬的信念都會坍塌，在無情的現實面前，原來它不堪一擊。

有一天晚餐時，他突然問我：「『照片商店』是什麼？」

「啊？你是說圖片社吧？」我信口而言。

「不是，英文叫 photo shop，還是什麼4.0的，我以前好像在哪兒見過這個詞，今天那家公司問我會不會用。」

我停止了咀嚼，良久，才將那口噎人的飯菜吞下。

他沒記錯，他確實見過這個詞。就在半個月前我和他邂逅的那一天，圖片社的玻璃上，隔在我和他之間的那張A4紙上有一行字：「要求熟練使用Photoshop」。

「哦，就是個電腦軟件。」我輕描淡寫地說了句，悶頭喝起了小米粥。

曾經以為只要他樹立起足夠的自信，擺脫心靈上的陰影，在應聘的時候學會變通，再加上那個半真半假的畢業證，總會抓住一個機會脫胎換骨的。可我卻忽略了一個最重要的問題，原冬上大學的時候，電腦還是許多人見都沒見過的東西，後來他便經歷了與世隔絕的六年牢獄生涯，而那六年，恰恰也是電腦科技迅猛發展的一個階段，足以讓重返社會的他與大環境脫節。按現在的標準，他已經算半文盲了，當然不可能知道Photoshop，甚至連圖形處理軟件是個什麼概念都不清楚。別說他，就連我這樣一天都沒脫離社會的人，對電腦的接觸也非常有限，除了在小凌家玩過幾次簡單的掃雷和紙牌遊戲以外，就是去年那次去網吧查詢「虛源海」。現在如果讓我去應聘需要熟練操作Office辦公軟件的文員職位的話，徒有莽勇也是白搭。

穿上一身看上去體面的衣服有什麼用呢？辦了個假證有什麼用呢？把工作履歷編得天花亂墜又有什麼用呢？一個小小的軟件就能叫你明白什麼是現實——真正的現實。一直對原冬信心滿滿的我，在這個不可逾越的時代斷層面前，頃刻間萬念俱灰。

我沒有胃口再吃飯，只把小米粥喝光，而後久久望著窗外。

角樓的霓虹燈亮起，流動的光影倒映在粼粼水面上，一根長長的柳條浮在似夢迷離的波光間，不知將會漂向何方。

我還是會繼續買報紙，但不再像以往那樣興致勃勃地搜尋信息並畫圈推薦給原冬了。他依然我行我素，每天早晨幹完自己的活兒後，便安靜地坐在窗前看上一會兒報紙。我開始怯於和他溝通找工作的事情，可能從一開始，我對他所做的一切鼓勵與冠冕堂皇的吹捧就是一種誤導。為了維護自己的執念與幻夢，就置別人的生存權於不顧，實在自私。

我試圖把那個執念從靈魂深處剝離，決定對他放任自流，卻未承想，又矯枉過正。

那個下午原冬回來得特別早，興奮地說找到工作了，是一家貿易公司的銷售代表，管食宿，沒保底工資，但提成豐厚，要交二百塊報名費。他身上沒那麼多錢，就先做了登記，想管我借錢，明天再去報名。我覺得不對勁，又問了些細節，終於肯定這是個騙局，費了很大氣力才讓他明白了什麼是非法傳銷。

趁原冬做飯的時候，我從紙簍裡撿出一張被他揉成團的報紙，在中縫裡找到了那個「老鼠會」。這小小的角落裡充斥的大都是傳銷、公關、

討債、私家偵探之類的信息，沒一個做正經事的。

忽感一陣虛乏無力，肩頭像是被什麼東西壓負著，越來越重。難以承受的我緩緩蹲下，埋頭掩面，雙臂緊緊環抱住自己，手中的報紙如鴻毛般飄落在了地上。

那天晚上熄燈躺下後，我鄭重地向原冬表達了自己的想法。我已經對那個執念做出了最大限度的妥協，妥協到只剩下一條被現實踩碾在塵泥中的游絲般的底線。它足夠卑微，卑微到我不得不以近乎乞求的口吻才能將它說出口。

「不管找什麼工作，只要和藝術沾邊就行。哪怕是去美術館看大門，哪怕是去畫廊搞衛生，我都不會再干涉。」這是我在那個夜晚說的最後一句話。

我沒等來他的答覆，那些話消弭在了黑暗中，沒留下任何痕跡。回應我的只有無限放大的沉默，以及近在咫尺的沉重呼吸。

三十三、逆馳

轉眼二伏，暑氣最盛之日，花舟卻遭遇了生意最冷的一天，連根草都沒賣出去。前幾天我買了塊小黑板，掛在櫥窗打促銷廣告，看來沒起到任何效果。

我細細算了筆帳，開業十天下來，除去房租和經營上的各類開銷，基本上沒什麼盈餘。抬眼瞥見計算器上「財源滾滾」四個金燦燦的大字，那是我從報紙彩頁上剪下來貼上去的。現在越看越不順眼，那兩個「滾」字不像是招財，反倒像是跟財有仇，讓財滾蛋。我將它揭下，撕碎扔掉。

原冬出去找工作也已經十天了，不知今天能不能帶回好消息。我百無聊賴地趴在收銀檯前，望著對面角樓飯莊裡的食客進進出出，他們的生意並沒有受到酷熱天氣的影響，一直紅紅火火，果然民以食為天。

多虧原冬幫我分擔了一部分生活費用，他的房租沖抵了我的伙食費支出，這對緩解創業初期不樂觀的經濟狀況雖只是杯水車薪，卻給了我另一種強大支撐——我不是孤軍奮戰。而且我喜歡吃他做的飯，連最簡單的清粥小菜都能征服我的胃，遺憾的是一直沒有吃上甜醅雞。

琉璃風鈴響起，一個身穿紅色T恤，頭戴黃色遮陽帽的男子推門而入。我立時來了精神，怎麼著也得讓他幫我開個張，隨便買點兒什麼都行。

「您好！歡迎光臨！」我熱情招呼道。

那人看都沒看我一眼，逕直朝角落裡走去，把手中的兩袋東西撂在低櫃上，熟門熟路地來到飲水機前接冰水喝。

我詫異地走過去一瞧，竟是原冬。

「你怎麼穿成這樣啊？」我驚道，同時又覺得好笑。

「今晚吃甜醅雞！」他答非所問，滿頭大汗喘著粗氣，一杯水喝光又接了一杯。

我扒開那兩個袋子，一個裝著他早晨走時穿的正裝，另一個裝著一隻收拾好的白條雞，一瓶醪糟，還有一些蔬菜。

「轉了好幾個地方都買不到甜醅，只能用醪糟代替了。」

「你找到工作了？哪家公司？」不知為何，我非但沒感到興奮，反而生起一絲隱憂。

「奔馳！」

「奔馳汽車嗎？」我轉憂為喜。

「不是那個。」他放下水杯，轉過身來面朝於我，指指自己的胸膛。

我的笑容僵住了，T恤上的四個大字闖入眼簾：奔馳快餐。下面是一串訂餐電話，背後也是一樣。

「一個快餐公司，咋起這麼個名字。」我的心涼了下來。

「送餐速度快啊！一小時內保證送到，超時免單，而且我們公司二十四小時服務。」

我們公司——聽他這口氣還挺自豪的。我保留著最後的幻想，或許他的工作是設計菜單和宣傳海報，也能和藝術沾點邊兒。

「具體做什麼？」

「業務專員。」

「啥業務？」

「送餐。」

我一時怔在那裡，無言以對，悶悶嘆了口氣。好個奔馳公司，好個業務專員，說到底就是個送盒飯的。

「我們有三個班，晚班和夜班底薪高，活兒少提成也少，白班底薪低，活兒多提成高。我選了白班，早八晚五。公司不遠，騎車十幾分鐘就到了。中午管飯，還有地下室宿舍，每月六百一間，也可以找人合住。」他興致高昂地介紹著，還把我拉到大門口，指著牆邊一輛自行車給我看，「怎麼樣？才四十塊。」

我打量著這輛自行車，深藍色的金屬漆仿若無盡的夜空，七八成新的樣子。

「哪兒買的？」

「缸瓦市。」

「缸瓦市？」我覺得耳熟，旋即想起，正是小凌曾經提起過的自行車黑市。

「知道這是什麼車嗎？」我黑著臉問。

「永久牌的。」

「誰問你這個了。」我氣道，藉機宣洩著對這份工作的不滿，「那地方賣的都是偷來的車，你在幫他們銷贓！」

「同事介紹我去的，我不知道這些，再說……我身上的錢也不夠買新車了。」他的聲音越來越小，像個慢撒氣的氣球，剛才那股興奮勁兒無影無蹤。

「早知如此，前些日子何必浪費那麼多時間去面試，這樣的工作一抓一大把！還不如賣保險呢，至少不用穿這麼難看的衣服！」

「你以為我願意？」他掉頭回了屋。

「不願意還找這樣的工作？」我緊隨其後，「也不能飢不擇食啊！」

「那就等著餓死嗎？」

「不至於。」

「不至於？這些日子在外面跑，五站地以內我從來不坐車，就算這樣，交通費也花了不少錢了。現在我全身上下只有三十三塊，才夠咱們兩天的飯錢！」

三十三塊……腦海忽而飄過一段旋律。我想起了前幾年流行的鄭智化的那首〈三十三塊〉，數字純屬巧合，境遇也全然不同，但說到底都是沒錢。

「沒錢了我可以借你啊，還沒到吃不上飯的地步。工作可以慢慢找，再小的公司都沒關係，要麼工作內容和藝術沾邊，要麼工作環境和藝術沾邊，總不能兩頭都不靠吧？你真的要徹徹底底放棄理想？」

「我只知道我必須儘快上班，不能再花你的錢了，這就是我現在的理想！」

「我的錢？好吧，既然你這麼計較，那咱們今天就把帳算算清楚。」我氣呼呼地拿來了計算器，「從花舟裝修那天開始算起，到今天一共十八天。頭七天你幫我盯裝修，各種跑腿和打雜，給工人們做午飯，給我做早晚飯。開業後每天裝卸窗板，搞衛生，做一日三餐，刷碗，還幫我卸過幾次貨，看過幾次店……這些活兒找個小工的話，一天也得四十塊吧？十八天就是七百二十塊。」我劈里啪啦地在計算器上敲著數字，嘴裡念念有詞，「買衣服、褲子、領帶、皮鞋和手包一共花了三百五，辦畢業證一百五，扣掉這些還剩下二百二……你就是想和我算清楚，要回這錢是吧？」

「我不是這個意思。」

「我是這個意思行了吧？」我說著拉開收銀檯抽屜。

「想起我走就直說！」他冷下臉來。

「好，你走吧！」我把錢往桌上一拍，「這是三百，不用找了！」

他沒拿錢，看都沒看一眼，走到餐桌旁，推開窗，點了根煙。

抽掉半根後，他才開了口：「都說最要感恩的人是父母，可我不這麼認為，因為生我是他們的選擇，養我是他們的義務。我感謝他們賜予我生命，讓我來這個世界走了一遭，才有了人生各種體驗。我會盡我所能去孝敬他們，愛他們，但這和感恩無關……」

顯然他的話還沒說完，趁著煙沒燃盡，他狠狠吸了最後一口，伴著一聲沉重嘆息吐了出去。煙霧模糊了窗外的景致，卻讓他的輪廓更加清晰，散發著出離一切的清醒。

「要說感恩……」他頓了頓，「這一生，我

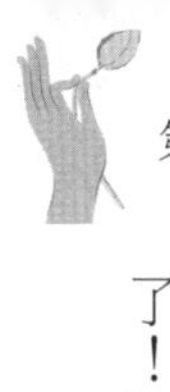

只對一個人有這樣的感覺，就是你。」

我下意識地望了一眼桌上的鈔票，心頭湧起一股說不出的滋味。

「其實，我也沒幫你什麼。」我慚愧地說道，「當時收留你住到這裡，也不排除我的私心。倒是你，為花舟付出了那麼多，還幫我省了不少伙食費。剛才你也看到了，真要算起帳來，也是我欠你才對。」

「我不是說錢。」

「不是錢，那是什麼？」

「知道嗎？你在報紙上圈出來的那些公司我有多不想去！可還是硬著頭皮去了，因為我穿著你給我買的衣服，還頂著你封給我的『大畫家』的榮譽稱號——儘管我根本就不是，以前不是，現在不是，以後也不會是！但還是要謝謝你這份抬舉，要不是你，我都快忘記我這把糙手曾經握過畫筆了。每次去那些公司應聘，我都反覆告訴自己，要相信奇蹟，說不準真有那麼一丁點兒希望呢。但是抱歉，我一次又一次地讓你失望了！」

這番話叫我心中更不是滋味。在找工作這件事情上，雖然我一直在向他灌輸自己的執念，可此刻得知他的的確確走了心，並且實實在在地付諸行動後，我反而特別難過。也許從一開始，我的不切實際就是錯的，傷害他信念的，不是那些沒錄用他的公司，而是我這個把他推上懸崖嘗試一躍的罪魁禍首。

還好，他頑強地挺過了那段難熬的日子。

「這麼說，你還欠我人情嘍？」我違心地說道，乾脆藉坡下驢，「那就別去住集體宿舍了，咱們繼續搭伙，房租折抵伙食費和工費，讓我再多剝削你一段時間。」

他半天沒說話，最終還是沒有拒絕。

集體宿舍就算找人合住，也不比我這裡便宜多少，晚飯還得另有花銷。當然，住在花舟的最長期限是小凌回國之前，這是個大前提，對此我們心照不宣，無需說白。

就這樣，經共同妥協，我和原冬的同居關係在互惠互利的原則下得以為繼。

至於那份工作，我實在沒有心情慶賀，便藉

口天氣太熱胃口不好，表示只想吃點兒簡單清淡的，既然是二伏，乾脆吃麵。原冬沒說什麼，默默把那隻雞放進了冰箱冷凍室。

他做飯的時候，我又去門口細細打量了一遍那輛自行車。

這架由深藍色鋼管構築起來的簡單機械，不再是贓物，也不僅是代步工具，而是一乘具有生命的坐騎。從明天早晨開始，它就要載著原冬匯入都市的滾滾車流，去為生活奔波。理想應該是藍色的，像天空一樣自由廣袤。那麼，如夜空般的深藍色也關乎理想嗎？由二手自行車承載的卑微理想是否也要被折舊呢？今年七八成新，明年就只有五六成新了，直到更久以後，徹底變成一堆廢鐵，被扔進煉獄般的熔爐。

「收——廢品——」一聲高亢嘹亮的叫喊聲傳來，壓過了蟬鳴與街市的喧囂。我循聲望去，一個光膀子的中年男人正蹬著三輪朝這邊騎來，車上堆滿了廢報紙和空塑料瓶。

發覺了我在看他後，他停止蹬踏，車速慢了下來。藉著慣性從我面前經過時，他又喊了一聲，見我沒有進一步的反應，才蹬起腳踏板，繼續前行。

夕陽打在他漸行漸遠黑得發亮的後背上，也打在了無數騎著自行車為生計奔忙的芸芸眾生的後背上。造物主賜予了世間萬丈光芒，卻總有人在逆光而馳。

三十四、背影

卸窗板、搞衛生和做早飯一直是原冬每天清晨雷打不動的三件事，現在又多了一件——擦車。

那輛自行車在他眼裡不只是交通和工作的工具，更是一件貴重的家當，一道原配車鎖還不夠，他又配了條鏈子鎖。早晨的時間本來就緊張，可他還是要擠出十分鐘來擦車，車把、車鈴、車筐、車架、前後叉、擋泥板、後衣架、輪轂、輻條……每一處都要擦到，還有公司統一配置的

掛在車後架上的兩個白色鐵皮餐箱，也要仔仔細細擦一遍。那對餐箱是舊的，紅漆噴繪的公司Logo和訂餐電話已經斑駁，原冬從裝修時用過的排筆刷上拆下一管，整理成毛筆，用裝修時剩下的紅漆將殘損的數字和圖案全部勾描了一遍，認真的樣子比刷牆漆時更像作畫，可這一次我沒再跟他開玩笑。

這對餐箱讓我想起了以前吃外賣的日子。父親離家以後，我除了煮方便麵就沒做過飯。在超市上班時吃食堂，辭職擺攤後吃街邊攤或下小館子，也常常打電話叫盒飯。那些送餐小哥的自行車後面也馱著類似的餐箱，這是幹他們這一行的標配。送餐是份苦差事，經常要出沒於各種惡劣天氣，越是壞天氣工作越忙。我以前就沒少在狂風暴雨裡給他們添麻煩，等餐的時候打個噴嚏都覺得是送餐小哥在罵我，付錢時常常會給些小費。但我從來沒聽原冬抱怨過，就算雨水把他澆成了落湯雞，他都會開心地說，這下車子沖乾淨了。

他從工作中獲得的充實與滿足並沒有感染到我，我始終無法真心接受這份工作，甚至不願看到他穿上那身工作服出門上班的背影，於是，我有了一個賴床不起的理由。

花舟開業後，原冬就搬到外屋打地鋪了。門板不太隔音，所以他早上做每件事還是躡手躡腳的。穿衣、收拾地鋪、出店門繞到後院去洗漱、卸窗板、掃地、拖地、做飯、吃飯、洗碗，然後拿上鑰匙出門。大約十分鐘後，外面才會傳來鏈子鎖卸下時發出的咯楞楞的聲響，那段空白就是他擦車的時間。

其實大部分時候我早就醒了，但鏈子鎖響才是我的起床號。起來後，屬於我的那份早飯總是毫無懸念地擺在餐桌上。每天吃得都差不多，卻在主食和小菜的花樣上維持著簡單的變換，雞蛋也是一天煮一天煎，有時也會做成雞蛋羹或荷包蛋，唯一不變的是小米粥。我不知道他緣何篤信我可以天天喝小米粥而不膩，但我確實中毒般地對它上了癮。

可惜我只能獨自享用這些美味，這是為了迴避那個背影所要付出的代價。有時一大早出去補貨，回來時原冬要是還沒走的話，我就佯裝去睡回籠覺，等他走了再起來。至於其他時段，就不一定能百分百周全地迴避了，總會有出人意料，猝不及防的時刻，那個背影硬生生地展現在我面前，光天化日，一覽無餘。

原冬送餐的範圍涵蓋了花舟附近，經常會從門口經過。午後，每當外面傳來兩聲車鈴長響，我就知道「送雪糕的」來了。

他總是把車停在門口的大柳樹下，從不下車，一隻腳撐住馬路牙子，另一隻腳踏在腳蹬子上，保持著隨時出發的狀態。每次他都帶來兩種不同口味的雪糕讓我先挑，我隨便拿來一支，躲到樹蔭裡吃。他趕時間，火急火燎地吃完後，會把吃剩的木棍兒和包裝交給我處理。我則精掐細算地在他蹬下腳踏板離去的前一瞬間轉過身去，不露聲色地迴避那個背影。

也有意外的時候，節奏被打亂後的我方寸頓失，呆呆地佇立在那裡，忘了轉身。

有一天，我發現前幾天還滿滿當當的一盒名片只剩下了半盒，正納悶時，門口傳來了兩聲車鈴長響。我走出去，例行公事般地從他手中接過雪糕，腦子裡還想著剛才的事，隨口念叨了一句：「奇怪，名片怎麼一下子少了那麼多。」

「我早晨拿的。」他話音含混，嘴裡有一口還沒嚥下的雪糕。

「拿我名片做什麼？」我驚奇地問道。

他撩起上衣的底擺，腰間露出一個尋呼機，「我們老闆買手機了，淘汰下來一個漢字尋呼機，我預支工資買下來了，這樣送餐高峰可以多帶幾份盒飯出來，有新增的訂單慧姐就給我留言，我順路去送，提高效率。」說罷他掏出一張紙條遞給我，上面是一串呼號。

「我問你名片呢？你跟我說這幹嘛？」

「有尋呼機很方便。」他自顧自地繼續說著，「科騰大廈有很多我的客戶，我順手幫你發些名片，說不定會有商機。要是有人打電話訂花，你就呼我留言，我去送，反正我每天也都要過去送好幾次餐，兩不耽誤。」

我僵硬地站在那裡，像是一口氣吃掉了十根雪糕，渾身都凍住了。

關於花舟的狀況，我很少和他談及，但同處一個屋簷下，想必他也不難察覺經營的艱難。生意冷清導致鮮花損耗過多，賣不出本錢不說，還要繼續追加投資，否則就無法維持基本的上架量。拐點來臨之前，需要填補的窟窿可能會越來越大。我也一直在想辦法改善經營，主要是從豐富花卉品種和打折促銷這兩方面，從來沒想過搞什麼送貨上門。若是藉原冬的工作之便來實現業務拓展的話，送花和送盒飯又有什麼區別呢？接受了這個提議，就等於認可了他的工作，我寧願不賺那份錢。

「好好送你的盒飯吧，我的事不用你操心。還有，都立秋了，以後別買這些涼的了。」說罷，我把只吃了幾口的雪糕朝垃圾箱丟去。

其實，就在雪糕將要脫手的一瞬間我就後悔了，但慣性讓我沒辦法收回那個投擲動作。更讓我懊惱的，是那個寫著呼號的紙條也被我順手一起丟了進去。

內心惶惶的我轉身就要往回走，熟悉的車鈴聲再度響起，我收住腳步，忐忑地轉過身。

原冬把吃剩的木棍兒裝進包裝袋，沒像往常那樣交給我，而是丟到了車筐裡。然後，他從腰包最貼身的那道隔層裡掏出來一疊名片，探身塞到我手裡。幾乎是同時，他的腳在馬路牙子上用力一蹬，馱著白色餐箱的自行車，連同一個紅色背影倏地遠去了。這一連串動作他完成得迅速連貫，沒留給我任何反應和逃避的機會。

我佇立在繁華鬧熱的街邊，目送著那些騎著自行車和原冬一樣離我遠去的背影。這個城市仿佛旋轉了九十度，垂直而立，我置身於高空的巨大陰雲中，向下俯視著。那些背影都是從雲中墜落的雨滴，原冬的背影成了速度最迅疾的那一滴，很快就融進了細密的人群裡，雨幕中。

視覺的記憶殘存在視網膜上，淚水在眼眶裡打轉，那個背影非但沒被洗刷掉，反而越來越清晰。我低頭看了一眼手中那疊名片，每一張的空白處都規規矩矩地寫著四個鋼筆字：免費送花。

淚水滴在名片上，洇花了那幾個字。

下午我關了門，去家居城買了一張折疊單人床和一整套單人床上用品，包了輛三輪車運回來。立秋了，我連雪糕都不想吃了，原冬當然也不該繼續睡在地上了。

我把床安置在裡屋原來打地鋪的位置，免得每天收收疊疊。為了多賣點兒貨，以後我準備經常拉拉晚，這樣原冬也就不必非要等到打烊才能休息了。那道已經卸下來多日的隔簾，這一天被重新掛了回去。

黃昏時分，原冬準時下班回來。他到裡屋換了衣服就去後院洗菜，一直沒跟我說話，這讓我無法分辨是因為下午名片的事情，還是因為我買了那張床，並擅自把它安置在了裡屋。

晚餐吃到一半時，他才開口說了第一句話：

「那床多少錢？」

我早就做好了回應的準備，不卑不亢地答道：「加上被褥枕頭，一共兩百八，帳我記著呢。」

他沒吭聲，也沒什麼特別的反應，我稍稍放寬了心，趁機解釋道：「那床特別沉，搬來搬去太麻煩。而且，以後我想把營業時間拉長點兒，晚些打烊，這樣你就不方便睡外面了。」

說罷，我為他添滿了小米粥。

「有件事，想和你商量一下。」他忽然說道。

「哦。」我莫名有些緊張。

「這段時間晚上的訂單比較多，廚房忙不過來，公司想招個小時工幫廚，我就接了下來。每天加班三個小時，加班費十五元起步，提成要看當天的銷售額。」

我鬆了一口氣，原來是他工作上的事情。能加班是好事，總比沒活兒幹強，沒想到他們公司生意還挺好。

「那晚飯怎麼辦？」這是我最關心的問題。

「分開吃吧。」

「這……」我一時語塞。

晚餐時間是我們一天當中唯一的相處時段，我們很少談論彼此的工作，聊的內容大多是這一天遇到了什麼有意思的人或事，或是些碎碎叨叨沒邊沒沿哪說哪了的話，可就是這些平淡無奇的交流，讓身在異鄉同為北漂的兩個人不再孤單。

晚餐對我們而言是一件具有儀式感的事情，我不想失去生活中的這個重要部分。

「你是不是因為下午的事生氣了？」我問，心裡自是明白這個問題的可笑，可還是固執地想要撇清它們之間的關係。

「沒有。」他斷然否認，「你要是不嫌晚，那就等我回來再做飯，要九點多才能吃上，你熬得住嗎？」

他的語氣就像他身後的那盆白玉虎尾蘭，淡定而直白，一點兒也不像是在置氣的樣子。我心裡的包袱終於卸了下來，下午那檔子事算是徹底翻篇。

可是，讓一個加班到那麼晚，勞累了一整天的人做晚飯，怎麼也說不過去。於是，我幾乎是不假思索地脫口而出：「要不晚飯我來做吧，你一進門就能開飯，八點多還不算太晚。」

他剛夾起一筷子菜，停在嘴邊沒往裡送，猶疑地看著我。

「那……算了。」我又打了退堂鼓。

「可以試試。」他把菜送入了口中。

「那麼晚才吃飯，你可能也不行吧？」我趕緊補救道，想收回剛才一時腦熱提出的建議，可這麼一來，就又回到最初分開吃飯的方案上了。

進退維谷，我陷入了混亂。

「沒關係，我中午吃得多，扛到八點多沒問題。」他放下碗筷，從身上掏出幾十塊錢放到桌上，「這是買菜錢，不夠你就先往裡墊，等發了工資一起還你。」

「哎，好吧。」我快快道。

掌握一項技能也不是壞事。原冬總不能和我搭伙一輩子，我也不可能永遠吃盒飯，做飯還是能省下不少錢的。想到這裡，我禁不住感慨起自己的時運來。以前的我雖然沒富裕過，卻也活得自在，從沒在錢上計較過什麼。自打開了花舟之後，便不得不開始精打細算，錙銖必較了。

我拿起那些零零散散的鈔票，像進行一場莊嚴的人生儀式般，把它們整齊地理順疊好，鄭重地裝進了口袋裡。

三十五、房客

第二天我去買了一本彩頁菜譜，烹飪激情竟被圖片上的明油亮芡撩撥起了幾分。煞有介事地研究了一番後，我去了原冬常提起的農貿市場。

原來蔬菜也可以這麼活色生香，鮮美亮麗，紅橙黃綠青藍紫應有盡有，毫不遜於花舟的鮮花。大自然的色彩不分貴賤，無論雅俗。

原冬可曾為這些漂亮的顏色心動過嗎？他經常光顧的是哪個菜攤呢？我想像著他每天下班後來這裡採購的情景，那時候一定比現在熱鬧得多。顧客熙熙攘攘，挑挑揀揀，在霞光夕照中滿載歸去。不久以後，方圓數里百家千戶的灶火陸續生起，烹製著購自於同一個市場的食材，炊煙捲起陣陣香氣，瀰漫在這片老城灰白色的低空，酸甜苦辣融為一個味道——家常。

我饒有興趣地搜羅著目標，感覺有點兒像尋寶。轉了一大圈下來，湊齊了所需食材。

回去我就把菜擇好洗淨，調料也準備周全，一有空就對著菜譜在腦海裡反覆演練。好不容易熬到了天黑透，正兒八經地在後院灶旁擺開了陣勢。

並不只是藝高之人才膽大，還有句話叫初生牛犢不怕虎，我不知天高地厚地嘗試了一把顛勺，結果食材撒得到處都是。精神高度緊張的我根本顧不上收拾，視野半徑盡在炒鍋，邊回憶菜譜裡的步驟邊慌亂地添加各種調味料。

屋裡傳來動靜，應該是原冬回來了，此時我也神機妙算地完成了最後一道步驟——勾芡。

從炒菜的緊張狀態抽離出來後，暫時顧不上將菜裝盤，撂下鏟子又進入了另一種緊張狀態。我手忙腳亂地收拾撒落在灶臺和地上的食材，以及不小心打翻的花椒瓶，真心不想讓原冬看到這糟糕的場面。

直到空氣中瀰漫起了一股焦糊味，我心一驚，才想起火頭沒關。

這個致命疏忽讓一切努力化為烏有，這便不得不說到後來令我耿耿於懷了十幾年的那個詞：適量。鹽糖醬醋尚且好說，難為我的是勾芡，這一次就是比例沒掌握好，芡太厚了。本來也算不上什麼大毛病，可偏偏又忘記關火，結果導致

一鍋菜的底部大面積碳化，板結成黑黢黢的一大坨。為了掩蓋那股嗆人的糊味，情急之下，我又鬼使神差地往菜裡灑了些老陳醋，原本的鹹鮮口被我稀里糊塗地弄成了「焦酸口」。

不用我說原冬也能猜出個大概，當我把飯菜端到桌上的時候，他已經幫我收拾好了後院那片狼藉。

「杭椒牛柳，嗯，稍微改良了一下。」我嚥了下口水，不是饞，而是醋酸的條件反射。

原冬猶疑地夾起一塊肉，小心翼翼地放入口中。

我悄悄觀察著他的反應，情況比預想的要好，他沒吐出來，表情還算平靜。於是我放鬆了警惕，夾起一塊肉吃起來。忽覺不對勁，敏感的舌頭像看家護院的猛犬般警覺抵抗，牙齒和嘴巴卻固執地死死把住了大門。一番搏鬥之後，那片肉終於滑向喉嚨，被一個高難度的吞嚥動作送入食道。那味道可以用終生難忘來形容，要不是看在牛肉挺貴的份兒上，還有我那尚未安放妥當的小小自尊心，我非吐出來不可。

原冬的鎮定不知是別有用心地故意誘騙，還是善解人意地為我的處女作維護尊嚴，總不會真覺得味道還不錯吧？

好在還有涼拌萵筍絲和番茄雞蛋湯，技術含量低，自我感覺還說得過去。原冬一邊吃著涼菜，一邊往嘴裡劃拉米飯，時不時地喝口湯，再也沒把筷子伸向那盤杭椒牛柳。看來，剛剛癡心妄想的最後一個理由根本不存在。

我猶豫著要不要向他解釋一下，我其實很努力地鑽研了大半天菜譜，按理說味道應該不差的，翻車完全是個意外。想想還是算了，那樣的解釋就好像在發誓，我明天一定能把菜做好似的。還不如乾脆承認，自己在烹飪這方面是個徹頭徹尾的白癡，或許還能置之死地而後生。

死馬當作活馬醫。我端走那盤菜，用開水反覆沖洗了幾遍，淋乾水分，拌上兩大勺豆豉醬，味道居然還挺好。早知如此，何必去飽受那慘絕人寰的煙熏火燎呢？浪費調料不說，還傷害了情懷。話雖這麼說，也不能每頓飯都拿豆豉醬來救急。

「還是分開吃吧。」我垂頭喪氣地說道。

「好。」原冬答應得很痛快，沒有任何安慰的話，更沒有鼓勵我再嘗試幾次的意思。做飯失敗到了人家都不願意再給機會的地步，我反而可以瞑目了。

「肥水不流外人田，以後我打電話從你們公司訂餐，還能給你增加點兒業績。」我儘量展現出風度。

「增加業績不必了。你要是不怕晚，就等我下班給你帶回來，內部價六折。」

「真的?那太好了!」我興奮道，「要不把你那份也帶回來吃吧，一個人吃飯多沒勁。」

說完我立即起身收拾碗筷，後半句話算是強行撂給他的，並沒有徵求他意見的意思。

以前做飯和刷碗都是原冬的活兒，這晚我全包了。現在看來，我寧願刷十次碗也不願意做一頓飯。

刷完碗，我又大張旗鼓地開始了一通收拾，把裝油鹽醬醋的瓶瓶罐罐都仔細擦了一遍。我想用這樣的忙碌狀態，來逃避原冬對我剛才提出建議的回應，從而促成那個單邊口頭協議的默認達成。曾經獨居了那麼多年的我，現在突然覺得一個人吃晚飯是件可悲又可恥的事。

這招兒很奏效，原冬「不好意思」打擾正熱火朝天勞動的我，加班後的他確實比平日裡疲憊許多，吃完飯就去洗漱睡覺了。

第二天晚上八點半，原冬回來了。

我迫切地打開他帶回來的保溫箱，當看到裡面裝的是兩套盒飯時，心裡懸著的石頭才算落地。吃盒飯不要緊，開飯晚也不要緊，最關鍵的是，在經歷了一些周折後，共進晚餐這件事情仍得以為繼。那本新買的菜譜被我丟進了雜物箱的最深處，壽終正寢。

盒飯雖是裝在保溫箱裡的，卻已涼透。內部消化的東西通常都是做多了剩下的，再正常不過。用蒸鍋熱飯又慢又不方便，我決定第二天去買個微波爐。

從這以後，關於晚餐我要做的，僅僅是在原

冬回來之前熬上一鍋小米粥，米和水都由原冬為我做了標準化計量，絕不會搞砸。以前的晚餐，小米粥只是偶爾在吃包子或饅頭時才會出現，自打吃盒飯以後，不論早晚，餐桌上永遠都有小米粥的身影，一日兩頓，從未缺席。倘若沒了它，再好的飯菜也少了滋味。

我對原冬懷抱的執念一次又一次地向現實低下了頭顱，每一次低頭都像是一次隕石撞擊，在心中形成一個巨大的空洞。如今，這些盒飯的庸常味道正在一點點地將那些空洞填補。我常感慨，倘若一個月前他真的找到了一份和藝術有關的體面的高薪工作的話，還會和我繼續蝸居在這裡嗎？還會和我共進晚餐嗎？我是否該自私地為現在所擁有的這一切感到慶幸呢？向現實妥協有時並非難事，只要能找到一個讓自己心理平衡的砝碼。

遺憾的是，沒多久我便發現，關於共進晚餐這件事，我所捍衛住的不過是一個蒼白的形式。曾經用餐時的輕鬆與溫馨越來越淡，取而代之的是沉重與乏味，到最後變得面目全非。

原冬每天加班回來都特別疲憊，我跟他說話時他總是心不在焉，問他的事情也只是敷衍幾句，對什麼話題都提不起興趣。飯也吃得極其潦草，五分鐘不到就把盒飯一掃而光，吃完就去洗漱睡覺。我一個人吃得無聊，只好捧著盒飯坐到電視機前邊看邊吃。那些以前最愛看的節目現在根本看不進去，我拿著遙控器頻繁換臺，飯菜常會在畫面切換的流光中冷掉。有時我故意把音量調到很大，希望能吵到他，哪怕他起來罵我幾句，和我來一場正面衝突，也比這樣視我為空氣強。結果往往是電視聲音大到快要把我自己逼瘋，也絲毫吵不醒熟睡的他。起初我懷疑他是在裝睡，可是當我把電視靜音，耳朵貼在門板上打探虛實的時候，真切地聽到了裡面重重的鼾聲，那是一種無論如何也裝不出來的聲音。

他睡得那麼深，那麼沉，我卻到了夢醒時分。

那天我提前打烊，關掉了電視，關掉了所有的燈，在一片黑暗中，得以冷靜地和自己內心對話，不再有任何自欺與逃避。

人，為了節約生活成本而同居於一個屋簷下。

我和原冬，說到底不過是各自奔命的兩個人，為了節約生活成本而同居於一個屋簷下。

七年前，在一個特定的情境下，我把自己對藝術和宗教這兩個陌生而神秘的領域的新鮮好奇，以及一個十四歲的懵懂少女對真善美的樸素情感，悉數賦予了那個人。七年後，我們再次邂逅，前後截然不同的兩個場景在劇烈的衝撞中生硬地對接在了一起，我無視其間的扭曲與斷層，一味地把當年深藏在少女心底的情愫全部嫁接過來。直到這個晚上才開始清醒，七年的時間足以顛覆一個人，現實終將摧毀我對那個男人虛妄可笑的情懷與幻想，他早已不是我心目中的「大畫家」了。

花舟成了原冬睡覺的宿舍，如果不是我把他的房租轉化成了伙食費，如果不是我強求他晚上帶盒飯回來和我共進晚餐——哪怕只有短短五分鐘光景，那麼，我們恐怕早就淪為純粹的房東與房客的關係了。

是該真正、徹底放下那個執念的時候了，我對自己說。

三十六、盛宴

原冬每晚帶回來的盒飯都是最便宜的搭配，打折後的價格和我們每天的伙食費預算持平。平淡無奇的飯菜，面對面食而不語，五分鐘散席，這樣的狀態持續了大半個月，直到九月初的一天才被打破。

那晚他帶回來了兩份不一樣的盒飯，不僅菜品不同，檔次也有很大差異。一份是和以前一樣的一葷兩素：木須肉、乾煸豆角和青椒土豆絲，另一份則是高級了許多的兩葷兩素：蒜蓉雞翅、紅燴牛腩、蟹黃豆腐和西芹百合。

我想問問這是什麼情況，可兩張嘴皮就像被灌了鉛似的難以開啟，我們之間已經很久沒有真正意義上的交談了。這些日子裡，彼此的對話僅僅限於「回來了」「吃飯吧」「我先睡了」這些不需要對方回應的過場話，那幾個音節像是從空氣裡憑空而生，不帶任何情緒，有時甚至連這些過場話都免了。在他面前，我幾乎快要失去了語言能力。

我早已放棄了曾經最珍視的晚餐時間——我

們每天唯一可以共處的一小段時光，不再瘋狂地尋找話題，也不再為了活躍氣氛而把自己的喜怒哀樂無限放大，那樣讓我看起來像個傻子，而他毫無觸動。他所在乎的，僅僅是把飯儘快吃完，洗漱睡覺。

可能是便宜的盒飯賣完了吧，我琢磨著，凡事學會了自我消化。像往常一樣，我把兩套盒飯擺在一起，拿去加熱。

原冬去後院洗臉了，在這短短幾分鐘的時間裡，我通常完成了熱飯和盛粥這兩件事，等他在桌前坐下來，餐食也擺上了桌。我們的相處越來越像被設定好的程序，精準而刻板，不再需要多餘的語言。

「叮」的一聲響起，我盛好了小米粥，轉身正要去拿盒飯，剛洗完臉的原冬恰巧經過微波爐前，順手把盒飯取了出來。

程序偶爾也會有類似的偏差，可能是因為熱飯前我的那些思緒耽擱了十幾秒，也可能是因為他今天洗臉比平日稍微快了點兒。這些變化通常不會影響大局。

他把兩葷兩素的那份菜擺到我這邊，一葷兩素的擺到了他自己面前。

「今天發工資了，改善一下。」他說。

秋夜微涼，我卻聽到了冰霜融化的聲音。欣喜伴著感動油然生起，不僅是為了這段時間以來，晚餐時寒冬般蕭索的氣氛被打破，更是為了結束這種狀態的人，是他，而不是我。

「一起吃吧。」我把兩份菜都推到桌子中間，像以往那樣，把自己的米飯分出三分之一給他。

他沒有拒絕拼菜的方案，兩個飢腸轆轆的人同時悶下頭，往嘴裡劃拉著白米飯，筷子碰觸餐盒底部的瓦楞時發出一通「咯楞咯楞」的聲響，卻在夾菜時都格外客氣。

肚子裡填補上了東西，接下來原冬吃飯的節奏明顯放緩。眼瞅著五分鐘已經過去，他還有大半盒飯沒動。

依舊沒什麼像樣的交談，但這個晚上的沉寂不一樣，它擁有溫度，不再寒意凜然。

原冬放下筷子，醞釀了一下情緒，像是有什

麼話要說。我也稍事停頓，起身去添小米粥。轉身再回來時，桌上多了一個牛皮紙信封。

「這月工資是一千二，我給家裡……」他的話剛說到一半，就被一個突發小事件打斷了。

那個數字驚到了我，手一抖，粥灑到桌子上，浸濕了信封一角。我趕忙抓起信封，用抹布擦拭。

「不好意思，手滑了。」我把桌子也擦淨，將信封放回原處。

時光如梭，轉眼原冬上班已經一個多月了。他剛才報出的那個數字沒辦法不叫我吃驚，按照當時的工資水平，許多白領的月薪也就一千多塊。

「我給家裡匯了三百，自己留五百。」他接著剛才的話茬兒，「這五百裡包括咱們一個月的伙食費和我自己的零用，還剩下四百給你。」

「不必了，那張床叫你出錢不合理，將來你也不可能帶走，就當是花舟的固定資產吧。你要是覺得不合適，上次算帳時我欠你的錢一筆勾銷好了。從今天起，咱們明明白白，互不相欠！」

我說這些話的時候是真誠的，沒有一點兒上次「清算」時跟他置氣的意思。

「這錢算我入股。」他說。

「什麼？你是說炒股嗎？」我搖搖頭，「那個我可不懂。」

「不是炒股，是入股。我想入股花舟，等以後賺了錢拿分紅。」他清清楚楚地解釋道，「你要是同意，以後也都這樣，每月工資我留下八百，剩下的都給你，不管多少。」

「這……這樣啊。」我望著桌上的信封，心神竟有幾分慌亂。

我是真的需要錢，沒有什麼時候比現在更需要。今天早晨進完貨後，把身上的毛票全部湊上才夠打車。這個星期生意要是再沒起色，賣不出足夠的流水來周轉貨品的話，就要挪用帳上預留的房租了。這是我最不願意面對的結果，它意味著這個承載了我滿腔熱忱和巨大心血的花舟，極有可能因無力支付後續房租而關門。我曾信誓旦旦地跟小凌許諾過，絕不拖欠她一分錢。

「你不怕賠錢嗎？」我終於卸掉了那副早已

千瘡百孔的面具，說了實話，「現在生意清淡，短期內可能賺不到錢，能維持下來就不錯了。」

我的良心不允許我拿他的血汗錢來陪葬前途未知的花舟，就算我尚存一點兒信心讓經營走出低谷，那也必須明明白白地告訴他現狀，他有知情權——在決定做這件「傻事」之前。

「我不是已經把飯錢留出來了嘛，能吃飽飯，還怕什麼。」沉重的現實被他說得雲淡風輕。

我還不至於傻到連投資和接濟都分不清。以前是我接濟他，現在徹底反轉過來，我非但要接受他的救濟，而且這些錢還來自於那份一直被我嗤之以鼻不願認可的工作，著實諷刺。半個多月前，我還曾拒絕了他幫我發名片的善意，把他買給我的雪糕連同寫給我的呼號一起丟進了垃圾箱。

如果這筆錢是一場報復或羞辱的話，他成功了。我可以拒絕他替我發名片，拒絕他幫我外出送花，拒絕吃他買來的雪糕，但真的無法拒絕這雪中送炭般的實實在在的真金白銀。

將來能不能賺錢不敢去想，但我不能讓花舟這麼早就關門，它起碼要挺過一輪完整的春夏秋冬。花開四季，成就一個圓滿美好的意象，是我對這個店懷抱的最低目標。

已經到了這般境地，我沒有資格再自詡清高。將來真到了關門那一天，哪怕是借錢，哪怕是砸鍋賣鐵，我也要把這些錢如數歸還給他，現在權當是借債吧。

感恩和難為情同時掛在我的臉上。我望著原冬，想用一個似笑非笑的含混不清的表情，來作為對這意味深長的所謂合作的認可，沒想到又被他搶先了一瞬。就在我僵硬的嘴角剛要上揚的時候，他彷彿看穿了我的心思，率先朝我釋放出了一個久違的笑容。

他第二次「輸」給了我，在這個不太尋常的夜晚。而這一次，純粹是為了照顧我那小小的顏面與自尊。

我沒想刻意掩飾情緒，卻也不想任淚珠輕易落下，破壞掉他為花舟未來勾勒出來的那份風輕雲淡。

我起身走到低櫃前，悄悄抹掉了眼淚，鬼使

神差地從櫃子底層摸出一瓶二鍋頭，還是兩個月前裝修第一天我買的那瓶，裡面剩了一些。那天原冬眼見我喝高了，趁我坐在那面青磚牆下侃侃而談父親的故事時，偷偷藏在了這裡。

我把酒平均倒在兩個搪瓷缸裡，和他碰杯，慶賀我們的合作升級。

幾口酒喝下，他看上去不再那麼疲憊了，整個人由內而外放鬆了許多，話也多了一些。

「以後每天都喝點兒吧，解乏。」我說。

「不年不節喝什麼酒，這瓶喝完就算了。」他說。

我知道他是不想浪費錢。前些日子是我想多了，他是真的很累很累，累到連說話的精力都沒有。那麼拼命工作，現在想來也是為了花舟。從今往後，我們不僅僅是共同居住搭幫吃飯的關係，更是一個緊密的經濟共同體，所以有些主我還是要替他做的，比如晚餐佐酒。道理很簡單，喝酒有助於解乏，這樣才能更好地休息，更好地繼續工作。除此以外，喝酒另一個顯而易見的好處，就是有助於調節晚餐的氣氛。

第二天我去了趟網吧，從網上找到了一個關於年節和紀念日的表格，三百六十六個格子裡絕大多數都有內容，有些格子裡還有兩項甚至更多條目，只有極個別是空的。除了傳統意義上為人所熟知的節日和節氣外，還有各個國家的國慶節以及琳琅滿目的公眾活動紀念日，很多都是我聞所未聞的，什麼「國際掃盲日」「世界糧食日」「國際聾人節」「世界濕地日」「世界難民日」……我對電腦操作不熟，請鄰桌的學生幫我把表格下載下來。他很熱心，存好表格後還幫我排了版，我又請他查詢了一下格子裡空白的那幾個日期，甄選了一些歷史大事件補充進去，這樣所有格子就都被填滿了。

我捧著列印出來的表格回到花舟，把它貼在餐桌旁西窗下的牆面上。原冬不是覺得不年不節就沒有理由喝酒嘛，現在好了，這個表格足以為我們每天晚餐時佐以美酒貢獻一兩個冠冕堂皇的理由。原冬也自知喝酒解乏，每天少喝一些有益無害，後來便沒再拒絕。就這樣，我們成了什麼節日都慶賀的「國際公民」。

每天晚上八點半，當這座城市裡的絕大多數人都已經吃完晚餐的時候，原冬才風塵僕僕地提著兩份涼透的盒飯回來。雖然都是一葷兩素，但每次兩份菜的品種不一樣。以前他總是讓我先選，自從有酒佐餐以後，我都是把兩個菜盒擺在中間，共同享用，這樣就相當於有六個菜，再配上小米粥和原冬每天做早飯時多備出來的清口小菜，我們每天的晚餐都堪稱盛宴。加班以後原冬的飯量比以前大了很多，我乾脆每天多熬出一些小米粥來，把自己那份米飯的大半分給他，肚子裡留點兒空，正好可以多喝一碗粥。

我還去買了一對八錢杯，淘汰掉了那兩個臨危受命的笨重搪瓷缸，我喜歡玻璃碰撞時發出的清音妙響，生活可以簡單，但不能失去儀式感。每當我們舉杯祝福那些絕大多數和我們八竿子打不上的年節紀念日時，我都忍不住望一眼西窗外遠方的霓虹。在這座城市裡，有多少人可以像我這樣，為每天能夠小酌兩杯，吃上一餐廉價盒飯，喝上幾碗小米粥而無上滿足？至少此刻坐在我對面的那個人應該有同感吧——我覺得，或是說我希望。

三十七、猜疑

原冬的接濟緩解了花舟的燃眉之急，錢雖不多，可已經填補了日常周轉的大部分虧空，暫時不必挪用未來的房租，保全了我最後的堅守。

為了提高銷售，我試圖考慮原冬一個月前提出的那個幫我送花的方案，但猶豫再三還是放棄了。他送餐和加班已經夠辛苦了，不該再被施加更多壓力。況且，再順路也是利用職務之便幹私活，萬一讓老闆發現，說不定會被炒魷魚，結果得不償失。

我也曾試著聯繫婚慶公司、酒店、會所和美容院之類有鮮花需求的機構，他們大都已有長期固定的鮮花供應商，其中不乏和我貨源同渠道的二級批發商，沒必要讓我多賺一道。有意向的兩家都把價格壓得很低，毫無利潤空間可言，這些領域很難插足。

最近一次進貨，我做了不小的調整，不再像以往那樣一味地追求花卉品種多樣化、個性化，而是把有限的資金集中投入到性價比更高、銷路更好的大眾花卉。雖然利潤薄些，並且會流失掉一些有特殊需求的客戶，但可以縮減損耗，加快資金周轉，提高資金利用率。另外，我還增大了觀葉盆植的比重，尤其是多肉類，它們打理起來方便，成活率高，沒什麼損耗。我還試著進了些漂亮的瓶瓶罐罐，既是花瓶，又是擺件，還可以當禮品送人。這些小東西的銷路還行，壓的資金不大，賣不出去也不必擔心壞掉。

這一系列調整是有效果的，每一點兒小小起色都足以令我信心大振。

我從來沒有向原冬述職，覺得那樣太做作，但做好了隨時被他問詢的準備，畢竟現在花舟有他投入的錢。我在腦海裡演練了很多遍，如果他問起來，我會把那「小小起色」稍微放大一些，這不算欺騙，最多也就是透支了一些我對明天、對未來花舟生意向好的憧憬。可原冬還是和以前一樣，從不過問經營上的事情，仿佛那筆錢給了我以後，就和他沒了關係。同樣，我也並沒有因為卸下了對他工作的成見而去打聽他送餐和在廚房加班的事。我們之間什麼都沒改變，依舊維持著對對方工作刻意漠視的態度。好在除了工作，現在我們還有很多別的話題可聊。

每天晚餐時，除了像最初那樣聊些各自在這一天裡的見聞之外，現在我們還多了一項永不枯竭的談資——關於那些五花八門琳琅滿目的節日和紀念日。

我對相關知識信手拈來，原冬頗為欽佩，從未有過的成就感讓我飄飄然，非常滿足。但沒幾天我就裝不下去了，忍不住向他坦白，我講的內容全是從網吧查回來的資料，現學現賣而已。沒想到他說他早就猜到了，我問他為什麼不揭穿我，還要耐著性子看我表演，甚至投其所好地誇讚我？他說為了讓我繼續講下去，這樣他能學到不少知識。我聽後氣歸氣，看在他如此有求知欲的份兒上，還是決定一如既往，在花舟每天中午人流最少的時段，去網吧上一會兒網。我要把這

門幾乎涉及一切領域的百科知識課程開設下去，我要讓我們每一天的晚餐時光都過得有意義，有情懷。

原冬破天荒地帶回來兩份雙葷雙素盒飯的那一天，我以為我記錯了日子，趕緊去看了看牆上的年節表。萊索托國慶節，並不是什麼重大節日，去網吧備課之前我甚至根本沒聽說過這個非洲國家。幾天前是我們自己的國慶，他也只是帶回來了一葷兩素和兩葷兩素各一份，今天的晚餐為何如此隆重？

我隱隱回想起來，第一次改善伙食也是在月初，莫非他又發工資了？

果然，他從懷裡掏出了一個牛皮紙信封，和上次那個一模一樣。

這個晚上的盒飯趕上了過年，一份是小雞燉蘑菇、腰果蝦仁、炒木耳菜和蒜蓉西蘭花，另一份是紅燒帶魚、薄荷煎小排、燒二冬和上湯娃娃菜，加上小米粥，相當於八菜一湯，可謂超級豪華。

我們連連碰了兩次杯慶祝，一為萊索托國慶節，二為原冬發工資。

放下酒杯，還沒顧上吃口菜，我就迫不及待地把信封裡的錢抖落出來。這一次我不再矜持與客氣，隨著近期生意的些微回暖，我堅信早晚有一天會讓他賺到錢的。

信封裡的錢不是幾張，而是一疊。我過了遍數，一共十二張。

「你那八百我給你數出來哦。」我重新數起，「一、二、三……」

「別數了。」他打斷我，「我的已經拿出來了，這些都是給你的。」

我錯愕地看著他，頭一次感覺錢會燙手。

「這個月加了整月的班，還發了獎金，所以比上個月多些，一共拿了一千八。」

「這麼多？！」我驚道，心潮澎湃得難以自持，但馬上又反應過來，「不對啊，那你也應該給我一千啊，怎麼多出兩百塊？」

他喝了口酒，解釋道：「從明天起，每天還

要再多加一個小時班，要九點多才能回來了。」

「和這兩百塊有什麼關係？」

「這次可能真的要分開吃了，以後你的晚飯我就不往回帶了，你自己解決。早飯和午飯照舊，還是我做。」

「九點多……是有點兒晚。」我擺弄著手中的鈔票，它們被我展成扇面又重新合攏，「要不……你看這樣行不行？」

他放下筷子，看著我，等我繼續往下說。

「每天到了飯點兒，你買個燒餅什麼的墊補一下，或是加班的時候幫廚師嚐幾口鹹淡。等下班回來後咱們再正兒八經地大擺宴席，喝點兒小酒多舒坦啊！還有那麼多節日沒過呢，我備課都快備到月底了。」

「那……」他猶豫了一下，勉強道，「先試試看吧。」

「我就知道你會答應！」我開心地抽出兩張鈔票還給他，「我的飯錢你還是拿著，現在吃你們公司的盒飯已經順口了。」

那晚的八菜一湯比我以前吃過的任何宴席都難忘，我也因此終生牢記住了萊索托，這個被聯合國宣布為世界最不發達國家之一的非洲南部的貧困國家。那裡還有數十萬吃不上飯的人們終日都在飽受飢餓的折磨，他們的生活不會因為這一天是國慶節而比平日有什麼改善。可就在這一天，遠在地球另一面的兩個人，他們和那個國家毫不相干，卻在享受著人生最豐美的一頓饕餮盛宴，他們舉杯對飲，為那些悲慘的飢民們祈禱祝福。

萊索托國慶節後，原冬下班回來的時間又往後推延了一個小時。我早早就把小米粥熬出來，餓了就先喝點兒，嚼幾塊餅乾。花舟的營業時間被繼續順延，反正一個人待著也是待著，開門總會等來一些生意。新進的多肉植物袖珍盆栽很多是在夜間賣掉的，那些人應該都是買給自己的吧，望著他們捧花離去的孤獨背影，我感覺自己比他們幸福太多，不僅有一個可以等待的人，還有一場值得期待的美酒佳餚。

我不是不明白，讓一個勞累了一整天的人飢腸轆轆地捱到深夜，僅僅就是為了和我共進晚餐

的要求是多麼的任性與過分，可這真的是我每天最大的盼頭，一天裡所有的勞累和煩悶都會在舉杯祝福時化解掉，我無法說服自己放棄對那神奇一刻的嚮往。原冬也並未對我的要求表現出明顯的抗拒，那些被我們鄭重舉杯祝福的節日，為我們帶來的並不僅僅是一個為了解乏而深夜對飲的藉口，更是一份慰藉心靈的真實不虛的美好。

然而，直到有一天，當我窺見到這一切不僅僅是建立在對原冬的飢餓折磨上，背後還有更殘酷的隱情時，再回首追憶那些所謂的「美好」和「神奇一刻」，更多的則是痛心與愧疚了。

那是兩個多月以後的事了。

這期間，天氣由涼轉寒，花舟生起了爐火；這期間，我的生意穩中有增，卻依舊艱難；這期間，原冬拿到了第三個月的工資兩千一百元和第四個月的工資兩千三百元。

他把第四個牛皮紙信封交給我的那個深夜，我再也睡不著了。我倚靠著微涼的牆壁，那個裝著工資的牛皮紙信封就在枕邊。藉著淡薄朦朧的月光，我把裡面的錢倒出來，數了又數。除去他寄給家裡的三百元和自己留下的五百元，不多不少，正好十五張。我又仔仔細細地捻了一遍，每一張都有真切的質感，帶著流通已久的複雜味道。究竟要付出多少辛勞才能賺到這麼多錢？我在心裡反覆詢問著，卻得不到回答，耳畔只有熟悉的鼾聲，我早已習慣了枕著這樣的聲音入眠。

讓我特別不解的是，剛開始上班的時候，原冬每天五點多回來，辛苦了一天還要買菜做飯刷碗，可精神和體力都很好。加班以後他簡直變了個人，每天回來連說話都提不起神。在我看來，幫廚無外乎洗洗菜，切切菜，加班的這幾個小時比起他風裡來雨裡去地騎車送餐顯然輕鬆多了，不至於加班前後的反差這麼大吧。後來，幸虧有酒佐餐解乏，他的身體和精神才得以適度舒緩，能在吃晚餐的時候跟我聊上一會兒，但只要一著床，不出兩分鐘就會進入沉睡狀態。

除了原冬自身的不合情理，他們公司也讓人費解。就算夜間有生意，提前多做出來一些保溫，或者臨時加熱就是了，盒飯又不是小炒，何必非要讓後廚加班到那麼晚，還得支付員工加班費，沒見過這麼不會算計的老闆。唯一的解釋就是他們公司注重餐飲品質，烹飪出來的菜餚不能擱置太久，每次少做，定時更新。與此同時，公司為了增加員工收入，儘量少雇人，沒準兒原冬就是一個人承擔了兩個人甚至三個人的活兒，才能賺到那麼多錢。至於究竟要忙到什麼程度，才能每晚都累成這樣，那就猜不到了。

三十八、冬至

一九九八年十二月二十二日，冬至。

這個清晨，我沒像以前那樣賴在床上，而是一骨碌爬起來，和原冬一起坐在了餐桌旁。

他在我注視的目光中埋頭吃著早飯，臉上疲於掩飾的不耐煩說明他早已洞穿了我的無利不起早。沒錯，我就是為了面對面地再強調一遍，頭天晚上已經對他說了很多遍的那件事。

「記得請假早點兒回來，別帶盒飯。」我盡可能地將內容凝練，他早晨的時間一向緊張。

「都說了，廚房忙不過來。」他的說辭和昨晚一模一樣。

「可今天是冬至，要吃餃子。」我也重複著昨晚的話。

「我買速凍餃子回來。」

「不想吃速凍的！」

「那就等我下班回來包，你提前把菜買好。」

「等你下班?那不得半夜才能吃上飯了?再說你每天回來都那麼累，哪裡有精力做飯。」

他沒吭聲，我繼續講道理，「你不就是在廚房打打下手嘛，找人替班有那麼難嗎?上班五個月一天都沒休息過，資本家也不能這麼壓榨員工啊！」

「公司安排了輪休，是我自己要求不休息的。」

「也不讓你休假，就是希望你今天少加一次班——半個也行，比平時早回來兩小時，這要求不過分吧？」我做了最大的妥協。

他不再言語，只管悶頭吃飯。我沒動筷子，一直盯著他吃。

眼看他出發的時間快到了，卻仍沒有一個明確答覆，我終於失去了耐心。

「你知道冬至這個日子的重要性嗎？」我高聲質問。

他猛然抬起頭，像是被我這過於嚴肅的氣場震懾到了。

我扭頭望向窗外，天空灰濛濛的，晨霧瀰漫，平日金碧輝煌的角樓暗淡陰晦，金水河上結了堅冰。我調整了一下呼吸，試圖讓情緒隨著那幅凋敝的風景冷卻下來。

「冬至……是陰陽轉化的關鍵節氣，這一天太陽的直射點在南回歸線上，北半球的白晝最短，因為地球的軌道面和赤道面不是平行的，它們之間有一個二十三度的黃赤交角……還有，兩千五百年前周朝的時候，冬至是一年之始，相當於現在的元旦，在當時是個極其盛大的節日……」

這本是當晚上課的內容，現在我只是憑著記憶生硬地背誦下來，還沒來得及消化。

「那又怎樣？」他神情放鬆下來，繼續吃飯。

他那若無其事的樣子著實令我惱怒，我負氣地一腳踹開了火爐風門。氣流從爐膛的煤孔裡穿過，迅速將火苗帶旺，爐盤上的水壺絲絲作響。

入冬後我們把爐子安置在了餐桌旁，這樣白天就不用開空調取暖了，平常還能燒開水煮個麵。煙囪經裡屋從後院排煙，睡覺時溫度也將就。

我望著壺嘴冒出的熱氣，使出最後一點兒耐心，「我就是想吃頓冬至餃子，這個要求不過分吧？」

「我儘量。」他敷衍了一句，最後幾口飯幾乎看不到咀嚼，就著半碗小米粥草草送下。

他沒刷碗，撂下碗筷就去穿外套了。那身棉服是天氣轉冷後公司配發的，主色依舊是俗不可耐的大紅色，胸前背後印著奔馳快餐的商標和電話。

他匆匆出了門，連車都沒擦，風一般逃離

了。

我佇立在門口，曾經難以直視的背影，不知從何時起，已經可以平靜地面對了。我望著那個越來越小的紅點默默祈求：原冬，請一定早點兒回來！如此執意，不是因為冬至這個節氣，而是因為，這一天是你二十八歲的生日啊！

我是在幾個月前給原冬做畢業證時知道他生日的。當時還是盛夏，感覺冬至這個寒冷的日子還很遙遠，而彼時的他一定早已找到了合適的工作，從花舟搬到了另一個屬於自己的居所。那時的我怎麼會想到，我們的同居關係在經歷了幾波小小的曲折之後，一直維繫到了現在。更不會想到，原冬後來的命運走向完全背離了我當初對他的一片熱望。

我很想認認真真地給他過一個生日，沒明說是為了奉獻一份驚喜。剛才他一定認為我處心積慮干擾他的工作就是為了什麼所謂的「陰陽轉化」和「周朝元旦」，或純粹就是為了一頓餃子。我不在乎他的誤解，晚上這一切都將得以澄清。我真正在乎的，是他是否還在乎他自己。

預訂的生日蛋糕五點半準時送到，如我所料，原冬遲遲沒有回來。也許他們公司真的抽調不出人手來替換吧，要是能提前兩個小時下班也是好的，我的期望開始妥協。

下午我已經買好了茴香，擇好洗淨。等待的這段時間可以做些力所能及的準備工作，能做到什麼程度就做到什麼程度，這取決於原冬回來的早晚，他一進門我就把陣地移交給他。有事情做，時間才不至於顯得那麼漫長。

經歷了幾個月前那次做飯的沉重打擊後，還敢於再次嘗試，主要是因為這次做的是餃子。在家常麵食裡，除了麵條，包餃子應該是相對來說最簡單的，包得好看不好看不要緊，別露餡兒就行，水開了下鍋，煮熟即可。另外，我覺得北方人做麵食理所當然有天賦，我骨子裡多少也該秉承一點點。但後來實踐證明，我是個不折不扣的例外。

從來沒有和過麵的我，不知為何，偏執地認為麵粉和水的比例應該是一比一，結果那些麵粉險些被水「淹死」。水來土掩，我又將一大碗麵

粉倒進去後一通猛揣，麵團成形後走向了另一個極端。我端著粗氣對著那團硬梆梆的東西發愁，能不能擀成麵皮不知道，壓成長方形後可以拿去砌牆了。

繼續戰鬥，加水懈麵。這次我吸取了教訓，不管是水還是麵粉，都得一點點地加。甩開膀子擠按揉壓，不一會兒就渾身冒汗，由此我得出了一個實戰經驗：揣水是一件比揣麵難好幾倍的體力活兒。折騰了將近一個小時，麵團終於達到了理想的軟硬度，但體積比預期膨脹了一倍多。

比起和麵，調餡就容易多了。茴香切成碎末，刀工差些長短不一無所謂。肉餡是現成的，提前從冰箱裡拿出來解凍，加上調味料和菜拌勻即可。不放心的話就燒上一鍋水，先包一個煮熟了嚐嚐，淡了加鹽，鹹了加菜。茴香我買得足夠，就是為了留一手，怕一豪放就把鹽給使多了。

本想著原冬隨時回來，中途介入一切都來得及挽救，現在看來很可能要趕鴨子上架一幹到底了。

到了七點我決定不再傻等，動手開包。

現實比我想像得殘酷得多，那些七扭八歪的東西，如果它們姑且還可以被稱為餃子的話，就只能怪自己投胎投到我手裡了。最可憐的是那幾個開膛破肚的傢伙，我的解決方案簡單粗暴，用更大的麵皮把它們整體包起來，做成「雙皮餃子」，煮的時候把這幾個先下鍋，多煮一會兒就是了。

女媧造人不也是高矮胖瘦美醜不一嘛，我安慰著自己。包夠了兩個人吃的，我又扯下一小塊麵團，搓成一根長長的麵條，撒上麵粉盤起來。然後，我把餃子和麵條放在後院冷凍，防止變形，剩下的麵團和餡料被丟進了冰箱，浪費可恥，留給原冬善後吧。

我開始清理現場。這次比炒菜那次強多了，至少沒那麼油膩，地上白花花的麵粉像剛下的一場雪，感覺還挺浪漫。收拾完畢，我到對面的角樓飯莊端了兩個小菜回來，又燒上了一大鍋開水。

肚子裡時不時發出咕嚕嚕的吶喊，我喝了一碗下午就熬好的小米粥，卻固執地不肯為自己先煮幾個餃子吃。

碼菜，擺碗筷，斟酒，倒醋，剝蒜瓣，等鍋裡的水沸騰後，將爐子風門關閉，火蓋壓上，以保持微沸的狀態……我拼命地給自己找事情做，盡可能地完成了一切準備工作，只等原冬進門，不出五分鐘，他就能吃上熱氣騰騰的餃子和長壽麵了。

我默默坐在爐旁，透過煮鍋裡冒出來的水蒸汽，凝視著牆上的鐘錶，感受時間的緩慢流逝。數秒熬過了十分鐘，直到眼睛酸脹，幻影重重，才移開了目光。

必須再找些事做，醋好像不太多了，那就出去買一瓶吧。

我沒去門口的小賣店，而是溜達到了西邊街口較遠的一家超市，挑挑揀揀了半天才去結帳，出來本就是為了消磨時間的。

我拎著醋來到金水河畔，從這裡可以望到花舟的西窗。在我們每天共進晚餐的那個小小角落裡，每次舉杯祝福各種節日的時候，我都會下意識地望一眼窗外的燈火，那是一天中最神聖的一刻。如今，身在這片燈火裡朝那廂望去，看到的卻是一團令人窒息的漆黑。

剛才出門時我關掉了燈，決定就在外面等，西窗一亮就回去。

朔風陣陣，捲著河道裡的濕氣襲來，同時吹得岸邊那一行光禿禿的柳條輕輕搖曳，將都市流光切割成了夢幻般的碎片。

百無聊賴中，我將醋瓶上的標籤一點一點撕得乾乾淨淨。往來行人紛紛投來異樣的目光，他們可能以為我手裡是一瓶烈酒，或是一瓶毒藥。還好沒有熱心人過來和我搭訕，想要勸慰開導我這個「失足青年」。我低著頭，不想搭理任何人。

額頭遽然被點點冰涼刺激了一下，抬眼望去，夜空已是雪片翻飛，紛紛揚揚。

冬至飄雪，多麼美好的意象，本該是一個祥瑞溫情的夜晚，我卻遭受著行將爆發前的深深壓抑。沒戴錶，時間顯得愈發冗長，無盡。

終究還是沒有敵過雪夜的淒寒，更是難以等到那扇小窗的亮起，我拎著醋，重新回到了那團黑暗中。

時針和分針構成了一道筆直的斜線，八點十一分。比開燈前的黑暗更讓人難捱的，是光明中的這份虛空。冬至，冬不至。有的人可能永遠不會被等到，他只會按自己的節奏，適時而來，悄然而去。心灰意冷的我決定結束這毫無意義的等待，主動出擊。

我從原冬放私物的小紙盒裡翻出一張奔馳快餐的訂餐卡，上面印著他們公司的地址。

循著他每天早晨離去的方向，我騎車朝那個名叫吉祥里的社區奔去。

漫天雪花瘋狂地朝我砸來，充當著原冬派來阻擋我的幫兇。腳下一通猛蹬，粗烈的喘息和揮發出來的汗氣與那些冰涼的顆粒對抗著，消融瓦解著它們。眼前蒸騰起氤氳的水霧，折射著遠方顫抖的霓虹，恍若一片白色荒漠中的海市蜃樓。

三十九、探班

街上車疏人稀，天地遼遠蒼茫。這番景象放大了內心的空洞，讓我悲觀地預見，不管這個黑白世界另一端等待我的是什麼，都將是一種確切的疏離。

吉祥里是一片老舊龐雜的社區，塔樓、板樓、平房、商鋪和違建混於一起，在這裡可以找到近半個世紀各個年代建築的影子。以前我只從外圍經過幾次，這是第一次進入其內。

倘若從天空俯視，這些參差錯落的樓房定是像極了大大小小的浮萍，那些因拆遷條件未達成而遺留下來的釘子戶，便是水下形態各異的藻類，植根厚壤卻難見天日。這裡的建設因地制宜，建築物形制差異很大，樓號的編排毫無規律可循。我走迷魂陣般，在樓與樓的縫隙中兜兜轉轉，穿梭於一條條狹窄歪斜的小徑間，雪地裡留下道道車轍。

數次打探，幾經周折，我騎行到了社區最外緣。荒僻的路盡頭，一座兩層紅磚樓出現在視野裡。

那是一個廢棄的鍋爐房，孤零零地矗立在堆滿建築廢料的空場上，巨大的煙囪氣勢猶在，卻不再有往日的火熱生息。大雪非但沒有掩飾掉這一派破落，反而令其更加衰頹。

二層所有房間的窗戶都被拆掉了，空留一排邊緣不整的漆黑洞穴，陰森壓抑得叫人窒息，彷彿隨時會有什麼怪物從裡面爬出。一層外觀尚好，除了樓門口一盞微弱的老式照明燈外，就只有中間的兩個窗口亮著煞白的日光燈，像一雙巨大的眼睛在夜幕中注視著我。

我有些害怕，打起了退堂鼓。也許是他們公司搬家了吧，可那兩個亮燈的房間又實在讓我心生好奇。

我鼓起勇氣騎過去，先到樓側確認樓號無誤，才又騎向門口。

藉著昏黃的燈光，我注意到牆根下有幾根鏽跡斑斑的鋼筋廢料，被其間躥出來的半人多高的灌木枯枝緊緊抓裹著，這幅景象沒有兩三年是不可能形成的。也就是說，不管奔馳快餐現在是否還在這裡，至少幾個月前原冬剛上班的時候，他們公司就是坐落在這片廢墟上的。

果然，我看到了門口立柱上的一塊木板，清清楚楚寫著「奔馳快餐」四個字。

我將自行車停好，掀開棉簾走了進去。異樣的感覺不斷強化著，很難相信這就是原冬每天上班的地方。

樓道裡很靜，瀰漫著一股濃重的味道，不是來自於某一道菜，而是長年積澱下來的滲透到牆體裡的煙火氣。光線很暗，但足以看清那個廢棄的巨大鍋爐的輪廓。在它周圍，堆滿了富有年代感的陳舊雜物，除了那些拆掉的窗框外，還有幾扇木門和一些樣式過時且殘缺不堪的桌椅，全都蒙著厚厚的灰塵。也許是當時價格沒談攏，它們才沒有得到進一步的處置。

右手邊就是通往那些房間的走廊，剛一拐過去，我就看到了停在把口的一輛送餐自行車，但那一片暗啞讓我一下子就判斷出，它不屬於原冬。原冬的車總是擦得一塵不染，在黑夜裡也會熠熠生輝。

我走到位於走廊中部的第一個亮著燈的房間

門口，門虛掩著。我叩響了門板。

「進——」裡面傳來懶散的一聲。

我先把門推開一半，看到了牆上掛著的營業執照和衛生許可證，接著又推開了一些，深吸一口氣，走了進去。

兩個亮燈的房間是打通的，總共四五十平米的樣子。一面牆上貼滿了白瓷磚，灶臺上安置了兩口大炒鍋，上方掛著排煙機。能夠體現這套房屋功用的，還有擺著兩個菜墩的操作臺、冰箱、冷櫃、幾個不鏽鋼保溫桶和一組兩三米寬的頂天立地的大貨架。貨架共五層，最上面一層堆了滿滿幾大袋一次性餐盒，中間兩層碼放著蔬菜和一大筐雞蛋，下面一層存放的是還沒開封的大桶裝的各類調味料。

看來，我和原冬每天晚上吃的盒飯就出自這裡。

證照齊全表明這裡不是黑作坊，並且這個開放式的操作間打理得還算整潔乾淨，然而，這樣的公司實在讓我大失所望。除了失望，更多的還是疑惑，原冬不是說公司的生意好到爆嗎？不是說後廚忙不過來嗎？不是說他加班幫廚嗎？可是為什麼，這裡根本沒有熱火朝天的忙碌場面，反而出奇地冷清？難道說他們公司還有別的操作間或分部？而他此刻身在那裡？

房間另一側，唯一的一張辦公桌旁有兩個男人在打牌。從衣著上判斷，穿白大褂的年齡稍長體態偏胖的應該是廚師，披著紅棉服的小夥子則是和原冬一樣的送餐員，門口那輛馱著餐箱的自行車應該就是他的了。

「這裡是奔馳快餐？」我問，空蕩蕩的房子裡帶著回聲。

「是啊。」紅棉服瞥了我一眼，往桌上丟了一張牌，「訂餐嗎？以後可以打電話。」

「我來找個人。」

「誰啊？」

「原冬。」

「他下班了。」

「哦。」

我有些失意，想必我們剛才在路上錯過了，而關於他們公司還有別的操作間和分部的猜想也被否定了。

「他剛走嗎？」我又問。

「早走了，五點就走了。」

「五點？」我無比震驚，走上前幾步，「他每天都是五點下班嗎？」

「對啊，他上白班，你找他有事？」紅棉服抬頭打量起我來。

「哦，也沒什麼。」我緩了下神，「我是他鄰居，聽說你們公司現在招送餐員？」

「不是現在，是常年招。」他甩出一張牌，「ACE！」

「我表弟想過來找活兒幹。」我信口扯了個謊。

「這工作可累著呢！」他苦著臉抱怨道，「要不怎麼常年招聘呢，留不住人。」

「那收入呢？應該還不錯吧？」我試探性地詢問。

他合起手中的牌，「這麼跟你說吧，我算這裡的老人了，大客戶多半都在我手裡，賺得最多的那個月拿了八百二十五塊，平時也就能拿七百多，是多是少你自己想吧。」

「原冬也是這樣？」

「他比我來公司晚，大客戶沒我多，但腿兒勤，拿得跟我差不多。」他指指身旁的白衣廚師，「這裡賺得最多的是他，還不用風吹日曬。」

「有本事你掌勺啊！」廚師甩出一張牌，「管上！」

紅棉服看了一眼手裡剩下的幾張牌，重新合攏起來，「你表弟但凡有點兒別的本事，最好別幹這個，浪費青春，等過了春節我也顛兒了！」

「不幹這個你還能幹啥啊？」廚師揶揄道。

「報個廚藝班，學成歸來嗆你的行！」

「有志氣！誰不來誰是孫子！」

「誰不等我回來誰是孫子！」

「少貧，趕緊出牌吧你！」廚師催促道。

兩人你一言我一語地鬥著嘴，嬉笑怒罵著。我卻陷入了深深的焦慮，那是一種被整個世界欺騙了的感覺。

萬萬沒想到原冬在這裡的工資那麼少，加班幫廚更是子虛烏有。他每月給我的那些錢是從哪

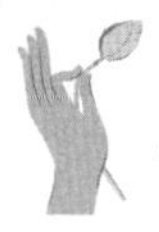

兒來的呢？每天下班後的四個小時他身在哪裡？做著什麼？我怎麼會如此遲鈍？遲鈍到了他用一個拙劣的謊言將我欺瞞了四個月之久。

這個話題不好再繼續，我又問起了宿舍，「我表弟是外地的，沒學歷，要求不高，管住就行。」

「宿舍有的，半地下室，一個房間六百塊，可以找人合租。」

「離這兒遠嗎？我幫他看看。」

紅棉服合起牌摞到桌上，睨視廚師，「偷看是豬！」說罷他又拿起牌揣進了兜，「不行，還是不給你當豬的機會。」

廚師哼了一聲，把自己的牌扣到桌上。

「跟我來！」紅棉服帶我走出房間，來到樓門口，指著不遠處的一座塔樓，「最高那一棟，地下室三號房，現在應該有人。」

我謝過他，從鍋爐房逕直騎到了塔樓下。樓口有三輛馱著餐箱的自行車，沒有一輛是原冬的，並不意外。

幾個月前進入時空旅社的地下室時，我篤信自己要找的那個人就在裡面。如今同樣是地下室，我同樣清醒地知道，那個人不會在裡面。來這裡只是單純地想要看一看，原冬差點兒搬過來住的宿舍是什麼樣子，我需要換一種角度來重新審視他，窺覷他背離於我的另一個世界。

我走進地下室，在昏暗中辨識出了三號房間，叩響了門。

開門的是一個二十出頭的瘦黑男人，「找誰？」

「你好，我剛從你們公司那邊過來，我有個親戚準備來打工，我想幫他看看宿舍。」

「進吧。」他側身讓開了通道。

我只向前邁了一小步，濃濃的煙酒氣息撲面而來，擁擠的房間裡亂糟糟的，滿地垃圾。兩組上下床、一組鐵皮櫃和一張小桌就是全部傢俱，三個小夥子正圍坐在一臺小電視前看球，嘴裡罵罵咧咧。

「謝謝，打擾了。」我尷尬地笑笑，轉身離開。

從地下室出來，深呼吸幾下，才紓散掉了一

些剛才積滯的憋悶。車座覆蓋了一層薄雪，我徒手拂去，頓感寒涼透骨。出來時太匆忙，沒戴手套，也沒戴圍巾。

歸途倉皇。

我拼命蹬著腳踏板，只想儘快回到花舟。偌大一個冷酷世界，那裡並不是最溫暖的地方，卻是我唯一可以等到他的地方。風雪吹打在臉上，順著脖子灌進來，前胸後背猶如冰封。然而，寒冷並沒有凍結住那個在腦海裡徘徊了很久的渾濁意念，它一點點地顯現出了模糊輪廓。

畢竟，原冬是個有前科的人，這個標籤比「大畫家」的封號更現實，是他這一生都無法抹去的烙印，而後者，僅存留在我虛妄的幻夢中。做出這種心理讓步的時候，我對自己產生了深深的鄙夷，原來，我的鼻梁上也架著一副有色眼鏡，只不過在不同的境遇下，鏡片的深淺隨之變化而已。

於是，我終究沒能阻止那一連串可怕想法的成形。

原冬每天疲憊的樣子和日漸瘦削的身形令我聯想到了癮君子，莫不是他每個月拿回來的那些與正常收入極不匹配的鈔票是不法所得？比如說……販毒。想到這裡我倒吸一口涼氣，可那又該怎麼解釋他每天都是九點半左右準時回來呢？這種事似乎不該有什麼時間邏輯。

收入豐厚，耗費體力，定時定點，能同時涵蓋這三種情形的不法行為，還有……賣身。

不論哪種情況，倘若他真的做了的話，賺的錢似乎又顯得偏少了，鋌而走險需要更大的利益驅動。這也不難解釋，為了避免不必要的懷疑，他隱瞞了真實收入，交給我的那些錢只是贓款的一部分。

如果以上推理成立的話，他一定會留下些蛛絲馬跡，比如大量的現金、存摺、支票，或是可疑的粉末、藥片、注射器，以及安全套。

四十、信封

帶著一腦子的荒唐雜念奔回花舟，原冬還沒回來，至少五分鐘內我的行動是安全的。

他的個人物品非常有限，擺在明面上的除了鬧鐘、洗漱用具和剃鬚刀等日常用品外，就只有一個裝零碎小物的紙盒了。我把剛才拿走的訂餐卡放回去，接下來，所有疑點全都集中在了衣櫥裡。

我將裡屋的門虛掩，隨時觀察著外面的情形，暫時還不想正面揭穿他的謊言。

這個衣櫥是原冬發第二個月「工資」後買的，由幾根鋼管和一個布藝外套組裝起來，簡陋卻實用。衣櫥共四層，我東西多，佔用了中間兩層，他用最上層，下層放的全是原先裝在紙箱裡的雜物。

他衣服不多，整整齊齊碼放了三疊，還有一小疊是被收納在購物袋裡的，放在一個鞋盒上，鞋盒旁立著一個手包，幾個月前我給他置辦的這套面試行頭，後來再沒有機會穿了。

我豎著耳朵聆聽著外面的動靜，兩隻手在衣物間隙仔細摸索，不放過任何角落與細節，沒發現異常。那個帆布包洗淨後疊好放置在衣櫥最裡面，看上去沒什麼可疑，但我還是打開檢查了一番，果然空空如也。

這是我第一次為一無所獲感到欣慰。就在我準備把手從包裡抽出的時候，指尖觸碰到了一個小東西，再一摸，是內袋拉鍊的拉頭。要不是這通翻騰讓凍僵的手指迅速甦醒過來的話，我很有可能會忽略掉這個細節。

拉開拉鍊伸手而入，摸到了一個紙質物，不禁一驚。接下來的每一秒，原冬都有可能回來，我冒險將它掏了出來。

是一個對折起來的牛皮紙信封。

第一直覺是裡面應該有錢，它和原冬裝工資的信封很像，但幾乎是同時，我又推翻了這個想法，因為信封非常薄。或許裝著支票吧，我又想。

我將信封展開，中間的折痕有很大程度的磨損，上面寫著收件人的地址和姓名，卻沒有寄件人的信息，也沒有郵票和郵戳，信甎不知去向——如果寫了的話。我重新摸索了一遍內袋，再無它物。

「雪北藏族自治州玉沁縣確松鄉才昂銀器店，冷桑。」我默默念道。

字跡是原冬的，我能認出來，而這個與腦海中的某段記憶有著重疊的名字，會是小凌大學時代相處了近四年的藏族男朋友嗎？應該不會錯，因為他也是原冬的舍友，除非原冬還認識其他名叫冷桑的藏族人，並且他們相熟的程度達到了需要寫信的地步。這個可能性不大。

這封信顯然不是在校期間所寫，那會是寒暑假寫的嗎？同學間有多大必要在假期裡通信呢？或許是原冬服刑期間在獄中寫的吧，我猜測著，那個地址很有可能是冷桑家，寫完後原冬改變主意沒有寄出，裡面的信應該被棄，否則沒道理不和信封在一起。至於信封為什麼保存下來了，也許只是為了再利用吧。

外面傳來聲響，我趕緊將信封折好放回原處，拉上拉鍊，將衣櫥恢復原貌，而後若無其事地走了出去。

原冬沒像平日那樣拎保溫箱回來，看來，早晨我的那番叮囑他並非忘得一乾二淨，不知我是否該為此感到欣慰。

「對不起，實在請不下假來。」他說得很自然，完全看不出是在撒謊。

「沒關係。」我說。

「我去和麵，菜洗了嗎？」說話間，他看到了桌上的生日蛋糕。

「餃子已經包好了，這就下鍋。」我打開風門和火蓋，去後院把凍著的餃子和麵條拿進屋來。

水很快沸騰起來，餃子和麵條一齊被丟到鍋裡。即便再醜陋，它們也有接受沸水洗禮的權利。我打了個荷包蛋進去，煮熟後和麵條一起撈出，添了些湯水，淋上醬油、陳醋、香油和蔥花，不一定多好吃，也不至於太差勁。隨後，熱氣騰騰的餃子也跟著出鍋了。

生日蛋糕和長壽麵，這兩樣食物與餃子同時出現在餐桌上，彰顯著這個冬至的不凡。我舉起幾個小時前就已斟好的酒，祝福道：「冬至快樂！生日快樂！」

「謝謝！」他端起酒杯和我相碰。

今天的酒入口無感，可能是因為酒精揮發掉了一部分。

我沒有責問他為什麼沒早回來，他本來也沒答應我。我也沒有揭露他的謊言，更沒有去求證那一系列荒唐的揣測。迷霧終會散去，但不是在今天。今天是他的生日，我不想將這尚好的溫馨氣氛破壞掉。

實際上並不存在什麼所謂的尚好的溫馨氣氛，我悉心設計好的一切都沒兌現。滿以為他會說上一些「原來，你拼命讓我早回來是為了給我過生日。」之類的話，也算是對我付出這些心思的一點兒安慰，我便可以把其他事情暫時放在一邊，談笑風生，接著早晨的話茬兒，繼續給他上一節關於冬至這個重要節氣的知識課。

可他什麼也沒說，好像這一天和他沒有任何關係，這份冷靜顯得過於刻意了。

難道他已經知道我去公司找他的事了？還是說，剛才他一進門，就看破了我那副偽裝出來的從容鎮定？總該不會是因為這兩盤醜陋的餃子倒了胃口吧？

我遺憾自己的天真幼稚，遺憾自己的付出並未得到對等的回報，遺憾我無力改善我們之間單薄脆弱的關係，遺憾我們雖同吃同住看似親密，可我根本無法看透他，無法抵達他的內心深處，無法洞悉他背朝於我的另一個世界，究竟是什麼樣子。前些日子挖空心思營造出來的天天過節的美好如煙花般易逝，絢麗過後，徒留空寂。

那是我們吃得最潦草的一頓晚餐，相對於冬至這個重要節日，以及我這個烹飪白癡傾盡心力做出來的兩大盤餃子而言，同時，更是相對於這一天是他的生日而言。

我不動聲色地吃掉了那幾個外形超大的雙皮餃子後，便再也吃不下去了。原冬吃的挺多，麵條和一大盤餃子一掃而光，這是這個晚上我唯一的安慰。生日蛋糕他只象徵性地吃了一小角，他不喜歡甜食，還好我訂的是小號的。

吃完飯他像往常一樣，上了窗板就去洗漱睡覺了。一切都回到了今晚之前，那些已經被我識破的謊言和暫時沒有揭開的秘密，仿佛全都是幻覺。

我靜靜坐在餐桌前，聆聽著從未像此刻這樣令我感到踏實的鼾聲，將鬆軟香甜的奶油蛋糕一勺一勺送進嘴裡，細細咀嚼。

雪北……玉沁……確松……才昂……腦海裡投影般地浮現出了一串地名，揮之不去，似是為了提醒我，那些我不願面對的謊言和秘密不是幻覺，有些事情發生了，便不能被抹煞。

冷桑，這個我曾在七年前遠遠觀望，卻錯過了相識的男人，他的名字和那行地址一起，今天以書面的形式呈現在了我眼前。如果說這也算是一種緣分的話，那我們之間的緣分可能也就止步於此了吧。在僅以常情所能夠預見到的未來中，我和他沒有理由擁有任何交集。

但我突然對他產生了好奇，因為他的再次「出現」，為我打開了另一個全新視角，讓我對原冬往事的猜想又拓出了一些空間。

原冬和小凌的交惡一直是個謎團，而冷桑和他們二者的關係都曾密切過。大學時，他和小凌是情侶，和原冬是上下鋪且私交甚密，否則原冬也不會在服刑時寫信給他——如果剛才那番推理成立的話。這一切很難不讓我產生聯想，在那個遠離我的時空裡，他們三個人之間，或許發生過什麼不同尋常的往事。

我從來沒主動問及原冬的過去，不是不好奇，而是因為不想貿然去打擾他好不容易平復下來的心境。他將在小凌回國前夕離開這裡，也有可能會離開得更早——這取決於他每晚消失的那四個小時被揭秘後所帶來的變數。到那時，他或許應該給我一個富有誠意的交代——小凌和他之間究竟有什麼不共戴天的仇恨？如果有可能，我還想知道，他和冷桑的關係如何？我甚至不在乎向他坦白我今晚偷翻他私物的行徑，並公然向他求解：為什麼要在獄中給冷桑寫信？那封信上寫了什麼？為什麼沒有寄出？他是否知道當年冷桑和小凌分手的原因？關於他們分手這件事，我一直非常困惑，倒不是我多麼關注他們的感情，而是因為當年小凌對他們分手的原因隻字未提，並且當我後來冒著挨罵的風險問起這件事時，她居然沒衝我發飆，只淡淡說了句「別問了。」還有，

阿茹娜和他之間僅僅就是一場幾句話便可以概括的單戀悲劇那麼簡單嗎？那個被原冬失手傷害致死的名叫王雨的男人，他和小凌除了是外語學院的校友，還有其他瓜葛嗎？小凌和阿茹娜，冷桑和阿茹娜，冷桑和王雨，他們相互認識嗎？這些曾在七年前的那個時空出場過的角色，他們之間是否還有著更多的隱秘關聯呢？另外，原冬始終不離身的嘎烏，以及裝藏在裡面的綠度母小唐卡，這兩件藏族宗教品和冷桑有沒有關係呢？原冬曾說嘎烏是朋友做的，那人會是冷桑嗎？直覺告訴我，那個嘎烏絕不僅僅是七年前那些過往的冷眼見證，它應該和所有角色一樣，有著不容忽視的戲份。一個個看似孤立的情節之間一定存在著某種內在邏輯，歲月將它們的邊緣敲磨得含混不堪，散軼在時光隧道的最深處，彼此相斥，亦相吸。

我從原冬留下的空煙盒裡掏出錫箔內紙，趁著記憶猶新，把那個地址寫了下來。

那些我認識的和不認識的人物，他們投在這個時空裡的一切映射，我都想收藏，這更像是本能的驅使。另外，時至今晚我才意識到，原冬和我同居一室雖已近半年，可我們之間的關聯薄如蟬翼，說斷即斷，一旦失聯就再也找不到他了，那些陳年的疑問也便永遠無解了。這個地址讓我感到一種踏實，它像一根希望的繩索，抓緊就行，暫且不必去管另一端牽扯的是什麼。

當一股胃酸反上喉嚨的時候，我才發現生日蛋糕已在不知不覺間全部吃完了。我不想動彈，也不想睡覺，只想伴著裡屋傳來的沉沉鼾聲，將早已冷掉的小米粥喝掉。然後枯坐在這裡，等待著那些甜膩的奶油在胃裡慢慢被消化。

四十一、追蹤

原冬的同事一定會告訴他，在那個大雪紛飛的冬至夜晚，有一個自稱是他鄰居的女人去公司找過他。他用腳後跟都能想到那人就是我，女鄰居也不算是虛構。

我不在乎自己行為的敗露，甚至還認為，在這件事情徹底挑明之前，應該趁熱打鐵，做出進一步的行動。這就好比一個溜門撬鎖的盜賊，已經冒險登堂入室了，沒有道理不帶走點兒什麼。我決定跟蹤原冬，看看他每天下班後的四個小時究竟去了哪裡，和什麼人在一起，做了些什麼。

原冬正常下班的時間是五點，這已從他同事口中得到了確認。以前他還沒「加班」的時候，進門時間一向很準，誤差不超過十分鐘，有時也會回來得早一些。他們公司有個規定，只要是下班前半小時內，也就是四點半之後接到的訂單，送完餐就不用再回公司了。鑒於這種情況，我必須把行動的時間提前一些。

翌日四點剛過，我就來到了吉祥里。

白日裡的鍋爐房看起來更加破敗，卻不再像昨晚那樣陰森可怖，不知是因為晝夜時境的變幻，還是因為我已深入其中，感受過內裡的氣息。廢棄的大煙囪早已失去了功能，奔馳快餐的排煙機卻使命正值，疏散著寄生在衰亡樓體內的另一種煙氣。那片廢墟像是一幅缺乏色彩過渡的版畫，刀痕是對歷史的拷問，黑白是給現實的註腳，只要那棟樓裡還有人類活動，這幅畫面就可以無窮無盡地滾墨複製下去。

我埋伏在一片近一人高的冬青樹叢後面，這是一個很好的偷窺視角，可以眺望到從三個不同方向通往鍋爐房的路徑。鍋爐房外停著兩輛送餐車，看不出來是不是原冬的，所以暫時無法分辨此刻他身在公司，還是正在送餐途中，也就無法預判他將要從哪個方向出現。

我的目光遊走在鍋爐房和幾個關鍵點之間，貓在樹叢後的身體卻不敢隨便移動，一旦暴露就有可能喪失對那四個小時的探知機會。原冬是一個可以把心事爛在肚子裡的人，必要時會把自己撕票，去陪葬那些再無人揭曉的秘密。這是我難得能看透他的一個方面。

我凍得發抖，瑟縮成一團，在昨夜積下的厚厚冰雪中原地跺腳。

等待的這段時間裡，先後有兩個人拎著保溫箱從鍋爐房裡出來，體態上看不是原冬。他們都沒往我這個方向來，而是扎進了樓群，幾分鐘

就返回，應該是分別執行了一次社區裡的送餐任務。這麼看來，原冬在外面的可能性就非常大了。

差十分鐘五點，一個紅衣人騎著帶鐵皮箱的自行車從南面騎過來，我不由自主地屈蹲下來，透過樹縫悄悄觀察著。沒錯，正是原冬。顯然他剛剛送餐回來，距離應該不算太近，抑或是途中收到傳呼，順路多送了幾單。

騎至冬青跟前時，我們相距咫尺。他轉彎朝鍋爐房騎去，夕陽打在背上，一片金紅。不必再幾頭張望，我集中精力緊盯著鍋爐房的大門，目光片刻不離。

五點零三分，原冬拎著保溫箱走出來，把它裝進自行車後的鐵皮餐箱裡，上了鎖。怪不得他每天帶回去的飯菜永遠都是涼的。

他朝我這邊騎過來，我小心迴避，待他騎出去了二三十米後，我才推著自行車從樹叢裡鑽出來。

我先是若即若離地跟著他，不一會兒他就加速，我拼命狂蹬才勉強沒跟丟。適逢下班時間，來來往往的自行車很多，我可以肆無忌憚地一通超車，而不必擔心暴露自己。

騎過一片街區，上到了一條寬闊的大馬路上，又騎過一個十字路口後，他終於稍稍減速，卻是在一個小路口突然右轉，拐進了一條狹窄僻靜的小巷。

巷子裡沒車沒人，本來想要跟住就很難，現在又得刻意拉開一段距離。我緊盯著前方的紅點，生怕他在下一秒消失。

穿過巷子，展現在眼前的是一大片蕭敗。路面殘破不堪，路邊雜草叢生，一座座行將倒塌的廢棄平房和一個個白漆刷寫的醒目「拆」字不斷映入眼簾，殘垣斷壁在尚未消融的積雪的映襯下，詭異奇幻。原冬在我視線之外經常出入的地方，總像是另一個世界。

再往前是一大片被藍色鐵皮圍起來的工地，裡面有幾棟在建的高樓和兩臺正在進行起重作業的吊車。

原冬只要一回頭就能發現我，我不得不把距離又拉大了一些。幸虧天色漸暗，加之從前方工地傳來的轟隆隆的機械聲有效地掩護著我，覆蓋了自行車輪碾軋瀝青碎片和磚頭瓦塊時發出的聲響。

他直直頂到了鐵皮圍牆跟前，又順著圍牆的弧度騎上一小段後，一個簡易破舊的停車棚出現在前方。他在那裡停下來，我則在一堆建築垃圾後面躲藏起來。只見他鎖好了車，步履匆匆地朝前行進了幾十米，消失在了圍牆的拐角處。

我快速騎過去，拐彎後霍然看到了工地的大門，門牌上寫著「北京大宇建設工程有限公司承建科騰寫字樓二期工程」。大門兩旁有幾個宣傳欄，張貼著工程概況和安全須知，門口立著一個「施工重地閒人免進」的牌子。

工地大門外同樣是廢墟，和剛才經過的那片廢墟不同的是，這裡全都夷為了平地。原冬不見了蹤影，這次的突然消失和從A4紙後的那次消失不一樣，我無須驚詫，在這毫無掩體的空場上，他的去向只有一種可能性。

我往工地裡面張望，一輛停在門口的混凝土車擋住了大部分視野，司機正在和一個從車前經過的人說話。

工地門口有一間活動房，像是傳達室。再往裡就是剛才遠遠看到的那幾棟拔地而起的高樓，從上到下被腳手架和綠色護網包裹著，在高流明探照燈的照射下，鋼筋水泥構築起來的一個個幾何形體從護網裡透出來，給人以強烈的壓迫感。各種機械的刺耳轟鳴和那一個個晃動著的貼有螢光條的安全帽，更是令我躁動不安。

一個荒誕的念頭充斥著腦海，它必須馬上得到確認，或者否認。

我騎車回到了車棚，停駐在原冬車旁，用鏈鎖把兩輛車鎖在了一起，這是我預留的一手，也是我高調宣示的檄文。然後，我踏著和原冬一樣匆匆的步履，重新來到了工地門口。

那輛混凝土車已經開走，傳達室的小窗口內，看門大叔正在看電視。我佯裝若無其事地往裡走，剛走出去沒幾步，就被一個高亢的聲音吼住。

「嘿！你找誰？有出入證嗎？」

我沒回頭，反而放開腳步，朝著不遠處那片

輝煌燈火下的翻滾濃塵跑過去。

數不清的探照燈下，幾十號人在各自崗位上忙碌著，他們都穿著工作服，戴著安全帽，灰頭土臉，難辨模樣。我一邊搜尋目標，一邊東躲西藏，生怕被追趕過來的看門大叔抓到。

逐漸適應了黑暗中的這片刺眼明光後，很快，我的目光就鎖定在了不遠處的一個人身上。他把一袋類似水泥沙子之類的東西從貨車上卸下來，扛到幾米開外的卸料區，緊接著又去扛下一袋。他的腰被壓成了弓形，面部被粉塵覆蓋，模糊了五官。

能在這麼大的工地上從一群人中迅速分辨出那個身影，是因為他脖頸間剛剛閃過的一道奇異光芒。它成了我們之間的通靈使者，一次又一次引領我找尋到了他，同時也一次又一次讓我們陷入不堪。那幅荒誕畫面比我想像得更加直白，更加震撼。

我穿過工人們打量我的新奇目光和嗆人煙塵，跨過鋼筋鐵板，趟過碎石沙土，來到了那片卸料區。時值數九嚴冬，他的額頭卻滿是細密的汗珠，由於粉塵的包裹，無法用晶瑩來形容它們。

關於吸毒和賣身的齷齪臆想被徹底否定，他的秘密無關法律，無關道德，沒有刺破任何底線，可這並不能讓我釋懷。

看到我時他驚了一下，但很快恢復了常態，想必他早就料到我會把探疑的腳步延伸到這裡，甚至剛才就已經察覺到了我的跟蹤。

我想從他的神情中讀出一點兒羞愧，或是不好意思，不僅是因為他的謊言，更是因為他對我格外在乎的那道底線的反覆踐踏——曾經畫唐卡的藝術生不僅蹲三角地、送盒飯，還跑到工地扛起了水泥！

「為什麼騙我？」我質問道。

「下班再說。」他的回答簡短有力，肩上的袋子卻有些發顫。

「跟我回去！」我上前一步，堵住他前行的路，「不覺得羞愧嗎？」

他沒理我，卯了把勁兒，把袋子往肩頭提了提，邁開大步從我身旁繞道，朝著那個堆成小山的料場，深一腳淺一腳地走過去。

我正要追上去，看門大叔發現了我，他頭上多了個安全帽，大步走來並高聲喊道：「嘿！那女同志，你是幹什麼的啊？這是工地，怎麼硬往裡闖啊！」

我這才意識到自己的行為可能會給原冬帶來麻煩，只好退卻。

我遠遠地朝著看門大叔深深鞠了個躬，算是表達歉意，希望他不要追究到原冬頭上。為了避免和他正面相遇，以產生不必要的麻煩，我不得不像原冬剛才繞過我那樣，在混亂的施工場地裡磕磕絆絆地兜了個小小弧形。而後，才義無反顧地逃離了這苦苦追尋到的真相。

四十二、千色

我一口氣跑到了工地大門外，雙手撐膝喘著粗氣，鼻子和喉嚨因吸入了太多粉塵而堵得難受。

天完全黑下來，循著有別於工地上那一片舞臺式燈光的亮處望過去，工地側後方的那棟高樓應該是一個寫字樓，個別樓層和房間裡亮著燈，可以清晰地看到寬大的開間裡有人影在動，那很可能就是原冬經常去送餐的科騰大廈一期。

就在我不知何去何從時，車棚方向閃了幾下，隨即亮起一團黃光。我朝那邊走了過去。

原冬的自行車就停在吊燈下，車頭的金屬部分白光凜凜，與其輝映的還有另一種光芒，來自於車把，黑色的硬塑料材質因汗液油脂的沁入，散發著玉質的溫潤光澤。我輕輕摩挲著車把，不小心觸到了車鈴，鐺音在夜空中蕩漾著飄遠。

稍稍冷靜下來一些的我，開始為自己剛才衝動的言行感到後悔。

花舟能維持到現在，靠的不正是原冬揮灑在這片土石瓦礫上的每一滴汗水嗎？他的謊言何嘗不是出於無奈，我有權利制止他，可有什麼道理要求他為自己的行為羞愧呢？該羞愧的人應該是我這個眼高手低，只會逞口舌之狂的人才對。

心酸伴著心痛，欲哭無淚。

此時此刻，我很想為他——以前從未真正看清的另一個世界裡的他，實實在在地做些什麼。

我抽出車座下彈簧間的小毛巾，學著原冬的樣子擦起車來。車把、車鈴、車筐、車架、前後叉、擋泥板、後衣架、輪轂、輻條、腳踏板、餐箱……這些部件像特寫鏡頭一樣呈現在眼前，我將它們一一擦拭，用全部的熱忱、虔誠與卑微，比原冬每天早晨擦得賣力好幾倍，絕不放過任何一處細節。很快我就出了一身汗，好久沒有這麼酣暢淋漓的感覺了。

車擦完以後像新的一樣，灼灼光輝點亮了心中的幽森。

離原冬出來的時間還早，我哪兒也不想去，就在車棚外的廢磚垛前坐下來，陪著他的自行車一起默默守候。夜風颳過，昏黃的光線顫抖起來，映得周邊的廢墟影影綽綽，四下淒清。

兩小時後，原冬出現在車棚時已經換回了紅棉服，臉和頭髮也明顯進行了清潔。他察覺到了自行車的異樣，除了不一般的光澤外，還有車輪上多出來的一道鎖。

我適時出現在了他面前，打開鏈鎖。金屬鏈條劃過車輪輻條時發出的刺耳聲響並沒有將這個寒夜的僵局打破，我們相對無語，各自上了車，一前一後，沿著來時的路往回騎行。

廢墟上沒有路燈，藉著朦朧月色和積雪的反光，依稀能分辨出那些破敗建築物的輪廓，路面上的情況只能看出個大概。以他現在的速度，絕不會像平常那樣在九點半之前抵達花舟的。他騎得很慢，既是為了照顧後面的我，也是因為今晚他無須趕時間，平日裡在花舟等他開飯的那個人，此刻和他身在一起。

我和原冬保持著兩三米的距離，儘量沿著他開拓出來的路徑行進，可即便這樣，那些白日裡躲閃起來尚有難度的炮彈坑和大塊的磚頭瓦片，昏暗裡更是難免被軋中幾個，有一次顛得我差點兒連人帶車一起翻倒。過去的一百多個日子，前面這輛深藍色的自行車，每晚都要馱著裝了兩份冰冷盒飯的鐵皮餐箱，疲憊飢餓的原冬，以及一個沉甸甸的謊言，在磕磕絆絆中趕路前行。月光下的這片廢墟見證了一切，可它永遠沉默不言。

憋了一晚上的眼淚終於流淌下來，視線更加模糊，我不想掩飾也不必掩飾，沒人能看到。

穿過那條小窄巷後拐上了寬闊的大街，終於回到了熟悉的都市燈火中。場景切換時的微妙頓挫猶如火石的撞擊，在腦海裡擦出了幾點星光，繼而掀湧起了一波波比霓虹還絢麗的流光溢彩。

我沉浸在那片幻象中無法自拔，又混混沌沌地騎行了一會兒後，意識才逐漸被喚醒，緊接著，靈光乍現。

我猛蹬幾下，和原冬並行騎到了一個平面，「你先回去，吃飯別等我！」沒等他回應，我就一個急剎掉頭離去。

鹹濕的臉頰被冷風侵襲著，泛起電擊般的刺痛，提振著剛剛乍現的那道靈光，不容它褪色，更不容它幻滅。

美術館後身是美術用品一條街，這個時候絕大多數的店鋪都打烊了，放眼望去，稀稀落落地還有幾家店鋪亮著燈。

「你好，有唐卡畫具嗎？」我走進第一家亮燈的小店。

「唐卡是什麼？」那個正在電腦前玩空當接龍的胖小夥扭過頭來，朝我眨眨眼，下一秒鐘又扭回頭去，重新扎進了屏幕裡。

我沒回答他，轉身離開，這個夜晚留給我的時間已經不多。我一腳蹬在踏板上溜著車，從幾個打烊的店鋪門前經過，在下一家亮燈的店鋪前停了下來。

守店的是個中年阿姨，正對著電視樂得開懷，播的是今年的賀歲喜劇《不見不散》。我問了同樣的問題，她笑意猶在地看了我一眼，慈祥地搖搖頭。

接著又詢問了幾家店，結果不外乎兩種，要麼不懂，要麼沒有。接連的挫敗沒有讓我放棄，走進最後一家亮燈的店鋪時，我提了口氣，讓自己保持和進第一家店時一樣的高昂信念。

角落裡，一個紮馬尾辮戴眼鏡的中年男人正端坐在畫布前，用炭棒打著底稿。

「請問有唐卡畫具嗎？」我問。

「唐卡？」他扭頭朝我望過來，手裡的炭棒還在繼續塗抹著，「具體要什麼？」

我一陣興奮，功夫不負有心人，看來這家店有戲。

「唐卡……應該是畫在布上的吧？畫布、畫筆、顏料……全套工具我都要！」

他放下炭棒走過來，似乎對我這樣一個在深夜裡前來購買唐卡畫具的人很有興趣。

「我姓張，大家都喊我眼鏡。」他抬手推了下鼻梁上的民國風黑圓眼鏡，上面沒有鏡片。

「哦……眼鏡老師，你好！」我恭敬地打了招呼。

原來，他就是這家店的老闆，以前是學油畫的，大四那年寒假，他曾追隨一位拉日巴到藏區學過一段時間的唐卡。

「拉日巴？」我頭一次聽說這個詞。

「藏語唐卡畫師的意思。」他解釋道，「後來我皈依三寶，那位寧瑪派拉日巴就成了我的上師。」這時我注意到了他腕上纏繞的菩提念珠。

不知是因為他確實對這門藝術擁有情懷，還是覺得這個夜晚獨自畫畫有些無聊，他饒有興致地對什麼都不懂的我侃侃而談起來。

雖然我迫切地想要知道他店裡到底有沒有我要尋的東西，但對於這樣的閒聊我亦樂於聆聽。這是我今晚尋訪的最後一家店，要是這裡也買不到的話，就只能明天再尋了。

眼鏡告訴我，畫好一幅唐卡和好好畫一幅唐卡，都非易事。前者說的是技藝，後者說的是心態。拉日巴把唐卡繪製的過程視同修行，每天提筆作畫前都要有一系列的莊嚴儀軌，畫具也是深度DIY，包括製作畫框，打磨畫布，切割研磨礦物顏料，採集熬煮植物顏料和調製牛骨膠等等，畫筆也要自己做。一幅作品動輒就要畫上數月甚至數年，是對耐心的極大挑戰。內地少有人畫唐卡，一方面是因為文化差異，另一方面是因為繪製過程艱辛寂寞，沒信仰的人很難承受。所以，那些本來就很昂貴的天然礦物顏料在內地市場極小，以前他試著進過一些，但沒銷路，還壓資金，後來全都供奉給上師了。

唐卡的裝裱也非常考究。不同於其他繪畫形式常見的框式裝裱，傳統的唐卡裝裱是以絲綢織錦為材料的布藝卷軸形式，和國畫的卷軸裝裱有近似之處，但工藝截然不同。國畫的手工裝裱以漿糊為黏合劑，唐卡則是用線來固定，畫心和底布縫合在一起，後有襯布，前有唐簾。形制上更是有著嚴格要求，工藝繁縟費時。唐門、地玉、天池、彩虹、條子……十多個部位處處有門道。據他所知，北京現在還沒有專業做唐卡藏式裝裱的地方。

其實唐卡用的畫布和畫筆沒什麼特別的，在任何一家店裡都可以買到替代品，可如果缺少了天然礦植物顏料和藏式織錦卷軸裝裱這兩個要素，畫得再好也缺失神韻。另外，唐卡除了藝術屬性外，還是用於供奉與修行觀想的宗教品，使用前須開光。

滔滔不絕地介紹完這些後，他又特別鄭重地說：「所有畫種我都研究過，唐卡是最難的，自學很難入道如法。你要是真心想學，我可以幫你問問我的上師，但不知道他收不收女弟子……」

我尷尬一笑，說道：「我可沒那天賦，既然唐卡那麼難，顏料和裝裱又都是問題，還是先來點兒容易上手的吧。我就是心血來潮想學學塗鴉，自娛自樂而已。」

「沒問題，等你基本功練好了，想學唐卡隨時來找我，我幫你。」他邊說邊帶我來到一排貨架跟前，上面密密麻麻地擺滿了各種顏料。

經他介紹，我填鴨式地惡補了不少關於繪畫的基礎知識。原來，水粉和水彩不是一回事，油畫顏料要與油料混合後才能使用，還有那個聽起來非常化學的名詞——丙烯，竟然也可以成為一個畫種的名稱。那些比彩虹還美麗的色卡讓我大開眼界，世間色不僅簡單的七顏五彩，還有很多其實很常見，但卻難以叫出更為精準名字的，光藍色系就有十幾種：普藍、群青、藏青、蔚藍、寶藍、鈷藍、鮮藍、酞青藍、藍蓮、湖藍……

這些令人眼花繚亂的迷人顏彩可謂實實在在地色誘了我，還有那些長短粗細不一的畫筆、

形狀各異的調色盤以及可以調節成多種姿態的風情萬種的畫架，一切都是那麼新奇，令我興奮不已。

我像土匪搶劫一樣洗劫了這家店，把油畫、水粉、水彩和丙烯畫具全部買齊，選的都是最好最貴的品牌，眼鏡主動為我打了折。

自行車沒法載這麼多東西，只能打車回去。眼鏡幫我把畫具拎到街邊，陪我一起等候出租車，這樣，我們便得以多聊了幾句。

他說他賣東西從來不講價，給我打折是因為我對繪畫藝術的這份博愛與熱情，讓他想起了自己的大學時光，那時候的他迷戀任何一門藝術，什麼都願意去涉獵與嘗試。

夜色為我的尷尬做了周全的掩護，我沒有向他解釋這些畫具其實並不是給我自己置辦的。善意的謊言，只有用在一個與自己毫不相干的人身上才妥當，因為謊言的那部分永遠不會被揭穿，善意所帶來的福澤便永恆綿長了。我和原冬剛好相反，我們就是因為有著太多的相干，才不適宜存在謊言，哪怕是善意的，或者是無奈的。謊言一旦被揭穿，那一片裸露出來的蒼白真相終會令被蒙蔽的那個人加倍痛心。

車來了，眼鏡幫我把畫具和自行車全部裝載到後備箱裡，周到地為我拉開了車門。

我突然想起一個問題，剛才想要問他的時候，他一直在滔滔不絕地給我講述美術知識，我便沒好意思打斷詢問，由於也不是什麼非問不可的重要事情，後來也就擱下了。

「對了，您去藏區哪裡學的唐卡？」我問。

「玉沁。」他答道。

「玉沁？」我微微一怔，「雪北州的那個玉沁嗎？」

「當然啦，那裡是唐卡藝術聖地！」他自豪地說道。

我朝他會心一笑，上了車，就此別過。

「玉沁，玉沁……」我坐在出租車後座不停叨念著。

這個以前聞所未聞的遙遠地名這兩天接連出

現，並且構架起了「唐卡—玉沁—冷桑」三位一體的關聯，令我隱隱產生一種直覺——我正在一點點地接近著，七年前那個屬於他們共同往事的內核。

車載電臺播放的評書覆蓋了我的聲音，可我仍能感受到念那兩個字時唇齒間湧動的氣流，它為這個色彩斑斕得有些荒誕的夜晚，帶來了劇烈而持久的震顫。

四十三、雛菊

停靠在櫥窗外的那輛深藍色的自行車——時至今晚我才知道，大自然千顏萬彩，並沒有哪一種被賦予了「深藍」這個名字。稍微準確一點兒的描述，應該是介於鈷藍和普藍之間，或是酞青藍和灰藍之間。我回憶著色卡上的繽紛顏色，想要靈活調取它們尚需時日。

梵高的油畫〈星夜〉浮現於眼前，天空的主色調是我所能想像到的與這輛自行車最接近的顏色。剛才眼鏡在介紹油畫顏料時提到了這幅名畫，夜空的色彩借助天才獨到的筆觸，由至少三種藍色複合呈現出來。

窗板已經掛好，幾道光束從縫隙投射出來，像這個晚上洩露的所有秘密。

我成了深夜的闖入者，和冒冒失失地闖入那片工地不同，這一次隨我而來的還有「人質」。那些畫具被我脅迫著，它們需要被拯救，需要以另一種形式獲得新生。而將它們拯救的那個人，自己也將迎來重生。

我一個肩膀扛著畫架，另一個肩膀掛著裝滿畫布和畫紙的畫筒，為了防止滑落，我高聳著雙肩，兩個胳膊呈「W」形舉起，低窪的肘部各挎一個分量十足的大口袋，裡面裝的是畫筆、顏料、調色盤和各種小工具。

這個滑稽的姿態使我看上去不像是一個綁架者，反倒像自己被綁架了，渾身佈滿了枷鎖。我笨重地移動到門口，用腳輕揣了一下門，細碎的風鈴聲從門後傳來。

門開了，原冬見到我時一驚。

「別愣著，快搭把手！」我敦促道。

他先取下掛在我胳膊上的兩個大袋子，然後一一卸下我肩頭的東西。

一進門，我就迫不及待地把那兩袋東西傾倒在地，盤點起來。

「畫筆、顏料、調色盤、調色盒、木條、秋皮釘、刮刀、木炭、可塑橡皮、松節油、乳膠、鈦白粉、吸水綿、水桶、罩衣……」

「怎麼想起學畫畫了？」他環視著地上琳琅滿目的畫具，在雖然整齊但卻無章的擺放中分辨著，「水粉、水彩、丙烯、油畫……這些你全都要學？」

「對啊，你教我。」

「想學報培訓班去。」

「我才沒那雅興呢，都是給你的！」

「不要。」他轉身離去。

「本來是奔著唐卡畫具去的，可惜買不到礦物顏料。」我望著他的背影解釋著。

「我不畫。」他從保溫箱裡取出盒飯，原來他還沒吃。

「先拿這些練練手，等我弄來了礦物顏料，你就可以畫唐卡了。」

「那也不畫。」

「買都買了。」

「退了。」

「退不了。」

「打折賣掉。」

「那不就賠錢了嗎？賺錢多不容易啊……」

「虧你還知道賺錢不容易！」他氣呼呼地說道，端起盒飯去加熱。

「所以才應該充分利用這個店面啊！」我跟在他身後，推銷起了自己的想法，「露出來的牆面全歸你，賣畫的利潤咱倆分成，這個店你也有股份，總不能看著它倒閉呀。」

「我入股的是花舟，不是畫廊。」他重重合上微波爐的門。

「一看你就不懂投資！雞蛋不能放一個籃子裡，弄不好你的錢就全打水漂了。」我先於他伸出手，給微波爐定了時，「牆面也是店鋪的一部分，每一寸都是付了房租的，不利用就是浪費，為什麼不試一下呢？這裡是美術館輻射區，難得地利，一定有銷路的。」

他沒吭聲，轉身來到飯煲前，我繼續當跟屁蟲，「咱們合作經營，畫廊名字我都想好了，就叫『冬眠畫廊』，怎麼樣？」

「不怎麼樣！」他打開飯煲，濃濃的小米香氣撲面而來。

我這才想起來，因為今晚的行動，我沒熬粥，還好他回來熬上了。

我接過盛好的粥，放到餐桌上，「那你是想扛一輩子水泥，還是送一輩子盒飯？」

「不知道，我只知道我對畫畫早沒感覺了。」

微波爐傳來「叮」的一聲，他轉身又去取熱好的盒飯，把我每天晚上的活兒都給包攬了。

「感覺可以慢慢找回來啊！就從最熟悉的題材入手，佛菩薩不也是一鼻子倆眼嘛，那就先畫肖像，我給你當模特，人體也行。」

他竟然被我逗樂了。

「嚴肅點兒。」我一本正經地說道，「我可是為藝術獻身！」

「別發神經了，快吃飯吧，你不餓我還餓呢！」他重新繃起臉，卻分明還殘留著一點兒剛才的笑意。

我喝了一口熱乎乎的小米粥，熟悉親切的味道讓我切換到了平時最自然的狀態。今天經歷了太多的奔波和奇遇，是時候歇一歇了。

我們默契地同時舉起酒杯相碰，這是每一天我最期待的時刻，如風鈴般悅耳的聲音揭開了每一頓盛大晚宴的序幕。

「今天是什麼節？」他難得主動問道。

「不是什麼節，但有幾個紀念日。」

「哦。」他喝了口酒，悶頭吃起來。

我給了他足夠的時間來撫平飢餓，一盒飯很快就被吃掉了大半。他發覺了我不吃不喝一直在看他，終於稍事停歇，問道：「什麼紀念日？」

「一九九六年的今天，藏族勉唐派唐卡大師夏吾澤仁去世；一八八八年的今天，荷蘭後印象派畫家梵高割掉了自己的左耳；一八六三年的

今天，國畫大師齊白石誕辰。」我流暢地背誦下來，然後清了清嗓，「一九九八年的今天，我宣布——冬眠畫廊正式成立！」

他無奈地哼笑了一下，「為了讓我拿起畫筆，你也是煞費苦心了。」

「煞費苦心不至於，真的純屬巧合。」我指指貼在牆上的那張表格，「不信你自己看，這可是好幾個月前就貼在這兒了，不是我今天生搬硬套。當時下載那張表格時，有幾個日期是空的，包括今天，我就查了一下當天的歷史大事件，填了些內容進去。別的都忘了，就記得今天還有兩個和日本有關的事件，一個是明仁天皇的生日，另一個是東條英機被執行絞刑。再有就是幾百年前，一個愛爾蘭主教宣布地球是上帝在幾千年前的這一天早上九點鐘創造出來的。要是你，你選哪個？」

他舉起酒杯，「還是為幾位藝術家乾杯吧。」

「也為冬眠畫廊！」我補充道，「乾杯！」

他沒接話。各自埋頭吃了會兒後，我放下了筷子。

「原冬啊！」我喚道，那個「啊」字帶著一種神奇的效果，放大了我的真誠。

「嗯？」

「我想請你答應兩件事。」

「要是和畫畫有關就算了吧，對我來說，重拾畫筆是一件比扛水泥還難的事情。不過，你的心意我理解，還是要謝謝你。」

「不，你不理解。」

「怎麼才算理解？」

「這樣吧，我們做個交易。」

「什麼交易？」

「我不強求你重拾畫筆，但你也別再去工地扛水泥了，好不好？」

他沒回答，兀自問道：「第二件呢？」

「以後不許再騙我。」

他凝視著面前空空的酒杯，一陣冗長的沉默之後，終於開口：「對不起，第一件事情我不能答應。但是作為補償，我可以試著畫一幅——只畫一幅。」他加重語氣強調了最後四個字。

我知道沒有進一步談判的餘地，至少在這個

晚上。只畫一幅也是好的，我為他能重拾畫筆感到欣慰。

我給他斟滿酒，追問：「那第二件呢？」

他緩緩抬起頭來，目光與我交匯，「好，我答應！」說罷他一口喝乾了杯中酒。

這個晚上，我在久違了的放鬆狀態中酣然入眠，睡得很沉很沉，以至於第二天清晨，當我面對畫架上那幅顏料還沒乾透的油畫時，仍恍若夢中。

那是原冬熬了近一個通宵的成果，他說就當是送給花舟的遲到的開業賀禮。畫幅不大，只有一尺見方，是他為收銀櫃後的那塊牆面量身訂製的，他曾說過那地方顯得有點兒空。畫面裡，一朵七色雛菊在窗前優雅地綻放著，窗外是藍色的波光，分不清是湖，還是海。

我小心地握著畫框邊緣，以防蹭到未乾的油彩，細細欣賞著，像七年前在風城美術館前欣賞櫥窗裡的唐卡海報一樣，不落下任何一處細節。雖然只是一幅簡單的油畫小品，可在我看來，它有著不遜於唐卡的細膩筆觸與豐富協調的沉和色彩。

冰封已久的執念瞬時融化解封，當年那個轟轟烈烈的感覺病毒般重新侵入中樞神經，我唏噓著，顫抖著，感慨著——我心中的那個大畫家，終於回來了。

畫乾透後我去配了外框，把它掛在收銀櫃後的那面牆上。果然是量身訂製的，從尺寸到格調，一切都太完美。

那天是平安夜，花舟生意最好的一天奉獻給了這個洋節。晚上，我和原冬在一片和諧安詳的氛圍中，舉杯祝福聖誕。

多麼希望這僅僅是一個開始，原冬重拾畫筆畫了這幅畫後，就能找回自信繼續畫下去。不久的將來，他的畫作將牆上所有的空白填滿，這裡就是他的私人畫廊。當賣花和賣畫的收入加起來可以賺出房租並且滿足我們的生活費用後，他就可以辭掉全部工作，成為一名專職畫家。

可他後來再也沒碰過任何畫具。那些本該綻

放出絢爛姿彩的顏料和畫筆，被集中收納在了一個紙箱裡，再見天日不知何時。

我沒再勸他繼續畫，他心靈深處的那片禁地遠比我想像的要幽深得多。

我試圖用其他方式來改變這個局面。新年那天，我辜負了原冬的心意，把一張寫著「此畫出售」的小卡片插在了畫框一角。當然，是在每天他上班之後和下班之前。我執著地認為，只有這幅畫賣掉了，原冬才能真正重獲自信，進而真正意義上的重拾畫筆，而不僅僅是讓自己的才華淪為我們那晚交易時的一個輕飄飄的籌碼。

可讓我沮喪的是，那幅畫一直安靜地掛在牆上，無人問津。每天，我都要一遍又一遍地去重複那個將卡片插上取下的動作，滿腔的熱情被一點點地冷卻，幾欲耗盡。

和以前一樣，原冬每天從奔馳快餐下班後依然要去工地加班，直到晚上九點半，才風塵僕僕地帶著兩份涼透的盒飯回來。每每看到他疲憊的樣子，我都很心痛，時常還是忍不住要勸阻他辭掉那份工，得到的自然都是迴避或搪塞。終於有一天，當我再度試圖勸阻的時候，他一句話就讓我閉了嘴，可謂一劍封喉。

「我不去工地加班，哪兒來錢接濟你？沒了錢，花舟還能維持多久？」他平靜地問道。

我無言以對。他終於承認，那些錢是對我的接濟。我想起了花舟剛裝修的那段時間，每當他要在經濟上展現自己的氣節時，我也都曾以相同的口氣質問他：想想吧，你身上的錢還夠花幾天？

他說得沒錯，皮之不存毛將焉附。這個店要是沒了，哪裡還會有牆面用來掛畫賣畫？畫廊更是無稽之談。現在要談的不該是什麼狗屁理想，而應該是關乎吃飯睡覺的生存問題。道理我懂，可理想又何嘗不重要呢？

牆上掛著的油畫〈雛菊〉能否賣掉，雖不直接關乎生存，卻是重啟原冬理想之門的金鑰匙。那些給人無盡遐想的層次立體的七色花瓣，猶如陽光被三棱鏡色散後發出的彩光，天空才是它們最初的原鄉，理想才是它們永久的皈依。

此後很長一段時間裡，我沒再干預原冬的工

作。在理想與現實之間，我們暫時找到了各自的平衡點。

「此畫出售」，我對那張卡片做了幾百遍的祈禱，可現實回饋給我的，仍是日復一日深深的失望，對此它毫不吝嗇。

四十四、賣畫

好多事情我忘記了，包括第一次見到他時，我是否看清了他的模樣。也有好多事情我記憶猶新，那一天的確是立春——說的確，是因為我是在後來的追憶中，才確認了這個細節。

我一直深切地記得那一天，卻並非為他銘記，也和立春無關。直到十五年後，他在這一天向我求婚，我才把他與立春捆綁在一起，一同納入到了當年的那段記憶裡。他永遠都不會知道，我將從他那裡沐澤到的福祉，自私地封存在了只屬於我和另一個男人的世界裡。

我依稀記得那年春節很晚，當時還沒有什麼像樣的過年氣氛，在那個乍暖還寒的平凡午後，陽光散淡地斜射到櫥窗邊婚紗般潔白的香水百合上，有些耀眼。我正在為上架三天以上的玫瑰修枝剪葉，像截肢手術一樣，這些植物必須犧牲局部衰微的花葉來保全尚有活性的主體。然後，再根據屬性和花色的不同搭配滿天星或者情人草，二度裝扮出來的美好面貌將令它們得以重新上架，再多展示幾天。倘若在枯萎前還沒賣掉，它們就要像地上那些剛剪切下來的殘枝敗葉一樣，在經歷了一場寂寞的華麗之後，黯然謝幕，歸於塵泥。

一陣清脆綿延的聲音打破了這個午後的寧靜，琉璃風鈴搖曳著，閃爍著星辰般的炫光。

「你好！」我坐在馬札上招呼了一聲，沒有抬頭，也沒有停下手裡的活兒，因為稍一鬆手，剛紮好的花束就會散掉。

「你好！」他的聲音很好聽，帶著磁性，與風鈴的餘音交匯在一起，讓我想到了加冰的威士忌。

我沒喝過洋酒，很想找機會跟原冬一起嘗試一下。那晚的盒飯菜品要洋氣一些才行，可以買些香腸搭配，再拌個沙拉，這麼簡單的菜我一定不會搞砸……

輕緩的步履給我一種他離我還很遠的錯覺，所以，當那雙質感頗佳的男士皮鞋忽然進入餘光的時候，我的思緒一下子被打斷了。那抹被保養出來的細膩光澤繼續移動著，最後停留在了收銀檯旁。

「請問，這畫怎麼賣？」

我停下手裡的活兒，抬頭望過去，「什麼花？」

一個身材勻稱挺拔的男人正凝視著〈雛菊〉——不是鮮花，而是掛在牆上的油畫。他轉過身來，朝我禮貌一笑。

我一下子怔住了。此情此景，關於這個午後，關於這幅畫的第一位問津者，這一切仿佛是個夢。可我真切地嗅到了滿室馨香，原冬曾說過，人在夢中是沒有嗅覺的。

我放下還沒束好的玫瑰，任其散落在地，愣愣望著那幅畫。價格，他剛才在問畫的價格。

每天我都把那張寫著「此畫出售」的卡片插在畫框上，可自己竟然蠢到這麼長時間以來，從未思量過定價這個基本問題。愚蠢的表象之下，是誠意的缺失，畢竟這幅畫是原冬贈與我的開業賀禮，並且還有著另一重非凡的意義——他重拾畫筆的首作。

不管怎樣，賣，或者不賣，必須馬上做出一個決斷。

「三千。」我脫口而出了一個令自己震驚的數字。

倘若價格報得過低，很可能立即成交，我便失去了抉擇賣或不賣的最後一次機會。報上一個高得離譜的價格，有可能嚇到他，卻可以為我多贏得一些猶豫的時間。他真心想要的話，勢必要狠狠砍上一刀，然後雙方再拉鋸扯皮。

事實上我怎麼可能反悔不賣呢？這場「獨角戲」無非是為了讓自己心裡平衡一些罷了。至少在最後一刻，我還在進行著激烈的思想鬥爭。

「畫的作者是？」他問。

「我畫的。」又是脫口而出。

我發誓我不是想要欺世盜名，只有這樣，我才有可能在接下來的砍價環節裡接受他的大刀闊斧，甚至奪過他手裡的刀斧，痛快地來個「自殘」。沒有人會對創作者本人制定的不合理價格過分指責的，那些線條和色彩融入了他的思想、情感、心血乃至生命。同樣，談價的過程中，縱然他跳崖般地自降身價，最終以半價乃至一折甚至更低的價格成交的話，也是不難理解的。一方面，他擁有「為了生存」這個最為冠冕堂皇的理由。另一方面，買賣也講緣分，得遇知己白送都行，不投機者千金不換。唯有創作者才能掌握其作品附加值的最大尺度，而不僅僅是像個純粹商人那樣將本逐利。這個附加值可以無限縮小，也可以無限放大。

我為自己迅速制定出了這樣高明的策略而得意，可那個謊言還是讓我感到不安。接下來，他提出的任何一個稍微專業點兒的詢問都會讓我穿幫。車到山前必有路，大不了厚著臉皮跟他說剛才開了個玩笑就是了。

我拾起散落在地上的鮮花，將它們重新紮起，心不在焉地做著手裡的活兒，等待他開口還價。

他凝視著那幅畫，半天沒說話。漸漸地，我又陷入了另一種不安。

如果說由剛才那個謊言引起的不安尚有方駕馭，是車到山前必有路的話，那麼現在的這種不安則根本無法控制，那輛車的前方不是山，而是懸崖。

是怕我把這份開業賀禮賣掉後原冬生氣嗎？當然不是。他的想法我何嘗不明白，之所以不願嘗試把畫作掛在牆上出售，甚至連提筆都不情願，是因為那段牢獄生涯埋沒了他曾經的理想與自信——埋沒而不是摧毀。倘若今天真能賣掉這幅畫，對他將是莫大的鼓舞，那些他一直選擇視而不見的寶貴東西亦將破土而出，重見天日。暫不奢望他將來能靠畫畫吃飯，但求以後別再去工地加班了，一個月賣上幾幅畫，也算重拾理想，回歸正途了。

既然決定了要賣，還有什麼不安的呢？是怕

剛才開價太高賣不掉嗎？

也不是。我正屏氣凝神等待他來還價——本該有的還價。我的心理底價是三百元，這是對原冬熬了幾乎一通宵的最起碼的回報。或者，二百也行，我可以往裡添一百，就跟原冬說賣了三百。如果這個男人死乞白賴要往一百砍呢？那也行吧，添一百是添，添兩百也是添。總之，我已經抱定了今天一定要將這幅畫出手的決心。重要的是賣掉，和價格高低無關。可如果他只是隨便問問，根本沒心買，連一百塊錢甚至幾十塊錢都不願意出的話……那我就白送！我甘願為他買單，只為感謝他對這幅畫的那兩句問津。總之，今天他若不將這幅畫帶走，就甭想踏出花舟半步。

我不強賣，強送還不行嗎？

他還站在收銀檯外，注視著那幅〈雛菊〉，形容波瀾不驚，剛才那聲令我激動不已的問詢，現在看來更像是一種無甚意識的隨意之舉。他對這幅畫真正感興趣的，可能僅僅是「此畫出售」那四個字所對應的，究竟是一個什麼樣的數字。

我終於明白自己心神不安的緣由了——是怕這幅畫連白給他都不要。

會有那麼傻的人嗎？當然。能有我這樣為了一筆生意快把自己折磨成神經病的人，自然也會有給便宜都不佔的傻瓜。

事實果然如此，他的確是個傻瓜，卻並非給便宜不佔的那種，他沒有淪為我檢驗那個荒唐邏輯的試驗品。

「這畫我要了。」他突然說道。

我擎著花束，人僵在了那裡。

你是不是傻？至少要砍一次價吧？這是你的權利啊！我在心裡朝他怒吼著。還是說——你剛才聽錯了我的報價？沒關係，無關緊要，重要的是這幅畫你決定要了。

「麻煩你幫我包一下，我要送人。」他又說。

每一滴血都往上湧，每一塊肌肉都蠢蠢欲動，好想手舞足蹈，好想高聲吶喊，但我還算堅定的意志將這股衝動溫柔地控制住了。

我故作鎮靜，不緊不慢地起身，將剛束好的一捧配了情人草的紅玫瑰放入瓶中，拍掉了沾在衣服上的殘葉和花粉。

我朝收銀檯走去，那張寫著「此畫出售」的小卡片這一次被永久性地摘了下來，它兢兢業業地堅守了三十五天的崗位，今天光榮地完成了使命。我小心翼翼地取下畫，用一根質地柔軟的扇形筆，輕輕拂拭著畫布，其實根本沒有浮塵，昨天我才為它做過清潔。

我懷著複雜的心情，默默向這朵綺麗夢幻的七色花朵告別。此前一個多月，我亦是天天如此將它凝視，那一抹抹油畫所特有的質感強烈的色彩，不知是不是因為吸納了太多我祈禱的目光而顯得愈發醇美。目光和時光一樣，都可以被物質承載，令那層潤澤的包漿擁有不可思量的厚度。

我用包捧花的棉紙和瓦楞紙把畫仔細包裹起來，選用的是彩虹系，它們猶如從畫布上溢出的顏彩，深情地訴說著對花舟和我的不捨。

那個男人從錢包裡數出一疊錢交給我，從厚度上判斷，他並沒有聽錯我的那聲報價。

我沒數，惶恐地把錢塞進了收銀檯的抽屜裡，下意識地想要弱化我和他之間關於這筆錢的概念，猶如一個想要為自己脫罪的搶劫犯。另外，我也希望儘快結束這筆交易，擔心下一秒鐘他琢磨過味兒來以後會反悔，從我手中搶奪回那筆錢。

我走到門口，殷勤地為他拉開門，一陣涼風伴隨著街上的喧囂同時灌了進來。這個動作顯得有些唐突，隨之而起的風鈴聲彷彿一大捧金幣被撩撥時發出的嘩啦聲。

「謝謝惠顧！請慢走！」我強行壓抑著澎湃的心潮，聲音因激動而微微顫抖。

他的目光在我臉上停留了片刻，這是我的感覺，我始終不願抬頭去追究那張面孔。我害怕眼神的碰撞會令他窺探到我的內心，洞悉到那些帶有投機色彩的緊張、興奮與忐忑。當然，這也是因為他的模樣與神情和這筆交易無關，毫無關係。

「謝謝！」他禮貌地朝我欠了下身，提著油畫離開了花舟。

四十五、春和

一道道縝緻淺淡的防偽波紋，像那個午後和煦散漫的陽光，令人舒適歡愉。器宇軒昂的四大偉人，雄奇巍峨的井岡山峰，我細細審視著精美的印刷，像欣賞珍稀的畫作墨寶。看累了便閉上眼，輕撫著右下角凸起的幾個小圓點，用觸覺感知文字的體驗格外奇妙。

我一邊數，一邊把它們隨機擺成各種形狀：方形、圓形、三角形、五角形、六邊形……幾何圖形擺完後，又擺起了漢字：「冬」「眠」「畫」「廊」……

晚上原冬進門時，那疊錢剛剛被我擺成了「唐卡」二字，鋪滿了整個餐桌。

「發財了？」他手裡的保溫箱無處安放。

「託你的福。」我把錢斂起，騰出了桌面。

他放下保溫箱，照常去後院洗手洗臉，我取出盒飯去加熱，微波爐傳來嗡嗡的低鳴，趁著這當兒我去盛粥倒酒。一如每個夜晚，這套標準化程序的各個環節嚴絲合縫。幾分鐘後，我們同時在餐桌前落座，兩個飢腸轆轆的人在食物面前容不得半分耽擱。

「立春快樂！恭喜發財！」我們舉杯，祝福這個原冬暫時還不知情的好日子。

主食是春餅，配菜是醬肉、熗炒綠豆芽和青椒土豆絲，都是捲餅的最佳搭配，沒想到他們公司這麼應景。

以前不知道原冬去工地加班也就罷了，知道後就再也不忍心，讓他為了陪我吃飯而餓著肚子去幹那些重體力活兒。我好幾次提議讓他先把晚飯吃了，他說已經習慣了，晚點兒吃不怕。

可晚飯時他的前半頓永遠是狼吞虎嚥的節奏。我一般不會打擾他，待他吃完「上半場」，肚子得到適度安撫後，才邀他第二次碰杯。

「今天還是斯里蘭卡獨立日，祝福印度洋上的島國人民得解放！」我說。

「祝福！」他將杯中酒喝乾，人放鬆了不少。

我為他斟滿酒，再也按捺不住壓抑已久的激動，示意他往收銀檯那邊看。

「畫呢？」他問。

「賣啦！」我揚眉吐氣，迫不及待地把下午發生的一切講給他聽。一場表面上看起來平淡無奇的油畫交易，被我講成了一段曠世傳奇。至於那個讓我陶醉了大半天的數字，則始終按下不表。被略過的情節還有我說那幅畫是我畫的。

「那可是我送你的開店禮物。」他抱怨了一句，並沒真的生氣。

「再畫一幅就是了！」我不失時機地鼓勵他，「你猜，賣了多少錢？」

「猜不著。」他自顧自地喝了口酒，顯然沒想到剛才桌上那些錢就是賣畫所得。換了我也不信。

「不猜不許吃！」我把他的飯盒拉到我這邊。

「五十。」他說。

「放屁！你用的顏料可都是進口貨，這麼賣不得賠本兒啊！」

他又連猜了三次，才把數字刷到了三百。最後一次猜的時候明顯失去了耐心，是從一百直接飆到三百的，好像那個數字已經是一塊高到不能再高的天花板了。

我的頭像個撥浪鼓似的搖個不停。

「有意思嗎？」他不耐煩，伸手要拿回被我擄走的飯盒，搶了幾下都沒成功，索性乾喝小米粥。

「有意思！當然有意思啦！」我興奮地從懷裡掏出剛才收納起來的那疊錢，用盡全力拋向空中，同時展開雙臂，仰起頭。

紙片翻滾著，像美麗的花瓣紛紛揚揚地飄落。我努力感受著它們從我的臉上、手上和身上掠過時的氣流與觸感。

錢散落得到處都是，桌上、地上、花架上，還有一張落到了我的粥碗上。我將它們一一拾起，同時報著數：「一、二、三、四、五……十一、十二、十三……」

「二十九……二十九……」我一遍遍地重複著這個數字，一通登高爬低後，終於在貨架最上層的吊蘭盆裡找到了最後一張。

「三十！」我從凳子上跳下來，得意地在他面前甩甩那疊鈔票，「付錢的時候，那人連眼皮

都沒眨一下。」我適度添加了一些想像，其實當時根本沒勇氣去正視那個男人，可這麼說並不過分。

「你是說……賣了三千？」他一臉難以置信，「怎麼可能！」

「你不信？難不成這些錢是從大街上撿回來的？」

「這麼說我還能信。」

「我為什麼要騙你？」

「你沒騙我的話，買畫那人就是個瘋子。」

「你見過又高又帥，風度翩翩，錢包裡有一大堆銀行卡的瘋子嗎？」

「那你說說，你是怎麼忽悠人家的？」

「我要真有那兩下子，花舟也不至於慘到受你接濟啊！騙你是豬，他真的一眼就相中了。我開價三千明擺著是沒誠意賣，那可是你送給我的開店賀禮啊。沒承想那人是個狠角兒，價都不還就讓我包起來，早知道就開價五千了！」

「奸商！」他懟了我一句，語氣是半開玩笑。

我滿不在乎，照單全收，「對！我就是奸商，而且吃兩頭，這頭兒還得壓榨你！」我把那疊錢捋順，整齊地放在他面前，「接著畫吧，你看這麼多牆面都光禿禿的，多難看，還有天花板也歸你。」

這一次他沒再跟我較勁，短暫的猶疑之後，那顆卑微而又高傲的頭顱輕點了一下。

「錢你先收著。」他最後說道。

幾天後是小年，工地正式停工。原冬藉著這個機會結了工錢，辭掉了那份苦力，自此只打送餐一份工。

時光仿佛倒流，回到了去年夏天他剛上班的那段日子。每天，結束了一天的送餐工作後，他都會在歸途中採購晚餐的食材，五點半左右到家做飯，我們的作息恢復了正常，吃盒飯的日子告一段落。不過，以酒佐餐的形式被保留了下來，我們還有很多需要共同祝福的節日。

每天晚餐以後，都是原冬的作畫時間。我

承包了刷碗的家務，飽受藝術薰陶後，連勞動都變成了一件富有情調的事情。盤碗碰撞時的清脆聲響，以及它們被擦拭乾淨後綻放出來的皎潔光芒，我對這一切產生了從未有過的著迷。

原冬早早就決定春節不回家了，年裡免不了親友間的走動，他不願意面對背負在自己身上的沉重話題。家人體諒他，沒給他施加任何壓力。我則是壓根兒無家可回，和舅舅家雖然熟絡，可終歸不是自己的家。幾年前父親開始了流浪，對他來說四海為家，對我來說，家，就是我自己。

這是我人生中最特別的一個春節，因為有一個同樣孤單的人相伴。禁放令讓年味兒少了很多，但掛春聯貼窗花，吃年夜飯包餃子，看春晚數秒倒計時，辭舊迎新的儀式我們一樣兒沒少，還互相送了個「恭喜發財」的大紅包。

半年前，原冬找到工作那天帶回來的白條雞，在年三十這一天被解凍，做成了我嚮往已久的甜醅雞。雖然甜醅由醪糟代替，味道依舊驚豔，成了我們年夜飯桌上的主角大菜。

春節期間奔馳公司歇業三天，原冬上班以來首次享受了休假。這三天他除了出去買菜哪兒也沒去，全部用來畫畫，完成了兩幅丙烯，加上春節前他利用幾個晚上畫的另外兩幅，剛好湊成了一組〈四季〉。我把它們掛在牆上，明碼標價。

原冬的創作全部以鮮花為題材，都是小尺寸，一般不超過兩平方尺。配上外框後，價格定在一百五到二百元之間，屬於偏低的市場定位，這是我們共同商量出來的定價原則。

萬事開頭難，那筆三千元的生意權當是個例外。最初半個多月沒開張，原冬沒有氣餒，一天天地堅持畫了下來。隨著牆上的畫作越來越多，視覺上的效果也越來越強烈，元宵節那天終於開張賣出去了第一幅，緊接著，五天後又有成交，這次一下子賣出去了兩幅。賺的錢不多，但這樣的成績足以支撐起原冬繼續畫下去的信念。漸漸地，花舟可以利用的牆面都掛滿了畫，有幾幅掛不下了，被我用鋼絲吊在屋頂上，畫面朝下，垂懸在頭頂上空。天花板也歸他的那句戲言成了真。

我覺得應該為這些畫打個廣告，就去買了個

兒童迷你畫架，找了塊小木板，用四種丙烯顏料寫下「冬眠畫廊」四個字，空白地方畫了些小碎花。這塊招牌被放在小畫架上，擺在了門口。原冬給我這幅「作品」打了八十五分，我在欣喜的同時，也為自己的名字正式擔當起了半個畫廊的名字而無比榮幸。

花舟離美術館不遠，能沾上些這個圈子的光兒。幾十年來，這一帶自發形成的藝術生態蓬勃旺盛，有著深厚的文化底蘊，藝術品有了更多展示和流通的機會。

原冬並不拘泥於某個畫種，那些畫具他全能上手，從不厚此薄彼，雖然不是他的專業，但可能恰恰因此，他的創作手法別具一格。花舟的客流日漸增多，至少一半是衝著畫廊招牌進來的，隔三差五就能賣掉一幅畫。受惠於此，鮮花生意也比以前有了起色。看來，想讓一個進來買花的人順便買走一幅畫不容易，但要讓一個進來買畫的人順便買些花花草草，則不是難事了。

原冬平均四個晚上才能完成一幅作品，和賣畫的速度基本持平。我單方面給他立下一個目標，當每個月可以賣掉十幅畫的時候，他就辭掉送餐的工作，全職作畫。

每次去花市進貨，我都會在乾花區選擇一束小眾乾花，作為原冬的寫生素材。一開始他有些擔心，怕賣畫的利潤抵不過那些奇花異草的成本，得不償失。結果這份擔心是多餘的，經常有客人在相中了某幅畫後詢問花的名字，我便順勢推銷起了那些充當模特的乾花，給出一個極具誘惑力的折扣，多數人會將乾花一併帶走。賣不出去也沒事，它可以繼續充當原冬的模特，乾花最大的優點就是永不凋謝，這成了它們的另類生命力。

辭掉工地的活兒後，原冬送餐的收入成了「月光」，除了給家裡寄去的錢、我們的伙食費以及他自己的一點點零用外，所剩無幾。賣畫的錢他堅持不要，說只要能對得起牆壁和天花板的租金就行了，我沒和他過多爭辯。

花舟在原冬不遺餘力的幫襯下度過了最艱難的賠錢歲月，現在，隨著畫廊生意的鋪開，花舟生意也日趨向好，從逐漸收支平衡到開始有了盈利，不再需要原冬的接濟來填補周轉金的虧空，真正迎來了轉機。這是一場質的飛躍，同時也是對他曾經流淌在那片滾塵中的每一滴血汗的最實在的回報。

待兩頭的生意都穩定下來，我去銀行給原冬開了個帳戶，把賣畫的錢全部存了進去。

每天都被花的香氛和畫的色彩環繞著，日子一如春日清風，怡然靜好。可我終究不能無視那始終像幽靈般徘徊於這棟老屋上空的陰鬱——原冬與小凌之間的陳年糾葛，不會憑空消失。他可以和我風雨同舟，用不計回報的血汗，來締結花舟與畫廊相互支撐起來的共生盟約，卻絕不會為了保衛它們的長久相守而與我並肩作戰，這是我的直覺。

終有一天他將丟盔棄甲，註定是個逃兵。

四十六、明宇

那天接到小凌電話時，原冬正在後院做飯，他通常利用忙碌的間歇在院子裡釘畫框或是給畫布刷底膠，我慶幸可以輾轉於這個小小縫隙。

自打小凌去年七月出國以後，這是她頭一次跟我聯繫。

「姐你放心吧，房子沒塌沒漏好著呢。」我主動向她匯報，言簡意賅，想在原冬進來之前結束通話，「對了，明天是你生日，提前祝你萬壽無疆壽比南山……」

「你發電報哪？」她打斷了我。

「不是想給你省點兒國際長途費嘛。」我振振有詞。

「不必，我回來了。」

「啊？」我瞬時一身冷汗，「什麼時候回來的？」

「前天。總公司有急事需要我處理，那邊的工作也告一段落，就提前回來了。」

「喔……」

「花店怎麼樣？」

道。

「挺好的。」

「明天一起吃個晚飯！」她用命令的口氣說

「行呀，哪兒見？」

「來我公寓。」

「好嘞好嘞！喲，有客人來了，姐我先掛了啊，明兒見面聊！」我壓低聲音，眼見原冬端著菜從後門進來，匆匆掛掉了電話。

「一個朋友過生日，約我去吃飯，明天晚飯別做我的了。」我跟他交代，心裡猶豫著是否該將小凌提前回國的實情告訴他。

轉眼原冬落腳這裡已經快十個月了。現在的他，擁有一份收入不高但還算穩定的工作，是花舟合夥人，還運營著「半個」畫廊，重拾畫筆找回了自信，作品從無人問津到打開銷路，總有一天，要回歸唐卡繪畫本行。這一路風雨兼程，每一步都艱難而堅實，他完全可以挺直腰板做人了。至於當年和小凌之間的所謂仇怨，我也只是片面獲悉原冬迴避小凌的態度，倘若小凌早已放下了前嫌，原冬還有什麼理由繼續背負呢？畢竟，他的理想已經在這棟老屋生根發芽，今非昔比。

心裡雖是這麼想，可我還是沒有勇氣，在他們任何一方面前提起另一方。

思來想去，我決定無為，暫時對兩廂保密，一切順其自然。小凌生活和工作的半徑離花舟都不算近，不會說來就來的，這樣原冬尚可在這裡多待上一段時日，能多畫一天就多畫一天，能多畫一幅就多畫一幅，於他是最現實的裨益。

小凌的公寓我只去過一次，還是在兩年前，但我根本不擔心找不到，這受益於原冬。為了提高送餐效率，上班第二天他買了本地圖冊來研究。有一天我心血來潮地拿來地圖冊考他，沒想到他說起那些多如牛毛的胡同小巷時如數家珍。後來我閒來無事就翻看，把自己曾經去過的一些地方標記了下來，線路門兒清。

第二天，我連路都沒問，憑著地圖上的幾個參照，輕鬆騎到了小凌的公寓。

一進門，我就向她獻上一大束粉玫瑰，熱情地和她來了個貼面禮。

「你這倒便利，就地取材。」她一如既往地揶揄我，不失時機地在我臉上狠狠捏了一把。

「這可是進口品種，貴著呢。」我揉著臉說道，瞥見桌上擺著三套西餐餐具，「在家裡吃？還有誰？」

「明宇。」

「西總醫院裝假肢那個？」

小凌白了我一眼，「他去年就跳槽了，現在在一家德國公司做智能義肢研發。」

我朝她吐吐舌頭。沒想到小凌出國這麼長時間，他們還沒「斷交」，這女人還是有兩下子的。

我去廚房探了個頭，只見灶臺上熱氣騰騰，油煙機隆隆作響，一個男人戴著圍裙忙碌著。

「嗨！你好！」我朝他打了招呼。

「你好！」他一邊掂著炒勺，一邊側過身來點頭致意，「最後一個菜了，馬上開飯。」

「好嘞！」我去洗了手，把做好的菜一盤盤端到餐桌上。

隨著煙機噪音的戛然而止，最後一道菜也上齊了。三人在餐桌旁坐定後，我才得以正視這位久聞大名並曾遠遠觀望過兩次，但卻一直沒機會正式認識的男人。

目光交匯的一刻，我觸電般地打了個激靈。這人好像在哪裡見過，可那俊朗的五官卻又是陌生的。

他也怔了一下，但並沒有我的反應那麼強烈。

「忘記拿酒了。」他說著，起了身。

乾淨而富有磁性的聲音刺激著耳膜，我望著朝酒櫃走去的挺拔背影，腦海裡浮現出了兩個多月前的那個立春午後，另一個身影和他重疊在了一起。

會是他嗎？有這麼巧的事？

他提著一瓶紅葡萄酒回到餐桌旁，問小凌：「這瓶可以嗎？」

「好啊。」小凌溫柔應道。

他開了酒，倒入醒酒器，分別給兩個高腳杯斟上，另一個杯子則斟了檸檬水。

「不好意思，我一會兒還要開車，晚些時候去機場送個朋友，就不陪你們喝了。」他顯然是在對我解釋。

我們向小凌表達祝福，三個水晶杯碰撞在一起，聲音比我和原冬的八錢玻璃杯悅耳得多。這個夜晚我的感官格外敏感，然而，面對這一桌豐盛的晚宴，卻無心品味。

「沒想到又見面了。」明宇再次舉杯，朝我微笑著。

我木訥地舉起酒杯和他相碰，感覺像是被逼到了死胡同，無路可逃，只能倉皇地將酒一飲而盡。

「你們認識？」小凌驚訝地問。

酒喝得太急，我嗆得咳了兩下，順帶掩飾著內心的不安。

那幅價格過度虛高的油畫，以及我自稱是油畫作者的謊言，這一切馬上就要敗露。沒想到今晚就要跟小凌攤牌了，這讓我措手不及。

見我不說話，明宇便解釋道：「你出國前不是給過我一張花店的名片嗎？兩個月前我去美術館那邊辦事，剛巧從那裡路過，就進去看了看，原來花店是你表妹開的。」

我就說天底下哪來那麼多巧合，同時我也立刻明白，剛才明宇在認出我的那一瞬間，為什麼也有意外之感但並沒有特別驚訝。名片是小凌給的，店主和小凌認識便是大概率事件，只是他沒有想到，那個店主就是今天來參加生日聚會的小凌表妹罷了。

「姐，你給名片時，怎麼也不告訴人家咱倆的關係呀！」

「我說怎麼後來找不著你的名片了呢，那天上車後，我可能下意識地當小廣告了，隨手往車上一撂。」小凌說著轉向明宇，細聲道，「沒想到你會去。」

我尷尬而卑微地朝明宇一笑，完全不是那天賣畫時的清高，希望他一會兒提起那幅畫時口下留情。

「好看嗎？明宇送我的生日禮物。」小凌朝我對面的方向指去。

我抬頭一看，嚼了一半的食物差點兒噴出

來，手中的刀叉也險些落地。

在我對面，牆中央掛著的正是我以三千元黑價賣給明宇的那幅〈雛菊〉。畫和房間的格調非常協調，以至於我剛才都沒注意到。另外，畫框由原來我配的金色換成了古銅色，看上去比原來內斂了許多，這也成了干擾視覺和離間記憶的重要原因。

我使勁兒點頭，連連說好看。

怪不得明宇當時連價都不砍，原來這是準備送給熱戀女友的生日禮物。出手如此闊綽也不排除他知道我和小凌之間或許存在某種關係，不好意思砍價，反正肥水不至於流到外人田裡去，將來大家可能還會再有交集，你來我往都是人情。這不，現在就兌現了。

我如坐針氈，任憑頭壓得再低，那幅畫始終在餘光範圍內。

我開始跟個話癆似的高談闊論，胡扯著天南海北不著邊際的事情。小凌幾次打斷我，問起花舟的情況，我的回答都是簡明扼要，隨即又轉移到了別的話題。我不想談及花舟，生怕明宇順勢提起我和他之間的那筆交易。

我時不時地用餘光悄悄掃視明宇，但見他淡定從容，熟練地用刀叉切割著食物，儀態優雅。睿智的他可能早就從我的焦躁和只有他能感受到的反差中悟出些許端倪，只要他不提，我便可以多苟延殘喘一會兒。

其間小凌悄悄瞪了我好幾眼，我早就習以為常，根本不算什麼——算什麼的，是她在桌布的遮蔽下狠狠踩了我一腳，往死裡踩。當時我正在滔滔不絕地講述人類現代環境保護運動的發展，這本是我和原冬晚餐時的談資，那一天是「世界地球日」。

小凌以為我喝多了，不讓明宇再給我斟酒。我確實喝得不少，但平日酒量早已練就，這點兒紅酒不在話下。倒是藉著酒勁兒，膽魄著實大了些，心想愛咋地咋地吧。明宇真要提起那天買畫的事，我也便橫下一條心，藉此機會和小凌坦白交代原冬的事，從此不必再受煎熬。有明宇在，想必她也不能馬上拿我怎麼樣，她還要顧及自己的淑女形象呢。就這樣，我不再多說話了，反而

放寬心，把心思都放在了吃喝上。

明宇的西餐做得真不錯，那些我叫不出名字甚至連食材都分辨不清的菜餚，不僅品相精緻，味道更是鮮美。值得一提的是，桌上還有一盤看上去不太和諧的醬爆雞丁，味道也是頂呱呱，那是專門為我做的。小時候我偏愛雞肉，每次去小凌家吃飯，舅媽必做這道菜，我一個人就可以吃掉大半盤。小凌可能是為了在明宇面前表現我們姐妹情深，才請他做這道菜的，也是用心良苦。其實長大以後口味雜了，早就不執著於這道菜了，現在我最愛吃的雞肉做法，是原冬做的甜醅雞。

令我慶幸的是，關於那幅畫，明宇隻字未提，我為此心懷感激。

吃完飯，小凌把我們送下樓，她讓明宇送我回去，我以還想騎車溜達溜達為由，婉言謝絕。

「最近嚴查酒駕，包括自行車。」明宇說著打開了汽車後備箱，「把車推過來吧。」

我汗毛一豎，卻又不好發作，心想他這是要甕中捉鱉，私下裡對我打擊報復吧。也罷，畢竟他剛才給足了我面子，接下來要殺要剮，悉聽尊便。

身處車廂，可以清晰地感受到彼此的氣息，任何掩飾都顯得多餘，甚至可笑。

「那幅畫不是我畫的。」我先發制人，卸下心頭巨石。

「沒關係，這不重要。」他說。

「但它不值那麼多錢，那天我胡亂說的，誰想到你這個冤大頭連價都不砍，小凌要是知道了非殺了我不可。」

「放心，我不會告訴她的。」

「你想留著把柄牽制我？」藉著酒勁兒，我沒有控制住陡然生起的怒意，「我這人痛快，說吧，你想怎樣？」

「還能怎樣？」他扭頭看我，笑了笑，嘴角勾起的弧度令我浮想聯翩。

「你什麼意思？」我下意識地把手放到車門拉手上，好像他準備把我怎麼樣似的。

「你什麼意思？」他反問道，眉頭一皺，「該不會強行讓我退貨吧？你也看到了，畫已經掛上了。」

我對著空氣尷尬一笑，後悔剛才自己的過度反應，喝點兒酒就變得神經質了。

「要不這樣，算你吃虧，我退你一半的錢，一會兒我拿給你，現在身上沒那麼多錢。」我說。

「不用，又不是你強賣給我的，而且小凌也很喜歡那幅畫。」他的語氣很真誠，完全看不出掩藏著什麼打擊報復的陰謀。

「你為什麼沒告訴小凌畫的來歷？」這是我一晚上最大的疑問，「我是說，在我今晚過來之前？」

「你真想知道？」他故意吊了一下我的胃口。

「當然。」我的腦海裡瞬間浮現出了各種猜測。

「她沒問我。」他淡然道。

「就這麼簡單？」我很驚訝，又進一步追問，「也就是說，她如果問了，你就會實話告訴她？」

「有什麼理由隱瞞呢？」他看了看我，語氣平和而認真，「所以，你應該感謝小凌才對。」

「還是謝天謝地吧！」我倒吸一口涼氣，仿佛和死神擦肩而過，「那……今晚我來之前，她沒告訴你我的名字？也沒告訴你我開的花店？」

「沒有，她只說了表妹晚上也來。」

「這女人還真叫人難琢磨啊！」我喃喃道，看向明宇，「她沒說，你就沒問？」

他笑著搖了搖頭。

我也笑了，感慨道：「她不問你就不說，她不說你就不問。你這人也真是有意思呢！」

「對了，有件事，不知道你願不願意參與。」他生硬地轉換了話題。

「參與？參與什麼？」

「我有個老同學，他們那裡對鮮花的需求量很大。」他邊說邊從上衣口袋裡掏出一張卡片給我，「有興趣的話可以跟她聊聊。」

我接過一看，是張名片，上面寫著：長風陵園殯儀館入殮師，鄭虹，下面是幾行聯繫方式。

「你要是有什麼忌諱，當我沒說。」他補充道。

「謝謝！明天我就跟她聯繫。」我收起名片，望著幽深的夜幕，忽而想起了父親曾講述給我的一段舊憶。

當我還是嬰兒時，父親就經常帶我去陵園給母親掃墓。待我長大一些，他告訴我，第一次帶我來到母親墓前時，此前一直哭鬧的我非但停止了啼哭，還露出了一臉燦爛的笑容，他說那是因為我感應到了母親的慈懷。不知是不是因為這個緣故，對於陰地與白事，我打小兒就沒有畏懼，在我看來，那個世界和我們這個世界沒有什麼不同，只是我們無法看到彼此而已。

晚上不堵車，很快就到了花舟。明宇幫我取出了後備箱的自行車，我叮囑他稍等片刻，隨即跑了進去。

不論是我的奔跑速度還是數錢速度都已經相當快了，可當我攥著一大把鈔票跑出來的時候，卻只看到我的自行車孤零零地佇立在街邊，深夜的路燈將它染成了溫暖的橙黃色。

四十七、荼蘼

我不相信肥差美事會輪到我，但翌日清晨還是給入殮師鄭虹打了個電話。

剛一報上名字，聽筒那端的語氣立馬熱絡起來。鄭虹給了我一個手機號，讓我直接和分管殯儀採購的羅大同聯繫，那是她老公。我謝過她，轉而撥通了羅大同的電話。

他對我的來電早有準備，詢問了幾種常用喪葬用花的供貨價，我按當下行情的優惠價報了過去。他當即訂了白菊、白玫瑰、黃扶郎和散尾葉各五百枝，讓我明天一早八點前送過去，先看看貨，沒問題的話就簽合同。

掛掉電話我半天沒緩過神兒來，這一單趕上花舟半個月的出貨量了，明天要是簽了合同就是長期合作，旱澇保收。殯儀館不會倒閉，鮮花又是剛需，從羅大同的反應來看，他們對價格也不是很敏感，留給我的利潤空間非常大。

後來我才從鄭虹那裡得知自己多麼幸運，我與殯儀館的合作可謂佔盡了天時地利人和。就在我給她打電話的兩天前，她去參加大學母校的百年校慶，遇到了畢業後就再沒見過面的明宇。閒聊時，鄭虹隨口說起殯儀館的鮮花供應鏈最近出了點兒問題，沒想到明宇走了心。我也暗中驚嘆，自己和這筆買賣確實機緣深厚，倘若不是昨天去參加小凌的生日宴，也就不會與明宇正式認識，這種千載難逢的好事也就不會找上我了。

和羅大同通完電話我就去辦了一張購物卡，充了錢進去，這份人情總是需要打點一下的。

第二天一早，我按照羅大同的訂單去花卉市場精選了新鮮花材，包了輛金杯，如約送抵長風陵園殯儀館。羅大同對這批花很滿意，當即跟我簽了合同，並開了現金支票。他說殯儀館的鮮花採購業務同時包給了三家供應商，是為了制衡供方以確保品質和臨時調度。他還強調他們不會對供貨價嚴苛，順應大行情便可，最基本的要求是品質要好，送貨要準時。我自是信心滿滿地向他打了包票。

當我找到合適的機會準備把那張購物卡塞給羅大同時，卻被他果斷拒絕。他說如果是為了這些，大可不必終止和上一家供應商的合作，昨天他們還派人送來一根金條想要挽回，當然是怎麼拿來再怎麼帶走。

我暗暗讚嘆明宇的面子如此之大，我得到的這個合作機會竟是連金條都換不來的。但是後來，當羅大同給我講了發生在不久前的那件事情之後，我才明白，是什麼因素真正成就了他拒絕購物卡和金條時的那份毅然。

有一位因白血病去世的年輕女孩，生前最喜歡百合，親人想讓她在盛開的百合叢中浪漫離去，這是他們能為女孩做的最後一件事。原本花商應該提前一天把鮮花送過來，因為女孩的遺體告別儀式是清晨首場。但花商臨時有事，想推遲到當天一早送，並信誓旦旦地保證，絕不耽誤現場佈置。那家貨商是做二級批發的，貨源有優勢，也合作很多年了，從沒出過差池，羅大同痛快地答應了。可讓人始料未及的是，第二天他們送過來的全是不太新鮮的百合花，部分已經打蔫。離儀式開始只有不到一個小時，現場插花佈置還需要一定時間，根本來不及重新調貨，只能將就了。喪屬非常不滿，但也沒過多追究，他們

說非常感謝入殮師把女孩久經病痛折磨的脫了相的遺容，復原到了她生病前最美好的樣子，只此一條，就值得他們原諒其他不周。這反而讓羅大同更加愧疚，最後，他無限感慨地對我說：「不是所有事情都可以用一根金條挽回的。」

我收起購物卡，明白了縱使明宇面子再大，縱使金錢的誘惑再大，這個世界上總還是會有比它們更重要的東西，這也算是踏入這一行後我所學到的第一課吧。剛剛簽署的這份合同分量很重，不僅意味著我幸運地獲得了一個多少人夢寐以求的肥差，同時更意味著，我肩負起了一份維護逝者尊嚴和撫慰親友心靈的神聖職責。

就這樣，我輕鬆卻也沉重地拿下了殯儀館的鮮花配送業務。

瞭解了羅大同對待工作超越金錢和情面的深層想法後，我並不介意他洞悉我和明宇其實並不相熟，於是逕直從他那裡要了明宇的手機號碼，而非從小凌那裡。

一回到店裡我就聯繫了明宇，向他表達感恩，他客氣地說只是舉手之勞。

這個「舉手之勞」猶如春風拂面。此前十個月裡，花舟經歷了漫長的冰封期，而後在原冬的接濟下逐漸解凍，緩慢復甦。我做夢都想不到，這麼突然地，花舟就迎來了真正意義的春暖花開。

每週要去長風陵園送一至兩次貨，除了大量切花訂單，我時常也承接一些小活兒。

殯儀館告別廳有一個花藝小組，專門製作弔唁花束、花籃和花圈，用的都是我供應的通用花材。和組裡的人相熟以後，我瞭解到他們經常會碰到對花圈的花材或造型有特殊需求的客人，但低於五個的零單一般不接。有一天送貨時，我和羅大同溝通了一下，表示他們不接的單子，我願意協助靈活加工。羅大同果斷同意，說這是惠利三方的事情，當即聯絡花藝小組的組長和我溝通對接。

那天我在告別廳裡待了半天，觀摩每一尊花圈，瞭解花材的插編方式與搭配技巧，不懂就向組長請教。後來每次去送貨，我都要去告別廳走一趟。有一次剛好趕上一位著名表演藝術家的追悼會正在進行，我被特許進入弔唁。

前幾天還活躍在螢屏上的光鮮形象，此刻定格成了遺像。位再高、錢再多、名再大，也無法預測生命的短長。花圈、花籃，遺體安放臺四周層層疊疊黃白相間的祭花，以及為逝者送別的每一位親友胸前佩戴的白菊，都有源自我的供應。我站在告別廳的角落裡，遠遠欣賞著它們，比起花舟貨架上的鮮花，它們除了同樣新鮮美麗之外，還多了一份從容，讓我感受到了一種平靜的力量。我不只向這裡的工作人員學會了紮製花圈，還學會了在喪屬面前，始終把莊重肅穆以外的其他一切情緒小心地掩藏好。

自從接了為殯儀館訂製花圈的活兒以後，花舟貨架上經常陳列著大量白色花卉，加之旁邊堆放的紮製花圈的竹架，有些客人看到後忌諱，扭頭就走。我只好把那些東西都挪到了裡屋，等到晚上打烊再搬出來，現在這個店不只是花舟，還是畫廊，我不能只圖自己一時便利。

這些特殊訂製品利潤可觀，羅大同會將銷售額以現金的形式結算，且殯儀館不再扒皮。

我經常五點多就起來紮製花圈，難免干擾到原冬睡眠，他索性也跟著起來。外屋我們各佔一半，我紮花圈，他畫畫。活兒多的時候他也會放下畫筆，脫掉沾滿油彩的工作服，到後院洗過手後和我一起製作。

我問他為什麼一定要洗手，有時候他的手明明很乾淨，並沒有沾染顏料。他說也沒什麼特別的理由，就是覺得應該這樣做，算是對逝者的尊重。他還說，有些存在並不是以視覺來顯現，所以才會有各種各樣的儀式，形成觀想後化作另一種可以感知的存在。就像唐卡創作，不僅是繪畫本身，還包括繪畫前後的種種儀軌，每日提筆前須焚香誦經，行禮打坐，清心淨意。若開新作，更須沐浴潔身，齋戒觀修。作品完成後還要請大德開光，在背面佛像的眉心、喉結和胸口處書寫「嗡」「啊」「吽」三字明，有的還要鈐蓋金汁或硃砂大手印。只有這樣，唐卡上描繪的佛菩薩才具有神識念力，否則便只是線條和色彩堆構而成的一幅形象圖畫。

這是原冬第一次主動向我談及唐卡，和幾個

月前從畫具店老闆眼鏡那裡所受到的教益不同，眼鏡談及更多的，是唐卡基於繪畫本身的講究，不論是顏料還是裝裱，都讓我感受到了唐卡在藝術層面的審美極致。原冬的這番話我雖不能完全聽懂，卻深深觸動了心靈，讓我明白，看待事物還可以擁有一種介於理性與感性之間的視角，我感受到更多的，是唐卡在宗教層面上的神秘、智慧與莊嚴。

這些花圈何嘗不是如此，被拉到殯儀館後，只有掛上了「奠」字和挽聯後，才被賦予了人類通識的緬懷之意與通靈之性，成為真正意義的花圈。感悟了這番道理，我以後每次紮製花圈前也都先去淨手，只為那些看不見的存在。說來神奇，這個小小的儀式能讓我快速沉靜下來，全情投入，不再像以前那樣，純粹是為了工作而工作，這些勞作，已經昇華成了我的生命本身。

我曾紮製過一個以梔子花為主題的花圈，上面掛的挽聯令我記憶深刻。「出生入死當年事，春去秋來此時心」，敬獻這個花圈的人和逝者的關係一定非同一般。我非常欣賞這兩句話，覺得它同樣適合於父親題與他的戰友高黎明，但深想後又覺欠妥，不論是挽聯還是墓誌銘，作為他們二人情感的形式載體還是略顯單薄——相對於父親攜帶著這位摯友的骨灰雲遊天下這樣的生死征程而言。他們之間的情感不僅親厚深沉，還帶著些奇幻色彩，很難被概括，也很難被某種特定的形式物化。眼前那一片潔白的梔子花讓我想起了那年父親從雲南打來的電話，當時他剛從怒江大峽谷徒步穿越出來，他說從來沒見過那麼多白色的荼蘼花，漫山遍野全都是，特別美。我問他高叔叔的骨灰撒沒撒?他說還沒有。

時光沐浴在春風中，從原冬持握的畫筆尖流過，從我輕撫的花瓣間流過。他畫畫時的身影常常與我紮製的花圈重疊在一起，透過那一個個還沒插滿鮮花的竹編格柵，我窺見他一手托舉著調色盤，一手用畫筆在畫布上塗抹，神情專注。偶爾，他不經意的一瞥也會與我的目光相會，而後自然掠過，重歸於畫布。格柵那側是他的彩色世界，這一側則是屬於我的潔白、肅穆與清明。我常癡癡地想，如果當下時光裡的這些內容可以無限複製該有多好，我甘願後半生悉如此一日，我和原冬在這樣的靜美與充實中慢慢老去，直至走到各自生命的終點。彼時和此刻一樣，只是我們都已白髮蒼蒼，他依舊手握一根畫筆，我依舊指拈一朵白花。最終，我們都將成為我親手紮製出的這些花圈所祭奠的對象，在另一個世界的茫茫人海裡，各自秉持前世的信物，繼續尋覓著彼此。

奈何這只是我強說愁式的矯情，原冬的世界裡只有現實。天氣轉熱後，他曾不止一次問起過我，小凌是否快回來了。我從不正面回答，而是藉機開導他，把心中所想如實道來。如果說送餐這份職業不值一提的話，那麼，這個畫廊再小，也終歸體面，他現在的身分和我一樣，都是這家店的老闆，他應該有自信去面對所有人，包括這裡的房東小凌。可他不屑於我的這番論調，要求我一定要在小凌回來之前告訴他，他已經做好了隨時撤離的準備。我問他這些畫怎麼辦，他毅然決然地說這所房子裡所有和色彩有關的東西，他一樣都不會帶走。

這更加堅定了我此前的決定——就讓他和小凌這對冤家自然而然地相遇吧。我倒要看看最後究竟會發生什麼，最壞的結果也無外乎是原冬的離去吧，也許實際情況根本沒那麼糟糕。我不急於深究原冬和小凌之間到底有什麼仇怨，只寄希望於八年時間的流逝，可以拂去小凌當年對待原冬的那股凜冽鋒芒，並且未來某一天，當她踏進花舟，看到那一尊尊潔白的花圈時會有所動容，有所感懷。終有一天，我們都將被安放到一個由它們環繞的高臺上，與塵世間的一切告別，縱然是比天還大的仇恨，到那時也將消散成一縷淡薄縹緲的雲煙了吧。

四十八、宣戰

我努力感受著那些看不見的存在，它們跨越各種介質投射到這個世界，如同一縷縷透明無色的光，各自都有著目的不詳的使命。其中有一

縷特別纖弱，微調著每一件事情的走向，在未能充分認知這些能量之光以前，我們把它稱為「巧合」。

有的巧合，是一個構思精妙，包裹著美好外衣的殘酷寓言。

告別廳訂製花圈的業務比預期多，加上例行的送貨，每週我至少要去長風陵園三次，擠佔了很多看店的時間，對畫廊銷售有一定的影響。可即便這樣，六月份的銷量也達到了十二幅。以前我曾單方面提出，待月銷量達到十幅，原冬就辭掉送餐的工作專心作畫，如今我重提此事，他只淡淡說了句「再說吧。」

我知道他是在等小凌回來的消息，這棟老屋不可能成為他事業的永久棲息地，而只是他人生低谷的臨時驛站。除了顏料和畫作，他擁有的就只有來時背負的帆布行囊，一輛自行車和幾個月前我為他開立的銀行帳戶。存摺上的六千多元全是賣畫的收入，包括賣〈雛菊〉的三千元，這些錢在任何地方都開不起一間畫廊。

從某種意義上來說，我應該感謝小凌，因為自她四月回國以後，直到七月四日才來花舟，此間這兩個多月不長不短的時間，成就了花舟和畫廊共同的事業上升期，也鑄就了兩個北漂在這座城市裡最輝煌的一抹記憶。

巧的是，去年我和原冬在時空旅社邂逅的那一天，就是七月四日。

我不好意思向命運再過多奢求什麼，因為我已經如願實現了花舟四季輪迴的圓滿。然而，如果時光可以倒流，回到兩個月前我剛得知小凌回國的時候，我寧可犧牲這虛妄的圓滿，重新選址搬走，徹底與小凌脫鉤。或者，哪怕時光只倒流一天也行，我一定會跟原冬攤牌：小凌回來了。在這個世界上，遠遠有比讓他多畫幾幅畫更重要的事，比如讓他自主而體面地提前離開。可惜這個道理我明白得太晚，我始終在自欺的幻想中一意孤行，根本沒給他這個機會。

黃昏時分，我正在裡屋整理新拉回來的花圈竹架，外面傳來了風鈴聲，我以為是原冬回來了，便沒動彈。當分辨出由遠及近的高跟鞋聲時，抬眼間，小凌已經站在了面前。

這一幕曾在腦海裡浮現過上百遍，所以當它真正來臨時，我還算鎮定。

「姐，什麼風把你吹來了。」我放下手裡的花圈竹架。

「真喪氣！」她丟下一句，扭頭走了出去。

我趕緊起來跟上她，瞥了一眼牆上的鐘，離原冬下班回來還有十幾分鐘，我尚有時間來做些鋪墊。該來的總會來，這個歷史時刻並沒有我想像得那麼難以面對。

「今兒怎麼有空啊？」我接了杯冰水給她。

「晚上和明宇去人藝看話劇，約你這兒見。」

「我就說嘛，你這個大忙人，怎麼會賞光專程過來。」

「看樣子生意還不錯？」她湊到一束香檳玫瑰前聞了聞。

「門店這裡還湊合，現在主要靠陵園。」

「成天往那種地方跑，你不怕啊？」小凌皺著眉，「那天我還埋怨他，怎麼介紹這種喪氣活兒給你。」

「姐，瞧你說的，我謝人家還來不及呢！」

她誇張地聳聳肩，臉上不屑的表情好像在說，這樣的買賣給她多少錢她都不會幹的。

她端著水杯四下打量，從那驚異的表情可以看出，她一定非常疑惑，我這麼一個沒文化沒品味的人，怎麼可能把這間小店打理得如此富有格調。

終於，她注意到了牆上那些畫並不只是裝飾，在它們的右下角，都插著一個小小的標籤。

「我剛才看見門口有個畫廊的招牌，還納悶呢，原來這些畫也是賣的。」

「前期生意不好，就變通了一下，跟陵園合作以前，全靠賣畫貼補才維持下來。」

「這樣啊。」

「我可是說到做到，房租一分錢都沒拖欠吧？」

「嗯，不簡單。」她喝了口水，「不過以後要是遇到難處得告訴我，真到交不起房租那一天，也不能硬把你轟走啊。」

心間頓時湧起一股暖流。長這麼大，小凌難得讓我如此感動。

「誒？你有沒有覺得，這一幅的畫風和明宇送我那幅〈雛菊〉挺像？」小凌像發現了新大陸一樣，盯著她面前的一幅油畫。

「他就是從我這兒買的啊。」我直言道，留給我的時間已經不多了。當然，我不會告訴她那幅畫的成交價。

「好哇，你們倆合起夥來騙我！我就覺得我生日那天你們之間有什麼貓膩！」小凌恍然大悟。

「姐你別生氣啊，那天要是告訴你我還賣畫，今天不就沒驚喜感了嘛。」我用手護著靠近她那側的耳朵，生怕遭到突襲，「你也別埋怨明宇，是我不讓他說的。」

「行了行了！瞧你這樣子多寒磣！」小凌扯下我護耳朵的手，另一隻手中紙杯裡的水劇烈地晃了一下，灑濺出來幾滴。她抹掉手上的水珠，慌張地往外瞥了一眼。

我怯怯一笑，她定是不想讓明宇看到這一幕，看來她的假淑女形象暫時還沒穿幫，也真是難為她了。這樣倒好，有了明宇這個保護傘，諒她今天也不敢對我太過分，我和她攤牌的底氣也便足了些。

「我的臥室也需要裝飾一下。」小凌走到另一幅畫跟前，「這幅不錯。」

「姐，你真有眼光，這幅〈黃梨葉〉可是畫師的得意之作，今天早晨剛出爐的。你看，油彩厚實的地方還沒乾透呢，外框也沒來得及配。」

「剛出爐？」

「這些畫都是代銷的，不壓資金，我跟畫家本人合作，獨家代理。」

「不錯，充分利用資源，控制經營風險。」

「我還怕你不同意我跟別人搞聯合呢。」我故意賣乖，「姐，你該不會趁勢漲房租吧？」

「我還沒掉錢眼兒裡。」小凌又喝了一口水，認真地說道，「有人幫襯是好事，這樣我還能省點兒心。」

「確實需要幫襯，你看這個店，上上下下左左右右，前前後後裡裡外外，都是那個畫家幫我設計的。」

「我就說嘛，以你的村姑品味，怎麼可能把這裡佈置得這麼講究呢！」

「姐，這個人啊……其實你認識。」眼瞅著時間將盡，我抓緊進入正題。

「是嗎？」小凌的目光遊走在那些畫上，作沉思狀，「我好像沒什麼畫家朋友……」

「就是原冬啊。」我終於把這個名字送出了口，如釋重負。

這一次，不論她罵我打我掐我擰我，我都心甘情願地接受。想必今天她下手應該不至於太狠，甚至還有可能開恩赦免於我。明宇隨時會進門，不給我留面兒，也得給她自己留面兒吧。

我乖乖站在她面前，一副束手就擒任憑責罰絕不反抗的樣子。

小凌的視線從畫上緩緩移開，轉而投射在了我身上，用從未有過的錯愕而又凝重的目光打量著我。而後，她的雙眸漸漸失神，似兩個無底黑洞。

她不說話，每一秒鐘都被無限放大，氣壓低得喘不過氣來。

我陡然意識到這件事情的走向超越了預判，等待我的很可能是一個難以收拾的局面，這也證實了原冬不願見小凌的理由，絕沒我想像得那麼簡單。

可惜我明白得太晚，而此刻又無退路。

面前是我的表姐兼房東，身後即將歸來的，是我生活與事業的珍貴伴侶，他們之間到底有什麼過節？我從未像此刻這樣渴望得到答案。

關於八年前那次邂逅時的不愉快記憶，我的大腦在每次提取時都是小心翼翼，淺嘗輒止，我從未深入思考過小凌和原冬之間的關係，也無從思考。現在就算腦洞大開，我能想像到的也無非是當年她們之間有過什麼感情糾葛，追愛不成反成仇？不可能，我立即否定了這個想法，他們之間沒有任何匹配的地方，我不相信其中一方會喜歡上對方。沒什麼理由，就是堅決不相信。

那還會有什麼緣故呢？今天，是該真正揭開這個謎團的時候了。

在這之前，我有義務先向小凌交代清楚整個事情的來龍去脈。而且，我也必須馬上說點兒什麼，眼前的死寂令我窒息。

於是，我從去年夏天和原冬在時空旅社邂逅講起，講到原冬刑滿釋放後來北京找工作，我出於憐憫而暫時收留了他，後來為了分擔生活成本而繼續和他捆綁在了一起。他盡心盡力地幫我裝修和設計花舟，在我不切實際的忽悠下面試屢屢受挫，最後腳踏實地地找到了一份送餐的工作，後來又為了貼補花舟的虧損而瞞著我去工地加班做苦力。歷經了這麼多的坎坷艱辛，他才終於在我的鼓勵之下重拾畫筆，擁有了這「半間」來之不易的畫廊……

沒想到，跌宕起伏苦盡甘來的一年，幾分鐘就講述完了。

我和小凌一直保持著相對站立的姿勢，除了我雙唇的翕動，一切都是靜止的。無論她是否聽進去了，我都要感激她，至少容我說完了這番話。

然後，我坦誠地望著她，心甘情願地等待著她對我的審判。

原冬下一秒鐘就可能進門，我渴望他能和我並肩作戰。這場戰爭的性質不再是為了保衛花舟和畫廊在這裡的存續，因為現在的我們已經有能力把門店開到其他地方。我所渴望的，是原冬能夠向他與小凌的往事宣戰，把他們在大學期間所謂的仇怨和盤托出，放下成見重新溝通，或許以前有什麼誤會，又或許是年輕的他們，過於偏激地把雞毛蒜皮的小矛盾放大了。無論如何，惟願這兩個對我都格外親密重要的人，能夠利用今天這個機會，把八年前一切不堪回首的記憶統統擊碎，而後冰釋前嫌，握手言和。

四十九、殘畫

「讓他走！」小凌從齒縫擠出了三個字，字

字剜心。

「姐。」我喚了一聲，她的目光依舊空洞，沒任何反應。

「八年前……」我頓了頓，終於將那個壓抑了太久的疑惑問出來，「在風城美術館那次我就知道你討厭他了，這麼多年過去了，你不但沒釋懷，反而好像更仇視他了？」

「你懂什麼！」她呵斥道，神志總算回來。

「對，當年我不懂，十四歲的我還是個小毛孩。可是現在，我已經是你當年的年紀了，沒什麼我不懂的了。」

「他是殺人犯，你不會不知道吧？」

「那是個意外。」

「意外就不會判十年的重刑了。」她突然想起什麼，「時間好像不對，還差好幾年啊。」

「減了四年刑。」我不放過任何一個為原冬開脫的機會，「他要真是十惡不赦死不悔改的人，也不可能減那麼多刑。王雨的死真的是個意外，是他先動手的，兇器也是王雨先拿的，原冬是為了自衛。」

小凌沒作聲，我繼續說道：「姐，我們今天先不談這個好嗎？我只想知道，八年前，我們在美術館和他那次碰面之前，你們之間到底發生過什麼不愉快？」

「和你沒關，別問了。」她不耐煩道。

「原冬是個好人，他的人品我非常瞭解！」

「瞭解？有多瞭解？你跟他認識才多久？」

「我們同吃同住了一年，從去年的七月四日到今天。巧了，今天也是七月四日，整整一年！」

「七月四日？」小凌驚道。這個日子她應該很容易想起，第二天就是她出國的日子，那天早晨她還來過花舟。

她冷冷一笑，「原來從那個時候起，你就和他一起騙我了。」

我不禁心虛，「那天騙你是我不對，但我真的看他可憐，想幫他一把。」

「好吧，這事翻篇兒。」她一副大人大量的樣子，卻話鋒一轉，「現在可以讓他走了。」

「可是現在……我們是事業合夥人！」

「合夥？就憑這幾幅破畫？」

「我們還是靈魂伴侶！」

「靈魂伴侶？哈！」她突然狂笑不已，失控的表情讓美麗的面龐變了形。

「很難理解嗎？」我認真地看著她，「你不是總說我沒男人要嗎？他肯要！不管我多窮！不管我多笨！我要永遠和他在一起！」

她終於停止了狂笑，臉上的肌肉在慣性中微微抽動了幾下。

「你不會懂的。」我鼻尖泛酸，強忍著淚，替自己委屈，更替原冬感到不公。

「眠眠，你不瞭解他，真的！」她忽而轉換了勸慰的語調，放下一直握在手裡的水杯，拉起我的雙手緊緊握住，指甲硌得我的皮肉生疼，過度關切的眼神看上去有些神經質，「他是個危險的人，不要再和他來往，聽見沒？」

「這是我自己的事。」我掙脫開她的手，背過身去抹掉眼淚，「房子是你的，當然是你說了算，等房租到期，我們馬上搬走。」

「不行！今天就讓他走！」一聲怒號像炮火般朝我襲來，她終於失去了耐心。

幾乎是同時，我聽到了水花飛濺的聲音，隨後是紙杯落地的幾聲空響。

我回身一看，立時驚呆。那幅〈黃梨葉〉好似被暴雨沖淋過，水滴順著油彩的紋路嘩嘩往下流淌著，變形的紙杯滾到了角落裡。情緒失控的小凌一把將畫扯下，重重摔到地上，狠狠踩踏。

畫框被摔斷，畫布被高跟鞋踩破變皺，扭曲成了一幅抽象畫，未乾的油彩沾染在她的高跟鞋上，踩得到處都是。

我懵懵地站在那裡，這一切發生得太突然。

來不及心痛，來不及哭泣，甚至來不及憤怒，我抓起那幅畫，噗通跪在地上，以一個足夠卑微卻又極為倔強的姿態阻擋在她和那面牆之間。

我大口喘著粗氣，感覺自己隨時都會暈厥過去，可我不能倒下，必須挺住。

這個瘋女人別想再接近原冬的畫作，碰一下都不行！我手裡這幅油彩未乾的破損油畫就是最好的武器，她膽敢再上前一步，我就讓她這一身看上去價格不菲的衣裙更漂亮一些！必要的時候，我甚至有可能利用堅硬的木框邊角——殺死她！

故意殺人也好，激情殺人也罷，都比原冬失手令王雨致死的性質惡劣，可我不在乎。

好在小凌沒有再進一步行動，發洩完的她呆呆地站在那裡。

我們就這樣僵持著，不知過了多久，一直處於緊張戒備狀態的我猝然洩氣，悲從中來。我為這個女人深深的怨念而悲憤，為原冬即將面對的這一片殘破狼藉和尊嚴盡失而悲痛，為自己親手製造的這場本可以避免的混亂而悲哀。事到如今，全都是我咎由自取，此時此刻我什麼都不想要了。在這場重創之下，只求能保全這些畫，並且能為原冬彌補與挽回些什麼。

「姐，我求你了，就給他三天時間行嗎？或者兩天也行……」我還保持著剛才的姿勢，抱著破損的畫跪在地上苦苦哀求著，垂死掙扎。

她久未作聲，明宇不知何時出現在我身旁。

他把我攙扶起來，小心抽掉我手中的油畫，放到遠離小凌的一組貨架旁邊，遞給我幾片紙巾。

我謝過他，一點點地擦拭起了沾在手上的油彩。

「便宜你可以，便宜外人可不行。」她終於開口，「房租每月加一千，一共一萬二，一次性付清！」

心頭掠過一陣寒涼，但我還是滿懷希望地問道：「給你一萬二，他就可以留下來了嗎？」

「別做夢了好嗎？這一萬二是對過去那一年的補償！你根本沒資格和我談以後！」她直眉瞪眼道，完全不顧及在明宇面前苦心經營的形象。

「要是在兩個月前，我是真的沒資格和你談條件，因為打死我也拿不出這麼多錢來。託明宇的福，這兩個多月有了些收入，可一萬二對我來說，也不是個小數……」我萬般無奈，這無異於釜底抽薪。

「小凌，別這麼為難鐘眠。」明宇開口勸道，卻沒有就事情本身詢問什麼。

「好啊，給你個面子。」小凌強努笑意，走到我面前，「鐘眠你聽著，我現在給你兩個選擇。」

我靜靜地望著她，並沒有因為多了一個選項而感到慶幸。

她竭力控制著自己的情緒，「一會兒他回來了，你讓他當著我的面兒立即收拾東西走人，那一萬二咱們一筆勾銷，既往不咎！你要是不接受，就把欠我的一萬二房租給我，但我只能寬限一天，就一天！明天就讓那賤人走！滾！！！」

她還是沒能控制住自己，面龐因抽搐而變形，最後一個字是歇斯底里地嘶吼出來的。

久久不消的餘音擾動著氣流，劇烈震顫著。我的心像一塊從山頂崩落的巨石，跌入漆黑的谷底，幻想破滅，萬念俱灰。

很顯然，她的目的不是錢，而是想要親眼看到原冬被趕走時的狼狽。不過她失算了，我絕不會讓她看到那一幕的。一天就一天！我甘願為原冬的尊嚴買下這一天，甘願付出一萬二千元的不菲代價。這一切都是我造成的，理應由我來承擔。

我拿來了進貨周轉金，又從身上翻出些零零散散的錢，一起交給小凌，「這是九千三百六，還差兩千六百四。現在我總共就這麼多錢了，其餘的錢都壓在了貨款裡。我會想辦法，儘快把剩下的錢打你帳上。」

「不必了，剩下的就用這些畫來抵償吧。」小凌說著就要去撕扯牆上的畫。

明宇及時攔住了她，我也迅速衝過去，張開雙臂，擋在她和那面牆之間，狠狠怒視著她。我被她逼成了一頭憤疾的鬥牛，周身的血液都在升湧僨張，她膽敢再上前一步，我就讓她領教一下我頭顱的力量。

「這是三千。」明宇忽而開口，說話間已經拿出一疊錢遞到小凌面前。

小凌像是突然回過味兒來，花容失色，驚詫地望著明宇。良久，她勾起嘴角生硬一笑，接過錢來塞進皮包，猶如喝醉酒般，邁著散亂踉蹌的步伐奪門而出。

持續緊繃著的神經一下子鬆懈下來，我癱坐在了地上。一旁水培植物的玻璃器皿上反射出了我蒼白的面龐，透著從未有過的疲乏。

「謝謝，錢我會還給你的。」我有氣無力地對明宇說道。

說來不可思議，面前這個男人來過花舟兩次，每一次都像是被施加了一個名為「三千元」的魔咒。

他沒說什麼，把剩下的半包紙巾塞到我手裡，然後走到門邊，把掛牌「休息中」的那一面翻向外，隨即離開了花舟，朝著和小凌一樣的方向而去。

我緩了緩神，蓄積了足夠的氣力才從地上艱難爬起，逕直去拿來了膠帶和剪刀，把破掉的油畫簡單黏合起來，又將地上的油彩大致清理乾淨。

我捧著畫站在西窗邊，讓落日的餘暉投射在我和它身上，我們都需要一些暖意。眼前是下班的人流聚匯成的潮汐，我企盼著，卻又恐懼著原冬的出現。

身後的影子被最後一抹夕陽拉得很長，光明與黑暗的交替不只是晝夜，還可以同時存在於任何事物的兩面。伴隨著突如其來的一陣心酸，兩行熱淚像開了閘的河水一樣奔流而出。

當初真的不該冒險試錯，我萬萬沒想到會是這樣的結局。一萬二千元，如此高昂的代價所換來的，僅僅是一個讓原冬相對從容的收拾行囊的時間。原冬，你能原諒我嗎？原諒我無法像你保全花舟那樣為你保全這個畫廊，原諒我沒有提前告訴你小凌早就回來的實情，原諒我剝奪了你本可以體面離去的權利，原諒我竟無能到如此地步……

天黑下來，離原冬正常回來的時間已經過去了半個多小時，可今天他遲遲不歸。

準備到外面瞭望一下的時候，發現門口臺階上躺著一袋新鮮的韭菜，霍然想起昨天晚餐時我給原冬講述的那件小事。一位年輕母親帶著四五歲的女兒進店看花，小女孩指著一盆蘭花大喊韭菜，母親買走了那盆蘭花，說是一會兒還要再去菜市場買些韭菜，她準備回去給女兒上一節植物課。講完以後，我隨口念叨了一句：「好久沒吃韭菜盒子了。」

我拾起地上的袋子，轉身回去給原冬打了一

個傳呼，留言是：速歸。

五十、迷霧

快九點了原冬才回來，我端著早已涼透的韭菜盒子去加熱，整個過程始終低著頭，像個做錯事的孩子，不想讓他看到紅腫的眼圈。

微波爐斜上方就是那幅〈黃梨葉〉。幾小時前，我把損毀的畫框與畫布進行了簡單修繕，使它儘量平整如初。可惜我對塗花了的油彩無能為力，那些顏色雜糅在一起，線條扭曲在一起，像開天闢地前宇宙的混沌，又像是一個過於逼真但卻難以描述的噩夢，觸目驚心。

它被我重新掛在原來的位置，時刻提醒著我自己：你沒有能力規劃別人的命運，更沒有資格成為別人的救世主。

任何語言都有可能激活殘存在這座老屋裡的氛圍因子，和黃昏時的那場混亂對接起來，還不如眼前這乾巴巴赤裸裸的沉寂讓人好受。它像地震時房屋垮塌後橫亙在頭頂上方的一根木梁，為受困者勉強支撐起了一個狹小的避險空間，得以苟延殘喘。

我打開飯煲，裡面是空的，竟然忘記熬小米粥了。總不能乾吃韭菜盒子，我出去買了幾瓶冰鎮啤酒，從櫥櫃裡拿出閒置已久的搪瓷缸，用它們喝啤酒正合適。

七月四日，美國獨立日。我沒有像往日那樣入戲，慷慨激昂地宣告並祝福這個屬於美利堅人民的偉大節日，更沒有對他講述二百多年前的這一天，費城第二次大陸會議上通過的那份《獨立宣言》。宣言上說所有人生而平等，具有追求幸福與自由的天賦權利，但是今天，我不想談什麼獨立和自由，因為我不配。我那狹隘的格局只配默默地將面前的冰啤酒一飲而盡，等候原冬的審判。

這麼久以來，小米粥第一次缺席於我們的晚餐，而這頓飯，將是我和原冬在這裡共進的最後晚餐。凡事都有盡數，我從這所老屋裡獲得的饋贈，正在被一點點地收回。

「對不起！」這樣的開場白很是蒼白。

「這話該我說，是我連累了你。」

我無力地搖搖頭，「以後有什麼打算？」

「先搬到公司宿舍。」

「也好，這些畫我幫你保存著，等找到了新門店，你再搬來，我們重新開始。」

「不必了。」

「你想單飛？」

「沒那本事。」

「這就是了，我也沒本事自己支撐一個店。」

「你跟我不一樣。」

「有什麼不一樣？都為了混口飯吃，搭幫結伴總比單打獨鬥強，反正我離不開你！」這是心裡話，我說得很自然。

「地球離了誰都轉，太陽照常升起。」他說著拿起筷子，「沒有我，你不一樣可以做韭菜盒子，而且烙得還挺好。」

「承蒙誇獎！」我把盤裡的韭菜盒子挨個翻了個面兒，另一面全都糊得一團黢黑。

他笑了，彷佛早該料到這個結果。

「來啊，喝酒吧。」他端起酒招呼道。

我無力伸手，只跟他隔空碰杯，「去年咱們見面也是這一天，你說巧不巧？」

「嗯，巧。」他夾起糊得最厲害的一個韭菜盒子吃起來，「醜是醜，味道不錯！」

窗外柳條輕揚，一陣涼風吹散了籠罩老屋的陰霾，晚餐的氣氛發生了一些微妙的變化。

「聊聊你吧。」我說。

「我有什麼可聊的。」

「關於你的過去。」

「你想聽什麼？」

他問得坦然，我不禁想起去年此時，我們在那家老北京飯館吃飯時，他對自己服刑的經歷直言不諱。用他的話來說就是，按照常理，吃完那頓飯後我們便天各一方，將來很難再有交集。不見，誰也不會想起誰；見了，誰也不會把誰記多久。

時過境遷，我們不再是萍水相逢，而是有了

糾葛牽絆，他對我是否還能坦誠呢？

這個晚上，我突然產生了一個強烈的直覺，原本看似獨立的原冬與阿茹娜、王雨的那一脈往事和原冬與小凌的那一脈往事，二者存在著關聯。作為同時與小凌和原冬關係密切的冷桑，自然應該被納入到小凌這一脈中。但除了小凌和王雨認識之外，我暫時還沒找到這兩脈往事的其他交集。也許，它們雖有關聯卻並不緊密，就像是單元房中的兩個房間，不可分割卻又相對獨立。

可是關於「唐卡─玉沁─冷桑」，這個我在半年前的那個隆冬之夜，建立起來的三位一體的解構，又該歸屬於哪一脈呢？抑或是單獨存在的另一脈？也就是說，在單元房裡，除了那兩個房間，還有另外一間？

在這個不僅僅屬於美利堅人民的獨立，同樣也屬於原冬暫時獨立出去的日子裡，我迫切地想要搞清楚這一切。

「她為什麼恨你──那麼恨你？」我問。

他新開了一瓶啤酒，對著瓶口咕咚咕咚一氣兒喝掉半瓶。

「知道嗎？」他放下酒瓶，直直看著我，「……不是我。」

「什麼不是你？」我愣愣看著他。

「八年前，殺死王雨的那個人，不是我。」

一道閃電劃過夜空，照亮了我面前的這個男人。他的臉忽而變得陌生，像是蒙上了一層冰霜，恍如去年初見他時的樣子，卻又似有一股熱流，在那冰雕般的血肉裡暗湧著。他曾說我的父親是個謎一般的男人，他在我眼裡又何嘗不是？我不急於讀懂自己的父親，卻是異常迫切地想要讀懂他，看透他。

「不是你……」我雙唇顫抖著，聲音勉強壓過滾滾天雷，「那……是誰？」

「那個凌晨，跟我一起去醫院的，還有一個人。」

「誰？」

「冷桑。」

「冷桑……」我無比驚愕。

對這個角色的出場早有心理準備，可我從未敢想，他會是超越其他主角的核心領銜。故事的架構瞬間變得龐大，幾條線索也歸為一統，頂天立地。將故事比喻成單元房是不恰當的，也許，它應該是一幢摩天大樓。

「你的意思是……王雨死於冷桑之手？你是被冤枉的？」

「確切地說……是我替他頂罪。」他掏出煙盒，起身要去外面抽煙。

「就在這兒抽吧。」我推開半扇窗，「給我一根。」

他拿出煙為我點上，我試著吸了一口，嗆得咳了幾下。

他剛才說自己是替冷桑頂罪，那便是有大恩於他，當時作為冷桑女朋友的小凌應該感激原冬才是，怎麼反倒跟拯救了自己男朋友的恩人結了仇怨呢？

「小凌知道真相嗎？」我問。

「除了我和冷桑，再沒別人知道。」

原來如此，我忽感安慰，產生了一種有些事情或許可以被挽回的期許。

「如果小凌知道你是替冷桑頂罪，一定會對你另眼相看，你們之間的關係就不會像現在這樣了。」

他搖搖頭，沒說話，對話間的空白被繚繞的煙霧填補。

「為什麼？」我實在疑惑，腦海裡那些沒頭沒尾碎片化的情節，以及才剛重新構建起來的思維邏輯被攪和到一起，打了個死結。

他凝視著那盤煎糊了的韭菜盒子，仿佛所有答案都被包裹在了那黑黢黢的麵皮裡。良久，他輕嘆了一口氣，「該從哪兒說起呢？」

「就從我們碰面那天講起吧。」我說，那是我們曾經唯一的交集，「當時你崴了腳，身上沒有錢。」

「嗯，那天是一九九一年九月二十九日，當時我在風城民族藝術學院讀大四……」

他的語調平和得像是在講述別人的故事，臉上的冰霜漸漸消融，取而代之的是一抹淡淡的閒愁。也許是因為往事過於遙遠，所以那抹閒愁帶著些驀然回首時的超脫與恬淡。一切似乎並沒有那麼不堪，至少並非全都不堪。而他對時間如此

精確的描述，更是讓那個故事從最初就具有了真切的質感，它撐起了一個巨大的場，把我吸捲進去。

我突然有些害怕，怕自己迷失在現實與故事交織出來的無明中。

面前的啤酒瓶上凝結了一層薄薄水霧，我學著原冬的樣子狠狠喝了幾大口，頓感渾身發冷，滿口酸澀。這就是現實的溫度與味道吧，我決定記住它，這個唾手可得的參照，就是我從現實穿越到那個故事的原點。

那些即將在原冬的講述中一一登場的角色，八年前生活在風城的冷桑、阿茹娜、王雨、凌小凌和原冬……你們可知，未來某一天，你們將被另一座城市的兩個人去追憶。

八年前的我，在那個金秋的夕陽中，曾離你們很近。可我不能和你們相提並論，我不過是個路人，止步於那個故事的內核，只在邊緣遊走了一番，顧影自憐地存留下幾小段回憶，成為專屬於自己的少女紀念。後來，不知是什麼機緣牽引著我，從去年和原冬第二次邂逅的那天起，我便成了那個遙遠時空的偷窺者。如果說此前僅是出於好奇的本能的話，那麼此刻，我想要在原冬離開之際鄭重地聆聽那個故事，則是一種高調索求了。他們共同擁有過的那段青春歲月，與之相伴的美好與殘酷，以及無人發現的迷霧與泥淖，這一切都令我產生了深深迷戀。

喝進肚裡的涼啤酒被血肉溫暖，舌面的酸澀也轉化成了甘醴，用體感來作為意識的參照註定失敗。

隨著原冬的講述，現實世界的邊緣開始模糊，另一個時空正在一點點地立體鮮活起來。在意識越來越薄弱乃至行將迷失的前一瞬，我用最後的意念反覆諄告自己：回來，一定要回來，和原冬一起回來，回到屬於我們的這個雖不盡如人意，但卻擁有溫差，冷暖自知的現實世界裡，而不是迷失在那些已然逝去的恒久冰冷的縹緲往事中，尋不到歸途。

第三章　風中之城　1991～1992

五十一、流水

大四那年的國慶節前夕，風城美術館舉行了一次大型唐卡流派藝術展，我關注已久，但遲遲沒有去看。

這次展覽規格很高，不僅匯集了來自衛藏、安多和康巴三大藏區以及尼泊爾的當代唐卡大家之作，還開放了頂層珍寶館，展出了諸多博物館、寺院和畫院的絕世藏品，覆蓋了從十一世紀到十八世紀的主流唐卡畫派。別具一格的是，珍寶館裡還特設了一個獨立的小展區，集中陳列了從海內外徵集來的三百餘張老匝尕，其中不乏某些失傳已久的小微派系作品，甚至還有吐蕃時期的稀世遺存。

身為唐卡專業的學生，我們平時能夠接觸到的唐卡和大眾沒什麼兩樣，很多都是流水線形式「生產」出來的大路貨。師父起稿，師弟平塗，師兄甲暈染，師兄乙勾線，師兄丙畫金，而後轉回師弟為金色拋光。一圈流程走完，最後由師父統一開臉點睛。這些唐卡從構圖到層次，從線條到色彩，從背景到細節，呈現千篇一律，缺乏個性，遑論情感與神韻。也有非流水線的獨立創作，大多質量平平，要麼線條生硬，要麼配色不諧，疏密虛實也不甚考究。這還算好的，要是碰上有悖度量經疏的臆造之作，於我而言最多就是有礙觀瞻，於迎請到它們的修行者而言，就是違緣障道了。

入學伊始，我們的專業課老師德吉曾自掏腰包，請了幾幅這類價格低廉的畫作當教材，從研究和批評的角度來利用。我問他，這樣的作品究竟算不算唐卡?他說臆造的只能算是工筆重彩畫，其他的即便畫工不精，神韻未達，但只要符合「三經一疏」（即《佛說造像量度經》《造像量度經》《繪畫量度經》和《佛說造像量度經疏》四部佛教造像典籍的總稱），如法莊嚴即可。唐

卡的本質是宗教修行工具，藝術只是外延。我又問他，我們畫的作業算不算唐卡。他意味深長地嘆了口氣，說假「唐卡」之名。被納入高校教學體系的唐卡，脫離了原生土壤與宗教儀軌，更側重於技藝、鑒賞與文化傳播。佛菩薩也不再是信眾修行時的觀想對象，而是化身單純的藝術形象。畫布上的日月祥雲、山石流水、草木鳥獸和寺宇建築，這些文化元素也都歸結於繪畫本身。唐卡從宗教品變成了藝術品，變成了精益求精的一門技術。

關於唐卡學習，我曾有一個特別大的困惑。德吉老師說他小時候學唐卡時，光線描和上色就學了兩年。按這樣的標準，我們大學這四年豈不就只能學個皮毛？德吉老師笑著安慰我，和藏區的孩子們不同，我們入學前都有基本功，上手快。另外，他們還要把大量時間花在準備工作上，經常要隨師父上山採礦石，回來加工成顏料，畫布、畫筆和牛膠也都要自己製作。

的確如此。我們平時用的都是價格低廉的化學顏料，其他畫具也多是買現成的，而這又引發出了我的另一個疑問。即便是假「唐卡」之名，高校唐卡就可以和原生唐卡割裂得這麼決絕嗎？不僅剝離了宗教內核，還擯棄了繪畫本身的獨特形式與儀式——使用天然顏料和進行藏式裝裱。到最後，我們怕不是學了個四不像吧？德吉老師又開示於我，在現階段，擁有線條與色彩就足夠了。道雖不同，卻也是我們通往唐卡藝術勝境的方便法門，不要讓執著成為求學之途的障礙。先把畫兒畫好，再把唐卡畫好——這是我從德吉老師那裡學到的重要一課。

德吉老師還非常重視藝術賞鑒，以此來培養我們的綜合審美，這在原生唐卡的師承式教學體系中是比較少見的。他曾把我們帶到他家裡去上過一次鑒賞課，他家有一個特別大的房間，裡面空蕩蕩的什麼傢俱都沒有，但四面牆上卻是空間難覓，掛滿了唐卡。其中有一面牆，並排掛了九幅形制一樣的〈師徒三尊〉，乍一看都差不多，細品起來大有門道。那是老師從學徒時代到年邁封筆不同時期對同一題材的創作，技藝從稚嫩生澀到爐火純青，記錄了他跨越半個世紀的藝術生涯。除了這組唐卡，其餘的全是弟子們敬贈的出師之作。

把鑒賞課搬到教室外去上不止這一次，德吉老師還利用週末帶我們去過一次遠郊的塔安寺。我們摸黑出發，從日出待到了日落，中午吃自帶的乾糧，到有僧人值守的佛殿討碗酥油茶喝。博學的德吉老師給我們詳細講述了寺院的歷史和藏傳佛教的發展史，引領我們觀摩了每一座建築和每一面壁畫。我們還有幸瞻仰到了平素不輕易示人的幾幅清早期勉唐派老唐卡，以及遠近聞名的鎮寺之寶——明代內畫時輪金剛嘎巴拉頭骨。

更多時候鑒賞課還是在教室裡上的，所用教材是德吉老師收集的畫冊或單張印刷品。有一次，他帶來了一幅〈時輪金剛壇城〉老唐卡的一比一複製品。我看得入了神，一會兒陷入「外圓」的變遷流轉，一會兒歸於「內方」的堅固永恆，彷佛經歷了一場心靈和宇宙的對話。當我忍不住伸出手，想要去撫摸一下那皸裂的畫布時，指尖碰觸到的卻是冰涼光滑的銅版紙，情緒瞬間出離。我由此領悟，老唐卡的魅力不只來自於宗教的加持與藝術的表現，同時也來自於那些從暗沉的顏料縫隙中漏掉的時光與輪迴。

我做夢都想多見識幾幅老唐卡，這次畫展是最好的機會，可十五元的門票對我這個窮學生來說，實在太貴。眼看著畫展馬上結束，明天就是最後一天，去還是不去，真叫人頭疼。

還是去吧，躺在上鋪神思了半天的我，終於下了決心。大不了去食堂喝上一週免費麵湯，實在撐不下去的話，就從冷桑那裡賒點兒東西，他抽屜裡總有吃不完的方便麵和糌粑。冷桑……一想到這傢伙，才剛放寬了一些的心，立時又糾結起來。

我摩挲著脖子上的嘎烏，自打前天成功把它騙來後，便時刻如履薄冰。冷桑不讓我打開，可膽大妄為的我不僅打開了，還把裝藏在裡面的綠度母老匝尕取出來，偷偷臨摹。

冷桑那個小氣鬼只答應給我戴三天，明天就是最後期限，他隨時可能把嘎烏索回，為了完成臨摹，我只能暫時調了包。冷桑拿回嘎烏後，若是不打開檢查，算我萬幸。而萬幸之中有不

幸——怎麼把真的匝尕重新放回去呢？嘎烏是他的寶貝，他以前片刻不離身。當然了，也有可能他把嘎烏要回去的同時就會打開檢查，結果東窗事發，免不了一頓揍。甚至還會有比皮肉之苦更可怕的，因為我欺騙了他——一個藏族人，一個頭腦簡單不會轉彎的藏族人，一個四肢發達如犛牛般一掌就能把我肋骨劈折的藏族人。而且，這種欺騙是於光天化日之下，於他虔誠的信仰面前。

明晃晃的太陽照到了床尾，那一片煞白令我愈發焦躁。最近鬧心事總是一件接一件，看似獨立，卻又彷彿暗藏著什麼關聯。我拉起枕巾一角蒙上眼，什麼都不願再看，什麼都不願再想。

昏昏沉沉中，我被開門聲驚了一下，有人回來了。

「哪天得去燒個香！」魯高人的聲音傳來，「去塔安寺呢，還是靈光寺……」

「求姻緣就去靈光寺。」文武不走心地應了句。他是我們宿舍裡唯一準備考研的，剛才一直在悶頭背單詞，我們兩個相安無事。

「命都差點兒沒了，還姻緣呢！」

「願聞其詳。sprain, sprain……」

「剛才我去洗照片，從美術館後街經過的時候，只聽身後一聲驚天巨響，你猜怎麼著？」魯高人頓了頓，見文武沒再理他，只好繼續，「我回頭一看，天老爺！一輛大卡車開到了馬路牙子上，撞倒了一棵老槐樹，直挺挺地砸在了美術館的圍牆上！」

「sprain, sprain one's foot.」

「那棵樹是蹭著我肩膀倒下去的，角度再偏一點點，我就英年早逝了……」魯高人越說越激動，帶了哭腔，「你們再也見不著哥們兒了，可憐我這輩子連個女朋友都沒談過呢……」

「牆倒了？」文武問。

「也沒那麼嚴重，塌掉兩尺吧，一米來寬。」魯高人喪喪地答道，「你寧肯關心牆，也不肯關心兄弟。」

「那你沒翻牆過去看看展覽？」

「這幾天是唐卡展，原冬都沒去，我一個外行湊什麼熱鬧啊。再說了，我就算真想看，那也是買了票，堂堂正正地從大門入場。」魯高人辭嚴義正。

「我看是牆塌得還不夠厲害吧？再塌掉兩尺還差不多。」文武揶揄道，忍不住哈哈大笑起來。

趁下面熱鬧，我伸了個懶腰。他們剛才提到我的時候，仿佛我根本不存在。

「我差點兒被砸死，你還說這種風涼話！」魯高人提高嗓門兒，仿佛這樣就能把他的身高提高幾釐米似的。

說到身高，魯高人簡直辜負了自己的名字。他挺直腰板昂起頭，深吸一口氣，運氣好的話，再趕上身高儀有點兒正向誤差，勉強一米六五。這令他屢遭嘲諷並深感自卑。

「唰——哐！」

開門聲緊接著重重的關門聲，應該是魯高人被氣走了。過了一會兒，又是一次開關門，文武也走了。宿舍裡只剩我一人。

我喜歡窩在宿舍裡，不去上自習也不出去玩兒，就這麼躺在上鋪，或閉目養神，或對著屋頂發呆，或思考亂七八糟的事。時間久了，大家也便視我為空氣，說什麼都不忌諱我。後來，不管誰有了什麼苦惱或是需要宣洩的，實在找不到傾訴對象時，乾脆對著床上的我滔滔不絕地侃上一通，或是拎來啤酒拽我下來喝上幾瓶，所有心疾就都無醫而癒了。他們從來不會追究時常開小差的我到底有沒有聽進去，有沒有聽明白，也不要求我回應，他們需要的只是一個聽眾，啞巴也行。

只有魯高人是個例外，他總要求我呼應他，安慰他，開導他，我要是不嗯嗯啊啊的，他就抹著眼淚說我不夠哥們兒。有一次他又因為身高的煩惱跟我訴苦，還和我說起了暗戀許久的「白雪公主」，他曾無數次悄悄尾隨於她，那天終於鼓足了勇氣想要上前搭個訕。他一點點地縮減著他們之間的距離，十米、五米、三米、一米、半米、三十公分……他已嗅到了她的芳香，聽到了她的呼吸，甚至感受到了被一縷清風傳遞來的她的體溫。然而，他最終還是沒能把那聲醞釀了很久的「嗨」字說出口。經過她身旁時，他突然放棄，臨陣脫逃，腳像上滿發條似的毅然加速繼續

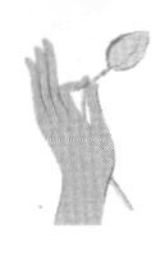

朝前走。三十公分、半米、一米、三米、五米、十米……「白雪公主」又被他一點點地甩在了身後，越來越遠。後來他乾脆跑起來，一口氣狂奔回了宿舍。比自己的怯懦更令他感到可恥的，是身高。剛才和心上人比肩時他才發現，自己比她還矮近半頭，名副其實的「白雪公主與一個小矮人」。我問他，那個女生是哪個系的叫什麼名字，我想辦法幫他，先交個普通朋友。他趕緊擺手搖頭，說發發牢騷而已，自己根本配不上她，做普通朋友也不配，甚至連和她站在一起都不配，然後就跟我扯起了其他話題。

要是平時我也就耐著性子聽下去了，可那天我正要去校外小禮堂看張國榮主演的《阿飛正傳》，早去就能挑個好位置。眼看著時間不多了，魯高人還牢騷個沒完，我趕緊打斷他：「高人啊，其實我一直想跟你說，雖然你的身高不太盡人意，但你的內涵卻不辜負自己的名字：心志高遠，品格高尚，審美高雅，才高八斗，高瞻遠矚，高風亮節，德高望重，高處不勝寒……」我以為只要狠狠把他誇讚一通，他就能放過我，把後面的牢騷全都嚥回去。

他呆呆地望著我，眼底朦朧。我被看得渾身發毛，不知所措。忽然間，他眼角濕潤，哽咽道：「好哥們兒，恕小弟去去就回！」說完他就跑了出去。

離電影開演只有二十分鐘了，別說挑好座位，票恐怕都買不到了。我準備溜走，卻不想拉門時和魯高人撞了個滿懷，只見他左手舉著一瓶老白乾，右手拎著一袋花生米。

「本來想去小賣部，怕你等急，就先從對門借些酒菜。」魯高人邊說邊把我逼回到了冷桑床邊，按我坐下來，「好哥們兒，我這高山咋就沒早遇到你這流水呢？都怪你名字裡有個『冬』，把潺潺流水給凍上了！」魯高人和顏悅色地埋怨著，拿起桌上一個黑色塑料小圓盒，吹吹裡面的灰塵，倒了酒。

他一口悶掉，先乾為敬——也算是先乾為淨。然後，他重新往圓盒裡斟滿酒，送到我手裡。

這個看上去有些奇怪的「酒盅」是宿舍電燈拉繩開關盒上的蓋子，以前是專供我獨酌的「私有財產」，每次用完我都會擰回去。後來充了公，便再也沒歸位。我抿了一口，仍能品到一股淡淡的黑加侖味兒。

那天的電影泡湯了。我靜靜地聽魯高人嘮叨了一晚上，老老實實地應和著，再也不敢多嘴了。

大家都愛和我掏心窩子，或許跟我們不是一個專業有關，這個宿舍裡只有我一個人是唐卡繪畫專業，其他五個人學的都是工藝美術設計，我們之間不存在任何性質的直接競爭。這種解釋似乎有看低他們之嫌，也看輕了我自己，卻有利於我戒驕戒躁，擺正自己的位置。我無心僭越宿舍「神父」的角色，也沒資格接受來自「信徒」靈魂深處的懺悔與宣洩。還好這些情況只是偶爾出現，平日裡，當大家都正常有序地進行著包括學習、生活、工作和戀愛在內的生命活動與社會活動時，我這樣的人在他們眼裡，更多時候是一團空氣。

五十二、畫展

魯高人傳遞來的消息讓我動起了小心思。

那棵倒了的樹今天可能會被清理掉，砸壞的牆未必修補得那麼快。我估算著自己的身高和那面牆的高差，以及在牆塌掉二尺，再加之借助磚頭之類的墊腳工具的條件下，此時的差值能否縮小到一個容許我翻越過去的範圍。經過一番周密計算，我從理論上論證了那套動作的難度係數不會太高，我應該可以順利完成，甚至還有可能完成得比較瀟灑。我準備明天一大早就去美術館，實地驗證一下自己的數學還沒有淪落到無藥可救的地步。

美術館距離學校七八站地，騎自行車去是最便捷的，可惜我的自行車劃到冷桑名下了，因為我欠了他一屁股債。當時為了展現氣節，我曾發誓絕不再碰這輛車，更不會借過來用。

大學三年多來，我在經濟上從來沒寬裕過。煙酒是一筆重要支出，但所佔的開銷比例並不是最大的，作為一個窮學生，我享用的自然都是廉價貨。最燒錢的是觀看畫展的門票開銷，我每週

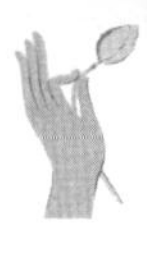

都往美術館跑，看各種各樣的畫展，不論繪畫形式，不論流派名家，也不論東方還是西方，古典還是現代。

對畫展的這份狂熱，也是深受德吉老師的影響。難以想像，身為最傳統流派的藏族唐卡藝術大師，德吉老師對西方油畫和漢地國畫的造詣也非常之高，那些作品還在國內外的許多畫展上獲過獎。去他家上鑒賞課那次，本以為可以一併見識一下他玩票的作品，卻沒想到，掛在他家裡的只有唐卡，以前的油畫和國畫作品他一幅沒留，全都贈與他人或是被博物館收藏了。我們直呼可惜，認為應該留下幾幅。他說結緣藝術之人，既要擁有包容世間一切審美的情懷，還應該不負初心，唐卡才是他的初心。我琢磨著老師的話，不知道唐卡算不算我的初心，畢竟我是被調劑到這個專業的，但前半句，我非常樂於接受。

我看的那些畫展通常都有學生票，三兩塊的，勒緊褲腰帶的話尚可承受。偶爾也會有吃飯斷頓的情況，我通常跟冷桑借些飯票或方便麵周轉一下，用自行車抵債算是比較極端的情形，但和看畫展沒直接關係。

去年冬天我管冷桑借錢買了一套顏料當作自己二十歲的生日禮物，那不是普通的顏料，而是我所擁有的第一套純天然礦物顏料，包括十張金箔。起初我給他打了借條，想分期付款，用一年還完，結果嘗試了兩個月就堅持不下去了。為了看畫展，「月光」成了我的常態，一到月底兜比臉還乾淨。還錢無望，我乾脆要回借條，拿自行車抵債了。

要是把觀看畫展也納入到學習範疇的話，我是非常勤勉的。可這些都是別人看不到的，他們看到的，更多的是猶如爛泥攤在床上的那個經常逃公共課、不思進取且自由散漫的我。

第二天一早，我帶著一大壺白開水和早晨從食堂打包的饅頭鹹菜，乘公交車前往美術館，準備在那裡泡上一整天。

一下車，遠遠就望見美術館的售票處外排著長龍般的隊伍，出乎我的意料。我不相信這個世界上有那麼多懂唐卡藝術的人，雖說這並不妨礙欣賞，但我這個囊中羞澀的窮學生心裡難免泛酸，油然生起的強烈自尊讓我更加堅定了自己的預謀，和這些獵奇或是附庸風雅之徒劃清界限的最好辦法，就是用和他們完全不一樣的獨特方式，進入到他們需要付出金錢才能步入的藝術殿堂。

我逕直朝美術館背身走去，順著近兩米高的圍牆轉了一大圈，並沒看見有什麼塌方，甚至沒有發現哪個地方稍微低了一點兒。

魯高人要是為了博同情而說謊的話，那他被文武的那通嘲諷可就是自取其辱了。

我掏出煙盒，摸索出最後一根煙，過濾嘴的部分皺皺巴巴。昨晚在畫室好幾次把它叼在嘴裡，每次都是咂摸兩下過過乾癮，再放回煙盒裡。這一次，它終於被點燃。

我靠著那堵比我高出一大截兒的圍牆，沮喪地吐著煙圈。繚繞的青煙中，好像哪裡不對勁。

我朝不遠處的一個樹坑走過去，那裡沒有樹，土壤是新翻過的，很有可能就是魯高人所說的事故現場了。剛才我只注意看牆了，忽略了這個重要線索。

果然，樹坑附近一段牆體上的青磚比其他地方顯得新一些，不仔細瞧很難發現。磚縫間的水泥還未乾透，我一邊罵娘一邊把抽剩下的煙屁戳進了水泥裡。

十五塊錢，對於那些附庸風雅排隊看展覽的有錢人只是一包香煙或一杯咖啡，對我卻是一週的伙食費。理想和現實的距離有時並不遙遠，甚至近在咫尺，比如現在，那便不過是一堵牆的高度而已。

我茫然四顧，這條僻靜的街巷很多地方都在拆，對面是一片廢墟，和我此刻的落魄別無二致。

那裡曾是一所職業技術培訓學校，聽說被一家地產商徵去了地，準備建造風城第一家五星級酒店。廢棄的課桌亂七八糟地堆在一邊，一間拆了一半的教室的黑板上方，遺存著半行依稀可辨的斑駁紅字：「是成功的墊腳石」，在它前面應該還有「失敗」「挫折」「苦難」等諸如此類同

樣可以形容我今天遭遇的詞彙，如今那些筆劃湮滅在了磚頭瓦片裡。

好吧，那我就去找我的墊腳石。一個對藝術素有深度追求的有志沒錢青年不該受到來自銅臭的赤裸裸的羞辱。

我朝那片廢墟走過去，挑了桌面慘不忍睹但四條腿最健全的一張。它被我安放在了美術館圍牆的東北角，那個位置的牆內是一片茂密的丁香林。

待一個騎自行車的路人遠去，我攀上了課桌。桌面破了個大洞，我小心翼翼地踩在兩邊，扶著牆控制好平衡後，雙手在牆頭用力一扒，雙腳在粗糙的牆面上借了把力，縱身一躍，騎上了牆。

我的身手還算敏捷，正洋洋得意地準備往下跳時，霎時驚呆。

我那隻耷拉在牆內的腳，恰好懸在一個穿制服的保安腦袋上方，而他，正和一個姑娘蹲在牆根兒親熱。他們被上面的動靜驚擾，抬頭望過來，滿臉都是和我一樣的驚恐。

我趕緊收回腿往外跳，慌亂中一隻腳戳進桌面的破洞，連人帶桌一起翻滾到了馬路邊上。

趁著沒人注意，我把戳在桌子裡的那隻腳拉扯出來，忍著劇痛，手撐著地面艱難地站了起來。

偷雞不成反蝕米，我一邊抱怨著自己的霉運，一邊跛著腳來到了正門售票處，乖乖排在了剛才被我嘲諷過的那些人的隊尾。

那個倒楣保安也出現在了美術館的大門前，和另一個保安並排站在一起，看來這就是他的工作崗位。他的袖口紮著一個紅髮圈，想必是匆忙之間忘了還給姑娘。我想像著她披頭散髮的狼狽樣子，心情舒暢了些。不管怎樣，我還是比他們慘多了，崴了腳不說，錢一分沒省，一週的伙食費就地陣亡。

百轉千迴，終於走進了神往已久的展廳。興奮的同時也深感遺憾，因為不能和德吉老師共同觀展，聆聽不到他的現場講解。一週前他被緊急調往拉薩，去搶修一批國保級老寺院的病害壁畫。幸好這個千載難逢的唐卡展覽是巡迴展，等他忙完了手頭的工作，可以去下一站觀摩，我們還有後續交流的機會。

展覽的精彩超越了我的期待，即便搭上一隻跛了的腳，十五元也花得極為值得。除了常見的止唐即繪畫唐卡外，還有包括刺繡、織錦、緙絲、貼花、堆繡和版印在內的國唐，以及其他難得一見甚至聞所未聞的稀奇品種。每件作品都精美絕倫，讓我大開眼界。這些唐卡的裝裱也都極為講究，用料上乘，其中不乏難得一見的宮廷雲錦。

我一瘸一拐地慢慢遊走著，在每一幅唐卡前都要停駐很久。到了中午，就坐在角落裡吃自帶的乾糧，也讓受傷的腳踝稍事休息。隨後又抖擻精神，懷著虔敬之心進入了頂層名畫雲集的珍寶館。

這次畫展最受矚目的，是一幅相傳為文成公主親手繡製的〈釋迦牟尼佛〉唐卡，它被安置在了珍寶館一進門最醒目的位置。

這是我第一次認真地欣賞國唐。內容是熟悉的，但線條與色彩完全以另一種方式來表現。這位遠嫁吐蕃的漢地公主，用一針一線為雪域高原構建起信仰的同時，也在縫合著自己破碎的鄉愁。歷經千餘年的流光，這幅唐卡的宗教感被削弱了，反而是那些散逸在歷史邊緣的無奈與蒼涼，風化成塵後，重新聚合在了細密的針腳裡。

我沉浸在一派莊嚴厚重的意境中，每一幅唐卡都熠熠生輝，感召萬物。

不知不覺間來到了匝尕展區，四個玻璃展臺並列擺放，裡面陳列的匝尕從巴掌大小到郵票大小都有。每一張下面都標有編號、名稱和尺寸，年代和畫派則只有一部分有所標註，出處均述以「寺院及私人收藏」。我細細欣賞著，來到第二個展臺前時，目光猛地被其間一張吸引了過去。

我不知道該如何形容那一刻的心情，就好像——迎面走來了一個人，不論相貌還是穿著都和自己一模一樣。

恍惚中，我打開了脖子上的嘎烏，朝手心裡一倒，卻只落出了一塊空空如也的白布，這才想起裡面的匝尕被我調了包。

無需實物比對，那張匝尕已經深深印在了我的腦海裡。展櫃裡的這張綠度母匝尕，連右下角

的一處微瑕都和冷桑嘎烏裡的那張一樣。如果說是其中一張翻版了另一張的話，那張贗品的品質絕對要比我臨摹的高十倍。

我對唐卡在行，卻對字畫考古完全不懂，如今的老唐卡傳世品中充斥著大量高仿贗品，別說我一個普通學生，就是火眼金睛的專家都難分辨。冷桑不讓我打開嘎烏，我也就無法向他求證他那張匝尕的來歷了。

對我而言，糾纏這樣的真偽其實沒有意義。展櫃裡的匝尕和冷桑嘎烏裡的匝尕，這兩位作者中的一位，或許僅僅是出於和我同樣的熱愛，才臨摹了其中一張匝尕，而非為了欺世盜名。

時間過得飛快，我強迫自己從這段奇幻插曲中抽離出來，還有太多作品等待我去欣賞呢。

在宗教、歷史與藝術的三維交融中，我一邊用信徒般的虔誠朝覲著每一尊法像，一邊感嘆著每一幅唐卡在藏傳佛教不同發展階段所歷經的世事滄桑，同時，還要從專業的角度去研究每一處細節的筆法、線條與暈染，以及它們在量度經典規範下所共同呈現出來的表現力。

〈金剛薩埵〉中悲智合一的金剛鈴杵、〈文殊菩薩〉中斬斷愚癡的慧劍、〈阿彌陀佛西方極樂世界〉中敬獻善相神的五妙欲、〈獅面佛母主眷三尊〉中敬獻怒相神的五覺供、〈勝樂金剛〉中斷滅妄念的梵天首、〈作明佛母〉中象徵欲望和誘惑的花蔓索、〈紅舌空行母〉中超越生死的嘎巴拉碗……我漫遊在一個個微觀的莊嚴秘境中，如醉如癡。

也許，前世的我便是其間某幅佚名畫作的畫師，畫作未朽，我已歷經了幾度輪迴。又或者，我遠沒有那麼高的造詣，而只是那些畫布上的一抹色彩，雖被時光浸漬，被風煙侵染，卻依然攜帶著一份天然的色彩因子。那麼，我是什麼顏色呢？來自石礦的硃砂紅、孔雀石綠、松石綠、雌黃、雄黃、青金藍？還是來自動植物的珊瑚粉、珍珠白、茶褐、藏紅花紅、綠絨蒿黃？抑或是來自紫銅、黃金和白銀的高貴金屬色？也許都不是。在我心中，每一種顏色都是特別的，都有著純淨飽滿的靈魂和撩撥我創作欲的獨特魅力。既然難以抉擇，那就讓我化身為溶解它們的一泓清水吧，我願奉獻自己，將它們水飛成深淺不同的色號，也可以將有限的原色調和成數不盡的複合色彩，儘管終要蒸發於無形，可貪婪的我，從未錯過任何一抹色彩。

「前世」的記憶如此深重，眼前的事情忘得一乾二淨。我忘記了早上翻牆的糗樣，忘記了腳踝的疼痛，忘記了一根煙都再沒得抽，忘記了看完這場展覽就要喝西北風了……我癡癡地徜徉在世間最豐富的色彩中，於它們描繪出來的實相與幻境中，享受著暫時遺忘所帶給我的快樂充實，一直待到了閉館鈴響。

五十三、救場

從美術館出來後，我驚異地發現身上只剩三毛錢，不夠買回程的車票。真是邪門兒，早上打車票時明明有好幾枚硬幣，怎麼現在一個都摸不到了？我懊喪得踢了一腳跟前的垃圾桶，踝部湧起的一陣疫痛提醒了我，一定是早上摔跤時硬幣從兜裡滾出去了。

我猶豫著要不要回翻牆的地方搜尋一下，能找到兩枚硬幣就夠坐車了。想想還是算了，大半天過去了，保不齊已經被路人撿走了，再說翻牆的地方和回學校的方向不一樣，萬一找不到錢，多走出去的幾百米就太冤了。看畫展時全憑一股子激情撐著，轉悠了一整天都沒覺得怎麼著，上下樓也不在話下。現在吊著的一口氣兒洩了下來，每走一步都無比艱難。

想抽根煙解解乏，只從兜裡摸出來了打火機，這才想起最後一根煙早晨就抽掉了。那個難以過濾憤懣與無奈的煙蒂，連同一個無法擺脫的逃票恥辱，一併被封藏在了美術館新補的圍牆上。

沒想到，這個月千省萬省連牙膏都沒捨得買，一直在偷偷用冷桑的，結果還是沒能扛住。看來，抽煙、喝酒和看畫展這三樣我至少得戒掉一樣，生活才不至於時常陷入這樣的窘境。那就先把煙戒了吧，損害健康不說，明火還容易捅婁

子，無端惹來禍患。半個月過去了，那件事情的陰霾還沒散去。

我一瘸一拐地朝著和車站相反的方向走去，拐上了美術館西側的小街。

秋日的黃昏帶著一抹超現實的色彩，四處飄揚的國旗恍若被晚霞染紅的經幡。要是在以前，我一定要點上一根煙，我的煙癮就是在一次又一次的日落中養成的。那些繚繞的煙霧像極了唐卡裡環繞佛像的祥雲，在夕陽的餘暉中變幻莫測，美不勝收。我瘋狂地製造著它們，一朵接一朵，自己也彷若置身雲端，遊走在平日裡用畫筆描摹的極樂世界。這樣的創作比手繪的效率高千萬倍，只可惜隨著一根香煙的燃盡，勝境轉瞬即逝。

夕陽將我身影的一部分打在美術館的圍牆上，與地上那一部分垂直，好像一張紙被折疊了一下。隨著蹣跚的步伐，牆上的影子上下起伏，畫出連續的「W」形軌跡。

走了沒多遠，腳就痛得吃不消了。我把速度放到最慢，同時默念起了綠度母心咒，幻想著能被神力拯救。

身後隱隱傳來兩個女人的說話聲，行至離我不遠時，話音逐漸消失，最後只剩下越來越近的腳步聲。一個身影從我身旁超過，突然別到我面前，轉身停下來。

「喲！這不是大畫家嘛！」是凌小凌，她刻意拉長了語調，表情更是浮誇。在她身旁，還跟著一個紮馬尾辮的小女孩。

我被迫停下了腳步，有些後悔剛才沒去公交車站碰碰運氣，也許我可以和司機師傅商量一下，日後將那兩毛錢補上。就算人家不同意，下一站把我轟下去也無妨，至少躲過了眼前這場狹路相逢。

「這麼巧。」我很是窘迫。

「這是我表妹鐘眠，過來玩兒幾天。」凌小凌介紹道。

那女孩十三四歲的樣子，我朝她點點頭，算是打了招呼。她看上去有些靦腆，並沒有回應我，一直在吃手裡那碗甜醅，像是要以此來緩解見到陌生人時的拘謹。然而，後來她的目光又是肆無忌憚的，直直地朝我脖間打量過來，好像對我戴的嘎烏很有興趣。她一定是以為我正在和凌小凌說話，不會注意到她的眼神，所以只要我稍稍往她那邊瞥去，她便趕緊收回目光，繼續低頭吃甜酪。

「腿怎麼瘸了？還是在搞行為藝術？」凌小凌陰陽怪氣地問。

「剛才不小心崴了一下。」

「都瘸成這樣了，還瞎溜達？」

「本來想坐車回去，可出來時忘記帶錢包了。」我扯了個謊。

「沒帶錢包，那你怎麼來的啊？」她像審案似的追問。

「當時身上剛好有點兒零錢，夠打票，也就沒發現錢包不在身上。」我的反應還算敏捷。

「七八站地走回去？你這樣子怕是天黑透了都到不了，搞不好還會留下後遺症，那可就真殘廢了！」凌小凌奚落道，語氣更像是詛咒。

「沒那麼嚴重。」我說。

「算你走運，碰上我們了。」凌小凌傲慢地挑挑眉，從錢包裡抽出一張百元大鈔，懸舉在半空，好像所有人都應該為她手中那張紙片臣服。

這個時候，她表妹莫名其妙地往一旁橫跨了一大步，似乎這樣就能把自己從凌小凌口中的「我們」裡剔除掉。她的動作很突兀，所以我印象深刻。

「票太大了。」我說。

「我沒零錢。」凌小凌說。

我長吁了一口氣，朝道路兩邊望了望，這裡不是主街，街道兩側都是剛剛拓出來的草坪綠化帶，上面堆砌著一個個還沒有構建完成的現代雕塑，整條街連個小賣部或報紙攤都沒有，沒法換零錢。

「回學校的那趟車是投幣的，不找零。」我無奈道。

「那就打車啊。」

「打不起。」

「不用還了，拿去吧。」凌小凌將手裡的鈔票揚了揚，口氣像是在施捨一個乞丐。

「謝謝，不必了。」我儘量壓抑住不悅，「我

還是走回去吧。」

「那隨你便了。」凌小凌似笑非笑，那張鈔票像一個用完了的道具，被她收回了錢包。

這時，她表妹停止了吃甜醅，突然走上前，將一枚金燦燦的五角硬幣高舉到我面前。

「夠嗎？」她怯生生地問道。

我有些驚訝，本想拒絕，將氣節一爭到底，算是恨屋及烏吧。可是當我看到她嘴角黏著一粒青稞米時，還是忍不住笑了場。幾乎是同時，這個突如其來的笑意，竟鬼使神差地轉化成了一個表達謝意的微笑。於是，我違背初衷地接過了那枚硬幣。

「剛好，改天還給你哦，謝啦！」我笑著揮手和她告別，轉身朝公交車站的方向走去，整個過程沒再看凌小凌一眼。

我緊緊攥著那枚硬幣，打心眼兒裡感激那個看上去有些傻氣，卻在關鍵時刻給我以援助的女孩。不僅讓我免於身體勞頓之苦，更讓我維護住了最後一點兒尊嚴，救了我的場面。只是事後想起這件事來，那點兒面子尊嚴其實也算不了什麼——我是說，如果和那段時間我對凌小凌心懷的愧疚比起來。可我真的很難在直面於她時，光明磊落地去談那件事，不是我不想，而是後果無法預測。凌小凌這個人總是充滿了變數，難以用常情常理去對待，稍微一個不小心就有可能惹火上身，兩敗俱傷。認識她這三年多來，我和她之間始終隔著一條又寬又深的河，沒有橋，也沒有船。我不知道根本的癥結在哪裡，可能是我過於敏感了吧，我經常這樣疏導自己。畢竟，她和宿舍裡的其他兄弟們相處得都還不錯。

好在轉年就畢業了，有些人有些事，時間會幫你翻篇兒。

我重新回到美術館門口，車站一旁的美術館宣傳欄令人眼前一亮。這一期的內容不再是枯燥的學術專題或人物專訪，而是變成了一組印刷精美的唐卡展海報。上面展示的所有唐卡都是這次參展作品的重器，我已經幸運地在展館裡瞻仰到了每一幅原作。

海報共七幅，其中六幅和原作的比例接近一比一，分別展現了佛陀、菩薩、金剛、空行、護法和壇城幾類主要題材的代表作，下方空白處印著展覽信息。最中間的一幅是幾十張匝尕的集合，我一眼就看見了那張對我而言充滿奇幻色彩的綠度母。今天的兩度重見都似初遇，令我動容，心懷激盪。每一次觸電般的感覺過後，平復下來，便只有回歸原點的踏實與寧靜。

我不得不再次感謝那個女孩，她所給予我的，不僅僅是五毛錢的援助，還有這樣一次險些失去了的難得的體驗機會。她成就我來到了這個宣傳欄前，拋開寺廟、拋開美術館、拋開課堂，拋開以前熟悉的一切環境，以另一種更為開放、達觀、超脫且生動的視角站在櫥窗旁觀想。這一刻的玻璃內外，淨土紅塵兩個世界。那廂望這廂，車站人頭攢動，街道車水馬龍，熙熙攘攘的世間凡俗，芸芸眾生的喜怒哀樂皆幻夢泡影，顛倒假象；這廂望那廂，佛菩薩縱觀輪迴，引有情離苦，無所從來，亦無所去，卻真真是這壯闊假象中的實在事業。

我永不惰於對真理的追尋，可終歸是個俗人。眼前這個看得見摸得著的花花世界，正是因為誘惑太多，才叫人耽迷不捨，哪怕與之伴生的是無限煩惱與深重苦難。我慶幸自己擁有唐卡這樣一個真心熱愛的專業，它為我在紅塵與淨土之間拓出了一小方可以作為緩衝的虛擬空間，當承受不了太多重負時，只要退身其內，尚可擁有最後一道心靈庇佑。

趁公交車還沒來，我面向海報，對著那一尊尊極為熟稔的形象，閉上眼睛默默許下了一個期願：關於圍巾被燒壞的那件事，希望凌小凌能夠原諒我。

五十四、火影

半個月前冷桑過生日，凌小凌顧全大局，放棄了二人世界，提著生日蛋糕來宿舍和大家一起過。大四了，往後相聚的日子越來越少，湊在一起找樂子的由頭越來越多。當日裡兄弟們興致高昂，湊錢買回來了酒水、熟食、乾果和水果，把

桌上鋪得滿滿當當。

不知是誰從哪裡整來了一套六隻裝的陶瓷小酒杯，宿舍裡六個人，加上凌小凌還差一個。冷桑向來不喝酒，自告奮勇拿來他平時喝水的大罐頭瓶，說他喝飲料，用這個就行。

「這也太……」我嫌棄道，無法正視那個連黃桃貼紙都沒撕淨的粗笨玻璃瓶。

「太啥？我看挺好！」冷桑說著就要往罐頭瓶裡倒黑加侖汽水。

「等著！」我起身來到靠門邊的一組床鋪前，爬上梯子，一手拉住床頭，一手伸向電燈拉繩的開關盒，在眾目睽睽下熟練地擰下了那個黑色圓蓋，喝白酒不算太大，喝飲料也將就。

這個特別的「杯子」自然給了壽星，可冷桑不太滿意，說不如他那大罐頭玻璃瓶爽利。我嘖嘖揶揄他，堂堂大漢不喝酒也就罷了，喝個汽水還那麼高調。他撇撇嘴，沒再說什麼。

生日宴正式開始，大家一邊划拳一邊喝酒，雖然熱鬧，可壽星不參與便難盡興。後來有人提議讓冷桑也加入划拳，他輸的酒找人替喝，每次由冷桑抽籤來決定，作為對他的懲罰，他必須表演一個節目助興，全體一致贊同。

沒想到冷桑這個笨蛋划拳總輸，更要命的是他抽的籤裡十有七八是我，害我一杯杯地不知替他喝了多少酒。我懷疑是他作了弊，為的就是報復我不讓他痛快地喝黑加侖汽水。按照遊戲規則，他也唱了很多歌，跳了很多舞，可這對於一個藏族人來說哪裡算得上懲罰，簡直是給了他一個冠冕堂皇的理由放浪形骸。

「太陽啊，霞光萬丈……雄鷹啊，展翅飛翔……」這是我第二天中午醒來後能追憶起的最後一段旋律，後來發生的事情就全斷片兒了。

以前大家一起喝酒時我也斷過幾次片兒，都是第二天冷桑給我「重播」，才把缺失的情節給補上了。雖說也出過不少洋相，好歹沒做出什麼太出格的事來。這次醉酒醒來後，我感覺大家看我的眼神有些異樣。任我怎麼使勁去想，都沒辦法回憶起替冷桑喝完最後一杯酒之後的事了。

冷桑不知去了哪裡，其他人也都陸續離開了宿舍，最後只剩下了魯高人。就在他躡手躡腳地準備拉門離開時，我喊住了他，開門見山地問，昨晚的聚會到後來發生什麼事沒。他像被點了穴似的，直挺挺地站在門邊，支吾了半天，沒說出一句囫圇話。

「以後別再跟我說什麼『高山流水』，也別再跟我提你那『白雪公主』！」我氣道。

「別呀原冬！」他趕緊跑過來，面色惶恐，「好哥們兒，這次你可闖禍了！」

我心裡咯噔一下，剛準備細問，他扭身又要跑。虧我反應快，一把薅住他的書包背帶。

還沒待我怎麼著，他竟一臉委屈地先開了口，「那你得發誓，不能讓冷桑知道是我說的！」

「好，我發誓絕不告訴他。」我鬆開了緊握在手裡的背帶。

魯高人在冷桑床上坐下來，低頭盯著自己的鞋尖，「圍巾的事，你還記得不？」

「圍巾？什麼圍巾？」我全然不知道他在講什麼。

「哎，看來你還真是斷了不少片呢！」他嘆了口氣。

「快說！」

「就是小凌送給冷桑的生日禮物啊，她親手織的那條白圍巾。」

這我當然知道，腦海裡依稀拼湊起了幾個模糊畫面，冷桑後來跳舞的時候還戴過。

「圍巾怎麼了？」

「昨晚被你用煙頭燙了一個洞。」

「怎麼會？」我騰地坐起來，探身望下去，「是不是抽煙時，煙灰不小心掉下來弄的？」

但見魯高人一臉難色，抿了抿嘴，欲言又止。

「你倒是說啊！」我急道。

「其實原冬啊，你也不用太往心裡去。」他用手指絞著書包背帶，「當時又是唱歌又是跳舞，亂哄哄的，大家都以為你是不小心燙的。」

「『以為』？」我敏感地捕捉到了關鍵字，「什麼叫『以為』？」

魯高人自知失言，慌忙捂嘴，偷偷摸摸抬頭朝上鋪望了一眼，沒承想正好撞見我從高處打下來的審訊式的目光，嚇得他一哆嗦。

「你別問了，求你了。」他可憐兮兮地說道。

「行，不問了。你走吧！」我躺下來，不再說話。

「別呀！原冬，別這樣對哥們兒啊！」他趕緊起身湊到我跟前，帶著哭腔央求道，「我都說給你聽還不成嘛！你可千萬別告訴冷桑啊！」

「要說就痛快說，不說就滾！」我不耐煩地吼道，翻過身背朝於他。

「我沒騙你。」他委屈地解釋道，「除了我和冷桑，其他人確實都以為是個意外。」

接著，我聽見魯高人重新在下鋪坐下來，我的床板微微顫動了一下。他把書包摘下來丟到一邊，對著空氣講起來。

「冷桑輸了就得唱歌跳舞不是嘛，他表演的都是藏族歌舞，那條白圍巾剛好用來當哈達，後來他就一直戴在脖子上沒摘，圍巾很長，垂在了兩邊。座次你知道的，你、冷桑和小凌坐在那邊，我、小波和大金坐在這邊，文武把頭坐中間，咱倆正對面。看節目時，除了文武，其他人都得扭著身子朝外看，咱倆的位置就成了最靠後的……」

「你咋不從盤古開天地開始講啊？」我打斷了他，氣他太囉嗦，「一開始我又沒斷片！」

「哦，那我揀重要的說。」魯高人嘟囔著，重新醞釀了一下，「出事之前，所有人的注意力都在大金身上，他喝到興頭兒上，正在跳搞笑芭蕾，大家都快笑岔氣兒了。我無意中扭頭，剛好看見你拿著跟前的圍巾一角，把煙頭戳在上面，好像把它當成了煙灰缸。我都嚇傻了，冷桑發現後趕緊搶過煙頭丟到地上，拍滅圍巾上的火星，可惜還是燙了一個大洞，滿屋子都是燒羊毛的味道……」

我翻身平躺過來，朝頭頂的日光燈管望過去，那是我以最舒適的姿態躺在床上時，所能看到的最遠方。

魯高人說的這些我完全想不起來，也完全沒有接受這件事的心理準備。

「凌小凌看見是怎麼燒的了嗎？」我無力地問。

「她又沒長後眼，而且中間還隔著冷桑，絕

對不會看見的。」

我鬆了口氣，但魯高人又繼續說道：「可她一口咬定說你是故意的，冷桑怎麼解釋都沒用。」

「那……冷桑怎麼說？」

「他當然說是意外，是煙灰不小心掉在上面。」

「那她為什麼不相信？」

「可能是因為太生氣了吧。她特意跟別人學的織圍巾，織了整整一個星期。」

「後來呢？」

「小凌跟你對質，你不理她，最後不歡而散。冷桑送小凌回去，很晚才回來，那時候你已經睡得不省人事了。冷桑警告大家，這件事誰也不許告訴你，私底下也不許再提。」

告訴——冷桑竟用了這個詞。看來，他早已料定這一段我會斷片，只要切斷訊息源，我的記憶將永遠缺失這一片。我想像著昨夜斷片的情景，自己猶如被扒光了一般，孤零零地站在舞臺上。臺下的觀眾在一片漆黑中對我指手畫腳議論紛紛，被強光籠罩的我什麼都看不見，也什麼都不記得了。

我懊惱地朝牆打了一拳，發出一聲悶響，關節生疼。

魯高人那張大臉突然又出現在了我面前，見我一臉凝重，慌忙安慰道：「你別往心裡去，大家都相信是個意外，不就是一條圍巾嘛，屁大點兒事！」可緊接著，他又自相矛盾地補充道，「好哥們兒，你可千萬別讓冷桑知道我告訴你這些，否則我就死定了。」

我擺擺手，「好了，你走吧。」

我不確定我和凌小凌的梁子算不算是從冷桑生日這天結下的，因為我不知道，比起其他舍友來，我和她此前一向不冷不熱的關係，算不算是一種負能量的積聚，進而最終導致了這場不愉快的爆發。

凌小凌是北京人，在離我們學校不遠的風城外國語學院上學，和我們同屆。她跟冷桑的相識也算緣分，大一剛開學不久，冷桑撿到一個學生證，裡面夾著住宿卡和五十元錢，他順著住宿卡

上的地址送還給了凌小凌。為了表示感謝，凌小凌請冷桑吃了頓飯，一來二去，兩人便好上了。後來她就經常來我們宿舍，給大家帶各種好吃的，她還會講一些笑點奇特的新鮮笑話，很快就和哥兒幾個混熟了。凌小凌每次來都是眾星捧月的待遇——除了我，那幾個饞鬼總是圍著她一邊吃東西一邊聽笑話，時不時爆發出誇張的笑聲。我沒覺得那些笑話有什麼意思，對那些垃圾食品更是毫無興趣，但每次見到凌小凌我都很客氣，她對我也一樣，我們之間沒什麼像樣的話可說。

凌小凌來宿舍的時候，我要麼去畫室，要麼上床躺著，或發呆放空，或浮想聯翩，或透過玻璃窗，探頭觀察那些從空玉蘭下走過的男男女女。

空玉蘭，大家都這麼叫它。

實際上就是一棵普通的白玉蘭，但在海拔兩千五百米的風城，這種植物很罕見。四十多年前，不知何人在這裡種下了它，長得茁壯茂盛，可從未開過花。直到一九七九年這個局面才被打破，那一樹潔白的玉蘭花成了整個風城最浪漫的圖騰，人們奔走相告，前來膜拜的人絡繹不絕，它也由此被奉為奇樹。據說，那一年春天的溫度創下了有記錄以來的最高值。只是後來，再也沒有重現那一年反常的氣候，人們期盼它再度開花的願望一次又一次地落空，就像那空空的枝頭，久而久之，它便有了「空玉蘭」的稱號。而歷史上那唯一的一次開花，則成為了傳奇。

我承認我不喜歡凌小凌，原因很簡單——因為我覺得她同樣不喜歡我，或許她對我也是如此邏輯，這就是所謂的犯相吧。但這不代表我非要和她結下梁子，我不願意相信那個晚上我真的會用煙頭去燒那條圍巾，我的意識深處不該有如此淵沉的怨念。

那天放走魯高人後，我鎖上門，踩著凳子，偷偷從冷桑儲物櫃的最深處翻出了那條圍巾。當一個乒乓球大小的邊緣焦黃的破洞真切地展現在眼前的時候，我才靈光乍現般地追憶起了當時的一個小片段。

沒錯，那團火影是從我的手中迸發出來的。我對不起冷桑，更對不起凌小凌。可是冷桑不讓大家「告訴」我，凌小凌雖然對我陰陽怪氣，卻並未重提那天的事情，我也就不好去找她挑明道歉，否則就把魯高人給出賣了。當然，我可以謊稱是自己回憶起來的，但真要去找凌小凌道歉的話，未必是良策，甚至還有可能把好不容易壓下來的事情再度鬧大。圍巾是我燒的，這一點毫無爭議，但現在和凌小凌的衝突焦點在於，她一口咬定我是故意為之，可這又是一件不易且不宜被說明白的事。就現狀而言，我最好的選擇，便是繼續靠斷片來裝糊塗。

從美術館坐車回來，再跛著腳回到宿舍時已經七點多了，還好宿舍裡沒人。我從抽屜裡摸出一包過期兩個多月的方便麵，還是上學期冷桑打賭輸給我的，具體賭的什麼都記不得了。暖壺裡只有小半瓶昨晚打的溫吞水，將就著把麵泡軟，勉強果腹。吃完了麵，我再無多餘的精力去洗漱，趁著沒人回來，拖著跛腳爬上了鋪，感覺比早上翻牆還費勁。

身心俱疲的我一著床便散了架，昏沉沉地睡了過去。

五十五、忘川

前世，在開滿彼岸花的奈何橋邊，我沒有將孟婆端給我的那碗濁湯喝淨，最後一口被倒進了泛著片片藍光的忘川。今生，彌留之際的我循著夢的牽引，攀上了一座通體潔白的雪山之巔，它的名字叫須彌。

這裡有許多和忘川裡相似的藍色光暈，被團團寒氣籠罩著，有大有小，有深有淺，似永不凍結的暗湖，皆是眾生輪迴時不曾捨棄的最後一抹記憶。

一個個看不清面孔的遊魂穿梭著，苦苦尋找著，他們和我一樣，前世都未曾將那碗無滋無味的濁湯喝淨。

我在一團微弱得幾乎很難發現的藍光前停下

了腳步，沒有任何標識，可我知道它屬於我。

我蹲下身，虔誠地伸出雙手，想要看看自己前世留下的記憶是什麼，和今生究竟有著多少因緣與牽絆。剛一碰觸覆蓋其上的薄薄雪粒，它們便瞬間化成了水，和藍光融為了一體。幾乎是同時，腳下的冰雪也開始迅速融化，在我還沒回過味兒來之前，整座雪山已經變成了一條深不見底的浩蕩大河，所有藍光都被甩出，像流星雨劃過深冥長空。

耳畔是呼嘯的狂風，我和那些散碎的藍光以及無數看不清面孔的靈魂一起疾速墜落，朝著那條幽暗的大河加速俯衝下去。

四大部洲，九山八海，虛空五輪……宇宙中的浩瀚景象在眼前混沌交錯。這座雪山如此高大，卻原來，我是用盡了整整一生的時間才爬到了山巔，由此又經歷了一次生死輪迴。每一次重生，都是一場巨大的彌留。

那麼這一次，我的生命完結在了哪裡呢？是雪山融化的一瞬，還是即將墮入水面的一瞬，抑或是在這漫長的墜落過程中？生死限界如此模糊。

……

又在奈何橋邊見到了孟婆，她朝我笑著，端了碗湯給我，「來了呀，這次早啊，看你，一絲白髮都沒有呢。」

我已經無數次地來過這裡，無數次地喝下了這碗湯，可每一次都似頭一次經歷。

我問她可不可以不喝，她又笑了，「喝不喝，都是一樣的。」

我端著湯碗，愣在了那裡。

「還記得那座雪山不？」她接著說道，「那是一個埋藏前世記憶的地方。」

「可它為什麼融化了？」

孟婆指指橋下泛著一片片藍光的河流，「那雪山，便是你腳下這條忘川的前世與來生啊。」

我如夢初醒，終於明白為什麼在找到自己前世遺存的那抹記憶的同時，又突然失去了它。原來，雪山便是忘川，也有自己逃不出的輪迴。眾生悄悄傾倒在忘川裡的那些或長或短或深或淺的記憶，不過是被封藏在了一個更巨大、更永恆的遺忘之中。

那碗湯，喝不喝果然都是一樣的。

這一次，我決定不再留下任何自以為抹不去的記憶，這樣就不必再攀上雪山之巔無謂地尋找什麼，也不必再經受墜入深淵的煎熬了。

耳邊傳來一陣金鳴，像是在催促。

我的手顫抖著，圈圈漣漪在碗裡蕩漾開來，連成一片打著旋。我努力控制著不讓湯水灑濺出來，狠下心，毫不猶豫地一口喝光。

一時間，明光乍現，刺得我睜不開眼。

生死的限界那麼模糊，夢境與現實的限界卻如此分明，非此即彼。那道明光讓夢中的我緊緊閉眼，結束了夢境的同時，卻讓我在現實中睜開了雙眼。又或許是，我先是在現實中睜開了雙眼，那道明光才得以穿越視網膜，映射到大腦，干擾並終結了夢境。

最先接收到那道明光的，究竟是現實中的我，還是夢境中的我呢？那道光從何而來？

自打上學期畫了〈須彌世界曼陀羅〉和〈六道生死輪迴圖〉兩幅唐卡後，已經是第三次做這種夢了。有別於其他的夢境，這個夢裡的邏輯詭譎卻不混沌，所以才成了可以無限複製下去的難以逃避的輪迴。前兩次不記得是怎麼醒來的了，只感覺睜眼後渾身疲憊，好一陣子才恢復了意識流動。這一次不會忘記，我是在一通高頻率的金屬撞擊聲伴著隱隱的發條聲中醒來的。還好，醒來之前我將那碗濁湯飲盡，一滴不剩。惟願下一個來世不再為那虛幻的藍光而執著了。沒有人能衝破那個巨大的遺忘，它大到無形，失去了邊際。

如此，這樣的夢境也將終結了吧。

嗚響還在繼續，一隻大手正托舉著一個機械鬧鐘懸在耳邊，我不耐煩地伸出一隻手，摸索幾下，撥下了靜音機關。

「幫我喊個到。」我懶懶道，把手縮回被窩，用被子蒙住了腦袋。

「還我嘎烏。」冷桑的聲音隔著被子依然洪亮。

「再戴一天，就一天。」我掀起被子一角說道，然後輕撫懷中吊墜，它能掛在我的脖子上，

堪稱奇蹟。

其實我也說不上有多喜歡這個做工粗樸的小玩意兒，之所以費勁心機地把它搞到手，是因為一份神秘誘惑著我。盒身上那幾個掩映在八吉祥圖案中的藏文，是每一位藏族人從生念到死的六字大明咒——「嗡嘛呢叭咪吽」，這讓我相信，裡面裝藏著的一定是殊勝之物。可三年多來，我問了無數次，冷桑都守口如瓶。

我對這個嘎烏感興趣還有另一個原因，它是冷桑自己設計並製作的。

冷桑生在銀器世家，阿爸是當地著名的銀匠，他從小就耳濡目染地學會了製作一些簡單的小玩意兒。做這個嘎烏那年他才八歲，此後十幾年裡，他一直把它戴在身上，睡覺都不摘，也從不讓別人碰，更別說打開看了。

轉眼已是大四，我對他嘎烏的這份好奇非但沒有削弱，反而愈發強烈，甚至成了心病。以前對冷桑軟硬兼施的各種手段都試過，沒用。生搶更沒戲，他那犛牛般的塊頭兒都不必出手，撞一下就夠我趴地求饒了。

那便只有智取了。

經過幾夜的冥思苦想，我策劃出了一套周密的方案。突破口是洗澡，這是冷桑唯一摘下嘎烏的時段，也是我唯一可以利用的機會。

我先後下過兩次手。第一次目的單純，就是為了滿足長久以來的好奇，想看看嘎烏裡面究竟裝了什麼。卻不承想，不看則已，一看，便忍不住鋌而走險，又追加了一次行動。

第一次行動很順利，用的是金蟬脫殼計。

冷桑去洗澡那天，我佯裝也正要去，出門時故意沒帶擦臉油。風城有如其名，一年四季都颳風，天氣乾燥得很，洗完臉後不抹油，若是再吹了風，皮膚就會緊繃得不夠用，開裂甚至流血都是稀鬆平常的。

走到浴室門口的時候，我突然「呀！」了一聲，為了配合這句臺詞，我還設計了一個讓手裡提著的拖鞋同時落地的動作，這樣可以讓我的表演更加出神入化。

「完了完了！明天要交白描作業，我怎麼給忘了啊！」我拍著腦門驚呼。

「時間還早，洗完澡趕緊去畫吧。」冷桑幫我從地上拾起了拖鞋。

「大白傘蓋佛母啊，憤怒相千手千眼！德吉讓我們耐心畫，我一耐心，就把時間給忘了，還有三十多個眼睛沒畫呢。不成，現在就得回去……」

我轉身要走，這當然也是在演戲，全為後續行動做鋪墊，每一句臺詞和每一個動作都經過精心設計，在腦海裡演練了無數遍。

「回來！」冷桑一把揪住我，「瞧你這頭髮，油得都能和糌粑了。來都來了，洗個澡能耽誤多少時間？」

冷桑的「臺詞」也在我的預料之中，我竊喜，一切盡在掌握。憋了一週沒洗頭，這份罪沒白遭受。

「也是。」我順勢回轉身來，乖乖跟他進了浴室。

霧氣瀰漫的更衣室裡，我踅摸了一圈，率先發現了兩個離得比較近的衣櫃。

「那邊有兩個！」我快步走過去，冷桑慢吞吞地跟了過來。

我一邊脫衣，一邊暗中觀察冷桑。他把拖鞋丟到地上，將擦臉油和乾淨衣服放在櫃子上層左側，脫掉外套，掛在櫃門掛鉤上，摘下手錶放進一側外兜，接著從脖子上取下嘎烏，認認真真地將羊皮繩捋順，對折三次，塞進外套左側的懷兜裡。他換上拖鞋，把翻毛皮鞋放在櫃子下層，然後一層層地脫掉所有衣服，放到櫃子上層右側。最後，他鎖上櫃門，把拴著鑰匙和數字牌的皮筋套在了手腕上。

「我先進去了啊！」他丟下一句，拿著洗浴用品就要往浴室裡走。

「等下，一起嘛！」我趕緊把脫下來的衣褲一股腦兒塞進櫃子裡，麻利地鎖上櫃門，拎起洗浴袋快步追上。浴室很大，我可不想一進去就找不到他了。

那天洗澡的人不少，在一片低垂的水霧中，我又幸運地發現了兩個相隔不算太遠的空閒龍頭，真是蒼天有眼。

那是我有生以來洗得最快的一次澡，沒打

浴液，只匆匆洗了個頭。我按照預先設定好的劇情，來到了冷桑的噴頭旁。

他洗得正酣，我拍了一下那寬闊厚實的後背，跟他打了個招呼，「我先走了啊！」

冷桑滿頭泡沫，無法睜眼，「洗這麼快？」「得去趕作業，簡單沖沖就得了。」

「哦。」

「對了，我忘帶擦臉油了。」

他沒有任何懷疑，胳膊從水簾裡伸出來，「上層，左面。」

我不露聲色地擼下他手腕上的橡皮筋，心裡樂開了花。這便是來時路上那些鋪墊工作所起到的效果，冷桑絕不會起疑心。

我快步離開浴室，進入更衣室。顧不上穿衣，逕直來到了冷桑衣櫃前。

將鑰匙插入鎖孔時，我打著哆嗦，分不清是因為冷還是緊張。

櫃門打開，我迫不及待地將手伸進冷桑外套的懷兜裡。可就在手指觸碰到嘎烏的一瞬，我瑟縮了一下。金屬的堅硬和冰冷被內心的忐忑放大，一種突如其來的震懾力讓我產生了一絲卻步之念。

好在猶豫只持續了幾秒鐘。和金屬質感同時感受到的，還有那綿軟溫潤順應體感的羊皮繩，它在關鍵時刻補償給了我足夠的溫度，柔和地熨帖著我的心神，驅散膽怯，讓我重新鼓起勇氣，緩緩地，富有儀式感地將拴掛於其上的嘎烏提了出來。

結果如我所期，那天我打開的，不僅僅是冷桑的衣櫃和那瓶凡士林，還有他的寶貝嘎烏。我成了這個世界上除冷桑之外，唯一知曉這個嘎烏裝藏秘密的人。

五十六、偷窺

我把嘎烏放在耳邊搖了搖，傳來幾聲窸窣。裡面到底裝了什麼呢？這個問題我已經揣摩了三年多，可以從A到Z羅列出至少二十六個備選答案。比如說，一尊袖珍佛像或一個擦擦，一粒尊者舍利或一條加蓋了降魔寶印的黃綢，一袋甘露丸或一拈青稞法米，一片佛衣或一頁貝葉經……也有可能是一顆祖傳老蜜蠟或一塊磨得發亮的小羊骨節，一顆兒時換下的乳牙或一束初戀女友的青絲，一粒速效救心丸或雲南白藥裡的保險子……

我時不時回頭朝浴室大門望去，仿佛那個方向隨時會衝出一頭犛牛，瞪著銅鈴般的充血大眼，瘋狂地朝我撲來。

別嚇唬自己了，我趕緊自我安撫。那頭犛牛體格雖然發達，智商卻不是我的對手，他沒有理由識破我精心策劃了那麼久的計謀。

出乎我的意料，這個嘎烏的蓋子在設計上並沒什麼特別的機關，恰恰因此，堪稱巧妙。盒身口沿上有一個形如倒下的「L」的豁槽，盒蓋口沿上有一個小小的凸起，二者扣上對榫後，將盒蓋順時針一擰，凸起便入到橫槽上來，橫槽盡頭還有一個特別小的向上的微槽，入位後即可卡緊。打開時先讓凸起出位，朝反向擰，轉到拐角一拔就開了。

我輕鬆地打開了嘎烏的蓋子，小心翼翼地將盒身傾斜，往手心裡一倒，滑出來了一個捲成捲兒的泛黃的舊粗布。除此以外，裡面再無它物。

我想起了影視劇裡常有的橋段，那些棄嬰的襁褓裡往往都會有一張信紙或者一塊布片，寫著乳名和生辰八字。冷桑曾說起過，他母親是生他時難產去世的，事實或許並非如此，他可能有著更為多舛的命運。比如，他其實是撿來的或是抱來的，現今的阿爸也並非生父……

我在幻想出來的悲情中唏噓著，展開了那塊撲克牌大小的布片。

生活並沒有那麼戲劇性，布片上根本沒有什麼乳名和生辰八字。對一般人而言，那就是一張陳舊精美的小畫片，但對我這樣的準專業人士來說，我可以更為準確地對它進行描述——亓剛派止唐布本設色綠度母老匝尕，如果是真品的話，年代可以看到明中期。

我怎麼就沒想到這個答案呢？畢竟這對我而言，比其他那些答案都更為熟悉。

以前曾在圖冊上見過不少匝尕，全都是近現代的主流畫派，手裡這幅的風格和它們明顯不同，屬於早已失傳的亓剛技法。這個流派的傳世唐卡極少，匝尕更是罕見，連見多識廣的德吉老師都說，他只在尼泊爾的一位收藏家那裡見到過一張亓剛匝尕真跡。不知道冷桑這傢伙打哪兒搞來的這個寶貝，即便是高仿贗品，技術也非常了得。世代香火的供奉痕跡伴隨著環境中的自然氧化，這層濾鏡絕不是一般的做舊可以模仿出來的。而那些取自於天地精華的礦植物原色依舊保持著色彩的活性，滄桑不失溫潤，絢麗而又柔和。

多年的好奇心終於被滿足。隨後，我才抽得神來，用更為純粹的眼光來欣賞它。

主尊是綠度母，呈少女相，面容慈祥溫柔，是我見過的最美開臉。我的心跳突然加速，臉也有些燒熱，緊接著，一陣惶恐莫名襲來，仿佛這樣的怦然心動是一種妄念。

浴室的彈簧門開開合合，不斷釋放出來的氤氳水霧製造著迷惑眾生的夢境。我下意識地將目光從那張臉上躲閃開，情緒才緩緩平復下來。

由於幅面所限，匝尕往往只有主尊而沒有環繞佛和其他烘托元素。這尊綠度母獨尊四合，孔雀石粉調成的石綠膚色飽滿鮮亮，左手持藍色烏巴拉花，右手結與願印，頭戴金色五佛寶冠，身披瓔珞華鬘，著五彩天衣綢裙。她姿態輕盈地半跏趺坐於蓮花寶座上，左腿屈盤，右腿向下舒展，伸下蓮花臺。金汁拉出秋毫般的背光，一氣呵成，細密流暢，而硃砂勾出的畫心外框則粗獷厚重，形式上賦予匝尕以莊嚴，令它有別於普通的畫片。

我的目光在這方寸之間流連了一圈之後，重回到那張臉上，這一次心如止水。

我久久地與那雙細膩傳神的慧眼對視著，恍若超然世外，過眼皆為雲煙。一時間物我兩忘，非刻意入境，亦無心出離，禪定的境界大致便是如此了吧。

「咣啷」一聲，一個學弟的洗髮液掉在地上，適時驚醒了神遊中的我。

我迅速切換到了先前的緊張狀態，仔細把匝

尕捲好，裝進嘎烏，蓋上蓋子，學著冷桑的樣子將羊皮繩捋順後對折三次，放回到外套左側的懷兜裡。然後，我從櫃子上層取下凡士林，在臉上隨便塗了幾下，物歸原位，鎖好櫃門，一溜小跑回到浴室，把鑰匙還給了冷桑。

這次行動乾淨俐落，沒露任何馬腳，更沒引起冷桑一絲一毫的懷疑，但事情並沒有就此終結。從那以後，那張匝尕總是縈繞在我的腦海，特別是畫畫的時候，只要我提筆端坐在畫布前，那雙美麗慈悲的慧眼便會浮現眼前。我一次又一次地心懷激盪，也一次又一次地回歸寧靜。

我無法抵擋那種心靈體驗帶來的誘惑，決定臨摹，這樣就可以永遠地「擁有」她了。

怎樣得到原件呢?可以採用和上一次類似的方式，再次拿到嘎烏並將匝尕取出，當然，具體環節要變通。冷桑曾說過，嘎烏連他自己都不會輕易打開，所以東窗事發的可能性較小。最大的問題是，將來如何完璧歸趙呢?還採用前兩次的伎倆嗎?騙一次靠智慧，騙兩次靠運氣，騙三次就是癡心妄想了。冷桑鬥心眼玩兒不過我，可也不是個傻子。

以前我「偷」過他各種東西，有時難免會被發現。他對我的懲罰大多是把我按在床上，逼我大喊一句「我錯了」。我要是不喊，他就拳打腳踢一通，直到我屈服。好在他的拳腳大都是點到為止，畢竟那些「小偷小摸」在我們之間更像是玩鬧。比如，我無聊時偷翻過他的日記，只看懂了一堆藏文中的幾個阿拉伯數字，有一次我喝多了說漏了嘴，自投羅網；我還偷聽過他不知從哪裡翻錄來的梵音磁帶，其實磁帶就在他的床頭書架上，我不過是沒跟他打招呼就拿來聽，後來忘記還，被他發現了；手頭特別拮据的時候，我還偷用過他的郵票，當時他抽屜裡只剩一張，為了不引起他的察覺，我照著郵票畫了一張放回原處，次月拿到生活費後趕緊買了一張款式一樣的郵票，準備悄悄調換時卻發現那張贗品不見了。我試探性地詢問，才得知他用那張假郵票寄了信，而且對方已經收到了。既然沒造成什麼不良後果，我便得意洋洋地炫耀起來，卻不想仍沒免掉一通拳腳；我還偷穿過他通常只在藏鄉會活動

上才會穿的氆氌藏袍，偷用過他的牙膏、香皂和洗衣粉，偷吃過他的酥油、糌粑和方便麵……

這一次和以往不一樣，我要偷的是他脖子上最最寶貝的嘎烏裡的匝尕。不知為何，「偷」字用在這裡我覺得非常不合適，還是說「拿」吧。我拿匝尕的事一旦被冷桑發現，後果將不堪設想。

我又想起了上學期的那次「啤酒湯事件」。那天我去食堂吃飯，心情莫名高興，途經小賣部時買了一聽冰鎮啤酒，準備一會兒邊吃邊喝。找座位時碰上了冷桑，他打的是米飯，見饅頭出鍋了，喜歡吃麵食的他又去添了個饅頭。當時我不知是哪根神經放電，心血來潮地想要和他開個玩笑，冷桑從來不喝酒，我想讓他破一次戒。趁他去買饅頭的當兒，我將他的蛋花湯偷喝掉三分之一，再用啤酒填滿。他喝湯時直皺眉，但還是嘟嘟囔囔著喝完了。我忍不住偷笑，他這才注意到我面前的啤酒，立時明白是我搞了鬼。在那個隨時準備朝我飛過來的拳頭之下，我趕緊坦白交代了自己的「罪行」，因為是在公共場合，為了保全面子，我又乖乖連說三遍「我錯了」，以為這樣就能像以前一樣被赦免。萬萬沒有想到，他的拳頭還是狠狠揮了過來，不是朝我，而是朝我的飯盒，以及那聽沒喝完的啤酒。

搪瓷飯盒和易拉罐跌落在水磨石地面上，發出一連串帶著回聲的刺耳鳴響。所有人的目光都朝這邊打來，投向那一地的米飯和番茄炒蛋，當然，還有坐在餐桌旁被濺得滿身紅色菜湯的呆若木雞的我。

那次事件後，我和冷桑有將近兩個月沒說話，最後還是他先妥協了。

那天，宿舍樓因電路故障停電檢修了一整天，天擦黑了還沒來電，其他幾個兄弟都出去打發時間了。我白天在畫室畫了一天，身體疲乏，決定趁著一團漆黑早些休息。剛入睡不久，胸口被什麼東西重重地壓住，喘不過氣來，迷迷糊糊中還以為是地震了。驚醒後摸出手電一照，壓在身上的，是一箱沉甸甸的聽裝啤酒。接著，我聽到了來自床板下方的重重喘息聲。

那天是滿月，我拉開窗簾，打開陽臺的門

窗，讓月光儘量多地傾瀉進來，一地銀霜。

我和冷桑並排坐在他床上，背靠著牆。那箱啤酒放在我們中間，我一聽接一聽地喝著，他依舊一口不喝。

我們像好久不見的老友，聊起了「冷戰」期間各自的生活片段和見聞。後來，我不失時機地問起他，那天在食堂為什麼發那麼大的火。他沉默了好一會兒，突然給我講起了他的身世。也正是那時候，我得知她母親是難產去世的。

他那做銀匠的阿爸既要做工又要打理店面，還要照看年幼的冷桑，生活非常不易。冷桑上面本來還有個姐姐，因生活所迫，早些年過繼給了西離的親戚。鄰家善良的江央阿奶常常過來幫忙帶孩子，後來，冷桑乾脆住到了阿奶家，一住就是五六年，和阿奶情同親人。不幸的是，三個月前年邁的阿奶去世了，得到這個消息時，她已經在被送往天葬臺的路上了。

冷桑講述這些事情時的語氣是尋常的，我的心神卻在劇烈地震顫著。朦朧的月光模糊了我的表情，那不是我第一次聽說天葬，卻是離我最近，感受最真切的一次。

冷桑發願為這位不是親人勝似親人的阿奶念誦十萬八千遍往生咒。按照他們鄉族的習俗，持咒期間有一系列嚴格禁忌，忌酒就是其中重要的一條，包括任何酒。

我想起這段時間冷桑的手裡經常會出現一串小鳳眼佛珠，原來他一直在念經。想不到他在食堂大發雷霆的背後有著如此隱情，我頓生愧疚並真誠地向他道了歉，而後忐忑地問他，阿奶會不會因為我的過失上不了天堂？我可不可以幫他一起念？冷桑說那個世界叫淨土，他後來又重新為阿奶念了十萬八千遍往生咒。就在今晚，扛回這箱啤酒之前，他剛剛念完了最後的一百零八遍。聽他這麼說，我的心才算踏實下來。

雖然冷桑原諒了我，但從那以後我明白了一個道理，即便是玩笑，也不能衝破底線。

所以，我最終還是放棄了利用洗澡機會「拿」一匝尕的冒險計劃，我要讓冷桑心甘情願地把嘎烏借我戴上一段時間，最好是一週，實在不行四五天也行，這樣我就可以臨摹匝尕了。當

然，他答應把嘎烏借給我戴的前提一定是我不許打開，表面上我自然要答應，私下裡他就管不著了。至於違背承諾的道義之失，我自有周全之策。不管怎樣，先將嘎烏光明正大地拿到手再說。

冥思苦想了一晚，我又心生妙計，於是，有了第二次的浴室行動。

五十七、冷桑

兩週後，我又「碰巧」跟冷桑同時去洗澡。這次我沒在去浴室的途中演戲，但依舊選擇了兩個離得很近的更衣櫃。如果說上一次的計謀是金蟬脫殼的話，這一次則是調虎離山。

我磨磨蹭蹭地遲遲不脫衣服，悄悄觀察著冷桑的脫衣進程。每一個環節，甚至每一個動作都和上次一樣，刻板得一成不變。當他摘下嘎烏，將羊皮繩對折三次放進懷兜裡時，我精準地掐算好了時機，脫下外套來到他跟前。

「喂，有紙嗎？」我捂著肚子，面露窘色。心裡自是清楚得很，他沒帶紙的習慣。

「擦啥啊，拉完直接去洗唄。」他一副不以為然的樣子。

「稀的，不擦不行！快幫我去買包紙，兜裡有零錢。」我邊說邊把自己的外套往他身上一扔，又「順手」幫他關上了衣櫃門，隨即朝廁所方向小跑而去。

我躲在布簾後面悄悄往外張望，如我所願，冷桑走出了更衣室，隔壁就是小賣部。說時遲那時快，我猶如離弦之箭，嗖地一下飛到冷桑衣櫃前。

謝天謝地他離開時沒上鎖，這是今天唯一的變數，是我需要賭一把的地方。剛才我主動把櫃門關上，就是為了防止他自己關的時候鎖門。

我打開虛掩的櫃門，探囊取物，而後關好櫃門，又箭一般地飛奔回廁所，就近鑽進一個隔間。

「哪兒呢？」不一會兒，隔間外就傳來了冷

桑的聲音，帶著廁所裡特有的空曠回音。

「這兒，多謝！」我從門底空隙伸出一隻手去。

一大捲衛生紙不聲不響地落到我的手裡，接著，我聽到了腳步聲漸行漸遠。

「噗嗤——噗嗤——」旁邊隔間的動靜令人作嘔，我用衛生紙掩著鼻，倒楣的我還要蹲在這裡再忍受一會兒，得等冷桑脫完衣服進了浴室再出去。

後來的情況可想而知。冷桑洗完澡，穿好衣服後發現嘎烏不見了，急得在更衣室裡到處找，看我出來就衝了過來。

「見我嘎烏沒？」他問。

「你也太不小心了。」我又開始了表演，擦著頭髮朝衣櫃走去。

「你知道？在哪兒？」他步步緊隨。

「我上完廁所回來，看見你衣櫃底下露著一截羊皮繩，覺得眼熟，撿起來一看……呵呵。」

冷桑鬆了口氣，繼而生起一臉疑雲，「不對啊，我記得當時放好了啊，怎麼會掉了呢？」

「天知道！難不成是我偷的？」我又驚又怒，表情到位。

「都是給你買手紙鬧的！」

「那還不是因為吃了你的酥油，該不會變質了吧？」

「你他媽屬耗子的，連酥油都偷！」

「還想不想要你的寶貝了？」

他立即收聲，撇撇嘴，乖乖候在那裡。

我打開櫃子，變戲法兒似的摸出嘎烏，提著羊皮繩在他面前晃晃，「想要？」

他伸手剛要取，我將羊皮繩往上一揚，嘎烏藉著慣性投入了我的掌心。

我順理成章地談起了條件，他雖不情願，但還是答應給我戴幾天。我獅子大開口，提出戴一週，他不答應。我又說五天，他搖搖頭，冷著臉說最多三天。

「三天就三天，今晚零點算起。」我無賴地又多爭取到了小半天。

「不許打開，否則別怪我不客氣！」他朝我揮了揮拳頭。

「好，我發誓！我保證！」我的語氣堅定而真誠，包括在心裡面補充上的後半句「——做不到！」

我理直氣壯地把嘎烏戴在脖子上，冷桑將信將疑地看著我，我坦然與他對視。他沒再說什麼，不服氣地哼了一聲，放下了拳頭。

三天的時間實在緊張，可我不敢再繼續討價還價。要是被他用暴力手段搶回嘎烏的話，就前功盡棄了。

這段日子損耗的腦細胞沒白犧牲。其實我的手段並不高明，只能說那傢伙太傻。另外，之所以這麼大膽，也是仗著我們的關係比較瓷實，或是說，有一些特殊的牽連。

我天生對色彩敏感，一看到各種鮮亮的顏色就手癢，有股子塗塗抹抹的衝動。高考時志願明確，只要是繪畫方向就行，服從一切調劑，於是順利考進了風城民族藝術學院。報到時才知道，自己被錄取的唐卡專業為國內首創，帶有實驗性質，計劃招生十五人，結果只招來了三個人。由於人數太少，我們三個被迫拆分開來，猶如送出去的棄嬰，被整合到了其他專業尚有剩餘床位的宿舍裡。

我是我們宿舍最後一個來報到的，進門時其他五位舍友都已經鋪好了床鋪，正在整理各自內務。我向大家打了招呼，自報家門，說我來自大西部雲涼，學唐卡專業，有緣被拼到這個宿舍，請大家多多關照。

話音剛落，一個人突然躥到我面前。剛才他正在一個靠窗的下鋪半躺著，手拿一張紙，準備往上鋪床板上黏。

「你好！我應該睡你上鋪吧？」我瞟了一眼他的上鋪，床是空的。

他沒說話，一把將我抱住，這個突如其來的舉動把我和其他幾位舍友都嚇了一跳。

那魁梧的塊頭像是一面厚實的牆，兩條粗壯的胳膊緊緊攬著我的後背，仿佛要把我嵌進那面牆裡。我被壓迫得說不出話來，呼吸困難，直到胳膊發麻，失手將拎在手裡的鋪蓋掉落在地，他才鬆了手。

恢復喘息的我呆立在原地，默默掃視了一

圈，其他人也都面面相覷，宿舍裡鴉雀無聲。

他幫我撿起地上的鋪蓋捲兒，又幫我卸掉肩頭的背包，一起丟到他床上，這才開口說道：「你先在我床上歇會兒，我去找個工具，你的床板需要修理一下！」說罷他就推門跑了出去。

我愣愣走到那組床邊，欄杆上插著一張名牌，一上一下寫著「原冬／冷桑」。

我躬下身，看了看上鋪的床板，正中那根木條果然裂了條縫，估計上學期睡這張床的是個大胖子。一張巴掌大小的紙片像一面旗子般懸在床板下面，與下鋪枕頭的位置垂直。兩個角上的透明膠條還沒黏上去，我掀起看了一眼，是一張「工藝美術設計」專業的課程表。

我在冷桑床上坐下來，尷尬地朝其他四位舍友笑了笑，氣氛這才舒緩了一些。

天水魯高人、西安文武、集寧林小波、包頭周大金，舍友們一一自報了家門，他們四人和冷桑都是一個班的。大家很快熟絡起來，但都知趣地略過了剛才那令人費解的一幕，而是調侃起了我和冷桑這組上下鋪的名字，一個「冬」，一個「冷」，該著湊到一起。

不一會兒，那傢伙拎著兩根木條和一個榔頭回來了。

「麻煩讓一下。」他衝我說道。

我起立退到一旁，只見他從兜裡掏出幾顆釘子銜在嘴上，跪在下鋪，扭著身子仰著頭，以一個奇怪的姿勢修起了我的床板。

他幹活兒利索，三下兩下就搞定了，還幫我把床板擦拭乾淨，將被褥鋪好。接著，他又來到門邊那組高高的儲物櫃前，把自己那層櫃裡的東西全都搬出來，轉移到以先到先得原則來分配，被挑剩下的那個位置最高的櫃子裡。

「這個櫃子歸你了。」冷桑指著第四層那個已經騰空的櫃子對我說。

「這……不太合適吧。」我赧然道，感覺他的熱情有些過度了。

「有什麼不合適，從今天起，你就是我兄弟！」冷桑拍拍我的肩膀，力道很大，我差點兒一屁股坐地下。

「一個宿舍裡睡覺，哥兒幾個都是兄弟。」

我反感他搞小團體，隱隱有些不悅。

「當然，但你算我親兄弟！」

「為……為什麼？」我迷惑了，舍友們也紛紛朝我們看過來。

冷桑的話匣子這下打開了。原來，他是藏族人，老家在玉沁，那裡是著名的藏族藝術聖地，很多家庭都是唐卡畫坊，寺院裡也有不少從事唐卡繪畫的喇嘛拉日巴。冷桑小時候也曾學過一年唐卡入門課，但他沒有畫畫的天賦，比起唐卡，他更適合繼承阿爸的銀匠手藝，做些敲敲打打的事。選擇工藝美術設計這個專業，多少也和傳承家族衣缽相關。如今，有人專門到大學裡學習自己家鄉最引以為豪的傳統繪畫藝術，叫他怎能不激動。道出這個原委後，他剛才的一切行為就都可以理解了。

其實我的第一志願是油畫，後兩個志願根本沒填，不成功便隨緣。結果油畫分數不夠，才被調劑到了唐卡這個新開設的冷門專業。我沒告訴冷桑這些，只為不打擊他的這份熱忱。

因為唐卡，我和冷桑之間多了一種天然的牽連。大事小情上他一直對我很關照，當然，都是以他那簡單粗暴的方式。後來我逐漸習慣了，並且也有自己的原則，對他該謝絕時謝絕，該接受時接受，該回報時回報。他這人沒什麼心機，總是一副沒心沒肺我行我素的樣子。每週除了個別公共課外，我們白天大部分時間碰不著面。週末我經常跑出去看畫展，或者泡在畫室，即便偶爾在宿舍裡有所交集，我也基本上是在床上假寐。所以最初的一段時間裡，我和冷桑的關係仍只算是一般意義上的你來我往，直到大一那年期末，因為一件事情，我們才算真正熟絡起來。

我們的班主任是油畫系的趙老師兼任的，他經常把我們這三個編外學生遺忘，倒也沒出過什麼大的閃失，無非是漏掉了兩次班會和一次植樹勞動，這反而是好事。要說對我們有實質影響的疏忽，當屬選課那檔子事。

大一期末，要進行下一學年的選修課申報，正式填申請表那天，趙老師才想起我們三個，火速派了幾個腿腳利索的學生分頭去宿舍、畫室和圖書館找我們。當周和阿水很快就找到了，唯獨找不到我。那段日子適逢德吉老師受省文管局之託，到塔安寺去修繕一批老壁畫，這一次的工作量比較大，面積有近百平米，至少需要一個月的工時。文管局、教育局和學校三方做好了協調，德吉老師所授課程暫停，日後再補。臨走前，他給我們三個學生留了自習內容和繪畫作業，還說有空可以去寺裡找他學習壁畫修復。寺院離學校不近，坐車單程要兩個多小時，當周和阿水不想影響其他課程，只在一個週末去過一次。我和他們的想法完全不同，這麼難得的實踐機會，曠課我也要去。於是，我收拾行囊義無反顧地跟著德吉老師走了，在寺院一待就是一個月。

那天，阿水氣喘吁吁地跑到宿舍找我時，我還在塔安寺沒回來。那個年代想要靠一根電話線從偌大一個寺院裡找到一個人可沒那麼容易。冷桑同學在這個關鍵時刻展現出了他的「擔當」，他毅然跟阿水去了階梯教室，毫不含糊地替我選了三門課程：東方藝術史、西方藝術史和世界藝術史。

三天後，我從寺院回來了。冷桑說起他幫我選修的那幾個「史」後，我差點兒當場「圓寂」。這類課程枯燥乏味暫且不說，我尤其不理解的是，他為什麼會在已經選擇了東方藝術史和西方藝術史的基礎上，又選了世界藝術史？這就好比上頓吃的是肉和饃，下頓又吃肉夾饃。冷桑的解釋很簡單，他說課程的側重點不同，而且他自己也是這麼選的，我被噎得無話可說。

事已如此，我趕緊跑到教務處看能否申請修改課程。遺憾的是，感興趣的課程已經滿額，尚有名額的課程我更不喜歡，最終只好認栽。我安慰自己，這些理論課程固然枯燥，但都是基礎，和我平時更為側重的藝術實踐形成互補。至於三門課程內容的重合，其實也是件好事，知識點相近便於融會貫通，考試自然也容易通過。後來待我冷靜下來仔細一想，在當時沒辦法和我取得聯繫進行溝通的情況下，冷桑這種保守的選擇還是挺明智的。可他自己為什麼要這麼選呢？他絕不是那種為了考試更容易通過而投機取巧的人，與許他是真的喜歡用枯燥來折磨自己吧。

關於冷桑幫我申報選修課這件事，我說不上

是該感謝還是抱怨，他在我心目中永遠是一個難以描述的人，我更喜歡感性地形容他為「一個喝任何熱飲都喜歡加酥油的怪人」，如果硬要再補充一些別的評語的話，那便是——熱情無腦。

五十八、逃課

「還我嘎烏！」冷桑又一次喊道。

我的被子猛地被掀開，黑暗再次被明光圍剿，那些私密的記憶驟然遁去，躲進了看不見的罅隙。

「不是說了嘛，再戴一天，就一天！」我不耐煩道，試圖耍賴。

「不行！」

「那就半天，這次說話算話！」我信誓旦旦，話鋒一轉，「我身體不舒服，幫忙喊個到。」

大四這學期，莫名添了一門美術系共修的公共課——藝術哲學，幾個專業被整合在一起上大課。今天逃課是為了完成綠度母匝尕的臨摹，去畫室倒是可以避開冷桑，可這張匝尕雖然小，但很扎眼，誰看了都會聊上幾句，說不定哪天七拐八拐就會傳到冷桑耳朵裡。謹慎起見，我還是選擇了在宿舍這樣最私密的空間裡偷偷畫，冷桑他們去上課成了我唯一可以利用的寶貴時機。這幾天我都是見縫插針，利用有限的碎片時間完成了大半，昨天看了一天畫展，一筆沒畫。這會兒姑且先把冷桑穩住，利用這個上午集中精力完成剩餘部分，就可以完璧歸趙了，自此兩不相欠。

現在冷桑正著急去上課，他不是一個輕易遲到的人，料他也不會在這節骨眼兒上拿我怎麼樣，我長舒一口氣，安心地合上了眼。

枕邊忽而有些輕微異動，就在我睜眼的同時，耳畔響起「咔嚓」一聲。

冷桑一張大臉近在眼前。還沒等我反應過來，嗖的一下，什麼東西貼著我的後脖擦了過去。

隨之而來的是一陣火辣辣的疼。我起來拿鏡子一照，一道硃砂般鮮紅的擦傷印跡掛在脖後，觸目驚心。比這更令我惱火的是，羊皮繩沒了，嘎烏也不見了。

「你他娘瘋了！」我火冒三丈，「疼死啦！」

「說好三天就三天！」冷桑毫無歉意。

「你乾脆把我腦袋斬下來啊！」

「必要時候會的。」

「多戴一會兒怎麼了？能戴壞？」

「一會兒？呵呵，你已經多戴十六個小時零三十五分鐘了。」

冷桑放下剪子，把嘎烏貼到耳邊搖了搖。我渾身一緊，心臟倏地提到了嗓子眼兒，暫時顧不得生氣，也忘記了疼痛，大氣兒都不敢喘一下，生怕干擾到他的聆聽。

謝天謝地，他一定聽到了裡面的響動，所以才沒再打開檢查。

冷桑在床邊坐下來，一邊哼著小曲，一邊給斷了的羊皮繩粗暴地打了個死結。

那傻瓜還不知道，他剛才聽到的動靜，來自於一塊和那張匝尕的質地、尺寸和厚度都完全一樣的刷了牛骨膠的棉布。鬥勇我不敢，鬥智他還是嫩了些。至於將來怎麼把匝尕不聲不響地放回到嘎烏裡，我的確還沒想好，沒準兒到畢業他都發現不了呢，那我就寫封自首信，連同匝尕一併寄還給他好了。

倘若畢業之前不幸被他發現調包，我也有心理準備。不難猜想，假設我真的說到做到，在這三天裡履行承諾，從未打開嘎烏，那也不能保證我在冷桑心目中就是清白的。以我從前的種種「劣行」，他至少懷疑過我，這才合乎情理。也就是說，從冷桑答應把嘎烏借給我戴的那一刻起，他應該就對我的違約有心理準備了。嚴禁打開僅僅是他提出的要求，真打開了，他定然也不會真的不能接受，眼不見為淨罷了，否則從一開始他就不該給我「犯罪」的機會。從這個意義上講，調包匝尕這件事，不過是比他能夠預見到的不良情況稍微嚴重了一點點。調包是為了臨摹，臨摹是出於喜歡，佛菩薩不都是隨緣度化嗎？於冷桑也是一份積德的善緣。就算他沒那麼高的覺悟，大不了挨他一頓揍，為藝術獻身，值了。我的行為縱有不端，可也沒有離經叛道太遠，比起

曾經想要趁冷桑洗澡時從嘎烏裡偷走匝尕的荒唐念頭，現在的「犯罪」情節輕得多，至少還算光明正大。

冷桑把嘎烏戴在了脖子上。然後，他踩著凳子從最上層的儲物櫃裡拿出一套藏袍，開始穿戴。

「今天怎麼穿這麼隆重？」我問。

「晚上藏鄉會有聯誼舞會，你去嗎？」

「轉圈兒甩袖子，老一套，沒啥新鮮。」

「跳的是老一套，但這次樂隊有新花樣，除了弦子，還加了鋼琴。」

「鋼琴？多不搭調。」

「你不懂，這叫融合。」

「好，我不懂。」我懶得和他爭辯，「以前沒聽說你們藏鄉會有彈鋼琴的啊？」

「從鋼琴系特邀的，一個蒙古族大美女。」冷桑頓了頓，似是突然想起了什麼，「對了，我們會長說過她是雲涼的，跟你是老鄉呢！」

「動不動就攀老鄉，俗不俗啊。」

「就你不俗，就你清高，連酥油都偷，活該拉肚子！」冷桑氣鼓鼓地說道，把垂落到他領空的被角掀起來丟我床上，往裡一推，剛好觸碰到我那尚未消腫的腳踝，我疼得皺了下眉。

被冷桑用鬧鐘折騰醒後，渾身上下每塊肌肉都像裝上了一個會隨時啟動的發條，緊張而狂躁。不知是因為腳傷的牽連，還是因為那個從雪山之巔墮入忘川深淵的夢境。同樣是墜落，前者只需一秒鐘，後者則要耗盡一生。

脫漆的窗框外是一片陰沉的天，空玉蘭的枝葉在秋風中劇烈地震顫著，彷佛暴風驟雨已經在它的枝條和葉脈中提前來臨。四年來，觀察這棵比學校奠基石還要蒼老的空玉蘭成了我大學床上生活的一部分。樹和人一樣，也有自己的喜怒哀樂，我可以從枝葉搖動的幅度與頻次中感受到它傳遞出來的情緒，這情緒往往和我驚人地相通。也可能是它在我注意到它的那一瞬間讀懂了我，進而受到感染，陪我逢場作了一場又一場的戲吧。

「再不起來真要遲到了！」冷桑吼道。

我朝床下掃了一眼，確定宿舍裡沒有別人，

才把昨天崴腳的來龍去脈都告訴了他，包括見到凌小凌和她表妹的事情。說罷，我從被子裡伸出那隻腫腳給他看。

「活該！煙酒戒一樣，你也不至於過得那麼緊巴，為這點兒錢翻牆逃票。」

「好好，我活該行了吧。」我不願和他多言，卻沒忘叮囑他，「記得幫我還她表妹五毛錢，帳你記著，等來了生活費我就給你。」

「明天吧，小凌要帶她表妹跟我們一起去馬溝河燒烤。」冷桑說著又湊到我床邊，「燒烤你到底去不去？」

「不去。」

「那晚上來參加藏鄉會聯誼吧，過節了，總得有內容。」

「我的內容就是安度大四晚年。」

冷桑白了我一眼，沒再接茬。他又踩上凳子，在最上層的儲物櫃上翻騰起來。

「一定記得幫我喊到啊！」我再度重申，這學期的學分必須保證修滿，否則畢不了業。要是因為逃課被任課老師盯上的話，期末考評就危險了。

「混吃等死的人還在乎考評？」

「名節事大。」

「那……你晚上來參加藏鄉會聯誼，我就幫你喊到。」

「你答應幫我喊到我就去。」

「愛去不去！」他把一包東西扔到我床尾，拎起書包就要走。

「喂！等下！」我噌地坐起來。

他像沒聽見一樣，重重關上了門。

「倔牛！」我衝門板吼道，摸索過來腳邊那包東西，剝開塑料袋和油紙，濃重的草藥味道撲鼻而來，是一疊黑乎乎的膏藥。

這是冷桑老家藏醫秘製的祖傳藏藥，要調上一點兒水敷在患處，效果很厲害。有一次冷桑打籃球時腰扭傷了，敷兩天就好了。

我可不想不打自招，讓別人知道我崴腳，現在腳雖然還疼，但已經比昨天好多了。就怕凌小凌明天和他們提起昨天的事，那幾個傢伙展開聯想，便有可能猜到一二。都怪魯高人，為了求安

慰，恨不得讓全天下人都知道美術館牆塌了。諒他們也不敢像對待魯高人那樣拿我來插科打諢，更何況，我的清白有憑有據。

我從外套兜裡摸索出昨天唐卡展的票根，展平插在書架上的相框裡，好似古時候的貞節牌坊。

階梯教室的方向傳來清脆的上課鈴，我像聽到了起床號，穿好衣服，翻身下床。腳踩欄杆時疼痛加重了幾分，得用雙手抓緊側杆以分擔自重。

還好，行走在平地時，那隻跛腳的情況比昨天好得多。我趔趄著踱到門前，撥動了一下鎖頭上的保險，反鎖上了專屬於我的私密空間。

我支起畫架，打開顏料盒，在要用到的幾個色格裡加了牛骨膠，讓固化的顏料軟化溶解。然後，我趴在地上，伸手從冷桑床下的最深處拖出來一個啤酒箱子，掏出藏在裡面的畫布，擺在畫架上。

一切準備妥當，我才拿出多功能刀，拔出鑷子，斜坐在冷桑床邊，身體擰巴著，從他的課程表後面，也就是我的床板和那張紙之間的縫隙裡，夾出了一樣東西——原本應該裝在冷桑嘎烏裡的匝尕。

這就是所謂的燈下黑。倘若冷桑發現嘎烏裡面是空的，就算把我的東西翻個底兒朝天，也絕不會想到我會把匝尕明目張膽地藏在他眼前。

今天的工作量還是很重的，匝尕畫幅太小，比普通唐卡難畫得多。前兩天完成了上色和暈染，現在還差勾線和開臉，全是要勁活兒，別說不小心手抖一下，呼吸稍重一點兒都有可能畫走了形，功敗垂成。更何況，我得在大家都去上課的有限時間裡完成這些工作，同時還要時刻提防著冷桑這顆炸彈，他隨時都會醒過味兒來，發現匝尕調包後爆炸，氣急之下衝回宿舍不是沒有可能的。想要在巨大的心理壓力之下還能做到平心靜氣，筆韻流暢，這絕非易事。

但今天我必須完成匝尕的臨摹，必須。

五十九、白衣

我全神貫注地在畫布前端坐了一上午，勾完了所有彩線和金線，以及最關鍵的一步——開臉。

面前這兩尊綠度母猶如雙生，實際上她們是「三生」。不知這輩子有沒有機會跟冷桑坦白唐卡展上的奇遇，他是否知道這個世界上還有另一張一模一樣的匝尕——在我這幅臨摹誕生之前。我的技藝雖不能和其中那張贗品相比，但我已經很滿意自己的作品了。我欣賞著她，陶醉在從前任何一幅唐卡習作都不曾帶給我的歡喜中。

去年冬天我用自行車換來的這套礦物顏料和金箔一直沒捨得用，似乎就是為了等待這張綠度母匝尕，這是我第一幅真正意義上的唐卡作品。

平時我們的習作用的都是廣告色，只在理論上瞭解過礦物顏料的製作工藝和使用方法。而在我追隨德吉老師修復老唐卡和壁畫的過程中，曾實踐過幾次礦物顏料的研磨、分色以及膠質的搭配。膠質對於唐卡上色非常重要，多了易翹裂，少了易脫色，不同膠質的發色也有差異。我買的礦物顏料都是加工好的粉末，根據顆粒粗細和顏色深淺，掌握好膠質的種類和添加比例即可。德吉老師還教我學會了黃金磨製，就在我拿到冷桑嘎烏的當晚，我對這道神聖而複雜的工藝進行了實踐。那晚畫室裡只有我一個人，清淨得很。我在乾淨的盤子裡塗了些隔夜泡好的三千本膠液，將薄如蟬翼的九八金箔一張張地夾入盤中，用指腹將它們揉磨成絮，再加水細磨成粉，過濾雜質後蒸製，前前後後兩個多小時才得到了細膩成品。

為了還原這張匝尕的古舊滄桑感，我在調色時加了少許墨，除了原作不可複製的那層歲月質感外，兩張匝尕在整體色調上非常接近。施金部分用雌黃打底，發色充分，開臉更是完美，形神都與原作無異。那雙慧眼已經深深印在了我的腦海裡，我只需將氣息均勻地凝聚在「三花神筆」的筆尖，纖細優美的線條便自然而然地化現出來。

「三花神筆」是我專門用來開臉的，由德吉老師親手製作。大一開學第一天，他送給我們三

個弟子每人一枝，材料取自他家的貓。這枝特細毛筆用起來非常順手，成了我每一幅畫作的點睛神器。去德吉老師家裡上鑒賞課那次，我特意把這枝畫筆也帶了去，如願見到了那隻十四歲高齡的三花老貓。我將它抱在懷裡，舉著畫筆，讓阿水為我們畫了一張小幅速寫。回來後我把這幅畫裝裱在相框裡，擺在床頭書架上。

此刻，那張速寫被唐卡畫展的票根遮住了大半，只露出我高舉畫筆的那隻手。

我放下「三花神筆」，換了枝粗兩號的畫筆，蘸了些用墨調好的硃砂，準備勾描畫心外圍的紅邊。

如果說開臉是繪畫內容的最後一步的話，那麼，勾畫紅邊則是繪畫工序上的最後一步。紅邊和繪畫內容無關，但只有這一步完成了，才算真正撂筆。除了極少數成套的匝尕，單幅匝尕一般很少進行裝裱，故而紅邊就尤為重要了。除了保護畫心的基本功能，粗重的紅色邊框可以讓尺寸小巧的畫幅顯得厚重莊嚴，是匝尕區別於其他畫片最鮮明的特色。這也是每一幅常規尺寸唐卡畫完後的必要工序，主要是為了給畫布裁切和布藝裝裱留存餘地，以免傷害和遮掩畫心，但裝裱完成後，那圈紅色便隱去了。

除了這兩個最後一步，以及宗教意義上的最後一步，還有繪畫之外工藝上的最後一步，是待金汁乾燥後，用瑪瑙刀或天珠刻金拋光。前者這樣黃金的金屬光澤才會呈現出來，令唐卡璀璨生輝，後者指的就是為唐卡畫作開光了。

這些性質不同的最後一步，如同一幕大戲結束時的重重尾聲，回味無窮，充滿了儀式感。

我手拈蘸了硃砂的畫筆，正欲落在畫布上，外面突然飄來一陣歡快的旋律，聲音很遠，但音場強大。

「一年有三百六十五個日出，我送你三百六十五個祝福……」

我舉著畫筆來到陽臺上，好奇的目光越過空玉蘭，越過明湖，越過階梯教室，朝著更遠方的操場望過去。黑壓壓的烏雲下眾人集結，圍成了幾個同心圓。

明天就是國慶節了，市團委組織在人民廣場

進行千人集體舞表演，由包括我們學校在內的幾所大學共同承辦，據說還要全程電視直播。今天應該是聯合彩排，我們學校操場大，就安排在了這裡。大四學生被排除在了這次活動之外，這再好不過。除了必須應付的幾門課程外，畢業生們通常還要忙於實習、調研、寫論文和找工作，對跳集體舞這種事情既沒時間，也沒激情。

我們這個稀有專業還好，大四的一切課業和工作都被德吉老師統籌安排到了一起，具體的形式就是每週用一到兩天的時間，隨他去下面的寺院幹活兒。有時是修補壁畫，有時是給轉經廊、拉康、佛塔、煨桑臺繪畫紋飾，也時常會趕上寺院動土木。不論佛堂還是僧舍，我們都會跟那些自發前來幫忙的藏族村民們一起，搬石塊，鋪邊瑪草，也會上到房頂，隨他們邊唱邊跟著節奏打阿嘎，或是往粗礪的牆面潑石灰水。潑石灰水是我最喜歡幹的活兒，可能是因為平日裡畫唐卡和壁畫過於精細端正的緣故吧，每當我看到那些拖著水滴飛濺軌跡的潔白溶液被大面積地傾覆到牆體這面巨大的「畫布」上時，都會產生一種潑墨大寫意般的痛快淋漓。

德吉老師總是寓教於樂，於勞，於平凡的生活。他帶我們所經歷的這一切讓我明白，藝術工作者需要不斷體驗各種人生，要善於從別人的生存與生活狀態中，提煉出屬於自己的生命感悟，這才是最大的人生智慧與創作源泉。我慶幸遇到了德吉這樣的藝術導師，相信他也會永遠記住我們，因為我們三個或將成為他高校教學生涯中前無古人後無來者的唯一一屆學生。

唐卡這門專業自打我們這屆之後，再沒招到自主報名的學生，那些服從調劑的師弟師妹們沒有複製我們的命運，他們都在資源優化配置的原則下，被安排到了其他更為成熟化、通俗化和市場化的專業。由於生源匱乏，明年學校很有可能取消唐卡專業，世人對這門藝術的瞭解還是太少，也算是一種時運不濟吧。

帶我們的這三年多裡，德吉老師也逐漸體悟到，唐卡這門藝術並不適合以學分來量化成績的現代化教學體系，這和他一貫主張的生態式教學之間有著不可調和的矛盾與不可逾越的鴻溝。

我們跟他學習到的知識與技藝更像是一座華麗的空中樓閣，缺乏承載它的文化厚土。找工作對我們而言，也成了一件難以和專業有效對接的縹緲之事。畢業後要麼犧牲專業找份世俗營生，要麼去更專業的地方繼續深造，比如玉沁，冷桑的老家，那裡被譽為「千年藏藝之鄉」，是一座真正植根於藏地的唐卡藝術生態學堂，同時也是一座地位崇高歷史悠久的唐卡藝術博物館。在那裡可以修習到最正宗的佛學工巧明，成為一名真正的拉日巴——用心靈和信仰為神佛繪像的人。

一陣疾風拂面，我的目光連同思緒一起從遠方收了回來。不經意地一低頭，眼前一亮，陽臺的角落裡隨風滾出來了半根香煙。

拾起來一看，果然是我抽的牌子。前幾天樓管突擊查房時，我正躺在冷桑床上抽煙，聽到動靜後趕緊把煙掐滅，從窗口丟了出去。

我將煙點燃，深吸了一大口，頓感全身通暢。還有半節課的時間，對於勾畫紅邊和收拾畫具而言，時間綽綽有餘。

我一邊享受著半根香煙帶給我的意外愜意，一邊欣賞著不遠處，秋風在明湖水面上撩撥起的層層水皺，它們和不時飄落在水面上的雨滴激起的漣漪交匯後，衍射出了更為複雜細密的波紋。

今年雨水特別多，我想起了中學語文課本裡〈岳陽樓記〉中的一句「若夫霪雨霏霏，連月不開。」那篇課文要求背誦，老師抽查時讓幾個同學到黑板上分段默寫，我同桌被分配到的就是這一段。當時他把「霪」寫成了「淫」，老師用紅粉筆把錯字圈起來，打了個大大的叉。同桌辯解，說這兩個字通用，惹得同學們一陣竊笑。老師橫眉冷眼，說中考閱卷老師只認課本，差這一分他就考不上重點，後來罰他在黑板上把「霪」字寫了一百遍。

那時的我不曾想到，若干年後自己走上了繪畫藝術之路，並且在一個無聊的暑假裡乘火車專程去岳陽樓寫生。在那裡，我瞻仰到了無數歷代書法名家留下的關於〈岳陽樓記〉的墨寶，驚訝地發現，其中果然有「淫雨」的寫法，而當年嘲笑他的人裡也有我。

良辰有盡，風月無邊。我佇立在陽臺，情不

自禁地舒展雙臂，猶如身處巍峨的岳陽樓上，面朝浩瀚洞庭，感受著暴雨來臨之前，瀰漫在空氣裡的無限狂躁與些許克制。

雨滴打在手上，冰涼的刺激令我忽地一顫，畫筆脫了手。我下意識地伸手去抓，筆沒抓住，另一隻手中的煙頭也跟著落了下去。

畫筆剛巧打在從空玉蘭下經過的一個女生的肩頭，當她捂著肩膀驚恐地抬頭朝上面望過來時，正是煙頭墜落的一瞬，幸虧她及時將身一閃，敏捷地躲過了二次襲擊。

「對不起！對不起！」我慌張地朝下面喊道，「你等著，我這就下來！」

當我拿著一大捲衛生紙跑到她面前時，才明白，有些疼痛真的和心理有關。剛剛一路從四樓飛奔下來的我，哪裡像是腳踝有傷的人。

女生正在用紙巾擦拭肩頭的顏色，巧的是她剛好穿了一件白色風衣，那塊鴿子蛋大小的絳紅色格外顯眼。

我扯了足有兩米長的衛生紙給她，愧疚地說道：「真對不起！我正在畫畫，畫筆不小心脫手了。」

她沒吭聲，接過紙來，把一直抱在懷裡的一本開本很大的書交給我，然後繼續擦拭。

地上的煙頭藉著風勢閃著點點火星，而我那枝可憐的畫筆，正躺在更遠一些的地方，周圍散佈著幾處紅色斑點，依稀可以分辨出剛才落地時的運動軌跡。雖然不是「三花神筆」，但同樣令我心疼，浪費掉的硃砂更是可惜。

「實在對不起……」這已經是我第三次道歉了。

她不理我，也不看我，鍥而不捨地擦著肩頭那塊絳紅色。天知道她今天為什麼要穿這件比雪還白的風衣。

天色又暗了不少，頭頂烏雲黑壓壓一片，猶如掛在天空的一幅巨大黑唐。環境的暗調把眼前這襲白衣烘托成了奪目的高光，加之站立在一旁不知所措的我，路過的人們都要瞟來幾眼。

既然她不接受我的道歉，我直接提出了解決方案：「顏料裡有膠，得用熱水泡，再用雙氧水洗。要不你把衣服脫了，我幫你清理。」

話剛出口，我就意識到了自己言語的冒失。果然，她停止了擦拭，抬起頭來，神情嚴肅地望向我。這一刻，我才得以看清她的容顏。

她有著清秀立體的五官，肌膚如雪，秀髮瑩亮及肩，周身散發著一種內斂而又無法被忽視的美，連慍色都值得欣賞。旁人朝她打來的目光全都是游離的，慌亂的，帶著試探性，因為她的美超凡脫俗，給人以不容冒犯之感。

「要不我賠你吧，這衣服多少錢？」我說。

「不必了。」她終於開口，聲音雖小卻帶著力度。

我暗暗感激她，現在沒有什麼比提到錢更令我頭疼的事了。只要跟錢沒關係，她提出什麼要求我都會盡力滿足。

可她又恢復了緘默。空玉蘭的枝葉在疾風中狂擺，似有無數的花苞想要逆勢生發。我們兩人靜立樹下，像一對善男信女，守護著一樹空空的神話。

眼看著馬上就要下雨了，我又提出了一個方案：「這樣吧，等你想好怎麼辦，可以隨時來找我。我住這棟413室，叫原冬，原來的原，冬天的冬。」

她的眼中閃過一道微光，而後轉身，沿著地上星星點點的絳紅色軌跡，走到畫筆前，屈膝將它拾起。

我趕緊跑上前，一邊道謝一邊伸手去接。不料，她根本沒有還給我的意思，而是用剛才擦顏料的紙巾把筆頭包上。

「這筆歸我了。」她說完轉身就走。

我先是一愣，繼而想到她的書還在我手裡，下意識地低頭瞟了一眼——《蕭邦瑪祖卡舞曲集》，空白處寫著一行娟秀小字：「鋼琴88級1班　江阿茹娜」。

再抬眼間，她已經走出去了十幾米。我趕忙追上去，「喂，你的書！」

她停下腳步，轉身將書接了過去，朝我微微一笑。

那笑容似是一個指令，豆大的雨點在一瞬間劈里啪啦地瘋狂墜下，落在還沒回過味兒來的我面前，落在她步履輕盈的白色身影後。

那襲白衣，像極了從空玉蘭上飄落下來的一片花瓣。

對於大多數人而言，秋雨、白衣、美女、失落的畫筆，閃爍的煙頭，還有那本蕭邦瑪祖卡，這場戲劇性的邂逅可以引發對後續無限的浪漫遐想。可我根本沒那個心情，有的只是愧疚、心疼與詫異。愧疚的是弄髒了人家的衣服，心疼的是失去了畫筆浪費了硃砂，詫異的是她要那根筆做什麼……哎，早知如此，今天還不如去上藝術哲學。

「鈴——」下課鈴炸彈般地響起，我猛然想起宿舍裡還攤著一大堆五顏六色的傢伙什兒，匝尕和臨摹的畫布更是明目張膽地擺在冷桑床前。於是，我又一次忘記了疼痛，飛奔回了宿舍。

六十、堂考

氣兒還沒喘勻，就有人推門進來了。我佯裝被吵醒，懶懶翻了個身，後怕得冒了一身冷汗。

「原冬啊，這次你可倒楣了！」文武的聲音，伴隨著書包丟在床上的一聲悶響。

「點名了？冷桑沒給我喊到嗎？」我又驚又怒。

「點名就好了，他不喊我也得幫你喊啊！今天哥們兒是真幫不了你。」文武賣著關子。

「到底怎麼了？」我急切地問。

「隨堂考試，成績算在期末總評裡，佔百分之三十。」

「一個隨堂考試佔三十分？」我像個爆炸的氣球從床板上彈了起來。

「師太這次也是被逼急了。課上到一半時，也不知道是從哪兒傳來的消息，說蔡國慶來了，還有幾個小歌星，和跳集體舞的那幫學生們聯合彩排，好多人都中途溜號去看熱鬧了，『紅燈區』和『休閒區』差不多快走光了，『自習區』和『學霸區』也溜了不少。大金和小波最後也逃了，下場和你一樣，沒成績。」

「這個變態老處女！」我憤憤罵了句，深知

自己在劫難逃。

這位「師太」姓孫，是個返聘老教師，快七十了終身未嫁。以前她素有上課點名的嗜好，但都是在三四十人的小課堂，幾分鐘也就點完了。藝術哲學是本學年新增的課程，在階梯教室裡上，是二三百人的大課。第一次上課光點名就用了半節課，後來她便識時務地放棄了這個過場，否則就完不成教學任務了。

在階梯教室裡，學生們的座次分佈通常都是有潛規則的。教室很大，共十六排，大致可以分為四個區，各區職能分明，不宜僭越。一至四排是「學霸區」，在座全是視上課為樂趣拿考試當解悶兒的學習狂熱分子；五至八排是「自習區」，想聽課就聽課，不想聽課就寫作業或者看課外書，乍一看都是在學習。總之，前八排基本上都算是課堂氣氛良好的，這些乖學生們很好地掩護了後八排的不安定分子。九至十二排是「休閒區」，可以睡覺、交頭接耳、談情說愛、吃零食、下棋、打牌、織毛活兒……只要別太過分，基本上啥都能幹；最後四排是「紅燈區」，在這裡可以做屬於前三區的全部事情，還比他們多了項自由，可以趁老師寫板書的時候隨時從後門溜號。期末考試掛科的人大多分佈在這個區域裡，成績會用紅顏色標示出來，像紅燈一樣醒目。其實，除了這四個區，還有一個看不見的「區」，那就是像我這樣的一小撮索性不來者，屬於「自治區」。

師太平時戴一副厚厚的茶色水晶眼鏡，上課時卻喜歡把眼鏡摘下來放在講臺上，沉浸到自己的世界裡。她上課非常投入，很少管紀律，對「休閒區」和「紅燈區」的學生更是睜一隻眼閉一隻眼，睜開的眼裡只有蒼穹，閉上的眼裡盡是虛空。我們這幫不去上課的「自治區」學生則根本入不了她那或睜或閉的法眼。因此，她給大家的印象是雖然刻板，但並不苛刻，充滿著人性的寬容與神性的光輝。

「教室空了一大半，氣量再大也得犯嗔戒，師太也會失態！」文武不知不覺轉換了立場，繪聲繪色得如同說書，「她用黑板擦在講臺上重重一拍，粉筆末嗆得她直咳嗽，有人沒忍住笑出聲來，成了師太最後的爆點。『你們是不是都覺得我好欺負？啊？過分！實在太過分了！課代表！課代表呢？』一連喊了好幾遍都沒人吱聲，不用說，課代表也溜號了。師太黑著臉，從講臺上拿起眼鏡戴上，迅速恢復了一個哲學家應有的風度，『在座的同學們，請拿出一張紙來，要大一些，寫好班級、姓名和學號，我們今天隨堂考試，這次成績佔期末總評的百分之三十。』話音落下，教室裡頓時一片騷動。」

「什麼題目？」我純粹出於好奇。

「論述題，結合藝術實踐，闡述藝術發展中繼承和創新的關係，回答不低於一千字。」

「一千字？這麼大的題？」

「總得對得住那三十分啊，否則師太以後怎麼混。」

藝術哲學本來就是我的弱項，今天又一下子丟了三十分，看來這門學分難保。要命的是，我的總學分剛好卡線，莫不是要推遲畢業了？這個孫師太，她既不是神也不是人，而是一塊超級辣的老薑。我在心裡把它拍扁切碎，丟進滾燙的油鍋。

「原冬你節哀吧！」說話間文武穿好了雨衣，拿上飯盒離開了宿舍。

我開始遷怒於國慶彩排，遷怒於那些歌星，否則也不會有那麼多人跑去看熱鬧，讓教室空了大半。當然，還有溜號的課代表，以及那些嘲笑師太的混蛋們，他們的行為無異於火上澆油。

我長嘆一口氣，突然感到特別疲憊。屋漏偏逢連夜雨，開學才一個月，糟心事就一樁接一樁。先是莫名其妙地燒了凌小凌送給冷桑的圍巾，然後崴了腳，緊接著把那個鋼琴系女生的衣服弄髒了，還賠上了一枝畫筆，現在藝術哲學又丟了三十分，學分難保。難道這一切都是我調包冷桑匝尕的報應？不應該。我那麼誠心恭敬地欣賞與描摹，這份功德至少可以抵消個中罪業吧。就算抵消不掉，老天爺也該就事論事，萬萬不該拿成績和學分這種事情來懲罰我。對於一個學生來說，雖談不上天崩地裂，也是地動山搖了。

後面還有什麼事等著我呢？想想就不寒而慄。

門一直在開開合合，大金、小波和高人陸續回來了。他們無一例外都把剛才文武說的簡述了一遍，有詳有略，側重不同。同樣被抓的大金和小波雖然也很生氣，但他倆學分都有機動，沒我這麼慘。發完牢騷後，他們便拿上各自的雨具和飯盒，結伴去吃飯了。

「起來！」最後回來的冷桑一進門就大吼一聲。

我沒動彈，心裡煩得要命，誰都不想理，忘記了自己鳩佔鵲巢。

「滾起來！」他又吼了一聲。

回過神來的我立時緊張起來，難不成他發現匝尕被調包了？

我把眼睛睜開一條縫兒，只見冷桑正站在床邊，撅著屁股弓著身，用毛巾擦拭濕漉漉的腦袋。那身淺褐色的藏袍很多地方都被雨水打濕，變成了深褐色。他脖間低垂下來的嘎烏像個鐘擺一樣，隨著擦頭髮的動作搖曳著。

應該和匝尕無關，否則他一進門就會衝過來，擺開架勢，揚言要用拴嘎烏的那條羊皮繩勒死我。事實上，他已經無數次想要殺了我，以包括淩遲在內的各種各樣的惡毒手段，因為我做過各種各樣足以讓他對我起殺心的事情。我能活到大四，不是因為有九條命，而是因為冷桑這不爭氣的傢伙總是說到做不到。所以，我一次又一次的膽大妄為也要歸咎於他的這份縱容。

「發什麼神經！我三十分都沒了，也沒你這麼喪！」

「活該，叫你再逃課！」

「大不了重修一遍，沒啥。」

「早該料到你死不悔改！憋兩千字死我多少腦細胞啊！我他媽真是賤！」冷桑怒道，手裡的毛巾狠狠朝我抽來。

我疼得「哎喲」一聲，揉著屁股剛要發作，忽覺哪裡不對勁兒。

「你說什麼？」我問，不是沒聽清，而是沒理解。他剛才說「兩千字」，莫非是——他做了兩份試卷？

我一骨碌坐起來，幾乎是同時，門重重地關上了，宿舍裡空無一人。

我趕忙追了出去，只見冷桑正端著臉盆朝水房走，昏暗的樓道模糊了視覺的層次，將他那龐大厚實的身軀壓縮成了一個薄薄的剪影。

「嘿！你替我答卷了是嗎？」我衝進水房，激動地問道。

「我真是腦子進水了，不會有下次了！」他擰開水龍頭，水流很快淹沒了臉盆裡的毛巾。

我打開旁邊的水龍頭，把腦袋伸到嘩啦啦的水柱裡。

「幹嘛呢？」冷桑揪著我的後衣領，像提溜小貓一樣把我腦袋從水池裡拎了出來。連成串的水珠順著頭髮流淌下來，我的衣領和肩頭濕了一大片。

「你不是說你腦子進水了嘛，我陪你一起，有難同當！」

「神經！」他從臉盆裡將毛巾擰乾，丟到我頭上。

我胡亂擦拭了幾下，把毛巾丟還給他。

他看著我，伸手撩起我額前的頭髮，「怎麼有血？」

我看了眼鏡子，心頭一緊，一定是剛才收拾畫具時慌亂之中蹭上的硃砂。

「鼻血，沒擦淨。」我用手抹了一下，心想幸好是紅色。

「怎麼會流鼻血？」

「夢見美女了唄！」

「脖子還疼不疼？」冷桑撥拉了一下我的腦袋，仔細端詳，「印子咋還沒消？」

「沒事，挺酷的。」

「腳傷呢？」他又拽起我的褲管，「咋沒敷膏藥？」

「已經好了，你那膏藥真是神效！就是黑乎乎太難看，我剛洗掉了。」我滿臉堆笑地哄騙他，難得對他客客氣氣，「一會兒請你吃飯！」

「請我吃飯？你不是沒錢了嗎？」

「請吃飯就一定要花錢？」

「飯票你還有？」

我望向窗外，暴雨如注，又說：「雨太大了，要不就在宿舍吃方便麵吧，你那兒還有幾袋？」

「幾袋？你應該比我更清楚吧？」

一整箱！」

「別那麼小氣嘛，等下月來了生活費，還你

「別說大話，只要你保證以後別再逃課睡懶覺就行了。」

「誰說我逃課是為了睡覺？這不是腳壞了嘛，再說我也沒睡覺。」我嚴正抗議，卻忘記了這是在自掘陷阱。

「不睡覺？那你一個人窩在宿舍裡幹嘛？」

「我……自習啊！」

冷桑一臉鄙夷，「哼，信你才怪！」

一道閃電劃破長空，電光打在昏暗的水房裡，在白瓷磚牆壁上閃爍了幾下，像投映在電影幕布上的幾幀受損嚴重的老膠片。

我舉起右手，鄭重起誓：「雷公為我作證！」

話音剛落，天邊響起一串驚雷。

我和冷桑不約而同地朝窗外望去，雖是正午，天卻陰得恍如世界末日。雨越下越大，看樣子一時半會兒是停不了了。

「少廢話，趕緊泡麵去，餓死老子了！」冷桑抄起臉盆，一把將我推出水房。

六十一、美神

作為新開設的冷門專業，唐卡教學帶有實驗探索的性質，課程規劃尚不完善，為了湊學分，需要從其他專業調用一些課程，比如每週一下午的美術考古學，這門別的專業的選修課成了我們這學期必修的專業課。冷桑這朵奇葩不知為何對考古這麼感興趣，這門課不在他們的選修範圍內，他只能蹭課。於是，每週一成了我和他課程重合度最高的一天。

下午雨小了，我們都懶得拿傘，往書包上套了個塑料袋，冒雨跑向教學樓。

我像往常一樣，往教室中部靠窗的位置走去，那裡有兩個挨著的空位，我招呼冷桑過去。他卻撇撇嘴，大步流星地朝前面走過去，逕直在第一排最中間坐了下來。

一個蹭課生，不但節節不落，而且每次都坐在那個誰都不願坐的位置，我深深為他折服。

這門課的任課老師姓白，綽號「白粉筆」。他講課時沒有抑揚頓挫，聲波永遠恒定在一個頻率上，錄下來循環播放的話，會是效果不錯的聲學安眠藥。加之他的課是下午，此刻又伴隨著窗外淅淅瀝瀝的雨聲，同學們一個個或哈氣連天或呆若木雞。只有白粉筆自己精神抖擻，對著講臺上的那尊半身石膏像喋喋不休著。

「這尊雕塑的原件是十九世紀二十年代在愛琴海米洛斯島上發現的，它是迄今為止發現的希臘女性雕像中最美的一尊。阿芙洛狄忒，也就是羅馬神話中的維納斯，是宙斯和海神狄俄涅的女兒，奧林波斯最美的天神，司掌人類的愛情、婚姻和生育，以及一切動植物的生長繁衍……所謂殘缺美的認知，是後來的事情了……關於那次著名的戰爭，流行的說法是，阿芙洛狄忒得到了象徵最美女人的金蘋果，是特洛伊王子帕里斯裁決給她的，作為她幫助自己得到斯巴達王后海倫的交換，這成了後來特洛伊戰爭的導火索……」

窗外簷下有一對正在避雨的喜鵲，各自打理著身上淋濕的羽毛。我歪頭望著它們，凝神思考，它們也受阿芙洛狄忒的管轄嗎？為什麼這位愛神只允許動物們在特定季節發情，而她自己卻可以隨時隨地與她的情人們偷情呢？

正遐想間，白粉筆的聲音戛然而止，緊接著是兩聲刻意的咳嗽聲，猶如發現敵情後被拉響的警報。講臺下的同學們全都緊張起來，正襟危坐，神情專注。我也打起精神，收回了散漫的思緒。整個教室異常安靜，我甚至可以聽到鄰桌那個遲到後悄悄從後門進來的女生的急促呼吸。除此以外，還隱約聽到了一種不該在課堂上出現的奇怪聲響。

白粉筆眉頭緊鎖，目光聲東擊西地周旋了一圈後，停留在了講臺近前。

所有人的目光都集中在了冷桑身上，只見他趴在桌上一動不動，鼾聲如雷。那頭蠢牛竟敢公然在白粉筆的課堂上睡覺，而且就在他的眼皮子底下。死一般的沉寂中，只有被無限放大的鼾聲。白粉筆醞釀了足夠長的時間，也是在給冷桑

最後的機會。

他終於行動了，以迅雷不及掩耳之勢將手中的粉筆頭狠狠砍出去，打在了冷桑頭頂正中。力道很大，粉筆頭被彈到黑板上，發出一聲脆響。

驚醒後的冷桑捂著腦袋，傻乎乎地四處踅摸，緩了下神後，才意識到剛才發生了什麼。

凝固的空氣恢復了流動，打破了死寂。那些課堂上本該有的聲響逐漸釋放出來，此起彼伏。喘息聲、翻書聲、鋼筆寫字的沙沙聲、衣褲布料的摩擦聲，還有那些缺乏保養的折疊椅發出來的吱扭聲……

這就是「白粉筆」綽號的由來，在他課上睡覺並被發現的，倘若在他咳嗽警示後還沒醒過來的話，定是要領教一下粉筆頭的威力的。大家對白粉筆刻意的咳嗽聲高度緊張，淺睡的人一般都能驚醒，賠上一個深表歉意的表情，也就被白粉筆赦免了。總會有像冷桑這種連那麼大的咳嗽聲都刺激不醒的愚鈍之人，每逢此時，沉睡者周圍的同學都會人人自危，生怕粉筆頭誤傷到自己，可又不敢提醒沉睡者——這也是白粉筆立下的規矩。值得稱奇的是，白粉筆總是彈無虛發，沒脫過一次靶，更不會殃及旁人。故坊間有傳聞，說他曾經是一個訓練有素的射擊手。冷桑這一遭，恐怕是他職業生涯中難度係數最低的一次投擲了。

每次砍完人，白粉筆都會要求被砍的那位同學把粉筆頭撿回來交給他，然後他會像什麼都沒發生一樣，向這位同學隨機提一個問題，待回答完畢後再繼續講課。

白粉筆有他一貫的原則，除了砍粉筆頭前必先咳嗽示警外，就是只砍睡覺的人，別的和上課無關的事情他一概不管。他認為在課堂上睡覺是對老師最大的不尊重，更是對美學的玷污。同學們私下裡則認為白粉筆純粹就是為了炫耀自己的「槍法」，他以前若真是個射擊手的話，那也是打固定靶的，因為那些看閒書的、聊天的、吃東西的、打毛活兒的「活物」對他有難度，將令他百發百中的名聲蒙羞。

「這位同學，請你來闡述一下你對這尊雕塑——米洛斯的阿芙洛狄忒的認知，考古、美學或者哲學，從哪個角度都可以。」白粉筆說道，這個問題還不算太刁難。

冷桑站起身來，按照慣例，他先躬身從地上撿起粉筆頭，畢恭畢敬地放在講臺正中，然後回到自己的座位上。

短暫的思考後，他認真答道：「阿芙洛狄忒……維納斯……嗯，記得馬克思說過，她體現了希臘人的思想意志和品格……」

「我沒問你馬克思怎麼說，我要的是你自己的理解。」白粉筆強調著，下意識地把一隻胳膊搭在了石膏像上，手臂自然下垂，剛好落在阿芙洛狄忒的胸部。

他自己渾然未覺，繼續以千古不變的催眠語調說道：「在座大多是學習繪畫的，這門課程雖然是選修課，以理論為主，但重要性不亞於你們的技法訓練。沒有思想的藝術工作者永遠是工匠，成不了真正的大師。羅丹、馬蒂斯、畢加索、達利……還有康定斯基、達芬奇、拉斐爾……你們想想，大藝術家們哪一位不同時也是理論家、思想家呢？

「這位同學，你是藏族吧？藏族是一個愛美的民族，文化藝術底蘊深厚，你這身民族服裝就非常美，這是美的差異性和多樣性的體現。除了外在，美還體現在內在，內在是什麼？是真善，是素養，也是學識。那我們的理論課學的是什麼？是門道，是邏輯，是攝取一切學識的方法，其中也包括審美……」白粉筆沒邊沒沿地說著，又重重拍了兩下阿芙洛狄忒的胸部。

同學們都在偷笑，白粉筆以為大家是在笑話回答不上問題的冷桑，於是又語重心長地說道：「你看，像你這樣漠視理論課的人，走到哪裡都要被大家恥笑的。」

同學們笑得更厲害了，卻又不得不刻意壓抑著，心照不宣。

「靠第二扇窗戶的那位男同學，我看你笑得最開心，那你就來替這位藏族同學回答一下剛才的問題吧。」白粉筆用另一隻空閒的手往我這邊指了指。

我的笑容頓時僵住，迅速朝周圍望了望。

「沒錯，就是你！」白粉筆再一次和我對上

了目光。

眾目睽睽之下，我不情願地站了起來。

「阿芙洛狄忒……」我的腦筋飛速旋轉起來，「嗯……首先，她名副其實地是個性慾之神，否則也不會和戰神阿瑞斯私通。神畢竟是神，即便私通，生下來的也還是神。不像我們人類，甭管是誰，從受精卵形成的一瞬，就註定要承受從生苦到死苦的漫漫虛無……」

剛才還時隱時現的笑聲一個接一個地戛然而止，取而代之的是蒼穹浩宇式的大清淨和一道道投射在我身上的驚詫目光。

我清了清嗓子，不疾不徐地繼續說道：「其次，她才是個美神，這種美無處不在，從這尊雕像來看，儘管只有上半身，但可以看出她的骨骼比例完美，肌肉有型，脂肪恰到好處，豐滿圓潤，尤其是胸部……不過，要是誰都像您這樣摸上一把的話，遲早會被磨平，那就變成米開朗基羅的大衛了……」

頓時，全場哄堂大笑。聽得出來，他們已經憋了太久，終於藉著這個機會一股腦兒地發洩出來。

白粉筆這才意識到自己的「失禮」，趕緊把那條胳膊從石膏像上收回。情緒無處釋放的他，抄起剛才冷桑撿起來的粉筆頭，狠狠摔在地上。

下課鈴像勝利的號角般在同學們放縱的笑聲中響起，適時地結束了尷尬的一幕。

白粉筆指著石膏像，對仍端正站立的我說道：「你！把它搬回教具室！」

「是！」我應聲洪亮。

「下！課！」白粉筆憤然收拾起了講義。

同學們沒有像往常那樣一下課就作鳥獸散，無一例外地繼續坐在座位上，想看我如何收場。

我不緊不慢地走上講臺，從正面抱起石膏像，看上去像是在和阿芙洛狄忒擁抱。從白粉筆跟前經過時，我不小心踩到了他剛才扔掉的粉筆頭，腳底一滑，借勢來了個誇張的趔趄，石膏像險些跌落在地。要是真摔壞了的話，是要由任課老師自己賠償的。白粉筆一驚，趕忙伸手去扶，語氣比剛才客氣了很多，「這位同學，請你小心點兒！小心點兒！」

我倒沒想讓白粉筆破財，只想乘勝追擊，煞盡他的威風，也算是為那些曾被他用粉筆頭砍過的同學們報個仇，解個氣。

送完石膏像從教具室出來，雨終於停了。陽光從雲破處投射下來，溫柔地灑向校園，四處瀰漫著雨後特有的清新與明媚。

冷桑不知從哪裡躥出來，手裡捧著個烤紅薯，掰了一半給我。

「剛才你可是把白粉筆給氣壞了。」他說。

「小意思。」我三口兩口吃完了紅薯，把剝下來的紅薯皮還給冷桑，「你膽子可真肥，敢在他課上睡覺！」

「昨晚沒睡好。」

「那還坐第一排，我看你腦袋還真進了不少水，為啥沒睡好？」

他沒接茬兒，一把薅住我胳膊，「走！跟我去參加藏鄉會聯誼，見識一下美女老鄉。」

「希臘美神我都抱過了，其他美女一律免疫。」我撣撣身上蹭的石膏粉，人卻半推半就地跟著他往民族禮堂的方向走去。

「不一樣啊，人家那可是純潔之美。」

「她純潔不純潔你怎麼知道？」

「阿茹娜，蒙語就是純潔的意思。」

「跟阿芙洛狄忒那個淫婦比純潔，這不等於罵人嘛！」我笑著揶揄他，忽而愣住，腦海裡閃過一連串畫面。

「你怎麼連神都敢罵？」冷桑驚道。

「又不是你們藏族的神。」我辯解道，那些畫面還在流動。

「那也不行！」

畫面最終定格在了一本鋼琴曲譜上，封面那行娟秀的小字令我如夢初醒。

「你剛才說的阿茹娜，就是那個老鄉？」我放慢了腳步。

「對啊，她全名江阿茹娜，母親是蒙古族，父親是漢族，所以前面加了個漢姓。」

江阿茹娜，我默念道。難道真的是早上被我弄髒衣服的那個女生？這樣稀少的名字，加之都是彈鋼琴的，不會有錯。

我停下腳步，思忖著絕不能自投羅網，否

則今天在宿舍裡偷偷畫畫的事情就會敗露。冷桑一定會生疑，順藤摸瓜，很快就能發現我的「罪行」。

「快走啊！」冷桑拉我袖子。

「不行不行，我還有事。」我使勁兒掙脫了他。

「早晨說好的啊！」他一臉認真。

「說好的什麼？」

「我替你喊到你就去！」

「對啊，師太點名了嗎？」

「點名……那倒沒有。」

「那不得了！」

「可我替你答卷了啊！一千多字呢！」冷桑急道。

「兩碼事。再說了，剛才我已經幫你報復白粉筆了，上午的人情就算還了！」

「行，算你狠！看我下次再幫你！」冷桑一把抓起我的手，將攥了半天的紅薯皮全都塞給我，扭頭朝禮堂方向跑去。

記不得這是他第幾次信誓旦旦地說這種決絕的話了，看著他憤然遠去的背影，我有著說不出的快感。和他鬥法是我大學生活中的一個重要樂趣，如今已經踏入最後一個學年，我禁不住有些悵然。

那些紅薯皮被我緊緊攥成一團，朝幾米開外的一個張嘴青蛙造型的垃圾桶投過去，結果打到青蛙腦門上，散落一地。還好沒人注意到，我三步併作兩步，過去收拾乾淨。不得不服，白粉筆在這方面確實有點兒本事。

我解嘲般地吹了一聲長長的口哨，腳下的步履隨之輕鬆明快起來，雨過天晴澄澈生動的秋日裡，我盡情釋放著一份難得的好心情。

我根本不像一個腳傷初癒的人，更不像一個剛剛被氣急敗壞的老師拉入黑名冊的學生。書包被我高舉著掄起來，像直升飛機的螺旋槳，在頭頂上空呼呼盤旋著。經過空玉蘭時，掛著雨水的枝條被書包掃過，在我身上灑落了一片清涼透爽的甘露。

六十二、逃兵

第二天是國慶節，冷桑班裡組織去馬溝河燒烤，晚飯前他們班的生活委員來宿舍收錢，問我去不去。魯高人躥到我跟前，悄悄耳語了一句：「她也去。」

儘管我從來沒有像魯高人跟我掏心窩子那樣去對待他，儘管我已經麻木了他動不動就拉著我一把鼻涕一把淚地傾訴他的各種遭遇，並且最終總要把原因和自己的身高扯上關係，儘管我一直不理解「妄自尊大」和「妄自菲薄」這兩副截然相反的面孔怎麼可以毫不相克地同時掛在他那張面積並不大的臉上，儘管我和他之間其實有著不少價值觀上的差異……可是，有一點他和我很相似，那就是自尊心強。所以他才能夠在感同身受的那一刻，大刀闊斧地砍掉所有廢話。「她也去」——這三個字甚至連凌小凌的名字都略掉了，我卻能在一瞬間心領神會。這種默契有時會讓人產生一種喝酒時的微醺感，魯高人總是在這樣的小情調上陶醉得不省人事。

和他比起來，我的「酒量」顯然大得多。所以，對不起了高人，我永遠無法對等地去對待你。就算我和凌小凌之間發生過一些不愉快，並且你是那次事件的唯一目擊者，但我還沒有脆弱到如你想像——連她都不敢去面對。逃避是你一貫的作風，就像你至今仍不敢去向你的「白雪公主」表白。可我還是要真心實意地感激你，我之所以不去參加你們的活動，並不是因為「她也去」，而是因為我還有許多事情要做。比如趁你們都不在的時候，完成那張綠度母匝尕的最後工序，將它從畫布上裁切下來，它總不能永遠被藏匿在冷桑床下的啤酒箱裡。還有，我手頭有本畫冊必須儘快看完，那是德吉老師借給我們的，已經在我這裡駐留了太久，後天是我傳給阿水的最後期限。另外，還有一個其實比前兩條更重要的原因：我沒錢。

晚上，魯高人去操場鍛煉，這是長年的習慣了，他堅信「二十三，躥一躥」。文武、小波和大金被對門叫去打「一缺三」，冷桑去藏鄉會聯誼還沒回來。難得清淨，我乾脆將那本《館藏唐卡鑒賞》看完。

校圖書館裡可供我們這個專業參考借閱的書籍非常有限，德吉老師經常從外面借書回來給我們看。今天下午我在美術考古課上跟白粉筆胡扯的那些，靈感就來自於這本圖冊。前幾天，我看到〈十二緣起生死流轉圖〉時突然來了興致，跑到圖書館的資料庫，找到了與那幅唐卡息息相關的《佛說入胎經》。文言讀起來生澀艱晦，但我還是把那本薄薄的小冊子啃完了。沒想到當時的一些雜感，被戲謔地用在了白粉筆的課堂上。

自打學習唐卡以來，每天都要接觸到關乎生死玄妙和宇宙奧義的內容。此前三年的學習裡，我更多是基於對繪畫技藝層面的追求，並未對每一幅唐卡的思想內涵去深究。人生經歷多了以後，有些感受沉澱下來發酵成了感悟，曾經畫過的每一幅唐卡，都值得用心靈再度描摹一遍，不純粹是以一個畫者的姿態，也不是以一個泛信徒的姿態，現階段我所追求的是一種躍然畫布的人格昇華，能夠帶給我這種心靈體驗的只有唐卡——這種跨越藝術與宗教的特別形式。

我捧著畫冊，靈魂像是找到了一個適合的容器，被安放在了這樣一個靜謐閒適的秋夜。那些無邊無際的遐思，化作一張張無形的書籤，熨帖在了這本畫冊裡每一處令我動容的書頁間。

我看得投入，轉眼已過九點，第一個回來的人竟是冷桑。

一進門他就開始一通瘋狂折騰，又是換床單，又是收拾桌子，平時難得見他這麼勤快。一問才知，去馬溝河的包車明天早晨從學校門口出發，凌小凌和她表妹要過來集合，他怕她們來宿舍，跟她表妹初次見面，總不能太髒亂差。

「圍巾事件」以後凌小凌就沒再來過我們宿舍。不管明天早晨她們來不來，冷桑的行動至少說明了她來的可能性，也就是說，她對我的怨氣應該消了不少。而且，昨天在美術館外的那次邂逅儘管氣氛不太愉悅，但總算是打破了僵局。

我的心情一下子輕鬆了不少，這成了最近經歷了一系列倒楣事後唯一的寬慰。

我繼續看書，下面時不時地傳來各種平日裡聽不到的聲響，冷桑賣力地進行著大掃除。其實我很想告訴他，凌小凌表妹就是一個傻乎乎的小屁孩，犯不著這麼嚴肅緊張。不過搞搞衛生也好，大家都受益。

良久，看書入了神的我，忽然意識到下面半天沒動靜了，空氣裡只剩下我翻頁時的刷刷聲。那是一種比空房之靜更甚的絕對的靜。

像瞳孔適應了黑暗一樣，我的耳朵逐漸適應了靜寂，進一步辨析出了來自下鋪的呼吸聲。

我將畫冊合上，側身朝下鋪望去。

最先映入眼簾的是黑色藏靴的兩個尖頭，接著是滾著五彩氆氌裙邊的淺褐色藏袍，冷桑正坐在床邊。我想像不出什麼事情能讓他從一派熱火朝天的忙碌中跳脫出來，變得這般靜若處子。

床邊地上散亂地堆放著臉盆、鞋盒和一些不常用的堆在床底下的雜物。

當我注意到那個啤酒箱時，瞬時驚出一身冷汗，慌忙探出半個身子往下看過去。

冷桑手中正捧著一個繃著小幅畫布的木框，不是我臨摹的匝尕又能是什麼?它幾乎和冷桑嘎烏盒裡的那張原件一模一樣，只是因為今天上午出了岔子，還差描紅和磨金兩道工序沒完成。

「幹嘛動我東西！」我大吼一聲，一骨碌從上鋪跳下來，連鞋都沒顧上穿，伸手就去搶奪畫布。

「在我床底下，憑什麼說是你的！」他把畫框轉移到他身後。

「就是我的，還給我！」

「這是什麼？」

「作業！」我爬到他床上，想從他身後去搶。

可我哪裡是他的對手，非但沒有搶到畫，幾個回合下來就被冷桑反鎖雙手，按趴在床上，雙腳也被他用雙腿夾住，只能徒勞地晃動肩膀和扭動臀部，像一隻笨重的蠕蟲。

我用餘光看到冷桑正騰出一隻手，在嘴巴的協助下打開了嘎烏。沒錯，那傢伙僅用一隻手就能對付我。

「拿塊白布調包，膽子越來越大了！」冷桑吼道，將那塊白布朝我臉上狠狠甩過來。

布塊落在鼻前，我聞到了淡淡的牛膠味道。

「把匝尕還給我！」我的聲音因半邊臉陷入

褥單而發悶。

「這話應該我說吧？」冷桑發力，把我的雙腿夾得更緊，「說！你把我的匝尕藏哪兒了？」

「混蛋！」我疼得大叫，用盡最後一點兒氣力，也沒能讓自己解脫分毫。

「快說！要不老子揍死你！」他的腿上又增加了幾分力。

我終於放棄了無謂的掙扎，逐漸安靜下來。沉默，成了我唯一能和他對抗的武器。

就這樣僵持了好一陣子，不知過了多久，他突然鬆開了我的雙手和雙腳。得到釋放卻也在剛才的掙扎中耗盡了體力的我，順勢癱在床上，連爬起來的氣力都沒有了。

可這一切並沒有結束，甚至才只是個開始。

「哐啷！」

抽屜被拉開——完全卸下。

「嘩啦！」

抽屜裡的東西被倒出——徹底傾覆。

我可以想像得到，他剛剛收拾俐落的桌面上，瞬間變得一片混亂。裁紙刀、釘子、榔頭、刷子、木條、麻繩……前幾天用來製作匝尕畫布的工具如殘兵敗將般陣亡在了桌子上。接著遭劫的是我的儲物櫃，開學第一天，冷桑曾風度翩翩地把原本屬於他的位置最好的儲物櫃讓給了我，如今他像土匪一樣在櫃子裡瘋狂地掃蕩了一通。他什麼也沒翻到，又爬上我的床，把床頭小書架上的所有書本全抖摟了一遍。隨後是我的書包，還有枕頭、被子和床墊，連枕芯和被芯都不放過，他像掏腸子一樣殘忍地把它們抽拉出來，這不是胡思亂想，而是因為我真切地聽到了一長一短的兩次拉鎖聲。一無所獲的他從上鋪跳下來，又把魔爪粗暴地伸進我的衣兜和褲兜，摸索出了錢包。那裡面除了三毛錢外，只有身分證、學生證和圖書借閱卡，他把所有東西都掏了出來，連同錢包一起狠狠摔在地上。

冷桑做這一切的時候，我一聲未吭，始終趴在他床上。我不想動，因為不知所措，這是我第一次在他面前真正感到害怕。

「滾起來！」他氣急敗壞地吼道，然後俯下身來掰我的肩膀，想強行把我翻過來。

我和他的力道擰巴著，實在不想去面對那一桌、一櫃、一地和一床的混亂。然而胳膊擰不過大腿，最終我還是被迫翻過身來，以一個奇怪而滑稽的姿態繼續躺在他床上。

視線所投之處剛好是床板上的那張課程表，它背後的小小縫隙，成了我堅守尊嚴的最後一塊陣地。惱人的是，眼淚和鼻涕在這一刻不爭氣地流了出來。

他丟給我一捲衛生紙，我沒動，仿佛有一個無形的枷鎖在禁錮著自己。眼看鼻涕眼淚就要流到他新換的床單上了，他趕緊扯下一大截紙，在我鼻子和嘴巴之間胡亂抹了幾下。

「真服了，你怎麼那麼大本事？這麼翻騰都找不到！到底藏哪兒了啊？」他的口氣終於弱了下來。

我緩緩坐起來，從一桌狼藉裡拿起臨摹的匝尕，爬到同樣狼藉的床上，用報紙把它包好，放在書架最裡端。這時我才發現，剛才他的那通折騰，竟連相框都沒放過，它被折得四分五裂，我和三花老貓的速寫畫和唐卡展的票根落到了床和牆的縫隙裡。

我從一大堆散亂的書本中翻找到那本《館藏唐卡鑒賞》，跳下床來，撿起地下的外套，抖抖灰塵，朝門口走去。我不想在這裡多待一秒鐘。

「站住！匝尕呢？還給我，我保證不再追究了還不行嘛！」

牆上的鏡子裡，冷桑手中還攥著剛才給我擦鼻涕的那一大團衛生紙。

我也曾思量過，既然都畫完了，他也保證不再追究，索性就還給他吧，畢竟是我有錯在先。

可是，就在我行將轉身的前一瞬，我從鏡中那一地散落的東西中發現了自己的身分證，它的一角正被冷桑那寬大厚重的藏靴踩在腳下。這一刻，我心中那個名為自尊的東西猛地跳了出來，它被刺痛了，在顫抖中流著血，那種感覺還不如叫他暴打我一頓來得痛快。

我陡然生起了一股莫名的矯情，就算是簡單的匝尕紅邊，也會在顏色的深淺厚薄和線條的粗細曲直上有所差異，既然是臨摹，就應該百分百地去還原，我必須按照原件，一點一點細緻入微

地去勾勒與描畫每一筆色彩。

「還差一點兒，畫完就還你！」我哽咽道，推門而出。

雨後的秋夜比想像中寒涼，我慌不擇路地在昏暗的校園裡一通狂奔，像個潰敗的逃兵。風從臉上呼呼削過，潮濕的眼角霎時凝上了一層薄霜。

六十三、約酒

草草翻了幾頁畫冊，根本看不進去，又對著那幅打好中線的畫布呆坐了一會兒後，清場鈴響起。

我離開畫室，匿身於廁所，輕鬆躲過了樓管員的巡邏。幾分鐘後，待畫室和廁所的燈全部熄滅，才又偷偷摸摸溜回了畫室。

我將四把木椅並排碼放在一起，拼湊成了一個窄窄平面，準備湊合一宿。

睡覺的煎熬超越了想像，身下硬邦邦不說，稍一動彈椅子就嘎吱嘎吱亂響。沒法睡，乾脆起來坐在窗邊看星星。其間打了幾個盹兒，每次醒來都感覺天色亮了些，可一看錶，幻覺立即破滅。

終於熬到破曉天青，殘星消隕，窗外熟悉的景致朦朧顯影。樓裡的報時鐘敲了六響，不一會兒傳來開大門鏈鎖的聲音。待有學生陸續出入後，我才拿著畫冊從畫室出來，朝著背離宿舍的方向走去。

西北角的清真食堂是離我平日生活圈最遠的地方，落寞狼狽的我，不想在這個清晨碰到任何熟人。

一碗碗熱氣騰騰香氣撲鼻的牛肉麵從眼前掠過，撩撥著肚子咕咕作響。我硬著頭皮去窗口要了個空碗，連喝三碗免費麵湯，腹中欲念暫時平復。而後，我在一個角落坐定，讓自己沉浸在畫冊裡，一直待到九點才離開。

日光熹微，空氣乾冷，草木一派乏態。校園出奇安靜，很多人利用國慶假期出去玩兒了。剛把自己灌了個水飽的我別無它念，只想回宿舍好好補個覺。大學這幾年裡，不論是專業冷僻的緣故，還是自己個性的緣故，我很難與眾人的秩序合拍。這個蕭瑟冷寂的清晨何嘗不是我四年大學生活的縮影，與我用畫筆描繪出來的，全然不是同一個世界。

如我所料，宿舍裡沒人，他們幾個已經坐在前往馬溝河的大巴上了。遭受了昨晚那場浩劫以後，還可以擁有這麼清淨的一天，真是欣慰。

我的床鋪、書架、抽屜和儲物櫃都恢復了原貌，錢包端放在枕頭裡側，裡面的東西也全被放回到了各自原先的位置。這一切同樣都在我的意料之中，冷桑不可能用那一室狼藉來迎接凌小凌和她表妹，他硬著頭皮也得把自己親手製造的那場混亂給收拾乾淨。我當然不會感謝他，甚至還為他這種被迫給自己擦屁股的行徑感到不齒。

按照以前的計劃，我應該利用這個難得的機會完成叵尕。可現在我突然不想畫了，不想再在那小小的畫布上動任何筆墨，哪怕僅僅是描畫紅邊這樣一個簡單的形式，或是說儀式。我寧願將那未竟之作束之高閣，也不願為了完成而去完成。功虧一簣亦不足惜，世間事大多有緣無分，學會接受就好。昨晚我已經為它耗盡了最後的精氣，如今再也燃不起半分激情了。至於藏在課程表後的那張叵尕原件，我會找個適當的機會還給冷桑，同時向他鄭重道歉，甘願接受任何懲罰。

不知是冷桑變了，還是我這一次真的太過分了——比「啤酒事件」還過分，前期那些煞有介事的分析都成了自我安慰式的空談。昨晚的事情讓我一下子清醒與成熟了不少，這是我們之間第一次產生裂痕，難以修復，恍若一個時代的終結。

我關上窗，把窗簾拉得嚴嚴實實，製造了一個專屬於自己的白夜，很快就潛入了夢鄉。我做著亂七八糟不知所云的夢，好在包裹這些夢境的肉身是溫暖舒適的，它已經從畫室裡那幾把光板椅的折磨中解脫出來。

我睡得昏天黑地，像被掩埋在一座巨大的墳墓中，變成了一具再也無法醒來的屍體。因此，當那道劃破黑暗蒼穹的聲音驟然響起時，我一度

以為那是前世殘存的記憶，雖然深重，卻已遙遠。在那一世的無數個清晨裡，我都是被這種伴隨著發條聲的金屬鈴聲喚醒的。

聲音仍在持續，過於真實，我下意識地伸出一隻手朝聲源探去，熟練地撥下機關。鈴聲停止，熟悉的觸感和以往清晨的記憶重疊在了一起。

我緩緩睜開眼，周圍依舊是千年古墓般的黑暗，餘音並未消散，悠悠迴響著。

「起床了。」同樣熟悉的聲音，卻沒有了往昔那股子強悍威嚴。

窗簾被拉開，金紅色的斜陽射進來，黑暗中的墳墓消失了。我從枕旁摸起自己的鬧鐘，時針指示五點。

我朝下面望去，宿舍裡只有冷桑一個人，他正斜倚在被子上，臉被床板遮住了，腳旁是他每次外出時用的牛仔背包。他們這次郊遊的計劃是白天去馬溝河景區遊覽，晚上篝火燒烤，住農家院。看來是冷桑自己提前回來了，不知道發生了什麼事。

「你睡了一天。」他的語氣平淡慵懶，彷彿昨晚的事情根本沒有發生。

「你怎麼知道？」我沒好氣地說道，那場風暴還沒在我心裡平復。

「早上我回來你就在睡啊。」他說。

我愣了一下，旋即反應過來。原來他不是提前回來了，而是壓根兒沒去參加郊遊。一定又和凌小凌鬧彆扭了，這是我的第一反應。

「走，我請你喝酒去。」冷桑又說。

「不想喝。」

「陪我喝，行了吧？」

我不敢相信自己的耳朵，立時警覺起來。以前任我如何坑蒙拐騙都不能讓冷桑在喝酒這件事上就範，如今他卻主動邀酒，實在反常。

「起來吧。」他耐著性子，「你也該餓了。」

「不餓。」我違心地說道，伸腳踹了一下近在咫尺的燈管，燈繩晃悠著，散落的灰塵像飛舞的雪花。

「怎麼會不餓？你早飯就沒吃，對不對？」

「不餓就是不餓！」我從書架上抽出《館藏

唐卡鑒賞》，準備去自習室把最後幾頁看完。

「不餓也得去！」他終於失去了耐性。緊接著，隨著「哐」的一聲，我的背部感受到一股巨大的衝擊力，整個人被彈了起來。

我驚恐地望下去，那隻腳還保持著前一秒鐘施踹時的粗暴姿態。這塊三年前被冷桑親手修復好的床板，不知是否可以躲過剛才這一劫。

短暫的遲疑後，我把畫冊放回了書架。

校園南門外的小巷子裡有個贊比亞飯店，那裡並不經營非洲菜，也不是非洲人開的，它和非洲那個國家沒有半毛錢關係。只因老闆名叫劉比亞，燒得一手好菜，食客讚不絕口，原來的無名小店由此得名。關於老闆名字的由來，據說是他出生那天，他爹參加鄉上的插秧比賽得了個亞軍。至於為什麼不叫「劉賽亞」或者「劉亞軍」，他自己也不知道，他說這是一個謎。

贊比亞店面很小，十幾平米的空間擺上四張方桌就很滿了。這裡沒有服務員，裡裡外外就劉比亞一個人忙活。操作間在後院，是個簡易的小棚子，店面後牆上挖了個一尺見方的小窗口，用來和後院溝通與傳菜。菜炒好了直接遞到窗口，食客自己端，結帳也是這個通道。炒完菜得了空的劉比亞才會現身店裡，又要忙活收拾碗筷擦桌掃地。

劉比亞很有烹飪天賦，沒進行過專業訓練的他不僅家常菜炒得好，還能把很多江湖大菜做得有模有樣，連學校裡的新疆學生吃了他的大盤雞都說正宗。唯一的缺憾是裝大盤雞的盤子太大了，或是說傳菜的那個窗口太小了，點這道菜的人要自己到後院去端。到這裡吃飯的不是學生就是附近做生意的小商販，沒那麼多講究，便宜量足味道好就行。

桌上擺了三個菜，醬牛肉、油炸花生米和涼拌魚腥草，外加一瓶高度青稞酒。

「國慶節快樂！」冷桑舉杯和我碰了一下，將酒一飲而盡。

我也乾了，然後悄悄觀察這個平時滴酒不沾之人的酒精反應。冷桑皮膚黑，酒上頭也不顯，

但從他並不愉悅的表情可以猜到，他剛才是硬著頭皮灌進去的。

魚腥草的味道有如其名，我嚼了幾下就吐了出來。這道菜是劉比亞強烈推薦的，一會兒我得好好和他理論理論。

「這東西敗火。」冷桑說道。

「你火氣大，多吃點。」我坐等他衝我發飆，希望他有話直說。

他非但沒被我激怒，反而真的玩兒命吃起了那盤味道奇怪的菜。我則一粒一粒地夾跟前的花生米吃，那盤小山一樣的醬牛肉分水嶺般擺在我們各自為戰的兩個盤子當中，誰也不去動筷子，好像都跟它有仇似的。

大學三年多裡，我曾在這家小館子喝高過無數次，不是因為什麼開心事或傷心事，就是一個人隨性瞎喝。劉比亞偶爾閒下來時，也會坐在我對面抽根煙，和我閒聊一會兒，生意來了他就去忙活，忙完了再過來接著聊。我總是不知不覺就喝高了，最後都是劉比亞用公用電話打到宿舍樓管那裡，找人把我弄回去。每次來的都是冷桑，誰叫他塊頭兒大呢，把一個醉鬼弄回去是個力氣活。當然，任憑他氣力再大，也難把我弄到上鋪，只能發揚風格和我調換床鋪。第二天酒醒後，要是我斷片了，冷桑就會給我講一遍當時的情景，無外乎發一些校園生活的牢騷，更多則是對未來的憧憬，比如畢業後要去玉泌繼續學唐卡。每次醉酒斷片後基本上都是這一套話，後來我自己都聽煩了，就跟冷桑說要是沒什麼新鮮的就不必重複了。可他卻像個電量永遠十足的錄音機似的，總是樂此不疲，一遍又一遍地重複著那些瀰漫著酒精氣息的零言碎語。唯一一次例外，是半個月前他生日聚會那次，關於「圍巾事件」他隻字未提。

三年多來，我像少女奉獻貞操一樣，把人生第一次醉酒以及此後無數次醉酒後的狼狽——披著青春夢想華麗外套的狼狽，毫無保留地奉獻給了此刻坐在我對面狂吃魚腥草的這個藏族男人。今天，於情於理，都該輪到他在我面前醉上一回了，我暗暗期待著。

乾了第二杯酒後，冷桑對白酒的不適感開始

緩解，表情不再那麼難看。但當他注意到這一次我只喝了半杯後，又變得一臉不悅。

「今晚只有一個喝醉的名額，我不跟你爭。」我解釋道，「總不能一起睡馬路吧。」

「睡馬路就睡馬路！喝酒就是要爽利！」他給自己斟滿，又是一飲而盡。

剛才還期待看到他醉態的我，開始有些擔心了，照這架勢喝下去，誰敢擔保沒事。

我把酒瓶拿過來，「至於嘛！」

這三個字很含糊，但他定能辨出其意，就像那天魯高人只跟我說了「她也去」三個字一樣。

「早上我打了她。」他終於進入正題。

我沒猜錯，果然是和凌小凌鬧彆扭了，但他的話還是令我震驚。冷桑的性情雖有魯莽粗暴的一面，但絕不會對女人輕易動手。

「和圍巾的事有關？」我故意撞向槍口，只想痛痛快快把這件事情說開，「你別怪她，都是我的錯！」

「誰告訴你的？」他警覺起來。

「沒有誰告訴我。你生日那天我是喝高了，但沒完全斷片，後來想起了一些事情。」我說得很自然，避免了將魯高人出賣，「要不我明天去跟她正式道個歉，這事擱我心裡也不好受，我一直挺內疚，真的！」

「不是因為那個。」

「那是因為什麼？」

「算了，說了你也不懂！」他不耐煩道。

「對，我不懂！我他媽的連魚腥草是敗火的都不懂！」我負氣地夾了一筷子魚腥草塞進嘴裡，粗粗嚼了兩下就硬吞下去，而後把筷子往桌上重重一拍。

鄰桌幾個學生紛紛朝我們這邊望過來，我抓起一旁的遙控器，打開了吊在屋頂一角的小電視，歡快的旋律立時傳來，響徹贊比亞。

「一年有三百六十五個日出，我送你三百六十五個祝福……」正在轉播人民廣場的國慶集體舞的實況。

冷桑不再說話，我憋得要命，管他要了兩塊錢，到旁邊小賣部買了包煙。

我沒再追問他和凌小凌的事情，「圍巾事

件」讓我明白了一個道理，斷片並非壞事，人之所以痛苦，往往是因為知道的太多。

不到一個小時的光景，一瓶白酒被幹掉了大半，多是冷桑喝掉的。

好不容易閒下來的劉比亞湊過來和我插科打諢，「今兒我省下電話費了，喝完大兄弟直接把你扛走。」

「指不定誰扛誰呢！」我遞給他一根煙。

劉比亞接煙的同時怔了一下，這才注意到冷桑眼神發直，不禁一臉擔憂，「你這身板兒弄他可是夠嗆啊！」

冷桑一直悶著頭不說話，過一會兒就乾掉一杯酒，菜幾乎不動。

我只能曲線救人，讓他少喝的最好辦法就是我多喝一些。於是我連乾三杯，象徵性地給他倒了最後的福根兒，一瓶高度青稞酒就這樣被我倆草草分完。

他嚷嚷著再來一瓶，劉比亞謊稱白酒賣沒了，可擺在門邊的那幾箱剛送到的啤酒騙不了人，冷桑又大呼小叫地要啤酒喝。看來，他今晚註定是不醉不歸了。

為了確保我們兩個都能平安回到宿舍，我趁冷桑分神的時候將自己的杯中酒頻頻倒在桌下垃圾桶裡。可就算這樣，在他一次次的逼迫之下，我還是沒少喝。

算不清那晚我們分別喝了多少，也沒注意中間那盤醬牛肉是誰先動的筷子，更不記得後來在酒桌上又胡扯了些什麼，只記得劉比亞趁冷桑不注意，悄悄把剩下那幾箱啤酒全搬到了後院。喝光了桌上的啤酒後，我給劉比亞使了個眼色，他便嚷嚷著要打烊了。令我欣慰的是，冷桑非但沒有撒酒瘋繼續要酒喝，甚至還能搖搖晃晃地自己站起來，為我省卻了不少麻煩。

我攙扶著冷桑走出贊比亞，他沒走幾步腳下就開始踉蹌。我吃力地維持著平衡，時而較勁，時而順勢，奈何人單力薄，稍不留神便是人仰馬翻。

秋風乍起，夜色渾涼。一對酒鬼跌跌撞撞，在眾人的側目中，猶如兩個身負重傷的戰士，意志頑強地朝著校門口的那一片璀璨光明，力克萬難，砥礪前行。

六十四、潰敗

幾輛大巴在校門口陸續停妥，剛從人民廣場跳舞歸來的學弟學妹們正從車上魚貫而出。他們身著各式光鮮靚麗的民族服飾，手持彩色螢光棒，三五成群說說笑笑，還沉浸在剛才狂歡時的喜悅中。校園裡的霓虹燈全都亮了，在夜幕中閃著炫彩，與那些螢光棒交相輝映著，襯得一張張青春洋溢的面龐燦若星辰。

這派光怪陸離似迴光返照，我恍若看到了剛入學時的自己，也曾這般意氣風發，儘管這股子「意氣」在後來的幾年裡被「風」吹得揮「發」掉了，但還是在心底留下了一抹淺淡的印跡。大學生活關於夜晚的全部記憶，還從未有哪一天似今天這般華麗壯闊。

醉酒的冷桑沒給我添太多麻煩，但思維有些混亂，一進校門就嚷嚷著去紅果林，說要讓我吐完了再回去。那股子認真勁兒既可氣又好笑，自己都喝成這樣了，還不忘替別人瞎操心。

以前每次我在贊比亞喝多，冷桑去接上我後，都是先把我背到紅果林深處的長椅上，拿出有備而來的塑料袋，讓我坐在那裡吐上一會兒。今晚我確實喝了不少，但還沒到需要吐的地步，不過我還是順從地跟著冷桑去了紅果林，真正需要吐的是他，我可不希望他吐在宿舍裡。就算吐不出來，去那裡坐上一會兒，吹吹風醒醒酒也好。

一棵遮天蔽日的紅果樹，一條漆面斑駁缺失了一根木條的長椅，一盞亮度有限形同虛設的路燈，一個大嘴青蛙造型的醜陋垃圾桶……這個僻靜的角落我只在醉夢中才會造訪。第二天醒來後，關於這裡的所有記憶都將變得模糊，甚至斷片。這是我第一次以微醺，而不是醉酒的狀態出現在這裡，視野中的一切既熟悉親切，又淡漠疏離。

我們在長椅上坐下來，現實和醉夢中的記憶

重疊在了一起。

冷桑很安靜，低頭不語。他屬於醉酒後自我封閉的那種類型，我有些遺憾。以前他的心臟像個大漏勺，心裡想什麼我都能摸清。自打「圍巾事件」以後，他學會了隱瞞。今天，他堵住了那個漏勺上的所有孔洞，把心事全部藏了起來。

昏暗中，我隔著一大片灌木窺視著校園，剛才那片喧囂鬧熱與流光溢彩已經消散，秋夜恢復了該有的寂寥。

「畢業後你有什麼打算？」他突然開口，嚇了我一跳。

顫動的樹影下，他依舊低著頭，像是睡著了。

「去玉沁啊。」我仰望星空，尋找昨夜注視過的星斗。

「學唐卡嗎？」

「那還用說。你呢，上學期你好像說過，要跟凌小凌去北京？」

冷桑沒吭聲，我尷尬一笑，暗罵自己哪壺不開提哪壺。

我掏出一根煙，剛要點，他伸出手來，「我也要！」

我不可思議地看著他，這傢伙今天破了酒戒，煙戒也要跟著破？也罷，讓他體驗一把吞雲吐霧的逍遙，以後我再躺他床上抽煙時，他就沒那麼多牢騷了。我又掏出一根煙，兩根並排叼在嘴裡，一齊點燃，分了他一根。

冷桑不知深淺地狠狠吸了一大口，嗆得咳嗽了幾聲。他凝視著忽明忽暗的煙頭，「這有什麼可抽的。」

「不喜歡就別抽了，對身體沒好處。」我吐了一串煙圈，自己卻是怡然自得。

他吸了第二口，學著我的樣子吐了幾個不成形的煙圈，這一次沒咳嗽。

「你剛才說……」他遲疑了一下，「北京？」

「算了，不聊這個。」我趕緊說道。

「沒影的事。」他呵呵一樂。

「那你準備去哪兒？」

「還能去哪兒，回家唄。」

我沒接茬兒，靜靜把一根煙抽完。

一陣秋風掃過，捲起幾片枯葉，在嵌著鵝卵石的水泥地面上翻滾著，發出「唰啦唰啦」的聲響，打破了包裹這個角落很久的靜默。

「咱們合作吧！」冷桑突然說道，這個晚上他總是冒出來一些奇奇怪怪的話。

「我跟你有什麼好合作的？」

「我把銀店分一半給你，你畫唐卡我幫你賣，賺來的錢我幫你存犛牛！」

他一本正經的樣子實在搞笑，我儘量克制著，認真向他請教，「存犛牛是什麼？」

「就是把錢存到我家牛犢子身上，等它們長大了再賣掉。你這人花錢沒計劃，總是吃了上頓沒下頓，這方法對你最奏效。」

「小牛要是死了呢？我的錢不就沒了？」

「肉賣掉，起碼保你本錢。」

冷桑思維順暢，言語清晰，但神情依舊是渾渾噩噩的，和剛才那個要酒喝的酒鬼無甚差異。

「原來你撒酒瘋是這種風格。」我忍不住笑道，「想不想吐？」

「我沒喝多。」

「這叫迴光返照，我喝多了也這樣，有一段時間感覺特別清醒，這一般是斷片的前兆。」

「我不會斷片的！」

「會的。」

「肯定不會！」

「肯定會。」

「我說不會就不會！」他提高了嗓門，倔勁又上來了。

我懶得和他掰扯，卻又不甘讓他憑藉氣勢佔上風，便說道：「那這樣吧，我們約定一件小事情，明天你要是做到了，就證明沒斷片，做不到就說明斷片了。至於今晚你到底說了些什麼，認不認帳，全都不重要。」

「行，你說吧，我一定能記得！」

「嗯……明天早晨給我抹牙膏。」

我的牙膏早已是個空殼，一丁點兒都擠不出來了，放在牙缸裡只為掩人耳目，最近一直在偷用冷桑的牙膏。這麼說純粹是想製造個小意外，看看他的反應如何。

「就這麼簡單？」他嘟囔道。

「對。」我盯著黑暗中的紅色光點，那根香煙他只抽了兩口，剩下的一大截全被秋風蠶食殆盡。

「好，記住了！」他使勁點了下頭，而後靠向椅背，整個人癱了下來。說這幾個字，仿佛用盡了他全部的力量。

我端詳著他，那張熟悉的面孔寫滿了疲憊。他沒再說話，不一會兒就打起了鼾。我從他指間拔出煙蒂掐滅，丟進青蛙嘴裡。

酒精的抗寒力有限，剛才喝酒時一陣陣沸騰起來的血液早已冷卻，繼續坐在這裡我們都會凍感冒。

冷桑睡得像頭死牛，任我怎麼叫他，推他，擰他，都沒反應。我倆體重相差五十斤，我沒辦法像他背我那樣把他背回去，只能等他這一覺睡醒了再說。

我脫掉外套給他蓋上，自己瞬間被吹了個透心涼。

男生宿舍的方向隱約傳來了國歌聲，毫無防備間音量驟然變大，伴著刺耳的電流聲，響徹夜空。看來，今晚校園裡喝高的不止我和冷桑。

在〈義勇軍進行曲〉和宿舍樓裡男生們的咒罵聲與起哄聲中，瑟瑟發抖的我憑著記憶做起了大一軍訓時學的軍體拳。直拳、勾拳、擺拳、彈踢、側踹、橫踢……我記住的都是一個個片段，動作也不標準，卻是卯足了勁，力道十足，時不時還要發出幾聲「吼！哈！」給自己鼓舞士氣的同時也把胃裡的濁氣呼了出去。甬道另一端走來一對牽手的情侶，遠遠看到正在做「勾擺連擊」的我時停住了腳步，彼此嘀咕了兩句後，掉頭而逃。

沒多大工夫我就開始渾身冒汗了。軍體拳真是個神奇的東西，功效立竿見影，不僅可以強健體魄，還能增強意志。我突然萌生了一個難以置信的念頭：把冷桑背回宿舍去。

果然是個了不起的挑戰，光是把他弄到背上就費了老鼻子勁。讓人叫絕的是，任我怎麼折騰，他仍酣睡如泥。

我提了一口氣，像背負著一座大山，顫顫巍巍地邁出了人生最艱難的一步。

開始一小段路基本是在走「S」形，我尚能憑藉一息控制力，在無法維持直行的時候儘量平滑轉向。可是不一會兒，「S」就變成了「Z」，三五步就是一個急彎，猶如鐘擺搖來搖去，身上那個龐然大物隨時會被離心力拋甩出去。

直線距離被無情地放大了近一倍，我一路咬緊牙關，奇蹟般地把冷桑背到了宿舍樓下。

我把冷桑放下來，讓他靠在牆上，趁機抹了把濕漉漉的額頭，連連喘著粗氣。沒想到自己這副單薄的皮囊裡居然蘊藏著如此大的潛力，總算找回了一些當年的意氣風發。

宿舍早已熄燈，我放棄了找人幫忙的念頭。以前我喝高時，冷桑都是一個人把我背回來，我願藉此機會，把欠他的人情以儘量對等的方式去償還，硬著頭皮也要獨立完成這個挑戰。

我重新背起冷桑，卯足勁兒，一口氣爬了九級臺階。上到半層轉彎處時，雙腿如負千鈞，拼了老命也再難邁出半步，只好把他放下來，稍事休息。

不知是不是因為進了樓道一下子暖和過來的緣故，冷桑這傢伙無法再像剛才在樓門口那樣靠牆立住，而是變成了一灘糊不上牆的爛泥，使勁往下出溜。好不容易架著胳膊把他拉起來，他又直直朝我身上砸來，彷彿前天讓魯高人受到驚嚇的那棵大樹。

酒精和尼古丁的氣味是男生宿舍樓裡再熟悉不過的，此刻不知是不是因為混合了冷桑的體溫和鼻息，它們被籠罩上了一層霧濛濛的東西，不再真實。恍惚中，我背著冷桑走走停停，五個拐角，六段樓梯，五十四級臺階，用了十分鐘。

千辛萬苦，終於把這傢伙弄回宿舍安頓好，我一頭栽到魯高人床上，感覺自己快要死掉。無論如何，我勝利了。

待緩過勁兒來，我強打起精神，下床摸出蠟燭點上。這個晚上，還有一件重要的事情需要了結。

雖然昨晚調包匝尕的事情已經敗露，但我還是希望這件事能夠以我最初預設的方式低調地結束，此時此刻，正是把匝尕完璧歸趙的好機會。

我用小鑷子嫻熟地從冷桑課程表後夾出了那

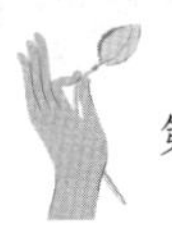

塊小畫布，正準備將它按原樣捲起時，瞬間驚出一身冷汗。畫布的兩面，全是空白。

我半天回不過神兒來，使勁揉了揉眼，將畫布湊近蠟燭仔細分辨。沒錯，這正是我偷偷放進冷桑嘎烏裡，用來調包的那塊刷了牛膠的白布。

我不甘心地扯下課程表的兩角，紙垂懸下來，背後只有光禿禿的床板，其間再無它物。

到底是怎麼回事？

我的腦袋如手中的畫布一樣空白，下意識地把手伸向冷桑脖間，摸索到嘎烏，輕搖兩下。清晰傳來的幾聲窸窣讓我懸著的心放了下來，不必打開也能猜到，原版匝尕早已被冷桑收了回去。

他是怎麼發現匝尕藏匿之處的呢？什麼時候發現的？發現後為什麼裝作什麼都沒發生？

晃動的光影中，這個康巴漢子輪廓分明的面龐泛著古銅色的光澤，他睡得格外香濃，鼾聲比平日裡都要大，越是這樣毫無戒備，越是在對我這個失敗者耀武揚威。以前只有我整他的份兒，沒想到如今讓他給玩兒了。眼前那張耷拉下來的課程表像一面投降的白旗，這一次，我輸得一敗塗地，心服口服。

我爬到上鋪，緊張了一晚上的肌肉和骨骼鬆懈下來，猶如散架，精神也像滴到水中的顏料，渙散得再也無法集中起來。現實世界裡殘餘的最後一點兒意識游曳到了幻境邊緣，從此遁去。

那晚我做了一個夢，夢見自己去了遙遠的贊比亞。一望無際的非洲草原上，沒有雄獅和大象，只有無數的野犛牛。它們突然狂奔起來，浩蕩煙塵滾滾而來，越積越大，越積越渾，最後變成一股颶風朝我襲來。我蜷縮成一團，拼命抗拒著，可是自己的影子，卻和那些草木沙石以及天地洪荒，一齊被無情地捲走了。

六十五、噎喉

第二天睜眼已是中午，要不是被郊遊回來的舍友們吵醒，我可能會睡到下輩子。

渾身痠僵乏力，腦袋又脹又痛，碎片化的混

亂記憶像是被網困住的魚，拼命撞擊著腦殼，想要掙脫出去。非洲草原、颶風、野犛牛、贊比亞、魚腥草、國歌、軍體拳、螢光棒、霓虹燈、紅果林、香煙、玉沁、嘎烏、課程表、白布、S、Z、五十四級臺階……

比起以前喝到斷片的那幾次，昨晚我喝的真不算多，可現在這種感覺和斷片後一模一樣。大腦在沒有完全代謝掉的酒精的作用下還有些遲鈍，費了半天神兒，才把那些無序的記憶碎片大致還原，整個過程就像黏合一個摔碎的花瓶。銘記住的，是可以撿拾起來的碎片，遺忘了的，是拈不起來的碎末和粉塵，那些因糾結於遺忘而產生的困惑、苦悶、悵然與無奈，則成了復原後的花瓶上的裂紋與縫隙。這個花瓶總是傷痕累累千瘡百孔，異常真實地安放在那裡，供酒醒的人憑弔。

我心不在焉地聽著舍友們回味著此行的美景和美味，還有他們對我沒能參加的遺憾以及冷桑臨時退出的疑問。從他們七七八八的口中，我拼湊起了來龍去脈。昨天早上冷桑其實去集合了，但到得有點兒晚，大家都上了車，只有凌小凌在車下等他。兩人沒說幾句就吵了起來，凌小凌氣急，伸手去扯冷桑的衣領，惹得冷桑發怒，一把攥住她胳膊，把她拉到一旁的樹叢中。幾分鐘後兩個人出來，凌小凌黑著臉上了車，冷桑則掉頭離去。

我探身朝下鋪望去，冷桑的被子已經疊好，人不知去了哪裡。

沒想到這個向來滴酒不沾的傢伙，不但酒量了得，連酒精的分解能力都不容小覷。相形見絀的我，胃裡的泔水仍在氾濫，口腔裡充斥著酒精發酵的異味。

我打起精神去洗漱，下床後腿仍發軟，後背卻是僵硬的，無法想像昨晚我是怎麼把冷桑弄回來的。我來到放置著所有人洗漱用品的鐵架前，想起了昨晚和冷桑的那個約定——如果他沒斷片，就為我抹牙膏，以此為證。

記憶的花瓶又被填補上了一小塊，每每此時，便感覺輕鬆了一些。

我仰望著鐵架最上層，不自覺地屏住了呼

吸。雖然只是個小小的玩笑式賭局，可還是有一點兒緊張。我的目光緩緩移動著，在一排牙缸中分辨出了屬於自己的那一個。

湖藍色的牙刷像往常一樣立在牙缸裡，刷頭上空空如也。

冷桑果然斷片了，他忘記了昨晚我們的約定。在他記憶的花瓶上，這塊碎片缺失，化作粉末，遺散在了紅果林昏冷的角落裡。又或許，那個約定對他來說就是個逢場作戲的玩笑，連賭局都算不上，即便記得也無須認真。

我雖有點兒小小的失望，但不至於沮喪，他未曾認真，我又何必計較。這個月的生活費應該已經到了，一會兒我就去銀行取錢，拿到錢的第一件事就是買牙膏。這次要多買上一管還給冷桑，就算他不知道我一直在偷用他的牙膏，我也必須向他坦白，並且償還。另外，我還要買一箱方便麵還給他，那天說了就得作數。做出這兩個決定後，我深覺驚訝，從什麼時候開始，我對冷桑也講起原則了。

我取下牙缸，正要習慣性地從冷桑牙缸裡去「借」牙膏時，霍然感到手裡的分量沉甸了許多。那個早已用完，只是用來掩人耳目的乾癟牙膏皮不見了，取而代之的，是一大管簇新的中華牙膏，跟冷桑一直用的那款一模一樣。

我呆呆佇立在那裡，腦袋裡像是經歷了一場地震，乍現出一個高低錯落的斷層。意識無法再均勻平緩地流動，一部分不能自已，順勢而行飛瀑直下，另一部分卻在強行克制，駐留在原地，積滯成山。

按計劃，我先去銀行取了錢，但買牙膏還給冷桑的事情暫時作罷，不管是還以前的，還是還今天的。他送我牙膏的動機暫不得而知，關於昨晚，說不定還有許多沒撿拾起來的記憶碎片，事情搞清楚之前，我不想輕舉妄動，要是讓冷桑知道我斷片就太沒面子了。

到底斷沒斷片，這一次很難搞清楚了。

取完錢，我逕直去食堂買了一個月的飯票，盡可能地斷掉自己揮霍的後路。午飯實在沒胃口吃，就空著肚子去自習室看完了《館藏唐卡鑒賞》的最後幾頁，隨後把畫冊給阿水送過去。晚些時候去圖書館多媒體室看了一盤關於石窟壁畫的錄像帶，出來天已擦黑。還是不想吃東西，便坐在明湖邊看人偷釣，吹了會兒涼風，體內殘留的最後一點兒酒精才算揮發乾淨。

回宿舍前，我去小賣部買了一箱冷桑最愛吃的香辣牛肉方便麵。

一進門，文武、大金和小波三人正聚在一大盒點心跟前吃得起勁兒，冷桑人沒在，書包和外套撲騰在床上。

我不聲不響地把方便麵塞到冷桑床下。文武扔給我一塊沙琪瑪，對甜食向來沒興趣的我，架不住一天沒進食，撕開袋子吃了起來。

「哪兒的？」我問。

「除了小凌，誰還會給咱們投食。」文武答道。

剛吃到嘴裡的那口東西差點嗆著，我咳了一下，小心掩飾住了那份倉皇，「哦，她來了？」

「沒有，點心是冷桑帶回來的。」大金接過話，拿起一塊玫瑰餅，扯碎玻璃紙吃起來，「昨天早晨吵那麼凶，今兒就和好了，這倆人戲可真多！」

「不帶你這樣的，吃著人家的還嚼舌。」小波義正辭嚴。

「這是事實呀。」大金連忙分辯，「我哪句說錯了？」

剛才嗆的那一口始終沒有平復下來，我的嗓子又疼又癢，正要倒水喝，冷桑端著臉盆進來了。

下一秒鐘，我做了一件傻事。

我轉身把剩下的半塊沙琪瑪全部塞進嘴裡，沒嚼幾口就生吞了下去，然後攥著包裝紙迅速爬上了床。

食道裡像是撐起了一把傘，脹得異常難受。我面朝牆壁不停地深呼吸，希望以這微弱外力來促進食道的蠕動。至少五分鐘過去了，那一大團又乾又黏的東西才艱難地滑進胃裡。

「一缺三！一缺三！」對門阿永的聲音在門外響起，伴隨著一通敲門聲。

那三個人這才停止了暴食，嚷嚷著給正在操場晚鍛煉的魯高人留點兒，然後就去對門打牌了。

宿舍安靜下來，冷桑的呼吸透過床板傳遞過來。

「你沒事吧？」他語氣如常，「昨晚咱倆沒少喝。」

「能有啥事，我可是個老酒鬼。」

「沒事就好。」

「你見到她表妹了？錢幫我還了嗎？」

「沒見著，她已經回家了，今天上午的火車。他們從馬溝河回來後，小凌直接送她去了車站。」

「那我欠她的錢怎麼辦？」

「幾毛錢，你還認真了。」

「欠一分也是債。」

「那你說過一百遍要還我方便麵，咋從來沒認真過一次呢？」冷桑揶揄道。

「床底下，還你的！」雖然是躺在床上，但我下意識地挺直了腰板，這種感覺爽極了。

下面傳來一些動靜，冷桑一定是在驗證我的話，他已經上了我太多次的當。

「行，有骨氣了！」他帶著一股子怨氣說道，「那我跟小凌說一聲，讓她幫忙還一下。」

「別！」我突然改變主意，做出了寧願欠她表妹一輩子的抉擇，「以後再說吧。」

「有件事，和你說一下。」他話鋒一轉，語氣有些嚴肅，「今天中午小凌來找過我，說她家幫我聯繫的工作有眉目了，在美院附中，教藝術概論。」

我心一沉，無話可說。昨晚他還信誓旦旦地說畢業後不去北京了，沒想到這麼快就變了卦。

沉默，成了我無言的反詰。

「你也知道，去北京工作的機會很難得。」他解釋道。

「當然。那以後你和她表妹就是親戚了，麻煩你，將來幫我把錢直接還給她。」

我從兜裡摸出一枚五角硬幣，垂手丟到下鋪，然後把頭埋進被窩，不想再聽他多說一句話，一個字。

不知過了多久，當我感到有些憋悶的時候，才把被子掀開了一道縫。

剛才對話的餘音還迴盪在耳邊，我意識到了自己的失態。也許，我不該對一個同樣把醉酒貞操奉獻給了我的人苛責太多。

「祝賀你！」我乾巴巴地說道。

這三個字帶著無盡的回音，仿佛克服了地球引力般懸浮在半空中，並未飄入誰人的耳朵。

我朝下面望去，宿舍裡早已空空蕩蕩，空餘我一人演著沉悶的獨角戲。那個被翻騰得亂七八糟的點心盒子攤在桌上，裡面的東西所剩無幾，空氣裡的甜膩味道久久不散。

我重重地躺下來，枕頭上什麼東西輕彈了一下，滑到臉旁。摸起一看，是一枚五角硬幣。

重新閉上眼，流水般地回顧著最近發生在我和冷桑之間的事情，它們比前三年的總和還要多。

關於嘎烏和匝尕，關於那條圍巾，兩件事糾纏在一起，透支了我大學時代全部的熱望與涼愁。昨晚那場酒，表面上看和這兩件事情沒有直接關聯，並且也沒有促成更為理想的了結，卻是對所有這一切的收束。它註定要成為多年以後，我在嘗試復原這些記憶碎片時，用來作為參照的重要節點。

至於凌小凌的表妹，那個用五毛錢幫我挽回了小小尊嚴的一面之緣的傻丫頭，如果將來還有機會再見到她的話，我一定要好好地感謝她，感恩她。

六十六、回歸

冷桑和凌小凌重歸於好，一到晚飯時間就去跟她約會。

以前都是凌小凌來找冷桑，大部分時候兩人約在食堂見，她覺得我們食堂比她們外院好吃。要是趕上下午兩頭都沒課，她就會帶著一堆零食來我們宿舍，和兄弟們聊天消磨時光，一直耗到飯點兒才和冷桑離開。晚上，他們一般會在階梯

教室或圖書館上自習，有時也會看場電影，或是外出逛街，順便幫兄弟們帶回來一些學校裡買不到的東西。

最近，不知是因為凌小凌變了口味，還是因為冷桑有了自行車來去方便，他們打破了三年來的習慣，改去外院吃晚飯了。這嚴重干擾了我的判斷，令我無從分清，凌小凌自打「圍巾事件」之後就一直沒再來過我們宿舍的原因，究竟還有多少和我置氣的成分在內。不過，她的氣息從未在我們的生活中消失，冷桑經常提著她買的水果和零食回來，她便以各種食物氣味的形式附著在了宿舍的每一個角落裡。

從大一到大四，這對戀人無數次分分合合，這一次他們再度經受住了考驗。我由衷地為他們感到高興，畢竟這次是因我的過失而起。

本以為藉著這次國慶秋遊，他們兩人的關係可以得到修復，況且凌小凌的表妹也參加，有個「外人」在，也好調和一下。沒想到，迎來的反而是一次大爆發，冷桑甚至動了手。更沒想到的是，第二天他們就和好了，凌小凌家還幫冷桑聯繫了北京的工作，這就是否極泰來吧。越是這樣，越說明他們的感情根基穩固。未來很長，還會充斥數不清的風波與矛盾，相信他們同樣可以經受住考驗，共度各種危機。也許這才是他們最恰當的相處模式，分分合合又何嘗不能成就另一種形式的永恆呢。

我也依然是從前的那個我，和課業有關的一切事務全是圍繞著德吉老師進行的。他已經完成了拉薩那批壁畫的搶修工作，去另一座城市觀摩了我傾囊而赴的唐卡流派藝術展，隨後立即返校，為我們補上了前段時間拖欠的課程。德吉老師的課我一堂不落，還經常利用業餘時間去他辦公室幫忙整理研究資料。只要他接到壁畫或唐卡修復的外派任務，我寧可逃課，也要追隨他一起去，一走就是兩三天。最難得的是，我還曾以德吉老師助理的身分獲得了一次去敦煌莫高窟工作的寶貴機會，有幸進入了尚未對外開放的幾個洞窟，協助德吉老師進行了為期一週的壁畫信息採集工作。

我和冷桑的關係也基本上回歸到了從前的

狀態。只要我早晨有課，他依舊會舉著鬧鈴把我從睡夢中叫醒，我依舊忿忿地伸手關掉鈴聲，並在鏜音的餘響中再回味一遍此前的夢境；師太的課我依舊求他幫我喊到，想盡可能多地和德吉老師在一起工作。自打那次隨堂測驗之後，她恢復了課前點名的傳統，為了節約時間，每次都是抽點，這成了檢驗同學人際關係的試金石；冷桑依舊不會痛快地答應我，但最後還是一次次地做了「背信棄義」的事——不論是喊到還是替我答隨堂小測試，這些情報全是魯高人匯報給我的；還有就是他依舊不讓我在他床上抽煙，發現煙灰後就罵罵咧咧，有時還摻雜著幾句聽不懂的藏語，卻也不能真拿我怎麼樣；除此以外，他依舊會時常提起我那位「素未謀面」的老鄉——蒙古族美女阿茹娜，我不會再像第一次聽聞這個名字時那麼緊張，調包匝尕的事情早已敗露，作為其間一個小插曲的她，與這件事的牽連也就失去了意義。對於這個話題，我都是一笑而過。

也有發生根本性改變的事情。冷桑不再是我的債主，我還清了欠他的方便麵、飯票和錢。現在的我已經學會了管理自己的錢包和欲望，明白了有多少錢辦多少事的道理，不能一到月底就青黃不接，變成一個卑微的乞丐。當然，這種改變是有前提的，自打國慶前去看了那場唐卡展後，我彷彿徹底解了毒，再也沒去看過其他藝術展，以前花銷的大頭就這樣節省下來。至於煙和酒，雖然都沒戒掉，但比從前有了不小的節制，特別是酒，只是偶爾陪魯高人在宿舍裡喝一喝，大部分是他請我，我自己再也沒去贊比亞買過醉。

發生改變的還有另外一件事。

以前沒事的時候我總喜歡躺在上鋪對著屋頂發呆，那種放空的狀態令我著迷，和沉入唐卡繪畫狀態時的感覺很相似。要說最大的不同，便是繪畫唐卡時必須端坐，氣定神凝，任何一次未曾調伏的喘息或神經的異動都有可能導致指尖震顫，讓面前那幅少則數日多則數月的作品功虧一簣。而在床上，不僅能舒舒服服地躺著，還能自由自在地呼吸，不管下面發生了什麼，我都可以繼續肆無忌憚地沉浸在與世隔絕的狀態裡，用一種看上去最為怠慢的姿態，神遊在心清淨筆自在

的妙有之境。

然而現在，我不得不放棄這份樂趣。除了睡覺，我一分鐘也不想在宿舍裡多待。那些零食的味道無處不在，它們干擾著我，侵襲著我的真空，難再入境。沒課的時候，如果德吉老師那裡也沒有工作，我就去畫室或圖書館，一直待到天黑透才回來。

圖書館這個學期增添了不少和唐卡專業對口的新書，這是德吉老師的功勞，但整個過程說起來令人感慨。大一時他就曾多次向學校建言，圖書館應該為我們這個新開設的稀缺專業擴充一些書籍，可學校一直沒重視，德吉老師就只能從外面借書，甚至自掏腰包買書回來給我們三個弟子傳閱。沒想到大四這個學年，我們即將畢業，唐卡專業也已經確定停招，不再有後續生源，學校這才後知後覺地為圖書館補充了不少關於唐卡、壁畫、石窟、寺廟建築和金銅造像等宗教藝術方面的書籍，大都是圖譜類的工具書，貼著紅籤，只能閱讀不能外借。

我給自己樹立了一個目標，爭取利用這學年最後幾個月的時間把這些書籍全部看完。我不能辜負德吉老師此前的不懈努力，必須給自己多充些電。同時，這種時不我待的壓迫感也有助於我脫離對宿舍床上生活的依賴。

因為這種充實，每一天都顯得很不平凡，不平凡的日子一天接一天，串在一起後，變成了另一種意義的平凡。

時光永遠不會停駐腳步，不知不覺間，人們換上了最厚的冬裝。我也從上到下武裝得嚴嚴實實，這種物理性的隔絕讓我感到踏實，還免去了和人打招呼的麻煩。我喜歡冬季校園的這份索然，只是今年的初雪遲遲未來，這成了我背叛平凡而偷偷懷揣著的唯一希冀。

被改變了的事情，從此以後成了常態；改變不了的事情，兜了一個圈子後回到原點；原本就不該發生的事情，不會再被提起，也不該再被追憶。

我和冷桑之間的天平重新恢復了平衡，雖然沒多久又被打破了一次，但彼時的我已經有了應對能力，那個天平也僅是微微失衡，沒再給任何人帶來干擾。

那天清晨，我準備洗漱的時候，發現自己的牙刷平躺在牙缸上，上面覆著一層淡綠色的牙膏。

如果說國慶節次日的那個早晨，當我看到牙缸中的那一大管簇新的中華牙膏時，意識尚能在地震般的斷層中收放有別的話，那麼眼前這一刻，則是徹底混亂無向了。我仿若置身一個漩渦式的迷宮中，不只是在平面上迷失了方向，更是在起起伏伏中陷入了錯亂。唯一清醒的認知，是我終於可以確定，國慶那晚冷桑沒有斷片，第二天早晨他投放到我牙缸裡的那管中華牙膏，是心有不甘的一種周旋。他想證明自己沒斷片，然而出於某種原因，又不願或者不便去履行抹牙膏的那個約定。至於兩個月後的今天，他為何重拾這個早已過期的——玩笑也好，賭局也罷，我不得而知，也無意過多揣摩。

那其實僅僅是一個開始。

此後每天早晨我醒來後，都會發現我的牙刷上抹好了牙膏，安靜地平躺在牙缸上。日子久了，冷桑默默做這件小事的時候，總會有人察覺並問起緣由，他給出了一個輕描淡寫而又令人信服的解釋：和我打賭，輸了。他說這話時並沒有迴避已經醒來但還沒起床的我。輸了——他格外加重了這兩個字的語氣，附帶了一種只有我才能意會的微妙情緒。我自是明白，這不僅是他對國慶那天晚上自己沒有斷片的隆重宣言，更是對他曾說畢業後要跟我一起回玉沁，可第二天便食言了的變相而又鄭重的致歉。

好在如今，已經沒有什麼能再輕易泛起我的心潮，也沒有什麼能再輕易將我拍死在沙灘上，我學會了享受那一片波瀾不驚，而不是像以前那樣，總想做一個在驚濤駭浪中弄潮的滑稽小兒。

可能正是因了心態上的這種改變，後來我關於她的一切與美好相關的記憶，更多的是琴聲蕩漾的幽深走廊、慵懶乾冷的冬日陽光和柔軟順滑的天鵝絨窗簾。至於那些無標題音樂渲染出來的短暫迷情，全都是浮雲般的假象，風一吹就散了，最終只剩下一片遼遠清淨的天空。

六十七、聽琴

這天下午沒課，午飯後我逕直去了圖書館。茶色落地玻璃映出了我穿著厚厚羽絨服的臃腫身影，和正在枯草上覓食的麻雀有幾分神似，看上去又將是平淡無奇的一天。

正是圖書館人最少的時段，平日裡緊俏的靠窗位置都還空著不少。我在角落裡的書架上取下昨天沒看完的《克孜爾石窟壁畫賞析》，它存放的位置沒有絲毫變化，裡面夾著的煙紙恪守著書籤的職責，從未丟失，也從未出現在不該出現的頁碼間。這類書籍閱讀的人很少，幾乎成了我的專享。

我朝窗邊的位置走去，經過一排高書架時，一抹亮白閃進餘光。我驚顫了一下，先是幻見了初雪，而後又聯想到了宿舍樓下空玉蘭的離奇綻放。

我望過去，一個穿著白色羽絨服的女生正踮著腳，伸手去夠書架最上層的一本書。那個側影很美，束腰款式的羽絨服把她的身材襯托得纖細頎長。那排書碼放得過於緊密，她只抽出了書底一角。

我沒多想，走上前幫她取下了那本《蕭邦與喬治．桑》。

四目相對，兩人都愣住了。

「這麼巧啊，畫家。」她先開了口，淡淡的語氣中帶著些調侃式的輕慢，但並不讓人反感。

「是你。」我尷尬地笑笑，壓低聲音說道，「上次真是抱歉，衣服上的顏色洗掉了嗎？」

她沒回答，而是打量起了我手裡的書，「那天，你在畫什麼？」

「綠度母。」我如實回答，「哦，我是唐卡專業。」

「唐卡？咱們學校的『大熊貓』專業喔。」

我赧然一笑，並沒有告訴她唐卡專業如今已經停招的悲慘現實，我也因此成了這個專業空前絕後的三個「實驗品」之一。

「你不像是藏族。」她說。

「我是漢族，你呢？怎麼稱呼？」我故意裝糊塗。

「我姓江，叫我阿茹娜就行了。」

「這名字好像是蒙古族？」

「我父親是漢族，母親是蒙古族。我隨母親信仰藏傳佛教，綠度母也是我們的保護神。」

「蒙藏法緣深厚。」

「畫佛菩薩的人一定有福報的。」

「慚愧，其實這四年也就學個皮毛。」我謙虛道，將話題轉移到了她身上，「你喜歡蕭邦？」

不知是不是巧合，兩次邂逅，她手上都有一本和蕭邦有關的書。上次那本應該是教材，而我剛為她取下來的這本像小說。

「嗯。你呢？對古典音樂有興趣嗎？」

「有是有，但在你面前我就是個白癡。」

「你說笑了。」

按說這場對話進行到這裡也就差不多了，我正準備轉向結束語，卻不想，她又開了個話頭兒。

「那天你請我看了唐卡『畫展』，禮尚往來，今天我請你聽鋼琴『音樂會』？」

「音樂會？你該不會是要報仇，用琴凳或是曲架之類的東西砸我吧？」我承接著她那半真半假的玩笑。

「仇是要報的，但我才不會用那些粗魯東西呢。」

「那用什麼？」

「音符呀！」她俏皮一笑，如水的眸子裡閃著明輝，「三點我要去琴房練琴，賞個光？」

由於是在圖書館，我們一直都在刻意壓著聲音，不知是不是因為這個原因，為了輔助溝通，彼此的表情比平時顯然要豐富許多。眼前這個女生和兩個月前那次邂逅時判若兩人，此刻的她猶如冬天的陽光般和煦，完全不似上一次那樣冷若冰霜。我找不到拒絕的理由，也沒覺得有必要拒絕，便欣然接受了邀請。

時間尚早，我們在靠窗的一張大桌兩側坐了下來。她脫掉羽絨服，裡面的羊絨衫同樣是白色，只在領口和袖口上各有一道淺駝色的條紋，配色素雅和諧。她輕輕翻開書頁，認真地從序言讀起來。

圖書館好像和外面的世界有著時差，這裡光陰的流動格外緩慢，特別是午後，過度的閒適很

容易讓人沉入夢鄉或浮想聯翩。阿茹娜一手輕扶著書，另一隻手腕自然地搭在桌沿，纖長白皙的手指時不時地懸空敲擊遊走幾下，仿佛她面前擺放著一個透明的鋼琴鍵盤。

攤在我面前的畫冊半天不曾翻頁，我望著窗外不遠處佈滿爬牆虎的四層紅磚老樓，那就是音樂系的琴房，是從我們宿舍到食堂的必經之地。

每次經過那裡都會被各種器樂此起彼伏的聲響環繞，我常會情不自禁地跟著某段熟悉的旋律哼唱起來，一直哼到食堂，排隊打飯，然後找到座位坐下來，直到食物霸佔了口腔，那些熟悉而又叫不上名字的旋律才隨著飯菜一起被吞嚥下去。然而，我卻一次都沒有走進過，那幢為我提供了三年多餐前開胃曲的紅樓。

差一刻鐘三點，阿茹娜合上了書，向我示意她準備去琴房了。我把煙紙插進書頁，還了書，和她一起離開了圖書館。

一路上閒聊。當她得知我來自雲涼時，驚喜地說那也是她老家。我裝出和她一樣的驚喜，心底卻產生了疑惑。不知冷桑是否也在她面前提起過我，拿我們這兩個互不相識的老鄉「拉郎配」，如果是的話，現在她已經掌握了我足夠多的信息，按說應該可以對上號了，可她並沒有任何這方面的反應。除非她也和我一樣，在刻意隱瞞著什麼。當然，我更願意相信冷桑只不過在我面前隨便說說她罷了，他可能壓根兒就沒跟她提及過我。

阿茹娜簡單跟我講述了自己的身世，八歲前她一直生活在雲涼，當時那裡還是一個隸屬烏琅的小鎮，後來因為父親工作調動，舉家搬到了海東，後來就沒再回去過。

行至紅樓前，剛才的話題暫告一段落，阿茹娜轉而向我介紹起了琴房的概況。一樓是鋼琴房，二樓是管弦樂琴房，三樓是民樂琴房，四樓是打擊樂琴房和綜合器樂室。鋼琴房一共二十四間，全都是小單間。

她在管理室登記，拿到了一個編號為「十」的鑰匙。我跟著她一直往裡走，來到了位於走廊盡頭朝南的十號琴房。

一架黑色的立式練習琴、一張琴凳、一把木

椅和一個衣帽架，這就是琴房的標配了。唯一個性化的東西，是鋼琴背後牆上懸掛的音樂家肖像及生平簡介，每個琴房裡掛的人物都不同，這一間掛的是蕭邦。

絳紅色的天鵝絨窗簾泛著金屬般的光澤，她將窗簾束好，溫暖明媚的陽光投射進來。和琴房比起來，我們畫室的待遇可就是天壤之別了，別說天鵝絨窗簾，很多房間連布簾都沒有，光線刺眼的時候只能在玻璃上糊上幾張報紙，從外面看跟一塊塊狗皮膏藥似的。

阿茹娜推開一扇窗，她說她喜歡通風，不管什麼季節，問我是否介意。我當然不會介意，伸手幫她把窗框下的風鉤插好。

像是一個小小的儀式，從走向鋼琴到在琴凳落坐，再到抬起雙手輕放在琴鍵上的起勢，一系列動作她完成得優雅流暢。隨即，一個個音符像精靈般從她靈活的指間迸發出來，在琴房裡迴旋了一圈後，飄向窗外。陣陣寒風吹來，幾綹調皮的髮絲在她淨白的面龐上輕掃著，她時常輕甩一下頭，不經意間增添了幾分帶有表演性質的嫵媚。

我坐在椅子上，斜靠在那扇敞開的小窗前靜靜聆聽，目光卻沒有駐留在琴房裡，而是透過窗外半人多高的枝椏空空的灌木，投射在了甬道上。

冷桑會不會從這裡經過呢？他看到我和阿茹娜在一起時會有什麼反應呢？他一定會無比驚訝地問，你們認識？我只需面色如常地點一下頭，潛臺詞則是，那有什麼稀奇，我認識誰一定要通過你嗎？想著想著我就笑了，這個意淫出來的情節令我舒暢。

一曲終了，餘音久久不絕。我收回目光和游離的思緒，轉過身來為她鼓掌。

她禮貌地欠身致謝，然後整理了一下頭髮，「忘記帶頭繩了，頭髮老搗亂。」

我四下裡望望，將捆縛窗簾用的絳紅色絲絨帶解下，「這個可以嗎？」

「當然。」她微笑著接過去，將齊肩的黑髮聚攏在一起，露出如雪般白皙的脖頸。由於是反手，繩子又短，不太容易操作，我伸出援手幫她

打了個小小的結。

「謝謝！我繼續，你隨意。」她說道。

我點點頭，卻不知自己在這小小的琴房裡有什麼可隨意的。也許她已經覺察到了我剛才的心不在焉，這麼說只是為了讓我有一個繼續心不在焉的藉口。

修長的手指在黑白鍵盤上如流光般飛舞著，幻化出了一曲曲在我聽來耳熟卻又叫不出名字的優美旋律。平時對古典音樂涉獵極其有限的我，最多也就能區分開來圓舞曲和小夜曲，所謂浪漫曲、狂想曲、幻想曲、隨想曲，在我看來差不多都是一個意思，至於什麼賦格、卡農、瑪祖卡、托卡塔、薩拉班德、塔蘭台拉、波洛乃茲和康塔塔……阿茹娜在給我介紹曲目時提到的這些我半生不熟或者根本聞所未聞的專業詞彙，讓我心服口服地承認自己的確是個樂盲。

阿茹娜所彈曲目大部分是蕭邦的作品，她醉心於這位命運多舛的鋼琴詩人，在彈琴間隙暢談著自己對他的藝術的理解，並饒有興趣地給我講述了他與情人喬治．桑的故事。這位給自己取了個男性筆名的小說家，是她燃起了蕭邦的創作熱情，他們共同生活的九年成了蕭邦藝術創作的巔峰期。阿茹娜還說起了自己的兩個夢想，一個是去瞻仰蕭邦墓，不是巴黎的那座拉雪茲公墓，而是安放著蕭邦心臟的波蘭華沙聖十字大教堂，她要去那裡為他獻上一枝素潔的白蘭。另一個夢想是開一場真正的個人鋼琴演奏會，而不僅僅是只有我這樣一個幾乎算是被她綁架來的聽眾。說到這裡她嫣然一笑，雙頰泛起淡淡的紅暈。

我不失時機地說出了自己的猜測，毫無懸念地得到了她的確認。如我所料，除非這個十號琴房被佔用，否則她每次來練琴必首選這一間，因為牆上掛著的肖像，正是她癡迷的偶像。

我只在兩曲之間她與我閒談時，才轉過身來面對於她。她彈琴的時候，我大都面朝窗外，目光顧盼於每一個往來的路人身上，希冀捕捉到某個熟悉的身影。那面被我解掉束繩的窗簾時不時被風撩起，攪擾著我的心緒，似是在提醒我，窗外冬色索然，何不專心享受此刻身處的這番美好。我用椅子靠背把窗簾別到後邊，讓外面的陽光與空氣最大限度地投入琴房，面前和身後，兩個世界的邊界模糊起來。

每天三點到五點都是阿茹娜的練琴時間，除非有特殊情況，否則雷打不動。此後我又去紅樓聽過幾次她彈琴，每次都是路過時順道去的。為了不打擾到她，我總是先在十號琴房的窗外聆聽一會兒，一曲終了時鼓幾下掌，她聞聲便會來到窗前，開心地招呼我進去。

我一般都是再聽上兩三首就告辭，她則要留在那裡繼續練到五點。有兩次我去得比較晚，她練的又都是大部頭的作品，看著她陶醉其中，我不好打擾，可也不好意思不打招呼就走，等到曲終已過五點，她也該結束練習了。適逢飯點兒，我們便自然而然地一起去食堂吃飯。

我們一前一後地排在隊伍裡，似有默契地打了不同的菜，然後找一個相對安靜的角落，把自己的一部分菜撥到對方的飯盒蓋裡，共同享用。

我們聊的話題大多和藝術有關，雖然各自所熟悉的領域不同，但並不妨礙交流與分享。除此以外，聊的最多的還是我們共同的家鄉。阿茹娜一說起自己兒時的故鄉，便掩飾不住對美好童年的懷念。我們小時候曾有過很多交集：我們都去林業站偷吃過黑枸杞；都喜歡去郵局後面的一家小吃店吃一種撒了果脯絲的酸奶；剛入小學那年，我們都曾參加過縣裡舉行的國慶節文藝匯演；我們還都曾於同一個夏夜，在街心廣場看過露天電影南斯拉夫的《橋》；最令她懷念的還是郊外的那個美麗湖泊，豐水期它像大海一樣望不到邊，到了枯水期，就變成了一大一小兩個靜謐的湖泊，中間有一條窄窄的小河相連。當地的年輕男女喜歡在那條小河的灘塗上寫下兩個人的名字，待雨季來臨，他們的名字便永遠地融為一體，所以這個湖泊也被稱為情人湖。當聽到我描述的景色和她兒時的記憶並無二致的時候，她露出了欣慰的笑容；還有那一片遠古時代的隕石雨天坑遺跡，她說十幾年前我們或許在那片被戈壁環抱的蔚藍水域邊相遇過，當時，我們還都是被家長牽著小手的懵懂孩童；我們還不可避免地聊到了前幾年臥軌自殺的現代詩人李茶得，她讀過他全部的詩集，那首著名的〈雲涼之夜〉她倒背

如流……

我們在很多事情上有著共鳴，當然，也存在一些小分歧。比如就穿著審美而言，我喜歡休閒裝，她偏愛正裝，我除了牛仔褲幾乎沒有別的褲子，而她，從小到大竟從沒穿過牛仔褲。

隨著彼此瞭解的不斷加深，我心底的那個疑惑越發強烈。她曾不止一次聊到過藏鄉會，包括國慶節她曾受邀為藏族舞蹈進行鋼琴伴奏，甚至還說起過幾個藏鄉會成員的名字，但始終沒提冷桑這個骨幹分子。或許她在刻意迴避，原因不得而知，又或許她原本無心，只是陰差陽錯暫未談及。總之，冷桑就像繃在我們之間的一層窗戶紙，雖然很薄，卻在相當長的一段時間裡沒有被捅破。

六十八、天網

一九九一年十二月三十一日，這一天創下了風城近五十年以來的最低溫度紀錄。

我們都沒課，六兄弟難得齊整地在宿舍裡聚了一天，一個個百無聊賴地窩在床上看書、打牌和抽煙。到了飯點兒肚子紛紛開始抗議，可沒人願意出門挨凍，於是決定擲骰子，派一個倒楣蛋出去打水打飯。

分配好了點數，正當大家都在為自己祈禱時，門開了。

「哎呀，什麼鬼天氣，凍死我了！」一個消失了很久的聲音響起，帶進來一股乾凛的寒氣。

六道目光齊刷刷地向門口望過去，已經三個多月沒來過宿舍的凌小凌突然出現，手裡拎著兩大袋零食。

四匹餓狼目露凶光，像追捕獵物一樣朝那兩個袋子撲了上去，你爭我搶地廝殺了一番後，才懷抱著戰利品紛紛散去，回到各自窩裡，一邊享用一邊對凌小凌七嘴八舌地噓寒問暖起來。

「小凌啊，這麼冷的天，難得你還想著來給兄弟們投食。」文武說道。

「別臭美了，我順路過來的，晚上我們要去

人民劇院聽新年音樂會。」凌小凌一屁股坐在冷桑床上，躺在上鋪的我感到一陣晃顫。

「不是說好學校門口見嗎？」冷桑的語氣明顯帶著埋怨。

「王雨託我過來給人送東西，事辦完了總不能在外面挨凍啊。」

冷桑把手裡的書狠狠摔在桌上，「啪」的一聲震懾住了所有人。

「那麼貴的票人家都送給咱們了，這點兒忙我不幫也不合適啊。」凌小凌趕忙說道。

冷桑沒吭聲，她又繼續解釋道：「就是給他的夢中情人送幾盤打口帶，全是古典音樂，國內買不到。」

「你們之間的事我不管，我只管咱們之間的事，你為什麼說話不算數？」冷桑質問道。

高人趕緊打圓場，「冷桑你幹嘛啊，小凌這麼久沒來，兄弟們都挺想念的。」

「就是啊。」文武喝了口水，送下嘴裡的東西，「再說鬧一天饑荒了，幸虧後援部隊及時趕到，否則兄弟們哪有力氣向敵人反攻啊！」

「什麼叫後援部隊，咱們這是盼來了救世主！」大金說著又撕開一袋零食。

「感恩主賜予我們食物，阿門！阿彌陀佛！奉至仁至慈真主之名！」小波胡亂附和著。

「你不怕神仙打架啊！」大金的嘴塞得滿滿當當，費力擠出一句。

小波瞥了他一眼，轉瞬變臉，一把搶過大金手裡的牛肉乾，「就你賊！專揀貴的，幾口下去半袋就沒了，給老子吐出來！」

大金果然朝他張開血盆大口，露出嚼得稀巴爛的牛肉，還故意發出長長的一聲「嘔——」小波抄起床上一隻襪子就要往他嘴裡塞，兩人罵罵咧咧地扭打起來。另外兩人也加入了混戰，趁機去搶大金手裡剩下的半袋牛肉乾，好不熱鬧。

大家都在賣力表演著，想用自己的方式化解掉冷桑和凌小凌之間劍拔弩張的氣氛。可是很快，那些鬧哄哄的聲響也像被寒流侵襲了一樣，迅速冷卻下來。

笑罵聲、追逐聲以及咀嚼聲漸漸平息，最後只剩下了冷桑收拾書包的聲音。

「去聽音樂會你帶書包？」凌小凌問道。

「我不去了。」冷桑冷冷說道。

「不去了？這場新年音樂會可是一票難求，多少人託關係都搞不到呢！」凌小凌又氣又急。

「你去吧，另一張票愛給誰給誰！」

「你！」凌小凌騰地一下從床上跳起來，我的床板再次傳來晃顫，比剛才猛烈得多。

她那有些變形的臉顫抖著，強行壓抑著惱色，卻在下一秒鐘猛地抬頭朝我望過來。還好我反應快，佯裝眨了下眼，再抬眼時便自然地迴避了那道又直又冷的目光。

「不去就不去。」她話鋒一轉，刺向了我，「原冬啊，這兩張票送你吧，跟你女朋友一起去。」

我被她說得一愣，還未來得及多想，下面便炸開了鍋。

「女朋友？原冬你什麼時候有女朋友了？」

「誰啊？誰能入咱哥們兒法眼？」

「哪個系的？」

「好看嗎？」

「身材如何？」

……

我成了所有人的焦點，被他們七嘴八舌地盤問著。

「哎喲，你們還不知道呀？」凌小凌意味深長地笑笑，而後衝我說道，「你可真沉得住氣啊，要是別人早炫耀上了。阿茹娜的追求者可以組成一個班呢，還不算暗戀的。」

這個「爆料」讓我措手不及。凌小凌怎麼會知道我和阿茹娜認識？我故作不經意地往下一瞥，剛好看到冷桑的側臉，從他的微妙神色判定，他應該也是第一次聽到這則「新聞」。

「阿茹娜，是不是鋼琴系的——」小波的語氣裡充滿了不可思議，「那個蒙古族美女？」

他那冤家大金接過話茬兒，「還能有幾個阿茹娜呀！其實我一直覺得她比舞蹈系那個陳媛媛漂亮多了。」

「不是一個類型。陳媛媛是乖巧可愛型，阿茹娜是典雅高貴型，更耐看，就是缺乏群眾基礎。」小波分析得煞有介事。

「有道理！」大金伸出一隻手來，「英雄所見——」

「略同略同！」小波也伸出手，和大金握了握。

緊接著，冰釋前嫌的兩個人熱烈擁抱在了一起，場面感人。

「行啊，原冬。」文武酸溜溜地說道，「有女朋友了也不跟兄弟們通報一聲。」

「我們是普通朋友。」我終於得了空為自己申明，同時注意到了端坐在角落裡，一直低頭不語的魯高人，「你們幾個別那麼八卦，看看人家高人，這才叫涵養。」

「普通朋友？誰信啊！對這麼漂亮的女生沒企圖的，要麼不是男人，要麼有病，要麼就是裝！」凌小凌的口氣中帶著一股子不容分說的狠勁兒，「對了，那個王雨你還不知道吧？我的同屆校友，法語系的，跟阿茹娜是中學同學，從初中就追她，到現在都沒死心呢。今天這兩張票就是王雨搞到的，本想投其所好，無奈人家不領情，王雨就轉送我了。不過你約她的話肯定行，我也算成人之美，放心吧，我不會告訴王雨的。」

凌小凌把兩張音樂會的票丟到桌上，扭頭對冷桑說：「不去也罷，我本來也沒興趣，就是覺得票廢了可惜。現在好了，物盡其用。等會兒我陪你去自習室，讓我再暖和一會兒，剛才真是凍透了，這鬼天氣……」

「那你自己在這兒待著吧！」冷桑甩下一句就要往外走。

凌小凌拉住冷桑的書包，「喂！你怎麼能這麼對我？」

「是你不守約在先！你答應過我，以後再也不來宿舍的！」冷桑將凌小凌推搡到一旁，朝門邊走去。

我暗暗一驚，其他幾個兄弟也像是突然領悟到了什麼。原來，凌小凌這麼久沒露面，是因為她和冷桑之間的這個約定。

「你以為我樂意往你們這臭烘烘的宿舍跑啊！」凌小凌又激動又委屈，「緊趕慢趕，昨晚打著手電筒熬到半夜，辛辛苦苦又給你織好了一條新圍巾。今天來寒流，怕你出門受凍才送過來

的！」

說罷，她從包裡抽出一條長長的白圍巾，和上次送給冷桑的那條一模一樣。而此刻，冷桑已經來到門邊，手握住了門把。

凌小凌關心冷桑的初衷本是好意，錯在違背了他們之間不知出於何種目的而立下的約定。冷桑要是不較真兒的話，也沒什麼大不了的。但他若鑽進牛角尖，死守著那個約定不肯退讓的話，以凌小凌的性格，今天的結局就算不魚死網破，也不會好到哪兒去。他們都把對方活活逼進了死胡同。

上一條圍巾帶來的陰影尚未消散，如今又陷入了另一個漩渦。

冷桑一動不動地站在門邊，手握著門把，沒有旋擰。

時間隨之凝滯，他似乎是在遲疑自己的去留。剛才我所思忖的，他也一定會想到，一定會權衡。宿舍裡寒意凜凜，比外面冷酷百倍。這一刻，我只能祈禱天遂人意。

原本，下一秒鐘冷桑就會回轉身來，這不是祈禱，而是我親眼所見。上鋪這個居高臨下的視角可以讓我更清晰敏銳地觀察到冷桑那個極其細微的動作，他握著門把的手掌正在慢慢懈力，緩緩張開。他終於選擇了退讓，我鬆了一口氣。

然而，這口氣卻是鬆早了。

命運就是喜歡捉弄人，它沒有賦予凌小凌足夠的耐心，沒有讓她給予冷桑哪怕多一秒鐘的時間。

凌小凌突然從桌上抓起一個打火機，緊貼著圍巾，威脅道：「你要是敢走，我現在就把它燒了！這次不勞別人動手，我自己來！」

我緊張得從床上坐起來。只見冷桑厚實的身板微微晃動了一下，前一瞬間剛要鬆開門把的手掌——重新握緊。這一次他沒再有絲毫猶豫，拉開門，闊步走了出去。

重重的關門聲震得整棟樓都在顫抖，幾乎是同時，我迅疾起身，直接從上鋪跳到了地上。那四人見狀反應過來，一齊朝凌小凌衝了過去。

我們還是晚了一步，她手中的打火機已經按了下去，躥出來的長長火舌將圍巾的一角迅速燎燃。

幾個人在混亂中爭搶了一番後，那條帶著火光的圍巾才被強行拖拽到地上。繼續燃燒的火苗被幾隻大腳狠狠踩滅，圍巾上覆滿了灰色的腳印和黑色的灰燼。

我彎腰從地上拾起慘不忍睹的圍巾，撣了幾下，心情無比沉重地來到凌小凌跟前。此刻，她已被眾人安撫著坐到了魯高人的床上。

我終於有機會把那句壓抑了太久的話說出來：「上次圍巾的事情，對不起！這一次，很遺憾！」

除了魯高人，其他人都驚異地望著我，他們以為我還不知道冷桑生日那天發生的事情。

凌小凌沒說話，一把將我手中的圍巾奪了過去，像撫摸傷口一樣，撫摸著被燒壞的一角，黑色的粉屑紛紛揚揚地散落下來。她摸索到了一個線頭，輕輕一揪，拉出一條長長的線。

像是發現了一個巨大的樂趣，她繼續拉扯，不停地拉扯。圍巾越來越短，直至消失，還原成了一堆毛線。它們像方便麵般彎彎曲曲，蓬鬆地堆積在她的雙腿上。

大家靜靜地望著這個出奇安靜的女人，這麼多年來，儘管她對兄弟們不薄，和大家也能打成一片，卻有如其名，始終掩飾不了骨子裡滲出來的凌厲之氣。而這一刻的她完全變了個人，落寞消沉得讓人心疼。

發了一會兒呆後，她突然起身，朝陽臺走去，所有人都警惕地跟過去，簇擁在她身旁。我沒出去，怕再度激怒她，而四個男生應付一個女生已經足夠。

我隔著玻璃注視著陽臺，還好她沒打算做傻事，看樣子是想與那些仿若和她犯了相的毛線有一個徹底了斷。只見她高高舉起那一大團傷情之物，用盡全力狠狠擲了出去。

毛線在空中劃出了一條高高的拋物線，同時舒展開來，像一張大網掛在了空玉蘭的樹冠上。

旋即，她從陽臺折回屋裡，憤憤來到我面前。剛才那團火焰仿佛在她的目光中復燃，她竭盡全力朝我發出了撕心裂肺的一聲咆哮：「原冬，我恨你！」

緊接著，她把桌上的零食全部推到地上，狠狠跺了幾腳，像是對剛才踐踏在圍巾上那幾腳的譴責與報復。一通發洩之後，她瘋狂地衝出了宿舍。

這一切發生得太迅疾，太猛烈，排山倒海，地裂天崩。

我蹲下身來，默默地撿拾地上的東西。那些包裝尚未破壞，僅僅是受了「內傷」的食物總不能浪費。他們幾個也都圍過來，一同收拾起來。

「原冬，別往心裡去，今天的事都是歷史遺留問題，沒想到這麼長時間了，冷桑那個笨蛋還是沒能搞定小凌。」高人安慰道。

「冷桑怎麼說變臉就變臉啊，小凌也是被他逼到這份兒上的。」小波說。

「要我說還是賴小凌自己，你剛才沒聽見啊，他們之間有約定，冷桑不讓她來宿舍。」大金說。

「哎，這又何必……」文武正說著，在桌下發現了那兩張音樂會票，拾起來看了看，遞到我面前。

「我沒興趣。」我把收集起來的一捧沒被弄破的帶殼花生放到桌上，抓起外套離開了宿舍。

一下樓我就看到了那張白色的「網」，它在一片空空的枝椏上格外搶眼。從樹旁經過的人們都在仰頭議論，這荒誕的情景賦予了包括我在內的所有人以更多的遐想——玉蘭花開，應該就是這樣的一樹潔白吧。

他們不知道，它的前世是一條圍巾。

眾目睽睽之下，我縱身一躍，揪住耷拉下來的一截毛線，將它們全部拉扯下來。

我捧著一大團毛線，它們像厚厚的手套一樣包裹著我的手。可以想像，如果它們以應有的秩序交織在一起，環繞在冷桑脖子上的話，該有多麼柔軟與溫暖。

我朝明湖走去，邊走邊梳理著剛才發生的一切。今天凌小凌應該是有備而來，我不明白她為什麼要在我和阿茹娜身上做文章，但可以肯定的是，她絕不僅僅是隨便一提。這應該是除了送圍巾之外，她來宿舍的另外一個目的。圍巾是在向我示威，而關於阿茹娜的爆料，則更像是她對冷桑以及所有人的宣告，目的我不得而知。

明湖結了厚厚的冰，殷紅的夕陽斜斜打來，散發著窮途末路式的絕望之美。我跳下去，來到亭子旁的幾塊太湖石邊，在一小片隱蔽的冰面上，發現了一個用來偷釣的冰洞。

旁邊就是砸冰洞用的磚頭，我扯出一個線頭，拴在磚頭上，用力擲入冰洞。那一小片尚薄的表面冰層被砸碎，磚頭帶著毛線，毛線攪著冰碴，它們糾纏在一起，渾渾噩噩地沉入了湖底。我瑟縮地站在那裡，這一天果然冷得不同凡響。

我能彌補於凌小凌的，最多也就是如此潦草地將這些毛線埋葬在我所能想像到的最靜謐的地方，為她曾經付出的心血與情感挽回一點點尊嚴，而不是讓它們懸掛在樹上，任路人指手畫腳，嬉笑猜度。

「原冬，我恨你！」

耳畔迴響著凌小凌離開宿舍時冰刀般刺向我的那句話，當時的我尚不知，那幾個字的餘音遠比我想像的更長久。

八年後的北京，在一個名叫鐘眠花舟的地方，我再一次遇到了凌小凌，只不過這一次我是在暗中。前後兩個場景完全不同，但她的情緒卻幾乎無縫地對接起來。她憤怒地咆哮著，瘋狂地踐踏著我的畫，和當年踐踏那些零食的情景一模一樣。她還是她，這麼多年過去了，對我的恨意沒有絲毫減損，我第一次感受到了時間的無能。

也就是說，在那個年末，在那個據說是風城半個世紀以來最寒冷的冬日裡，凌小凌丟掉那一大團毛線，發瘋般地衝出宿舍後，我們再也沒有直面過。

六十九、醉狼

我們以為冷桑和凌小凌這次也能像以往一樣，每一場風波都能奇蹟般地度過，用不了多久就重歸於好。我努力強化著這個信念，這樣才能暫時卸掉心理包袱，迎接即將到來的期末考試。

日子像風一樣從攤開的書本上掠過，時而窸窣，時而嘩啦，盡是年輕時聽不懂的箴言。

冷桑沒有透露過關於凌小凌的半點消息，更沒有像前段時間那樣，時常拎著昭示著凌小凌存在的水果零食回來，宿舍裡再沒有奇奇怪怪的味道，凌小凌徹底從我們的生活中消失了。

那個信念開始動搖，我雖無力為他們挽回什麼，但還是想在它全然坍塌之前，也是在凌小凌業已平靜一些的狀態下，再向她正式表達一次歉意。於是，期末考試前夕，我去風城外國語學院找了她一次。

一路打聽著來到了英語系的女生宿舍樓，樓管員查了一下花名冊，用傳聲器幫我呼叫了她，喇叭裡清晰地傳來一聲「來了！」

我坐在門廳的長椅上等了半個小時，也沒等到她。樓管員問要不要再呼叫一次，我望了一眼空蕩蕩的樓梯，跟她說不必了，謝過離去。

她一定是在樓梯的拐角處看見來訪者是我後，掉頭又回去了。這讓我明白，那天她朝我喊「我恨你」那三個字時心中所燃燒的熊熊烈火，遠比我想像得猛烈。

我從來沒對一個人如此愧疚過，凌小凌不會不明白我來找她的意圖，未必是不能原諒，而是選擇了不原諒。她深藏著那個火種，希冀將來的復燃。好吧，如果這能令她稍感舒服一些的話，我甘願一輩子都不被她寬恕，反正以後我們之間也不該再有什麼交集了。如果有，那便是命——得認，那便是債——得還。

我雖然不喜歡凌小凌，但從沒恨過她，甚至一直在為她惋惜與悲嘆。冷桑有他失度的地方，可凌小凌過於執拗的性情又何嘗不是這場愛情悲劇的根源呢。不知道是不是所有的女人在對待感情上都有類似特質，這令我感到從未有過的茫然，甚至恐懼，我怕自己有一天不小心或是不得已傷害到她們。比起那樣的後果，我寧願一開始就對她們敬而遠之。倘若無法回到原點，那就停下步履，享受孤獨。

很長一段時間沒去琴房聽琴了，如果不是在

圖書館又偶遇了她一次，我真有些懷疑，曾經在琴房度過的那些午後時光全是迷離荒謬的幻夢。

那天中午我在圖書館尋找座位，快考試了大家都在用功，放眼望去座無虛席，個別位置沒人，卻都被書本佔著。

「嗨！」一個溫柔的聲音在耳畔輕輕響起。

我扭頭看過去，阿茹娜正站在一組書架跟前，朝我微笑。

她真的很美，笑時更是散發著一種令人失神的魔力。這一次我清醒地分辨出，這便是那個幻夢的入口。

「好久不見。」她又說。

「是啊。」我應道，這次碰面距離我最後一次去琴房聽琴，已經過去了半個多月。

「我旁邊的位置是舍友的，她剛被老師叫去做事，一時半會兒回不來。」她指了一下窗邊，正是我們上一次在圖書館邂逅時一起看書的位置。

「謝謝，不用了。」我婉言謝絕，「我今天辦借閱。」

「我改編了一首曲子，有興趣嗎？」

「不好意思，下午我有事。」

「不一定今天。」

「要考試了，最近恐怕都沒時間了。」

「哦。」她臉上始終掛著的笑容消失了。

「那我先走了。」我沒等她回應，就像逃避噩夢般快步離去。

這一次我終於迷途知返，止步於那個荒謬的幻夢入口。我很怕隨著那個夢境越來越沉，自己終有一天會墜入感情的泥淖，越陷越深。戀愛是一件我沒有能力駕馭的事情，我沒勇氣觸碰，更不敢輕易嘗試。冷桑和凌小凌的戀愛史已經把我這個局外人搞得心力交瘁，開始懷疑愛情乃至人生了。

絕大多數的大四生在學業上放鬆下來，我卻反其道行之，逆生長式地把吃喝拉撒睡以外的時間全都放在了學習上。以前的我，只對專業課程情有獨鍾，興趣與精力悉數傾注於繪畫、看畫展和追隨德吉老師去做各種藝術實踐，其他課程能逃就逃，考試前突擊一下，不掛科就滿足了。然而現在，我的學習熱忱擴展到了所有科目。我像是一個體育場看臺上的觀眾，混混沌沌地看了三年多別人的比賽，直到現在才幡然醒悟，從看臺上跳了下去。我不該是看熱鬧的觀眾，而應是賽場上奮勇爭先的運動員。

正式進入考試季，期末考試一門接一門緊張有序地進行著。付出總有回報，這次的期末考試我沒像以前那樣臨時抱佛腳，或是在考場上聯合同黨互通有無搞外交，不掛科這樣的考試目標也被刷新，我的新目標是：每一科的成績都能達到優秀。

最後一門考試是藝術哲學，國慶節前的那次據說要佔期末總評成績百分之三十的隨堂測驗，讓很多沒成績的學生人心惶惶。我倒不擔心掛科，充分的複習讓我有足夠的信心拿到高分，不過，倘若那次隨堂測驗冷桑沒幫我答卷的話，我力爭全科目優秀的目標也就無法實現了。

考試結束後，師太被裡三層外三層地包圍起來，大家人心所向地請求寬大處理。師太心軟了，明確表態：「從考卷上我可以看出每一個人的學習態度，對於真心悔過的同學，我絕不會嚴苛。」大家吃了定心丸，興奮地鼓掌歡呼，不知誰帶頭喊了一聲「孫老師萬歲！」所有人都跟著喊了起來，然後像簇擁著一個超級大明星似的，把師太歡送出了教室。

渴盼已久的初雪姍姍來遲，紛紛揚揚的雪花像是離別大地母親太久的孩子，爭先恐後地撲將下來。舍友們興起，決定去贊比亞喝酒，紀念大學的最後一個寒假。

贊比亞本來就小得可憐，我們在當中拼起兩張桌子後，再沒有空間接待別的客人了。作為補償，我們豁開了點菜，把兩張桌子擺了個滿滿當當，層層疊疊，趕上好幾次翻檯了。

大家一邊划拳一邊喝酒，輸者罰酒一杯，外加講一個笑話，不搞笑加罰一杯。幾圈下來，輸得最多的是魯高人，可惜他笑話存量不夠，只能喝酒認罰，很快就有了醉意。再度輪到他受罰時，他望著窗外下得正酣的大雪，凝神思考了一會兒，隨手從窗臺的汽水瓶裡抽出一朵塑料花。

「笑話實在講不來了，酒也喝不動了，要不我給兄弟們來幾句順口溜助興吧。」他羞澀地說道，手裡擺弄著那朵紅豔豔的假花。

眾人歡呼，隨後停止吃喝，以示尊重。

魯高人清清嗓，吟道：「花開有韻風聲默，雪落無痕月影濁。把酒吟詩身何處，知醉不歸一路歌。」

話音剛落，驚叫聲、鼓掌聲和口哨聲四起，大家讚美著魯高人深藏不露的才華，搞得本想以詩逃酒的他反而不好意思，又主動端起酒杯，「兄弟不才，獻醜！獻醜了！」

「好個『風花雪月詩酒歌』，還說是順口溜，你也太謙虛了！高人，這杯我陪你！」我舉起酒杯說道。

魯高人趕忙和我碰杯，眼裡閃著光，「高山流水！流水高山！」

「別光你倆喝呀！」

「都滿上！全都滿上！」

「各掃門前雪！」

「比亞兄，快快！快拿酒來！」

兄弟們七嘴八舌地嚷嚷著，紛紛舉起酒杯伸向共同的圓心，六杯齊碰，大吼一聲：「乾！乾你娘的心肝！」

所有人都喝光了杯中酒，隨後深情地互相斟滿。

又喝了幾輪之後，大家的情緒逐漸平緩下來。剛才那股子興奮勁兒，像一個溺水者剛落水時撲騰起來的激烈水花，不一會兒，隨著氣力枯竭，水花逐漸消失，變成圈圈漣漪，直到最後，水面徹底恢復了寧靜。

每一個人都變成了沉思者，隨之而來的是各種牢騷與抱怨，以及從心窩子裡掏出來的帶著體溫和酒精味道的苦悶與感傷。

大金忿忿地譴責學校不厚道，非要把幾門科目的考試拖上那麼久，他父親昨天做心臟手術都沒法陪同，幸好一切順利；文武心有不甘卻又實在無奈地告知大家，為了一個去上海工作的機會，他決定放棄考研；小波帶著淚光傾訴著，自己在大一時秘密交往了一個學期的初戀情人，畢

業後要和現在的男友一起去英國留學了；冷桑則鄭重地向大家宣布，他早已和凌小凌正式分手……

魯高人來到我跟前，一手端著酒，一手搭在我肩上，低聲說道：「白雪公主只能活在童話和夢境中，有夢做我就很幸福了。原冬，我祝福你們！」

我愣愣地看著他將杯中酒一飲而盡，從他那令人心疼的傷感眼神中，我突然產生了一個荒誕的念頭。難道說，他暗戀了三年多的「白雪公主」就是阿茹娜？腦海裡迅速閃過那天凌小凌來宿舍「爆料」時的情景，當別人都在對我起哄時，只有魯高人靜默無言地坐在那裡。

一點兒也不荒誕，是我太愚鈍了。

老天真會捉弄人，我無意流連於他們誤解的曖昧，卻還是身不由己地陷入了一場紅塵糾纏。我沒向他解釋什麼，這一刻唯一能做的，就是乾掉眼前這杯越喝越苦澀的烈酒。

所有人都在訴說著各自的心事，只有我不想陷入離別的套路，於是，我成了這個晚上鶴立雞群的另類。

我隆重地向他們宣告，畢業後我要去玉沁繼續學習唐卡，將來在那裡開一個畫廊，把自己的理想與生活全部安放在那片神聖的雪域高原……白話了一通才發現，除了冷桑低頭不語外，其他人都和我一樣，搖頭晃腦，滔滔不絕，沉浸在自己的世界裡。

冷桑第一次在大家面前破了酒戒，著實喝了不少。飯局快結束時，他踉踉蹌蹌地走到每個人跟前一一敬酒，最後來到了我身旁。說了幾句大同小異的祝福語之後，他又伏在我耳邊說道：「我決定回家，這次說話算數！」

我和他碰杯，乾掉了那杯酒，然後出神地看著他。只見他晃晃悠悠地回到自己的座位上，落座時不小心打翻了一個碗，菜湯灑了一袖子。

我們吃光了所有菜，喝光了所有酒，臨走時劉比亞拿出一袋他家鄉寄來的大棗分給我們吃，說是可以解酒。每個人都抓了一把，然後排著隊，依次和劉比亞握手擁抱，表達謝意並祝福，猶如一場鄭重其事的外交儀式。

從贊比亞出來快十二點了。雪還在下，酒精的作用加之雪地結凍後的濕滑，腳下踉踉蹌蹌。為了防止跌倒，我們六個人勾肩搭背一字排開，並列行進。

個子最矮的魯高人和小波在中間，他們兩側分別是文武和大金，我和冷桑個頭最高，在最兩端，這種排列純屬偶然。後來在我服刑期間，有一次想起了那晚我們六人酣暢痛飲後踏雪而歸，雪地上留下六條平行線的情景，忽而有了一個遲到的發現——從正面或背面看，當時的我們毫無意識地組成了一個淺淺的「U」字形，仿佛一個大大的微笑。

人這一生，有太多被忽略掉了但不至於徹底遺忘的情節，可能會在未來的某一刻突然被記起，繼而被玩味，由此沉澱下一些遲來的感受，它們往往與美好有關。在獄中度過的那些日子裡，那個大大的「微笑」就曾無數次地溫暖過我，除此之外，給我帶來恆久溫暖的，還有那一聲聲蒼涼的嚎叫。

行至半途，不知誰起頭唱起了齊秦的〈狼〉，接著就變成了合唱，其間又不知是誰學了一聲狼叫，接著就變成了一群狼嚎。嚎叫與歌曲完美契合：「我是一匹來自北方的狼，嗷嗚——走在無垠的曠野中，嗷嗚——淒厲的北風吹過，嗷嗚——漫漫的黃沙掠過，嗷嗚——嗷嗚——」

我們邊唱邊嚎地來到了宿舍樓下，還沒過足癮，便在空玉蘭下站定，保持著勾肩搭背的造型繼續唱，繼續嚎。不知道他們是不是，反正那絕對是我有生以來唱歌感情最投入的一次，我一邊聲嘶力竭地嚎著，一邊用空閒的那隻手拂弄了一下頭頂的枝條，積雪成塊地落下，打在我們的頭上與肩上，像一朵朵怒放的白玉蘭花。

這裡終究不是屬於我們的荒原曠野，直到一把笤帚疙瘩夾帶著叫罵聲飛下來時，狼群才停止嚎叫，悻悻歸穴。

回到宿舍，大家依舊沉浸在剛才的亢奮中，難以入睡。黑暗中，魯高人的床鋪方向傳來了口琴聲，有人跟著輕輕吟唱起來，這一次再沒人搞怪，再沒人嘶嚎。

輕輕的 我將離開你／請將眼角的淚拭去／漫漫長夜裡 未來日子裡／親愛的你 別為我哭泣

前方的路雖然太淒迷／請在笑容裡為我祝福／雖然迎著風 雖然下著雨／我在風雨之中念著你

沒有你的日子裡／我會更加珍惜自己／沒有我的歲月裡／你要保重你自己

你問我 何時歸故里／我也輕聲地問自己／不是在此時 不知在何時／我想大約會是在冬季

這曲無限傷感的〈大約在冬季〉不知重複了多少遍，直到歌聲漸稀，最後只剩下了孤零零的口琴聲。又過了一會兒，口琴聲也消隱了，黑暗中響起了此起彼伏的鼾聲和囈語。

酒精戰勝了他們，而我，終於戰勝了酒精。

整個晚上我都處在一種舒服的微醺狀態，一點兒都沒上頭，剛才嘶吼了半天，胃裡的濁氣更是吐出去了大半。此刻的我格外清醒，毫無困意，這絕不是以往斷片前的迴光返照。我撩起窗簾朝外望去——

白茫茫一片，真乾淨。

七十、雪夢

厚厚的積雪被靴底壓實，發出一聲接一聲富有質感的聲響，與頭頂上空路燈的電流聲穿插在一起，讓我想起了劉比亞為我們特製的烤肉串。持續的電流蜂鳴是鋼釺，深一腳淺一腳的咯吱聲是鮮香的肉塊與肥油，而我呼出來的帶著體溫的白色哈氣，則成了繚繞那些肉串的煙霧與熱浪。

環境裡再也分辨不出別的聲響，只有耳畔還迴盪著剛才的聲聲狼嚎，似是在提示我，對身處的這片靜謐更為準確的描述，應該是人去樓空，或時過境遷。沒有什麼比這樣的反差更能讓人感慨時間的存在與流逝，我願在這個雪夜裡獨自閒遊，只與時間為伴。

凌晨一點半的校園，在銀裝素裹的童話世界裡睡得甜美安詳。我穿行在它華麗的夢境中，希望不要將它驚醒。

明湖湖面平整潔白，如同一張巨大的畫布，誘惑著我在上面創作些什麼，來紀念這場遲來的初雪和這個不太平凡的夜晚。

「禁止游泳溜冰」的木牌歪歪扭扭地豎在一

旁，我徒手扒開下面的積雪，清理掉碎石，費了很大氣力才將它從凍土裡拔出。而後，我又從乾枯的楊柳樹上折了幾根粗細不一的枝條，懷抱著它們跳下湖面。

我朝湖心走去，以最大的限度遠離教學樓和宿舍，遠離現實。我拖著木牌，像犁地一樣在湖面上耕耘著，攏起的積雪聚攏在一起，形成一個高大的雪堆。

我用木牌拍拍打打，雪堆變化著形態，我想把它塑成一尊冰雪綠度母。

唐卡上的形象熟稔，卻是平面的。得益於看過太多藝術展覽，也隨德吉老師去過不少寺廟，見識了數不清的神佛菩薩。我用觀摩立體造像時訓練出的感知來度量二維與三維間的關係，借助粗枝作為上肢、烏巴拉花和飄帶等部件的筋骨，不一會兒，一尊和我等高的綠度母蓮花臺坐像雪雕輪廓初現。

接著，我用一根較細的樹枝勾勒起了蓮花座的層次，佛衣的紋理，以及瓔珞、花蔓和冠帶等飾物。多餘的雪粒被一點點剔掉，簌簌落下，呈現出一道道纖細優美的溝壑，所有細節均以減法的形式表現出來。唐卡做的則是加法，層層鋪色之後，才於最上層覆畫出最後的細節。

我選出最細的一根樹枝，撕咬掉頂端的外皮，捋順雜亂的纖維，讓它化身為「三花神筆」，而這座雪雕，則是一尊立體的素色唐卡。

我全情投入了這場雕琢，以迥異於平日的視角和比例描畫佛菩薩的白毫與慧眼。光陰被濃縮，空間被延展，夜幕之下，冰湖之上，一尊綠度母坐像雪塑莊嚴化現於這方清淨剎土，晶瑩無瑕，質若琉璃。

不記得冷桑是怎麼出現在我面前的了，或是說本來我是記得的，但後來他的說法干擾了我，令我的記憶產生了永久性的混亂。

最初的記憶是這樣的。我一口氣跑到了宿舍樓下，靠著空玉蘭氣喘吁吁的情景還歷歷在目，路燈的光暈之下，團團哈氣向上升騰著。

在雪地中折騰了半天又狂跑了一通，我沒

勁兒再爬樓，用盡最後一點兒氣力在樓下大喊，像剛才狼嚎時那般賣力：「413——冷桑——413——冷桑——」那一聲聲發自丹田的嘶喊與迴響，多年後仍不絕於耳。

然而正是這個細節，成了我對自己回去找冷桑這一行為的最大疑點。既然喊得聲嘶力竭，為什麼記憶裡沒聽到一聲叫罵？

忘記站在那裡喊了多久，只隱約記得在那一片漆黑的樓體中，一個模糊的身影從陽臺探出頭來，晃動了一下，很快消失。

幾分鐘後冷桑出現在了我面前，還未容他開口，我拉起他就跑，身體的活力迅速復甦。我們腳下生風，在一片潔白的童話世界裡，朝著那片夢幻雪原狂奔。

而在冷桑隨後的說法中，這些情節都是不存在的。他說他是從宿舍一路悄悄尾隨我而來的。我下到湖面以後，他一直在岸邊遠觀，直到我塑好了綠度母之後，他才來到我身旁。開始我不相信他的說法，直到他把我用魯智深倒拔垂楊柳的姿勢拔起了湖邊那個警示牌，以及我往湖心走時不慎滑了一跤的情景描述得真真切切時，我才倒吸一口涼氣。這一段我雖然沒有斷片，但似乎患了更可怕的臆想症。

好在產生分歧的只有這個段落，倒不是說我後來的記憶多麼真切，僅僅是因為我再也沒有機會去印證，後面的那些情節究竟是真，還是幻。

冷桑抓起我凍得跟胡蘿蔔似的紅腫雙手，放到嘴邊一邊哈氣一邊揉搓，我的手指逐漸恢復了應有的溫度。我們在木牌上背靠背地坐了下來，白雪皚皚的遼闊湖面上只有我們兩人，以及旁邊那尊巨大的冰雪綠度母。

我點了兩根煙，回身遞給他一根。

四年來，我從未以這樣的視角審視過我們的校園。此前唯一一次下到冰面是半個多月前年末那一次，我在不遠處的太湖石下親手水葬了那團毛線，當時我的眼裡只有那個漆黑的冰洞，沒有任何景致。

我和冷桑東拉西扯地說了很多飄忽的話，那些話語被純淨凜冽的寒氣包裹著，懸浮在半空，像一個個光怪陸離的肥皂泡。可能正是這幻夢般的情境迷惑了我，以至於多年以後我仍無法分清，哪些是我們當時真實說過的，哪些是我在後來的夢境中衍生出來的臆想。

這個晚上消耗了太多體力，平復下來後，我的肚子開始發出「咕嚕」聲，帶著共振，隔著厚厚的羽絨服都聽得真切。

「給！」坐在身後的冷桑腦袋向後一仰，輕磕了一下我的後腦勺，我反手從肩頭接過他遞來的東西，是兩顆劉比亞送的紅棗。

它們在白色雪光的襯托下顯得特別飽滿紅潤，我忽來靈感，起身朝綠度母雪雕走去。

我注視著那圓潤高聳的雙峰，用手指在上面各挖了一個小坑。初雪之夜賦予了這兩顆看似平凡的紅棗以神聖使命，飢寒交迫的我甘願犧牲這份珍貴的口糧來成全。於是，它們被鑲嵌在了兩座聖潔的雪峰之巔。

度母之美，不僅體現在修持者所觀想到的相好莊嚴，也體現在豐滿有致的女性化儀態帶給每一位世俗觀者的欣賞讚嘆，後者無關精神與信仰，僅是官能的原始感知。藝術的魅力就在於它可以超越一切質礙，自由地遊走在色與無色之間，是形之上下雙方面的合體。

我佇立在那裡，凝視著自己的傑作，陶醉著，遐想著，天地自在，物我兩忘。

一隻大手冷不丁地出現，向前探去。待我反應過來時，冷桑已取下一顆紅棗，接著又要取另一顆。我急忙衝上前阻攔，可哪裡是他的對手，那頭犛牛也就使出十分之一的力就讓我腳下踉蹌，滑倒的同時我順勢將他也鏟倒了。

冰雪綠度母被兩人的合力轟然撞塌，失形於瞬間，我們一齊跌進鬆軟冰冷的雪粒中。

「混蛋！」我憤然道，「你毀了我的作品！」

「誰叫你胡來。」

「怎麼胡來了？」

「褻瀆，你放什麼紅棗！」

「諸佛菩薩，但凡袒胸露乳相，哪個沒有乳頭？不信你看看你自己的匝尕。」我奮力爭辯道，「是你自己不純潔，褻瀆我的藝術！」

本想繼續罵個痛快，卻感一陣氣短憋悶，頭暈目眩。這才意識到，我們還維持著剛才跌倒時

的姿態，冷桑像一塊巨石般重重地壓在我身上。

「嗡噠咧嘟噠咧嘟咧娑哈！嗡噠咧嘟噠咧嘟咧娑哈！嗡噠咧嘟噠咧嘟咧娑哈！」

冷桑閉著眼，迅速念了三遍綠度母心咒，而後抬眼怒視我，「還敢提匝尕，正要找你算帳呢！」

「忘恩負義之徒！那天要不是我在浴室撿到嘎烏，你現在到哪兒找去！」我喘著粗氣說道。

「要不是你？哼！」他意味深長地笑笑，「要不是你，我的嘎烏也不會『丟』。」

「不明白你在說什麼。快起來，要壓死人了！」我試圖從他身下掙脫，可根本發不出力來。

「還裝！別以為我不知道，那天就是你把嘎烏偷偷拿走的！」

「胡扯！誣陷！」我心虛地提高了嗓門，心想他一定是在詐我。

令我意想不到的是，接下來他毫不留情地揭穿了那天在浴室裡發生的一切。甚至我裝著鬧肚子跑進廁所後，又掀開簾子探頭張望了一番，連這些細節他都描述得絲毫不差，更不用說我飛奔著從廁所跑到他的衣櫃前，鬼鬼祟祟地拿走了嘎烏，而後又飛奔著跑回廁所的這一連串滑稽之舉了。

他說得輕描淡寫，以至於我連追問他是如何識破我的詭計的好奇心都激發不起來了。

沒想到精心策劃了那麼久的自以為天衣無縫萬般周全的行動，從一開始就是一出丟人鬧劇。冷桑一直沒有揭穿我，甚至還接受了我為他「尋回」嘎烏後的邀功，答應把嘎烏給我戴幾天。卻原來，這一切都是他陪我玩兒的一場遊戲而已。我不禁想起了國慶節的醉酒之夜，他將我藏匿在他課程表後的匝尕原件，調包成了我用來調包匝尕原件的那塊白布，可謂以其人之道還治其人之身。

這一刻，我除了感到羞恥，還有一種人生觀被顛覆的感覺。那個總是自以為傲的靈魂，在這個雪夜，被狠狠撕成了碎片。

倘若不是還被冷桑壓在身下，我恨不得馬上逃離這片冰湖，飛奔回宿舍，一個騰空躍上床，一頭扎進被窩，躲進那片黑暗卻不失溫暖的墳墓。一覺醒來，忘記關於嘎烏、關於匝尕的一切。

「滾起來，凍死老子了！」我惱羞成怒，身上的重壓讓身下每一寸都緊緊貼合著冰雪，寒徹骨髓。

他突然把手伸進我的背下，趁我不防，抱著我翻滾了半圈。

我們瞬間對調了位置，冷桑寬闊的身體像一個大棉墊子般鋪在我身下。他在我背上和後腦勺上拂了幾下，撣掉附著的雪粒。

我掙扎著，想要藉他放鬆之機爬起來。

「別動！」他低吼一聲，同時用一隻手按住我的後腰，另一隻手伸出去，摸索到近前雪地上的兩顆紅棗，塞到我嘴裡一顆。

「告訴我，國慶節前那晚你一夜沒回來，到底去哪兒了？」他的語調柔和了許多，呼出的酒氣帶著炙熱的體溫，拂在我臉上，又暖又癢。

我無味地咀嚼著冰涼的紅棗，「幹嘛告訴你！」

「好奇。」

「無可奉告！」我說著又要爬起來。

「等等！」按在我後腰上的那隻手象徵性地發了發力，「那作為交換，你也可以問我一個問題，好不好？」

我遲疑了一下，覺得這筆交易可以做，便照實回答：「我在畫室，熄燈後躲過了樓管查樓，偷偷留在裡面過了一夜。」

「怪不得，那晚我找了好久都找不到你。」

「該我問你了。」我故意無視他的話，錙銖必較地立即問了一個問題，「第二天，你為什麼沒跟他們一起去馬溝河？」

「你不是知道嘛，出發前我和小凌鬧彆扭了。」

「那好，我重新問，你們那天到底因為什麼鬧彆扭？讓你破了酒戒，拉我去喝悶酒。」我終於問出了這個壓在心頭已久的問題，他們這次鬧彆扭的性質有別於以往，因為冷桑對凌小凌動了手。

「你一夜沒回來，第二天早晨出發前我不放心，滿校園裡又找了你一圈，集合時去晚了。小

凌問我怎麼回事，我照實告訴她，她就生氣了。然後她管我要嘎烏，問我為什麼你能戴，她不能戴？我就跟她解釋那天在浴室的事情，說是為了答謝你撿到嘎烏。可她不聽，扯我衣領非要我把嘎烏給她，還一通胡說八道。」冷桑老老實實地做了詳細回答。

「胡說八道什麼了？」我緊張地追問。

「這已經是第二個問題了。」他笑著挑了下眉。

「賒一個，行不？」我吐掉含了半天的棗核。

冷桑把第二顆棗塞進我嘴裡，「她說你喜歡我。」

我一怔，眼前忽而瀰漫開來一團水霧，遮住了那張被放大了的熟悉面孔。

「果然是胡說八道！誰會喜歡你這個大笨蛋！蠢犛牛！」我憤然咀嚼著大棗，狠狠一「呸」，棗核落入厚厚的冰雪，沒了蹤影。

他哈哈大笑起來，笑個不停，嘴角因乾裂而不斷往外滲血。

「有病吧你，別笑了，嘴都流血了！」

「幫我弄乾淨。」

我剛想伸手去衣兜裡摸索，看有沒有紙巾，卻突然被他的雙臂死死環抱住，絲毫動彈不得。

一陣低低的白毛風吹過，捲著冰冷的雪粒撲打在我臉上。即便身下有這樣一個厚厚的人肉墊子，也耐不住在這冰天雪地裡捱到如此地步。我沒有氣力再掙扎，緩緩埋下頭，顫抖著，用尚未凍僵的舌尖輕觸了一下那滾燙而乾澀的唇。一股鹹腥隨著口液在舌面蔓延開來，那些新鮮的血液像麻醉劑一樣令我失去了知覺，始終提著氣的我一下子懈怠了下來，形如一個失去牽扯的木偶，癱壓在這個男人身上。

冷桑終於放開了對我的束縛，我那緊張了半天的雙臂得以舒展，手自然而然地垂到了冰雪之上，神經末梢帶來的刺激讓我打了一個寒顫。

少頃，我的雙臂被抬升起來，雙手擺脫了寒涼，被安放在了與體溫相近的一片柔軟之上。我的頭垂在冷桑肩上，與他面龐相貼，四肢相合，雙手相扣，心脈相印。蒼穹夜幕和冰湖雪原之間，清晰地呈現出了一個重疊的「大」字。

記憶、幻想與夢境，漸漸失去了邊界。

雪花又紛紛揚揚飛舞起來，兩副失去知覺的肉體與暫時渙而未散的靈魂，行將在若隱若現的度母梵唄中，被遮天迷地的大雪深深埋葬，再無聲息。待到春暖冰融，便如同那些已然湮滅了前生來世的潔白毛線一樣，沉到漆黑的寂靜湖底，不入輪迴，亦不往生。

七十一、懦夫

第二天醒來，我沒像以前喝高那麼難受，但還是斷了片。

這次斷片很不科學。以前斷片的邊界是模糊的，有一個緩衝帶，記得清的和記不清的摻合在一起，很難擇開。而這次，凌晨的那段記憶被硬生生地斬為了兩截，能追憶起的最後一幅畫面，就是茫茫冰雪上的那個「大」字，以及簡單的幾句對話。

「這是夢嗎？」我問。

「聞到什麼味道了？」他問。

我鼻子抽動幾下，細細一嗅，「你嘴裡的酒氣、焦油味兒，還有……棗味兒。」

「那就不是夢。」

「為什麼？」

「夢裡沒有嗅覺。」

「真的？」

「真的。」

後面的記憶便戛然而止，這隻復原後的記憶花瓶非常奇特，它的一半幾近完滿，另一半則完全缺失，涇渭分明。從側面看上去，猶如一面浮雕，又似一個面具。可以肯定的是，這次我又是被冷桑背回來的。

此刻宿舍裡空無一人，文武、小波和大金床上的鋪蓋全是疊起來的，他們都已經坐在開往各自家鄉的火車上了。高人是下午的車，冷桑是晚上的車，我明天上午走，是幾個人中最晚離校的。高人趁機訛上了我，昨晚在贊比亞喝酒時，

他說這次行李多，非讓我送他去火車站。

估計他們都吃飯去了。我沒覺得餓，如果不是昨晚那兩顆棗的抗飢效能超強的話，那便是在睡夢中餓過了頭。被回鄉氣息和酒精遺毒籠罩著，我不知該如何打發行前剩下這些時間，考試一結束，整個人都懈了下來。

百無聊賴間，我想起還有一條沒洗的床單。就在那天換下這條床單的幾小時前，我在圖書館碰到了阿茹娜，她說改編了一首曲子邀我去聽琴，我當即拒絕，辦了借閱離開了圖書館。看書的計劃被打亂，也沒心情去畫室，乾脆回宿舍搞了一次史無前例的大掃除。我幹得非常賣力，清理雜物拂去塵灰的同時，心中的陰鬱也隨之消弭。疲憊帶來了充實，卻再也拿不出氣力去洗換下的床單了，後來就一直忙於複習，應付各門考試，床單一撂就是十多天。

我端起洗衣盆準備去水房，抬眼瞥見冷桑床尾一件皺巴巴的衣服，袖子上有一大塊明顯污漬，是他昨晚和我喝了那杯酒後，回座位時不小心打翻湯碗弄髒的。我沒多想，從兜裡掏出些無關緊要的東西放到桌上，把衣服丟進了洗衣盆。

宿舍暖氣很熱，烘上半天就能乾透。

放了假就是不一樣，平日裡總是鬧哄哄的水房空無一人。正午的陽光從窗外射進來，打在白瓷磚牆上，明晃晃一片，像是對昨夜那場冰雪夢幻的高調追憶，同時摻雜著幾分帶著漂白粉味道的現實荒誕。

我邊洗邊哼唱起來：「我是一匹來自北方的狼——嗷嗚——走在無垠的曠野中——嗷嗚——」

空蕩的水房產生了奇異的立體聲效果，遼闊的聲場排擠掉了那些荒誕，只單純延續著從昨夜移植而來的淋漓快意，我樂在其中。沒多久，聲場中混進了別的聲響，是一串腳步聲，不似狼行的輕盈靈動，卻似一頭奔跑的犛牛，又急又重。

「嘿！」冷桑的聲音從身後傳來。

我停止了嚎叫，沒抬頭，喉嚨深處發出一聲「嗯？」

在這充斥著水流聲音和皂液味道的水房裡，在這格外簡單的對話中，隱約泛起的不自在讓我明白，我還沒完全回到現實，昨夜的那場夢幻尚未清醒。

「還沒吃飯吧？」他語氣如常。

「沒。」

「蕭邦鋼琴協奏曲音樂會，演出單位東方愛樂樂團，演出地點人民劇院音樂廳，演出時間一九九二年一月二十五日下午兩點，座位號二排五號，注意事項：一、請至少提前十分鐘入場，對號入座……」

我抬起頭，牆上的大鏡子裡映出了冷桑。他手裡捏著音樂會入場券，正一字不漏地朗讀著，有板有眼的樣子傻得好笑。我放鬆下來，不自在的感覺一下子消失了。

「我昨天答應給魯高人送行，他是下午兩點半的車……」我終於找到了自然對話的感覺，「要不這樣吧，一會兒咱們一起去送他，火車站和人民劇院一個方向，送完他再去劇院應該來得及。」說完我又看了一眼鏡中，「哪兒搞的票？難得你有這份雅興請我，不敢辜負。」

「我沒這個雅興，是阿茹娜約你，她讓我把票轉交你，說你要是方便的話，一點之前去琴房找她，不方便的話，直接在劇院見也行。」

鏡中的我笑容隱退，再無表情。沒想到，我竟無端落入自掘的深坑，灰頭土臉，畫地為牢。

冷桑並沒有跟我解釋他們是怎麼碰上的，以及阿茹娜為何要讓他來傳遞信息，這對我來說已經不重要，我甚至毫不關心他們從何時起，就開始把我當作談資，以及這種談論進入了何等層面。

我只是有些意外，那層窗戶紙終究還是被捅破了，卻是以這樣一種令我難堪的形式。

「時間不早了，別洗了，趕緊去吃飯。」他的催促更像是命令，「來不及的話就泡麵，從我那兒拿。」

「哦，我突然想起來，高人說這次他要帶很多書回去，行李太沉，我得把他送上車，完事就得兩點多了。」我還算自然地改變了口風。

「你去吧，魯高人我送，我是晚上的車，下午也沒別的事。」冷桑說道。

我沒搭話，悶頭搓洗著衣服，心裡一陣陣翻

江倒海。

昨晚——確切地說是今天凌晨，在那片潔白的冰雪世界裡，前半場戲是我的自娛自樂，後半場他參與進來，帶著莫名的自信與瘋狂，用純然的情愫與原始的邪魅，引我迷失在了那個灰色的童話裡。

可是現在，半天還沒過去，他就迫不及待地撿拾起了另一個名為現實的劇本，逼我去飾演我不願擔當的角色，和那個女生共赴舞臺，開始我們的表演。他怎麼不去學導演呢？免得只會編排我一個人。不對，我轉念一想，票又不是冷桑的，他也只是受她之託而已。那麼，我又何必顧慮那麼多，直接拒絕就是了。

「我不去！」我斬釘截鐵，字字雪亮。

接下來的事情是在毫無徵兆的情況下發生的，沒有任何過渡，所以後來每一次回想時，我的頭腦裡都會條件反射般地先掠過一片形象化的空白，而後才是那一幕幕將我撕裂的畫面。

那件沾滿肥皂泡的衣服幻化成了一條水蛇，從我手中躥出，在空中劃了一個圓弧後，重重摔落在地。整個過程只有一瞬，在我看來卻是一個極慢的特寫。我清晰地看到了那些朝四面八方飛濺出去的每一滴晶瑩水珠，還有那些紛紛揚揚懸浮在空中的細密肥皂泡，以及我那如水墨畫般被一點點洇濕後顏色逐漸變深的褲管，連濕漉漉的棉織物撞向硬邦邦的地磚時所發出的短促有力的「啪嘰」一聲，我都聽出了豐富的層次，每一個層次都帶著無盡的迴響。

「我的衣服不用你洗！」高亢的吼聲衝破了那個慢鏡頭，迴盪在濕冷的水汽中，久久不散。

我雕塑般地呆立在水池邊，雙手懸空，還保持著上一秒鐘的姿勢，像是在搓洗一件透明的衣服。

我的唇顫抖著，說不出話來，也無話可說，剛才那一聲吼反襯出來的靜默令我窒息。我擰開水龍頭，自來水嘩嘩地流到洗衣盆裡，盆裡的水源源不斷地溢出來，帶著五彩肥皂泡，朝著水池中央那個骯髒醜陋的下水孔澎湃而去。這些聲響打破了靜默，讓我的呼吸得以為繼。我垂下頭，繼續搓洗盆裡的床單，認真而用力。

「別洗了！」他又吼了一聲。

「我洗自己的床單，你也管？」我聲音顫抖，再也無法抑制強烈的委屈與憤怒。

他一把捏住我的手腕，把我往水房外面拉扯。我拼命掙扎，眼瞅著就要掙脫開來，此時一個拳頭狠狠朝我的胸膛揮來。

失去重心的我腳下一滑，整個人栽了下去。右肘戳在地上，湧起火辣辣的劇痛。我蜷縮在一大片水泊中，像地上那件衣服一樣皺巴。

「今天你去也得去！不去也得去！」說罷，他將手裡的票朝我狠狠摔了過來。

那張白色紙片如同枯葉般在空中飛舞了幾下，飄落在身旁，被混合著皂液的血水染紅。

我忍痛緩緩坐起，想要站立起來卻是力不從心，腰好像抻了一下。比起和他的這份對抗，我更不想被別人看到這樣的糗態。也許他能過來拉我一把，我期待著，不相信他會一直冷血地站在那裡視而不見。

我靜靜坐在冰涼的地磚上，決定給他十秒鐘的時間，不能再多了。

一、二、三、四、五、六、七、八……我默默數著，每一秒都無比漫長，每一秒都在劇痛中煎熬，卻沒發出一聲呻吟。

九。

我只數到了這裡，沒把最後一個數字數出來。讓一個人陷入絕望，不需要再多一秒鐘的時間。既然看透了那一秒，還不如讓它化作幻想與安慰。原來我這麼慫，慫到怕自己輸不起。

我拾起被洇紅的音樂會入場券，用沒受傷的那隻胳膊支撐著自己沉重的身體，咬緊牙，掙扎著站了起來。然後，我扶著水池邊沿一步步地挪動到牆邊，再扶著光溜溜的牆面一步步地挪動到水房門口，每一步都痛苦不堪。

腳下雖不利索，腰板卻儘量挺直。將要走出門的時候，我還是沒忍住，瞥了一眼牆上的鏡子。那壯如犛牛的身軀紋絲未動，他的身上散發著重重的寒氣，如一尊沒有神識的冰雕，佇立在另一個遙遠世界的蒼莽雪原。

「懦夫！」我鄙夷地丟下兩個字，踉蹌地奔出了水房。

七十二、夜曲

傷痛一旦撕開，神經反而變得遲鈍。我一口氣下到一樓，較勁的筋骨逐漸活動開來，重新行走在平地上，腳下不再像剛才在水房時那麼沉重了。我抹掉胳膊上流下來的血，將挽著的袖口擼下來，朝紅樓走去。

以前從這裡經過的時候，耳朵總是在各種樂器的複合頻率中飄遊，那些斷斷續續支離破碎的旋律，時而動聽時而聒噪，說不上享受也談不上折磨，全都習慣了。現在放假了，大部分學生早已打起行囊踏上回鄉之路，也有少數人因為等著搭伴兒或火車票等原因暫未動身。在這人心散亂的日子口，一般人是不會到琴房來練琴的。於是，離琴房很遠我就聽到了鋼琴的獨奏聲，沒有了其他樂器的干擾，那首似曾聽過的樂曲如同一株暗夜獨自綻放的花朵，兀自芬芳。

琴房的隔音措施只能起到點兒微乎其微的降噪功能，所以走進紅樓之後，我很快就判斷出了聲源的方向和遠近，耳畔始終未絕的旋律，正源自走廊盡頭的十號琴房。

「來了呀。」她沒抬頭，仿佛從腳步聲就能分辨出造訪者是我，而我，顯然已經是她的老相識了。

沒錯，至少在這間熟悉的琴房和這首熟悉的樂曲聲中，情境使然。我這個老相識一如既往地沒有打斷她的彈奏，默默待在一旁，等待著她將當前這曲彈完。

這首曲子初聽似曾相識，再聽卻和印象中有很大不同，也許這就是上一次在圖書館碰面時，她提到的那首改編曲吧。

原曲是蕭邦最著名的夜曲，第一次來這裡聽琴時的一個小小誤會，讓她以為我「格外」喜歡這首曲子。事實上她彈奏的每首我都喜歡，這種情感源於音樂本身。

曲子改編得很巧妙，有兩小節和原作完全一樣，被作為標誌性的經典元素嵌入不同的段落中，像是對音樂詩人的致敬，又像是為了攫取聆聽者心靈秘密而佈下的誘餌。

那天結束練琴後，她收起琴譜，關上窗戶，拉上窗簾，正準備關燈離去時，我提醒她，紮頭髮用的窗簾束繩還沒有摘下來。她愣了一下，從頭髮上擼下了那條絳紅色絲絨帶，卻沒有將它掛回到窗邊的掛鉤上，而是收起，說要留個紀念。我尷尬一笑，問她最後彈的曲子是什麼。這只是一個隨機問題，為的是將自己從一種無所適從的狀態中解脫出來。她認真地答道，是蕭邦〈降b小調夜曲〉，第九號第一首，創作於一八三〇年。於是，這首樂曲成了我後來每次來聽琴時她的必彈曲目。由於篇幅較短，所以不管我每次在琴房逗留多長時間，她都會把它作為我臨走時的最後一曲加贈給我，故而我非常熟悉。

節奏趨緩，像是進入了尾聲。

我已經做好了她彈完後隨時轉過身來的準備，這一次我不會再為她鼓掌，也不會再繼續聆聽，不會在這裡多耽誤一分鐘。我和她，今天需要來一個簡單而開誠布公的談判。

琴聲越來越小，兩個音符之間的間隔越拉越長，直到最後一個音符落下，空氣裡只剩下意猶未盡的絲絲餘音。

我剛要開口，幾乎是在同時，她的指尖又觸下了琴鍵。緊接著，是和原曲起始完全一樣的兩小節，承接著剛才最後一絲餘音，首尾意境相連得極其順滑，重新進入了我剛才已經完整聽過了一遍的旋律。

當循環到第三遍時，我終於失去了耐心，向前走上一步，佇立在鋼琴跟前。

她用低垂的餘光看到了與琴房氛圍和窗外寒冬截然不搭的拖鞋，以及我赤裸的雙腳，這才極慢地抬起頭，神情有些悵恍，手指卻依舊在鍵盤上流連著。

她的目光先從我的手上掃過，看見那張浸了血水後又被冷風吹得僵硬發皺的音樂會入場券時，身體輕顫了一下，指尖的音符也稍有頓挫。但技法的嫻熟讓她從容掩飾掉了這個小瑕疵，旋律如涓涓溪水般繼續流淌著。

她的目光緩緩向上攀升，看到了我單薄的衣衫，袖口沾染的血跡，因劇烈喘息而快速起伏的胸膛，被凍得通紅的面頰，散亂的頭髮以及早已不耐煩的表情。

她與我對視著，以一種奇異的眼光審視著

我。

「我跟冷桑認識，今天剛好碰到他，所以讓他把票捎給你，你不介意吧？」她很快就調整好了情緒，平靜地解釋道，伴著幽幽的鋼琴旋律，猶如歌劇裡的對白。

那張票被我攥得愈發緊實，彷彿再一使勁，便會擠落一地帶著冰碴的音符。

「對不起，我沒時間，一會兒我要送舍友去火車站。」我直截了當地說道，「還有……」我猶疑地咬了咬唇，終於還是把那句話說出了口，「以後，請你不要再找我了。」

樂曲的節奏陡然慢下來，慢到幾乎就要停止，似她曾經講述過的，蕭邦對喬治．桑最後的愛情獻祭，正在一點點地遠去，消失，湮滅……

寒風從開著的窗戶灌進來，沒穿外套的我打了個冷戰。幾乎是同時，那些幾欲幻滅的音符，如同窗外甬道上幾片翻滾的枯葉，靈魂附體般地重新舞動起來。

「不好意思，我不小心把它弄髒了，但應該不影響使用。」我把票放在鋼琴上，轉身離開了琴房。

那獻祭般的旋律一刻也未曾停止過，它繼續響徹我的身後，響徹整個樓道。在我來到這裡之前，不知道它以那種首尾相連死循環的方式，重複了多少遍。

我漸行漸遠，身後的琴聲卻越來越大，振聾發聵。原本舒緩浪漫的旋律，由於我的干擾而變得節奏凌亂，像是進入到了另一個樂章。彈奏者完全跳脫出第一樂章舒緩優雅的唯美意境，我能想像出她把雙手高高抬起後又重重落下的發洩式演奏，猶如潺潺流水行至斷崖，化作瀑布傾瀉到犬牙差互的岩石上，又像是一個藏匿在暗流中被折磨了太久的靈魂，於行將崩潰前所發出的最後一聲怒號。

被魔幻化了的旋律縈繞在腦海裡，久久不散。我又一次忘記了身上的疼痛，加快了步伐，我需要儘快切換到另外一個場景，徹底擺脫這桎梏般的樂聲。

雪後初霽的校園寂寥安詳，沒有了往日的嘈雜喧鬧，只留下和昨晚一樣零落晦澀的風聲。過了這個寒假，就只剩最後一個學期了。校園裡的一草一木一磚一瓦如此熟悉，可在這行將離別之際，我卻沒有感到特別傷感。人與人之間的關係尚且涼薄反覆，更何況這無情眾生。

明湖上有幾個學生正在打雪仗，成就了一次輝煌造像藝術的那堆積雪，不知被誰堆砌成了一個歪腦袋雪人，頭上插著兩根樹枝。倘若不是發現了不遠處的那個木製安全警示牌，以及雪地上一個依稀可辨的「大」，我一定以為昨夜的一切，徹頭徹尾全都是夢。此刻那個字在正午煞白日光的照耀下，比那個雪人還滑稽。

我去了趟醫務室，確認骨頭沒事後，只對肘部磕破的傷口進行了消毒包紮。出來時碰上一個認識的學弟，他見我穿著單衣踩著拖鞋的窘迫模樣，很是驚訝。我騙他說我去水房時忘記拿鑰匙，把自己鎖在了門外，舍友都回家了，管理鑰匙的樓管阿姨也不知道去了哪裡，所以我準備去畫室待著，晚些時候再回去。我順便管他借了兩塊錢，買了一個麵包充飢。

冷桑是晚上七點多的火車，正常情況六點之前就該出發。保險起見，我在畫室一直耗到快八點才離開。天黑以後氣溫驟降，衣著單薄的我一路跑回了宿舍。

我先去了水房。地上那一灘泛著殷紅的肥皂水被後來者的鞋印踐踏到痕跡全無，一併消失的，還有我的洗衣盆和床單。找遍了整個水房也沒找到，包括裡間廁所蹲坑的每一個隔間。放假了，人心浮躁，群魔抬頭，連這些東西都有人偷，我忍不住詛咒那個混蛋考試掛科畢不了業，好不容易平復了一些的心情再度跌落谷底。

悻悻回到宿舍，迎接我的是一室黑暗。我拉開燈，最靠外的魯高人的床鋪已經收拾起來，鋪蓋捲起堆在床頭，上面苫著幾張報紙。

昨晚，他真誠地為我和阿茹娜獻上了一份基於子虛烏有的祝福，我本不在意，也懶得向他辯解，那樣太矯情。可在今天這種情況下，我還是不太情願面對他的。我被迫食了言，沒去火車站送他，也不知道冷桑去沒去送。開學再見面已是一個月以後，希望那傢伙不要記仇。

開始我以為是幻覺，總感覺空蕩蕩的房間裡隱隱有著一縷熟悉而又令我畏懼的氣息。直到走上前幾步，看到了桌下的行李箱，而此刻冷桑正閉著眼睛，靠著捲起來的鋪蓋，半躺在光溜溜的床板上時，我才暗自嗟嘆，畫室裡大半天的苦熬全部作廢，他根本沒有踏上今晚開往玉沁的火車。

我轉身關掉了燈，像歸還贓物般，把這片黑暗還給了他。

我沒去洗漱，摸黑爬上床，鑽進了被窩。明天還要早起，收拾東西趕往車站，我自己的那列火車，說什麼也不能錯過。

那首節奏混亂的夜曲改編曲最終還是闖入了夢境，像是在報復我，依舊無始無終地循環著。直到另一個聲音將它打破，我才藉機解脫出來，那是打火機按下的「啪嗒」聲。

我迷迷糊糊地睜開雙眼，黑暗已不似剛關燈時那樣濃重，門上亮窗投進走廊的微光，映著一縷帶著煙草氣息的青煙徐徐升起。循著煙影散去的方向，我霍然發現，暖氣管上方的晾衣繩上，懸掛著一面巨大的旗幟。

揉揉眼再仔細一瞧，並不是什麼旗幟，而是我在水房「丟失」的那條床單。

七十三、芳劫

「413——原冬電話！急電！急電！」

牆上對講器傳來一通急躁的呼叫，混著嗶嗶剝剝的電流雜音，我聽得真切，卻怎麼也醒不過來。

「來啦來啦！」床板下平地驚雷般的一聲炸響，那邊才關閉了通話。

隨著「啪嗒」一聲，雙眼被乍亮的明光刺痛，我習慣性地用被子蒙上了頭。

「醒醒！快去接電話！」冷桑一把掀開我的被子，書架上的一摞畫紙被呼扇得散落了一床。

我瞇眼看了看鐘錶，十二點三十五分。要不

是頭頂的燈管將我晃煞，我一定以為是中午。立時清醒過來的我一陣心悸，這個點兒打來電話，多半是家裡出了急事。

我噌的一下跳下床，顧不得穿外套，登上拖鞋就衝出宿舍。

一樓門廳的玻璃窗外一片漆黑，映出了我慌張下樓的身影。我奔到傳達室的小窗口前，電話聽筒被撂在檯子上。值班老師回小床繼續睡覺了，我多麼希望他剛才犯了夢遊症，或是跟我開了個玩笑，只要他給我買包煙壓壓驚，再賠上一個笑臉，我可以考慮原諒他。

幻想很快就被打破，深夜將聽筒裡隱隱傳來的聲音放大，我聽到了裡面急切的「喂！喂！」聲，一定是我剛才下樓時的腳步被先行收納了進去。

我抓起聽筒，還未發聲，電話另一端便搶先講起來。

「是原冬嗎？」聲音來自一個陌生的女人。

「我是，你哪位？」我儘量讓自己的氣息平穩，同時，把情急之下穿反了的拖鞋調換過來。

「我叫姜瑩，是阿茹娜的舍友，她出車禍了！」

「什麼？」我不相信自己的耳朵，握聽筒的手緊了一下。

「剛才她出了車禍，現在正在搶救！」

我愣在那裡說不出話來，震驚的同時深感疑惑，為什麼？為什麼我會成為第一時間被通知的人？還沒來得及發問，那個叫姜瑩的女生便火急火燎地向我解釋起了來龍去脈。

二十分鐘前，她接到中心醫院打來的電話，被告知阿茹娜出了車禍，正在搶救。她當時屬於醉酒狀態，所以不排除她自己也負有一定責任。醫院之所以最先聯繫到她，是因為阿茹娜的錢包裡有一張寫有姜瑩電話的紙條，那個號碼是她不久前留給阿茹娜的，她家剛剛裝了電話，沒想到這使她成了第一時間獲悉這個不幸消息的人。剛才她已經報告學校，也和阿茹娜的家人聯繫上了，給我打電話，是因為阿茹娜意識不清，卻一直在呼喚我的名字，而姜瑩以前曾聽她提起過我，知道我是美術系唐卡專業的，於是幾經周折

聯絡到了我。她希望我能去醫院看一下，具體情況她也不是很清楚，前天她就離校回家了。

她講述的時候我渾身都在顫抖，一直沒插話，以至於對方以為電話信號不好，其間兩次試探性地「喂？」我立即回應以「我在聽！」話筒被我攥得幾欲碎裂，手心裡冒出的汗珠順著那些肉眼看不到的細密紋路滲了進去。

掛了電話，我一秒鐘也不敢耽擱，飛奔回了宿舍。

「自行車借我！」一進門我就喊道。

「誰的電話？」冷桑一直坐在床邊等我回來。

「阿茹娜舍友打來的，說她正在中心醫院搶救。」

「怎麼回事？嚴重嗎？」

「說是被車撞了，具體情況她也不太清楚。」我邊換衣服邊說道。

冷桑立即起身，抄起鋪在暖氣上烘乾的衣服穿上，正是我昨天中午給他洗的那件。

「一起去！」他拿上鑰匙和錢包，先於我推門而出。

夜色濃稠，凝固了月亮和星斗，天仿佛再也亮不起來。

我坐在自行車後架上，即便有一個寬闊的身體遮擋，陰風仍能從其他方向將我圍剿。

我寧願扶著車座下方冰涼的鋼管，也不肯把手置於冷桑腰間。放下芥蒂對他來說易如反掌，和昨天在水房莫名翻臉一樣，他總能在多重人格間自由切換。可我做不到，這是我們最大的不同。大學最後一個學年裡，我終於認清了這一點。

這輛自行車用來抵債後，我就再也沒碰過了。債，一想到這個字我就如墮深淵，正所謂錢債易還，情債難償。阿茹娜的車禍一定和我有著深重關聯，我難逃其咎。

昨天琴房的情景又開始在心頭翻湧，熟悉的旋律與魔幻的變奏再度響起。此刻，那些音符似是從我身體裡已被冷風刺透的骨髓裡倒逼出來的，在這空寒的長夜中彌散開來。

我囈語般地傾訴著，把發生在我和阿茹娜之間的一切，一五一十全告訴了冷桑。包括三個多月前我們帶有戲劇性的相識，後來僅限於圖書館、琴房和食堂這幾處的有限交往，以及不久前我如夢初醒般地決定，在我們稀里糊塗地陷入進一步交往之前，果斷斬掉一切有可能被她誤解為曖昧的關係。我確信男女間不可能存在純粹的友誼，也不願意像冷桑和凌小凌那樣，時常陷入世間男女都難以掙脫的感情漩渦，在一次又一次的彼此傷害中重蹈輪迴。我和阿茹娜之間的一切都是自然而然，包括止步於感情的雷池，我問心無愧。只是當說到昨天中午最後一次去琴房時，我的語氣驟然弱了下來。我喋喋不休語無倫次地懺悔著，無論如何，我不該以那樣的方式拒絕她。

冷桑一直沒吭聲，我不確定他是否聽清了我的每一句話。快到醫院的時候，他才扭頭問了我一句：「胳膊還疼不疼？」

「不疼了。」

「腳呢？」

「也沒事了。」

他拼盡全力蹬著踏板，四周呼呼生風，我的臉被凜冽的氣流削得生疼。

這才是真正的風城之夜，一種完全不同於以往校園裡的任何深夜。它像一個無底深潭，輕易就將我和那個雪夜吞沒，我徒勞地掙扎了幾下便放棄了。百般悔恨，千番愧疚，萬分絕望，無盡悲涼，這一切都該由我來承受。

我們以不能再快的速度，飛馳到了中心醫院的急診樓前。急急火火往裡走的時候，在門口意外地被一個男人攔下。

他身材瘦高，面容白皙，頭戴一頂鴨舌帽，身穿皮衣皮褲，嘴裡叼著一根沒點燃的香煙，直勾勾地打量著我們。

「你就是原冬？」他的目光停留在我身上，言語中帶著戾氣。

「我是，你是誰？」我注意到了他左耳廓上戴著四個字母形狀的耳釘，組成了一個似是而非的外語單詞——JARN。

「王雨。」他答道，語氣裡帶著一股子我必

然知道這個名字的自信。

我當然知道，但也僅限於從凌小凌嘴裡聽到過一次。他就是那個有本事弄到連黃牛都搞不來的新年音樂會入場券，卻無法得到苦追了近十年的女人芳心的可憐男人。

直覺誘導著我，重新打量了一番他的耳釘。果然，那四個字母並不是什麼單詞，而是江阿茹娜名字的拼音縮寫。

王雨掏出打火機，點燃一直叼在嘴裡的香煙，肆無忌憚地朝我臉上吐著煙，中指上的那個造型誇張冒著幾個錐狀尖刺的鋼戒，反射著紅色的火光。

「她現在怎麼樣？」我問。

「手術還沒結束。」他說。

我意欲越過他往裡走，可他卻張開雙臂，強行擋在我們面前。

「閒人免進。」他一臉邪狂，又朝我吐了口煙。

我和冷桑沒理會他，繼續往裡走，他便張著雙臂，一路後退到了急診樓的大門邊。

「別誤會，我不是特指你，現在咱們都是閒人。」他一本正經地說道，放下了雙手，「裡面我已經安排了人，有什麼情況會馬上通知我的。外面空氣好，不如我們先聊聊吧。」

「滾開！」冷桑舉起拳頭，朝王雨晃了一下。

我按住冷桑，看向王雨，「聊什麼？」

他一定是把我當成了情敵，或許，站在他的角度來看的確如此。我不想把兩個男人之間莫須有的糾葛帶到一個剛剛受到巨大創傷的女人面前。既然手術還在進行中，不妨利用這個時機和他講清楚。等手術結束阿茹娜清醒了，我和王雨恐怕就再沒有周旋的餘地了，那樣只會給她帶去二次傷害。

「當然是男人之間的話題。」他的嘴角勾出一個生硬的弧度，湊到我耳邊低聲道，「借一步說話。」

「你先進去，我一會兒就過來。」我對冷桑說。

冷桑看了我一眼，又狠狠望向王雨。

王雨將頭一擰，迴避了冷桑的目光。他把煙頭往地上隨手一丟，轉身朝急診樓後身走去。

我朝冷桑點了下頭，示意他不必擔心，而後快步追上了王雨。

他逕直朝一個僻靜角落走去。那是一個還沒建設完成的小花園，隱沒在那團昏暗裡的，是堆成小山的建築材料和各種施工機械。

我料到王雨是一個難纏的人，卻沒料到他還是一個陰險的人。所以，當那記拳頭猛地朝我揮來時，根本來不及躲閃。毫無戒備的我失去了重心，趔趄著後退了幾步，直到撞到一堆水泥袋上，方才站住。

額頭流下一縷黏稠的液體，應該是被那枚帶尖的鋼戒劃破了。

我抹了一把臉上的血，忍著劇痛，壓抑住怒火，用儘量平和的語氣對他說：「王雨，其實我沒有義務對你解釋什麼，但看在你如此不自信的份兒上，我還是應該鄭重地告訴你，我和她只是普通朋友，你大可不必像對待情敵一樣對待我！」

「普通朋友？」他反問道，繼而大笑起來，笑聲中透著一股令人心悸的悲涼，「可她對你不是啊！她沒有把你當成普通朋友！」

「這我只能說抱歉了。」我無力地說道。

「你知道嗎？我追了她快十年啊！從初中追到高中，又追到了這座遙遠的城市來上大學。我主修法語，第二外語修的是波蘭語，全都是為了她，因為她熱愛蕭邦，熱愛他的一切，這樣我就可以更好地為她收集和蕭邦有關的資料……雖然她從來沒接受過我的感情，可是……可是她也從來沒接受過別人的感情啊！所以，我一直覺得自己還有希望……

「直到半個多月前，我費了很大勁兒，才搞到了兩張新年音樂會的票，想約她一起去，可她拒絕了我。其實，我對她的拒絕早就習以為常了，可這一次的拒絕和以前不一樣，她說她有喜歡的人了，讓我以後不要再找她……」

王雨呆呆地佇立在一堆水泥預製板旁，時而咆哮，時而嗚咽，像一隻受傷的野獸般痛苦而狂躁，又像是一個話劇演員，用飽滿的情緒在高闊

的舞臺上吟詠著華麗的臺詞，深情地表達著自己內心的苦楚、彷徨與絕望。

「一開始我不能接受，可當我看到她說起你名字時那副美好的樣子，我突然明白了。以前我愛的是她，現在，我愛的是她幸福的樣子！

「原冬，你知道嗎？你就是上天賜予她的，那個可以給她帶去幸福的人，而我不是。所以，我決定祝福你們，決定欣然接受這個現實……對你而言，這是多麼大的榮耀啊！你應該也像我一樣，甘願為她做任何事，包括為她的幸福赴湯蹈火，包括為她的幸福去受苦難、受折磨、受傷害，甚至去死……

「可是你，怎麼能這麼不珍惜呢？昨天是她的生日，晚上她一個人喝了很多酒，後來打電話向我傾訴。我真後悔當時沒去找她，就算她威脅我，我去找她的話，她這輩子就再也不理我了。可那又怎樣！總不能眼睜睜地看著她作踐自己，傷害自己啊，我真是太蠢了……」他突然痛哭起來，眼淚簌簌而下。

我心中早已是翻江倒海，山崩地裂。沒想到阿茹娜對我用情這麼深，我不堪承受這份情，更不堪承受這份情對她造成的打擊。與此同時，我想起了和王雨一樣，反過來被這個女人折磨了三年多的魯高人，這兩個男人愛的方式迥異，對我這個「情敵」的態度也截然不同，唯一的共同點是，愛令他們傷痕累累。

「告訴我，昨天，你為什麼要那樣對她？」王雨認真地質問。

我嚥了一下苦澀的口水，不知道該如何向他解釋。昨天的事，既源自我對冷桑在水房裡強行施於我的一切的出離憤怒，同時，也源自我對阿茹娜施於我的那份小小心機的過度逆反，所以才會在非理性的狀態下，以那種激烈而直白的方式拒絕了她，從而引發了無可挽回的後果。

「是我的錯，一時心情不好，衝動用事，沒想到對她打擊那麼大。」我選擇性地解釋道。

「那麼以後……」他頓了頓，哽咽道，「你是不是可以接受她？如果……如果她手術順利，醒過來的話。」

我遲疑了一下，瞬間閃過萬念，但最終還是

誠實地答道：「對不起，我不能。」

「為什麼？為什麼啊？！」他嗓音撕裂，極度不解地死死注視著我。

「因為……」

「因為什麼？！」

「因為我也有喜歡的人了。」我艱澀地答道，腦海裡掠過一道白光。

王雨的臉色異常難看，面龐因抽搐而扭曲變形。他不停地搖著頭，喃喃道：「你太不珍惜了，太讓我失望了……你太不珍惜了，太讓我失望了……」

他失神地，一遍遍地重複著這兩句話。

不知何時，他手裡多了一樣東西。待我嗅到危險的氣息時，那個有尖頭的棍狀物已經直直朝我刺來。

這一幕發生得太突然，我來不及多想，更來不及躲閃，唯一能做的，就是在那個尖頭刺透我衣服的一剎那，於腦海中掠過幾個清淺飄忽的念頭——

原來，我的今生是以這種非命的方式終結的。

又要去喝那碗濁湯了，這一次是否要喝淨呢？

倘若仍留存一口，傾灑於奈何橋下的忘川河，下一世，我是否還能尋覓到須彌雪山之巔的那抹藍光，破譯出這一世遺存下來的一點點記憶呢？

究竟要給來世留下些什麼記憶呢？

還是真如孟婆所言，那碗湯，喝與不喝，其實都是一樣的……

七十四、彌罪

如果說死亡來臨，前世結束，為何生前殘餘的最後記憶和眼前的場景又幾乎無縫地對接起來？

幾乎無縫——也就是說，還是存在縫隙的。

和酒後斷片不同的是，這個失憶片段被無限壓

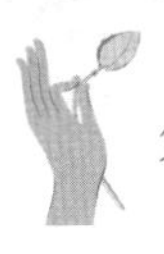

縮，壓縮到了一剎那。

正是那一剎那，讓我和死亡擦身而過。

那東西刺得並不深，只穿透了層層衣服，在我的腹部留下了一道長而淺的傷口，它還沒來得及繼續往縱深插入，就被一股迅疾猛烈的外力，順著水平方向推了出去。

「咣啷」一聲，尖頭戳到新鋪的青石板上，飛濺起幾粒碎渣，霰彈般地崩到我臉上。幾乎是同時，我在兩股力量的聯合衝擊下倒了下去。地面是冰冷的，比這更冰冷的，是不遠處的一條尺把長的鋼釺。

鵝毛如雪，每一片的邊緣都泛著微光，在夜幕中飛騰了一會兒後墜落，貼著地面朝我翻滾過來。我的軀體猶如一座大山阻礙了風勢，越來越多的羽毛聚集起來。

我模模糊糊地看見兩個身影在扭動廝打，耳朵卻什麼都聽不到，直到傳來兩聲沉悶的撞擊聲，聽覺才逐漸恢復，依稀辨別出了環境中的其他聲響。

那場搏鬥應該結束了，否則不可能這麼安靜，不可能只有風聲和我的喘息聲。

我從地上爬起來，發現外套前身被劃破了一道十幾公分長的口子，呲出來的羽毛嘩嘩往下落，這才覺察腹部泛起的疼痛。

我抬眼望過去，辨認出了冷桑的身形，明白了剛才把那根直直朝我刺來的鋼釺推落在地，強行將我從死亡邊緣拽回來的巨大外力的來源。

冷桑佇立不動，那個瘋狂的男人也靜得出奇，我朝他們走過去。

幽森的夜色中，王雨靠在一臺中型挖掘機的履帶上，一動不動。在他頭部正上方，門合頁處有幾個凸起的鉚釘，一縷沒凝固的血跡流淌下來，像一把絳紅色的鋼釺。

那雙眼睛失去了光澤，卻極盡誇張地瞪著，像是要從眼眶裡掙脫出來。我把手放在他鼻前，已經沒有了氣息。如墮地獄的感覺霎時將我籠罩起來，我艱難地呼吸著，不敢去看一旁的冷桑。

「你怎麼來了？」我喉嚨乾澀，沙啞的聲音不像是自己的。

「我要是不來，沒命的就是你了。」他轉

身面朝於我，「你怎麼樣？傷得厲害嗎？給我看看。」

「我沒事。」我退後幾步，彎腰拾起地上的鋼釬，尖頭上還沾著我的血和一片羽毛。

「從現在開始，你要聽我的。」我舉起鋼釬，用尖銳的那端指向自己的脖子。

「你做什麼？！」冷桑驚道。

「否則，這條命你就白救了。」我說。

「混蛋！你瘋了吧？」一向強勢的他根本不把我的威脅放在眼裡，氣勢洶洶地朝我走來。

可這次他的霸凌沒有得逞，我輕微的一個舉動就把他給威懾住了。冷桑被迫在距離我兩米遠的地方及時收住了腳步，像被點了穴般定在原地。

我不過是把手中的鋼釬向前移動了幾公分，冰冷的尖頭觸碰到我的皮膚時，全身過電般地抽搐了一下。

「幫我跟阿茹娜捎句話，就說對不起，願她早日康復。」我說。

「我不管，你自己去說！」他又急又氣，「你到底要幹嘛？」

「聽好了，下面我說的每一句話，每一個字，你必須記清楚。」

「你先把那玩意兒放下！放下！！！」他吼道，身體下意識地向前傾了傾，終究還是沒敢邁出腳下那一步。

我沒理會他，繼續舉著鋼釬說道：「剛才，你推開了王雨，讓我逃過了一劫。然後，他趁你不備，把你打昏，再後來的事情，你就什麼都不知道了。」

「你胡說什麼啊？我殺死了他，他怎麼可能把我打昏？他要是把我打昏了，我又怎麼能殺死他？」他擰著眉，一臉不解。

「哼！說你傻，還不承認。」我深深凝望著他，淡然一笑，笑著笑著，流下了熱淚。

我冒著極大的風險，多給了他幾秒鐘的反應時間。果然，他的神情開始發生變化，像一個從無知走向開蒙的孩子。

時間驟緩，放大了一切。

我精準地拿捏好了分寸，在這個傻孩子徹

底頓悟之前，不經意地朝他身後一瞥，揚了揚下巴，那邊似乎有什麼動靜。

就在他回頭的一瞬間，我丟掉鋼釺衝過去，對著他的後腦果斷給了一拳。

犛牛般的龐然大物昏沉沉地晃動了幾下，我從後面扶住他的肩膀，使他不至於一頭栽到地上，而是順勢倒在了我的懷中，整個過程就像電影裡無聲的慢動作。

沒想到，以前從武俠小說裡看來的這些歪門邪道還真派上了用場。

羽絨服的破口處又鑽出了一些羽毛，散落在冷桑身上，調皮地打著旋。

「笨蛋！這一拳是還你的，誰叫你昨天在水房打我！」我氣呼呼地說道，「記住，你是被王雨打昏的。殺死王雨的人，是我！」

他似是睡著了一樣，面色安詳，純淨得像個孩子。雖然沒有回應，但我知道他聽得到。

「你永遠鬥不過我的！」我從冷桑脖子上取下嘎烏，久久凝望著他。今生今世，除了匝尕上的綠度母，這是唯一令我心動過的容顏。我俯下身，在那看上去永遠乾涸的唇上輕輕一吻，而後才緩緩地，不捨地把他平放在冰冷的地上。

血和淚混合在一起，刺得眼睛生疼，我胡亂抹了把臉，迅速離開罪案現場，朝急診樓飛奔而去。

我是從後門進入的，逕直奔向前臺，和值班護士說樓後小花園的工地上有兩個人需要搶救，情況危急，整個大廳立刻陷入了一場有組織的混亂。

我沒有去搶救室探聽阿茹娜的情況，我怕那一拳的力道不夠，冷桑很快就會醒來，打亂我的計劃。離開急診樓之前，我趁亂從護士臺上抄走了一小袋創可貼。

我朝醫院大門走去，借傳達室的電話報了警，然後坐在門口，靜靜等待警車的到來。

身後傳來一陣嘈雜，那兩個人應該正躺在擔架上，被醫護人員前呼後擁著送進去搶救。

我沒回頭，從現在開始，我只能往前看。除了為一個生命在自己眼前的消逝感到無限悲痛以外，對於這個夜晚我所做的每一個選擇，永不後悔。

天依舊黑沉，一點兒亮起的跡象都沒有，會不會是個夢呢？我望著星斗暗自思忖，直到腹部又泛起陣痛，才回過神來。

我掀開衣服，露出不斷往外滲血的慘白皮肉，那把鋼釺在我腹部留下了一道約摸兩寸長的淺傷。我用內衣把血抹淨，撕開幾個創可貼並排貼在傷口上，剩下幾個貼在了羽絨服的破口處。然後，我點燃一根煙狠狠吸了起來。

只半根煙的工夫，我便眺望到了深遠夜色中的一抹耀眼眩光，要不是隨之而來的那通刺耳鳴響，我可能會誤以為那是朝霞。

我掐滅煙頭，起身朝那輛頂著警燈的麵包車走去。

「剛才是我報警自首，我叫原冬。」我對剛從車上跳下來的幾個警察說道。

站在前面的兩個人交換了一下眼神，其中一人從腰間卸下手銬，我伸手就擒。

那兩道環狀的冰涼讓我感到踏實，我帶引警察指認了案發現場，並在角落裡找到了關鍵物證鋼釺。沒多久，去搶救室調查情況的另一組警察帶回來了兩個我早有心理準備的消息：王雨確認死亡，死因初步斷定為顱腦外傷導致顱內出血。冷桑頭部受到撞擊，目前還處於昏迷狀態，正在進行救護，生命體徵平穩。

隨後我被帶到了警局，在審訊室裡完整詳細地交代了這起事件的來龍去脈。在我的敘述中，冷桑不過是這場情敵鬥架中的一個盲從者，他替我推掉了那險些致命的一刺後，被氣急敗壞的王雨打昏。後來王雨又和我搶奪起那把鋼釺，扭打過程中，我在那臺挖掘機前暫時控制住了他。他一邊謾罵一邊朝我吐口水，為了讓他冷靜下來，我提著他的衣領朝挖掘機撞擊了兩下，他的頭剛好觸到門合頁凸起的鉚釘，發生了意外。我的敘述合情合理，邏輯通順，案發地點在那個時段找不到目擊者，而王雨已故，死無對證。只要冷桑不揭穿，真相將被那個寒夜吞噬，永不見天日。

一個月後庭審，我在法庭上見到了以證人身分出現的冷桑。他的表現令我滿意，連表情都得

體自然，恰到好處。他的證詞和我的口供相合，這讓我懸了已久的心放了下來。

經鑒定，我腹部的傷口形態和鋼釬以及我所描述的細節完全吻合，鋼釬上也提取到了我的血跡和王雨的指紋，當然，那上面也有我的指紋，是我在威脅冷桑和我串供時拿鋼釬抵住自己脖子時留下的。不過，按照我的解釋，這些指紋是我和王雨爭搶時留下的，值得慶幸的是，我的指紋並沒有將王雨的指紋完全覆蓋掉。整個案件情節清晰，證據確鑿，被定性為打架鬥毆，我因故意傷害致死罪被判有期徒刑十年。我沒上訴，倒不是對這個判決有多麼認可，而是因為我不能給冷桑任何翻供的機會。

其間，我從前來探視的家人那裡得到了阿茹娜的一些情況。那天的搶救很及時，手術也很成功，只是一些軟組織挫傷和小腿兩處骨折，上了鋼釘，打了石膏，需要幾個月的恢復時間。這對我來說已經是非常好的消息了，十年的牢獄生涯固然難熬，但心理上的負擔總算減輕了不少。

生活的場景從校園切換到了監獄，鐐銬不僅戴在了我的手上，也戴在了我人生剛剛樹立起來的信仰之上，包括對生活的信仰，對理想的信仰以及對愛情的信仰。我從未後悔為冷桑替罪的抉擇，倘若不是他，那把尖利的鋼釬早已令我喪命。從那天往後，我所欣賞到的每一次日升月落，聆聽到的每一聲鳥語天籟，嗅聞到的每一縷馥郁芬芳，以及在這片滾滾紅塵中身經的全部風物造化與悲喜炎涼，這一切都是冷桑賜予我的。與此相較，區區十年又算得了什麼。

魯高人託關係來看過我一次，那時我服刑剛滿半年。他們已經畢業，過段時間他要去蘭州，他的第一份工作是在甘肅美院附中做教務。我由衷地為他感到高興，真心覺得學校這個環境特別適合他。他自然也給我帶來了我雖不願面對卻又一直深深惦掛著的阿茹娜的消息。她的腿恢復得很好，那些皮肉傷也沒留下明顯疤痕，依舊是童話裡的美麗公主。學校有意照顧她，邀請她留校任教，但不知道她是否願意。

聽到這裡我又鬆了口氣，但對阿茹娜身心受到的創傷難逃其咎，這份愧疚必將伴我終生。

「對不起！高人。」我同樣對他負有愧疚。

「原冬，你這麼說我會難受的，咱倆可是高山流水啊！你永遠都是我最好的兄弟！她永遠都是我的白雪公主，我心中最聖潔的女神！」魯高人哽咽著，故作不經意地拭去了眼角的淚光，而後扯起了別的話題。

其他舍友的工作也都落實了，文武去了上海一家外資設計公司做營銷策劃，小波和大金一起去了西安博物館做講解員，這對歡喜冤家成了同事。只有冷桑回老家了，他準備接管自家銀店。至於凌小凌，確如冷桑在贊比亞的那次聚餐時所說，他們已經徹底結束。自從半年多前她從陽臺上拋掉那團毛線，瘋狂地跑出宿舍以後，我們之中沒人再見過她。

凌小凌的銷聲匿跡令我感傷，這種感覺如同我對阿茹娜的愧疚，也將伴我一生。好在其他人的消息讓我獲得了安慰，我親愛的兄弟們，我真心為你們感到驕傲，感恩你們陪我一起度過的那幾年青春韶華，祝願你們未來的人生軌道平順通暢，生活美滿，前程似錦。

服刑第三年，我獲得了第一次減刑，起因是地震。當時我正扛著一袋大米從倉庫出來，突感一陣暈眩，緊接著轟隆一聲巨響，身後的倉庫瞬時變成一片廢墟。庫管員和兩個獄友還在裡面，我記得他們的大致位置，立刻衝過去，徒手把三個人從廢墟裡刨了出來，轉移到安全的地方。庫管員受傷最重，滿臉是血，氣息微弱，我喊人去叫獄醫，給他做人工呼吸，幸虧搶救及時，三人都無大礙。我因此立了功，減了兩年刑，後來還被安排到食堂伙房幫廚，這可是一份難得的好待遇。

除此以外，我還常年為監獄宣傳欄畫黑板報，為獄刊畫插畫。有一次被來訪媒體進行了報導，受到上級領導的關注，加上平時表現不錯，又減了兩年刑，這樣前後一共減了四年。

秩序校正了散漫，乏味滌清了欲念，高強度的勞作歷練了體能，迴避於拉幫結派所進行的重重周旋磨平了性情。以前的我經常沉溺於躺在宿舍上鋪時的放空狀態，那何嘗不是命運打下的讖語，讓我早早就學會了，如何在監獄這樣沒有自我的空間裡，為心靈幻化出方寸清淨。

放空才能充滿，可充滿的又是什麼呢？我用六年的時光，尋覓著答案。

在每一個靜謐深夜，我都能真切地感受到這種存在。它們是柔軟溫暖的，從內向外緩緩釋放出來，如清風掠過肌膚，為周身覆上保護層，使靈魂受到安撫，不被噩夢驚擾。由此，校園裡的那些美好記憶才能肆無忌憚地光臨夢境，它們像老電影一樣，在睡夢中不知重複播映了多少遍，每一個細節都刻骨銘心。

令人唏噓的是，六年後，當我以一個刑滿釋放人員的身分回歸社會重獲自由的時候，反而產生了一種錯覺，那些曾在兩千多個漫漫長夜裡溫暖過我的校園往事，一下子變得異常遙遠——不止相隔六年光陰，而是恍若隔世，甚至根本就是一場幻夢，如同暗夜的璀璨煙花。

人的心態會隨著處境的更遷而改變。這份改變，有時需要伴著漫長的時移世易，有時只需一瞬間。

是該來一次徹底的告別了，和曾經的自己，和那些無數次溫暖過我的校園往事，以及雖被暫時隔離在了那道保護層外，但仍真實存在著的種種噩夢。我像是一個即將重生的靈魂，不僅要抹掉前世的所有記憶，還要截流住那些在彌留之際緣生出來的，或能穿越生死限界的，如潮水般暗湧的深沉意念。

再見，青春。

再見，夢想。

再見，唐卡。

再見，冷桑。

再見，我的風中之城。

說再見，不一定真的再見。

此去經年，後會無期。

第四章　冬去寒來　1999

七十五、失格

桌上擺著十二個空啤酒瓶，一邊八個，一邊四個。

這是一個恰如其分的比例。四瓶的差量，為原冬平添了幾分把這個不太尋常的故事持續講下去的勇氣，也讓我在傾聽的過程中，隨著情節的層層深入，並且歷經了幾次失衡與逆轉後，仍能保有幾分繼續聽下去的理性，而沒有在遭遇一些超越我理解的情節時，倉皇地逃離這張承載著一打啤酒和一盤煎糊了的韭菜盒子的餐桌。

原來，這個世界上除了我，還有另一個人，曾與原冬的命運捆縛在一起過。他活在另一個遙遠的時空，是那個舞臺上當之無愧的主角。

時針指向兩點半，原冬從昨晚九點開始，斷斷續續講到了現在。其間，我們分別上了兩次廁所；一起抽掉了一包香煙；他接到了明天替一個同事代班兩小時的傳呼留言，出去又買了一趟啤酒；我接待了兩位客人，一個中年男子買了一束黃玫瑰，一個年輕姑娘原本是進來問路的，轉身離去時被窗邊的那排袖珍盆栽吸引，買走了一盆冬雲；大約十點的時候，我們像每天打烊時的分工那樣，他去掛窗板，我把需要保鮮的花卉放入保鮮櫃，關掉了燈箱和貨架上的射燈，只留下餐桌上方的小吊燈。

他的講述因這些尋常瑣事中斷了好幾次，但氛圍始終沒有打破。八年前的故人和往事，撐起了一個龐大無形的場，猶如一個透明穹頂，嚴密籠罩著整棟老屋。

現在故事講完了，我們也該刺破穹頂，出來透透氣了。就像在漆黑的影院中看完了一場電影，入戲再深也得起身離場，回到現實。可原冬卻是一副失神的樣子，仿佛依舊沉浸在那些後會無期的人事裡，走不出來。

關於那段往事，我其實有很多不解的地方。

也許它們本非真實，至少不是事實的全貌，而是他在監獄那六年特殊環境下的各種混亂意識的疊加、重組、衍生、變異，甚至是幻想。他可以把這個故事寫成小說，拍成電影，繪成畫冊，唯獨不該把那些虛構的情節當成生命中真切的過往。

可我終究還是沒能將這些自欺欺人的話說出口，說了，沒醉也成了醉話。誰叫那個故事裡面有一個角色，既存在於原冬的故事裡，也和我的生命有著無法割裂的交集呢？

凌小凌，這個因為血緣和我天然關聯在一起的女人；這個帶我從小玩兒到大的女人；這個在去風城讀大學之前，給我上了一節生理衛生課並塞給我一包衛生巾，令半年後的我免於陷入少女初潮恐慌的女人；這個因我兒時喪母而晉升為我生命中最重要女性的人；這個因了她在我心目中的女權地位而讓我又愛又懼的女人……原冬涉及到她的一切講述和我對小凌個性的瞭解沒有絲毫違逆。並且，恰恰是因為有了小凌這個人物明裡暗裡的貫穿，很多看似不合情理的事情才能夠解釋得通，這也便從另一個角度印證了那個故事的真實性。昨天下午她來了，不是從她的公寓或公司，也不是從舅舅家或明宇那裡，儼然是從八年前的故事裡走出來的。

一九九一年十二月三十一日黃昏，小凌最後一次出現在風城民族藝術學院男東樓的413房間。和冷桑鬧翻後，她親手燒毀了織給他的第二條圍巾，並把它拆解成一團毛線，從陽臺上擲了下去。那句「原冬，我恨你！」在她心裡壓抑了太久，她終於嘶吼出來。這還不夠，她又對自己帶來的零食進行了一通瘋狂發洩後，才懷著巨大的怨念逃離了宿舍。那一刻被定格成了一張失去色彩的老照片，封存在了暗黑的記憶湖底。直到昨天下午，當小凌得知牆上那些畫作出自原冬之手後，即刻變身回了故事裡的角色。前塵再度泛起，宿怨瞬間還魂。當年的仇恨非但沒有湮滅，反而在經歷了八年的蟄伏後，滿血復活，全面爆發。

小凌，這個活生生的當事人像是肩負著某種歷史使命般，跨越兩個時空存在著。所有這一切都在明明白白地向我昭示著，原冬講述的，不是故事，更不是夢幻。需要喚醒的人不是他，而是我。

「那他……」我的嗓子卡了一下，才說出了那個帶著酥油味道的名字，「冷桑，他去監獄看過你嗎？」

「沒有。」

「信呢？寫過嗎？」

他沒再吭聲，只輕輕搖了搖頭。

我喝掉最後一口啤酒，氣泡早已揮發殆盡，變成了口感苦澀的溫吞水。這些年原冬也是一肚子苦水吧，縱然冷桑對他有救命之恩，可將王雨推到挖掘機上致死的人畢竟是冷桑，而他在原冬替他頂罪服刑期間竟然如此冷漠，實在有悖人情。

「你出來後，也沒去找過他嗎？」我又問。

他仍搖頭。

「也就是說，庭審是你們最後一次見面，後來就什麼聯繫都沒有了？」

「第一次收到減刑通知書時，我給他寫過一封信，但沒寄出去，後來信被我撕掉了。」

果然如此。我對那個寫著冷桑地址的空信封的推理是正確的，只是當時的我還不知道，它背後隱藏著這樣一個故事。

「就算你寄出去了，他也未必回覆。」話雖無情，但我相信現實就是這樣。

「我沒想那麼多，寫信是一時衝動，後來撕掉，是覺得我不該打擾他的生活，應該和他斷絕一切聯繫。」

我冷冷一笑，他的這份無私未免過於虛偽與蒼白了。

事實剛好相反，是冷桑斷絕了和原冬的一切聯繫在先。他選擇了在法庭這樣一個光明正大的場合謝幕，原冬只是被迫接受了這個現實——不接受又能怎樣呢？身陷囹圄的他，唯一能做的，就是尋找一個可以讓自己釋懷的理由。這樣的無私，難道不是不得已為之嗎？難道不是自欺欺人嗎？斷絕一切聯繫，他的確做到了，真的會心甘嗎？

這麼多年，冷桑很可能早已結婚生子，過著平凡但還算順遂的日子。對於他的杳無音訊，原

冬只能心懷幻想，可能這些年來冷桑有什麼苦衷與不便，是出於不能而絕非不願來探監。這種自我安慰有個短板，倘若那些所謂的苦衷與不便，是由於冷桑的人身發生了意外呢？失去音信的時間越久，那些不好的事情發生的概率就越大，原冬便更不願去面對。兩股力作用到了一起，使他更加逃避，反過來，也就更加堅定了他繼續放棄與冷桑聯絡的決心。

伴隨原冬度過整個鐵窗生涯的，絕不僅僅是那所謂斷絕一切聯繫的無私信念，還有這些年來在直面冷桑不來探望自己，甚至連信都不寫一封時，所要經歷的從期望到奢望，從失望到絕望，直至信念崩塌後接踵而來的幽怨、憤恨、擔憂、顧慮、恐懼和逃避，以及最終的信念重建——回歸本初，僅僅是為了踐行自己不得已立下的斷絕一切聯繫的信念。然後，他便可以理直氣壯地說，這全都是他自己的選擇，與那個人無關。從此以後，在踐行這個信念的道路上，心無旁騖，越走越遠。

這種自欺的境界超越了我。

冷桑的消失勢必給原冬帶去二次傷害，程度不亞於牢獄之難本身。在故事裡，冷桑每一次真情流露後都有反轉，做出傷害原冬感情的悖情之事。人格如此分裂，負心負義之舉也就不足為奇了。

國慶節馬溝河之行，他和小凌大吵一架甚至還動了手，放棄了行程的他，同時也將頭晚因原冬調包匝尕而導致的那場激烈衝突草草翻篇，強拉著原冬去贊比亞喝了場大酒，酒後還在紅果林說了些肝膽相照的話，包括畢業後要和原冬一起回玉沁，幫他賣畫存犛牛。可是第二天，他就跟小凌閃電和好了，並且自己打臉，說畢業後要去北京，只因小凌家裡幫他安排了工作；再如，小凌年末最後一次來宿舍爆發了那次衝突之後，冷桑和原冬的關係也隨之進入冰期，直到期末考試結束，大家在贊比亞吃了那頓寒假前的散夥飯，兩人的關係才回暖。在那個迷幻的冰雪之夜，他們敞開心扉，真情相鑒。然而第二天，冷桑又神奇地變成了另一個人，逼迫正在水房洗衣服的原冬去赴阿茹娜的約會，還一拳將他打倒在水泊中，鮮血與皂液一起流到了骯髒的下水道裡。如果說原冬對阿茹娜的車禍意外負有間接責任的話，冷桑也難逃其咎；而令原冬傷害最深的，還應該是王雨命案頂罪這件事，冷桑可以毫無畏懼地朝那把尖利的鋼釬衝過去，挽救原冬性命，卻在原冬為他付出了六載青春年華並且葬送掉了自己的理想前程後，猶如什麼都未曾發生，冷漠遁去，人間蒸發。

每一次，原冬都是被高高舉起後，又被重重摔下。傷痕累累的他只能自我療治，獨自承受那些反轉得太過倉促，嬗變到幾近荒誕的後果。而對於一次又一次肆意給他帶去傷害的那個反覆涼薄之人，身心俱疲的他，最終還是毫無原則地選擇了寬恕、逃避與遺忘。

我直感悲從中來，再也無法像以往那樣，只要在餐桌前與原冬相對而坐，便能感受到一種心靈相通的氣息了。在這個時空錯亂的夜晚，從他開始講述的那一刻起，他的神魄就被那個總是在情感上失格的藏族男人攝走了。

鹹濕的疾風貼著河面吹來，摔打著近前的柳條，一派躁鬱。雷光狂閃，將暗夜刷成白晝，點亮凌晨空無一人的街道。緊接著，驚雷乍響，暴雨奇襲。

七十六、睡蓮

如果說每個人的一生都有一個早已寫就的劇本的話，那麼在我和原冬的對手戲中，他的角色使命就是給我講述一段往事。劇本為了導出這個戲中戲做了太多鋪墊，時間橫跨八年，頗具設計感地以兩次邂逅的形式來構建，讓我在原冬前後反差的巨大衝擊下，產生了一種將悲憫與不甘集於一脈的複雜情懷，而此後我們之間所發生的一切，也全都是為了強化那種情懷而存在的。命運之神，那個看不見的編劇兼導演，費盡心思把我精雕細琢成了一個因了那種情懷而剛好符合需要的傾聽者。唯有這樣，原冬才能對我產生信任，放下顧慮，毫無保留地將自己的故事，連同深隱

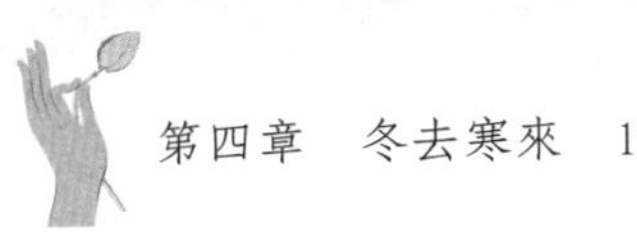

其間的秘密說出來。

我和原冬的交集，就是為了再現一場戲中戲。現在戲演完了，我們階段性地完成了各自的角色使命，接下來的劇本又將何去何從呢？如果情節的走向是讓他離開我，重新回到戲中戲的故事主線的話，那麼我只能說，那個名叫命運的三流編劇水平太低級了。

不過，僅就那場戲中戲而言，還是有不少可圈可點之處的。否則，故事裡的人物和情節也不會一直縈繞在腦海久久不散。我已分辨不清這裡面加入了多少我對細節的幻想，它們不是憑空產生，而是源於原冬用冷靜克制的語言敘述那些風塵往事時，神情中自然流露出來的淡淡的喜，隱隱的悲。

我打開了電視，我想我們都需要一些來自現實世界的聲響。

這個時段能看的只有晚間新聞的重播。幾家新興門戶網站正籌備在美國納斯達克上市，一批數字英雄橫空出世，中國的互聯網時代全面來臨。

然而，新世紀的時代強音並沒有驅散故事的餘音，更沒能左右那個三流編劇攢出來的三流劇本的惡俗走向。

原冬開始收拾東西，他把剛剛整理好的衣服塞到帆布包裡，然後收納起了其他私人用品。當我看到他把毛巾和牙具都拿來準備裝包的時候，才意識到，他不僅僅是要離開，而且是要馬上離開，在這凌晨三點的風雨交加之夜。

原來，我以一萬兩千元的高昂代價從小凌那裡換來的讓他遲一日離去的微薄尊嚴，於他而言只消夠用便可，再多上幾個小時也沒什麼意義。

我自知沒資格挽留他，這不是我的房子，而真正的房主今天下午讓他「滾」。

「我想喝小米粥。」我說，這是我能想到的唯一拖延一會兒的低劣伎倆。

拿著牙膏的那隻手懸停在空中，而後慢慢放下，他起身走了出去。

那管才用了不久的留蘭香型中華牙膏靜靜地躺在帆布包一旁，彷彿是從故事裡穿越來的道具。我拿起來端詳著，沒錯，從原冬住進花舟的那一天起，他就一直使用這款牙膏，從未更換過。

一股衝動莫名湧起，我好想穿越到那個故事裡，趁那天早上原冬還沒醒來，把放在他牙缸中的那管嶄新的中華牙膏偷偷拿走，丟進明湖。在那冰冷與黑暗的湖底，不久以後，將有一團毛線來與它為伴。一個已然忘卻曾經，一個由此斬斷未來。

雷鳴震懾著我不安的魂魄，也讓我開始更為清醒地正視自己的感受。

「明天我就去找門店。」我說。

「要是為了我搬家，千萬別。」他淘好了米，把內膽放入飯煲。

「反正這裡我也待不下去了，換個店面，我們重新開始。」

他按下飯煲電源鍵，走到西窗邊，把窗戶推開了一些。

「我要離開的不僅是這個店……」他點上一根煙，「還包括你。」

「我？」

他對著濕淋淋的黑夜吞雲吐霧，似乎看透了隱藏在我心靈深處的東西。那是一個我無法確定的存在，它輪廓模糊，似那些飄向遙遠夜幕的煙霧，穿過層層雨簾，融進了角樓影影綽綽的光暈中。

「我害怕，怕有一天會傷害你。」他依舊背朝於我，聲音先是打到窗戶上，經歷了漫長的時差才反射到我耳中。

雨幕，霓虹，煙霧。閃爍跳躍的言辭，無限放大的空白。

我感受著一種從未有過的持續的、劇烈的心顫，在這限定愈發狹小的情境中，那個隱隱存在的東西的輪廓正一點點地清晰起來。

「其實我是個挺自私的人，可惜當時不自知。因為在你面前，這種自私總能轉化成一種看上去對你也有利的東西，所以我的理智才會一次又一次地崩塌。」

我凝望著他的背影，沒說話，安靜地聆聽。

「我們這次見面的那一天，當我走進這所老屋，知道你也住在這裡時，理智就警告我不要

留下，可我還是留下了。一是出於自私，還沒找到工作的我，確實沒有更多的錢去住旅館，哪怕是地下室。二是因為你，地上堆積的那些水泥沙子讓我覺得我應該留下來，幫助眼前這個年輕女孩操持一下；後來我找到工作了，有了收入，理智又警告我，現在該走了，可我又留下了。一是出於自私，同檔的房租當然是這裡條件更好些。二是因為你，花舟經營不景氣，我留下來多少可以幫你一把，去加班也是這個初衷；再後來，你發現了我去工地幹活兒的秘密，為了鼓勵我，買了那麼多畫具回來，理智第三次警告我，這一次必須走了，可最終我還是留下來了。一是出於自私，雖然無法畫唐卡，但重拾畫筆的感覺讓我找回遺失了多年的理想與激情，我的生活從此有了色彩。二是因為你，每完成一幅畫你比我都興奮，看到你高興，我心裡也特別高興，覺得還算沒有辱沒你叫我的那幾聲『大畫家』，而且，賣畫的收入雖是杯水車薪，多少也能幫你周轉一下資金……

「但是今天，我必須走了。」他斬釘截鐵地說道。

每一句話都戳在我的心頭，卻沒有辦法說服我。

「你是不是還在想著他？」我凝凝地問，也來到了窗邊，「你從來沒換過牙膏，就是因為他當年送給你的，就是這一款，對不對？」

「習慣了這個味道而已。」

「習慣了也罷，以後我也給你抹牙膏，每天都抹，抹一輩子，絕不食言。」我動情地從後面環抱住了他，手裡還握著那管牙膏。

我的臉頰和胸膛貼合著他那單薄卻結實的後背，兩個人的呼吸節奏漸漸重合，一種從未有過的衝動在黑暗與芬芳的溫柔包裹中升騰著，昇華著。我感覺自己正在一點點地嵌入他的肌膚，每一個毛孔都在拼命擴張，仿佛要把他身體裡的全部熱量都貪婪地吸附到自己身上。他需要明白，這個有著三十六度體溫和怦怦心跳的血肉之軀，以及他身處的這間馨香滿室的花舟和半個畫廊，才是屬於他的現實存在。

「別這樣，鐘眠。」他低聲說道，將沒抽完

的半根煙丟到窗外的雨中。

「你是不是不喜歡我？」我問。

「怎麼會，你對我那麼好。」

「那……你現在還喜歡冷桑嗎？」

他沉默了。

「小凌當年說你喜歡他，到底是不是胡說八道？」我追問。

又沉默了一會兒，他終於開口：「我……當然不喜歡他。」

我情不自禁地在他身後甜蜜一笑，相信這是實話，他曾答應過，不會再騙我。我長舒一口氣，如釋重負，雙臂卻是把他環繞得更緊了。

「但是……」他頓了頓，「我愛他！」

我瞬時僵住，剛剛卸下的重負全然砸在了自己腳上，痛徹心髓。

「同窗友誼、兄弟義氣、君子之交、藍顏知己、酒肉朋友……」我的淚水浸濕了他的衣衫，聲音顫抖，「告訴我，你說的那種愛，到底屬於哪一種？」

他沒有回答。

我真的醉了，以至於忘記了當時自己是如何跌下去的。可能是在和他的糾纏之中被他失手推倒了，也可能是我在緊抱他的時候耗盡了最後一絲氣力，自己癱軟了下去。

他俯身要拉我起來，被我拒絕了。

我躺在地上，呈現出優美的姿態，縱情地汲取著一地冰涼。

桌子腿、椅子腿、紙簍以及貨架最底層的滯銷花卉，以從未有過的視角被放大。不知是不是因為貼合了大地，聽覺的層次也和平日裡有了一些差異。除了晚間新聞和窗外的淅瀝雨聲外，還有街上汽車碾過水窪處飛濺起來的水花聲。

手心泛起一陣鑽心的疼痛，原來我還緊握著那管牙膏。牙膏皮已經扭曲變形，底部的尖角在掌心扎出了兩個深深的紅印。蓋子不知何時鬆動脫落，牙膏冒出來一些，蹭到了手上。

我將那些泛著留蘭香味道的淡綠色膏體塗抹在手臂和胳膊上，清涼在體表蔓延開來，持續緊張的肌肉得到了放鬆。我褪去包裹自己的那層薄薄織物，在胸腹部繼續塗抹，清沁肺腑，涼遍周

身。

玻璃低櫃上映出了一個蜷縮的影子，像一朵含苞待放的白色花蕾。我陶醉地欣賞著自己年輕的身軀，那些膏體非但沒有覆蓋她的本色，反而襯得平坦緊緻的肌膚如琉璃般剔透。

這是一個女人以透支最後的尊嚴為代價所進行的垂死掙扎，在這寂靜、潮濕和顫抖的空氣中，她膽怯而又高調地挑釁著，藏匿其間的隱秘神經。

空氣中瀰漫起了小米粥的清香，它包裹著我，安撫著我，親切而熨帖。我似乎睡著了，多希望就這麼一直睡下去，永遠不要醒來。

不知過了多久，再睜眼時，一切還是剛才的樣子，並沒有所謂的永遠。

這一刻，我驀然看清了深隱心底的那個東西，它的輪廓忽而變得異常清晰，那不過是一種簡單而純粹的情愫，它的名字叫愛情。

「你對我，除了喜歡，有沒有一點點的愛？」我仰望著屋頂，視線正上方，是懸於房梁的一幅畫面朝下的〈睡蓮〉。

「對不起！我的愛……已經用完了。」聲音依舊是從西窗邊傳來的，帶著被玻璃反射的澄明迴響。

這句話像一塊巨石投入水中，僅存的最後一絲幻想伴著那「撲通」一聲沉入了水底，水面漾起道道清波，攜帶著我卑微的尊嚴漂遠，消逝。

早該知道這是一場沒有勝算的豪賭，又或許，我本就是為了以如此不堪來讓自己輸得更為慘烈吧。只有這樣，才能承載起我對自己這無藥可救的混亂迷情的永久銘記。

我將散亂的衣服整理好，強迫自己拉起嘴角，露出微笑。卑微至此，卻也不必顯得那麼可憐。

電視裡傳來了國歌聲，宏偉莊嚴的會場內，米字旗已經落下，五星紅旗正徐徐升起。是一個關於香港回歸兩週年的專題片，這是第四集的重播。

八年前的國慶之夜，那兩個喝多了的男人在紅果林裡依偎在一起的時候，他們的耳畔同樣飄來了國歌聲。此時彼時，這廂那廂，兩個時空被同一曲旋律關聯在了一起。

我再也無法控制自己的淚腺，那些暗湧的液體如大洪水般奔騰而出，仿佛要穿越時空，把八年前紅果林裡那兩個醉酒的男人沖散。

「……冒著敵人的炮火，前進！冒著敵人的炮火，前進！前進！前進進！！！」

我的愛情如此孱弱，卻有一個異常強悍的敵人，它生不逢時。

思緒又被拉遠了兩天。

八年前，國慶節前的那個黃昏，風城美術館外，原冬拿著我給他的五毛硬幣一瘸一拐地走遠後，我向小凌問起原冬戴的嘎烏吊墜時，她表現出來的那股子我始終無法理解的怨恨，和這個晚上，我胸中氾濫著的又酸又痛的感覺，其實源自同一心理。

醋意，濃到極致的醋意。

七十七、罅隙

愛情像野草般一夜間瘋長出來，那些不知何時播下的草籽，悄無聲息地在土壤中經歷了漫長的孕育，破土前我竟渾然未覺。

我喝著剛熬好的小米粥，這是我心目中最美好的飲品。理想的愛情也應該是這種感覺吧，清香而回甘，璀璨而平實。我的愛情卻是一杯苦澀的咖啡，糖與奶的調和只是自欺與臆想，清苦與酸澀仍會不顧一切地分離出來，游走於舌尖之上，不進不退，遺世獨立。

我不知該如何安放這份註定無果的愛情，也不知該如何修復我和原冬在這個深夜裡產生的罅隙。我點燃最後一根香煙，走了出去，站在房檐下一口氣抽完。

斜風裹挾著冰涼的雨滴打過來，身上的燥熱一點點地褪去，頭腦也清醒了許多，我試圖換一種角度來思考現在的處境。

倘若我將剛才發生的一切推託為無知與衝動，將那形如野草苦似咖啡的情愫埋藏心底，退步於雷池之外，那麼，我和原冬是否還可以繼續

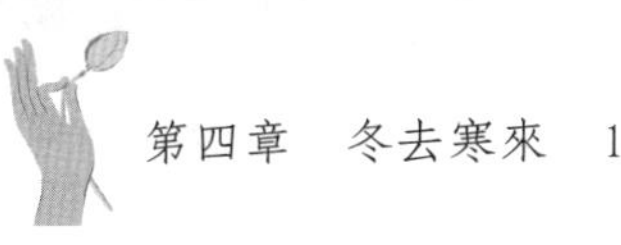

做室友，做朋友，做知己，做事業上的夥伴呢？只要能將花舟和畫廊換個地方重張，讓我們的理想繼續伴生在一起，我情願犧牲這份先天不足的愛情。

我淋著雨去二十四小時超市買了包煙，回去以後餐桌已經收拾乾淨，只留了一碗新添滿的小米粥。我坐下來，準備和他好好談一談。

「剛才的事，對不起。」我先道了歉。

然後，我坦言我挑戰的不是他，而是自己固有的觀念。原以為，慾與愛這兩樣東西可以彼此俘虜，殊不知，情慾是最容易從人身剝離出來的東西，它如同一件廉價的透明外套，輕浮地披掛在每個人身上。一切有所圖謀的嘗試只會帶來兩種結果，要麼恩斷義絕，彼此相忘；要麼頭破血流，兩敗俱傷。我寧願我們的結果歸屬於後者，因為我尚有信心修復那份創傷。

而後，我又開誠布公地說起花舟和畫廊的事情。昨天下午發生的一切讓我無法再面對小凌，也不想面對，我必須搬走。找到新門店以後，我們還繼續沿用現在的模式，四面牆和天花板全歸原冬，他的畫作將繼續展出銷售。我要重做一個超大的燈箱，打出花舟和畫廊的聯名招牌。在他成為真正的「大畫家」之前，在他有能力獨自開一家畫廊之前，不論花舟開在哪兒，那裡永遠都有他專屬的畫作展示空間，我永遠都是幫他賣畫的經紀人。當然，他也可以搬出去住，不再與我同宿同食，離開我去過屬於他自己的生活。新門店對我和原冬都將是一個新的開始，擯棄了和小凌的牽連，翻過了今晚不堪的一頁，我們將僅以純粹的合作者身分來重新面對彼此。

原冬沒表態，我決定給他更多的思考時間。

令我欣慰的是，他做出了一個小小的妥協——放棄了在這個凌晨冒雨離去的念頭。這成了我們共同度過的最後一個夜晚，確切地說，離天亮只有不到兩個小時了。

原冬很快進入了夢鄉，我卻輾轉難眠。

我掀起隔簾，微光映著他疲憊的面龐，令人憐惜。他本是一塊璞玉，卻被命運風化成了粗礪的頑石，被我偶得，如獲至寶。我用最笨的方法敲打掉它的皮質，將內在的美玉拋出光澤，然情懷深切卻技藝有限，加之時運不濟，終未助其精雕成器。一聲嘆息後，惟願昨天下午的那場風暴和今夜的這段插曲，不曾影響他剛剛樹立起來的信念，不論是對理想，還是對生活。

「原冬啊……」我深情喚了一聲，「從今天起，你的理想就是我的信仰，只要是為了攀登那光輝的頂峰，我願一世伴你同行。」

第二天上午要給陵園送貨，剛好可以迴避原冬離去的場景，這樣未嘗不好。

然而，在那個破曉前的短暫黑暗裡，我只躺了不到一個小時，天還沒亮就出發了。我守在花卉市場的大門外，開門後第一個衝了進去，在最靠外的一家採購了百合、白菊、雛菊、弗朗和一些配葉，而沒有像往常那樣先轉一轉，貨比三家後再從容下手。拿完貨，我叫了輛麵包車，付了司機雙倍的錢，他一路超車，用最短的時間飛馳到了陵園。送貨時間比平日提前了一個小時，負責接貨的人還沒上班，值班員幫忙做了代收。

就這樣，我違背初衷，早早就趕回了花舟。

原冬像往常一樣正在準備早飯，這個清晨看上去和以前沒什麼不同。我心懷僥倖地朝裡屋走去，卻見折疊床已經收起，他的床上用品整整齊齊地疊好放在一邊，隔簾也卸下來了，一個被撐得滿滿當當的大帆布包靠在牆角。

早飯擺上了桌，這是我們在這裡共進的最後一餐。整整一年，每一頓早飯的主食和小菜都在變換著花樣，唯獨不變的是小米粥。

去年這一天，我就是被小米粥的清香喚醒的。當時正準備裝修，還沒有桌椅，原冬用幾箱瓷磚當桌子，油漆桶當凳子。後來我買回了這套杉木餐桌椅，從去年的一個秋日起，我們天天過節，每晚都要為全世界的人民舉杯祝福。我們絕大多數的交談都是在這張餐桌前進行的，包括原冬講述的故事，它是我們共同的聆聽者，明瞭我們之間的一切喜樂哀愁。

此刻我和原冬相對無言，只默默吃著自己跟前的東西。該說的和不該說的，所有的話都終結在了剛過去的那個雨夜。話已盡，時間就顯得格

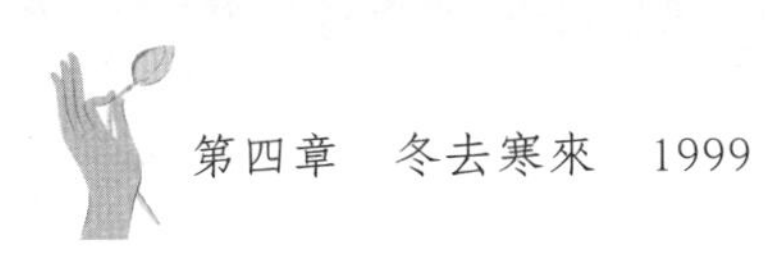

外冗長，它像是個不知情的局外人尷尬地站在我們跟前，越是希望它快些走，它越不知趣地佇立在那裡紋絲不動。

我將小米粥喝盡，空碗放下時不小心撞到了盤邊，聲音蔓延開來，打破了沉寂。

我起身拿來一張銀行卡給他，「這裡面的錢就當是分紅吧，密碼是981223。」

「放你這兒吧。」

「昨天你不是交了宿舍房租嘛，身上沒錢不行。」

「就快發工資了。」他說著起身收拾碗筷。

我不想再爭辯，拿起卡去了裡屋，打開帆布包的內袋，將它和那個寫著冷桑地址的信封放在了一起。

原冬洗完碗後開始拖地，這些平日裡被他承包下來的活兒，從明天起就全落在我身上了。他的動作在我眼中放大，像一個姿態矯健的舞者，我出神地看著，思緒順著目光的延長線飄到了很遠的地方。不知過了多久，當思緒慢慢收回，和目光重新熨帖在一起的時候，他手裡的拖布消失了，取而代之的是那個大帆布包。

我猛地回過神來，隨他走出門去。

這就是我一直害怕來臨的離別時刻嗎？為什麼這番情景和平日裡無異，仿佛他只是去上班，下了班還會回來，唯一的不同是那兩個鐵皮餐箱上多了個背包。童話就是由這些愚蠢荒謬的想法衍生出來的吧，把自己騙自己的事情寫下來，包裝一下再拿去騙別人。

「抽空過來取一趟畫具，繼續畫，別生了手。」我儘量以平常的語氣說道。

他沒吭聲，打開自行車的鏈鎖。

「不擦車了嗎？」

「要遲到了。」他邊說邊把車推下馬路牙子。

「等我消息。」我追上幾步說道。

「走了。」他腳下用力一蹬，還未等我那句「再見」送出口，便匯入了早高峰的滾滾車流。

目送著他的背影漸行漸遠，我的淚水潸然而下，分不清是因為從前就對那個紅馬甲背影充滿悲懷，還是因為這終歸是一場長短未知的離別。

那時的我還不知道，這一別，往短了說是十五年，往長了說，或將是一生。

後來再看見他，是在電視屏幕上，一個短短幾秒鐘的側影。

這個側影與那個背影時隔十五年，此間我們各自的人生都發生了滄桑巨變。確切地說，這些變故在那次離別後不久就發生了，而後便一直被承襲著，延續著。這十五年裡，他的氣息從未消失過，以一種可靠的形式固化下來，然而，卻是我以終生的悔恨與愧疚為代價換來的。

原冬還是沒有帶走那張銀行卡，他把它留在了櫃檯上。

卡上全是他辛苦賺來的血汗錢，我親眼見證過的一幕幕投影般地顯現在了這張卡片上：不論嚴寒酷暑，他幾乎全年無休，騎著自行車穿越風霜雨雪，四處送餐；刺眼的探照燈和濃重粉塵的籠罩之下，他背著沉重的水泥沙石，深一腳淺一腳地躬身前行；一個又一個點燈熬油的寂靜深夜和窗前的黎明拂曉，他擎著調色盤，手拈畫筆在畫布上默默耕耘……

這些畫面錯落交織在一起，再度模糊了我的雙眼。

每個人的心中都有一本只有自己才能算清的帳，我必須算清楚的，是金錢。他必須算清楚的，是情義。為了全面釐清，或是說絕不相欠，他保守到了把這些情債換算成了一個要多償還好幾倍的地步。

我摩挲著那張卡，忽感背後有什麼東西，翻過來一看，是一枚五角硬幣，用透明膠帶貼在了卡上。

我苦苦一笑，這又算是什麼？和我進行一場更為徹底的清算嗎？還是只為兌現八年前那一句根本無須計較的承諾？我不得而知，也無力深究。

我把銀行卡和硬幣收起，撕掉了貼在西窗下的年節表，把鍋碗瓢盆和沒用完的調料全都放回櫃裡。

又回到了一個人吃飯的狀態，對面的角樓飯

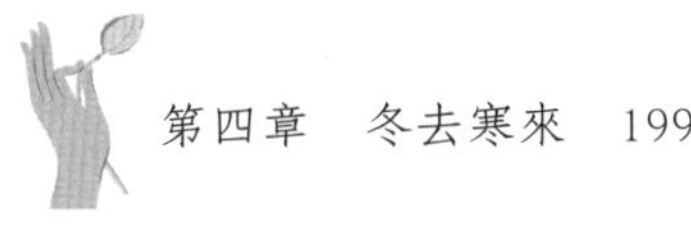

莊充當了我的日常食堂，吃膩了的時候也會間或吃泡麵。小米粥，這個從與原冬搭伙以來就沒從我們餐桌上消失過的曾令我無比上癮的東西，卻也不是離不得的。

世間情若也能如此輕易戒掉，斬斷，忘卻，該有多好。

那段時間我經常聽到外面傳來兩聲車鈴長響，可每次跑出去，迎接我的都是失望，不過是幻聽。我也曾真切地看見過幾次載著白色餐箱的自行車從門外飛馳而過，但只需一瞥便知不是原冬。這片老街區四通八達，他很可能暫時將花舟從他的送餐線路中迴避掉了。我不會怪他，他定是擔憂我尚未從那亦真亦假的感情泥淖中走出，所以才會和花舟、和我刻意保持著空間上的距離。

有時很想給他打個電話，聆聽一下他的聲音，問問他宿舍是否住得習慣，告訴他牆上的畫越來越少，希望他能將畫具取走接著畫，我送過去也行。可我還是一次又一次地控制住了伸向電話的手，我怕那些不定時噴發出來的衝動變成脫韁的野馬，怕他把我的關心誤會成堂而皇之的冒犯，於我也成了底線不堅的自輕。我只能等待，等待我們純粹以合作者的關係重新面對彼此的那一天的到來。

除了定期給陵園送貨外，我每天都要關注大量的商鋪信息，也去看了不少房。這一帶的房租貴得超乎想像，可我又不想搬離美術館區域，因為必須更多去考慮這個店作為畫廊的那一部分屬性。四處奔波的我，精力被分散掉了大半，顧念那些衝動與熱望的機會越來越少，它們被忙碌中的分分秒秒稀釋和冷卻著，這是修復我們之間那晚產生的罅隙而必須付出的時間成本。

這幾個月的房租是逐月打到小凌卡裡的，那天她走後就沒再來過，也沒給我打過電話，我們之間沒有了任何聯繫。

房子的事情總不能一直這麼拖下去，我決定放棄臨街店面。目前花舟主要靠陵園業務支撐，原冬的畫也可以通過別的渠道來推廣，比如互聯網這個新興媒介，我們應該與時俱進。

時光飛逝，寒暑易節。在一個乾冷異常的

日子裡，終於談好了一家各方面都比較理想的門店。可能是這個使命完成得過於艱辛與煎熬，苦苦奔忙了太久的我，這一天才猛然意識到，原冬離開花舟已經快半年了。

曾經滿牆的畫作只剩四幅，包括被小凌毀掉的〈黃梨葉〉，這幅殘畫永久地定格了那夢魘般的一幕，成為原冬和我在這裡生活奮鬥過的最後見證。花掉了的色彩無法復原，可我還是固執地修復好了折斷的內框，並配了外框，將它移掛到裡屋牆上——曾經折疊床位置的正上方。原冬離開花舟以後，每晚都是它伴我入眠。

至於那些畫具，它們一直堆放在角落裡，遲遲沒有等到自己的主人來將它們取走。

七十八、匿跡

我談好的那家門店在巷子裡，位置稍偏，是一家開了十多年的老書店，專營美術教材和藝術類書籍。店主是個溫文爾雅的中年男人，房子是自家的，明年他準備去雲南，和在那裡做普洱茶生意的朋友合夥開間茶樓，故而決定轉讓店鋪。這裡地段雖不如花舟，但周邊扎堆了不少小微畫廊和藝術工作室，形成了一片不小的原生藝術群落，與市井文化和諧共生著。我當即付了訂金，準備這幾天湊足錢，把合同簽了。

離開書店時日已西落，斜陽照耀著巷子裡的民居大雜院，也照耀著夾雜於其間的畫廊工作室，俗世煙火與理想之光在這裡交匯，折射出比晚霞還絢爛的明輝，映在歸巢鳥兒的羽翼上。

原冬也該回來了。

我沒給他打傳呼，而是按下了那個四〇〇開頭的送餐電話。

接電話的是個操東北口音的中年女人，以前聽原冬說起過，他們的前臺接線員就是老闆娘。我訂了兩份最貴的豪華商務套餐，要求五點半左右送過來，這是原冬以前正常下班回來的時間。

此別近半年，一起吃頓晚餐的邀請也算得體。

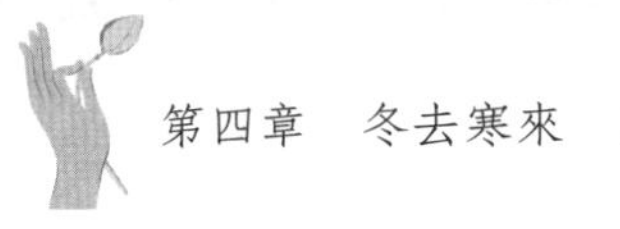

席間，我可以冠冕堂皇地說出「請」他過來的目的，我找到了新的門店，花舟和畫廊將喬遷重張，以後他在送餐之餘隨時可以過來畫畫，打工創作兩不誤。接著便要落實近期工作的分配，前期主要是裝修，策劃方案當然交給原冬，不知三角地的劉師傅還做不做這行，最近是否有活兒，他要是能來幫忙最好了。我的當務之急是湊錢，把原冬那筆存款用上的話還差一些，可以問問羅大同，看能不能預支一部分貨款，也可以搞一次清倉甩賣，加快資金回籠。另外，這次要製作一個大點兒的門頭燈箱，凸顯「冬眠畫廊」四個字，還要購買專業的掛畫吊鉤，以及提前聯繫搬家公司。這種公事公辦的氛圍可以沖淡此前發生在這棟老屋裡的不堪，讓我們在重新面對彼此時都能輕鬆自然一些。

我熬了一鍋小米粥，在久違的清香中回憶著曾經發生在這裡的點點滴滴。我等待的那個人，是生意上的合作夥伴，更是久別歸家的親人，很快我們就要告別這裡，重新開始，從此再不必左躲右閃，憂心忡忡。

風鈴響起時，我正在回想這一天是什麼年節，要是那張表格沒撕掉就好了。我朝門邊望去，心跳加速，呼吸也急促起來。

熟悉的小黃帽，熟悉的紅色棉外套，熟悉的手提保溫箱。我還沒來得及辨認那張面孔，陌生的聲音先行而至，「你好！送餐！」

他竟然找了同事替班，不是沒有心理準備，但直面這個結果時心情還是特別沉重。

「豪華商務套餐兩份，一共三十六塊。」那個稚氣未脫的小夥子放下袋子，從腰包裡抽出一張印著誘人菜品的宣傳彩頁放在一旁，「這是我們公司開發的新套餐。」

「原冬怎麼沒來？」我問。

「誰？」他一愣。

我也愣了一下，這才意識到，他沒來，並不是同事之間的簡單替班。

「以前這個片兒區歸他送。」我解釋道，掏出四十塊錢給他。

「喔……」他沉思片刻，「你這麼一說，我就想起來了，我的餐車就是他的。」

慌。

我怔怔望著那張年輕質樸的臉，突然有些發

「不信你看。」他邊說邊引我往外走。

我跟他來到店門口，看見了那輛馱著白餐箱的深藍色自行車。雖不再有昔日的整潔與光澤，但的的確確，就是原冬騎過的那一輛。

「你為什麼騎他的車？」我問，心裡隱隱已經有了答案。

「他辭職了，車賣給了公司，公司轉賣給了我。」

果然如此。不知這是否值得慶幸，慶幸他不是為了逃避我而和同事換了班。可又怎知，辭職不是為了更徹底的逃避呢？

「對了，還有這個也是他的。」他拿出一個尋呼機，款式和原冬以前用過的一模一樣。

「他什麼時候辭職的？現在在哪兒？」我又問。

「不知道，我來奔馳上班時間不太長，也沒見過他，你問我們老闆娘吧，但別打四〇〇那個電話。」他從腰包裡又抽出一張宣傳單，在空白處寫下一串號碼給我。

那串號碼很眼熟，我想起原冬以前也給我留過一個類似的號碼，還叮囑我有事的話要麼呼他，要麼打這個，但千萬別打四〇〇。

「哦，找你錢。」他把一直攥在手裡的四十塊錢裝進腰包，翻找起了零錢。

「不用找了。」我說，「感謝你告訴我這些。」

「真的？那就謝啦，拜拜！」他高興地說道，騎車遠去了。

我目送著他——確切地說，是那輛我再熟悉不過的自行車的遠去，心亂如麻。

原冬，你為什麼要這麼對我？我用了這麼久的時間來讓自己冷卻，以期重新面對你時，只保持一種最純粹的合作關係，可你連這個機會都不給我。難道說，你連理想也要放棄嗎？我一直等著你來取畫具，等著你繼續畫，那些牆面空了很久了……還是說，你買了新的畫具，並且找到了更大更寬敞的牆面？

暮色四合，華燈初上。我站在街邊，對著成

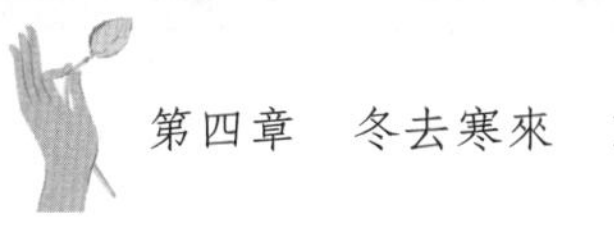

片的光暈呢喃著，抽泣著，悲傷著。好不容易斬斷的心心念念，如野草般破土重發，報復性地瘋狂生長，牢牢包裹住了我的心臟，強化著它的每一次律動。

原來，那些情愫還在；原來，我一直都在自欺；原來，你比我更瞭解我自己。

然而，比起這份失戀的痛苦，比起你拒絕與我合作甚至不願再見我的打擊，我更不能接受的，是你的突然消失，是你的不辭而別，是你的音訊全無。

像是在茫茫大海裡沒了方向，深黑色的恐懼籠罩著我。我必須馬上確定一件事：你，究竟在哪裡？

我沒打那個電話，而是關了門，騎上車，朝著奔馳快餐所在的吉祥里社區飛奔而去。

我先去了一趟員工宿舍，你雖然辭掉了工作，但有可能還繼續租住在那個地下室裡，倘若能在那裡遇見，也便省卻了一些周折。

我逕直騎到了那棟陳舊的塔樓前，去年來這裡時下著茫茫大雪，和此刻眼前的這片乾澀晦暗形如兩個世界。

掛在地下室採光棚裡的衣服沒有一件是我熟悉的。我當然不會以此來斷定你不在這裡，這更像是一種儀式，讓我能夠以漸進的方式去接受那個事實——或許，你的確已經從我所能找尋到的半徑中消失了。

我進入地下室，把能敲開的房間都問了個遍，沒有人聽說過那個冰冷的名字。

幻想破滅，我朝著那片堆滿建築廢料的空場騎過去，盡頭處的那棟曾為鍋爐房的二層小樓，成了我最後的希望。

灰暗破敗的樓體，依舊只有兩個窗口亮著燈。門口有三輛送餐車，我把車停在它們旁邊，走進樓道，往那兩個貫通在一起的房間走去。

門沒關，辦公桌前坐著一個體態微胖的中年女人，應該就是老闆娘。她剛剛掛掉電話，朝坐在一旁待命的送餐員喊道：「霓虹照相館，十二元兩套，加仨饅頭！」

抽油煙機隆隆作響，上次遇到的大廚正在灶前忙碌。我走進去和那女人問好，言簡意賅地說明了來意。

「原冬啊，七月五號就辭職了。」她幾乎是不假思索地答道。

「七月五號？」我很驚訝，這一天正是他離開花舟的那天，「確定嗎？」

「沒跑兒，四號那天他才辦了住宿手續，交了錢，結果第二天就辭職了。我給他退了住宿費，結了工資，還收購了他的自行車和尋呼機，老員工嘛，照顧一下。」

「他為什麼辭職？」

「五號那天早上他接了個電話，沒說幾句就掛了。然後他就跟我說老家有點兒事，要回去。」

「電話誰打來的？」

「不知道，打到四〇〇上的，一個女的。」她指了下三部電話中最靠裡的一部紅色電話，「我們公司有規定，私人電話只能用另外兩部，不能佔用四〇〇這條線，不遵守要罰錢，但不會真罰他啦。」

「他老家的地址有嗎？」

「等下。」她說著從腰間卸下一串鑰匙，打開桌下的保險櫃，拿出來一本厚厚的登記冊，從後往前翻了幾頁，找到了原冬的名字。

我的目光在那粗糙的手繪表格上迅速掃描著，除了前面那幾項無需關注的性別、年齡和籍貫外，有價值的只有後面兩欄的內容，地址欄裡寫的是「東城區三元大街二號鐘眠花舟」，電話欄裡則是花舟的座機號碼。

心立時涼了半截，我不甘心地問道：「身分證複印件有嗎？」

「都是臨時工，我從來不留那個。」老闆娘答道。

這下心全然涼透。

除了那個已經轉手他人的呼機，我再沒有他的其他聯絡方式，而我們唯一的交集，也只有可以忽略不計的小凌。他真的消失了，消失得徹徹底底，乾乾淨淨。

不見，誰也不會想起誰；見了，誰也不會把誰記多久。

去年我們剛邂逅時他曾這麼說，原以為那頓晚飯之後便各自天涯。卻不想，此後的一年裡，兩個人被命運緊密地捆綁在了一起。如今，他真的做到了那份瀟脫，我們共同祝福過的那些日子，似是被他從自己的人生日曆上強行摳掉，一絲牽連都不願再扯上。

七月五日打電話給原冬的女人到底是誰？真的是他老家的人嗎？究竟發生了什麼事情，讓他走得那麼急，那麼義無反顧，連打個電話和我告別都不願意。還是說，一切本來就是預謀，從原冬離去的那個清晨就已經開始實施，第二天他接到的電話也是為了配合這場預謀所做的表演。

愚鈍的我這半年來竟然沒有絲毫察覺。每天都還傻傻地為兩個人的所謂理想而奔忙，傻傻地對著電話進行打還是不打的思想鬥爭，傻傻地期待著他隨時回來將那些畫具取走……原來，我所付出的心血與代價沒有任何意義。

毋庸置疑，我就是天底下最笨的那個蛋，最傻的那個瓜。

七十九、稻草

從吉祥里出來天已黑透，我像個幽靈似的騎著自行車毫無目的地遊蕩。淒惶漸隱，心瀾化作了暗湧。

一路所經過的每一條街巷原冬都有可能來過，我順著他的自行車軌跡，捕捉著他在這座城市裡遺留下來的氣息。

不知不覺接近了科騰大廈，原冬的主要客戶全集中在那裡，每天要往返好幾次。有一天他拿了我的名片去投放，想趁送餐的機會幫我開拓送花業務，卻被我毫不客氣地拒絕了。往事歷歷在目，這麼快就成了雲煙。

我在那座現代化的寫字樓前停好自行車，一個熟悉的背影在旋轉門前閃現了一下。我追隨著走進去，眼睜睜地看著他消失在了空曠明亮的大堂中，光潔如玉的大理石地面反射著我孤單的倒影。

我朝掛滿公司名牌的那面牆走過去，仰頭凝視著，把每個公司的名字都仔細讀了一遍，一開始是在心裡默念，後來念出了聲。

那些從我身旁匆匆經過的剛下班的白領們，其中一定有人享用過原冬送去的快餐，他們和我一樣，是原冬曾經在這座城市裡打拼奮鬥過的見證人，不同的是，他們不會像我這樣在乎他的去留。

保安走過來，問我是否需要幫助。我朝他微微一笑，說不用了，我要找的那個人應該已經下班了。

從寫字樓出來後，我又朝著不遠處在建的科騰大廈二期騎過去。原冬曾瞞著我在那裡賣苦力，只為多賺些錢來貼補花舟，知情前我差點兒誤解他，以為他做了什麼不法勾當。曾經路過的那片猶如月球般荒涼的廢墟如今被鐵皮牆圍了起來，透過縫隙，我看見裡面有一個深深的大坑，到處都是建築材料和機械設備，三期已經開建。

我繞道來到二期跟前，那幾棟樓比去年我來時高了一大截，腳手架拆除掉了，外立面也裝修得差不多了。不遠處的那個曾經亮著幽光的自行車棚消失了，變成了寬敞的停車場。

看門大叔一直盯著我，可能是覺得我有些眼熟吧。按說不應該，別說那天我和他相隔數十米，就算近在咫尺，工地上的濃濃粉塵和探照燈下的參差光影也會模糊掉我的面龐。我同樣送給他一個微笑，然後淡定從容地轉身離開，今天我不會再往裡闖。

這個方向走到了盡頭，我開始往回騎，下一個目標是原冬常去的農貿市場。我只去過那裡一次，那段時間原冬要加班——其實是去工地幹活兒，我心血來潮不自量力地承擔下了做晚飯的重任，結果只嘗試了一次就宣布「息灶」。

這個點兒絕大部分菜攤都已打烊，攤位上全都覆蓋著厚厚的棉被。主食店和熟食店倒是有幾家亮著燈，光線暗淡，卻也是一種溫情守候，讓那些結束了一天辛勤勞作的夜歸人不至於飢腸轆轆，輕易便能獲得一份經濟實惠的晚餐。

我從每一個亮燈的櫥窗前走過，店主們熱情地招呼著，我沒停下腳步，只是向這些社會底層的勞動者們施以注目禮，致以同樣善意的微笑。

我流連於我所能夠尋找到的，原冬曾留給這座城市的每一處蹤跡，感受著平日裡他在我的視

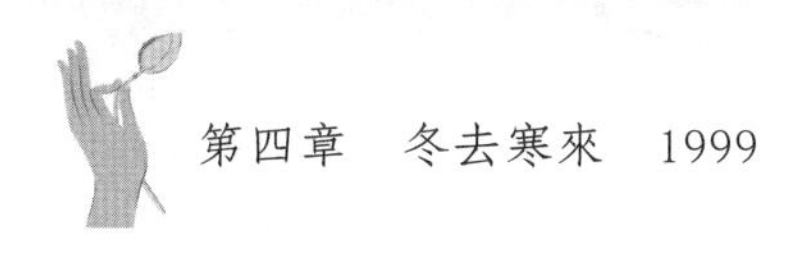

野之外的一切經受，幻想著通過它們來感應到關於他去向的蛛絲馬跡。只可惜，它們清淺得留不下任何痕跡。

與其說去找尋什麼線索，還不如說我是想獲得更多他曾在我生命中存在過的證據，用以鞏固我們在一起生活了整整一年的記憶。我害怕有一天，我猝然看不清那些往事的邊際；我害怕有一天，我開始對那一個個行將遠去的畫面產生懷疑；我害怕有一天，我會像原冬決絕離去那樣，冷漠地、帶有報復性地、不容分說地將關於他的一切全部埋葬……

我要銘記住這個晚上經歷的每一個場景，以及自己奉獻給那些「認識」原冬的人們的每一個微笑。

而後，我又去了去年夏天我們邂逅的時空旅社。那道曾經被我忽視，後來又成為我穿越時空入口的狹窄鐵門已經拆除，通向地下室的逼仄樓梯上堆滿了垃圾，伸向沒有一絲光亮的黑洞。四周的建築物上隨處可見大大的「拆」字，所有店鋪都關門了，包括旁邊我印過名片的那家圖片社和後面的建材市場。

接著，我憑著記憶，按照去年原冬騎車載我的路線，去了那個被稱為三角地的非法勞務市場。夜晚的這裡依舊人頭攢動，不是勞工和雇主，而是換成了另外一波飯後消食跳交誼舞的人。我沒過多停留，又騎到了當晚我們就餐的老北京飯館。

我沒進去，只在外面看了一小會兒。我們曾經吃飯的那張位於角落裡的餐桌前，一對老夫妻正在用餐，拎著茶壺跑堂的三兒穿梭著，忙碌地為客人們添茶倒水。

我們關係的轉折就在那頓飯上，吃完飯我就帶原冬回了店，開啟了一段不同尋常的同居生活。記得那天原冬只點了一道魚腥草，那怪異的味道我無法接受，他卻吃得津津有味。一年後我才明白，那道菜早在八年前便已在一個名為贊比亞的小飯館裡登過場，當時原冬也曾難以下嚥，倒是和他共餐的那個藏族男人，一直在狂吃。

繼嘎烏和中華牙膏之後，我的現實世界又增添了一個物質載體，它們像被破譯的密電碼一樣，輸送著另一個時空的氣息，令它又立體分明了許多，愈發真實起來。

是該正視那個念頭的時候了，它很早就在腦海裡盤旋了，我一直將它牢牢地束縛，幻想著這一趟遊走可以發現與原冬去向有關的線索，而後就可以將它扼殺。可現在一無所獲，我不得不為那個念頭鬆綁了。

我掏出錢包，從夾層裡取出一張疊了幾折的香煙內紙，顫抖著將它展開，一行匆忙寫就的潦草字跡在路燈下忽明忽暗。

雪北藏族自治州玉沁縣確松鄉

才昂銀器店　冷桑

我慶幸還有這樣一條線索，不論原冬消失於我的生活半徑還是地球半徑，我仍有機會介入到他生命中的另一個交集去追尋，去緬懷。寫下這行地址的那個晚上，我尚不知曉發生在那個世界裡的故事，更不知道冷桑在原冬的生命中扮演的是怎樣一個角色，只依稀記得，八年前我曾和他有過一份淺緣，後因他和小凌吵架錯過了相遇。

倘若真的順著這個地址找到了冷桑，我該如何面對他呢？誠然有求於他，可我無法因此赦免對他自私、懦弱、人性反覆涼薄的那份聲討。

除此以外，我還產生了一種強烈的獵奇感，在它的驅使下，越來越多的疑問接踵而來，它們像是已經在我的潛意識裡醞釀了很久，如今被一股腦兒地釋放出來：暫且拋掉我給冷桑貼上的各種標籤不談，他還是個什麼樣的人？他究竟有什麼魅力，能夠讓原冬時至今日都還在感念那段情？他真的愛過原冬嗎？他對小凌又是怎樣一種感情？原冬講述的往事他是否也都記得？從他的視角去解讀那些往事的話，又會是怎樣一番滋味？他那一次又一次有違常情人格分裂的舉動，是否亦有著連原冬都不知曉的隱情呢？

我也曾試圖跳出桎梏，去思考是否還有其他更妥當的方式尋求原冬的音訊，比如說，通過他的母校風城民族藝術學院，當年的學籍登記資料應該不難查到，但顯然要多費些周折。此外，整個晚上我都在被和冷桑有關的那些不可思議的問

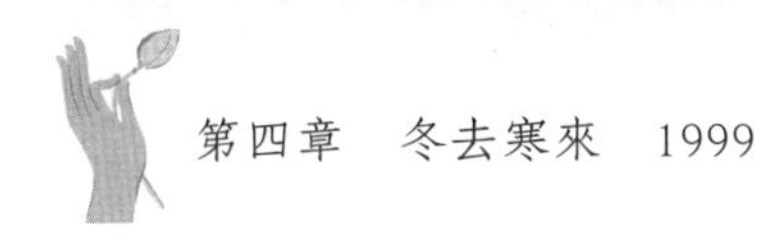

題環繞著，而學校那條路縱然走到盡頭，也不會給我答案。

玉沁之行已成定局，並且不再是尋找原冬這麼單純的事情了。八年前，我和冷桑錯過的那次相遇，如今還是要上演，它被安放在了另一種截然不同的境遇裡。

回到花舟夜色已深，我從名片冊裡翻找到一個二十四小時機票預訂的電話，撥打過去。客服查詢了一番後，告訴我玉沁沒有機場，只能飛到州府西離，距離玉沁還有三百多公里，航班每週兩趟。我沒多想，預訂了三天後飛往西離的機票。

接下來便是一系列棘手的現實問題。那家談好的門店是否還要繼續接手？和長風陵園的業務關係是否會生變？一旦生變，財路斷掉的我未來又將如何？經過一番深思熟慮，我決定放棄門店，陵園業務暫時請假，一切順其自然，聽天由命。至於未來，那實在是一個太過抽象的概念，如今的我已經失去了規劃它的能力。

躺在床上思緒翻飛，輾轉難寐，吃了兩片帶有助眠作用的感冒藥，才昏昏睡去。

翌日清晨例行給陵園送了貨，完事後我就去找羅大同，恰逢他外出開會，只好先回去。下午我給他辦公室打了電話，跟他說我有事要去趟外地，得請個假，什麼時候回來還說不好。這對事業剛有點兒起色的我來說無疑是個致命打擊，甚至有可能丟掉這份肥差，可我沒辦法。

羅大同答應得很勉強，電話裡的他似有什麼難言之隱，可我顧不了那麼多了，只能再三表達歉意。接著我又給書店老闆打了電話，找了個藉口退掉房子，訂金就充當違約金了。

我處理掉了所有鮮花，包括櫥窗裡的多肉植物，再皮實耐活的品種也架不住此行遙遙，歸期不定。貨架一下子清空，苦心經營了一年半的花舟只剩一方軀殼。

迷失在苦海中的我，無時無刻不被冰冷和恐懼包裹著。唯一能讓我苟延殘喘的，是那張泛著淡淡煙草味道的香煙內紙，它成了我在深水中掙扎時所能抓住的——最後一根稻草。

第五章　彼岸浮光　1999～2000

八十、西離

第一次坐飛機我有些過度緊張。仔細閱讀了椅背置物袋裡的安全須知後，又一遍遍地在腦海中演練著緊急降落時應該採取的正確姿勢，以及氧氣面罩和救生衣的使用方法，直到飛機開始滑行，我仍在反覆確認安全帶是否扣得牢靠。起飛時，我閉上眼睛默默祈禱，倘若命中註定，一定要用我年輕的生命來獻祭這片蔚藍的話，也請務必讓那壯烈震撼的一幕，發生在回程。

此行平安，落地西離機場已是黃昏。

航站樓不大，很容易就搭上了出租車。這座城市小到沒有堵車的機會，我一刻未曾耽擱地趕到了西離長途汽車站，但還是沒能趕上開往玉沁的末班車。

我在站前小廣場茫然徘徊著，眼前這棟灰色小樓像一個蜷縮在角落裡的垂暮老人，夕陽從他身後射來，打在樓頂那兩個老舊變形的大字上，逆光中像極了剪影。忽而，「離」字上的點動了一下，我以為眼花了，再細一瞧，原來是一隻烏鴉，剛好補全了原本缺失的那個點。隨著一輛中巴車起步時的鳴笛，烏鴉飛起盤旋了一圈，又落在了「西」字上，變成了兩個誰也不認識的字。

售票室裡的燈一一熄滅，那個名叫西離的老人將要休息了。

我走進候車室，心有不甘地坐在離乘車口最近的一排座位上，幻想著能增開一輛連夜前往玉沁的班車，哪怕是站票，哪怕在深夜抵達，哪怕我已極度疲憊。這副肉身被靈魂拖累得太久，我不在乎對它更大的虧欠，迫切地想要趕到那個名叫確松的地方，途中的驛站對我沒有意義。

廣播裡滾動播放著當天最後兩趟班車的信息，催促已經買到票的乘客抓緊時間上車。背著大包小包的人從我面前魚貫而過，登上了開往各自目的地的班車。

候車室的乘客越來越少，沒一會兒就只剩我一人。廣播裡再也沒傳來聲響，保潔員開始掃地，保安也來巡視清場，我拖著沉重的步履離開了候車室。

夜幕合圍，寒氣襲攏，太陽落山前後的溫差很大，我緊了下衣領，拿出手套帶上。

推著三輪車的小商販們陸續朝車站這邊匯聚過來，鋪開了各自的買賣，前來關照和我一樣，滯留在這座高原小城的旅人。

西離，這座陌生的城市海拔兩千六百七十米，處於青藏高原的東北緣。城雖小，卻是東西部往來的交通重鎮。於內地而言，它像邊疆；於邊疆而言，它像內地。兩張面孔疊加起來，足以讓它有別於國內任何一座城市。也恰恰因了這雙重屬性，它又顯得模糊平庸，來這裡的人大多只為取道中轉，鮮有人為它專程駐留。

我在一個冒著熱氣的小攤前停下腳步。來這裡之前，我用了三天時間才把那兩份豪華商務套餐吃完，今天只在飛機上吃了一個小麵包，當下舟車勞頓加之天寒地凍，連日攝入食物的不足讓我的體力很難再支撐下去了。我要了碗牛肉麵，站在攤子前連湯帶麵一氣兒吃完，身上生起了暖意。我不想浪費這些食物產生的熱量，決意不再多走，就在緊鄰車站的交通招待所住下來，這樣明天一早乘車也方便些。

開往玉沁的頭班車是六點二十分，為了確保準時醒來，登記時我租了兩個小鬧鐘。

房間很小很簡陋，沒有獨立的衛生間，電視機只能靠室內天線收到一個地方臺，唯一的光源是從天花板上垂下來的一盞鎢絲燈泡，亮度有限，時不時地閃幾下，隨時都會憋掉。還好暖氣燒得足，雙層玻璃既保溫又隔音。我懶得到公共衛生間洗漱，只用溫水清了清口就上床了。

那兩個鬧鐘被我擺弄了半天，一再調試，確認都可以正常工作後，我把起床時間設到了五點半。

鎢絲燈閃得越來越頻繁，直到滅掉。黑暗吞噬了一切，包括聲音，我彷彿置身於一個連時間都停止流動的密室，與外界失聯。我趕緊拉開半扇窗簾，讓廣場的光亮投射進來一些，然後拿起鬧鐘，重新聆聽到兩個秒針一前一後的行進聲時，才算安下心來。時間尚在。

事實上，我怕自己第二天醒不來的擔憂完全是多餘的，因為我失眠了。這次失眠不同於以往，沒有躁動與難耐，大部分時間我躺在那裡什麼都沒想，卻也無法沉入夢鄉，不知道這是不是就是所謂的放空。

我在鬧鐘鈴響前十分鐘關掉了它們，起床收拾東西，退了房。

這裡與內地有一個小時的時差，天還沒亮，但燈火通明的售票處已是人頭攢動。

我成了這一天第一個登上開往玉沁頭班車的人，目的地確松是倒數第二站。如果說香煙內紙上的那個地址，是令我瀕死精神得以苟延殘喘的稻草的話，那麼這趟班車，則是讓這身沉重皮囊實現空間騰挪的載托，二者很難同步，但終會合一。

班車準時出發，大燈戳向前方夜幕，像打著追光燈的舞臺旋轉了九十度。一座座輪廓不清的建築物被甩到身後，很快就行駛到了城市邊緣，平順的柏油路切換成了顛簸的土路。途經幾個村鎮時陸續又上來幾位乘客，位置全部坐滿。

又開了一會兒，汽車後視鏡裡映出一縷霞光，天邊開始發亮。晨曦從遠方地平線上散射開來，用一天之中最暖的色調普照著百畝農田，萬里草場，高原迎來了新的一天。

此行十五年後的這個凌晨，當我坐在銀行門口的長椅上，細細回顧那段行程的時候，難以分清哪些是當時的切身感受，哪些是後來的深情緬懷。那些我從未領略過的陌生風景和飄忽意象，需要經歷漫長的時間才能沉澱下更為厚徹的理解。它們都是碎片化的，卻有著內在融通，在這場回憶中被一股神奇的力量吸聚在一起，而後本能地梳理通暢，凝練成了蝕骨般的清晰。

高原之所以高，是因了這片土地的厚度，厚土之上的氧氣卻是稀薄的。薄厚相生，不可調和。

隨著海拔的上升，頭開始脹痛，還有些飄飄然。高原反應的感覺接近於宿醉，我不想硬扛，拿出隨身攜帶的止痛藥，服下一片。

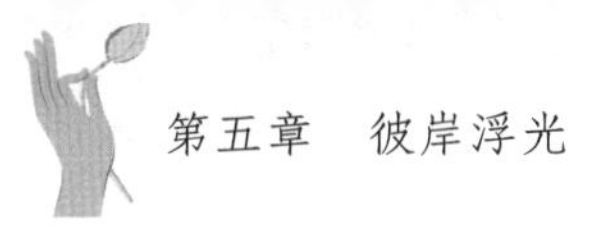

翻過一個三千九百米高的埡口之後，海拔就再也沒下來過，車子始終在一片廣闊的壩子上行進著。遠方是一片連綿的雪山，山下一道深藍色的線條忽明忽暗地閃現著，我們的路正是朝著那個方向延伸過去的。隨著一點點地接近，那道線條越來越粗，逐漸有了曲線，顏色也富有了層次，從綠到藍，由淺入深。原來，是一個美麗巨大的湖泊。

車子疾馳如飛，靈魂翱翔於空，被風拉伸成了一道薄薄的輕紗，與那些呼之欲出的色彩糾纏在了一起。

牛群和羊群多了起來，時常可以看到一頂頂冒著炊煙的黑氈氈帳篷和散落在河畔的自然村落。藏式民居粗獷敦厚，潑滿白灰水的牆上糊著一片片排列整齊的拍扁的牛糞，青稞架上堆放著的金色草垛，足夠自家牛羊吃上漫長一冬。

自然條件的惡劣和物質資源的匱乏，使得這方人類的活動維持著樸素的原生態。生存不易的他們，更需要精神上的堅實信仰，來安撫寄生於這一片蒼莽大地上的血肉之軀。於是，有人煙的地方便有潔白莊嚴的佛塔、桑煙繚繞的拉康、隨風舞動的經幡、永不停轉的經筒和沉吟如歌的梵唄。當然，還有將這人間煙火和自然加持置於身外的行者，他們在漫漫朝聖路上一步步地磕著等身長頭，永不息止，信仰不僅被安放在了心靈抵達的至深處，同時也被安放在了肉身行至的最遠方。

這是一個渴望將自己的精神世界淋漓盡致地展現於天地間，作為對日月山河虔誠供養的民族，所有這一切，都是對信仰和對自然的雙重皈依。我和冷桑的相逢，從八年前的風城移植到了這樣一個雄渾之境，他的形象也被抽象成了一個符號。數千米的高差限制了肉身的行動力，卻讓我的精神打開了更廣闊的維度，至少多了一種帶有探索意味的可能性。

這或許是高原反應的另一種表現吧，止痛藥可以暫時止住缺氧帶來的頭痛，卻無法限制思維的飄逸，難以讓我從似夢非夢的游離中擺脫出來。那些隨機泛起的毫無方向的念頭，或翻騰或沉淪，或生發或遁去，清澈澄明與惑亂陷溺悉在一念，我對它們失去了控制力。

在昏昏沉沉中捱過了五個多小時，又翻越了一個更高的四千兩百米的埡口後，遠遠便看見山下壩子上有一片稀疏的房舍。坐在我身旁的藏族阿姐告訴我，那裡就是確松。她用藏語跟司機說了句話，大概是提醒他，有人要在那裡下車。

十幾分鐘後，車子在鎮邊的一個私人加油站前臨時停車，撿上了兩個招手搭車的藏族人。我和司機打了招呼，決定就地下車。

這座海拔三千八百五十米的高原小鎮比想像中荒涼得多，我是這裡唯一下車的人。再往前行二十餘公里，就是著名的藏族藝術聖地玉沁——原冬曾夢寐以求的唐卡繪畫殿堂，那裡又是什麼樣子呢？

中巴車繼續朝著玉沁方向駛去，待尾氣消散了一些後，我邁出了踏上高原的第一步。

八十一、確松

腳下像踩了棉花似的軟綿綿的，我喘著粗氣，每一次肺葉的舒張都比平日裡艱難好幾倍。

整個鄉上只有一條主街，從進城處鋪了水泥，路邊里程碑上寫著「省道 339」，應該是從西離過來的精確里程。我在陽光能照射到的一側順路前行，不一會兒身上就烤得暖烘烘的，腿腳比剛才穩實了許多。

這裡的建築物多是土木或石砌結構的藏式小樓，敦實厚重，粗獷質樸。街邊店鋪的招牌全是藏文，有的寫在小木板上掛在門頭或窗邊，有的用彩漆直接刷在牆上，也有的什麼都沒寫，大概只有當地老主顧才會光顧。

我來到了鄉上唯一像點兒樣的十字路口，與主路相交的那條南北路雖然寬闊，卻是土路。這個被當地人稱作大十字的地方就是確松的中心，行走至此，尚未發現類似售賣銀器或加工銀器的店鋪。

我向當地人打聽，用格外加強的語氣一遍遍地重複著「冷桑」和「才昂」這兩個關鍵詞。他

們全都神色茫然，寫在煙紙上的那行漢字更是沒人能識。

頭又開始痛了，車上那位藏族阿姐曾叮囑我，在高原上的一切行動都要慢，此話不假，剛才行路和詢問都過於急躁了。我決定先去吃點東西，從現在起，不能再像前段時間那樣疏於進食與休息，身體垮掉將寸步難行。等吃完了飯再到鄉政府或派出所打探一下，那裡應該有能說漢話的人。

眼前就有幾家餐館模樣的小店，我正猶豫該進哪一家的時候，忽見跟前這家窗戶上插著一塊小紙板，中規中矩地寫著「扎西藏餐」四個漢字。我一陣驚喜，毫不猶豫地走了進去。

餐館不大，但很亮堂，整齊地擺著四套藏式彩繪桌椅，有一桌藏族客人正在用餐。牆上貼著一張餐單，寫著幾樣簡單的食物，全是漢藏雙語，躍然紙上的「餃子」令我產生了食欲。同時引起我注意的，還有旁邊手撕日曆上那個大大的「22」。今天是冬至，原冬的生日。最近過得渾渾噩噩，這麼重要的日子差點兒忘記了——記得又能怎樣呢？這樣的巧合難道是在暗示我——原冬至此？

「你好，吃點兒什麼？」一個戴圍裙的藏族男人從後廚走出來，把一盤剛炸好的薯塊送到那幾位客人桌上。

我回過神來，那句生硬的漢語讓我感到親切。他三十上下的年紀，看不出是老闆還是服務員。

「餃子，大份的。」我答道。

「我們這裡做麵食要用高壓鍋，我先給他們壓麵條，再給你壓餃子，時間會久一些。」他認真地向我解釋道。

「沒關係。」我在靠窗的一張小桌前坐了下來。

二十分鐘後，一大碗熱氣騰騰的餃子擺到了我面前。這是我第一次見識泡在紅湯裡的餃子，嚐了一個胃口全開，不僅吃光了餃子，連紅湯都一併喝盡。身子迅速暖和起來，整個人也放鬆了不少。

趁那撥客人吃完離去的清淨之際，我和這個

難得懂漢語的藏族男人攀談起來。

他從爐臺上提來水壺，為我斟了一杯熱乎乎的酥油茶。我謝過他，先試著抿了一下，味道不錯，接連喝了幾大口。沒想到我竟然可以接受酥油和茶水混合在一起，並且添加了食鹽的奇怪味道。在高原，身體對於油脂似乎有著天然的需求。

他又為我斟滿，說這個可以緩解高原反應，然後在我對面靠著窗根坐了下來。

「我叫扎西，是這裡老闆。」他主動自我介紹，「你老家哪裡的？」

「北京。」我答道。

「首都的朋友！」他很高興，「到玉沁去過嗎？」

「還沒，其實我是來找人的。」我快速切入正題，「冷桑，你認識嗎？」

他皺了下眉，臉上的茫然和剛才我問過的那些人如出一轍。我拿出煙紙給他看，他才恍然大悟，「歐呀歐呀，老桑啊。」

我又驚又喜，「你知道？」

「這個名字和我的名字『扎西』一樣，是個藏族常用名。最接近的發音是『老桑』，漢字有很多寫法，除了『冷桑』，還有『樂桑』和『老松』之類的。」

「難怪我一路打聽沒人能明白，原來是我太按照漢語的發音咬文嚼字了。」我終於意識到。

「你要找的老桑多大年紀？」

「三十歲左右。」

扎西想了想，說道：「我從小到大認識的老桑有十幾個，確松鄉有三個，一個是賣酥油的，一個是獸醫，還有一個是郵遞員，年紀都在四十歲以上。現在鄉裡有兩家銀器店，一個在大十字南街上，是巴桑家的，另一個在主路西頭，是賀西格家的，兩家店我都認識，沒有叫老桑的。」

「這樣啊，那可能是搬走了吧。」我端起酥油茶啜了一口，陷入了迷茫。

「我來這裡時間不久，以前的事情我不太清楚，但你放心，我會想辦法幫你的。」他邊說邊起身走了出去。

他站在門口，吹了一聲長長的口哨，幾秒

鐘後，對面一家不知做什麼營生的小店的門簾掀起，一個六七歲的小男孩探了下頭。扎西招了招手，他立時跑過來。

小男孩胖乎乎的，一對高原紅掛在臉上，像年畫上的福娃，只是膚色要黑太多。扎西跟他說了幾句話，他點點頭，撒腿朝西跑了。

扎西待在那裡沒動，點了根煙抽起來。只半根煙的工夫，一個身穿警服騎著摩托的男人在門口停了下來，車後座載著那個小男孩。

扎西滅掉煙，從兜裡掏出兩顆糖果給小男孩，捏了捏他肉乎乎的臉蛋。他嘿嘿一笑，從車上跳下來，跑回去了。

那人把車停好，和扎西有說有笑地走進來。

「我朋友次仁，是個警察，在鄉上派出所工作。」扎西介紹道。

我連忙起身，和他打了招呼。

次仁看上去比扎西年歲大不少，一副穩重老成的樣子。扎西給他倒了酥油茶，用藏語和他說了一通話，其間，我分辨出了「老桑」和「才昂」。

次仁的漢語說得更好，他先和我確認了一下剛才扎西說的情況，然後才不緊不慢地說道：「以前這裡是有一個叫才昂的銀器老店，不過老早就搬走了。現在那棟房子的主人叫森格，是個老人，已經七十多歲了。他沒孩子，只有一個老伴。」

「他們什麼時候搬走的？」我問。

次仁掰著手指回憶了一下，「有七八年了吧，他家確實有一個叫老桑的，考上了風城的大學，當年在我們這兒也算是一件轟動事了。誰也沒想到，畢業後他沒在外面找工作，又跑回老家來了。當時老桑阿爸年歲大了，眼睛不好做不了活兒了，就把銀店交給他，去了西離。老桑上面還有個姐姐，很小時候過繼到了西離親戚家。後來，聽說老桑把銀店搬到了玉沁。」

「為什麼要搬到玉沁？」我又問。

「縣城條件比這裡好多啦。」

「他在玉沁哪裡？地址有嗎？」

「這個我不知道，那老桑本就是個沉性子，畢業回來後又悶了不少，和誰都不熟絡，走的時候沒幾個人知道。如果他還在玉沁開銀店的話，最大的可能就是在琅賽街，你可以去那裡問問。」

次仁提供的信息讓我尋找冷桑的線索得以為繼，琅賽街，我記下了這個名字。

我很想去那個老宅看一眼，便向次仁打聽怎麼走。他立即起身，說開摩托帶我過去。我想著一會兒應該不會再回這裡了，就此與扎西告別。

次仁載著我回到了大十字，拐上北向的土路，又開了幾十米後，在一個院落前停了下來。

「就是這裡了。」次仁說道。

這是一座典型的藏式老宅，破敗中猶可窺見當年建造時的講究。門窗外框上的多層木雕極盡繁縟，風化出了不少細密的裂紋，邊緣也失去了棱角。覆蓋其上的豐富彩繪依稀能辨出精美的吉祥圖案，如今像是蒙上了一層濾鏡般暗沉斑駁。窗框上簷掛著的白色香布泛著塵色，隨風舞動著，大門兩側和窗框左右下三圍刷著呈梯形狀的黑色巴卡，滄桑得猶如佈滿劃痕的老膠片。時光的侵蝕令香布和巴卡的黑白反差不再強烈，自然地調和到了一起。房頂上的五色經幡獵獵作響，加持著曾在這裡居住過的每一戶人家。

大門緊閉，從外面上了鎖，我順門縫望進去。這裡有一段時間沒人居住了，也的確不像是一個銀器作坊。

我當然不是懷疑次仁的話。來這裡，一方面是好奇那個爛記於心的地址究竟什麼樣子，另一方面，也算是探訪到了那個承載了冷桑和原冬太多故事的嘎烏的出處，而我和原冬的兩次邂逅，也全跟它有關。二十多年前，它就誕生在這裡。

次仁幫我向鄰居打聽後得知，半個月前，森格老倆口一起到塔安寺朝聖去了。

抵達這個地址，探索心滿足，進不進去不重要了。時間尚早，我決定即刻動身，向玉沁進發。

「今天應該還有去玉沁的班車吧？」我問次仁。

「你等下，就在這裡別動。」他說著發動了摩托，一溜煙兒開走了。

大約十分鐘後，他再回來時，後面緊跟著一輛輕卡，車斗裡載著一頭彪悍的黑犛牛。

這輛車正要去玉沁運送犛牛，次仁讓我搭順風車。他還給我留了一個電話，跟我說遇到困難就聯繫他。我再三表達了感謝，隨即踏上了未知的行程。

出確松不遠又是一片深藍湖泊，比此前一路見到的所有湖泊都要大，都要美。藏族司機指指湖，「才昂措！」又指指前方巍峨的雪山，「卓瑪拉！」想必這就是它們的名字了。後來我才知道，才昂措來自於玉沁曲的補給，而玉沁曲的源頭，正是卓瑪拉雪山。二者被當地人奉為神山聖湖，玉沁老城便坐落在神山腳下。

隆冬的草場了無生機，蕭索貧瘠。隨處可見的犛牛黑珍珠般散落在道路兩側，低頭啃噬著草皮，艱苦乏味。我們的車拉著長長的塵煙奔馳而過，絲毫沒有驚擾到它們。反倒是後視鏡裡的那頭被拴得牢牢的待賣犛牛，一次又一次，心有不甘地仰起碩大的頭顱，卻也只能徒勞地晃動幾下身軀，它已經嗅到了死亡的氣息。如果真有來世，它是否會殘存一些今生的記憶呢？比如，在它生命的最後一程，曾有個遠道而來的異鄉人，與它一路同行。

都市的喧囂繁華已成昨日舊夢，身處廣袤蒼涼的青藏高原，靈魂總是輕易就能從肉身抽脫。游離中，我領略到了有別於昨夜失眠時放空的另一種放空——在那空的盡頭，仿佛還有著另一種存在。

八十二、玉沁

這兩天走過的幾個地方，每一處都有自己的個性。西離是一座正在向現代化邁進的內地與高原間的通衢城市，確松仍是個荒涼閉塞的原生態藏鄉，玉沁既有現代化進程的一面，也在固守著最傳統的本土文化，而藏族藝術之鄉，永遠是她最負盛名的標籤。

這裡有比一路所見的總和還要多的佛像、

佛塔、拉康、經幡、轉經筒、瑪尼堆和煨桑臺，每一處都匠心獨具，以形傳神的同時，設計感被最大程度地弱化，淳厚樸質又不失細節精緻，於輕描淡彩中彰顯著妙化天成。如果說此前一路看到的這些宗教形式都已經融入了當地人的生活，像他們日常使用的茶爐灶臺般稀鬆平常的話，那麼玉沁的這一切，則是高於生活的宗教審美的化現，這裡既是千年佛教聖城，也是藏族文化藝術的最高殿堂。

依山而建的格魯派寺院玉沁曲林氣勢恢弘，如從山體自然生發。五大佛殿連同環繞其外的僧舍都被刷成了肅穆莊重的絳紅色，正中雙鹿法輪金頂與日月同輝，加持著坐落在山下玉沁曲兩畔的新城和老城。

可能是因了距離和角度的變化，寺院西北方向的卓瑪拉雪山比在確松遙望時更加壯觀。雪線低垂，冰川如練，山脊曲線猶雕似琢，宛若少女靜息，是當地人心目中的聖潔女神。

不論是身著氆氌藏袍的男女老少，還是身著絳紅袈裟的喇嘛尊者，他們對我這個來自遙遠紅塵的闖入者都報以善意的微笑。宗教的澤潤令他們心態純良，寬厚溫和，藝術的陶染令他們神采明媚，優雅自信。

清新的空氣中瀰漫著好聞的煨桑味道，我深深呼吸著，仿佛稍一用力，湛藍天空中低懸的雲朵也將一併吸入體內。也許我應該放慢腳步，忘卻來到這裡的並不輕鬆的初衷。我寬容地給了自己一次反悔機會，但很快就清醒過來，抵擋住了這荒唐的策反。我提了提神，整肅步伐，重新切換回了這些天來一直所處的寢食難安的狀態，成了這座安詳小城裡唯一行色匆匆的人。

玉沁老城有六條主街，每條街道都是一類手工藝行業的聚集區，從東往西依次是主營木雕佛龕和彩繪傢俱的庫瑪街、主營法器和金屬手工藝品的琅賽街、主營佛像和佛衣帷幔的吉央街、主營唐卡和堆繡的雪薩街、主營藏香和藏藥的桑珠街以及主營藏戲面具和服飾的迪宗街。這些街道大致呈南北走向，一端發散，一端聚攏，發散的那端直抵養育了這方高原生命的母親河玉沁曲，聚攏的那端則指向北面山坡上的玉沁曲林。從空

中俯瞰的話，六條街如同寺院金頂放射出來的道道光芒，玉沁曲則是一條曲線優美的流動彩虹。

除了玉沁曲對面那一片剛開始規劃的新城區有幾棟較高的建築外，其餘的全是不超過四層的石木結構的藏式小樓。它們不拘一格地圍成了一個個或大或小的私家院落，和確松的民居樣式相似，但在細節上更加精美考究。這些院落有的相連，有的錯落，形成了數不清的迷宮般曲折的小巷，橫七豎八地將六條主街一一連接起來。

巷子裡也有很多手工藝品店，經營內容不僅涵蓋了六條主街上的大類，還有許多主街上沒有的小品類，比如藏刀、馬具、卡墊、陶器、雕版和藏紙。簡單點兒的就在門口支個攤兒，專業點兒的則用臨街一層來做商鋪，後面的院落既是住宅又是工坊和倉庫，大門敞開，誰都可以進去參觀。這些巷子裡的門店不像主街那樣被規劃過，不同的手工行業交織在一起，周邊充斥著甜茶館、藏餐館、酥油店、犛牛肉店、果蔬店和小賣部等與生活息息相關的鋪面，更顯本土化特質。幾乎所有藏族傳統手工藝都可以在這裡找到正宗傳承，除了修行禮佛所用的法器供器外，生活用品的造型和裝飾也都具有濃厚的藏傳佛教色彩。宗教、藝術與生活在這裡自然和諧地融為了一體。

在後來——結束此行之後的十五年裡，我一直在有意或無意地更新著自己對這片高原的認知，也在韶華的逝去中沉澱下了不少遲來的感悟，時間在我身上從未有過如此深重的存在感。就像玉沁，之所以能成為藏族藝術聖地，是因為這裡有著悠久厚重的傳承史。遠在千年前的藏傳佛教後弘期，這一帶因緣點亮了唐卡繪畫的藝術之光，此後便如長明燈般，經年累月世代承襲，可謂源遠流長。歲月漫漫，這片土地一次又一次地游離於歷史的嬗變與戰爭的硝煙之外，在神山的護佑下猶如世外桃源般存在著。其他文化藝術門類也在這片安穩優渥的人文土壤中扎下根來，相依相伴，生生不息，成就了藏文化發展史上不可複製的奇蹟。

近些年，外界慕名而來的人越來越多，有朝聖者，有求學者，有研究員，有收藏家，當然，更少不了商人的身影。因而，這裡的藏民不像確松那樣閉塞，很多人都能講些簡單的漢語。

一路打聽下來，這條不足二百米長的琅賽街上有三個老桑，一個是去寺裡送貨還沒回來的十七歲的小夥計，一個是五十多歲的店鋪男主人，還有一個在離寺院最近的一家店裡，是個年輕姑娘。

金屬手工藝品店最集中的琅賽街訪遍，正當我徘徊在山腳下，心灰意冷地不知下一步該邁向何方時，那個老桑姑娘突然從店裡跑出來，喊住了我。她說西面雪薩街上有一家銀店，老闆好像也叫老桑。說完她朝我粲然一笑，露出一口潔白的牙齒，兩朵高原紅上綻放出了一對深深的酒窩。

險些斷掉的線索又一次被續接上，我也朝她微笑，欠身道謝，然後按照她的指點，順著寺院外緣朝西走去。

沿途轉經的男女老少們均一手搖著轉經筒，一手捻著佛珠，口誦六字真言。他們無一例外全都按照順時針的方向行進，環繞著山上的玉沁曲林，走出了一條氣勢磅礴的大轉經道。

我沒抱太大希望，取而代之的是滿腹疑惑。倘若冷桑的銀店開在了那些迷宮般的小巷裡，和其他營生混於一起不足為奇，可開在滿是唐卡和堆繡的雪薩街上，就有些費解了。

唐卡對我來說一直是個符號化的抽象存在，我對它的瞭解全部來自於聽聞和想像，今天終於得見這門古老神秘的藏族繪畫藝術的真身聖顏。八年前在風城，我錯過了一場唐卡展，可那幾張印象模糊的海報卻給了我珍貴的藝術啟蒙。當時的我一定想不到，八年後的這一天，我跌跌撞撞地闖入了一個更大更廣闊的唐卡藝術聖殿，曾經的遺憾得到了加倍補償。

雪薩街雖名聲在外，卻是六條主街中最清淨的，街道也格外整齊，不像其他幾條街那樣，每家店的門口都堆滿了五花八門的商品。這些唐卡店的招牌大都是木雕或石刻，打了各色底漆，以漢藏雙語書寫店名，空白處繪滿了精美圖案。

每一家店鋪採光最好的位置，都有一位駐店畫師，其中不乏身著僧服的喇嘛，他們身邊往往

伴同著幾個年歲不一的學徒。

繃好的畫布被從房梁上引下來的一條結實繩索垂吊著，構建出一個適宜繪畫的角度。畫師與學徒們席地坐在氆氌墊上，被大大小小五彩斑斕的顏料罐環繞著，手拈畫筆，凝神靜氣地精心描畫。他們時不時地將筆尖置於舌上輕舐一下，這個小動作可以將開叉的筆尖收攏，令筆觸重歸細膩，還可以潤化顏料，使色彩更富有層次。礦物成分會通過這種方式一點點地滲入畫師的身體，久而久之將造成一定的傷害，都說拉日巴們是在用生命繪製唐卡，這絕不是誇張。以前原冬提起的關於唐卡的一切，近在眼前，歷歷分明。

我透過櫥窗瀏覽著每家店內的唐卡，它們多以藏式布藝卷軸裝裱，華美莊嚴，殊勝不凡。最顯眼的位置都有一幅主唐卡，前置供桌，擺有鎏金佛像與各式供器。視覺上的藝術享受伴隨著精神上的法喜充滿，兩種感覺自然地融合在了一起。

這就是原冬在大學裡深深嚮往著的那片藝術熱土，他是否應了昨天「冬至」的暗喻，先於我來到了這裡呢？如果真是這樣，他究竟是為了來圓藝術之夢，還是和我一樣，是為了來尋找那個有著極低辨識度名字的藏族男人？冷桑的銀店真的會開在這滿是唐卡店的雪薩街上嗎？是否還在沿用「才昂銀器店」這個家族留下來的老店名？

腳步在不知不覺中慢下來，沒有了剛才在琅賽街上的行色匆匆，也沒有了此行前途未卜的空落無主，我時不時地停下來，隔窗觀摩坐在那裡描畫唐卡的拉日巴。他們有著同樣的專注與安詳，亦有人在蘸取顏料時偶爾瞥見窗外的我，朝我淡淡一笑。

歲月永保靜好，韶光難抵消殘。恍惚中，原冬在花舟作畫時的樣子和他們重疊在了一起。

我並不急於找到那家混跡於唐卡店間的銀店，也沒有進入任何一家唐卡店進行更深入的觀摩。我只是慢慢地走，行進的時間被無限拉長，櫥窗裡的那些拉日巴，他們本身就是一道值得細細欣賞的風景。

八十三、銀店

一幅幅莊嚴精美的唐卡如流光般從眼前掠過，塵欲與妄念在這場視覺盛宴中暫時被降服，獲得依止。一時間我有些分不清，自己尋找的究竟是冷桑，還是原冬，抑或是另一個我所不認識的自己。

行走間，餘光中忽現幾點星芒。循光望去，前方不遠處，一家店鋪門口支著一個貨攤，擺滿了琳琅滿目的金屬製品。一個藏族女人坐在貨攤前，正低頭做著手工活兒。

那應該就是老桑姑娘所說的銀器店了。我遠遠望了一眼招牌，覺得有些奇怪。藏區店鋪的招牌要麼是藏語，要麼是漢藏雙語，只有漢語的頭一次見。

「達連淖爾。」我念出了聲。

聽發音不是藏語，而是蒙古語。「淖」字我以前不認識，還是那次在網吧查詢父親當時的流浪之地內蒙古虛源海時，才順便學到的。蒙古語稱海子和湖泊為「淖爾」，虛源海的蒙古語名字就叫什麼「淖爾」，具體我不記得了。

我來到貨攤近前，得以更為細緻地觀察這個服飾講究的藏族女人。但見她明眸皓齒，穠纖合度，雙頰並沒有當地人特有的兩團高原紅，微施粉澤，妝容清淡明潤。隨形的珊瑚耳墜和松石吊墜簡潔別緻，低調地烘托著她高貴典雅的氣質，而她在凝神時略帶迷離的神態，更是驚為天人。

她手裡正編織著什麼，神情專注。天氣太冷，她戴著一雙將將禦寒卻又不影響勞作的白色薄手套。貨架上橫著一根磨得發亮的細木杆，上面掛滿了各種絲絨線繩編織的小掛飾，有花朵動物，有星月八寶，還有六字真言和三字明。不同的題材混雜在一起，看上去沒什麼特殊的規劃，更像是創作者的隨性而為。這些小掛飾無一例外全是同樣的顏色——高原上最常見也是最神聖的絳紅色，帶著細細的流蘇，在風中搖曳著。可能是色彩過於單調，我盯著看了一會兒便感到輕微暈眩。

和琅賽街上的那些店鋪差不多，這個貨攤上擺放的大都是白銅、黃銅、紫銅和黑白鐵等金屬製品，有碗碟勺壺之類的生活器皿，還有淨碗、

酥油燈、曼扎等禮佛供器，以及轉經筒、金剛鈴杵、普巴杵等小法器。除了這些，最吸引我注意力的還是被收納在一個鐵皮盒裡的各式嘎烏。

每一件嘎烏的款式都不同，開蓋的方式也形形色色，設計巧妙。繁縟的鏨花和掐絲讓它們看起來層次豐富，富有立體感，鑲嵌的各色天然寶石更為它們注入了靈性，化身唯一。原冬戴的嘎烏是冷桑兒時做著玩兒的，如果說它已經很精緻了的話，那麼，眼前這些嘎烏隨便拿起一件都堪稱藝術品了，手工品的獨特魅力絕不是機械流水線上整齊劃一的工業品所能比擬的。

她發覺了我，抬頭望過來。黑亮的眼睛波光瀲灩，寂靜深邃，為美得不凡的面龐平添了一抹空性。

如果這家店真是冷桑開的，這個女人會是他的妻子嗎？原冬看到這一幕會有何感想呢？是否還會對冷桑這些年的音訊全無繼續抱持那份自欺欺人的逃避與寬容？

她沒有招呼生意，低下頭來繼續做著手裡的線活兒。或許在她眼裡，我就是一個從此經過偷窺秀色的過客，這樣的人她見識得實在太多了。

「請問，老桑在嗎？」我開口問道。

她重新抬起頭，這一次的眼神中隱約生起了幾分戒備。她手裡的活兒沒有停下，編織的速度亦絲毫沒有因為目光的移開而減慢。

「找他有事？」她一開口便是標準的普通話。

我並未驚訝，其實剛才就隱隱覺得，雖然她一身藏族女人的傳統裝扮，但並不像土生土長的本地人，即便是，那也一定在外面見識了不少世面。

她的問題讓我有些意外。剛才在琅賽街上打探那三位老桑時，不論所問是否本人，過程都很順暢自然，他們有問必答，有一說一，我輕而易舉就判斷出了他們不是我要找的人。他們也沒有反問我的來歷與目的，自始至終臉上都掛著善意樸實的笑容，使我免除了不必要的困擾。

我遲疑著，目光從那個裝滿嘎烏的盒子上掃過，「嗯……我想訂製一個嘎烏。」

她沒再多問，拿起身旁的鳳頭銅鈴搖了兩

下，隨即又沉浸到了剛才的狀態，專注於手裡的線活兒。

鈴聲低沉圓潤，悠長的迴響在我和她之間形成了一道無形的牆，本想和她再聊幾句的我不得不把嘴邊的話嚥了回去。

這個女人生著天仙般脫俗的容貌，同時也帶著拒人千里之外的冰冷，她擁有一個神秘充實的精神世界，不容外人接近與擅闖。

正當我不明所以，呆立在原地的時候，旁邊的走廊裡傳來了一串厚重急促的腳步聲，一個戴皮圍裙的男人從院子裡走了出來。

「什麼事？」他注視著女人，似乎並沒有注意到站在貨攤另一側的我。

他的嗓音如梵唄般低厚，可那三個字卻讓我有種跳脫感，好像哪裡不太對勁。

我暗暗觀察著面前這個老桑，試圖拿他和八年前我曾在風城見過的冷桑去對比，可惜時間久遠，而且當時也只是在車上遠遠一瞥，記憶實在模糊。原冬用「犛牛」形容冷桑自是誇張，但這個男人魁梧健碩的體格的確給人以不敢近前的壓迫感。

女人沒吭聲，朝我所在的方向微微揚了下頭。男人轉過身，朝我望過來。

我迅速收回了打量他的目光，微調表情，更為自然地與他面對。

他的五官粗獷分明，有著深邃的眼窩和與之相配的劍眉，鼻梁挺括，蓄著微長的鬍鬚，典型的康巴漢子模樣。然而，原本漂亮的古銅色皮膚質感卻是粗礪的，這令他顯得過於滄桑，不太符合冷桑的年齡。可能是長年受高原紫外線照射的緣故吧，這裡的人大都如此，實際年齡往往沒有看上去那麼大。只有眼前這個女人是個例外，倘若她不是剛來高原不久，皮膚暫時沒有受到太多傷害的話，那一定就是平時保養有加了。

「你找我？」他問，語氣和那個女人一樣冷漠。

我終於意識到，剛才那種不對勁的感覺，是因為兩個藏族人之間的對話說的是漢語，而非藏語。

「哦……你好！」我打了招呼。

言。

「什麼事？」他問。

「我想要個嘎烏。」我承接著剛才的小小謊言。

「都在這裡了。」他指了下我面前那個裝滿嘎烏的盒子。

「我看過了，沒有合適的款式，可不可以訂製？」

「你想要什麼樣子的？」

「素銀的，圓筒形，差不多像我小拇指這麼大。」我伸出手指比劃了一下，「蓋子是從上面打開的。」

他毫無表情地看著我，似乎沒有理解我的描述，於是我又補充道：「我準備用它裝一張叾，捲起來放在裡面收藏。」

他神色微變，目光在我身上遊走了一番，而後小心翼翼地朝一旁的女人看了一眼，我也跟著望過去。

她並沒有關注我們之間的對話，依舊低頭編著手裡的小玩意兒，駐留在自己的世界裡不肯出來，那幾股絳紅色的絲絨繩聽話地在她靈活的指間穿來繞去著。

他再度朝我望過來，這一次，眼神中多了些我看不懂的複雜情緒。

「進來說吧。」他做了個裡面請的手勢。

「好。」我應了一聲，躲閃開了他的目光，心神忽而慌亂起來。

我邁上三級臺階，隨他進入大門，穿過一條昏暗的走廊後，來到了院子裡。

空氣裡瀰漫著此行早已熟悉了的酥油和煨桑的味道，面前的石砌藏式二層小樓，應該就是他們生活起居的地方。

院子一隅，空中拉著一張大大的白氆氌天棚，既可以遮陽，又可以抵擋不大的雨雪。下面是工作區，正中擺著一個直徑近半米的圓木墩，表面被敲砸得坑坑窪窪，殘存的金屬碎屑閃著點點星光。木墩旁邊有個炭盆，炭火忽明忽暗，裡面的一根金屬條燒得通紅。地上散落著電鋸、榔頭、鉗子、銼刀、角尺以及各式我從未見過的工具。牆邊立著一組寬大的四層鐵架，上面三層擺著各種各樣的半成品，這一路見識過的很多法器供器，都可以在這裡找到雛形，最底層堆放著切割成不同形狀的金屬坯料。

他用火鉗把炭盆裡的金屬條夾出來，丟進一旁的水盆裡，隨著「刺啦」一聲巨響，水盆升起一股柱狀白霧，直衝天棚。

他帶我走向那幢小樓，進入一層最靠外的一個房間。這裡應該是客廳，空間很大，正中央有一個長長的火爐，他從一旁的鐵桶裡蒯了一勺乾羊糞球撒入爐膛，又丟了一片牛糞餅進去，打開爐門。

「冷桑？」我鼓起勇氣試探性地喚了一聲。

他的身影定在了那裡，幾秒鐘後才回轉身來，看向我。

「應該叫你冷桑，還是老桑？」我接著問道。

「一樣的。」他笑著答道，語氣比剛才在外面時柔和了許多，「請隨便坐吧。」

八十四、遲逢

我在一排又寬又長的木沙發上坐下來，環視著這個充滿藏式風情的客廳。

一組佛龕佔據了大半面牆，頂部垂簷和佛閣邊框佈滿了鏤雕與浮雕，通體絳紅打底，施以彩繪，瀝粉貼金。龕內主尊為紫銅鎏金三世佛，側龕為菩薩和上師，平檯供奉淨碗、酥油燈、曼扎和酥油花。佛龕兩側各掛一幅金剛護法唐卡，下面分置小供桌，護法杯與諸式供品具足。

幾組藏式沙發圍成轉角，鋪著織滿花卉的羊毛卡墊，每組沙發前都有一個配套的彩繪茶几。

屋頂四周掛著五色織錦帷幔，牆上繪有八吉祥，分別是寶傘、寶魚、寶瓶、蓮花、海螺、吉祥結、勝利幢和金輪。初見它們是在原冬的嘎烏上，熟識它們是在此行，壁畫、傢俱、法器、飾品以及日用器皿，這組圖案隨處可見。

除了這些藏風濃厚的家居，房間角落裡還有一個外形奇特的「傢俱」。它的體格很大，不像櫃子也不像桌子，苫著一塊幾乎拖到地面的深色絨布，好像只有三條腿，上方平面是不規則的。

剛添上的羊糞很快燃燒起來，爐膛裡發出滋滋啦啦的聲響，他提起爐臺上冒著熱氣的銅壺，給我倒了一碗酥油茶，然後回到爐邊，在一個凳子上坐了下來。

酥油茶和中午在扎西藏餐裡喝的味道一樣。不知是不是心理作用，這種熱飲好像真的可以抵抗高原反應，喝下一口，立馬止痛平喘，寧神靜氣。

「有樣品嗎？」他問，「圖片或者圖紙也可以。」

「沒有。我只見過別人戴，想要個一樣的。」

他拿來紙和筆，把凳子拖到茶几邊坐下，「那你再具體說說看。」

「圓柱形，蓋子在上面，是卡口的，像一個橫著的字母『L』……」

他隨著我的描述，在紙上認真地畫起了草圖。

「筒身一面刻著豎版的六字真言，一面刻著金剛杵，之間是八吉祥，四個一組對稱分佈，就像牆上這些圖案。」我指了一下自己身後的牆面，同時也在默默觀察著他的反應。

不一會兒，嘎烏的樣子躍然紙上，和原冬戴的一模一樣。他甚至多畫了一條扁粗的繩子，質感有如羊皮。

「這個款式不太常見。」他低著頭，波瀾不驚地說道。

「是的，所以想請你幫忙做一個，聽說這是一個八歲小孩子設計的。」我深深凝望著他。

「可以是可以，不過，最近我在給寺院趕製一批法器，要等一段時間。」他的神情未見任何異常。

我開始懷疑，他能極其精準地理解我的描述，並且隨手畫出了羊皮繩純屬巧合。而剛才在門口，也許是自己錯誤地理解了他的眼神。

「不急，匝尕我還沒請到呢。」我不甘心地繼續試探著，「你這裡有嗎？」

「去唐卡店問問吧，可以訂製。」

「我要找的匝尕是老的，已經找了很久。」

「那得隨緣了。」

「是的，所以我才順口問問你。」

「什麼題材的?」

「綠度母。」

他沒再說話，始終低垂著眼皮，手裡的筆一直在勾勾畫畫。不一會兒，那個嘎烏草圖被他描畫成了一幅立體感十足的精緻素描。

「我要找的這種綠度母匝尕很少見，是尼泊爾一個老畫派的，失傳幾百年了，要是有高仿的也行。」我補充道。

他放下手中的鉛筆，抬起頭來，卻是把臉扭到一邊。

房間裡只剩下爐膛內羊糞和牛糞燃燒的聲音，溫度緩緩上升，氣氛卻陷入了冷寂。

良久，他轉過頭來看著我。我也與他對視，這一次不再感到慌亂。

「你是誰?」他突然問。

我端起酥油茶一口喝光，酥油的奶香瀰漫在口腔，味道變得一言難盡。毋庸置疑，他就是我要找的人，那個「喝任何熱飲都喜歡加酥油的怪人」。

我以最快的速度重新梳理了一下思緒——以確定了他身分之後的視角。

一切如我此前所料，這些年來冷桑之所以從未去監獄探望過原冬，是因為不想打破現有生活的平靜。外面那個女人一定就是他的妻子了，或許他們還有一兩個活潑可愛的孩子，現在正在不遠處玩耍，甚至已經上學，人生圓滿不過如此。

原冬為冷桑頂罪服刑義重如山，奈何冷桑對他情比紙薄。甚至很有可能，早在八年前法庭上最後一次見面時，他就已經決意與原冬徹底釐清關係，從此再不往來。不知為何，這一次唏噓的同時，我反而淡化了幾分對冷桑的敵意，我們之間的對立得到了一種微妙的調和。

我重新調整好心態，朝他笑笑，「我是鐘眠，凌小凌的表妹。」

這場相識遲來了八年，終歸還是沒有在我們的生命中缺席。

「真的是你。」他也朝我一笑。

我微微一怔，「真的」二字讓我有些摸不清頭腦。他起身為我添滿了酥油茶，我趕忙欠身致謝，暫未就那個念頭深想下去。

「本來八年前就有機會認識你，可惜那次我們錯過了。」我說。

「嗯，那次秋遊我跟小凌鬧了點兒彆扭，臨時退出了。她現在怎麼樣？」

「還好，在一個外貿公司，做東南亞大區的主管。」

「成家了嗎？」

「沒有，談過幾個男朋友都吹了，現在這個也懸了，她的性格你瞭解的。」

冷桑嘆了口氣，沒再繼續這個話題，轉而問道：「你該不會真是來找我做嘎烏的吧？」

「我來找人。」

「找原冬嗎？」

我沒想到他問得這麼直接。他知道我和原冬認識，僅僅是因為我對嘎烏細緻入微的描述，還是原冬果然來了這裡，並對他講述了出獄後的經歷？應該是後者，所以他剛剛才會說「真的是你」，而不是「原來是你」。

「他過來有一段時間了。」他接著說道，面色平靜。

儘管有思想準備，可這個結果還是令我措手不及，一時間悲喜交加。喜的是，終於有了原冬的音訊，懸著的心可以放下來了。悲的是，他果然來找這個男人了。是要回到故事裡再續前緣嗎？把本該託付於我的畫作轉而託付於這個男人，然後用賺來的錢存犛牛？冷桑有悖常情地把銀店開到雪薩街上，難道是為了在這裡等待原冬，有朝一日幫他售賣畫作？

我啜了一口剛倒的酥油茶，卻是入口即冷，嗓子眼兒像是被一團凝固的酥油糊住，堵得難受。

「他現在在哪兒？」我問。

「你找他什麼事？」

「抱歉，這個不太方便告訴你。」

「他很好，你不用擔心。」

「他在哪兒？」我再次追問。

冷桑抬頭看了一眼牆上的鐘錶，時針指向三點。幾乎是同時，外面傳來鈴鐺聲響。

「一會兒別在她面前提這些。」他交代了一句，然後將那張嘎烏草圖疊起裝進衣兜，匆匆走了出去。

那個背影和故事裡的形象重疊起來，卻又無法完全貼合在一起，充斥著一種難以言喻的疏離。

我身體一沉，重重地倚向沙發靠背，閉上眼，想像著不久以前，原冬或許也曾進入這個房間，坐在這個藏式沙發上，用同樣的茶碗喝著同樣的酥油茶，背著那個美麗女人，和昔日的歡喜冤家重敘舊情。冷桑則小心翼翼地隱藏著這個秘密，就像他剛才告誡我時的那樣。他不想讓包括原冬在內的任何人干擾到自己的正常生活，畢竟和他維繫這個家庭的，是一個人間尤物般的女人。可惜原冬沒有冷桑這麼現實，他寧願藏匿在一個只有冷桑可以尋到的黑暗角落，也不願接受我為他奉獻的光天化日。

我那野草般的愛情註定是個笑話，只會給彼此帶來傷害。

如今，我必須正視一件事，千里迢迢追尋至此的初衷，不是為了挽回什麼，而是因為我無法接受原冬的突然消失、不辭而別和安危生死音信全無。剛才已經從冷桑口中得知他一切安好，此前的憂慮便該由此打消。或許原冬就在這條街上的某一家唐卡店裡學習，夙願成真，這不也是我長久以來對他的希冀嗎？我能給予他的四壁，冷桑同樣可以給予，而玉沁，更是供他實現理想的完美世界。真見了面又能怎樣？徒生悲愴罷了。至於行前我對冷桑所抱有的那些疑問，現在一點兒獵奇的欲望都沒有了。

突然覺得自己出現在這裡無比滑稽，此行已到盡頭，是該回轉的時候了。我應該遠離那個故事，告別這個不屬於我的世界。

我睜開眼，凝視著對面的佛龕，鄭重做出了決定。

一陣類似於自行車輻條轉動的聲音傳來，房門從外面拉開，棉簾被掀起。我適時起身準備告辭，然而下一秒鐘，展現在眼前的情景令我驚得癱坐回了沙發上。

冷桑推進來了一個輪椅，上面坐著的，正是那個像冰雕般散發著凜冽寒氣的絕色女人。她手裡握著剛才招呼冷桑時用的那個磨得發亮的鳳頭

鈴，腿上覆蓋著一條橫紋針織毛毯，像極了藏族女人在藏袍前面圍束的幫典。從一進門，她的目光就直直地投向角落裡那個苫著絨布的奇特「傢俱」，完全無視我的存在，更不會看到我一臉的驚詫。

冷桑推著她，不動聲色地從我面前經過。我的目光下意識地順著毛毯往下移動，赫然發現，輪椅的兩個腳踏板上，是空的。

八十五、幻曲

冷桑推著她來到那個外形奇特的「傢俱」跟前，揭開了覆蓋在上面的絨布。還沒從驚顫中擺脫出來的我，再一次被震撼到。呈現在眼前的，是一架白色的三角鋼琴。

看來是環境愚弄了我。如果不是在這樣一個傳統的藏族民居裡，如果不是藏式家居與這件西洋樂器之間的反差過大，想必我早就可以根據那塊苫布所勾勒出的體量與輪廓，猜到這個答案。我想起了原冬故事裡，藏鄉會曾創意了一個用鋼琴為藏族舞蹈伴奏的節目，那種反差帶來的藝術效果定然不俗。

冷桑支起琴蓋，將輪椅的位置調整到鋼琴正中，拉上手剎。他從女人手裡接過鳳頭鈴，掛在輪椅側面的掛鉤上，為她摘下手套，放入輪椅後面的插兜。然後，他推開了鋼琴旁的一扇小窗。

冷桑協助她完成了彈奏前的一系列準備，每一個步驟都像是設定好的程序，熟練而流暢，自始至終他們之間沒有一句話。

她稍稍晃動了幾下，調整好坐姿，挺拔的腰身猶如天鵝項頸般頎長優美。

稍事靜默，她將手腕微微揚起，劃出兩道自然的弧度，極富儀式感地將雙手安放在了黑白分明的鍵盤上。隨著第一個音符的響起，她以另一種形式沉浸到了自己的世界裡。

我被她高雅自信的氣質和美妙動聽的音韻深深吸引著，完全忽略掉了輪椅這個不和諧的因素，忍不住起身走上前，想要近距離欣賞她的彈奏。

起初我以為是自己眼花，再定睛一看，霎時激出一身冷汗。我沒看錯，而且看得真真切切，本該是一雙白皙修長的玉手，左手的無名指和小拇指卻從根部缺失了，兩個凸起的圓形創面觸目驚心。

我劇烈喘息著，短短幾分鐘，震驚接二連三地朝我襲來。

剛才她在外面做編織活兒時我絲毫沒有覺察，一方面是因為她戴著手套，指管裡面可能有填充物，加上她編織的手法非常嫺熟，很好地掩飾掉了那兩根手指的異常。另一方面則是因為她骨子裡透出來的冷傲，那是一種即使旁人不小心發現了她身體的缺陷，也會首先懷疑是自己看錯了的氣場——美得如此不凡的女人，怎麼可能是殘疾。不知她這種氣質是與生俱來，還是因了那些殘疾而後天造就的保護色。現在看來，蓋在她腿上的那條彩色橫紋毛毯應該也是精心挑選的，這使她看上去更像是一個穿著藏式邦典端坐在那裡的健全女人。

缺失的兩根手指對編織活兒的影響可以忽略，對彈鋼琴卻是致命打擊。我無法想像，這個女人曾經經歷了怎樣的苦難折磨，後來又要擁有多麼堅強的意志，才能讓三根手指承擔起五根手指的任務，如魚兒暢游般自由地穿梭在那一片黑白世界裡。

琴聲如月光下的清泉般細細流淌著，儘管肢體殘缺，但她的情緒是飽滿的。

這首曲子我沒聽過，卻帶著些熟悉的成分，是一首我想不起名字的古典名曲的開頭。它被作為一個元素鑲嵌進了這首或許是由她自創的樂曲中，以變奏的形式反覆呈現著。

第一段以高音區為主，如同少女呢喃般醉人。第二段加入了低音部並不斷強化，似暗流激盪，繼而是聲聲斷腸般的嗚咽。第三段變換成了行進鏗鏘的節奏，重重遞進，像海面上的層層波瀾，而後掀起驚濤駭浪。僅僅幾分鐘，我就聽出了蘊藏其中的複雜情緒，有愛，有恨，有期待，有失落，有不甘，有掙扎，而更多的，還是彷徨。

這部作品像是在敘事，隨著情節逐漸展開，

一種熟悉的感覺隱隱而生。不僅是那兩小節反覆迴旋的名曲，還包括彈奏者的表現力，營造出來的氛圍和折射出來的心境，所有這一切都似曾相識，恍若經歷。可我明明是第一次來到這個地方，第一次見到她，第一次聽她彈奏，這份發自心靈深處的熟稔從何而來？

心潮隨琴聲翻湧著，那個模糊的名字一次又一次地浮現在了潮頭之上。我試圖去追憶一些事情，可那些念頭總是被後面的浪潮掀翻沖散，令我無從判斷，這種熟悉而又陌生的難以名狀的感覺，究竟是虛幻的真實，還是真實的虛幻。

到底是哪裡不對呢？我暗暗思忖著，轉身回到茶几前，將杯中最後一點兒酥油茶喝盡。這一次它沒有令我的喘息平復，更沒有抑制住突發的劇烈頭痛。

冷桑將苫布疊好放到一邊，走過來對我說：「嘎烏的事，我們去外面說吧。」

我點點頭，隨他走出了房間。

還不等我開口詢問，冷桑就解釋道：「每天三點到五點，是阿茹娜的彈琴時間。」

我的腳步止住，呆立在原地。

阿茹娜……沒錯，這就是剛才反覆浮現於心潮之上的模糊名字，而那個從故事裡穿越到了這個和她並不匹配的現實中的女人，更是真實得讓我再無勇氣直視。

原冬在講述他服刑那一段時，曾說魯高人去監獄探望過他，還給他帶去了阿茹娜的消息，說她身體並無大礙，不久就出院了。那麼現在我所見證的，是後來又發生的另一起意外，還是原冬對我的有意隱瞞？又或者是……當年的他，也不知曉這番實情？

我盯著緊閉的門板，琴聲還在繼續。節奏有些凌亂，力度卻在不斷加強，我彷彿看到了她那缺失了兩根手指的雙手高高舉起後又重重落下，似是要將所有的殘酷與不堪統統砸碎，拋到再也尋不到的黑夜盡頭，樂曲在一場近乎毀滅的狂歡中迎來了快意的高潮。

我終於想起了那兩小節不斷循環變奏的熟悉段落，正是蕭邦最經典的那首夜曲的開頭。對古典音樂毫無瞭解的我之所以能夠辨識出來，是因為在原冬離開的那段時間裡，曾有一位客人來向我諮詢玉蘭樹苗移栽方面的問題，所謂術業有專攻，我未能給他提供什麼有價值的建議。不過出於興趣，後來我還是去網吧查詢了相關知識，而後自然而然地想起了原冬故事裡的空玉蘭以及那位氣質如蘭的白衣女神，想起了她無數次為原冬彈奏的那首夜曲，心血來潮地想要聽一聽。原冬提到過的編號我記不牢靠，但還是查到了，當那行曲目編號完整再現的時候，殘存的記憶被激活，立即給以確認。降b小調第九號第一首，我好奇地點開它，連聽了三遍。

此時此刻，我仿佛被這琴聲帶回到了風城民族藝術學院的紅樓。阿茹娜最後一次為原冬彈奏的時候，節奏也是如此凌亂，也是雙手高高舉起重重落下，那是深情的宣洩和悲情的控訴，還帶著一股行將與這個世界共同覆滅的氣勢。當年原冬就是在這樣的琴聲中漸行漸遠，再沒回頭。而八年後的我，意外地聆聽到這段旋律的時候，雙腿卻如同灌了鉛般，沉重得邁不開步。

徹底的覆滅之後，最初的那段細語呢喃又回來了，像是悲愴過後的自我療癒慰藉，又像是對昔日美好的深情祭奠，更像是對明天和未來的一種淡到幾近泛白的默默期許。在充滿傷逝的夢幻般的溫柔中，一曲終了。

「走吧。」冷桑適時說道，「到外面說話。」

經歷了一場排山倒海的風暴之後，我被這恬淡的尾聲稍稍安撫，身體輕鬆了一些，得以邁開腳步。

冷桑從地上揀選了幾件工具，又從貨架上拿了一套轉經筒散件，穿過走廊走出院子。

身後的琴音仍在繼續，屏蔽在了她和我們之間，也屏蔽在了她自己的兩個世界之間。

冷桑讓我坐在阿茹娜剛才坐的位置，那裡有一個圓凳，是放置鳳頭鈴的地方。他自己則找來一個氆氌墊，放到地上趺坐下來，擺出一副做工的架勢。他從轉經筒上取下蓋子，固定在一個專用的支架上，拿起榔頭對著刻刀敲打起來。

這真是一個絕好的位置，因了建築物之間錯落出來的一個極為刁鑽的角度，抬眼便可眺望到遠方卓瑪拉雪山的主峰。每天阿茹娜坐在這裡，

手中纏繞的絳紅和視野盡頭的潔白，正是雪域高原最殊勝的兩抹色彩。

那些混亂的旋律還在腦海裡徘徊，也許當年她並沒想寫這麼大部頭的曲子，是後來的一系列變故，讓她把那些故事，連帶著自己的心聲與幻夢，全部化作了音符。

我暫時不知曉事情的來龍去脈，但已經能猜出一個大概。

可以肯定的是，並沒有後來發生的另一場意外，施加給那個女人的全部創傷，都源自八年前的那場和原冬有關的車禍。那首改編的夜曲明明白白地向我昭示了一切。冷桑也許並不知曉那首曲子背後的故事，儘管他很可能日復一日聆聽了近八年。

沒想到，就在我決定轉身離去之際，一場意料之外的隱秘大戲在我面前拉開了帷幕。我永遠無法和他們並肩站在同一個舞臺上，而只能做一個游離在戲裡戲外的純粹觀者。

「你怎麼會和她在一起？原冬現在知道她的情況嗎？是他騙了我，還是……八年前，你們對他隱瞞了什麼？」我凝視著冷桑，將疑惑悉數拋出。

他拿著榔頭的手在半空懸了一會兒，嘴唇動了動，一個字也沒說出來。

榔頭繼續敲擊著，力道清晰均勻地傳遞到另一隻手握著的刻刀上，在紫銅蓋上鏨刻出了一道道細密有序的美麗花紋。

「跟我講講吧，當年那起車禍的真相。」我的語氣緩和下來，不似剛才那樣逼迫。

他放下手裡的活兒，呆坐了一會兒後，沉沉嘆了口氣。

我很慶幸，那天下午我們關於那段往事的追憶可以在一個相對平和的氛圍中進行，這一切都是由於冷桑已經擁有了作為過來人的平復，這讓那個令人心碎的故事，像兌了白開水般被稀釋了不少，我也隨之產生了一種跳脫出來冷眼觀潮的錯覺。

這個曾被我視為情敵的自私無義且性情反覆的虛偽男人，想必他在八年前的處境中，定是有著許多難言苦衷。以前我一直戴著有色眼鏡去看他，現在，我試著把這副眼鏡摘下來。

原冬所講述的故事裡不僅缺失了一部分極其重要的情節，並且自始至終都是以他的主觀視角來講述的。如今，故事裡的另一個主角就在我面前，當那些缺失的情節被補全，當那些已知的情節變換了視角來呈現，那麼，此前我對冷桑所進行的道德審判或將轟然坍塌，令我陷入沒有迴旋餘地的不堪。

我努力將那個總是無端冒出來的強烈自我放下，這樣才不至於陷入偏聽，才能復原出一個連當年的原冬都不知曉的完整而真實的故事。

院子裡時不時傳來隱隱的鋼琴聲，空間的隔離讓那些音符失去了應有的力度，不會再對我的情緒施加過多影響。它們串成的旋律僅僅是以背景音樂的形式，似有似無地在我和冷桑身後流淌著，營造出了一種輕易便可超越自我的氛圍，讓我甘願站在自己的對立面，真誠得近乎虔誠地去聆聽冷桑的講述——由那些缺失的情節和另一個視角反向勾勒出來的，關於當年那個故事的另一個版本。

八十六、真相

「八年前的那場車禍，其實很慘烈。」這是冷桑的開場白。

那個冬日，原冬離開琴房以後，阿茹娜獨自去人民劇院聽了音樂會。散場後她沒有回學校，而是決定把這一天早就計劃好的事情全部完成，哪怕身邊少了一個人。

她先去花店買了一枝紅玫瑰，又去西餅屋取了提前訂製的鮮果小蛋糕，帶著這兩樣東西來到了一家名叫 White Winter 的西餐廳，在預訂的靠窗位置坐下來，點了兩份雪花牛排和一瓶價格不菲的紅酒。課餘時間做鋼琴家教的收入足以讓她負擔起這筆對一般學生來說難以承受的消費，她很早就計劃著，要在這一天把這學期賺的錢全部花掉。她斟了兩杯酒，每喝一口之前，都和端放在對面的酒杯碰一下。她聆聽著來自現場的鋼琴演奏，彈奏者的水平一般，但應付這樣的環境足夠。她一直待到了餐廳打烊，牛排吃完了屬於自己的那一份，蛋糕吃了裱有她名字的那一角，一瓶紅酒在不知不覺中全部喝光。臨走前，她拿

起一直陪伴她進餐的另一杯酒一飲而盡，然後把兩個空空的水晶高腳杯肩並肩腳碰腳地擺在了一起。

這就是阿茹娜二十二歲的生日晚宴。半小時後，她的人生被徹底改寫。

從餐廳出來夜色凝重，醉酒後的阿茹娜倍感孤獨苦悶，她在路邊給王雨打了個電話，說了些發洩的話。王雨想要過來陪她，被她毅然拒絕。掛掉電話後，她舉著那枝紅玫瑰恍恍惚惚地信步街頭，橫穿一個路口時發生了意外，被一輛呼嘯而來的重載貨車撞出了很遠。禍不單行，一輛來不及躲避的摩托車又從她的左手碾軋過去。

冷桑敘述得很平和，可聽到車禍的細節時，我還是心驚肉跳，不寒而慄。

「原冬知道這些嗎？」我問。

「給你講述這段經歷的時候，他還不知道。」

原冬的確對我沒有保留，他關於王雨的講述也和冷桑所言吻合。但冷桑所言也暗含了另一重意思——原冬現在已然知情。想到這裡我心頭一顫，難以想像他聽聞這個真相時的感受。

「那天我在醫院醒來後，意識非常混亂。」冷桑接著講述起來，「我一點點梳理著記憶，還原起了暈倒前發生的事情，也明白了自己當下的處境。耳邊一直迴響著他最後跟我說的話，可我怎麼能讓他替我頂罪呢，那我成什麼人了？但要是不按他說的做，我又害怕他真的用那種傻瓜的自殘方式來報復我。他拿鋼釺指著自己脖子的時候，我怕了，那是我這一生唯一一次害怕。當時我特別矛盾，只能繼續躺在病床上假裝沒醒，希望警察先離開，這樣我還能多些思考的時間，不至於一睜眼就被拉去錄口供。」

「你思考的結果，就是怕原冬再有傷害自己的過激行為，所以，接受了他為你替罪的安排？」我忍不住插問。

「不完全是。」

「還有別的原因？」

「在我進行思想鬥爭的這段時間裡，阿茹娜的手術做完了。我從護士的對話中聽到，她已經脫離了生命危險，但雙腿和兩根手指要被截肢。

那一刻我睜開了雙眼，知道自己應該怎麼做了。

「我錄了口供，如原冬所期，完全服從於他的安排。私下裡，我跟負責原冬案件的警官多聊了一些，拜託他一件事，看能否在不違背他們辦案原則的前提下，避免讓原冬接觸到關於阿茹娜的情況。他理解我的意圖，一番話讓我安下心來，他說阿茹娜的車禍屬於普通的交通事故，原冬的案子屬於刑事案件，兩案之間雖有內在牽連，但主體情節並不構成交叉，各自獨立。當然，他會和接觸原冬案子的同事打個招呼，至少可以做到從他們這裡不走漏消息。然後，我又和自己周圍有可能接觸到原冬的知情人全進行了溝通，包括同學們和他的家人。大家統一口徑，就說阿茹娜只是皮肉傷和小腿的兩處骨折，不太嚴重，調理幾個月即可康復。他已經對阿茹娜非常內疚了，不能讓他再雪上加霜，不能讓他在獄裡做出傻事。」

魯高人去探望原冬的那一次，一定就是按照這個路數說的。原來，這一切都是冷桑暗中所做的安排。

「那……他現在全知道了？」我問。

「幾個月前他來這裡的時候，我告訴了他。」

「幾個月前……」

「他跟我聯繫那天，是七月十號。」

「看來，他應該是一離開花舟就直接來這裡了。」我喃喃道，接著又問，「他是怎麼找到你的？也是按著確松那個地址一路打聽過來的嗎？還是說，他還有你其他的聯絡方式？」

「都不是。」

「那就只有一種可能了。」我擺弄著放在手邊的一團絲絨帶，「他的目的地就是玉沁，只是在這兒偶然碰到了你。」

「嗯。」

我再一次釋然。這個下午，我的心像個彈簧似的時緊時鬆，現在又鬆弛下來，恢復到了一種相對自然的狀態。我決定暫時放下一切疑問，不再打斷冷桑，好讓他把那個不為人知的故事的另一個版本，從頭到尾，順暢完整地講述出來。

那個寒涼刺骨的深夜，原冬和冷桑趕到醫

院時，阿茹娜還沒脫離生命危險，專家們正在進行是否要對膝蓋以上進行高位截肢的緊急會診，同時也在和家屬方面進行著電話溝通。他們在急診樓門口遇到了同樣聞訊而來的王雨，被暫時阻隔在了阿茹娜車禍的真相之外，後來的事情便如原冬所講述的，王雨的死改變了所有當事人的命運。

冷桑非常後悔自己沒有預料到原冬要替自己頂罪的決心是那麼堅定，否則他絕不會在沒有防備的情況下被他那拙劣的一拳打昏。此後的每一天他都活在內疚中，他常常夢到出事那天的情景，夢中原冬朝他揮來一個蒼白的拳頭，恨恨地對他說，這是對他在水房打他那一拳的報復。

阿茹娜的截肢手術很順利，麻醉過後清醒過來。當她知曉發生在自己身上的一切後，偷偷拔掉了插在身上的管子，幸被查房護士及時發現，才沒釀成大禍。所有人都認為阿茹娜尋死是因為接受不了被截肢的殘酷現實，專門為她安排了心理醫生做疏導。只有冷桑明白，阿茹娜的痛苦是雙重的，車禍雖然是個意外，導火索卻是感情打擊。令冷桑感激的是，除了王雨，阿茹娜沒和任何人提起過那天關於原冬的事情。而事實上，在他們一起生活的這八年裡，她也極少對冷桑提及原冬。另一個該感激的人是小凌，就在阿茹娜出事的當天上午，她還曾給冷桑打過一個電話，揚言要讓原冬「身敗名裂」，但隨著這場意外的來臨，不論她和冷桑，還是她和原冬，一切仇怨全都翻了篇，小凌徹底從冷桑的世界消失了。

聽到這裡，我本想告訴他，小凌對原冬的恨並沒有翻篇，否則八年後原冬也不會被她從花舟逼走，此刻我也就不會出現在這裡。那些仇怨，僅僅是因為那次事件的後果太大而被暫時壓制下來了吧，畢竟原冬鋃鐺入獄，一判就是十年。

然而，剛要開口我又把話嚥了回去，想必如今的冷桑已從原冬那裡獲悉了這一切。同時，我還把一個新生疑問暫時按下未表。記得在原冬的講述中，寒假前贊比亞的那次聚餐上，冷桑曾宣布他早已和小凌正式分手，那麼聚會第二天，也就是阿茹娜出事的當天，已經很久沒和冷桑聯絡的小凌，為何又要給冷桑打了那樣一通電話呢？

後來，冷桑放棄了最後一個學期的實習，放棄了畢業論文，這也意味著他放棄了畢業證。取而代之的，是每天去醫院照顧阿茹娜，和她聊天，安慰她，開導她，他不能讓她再做傻事。冷桑這麼做也是出於內心的愧疚，如果不是出事前一天自己逼迫原冬去赴阿茹娜的約會，原冬斷然不會被激怒，去找阿茹娜攤牌，阿茹娜也就不會受到那麼大的精神傷害，那場車禍也就不會發生了。說到底，原冬的罪業也是冷桑的罪業，也是他理應贖還的。

原冬服刑期間，冷桑不是不想去探望，反之，他非常渴望見到他，想跟他當面說上十萬遍對不起。可是他又非常害怕，當原冬問起阿茹娜以及他的現狀時，自己笨拙的演技會被他看穿。

我靜靜地聆聽著冷桑的講述，從這一刻起，我不得不重新認知面前這個面容堅毅，滿手皸裂，靠一下接一下的敲敲打打來吃飯養家的藏族男人。沒想到他在原冬服刑期間杳無音信的原因如此沉重，他其實一直在替原冬承受著一份對等的苦難，無怨無悔地照顧了阿茹娜整整八年，甚至還將是一輩子。這種實實在在的體力付出與不為人知的精神煎熬，絕不比原冬坐牢好受。

原冬替冷桑頂罪坐牢，冷桑替原冬償還情債。他們兩人早已不再相欠，卻被命運牢牢地捆綁成了一體，無法分開。

我禁不住唏噓嗟嘆，嘆命運對這兩個男人的不公，他們可以在精神上深情相擁，卻不得不以承受對方的苦難作為代價。同時，也嘆命運對另外三個女人的不公，凌小凌、阿茹娜和我，全是這兩個男人主演的悲情大戲裡的配角，誰都無法從他們身上獲得那份卑微的愛情。

在原冬講述的故事裡，我曾有著諸多疑惑，那應該也是原冬自己的疑惑，是從他的視角裡永遠無法知曉答案的。我不知道八年後的原冬如何面對冷桑，那些疑惑他是否已先於我，從冷桑這裡得到了答案。

在瞭解阿茹娜車禍的真相前，我本已決定華麗轉身，告別這個和我無關的世界，並且放棄了對那些疑問的求索，然而現在，我反悔了。

於是，在那個下午，我和冷桑坐在貨攤前，

伴隨著他時不時敲打金屬而發出的叮噹聲，藏匿在心底已久的那些大大小小的疑問，被一一解開了。

八十七、釋疑

國慶節馬溝河秋遊那次，出發前小凌一直在車下等冷桑。冷桑來了以後也沒多想，實話實說原冬一夜未歸，他剛在校園裡找了一圈，所以來晚了。當然，他沒提頭晚兩人因為調包匝尕而吵架的由頭。

小凌本來就對「圍巾事件」和「嘎烏事件」耿耿於懷，這次冷桑撞上了槍口，拱手送給小凌一個發洩機會。小凌順勢又扯起了嘎烏的話題，要冷桑也給她戴幾天。冷桑不同意，小凌伸手去扯冷桑的衣領，想要強取。冷桑把小凌拽到一旁的樹叢裡，讓她冷靜一下。可小凌非要讓冷桑把話說明白，否則她就去找原冬說明白。冷桑被小凌的「胡說八道」氣到發抖，盛怒之下打了她，郊遊也不去了，掉頭回了宿舍。

大學三年多他們分分合合好幾次，多因瑣事而起，最後都是冷桑放低姿態，主動言和。這一次冷桑是真的生氣了，小凌後來也意識到自己那些話過於口無遮攔了，所以才會在第二天給冷桑打了個電話，說她家裡為他聯繫的到美院附中任教的事情有眉目了。臺階已經伸到腳下，冷桑就勢跟小凌和好，並不完全是為了那份工作，而是擔心小凌再度惱羞成怒鬧下去，結果對大家都不好。不過，冷桑也藉機和小凌立了個規矩，以後小凌不許再去宿舍找他。

也正是從那時起，冷桑後知後覺地意識到，他和原冬之間的確有一種不可言喻的無形存在，此前他不自知，是小凌讓他明白了這一切。

而發生在阿茹娜出事當天中午的「水房事件」，背後還有一個隱情。第二次「圍巾事件」以後，已經快一個月沒有任何聯繫的小凌，那天上午來了個電話，她坦言自己沒跟家裡說她和冷桑目前的分手狀況，如果冷桑願意，她可以放下前嫌，兩人還可以像從前一樣，什麼都沒變，包括那份難得對口的工作。這一次冷桑毅然拒絕了，電話另一端的小凌立時變了態度，揚言如果冷桑不跟她和好，她就要讓所有人都知道，原冬搶走了自己的男朋友，是個喜歡男人的變態，她要讓他身敗名裂，說罷掛了電話。

小凌的威脅給冷桑帶來了巨大的心理壓力，可他不得不暫時將此事放下。此前有人給他帶話，說阿茹娜約他在食堂見，冷桑一頭霧水地去赴約，見到了早已等在那裡的阿茹娜。她拿出一個信封，說裡面是一張當日下午的音樂會門票，請冷桑代為交給原冬。她開誠布公地說，早就知道他和原冬同宿舍，請他一定要幫自己這個忙。冷桑像是遇到救星般鬆了一口氣，他當然願意幫這個忙，並且希望原冬能和這位天賜佳人交往下去，這樣也便封住了小凌的口，任她再「胡說八道」什麼，也不會有人相信。可是後來，當冷桑跑到水房告訴原冬這一切時，才明白他對阿茹娜根本沒有感覺，反而對自己入了戲。一邊是小凌的危言相逼，一邊是原冬的堅決抗拒，冷桑一時間心亂如麻，又氣又急，所以才失去理智打了原冬。

沒想到阿茹娜的車禍背後，還有著那麼多環環相扣的隱情。把阿茹娜推到車輪之下的隱形之手，不僅是原冬和冷桑，說到底還包括小凌。知曉了這重背景，此前我的一個疑問也迎刃而解。小凌在已經和冷桑默認分手了的情況下，又打了那樣一通電話，應該是心有不甘的最後一次挽回。與其說小凌對冷桑沒有死心，還不如說她一直過不去原冬橫在她心裡的那道坎兒。

「那你和阿茹娜之間，以前談論過原冬的話題嗎？」我問。

冷桑搖搖頭，「其實我跟她不熟，見面打個招呼而已。」

「那次在水房，他摔得那麼厲害，你真的不在乎？」

這個問題顯然過於細化了，有一種類似偷窺的感覺，但冷桑還是認真作了回答。

「怎麼能不在乎！當時他蜷在地上，鮮血染紅了地磚……」他動情地回憶著，「僵持了一

會兒後，我決定給他十秒鐘的時間，如果我默數到『十』他還不動，我就過去扶他。可是數到『九』的時候，他突然掙扎著站了起來，扶著水池和牆，艱難地走了出去。後來我很後悔，為什麼沒數得快一些，為什麼非要固執地數完最後一秒……」

聽到這裡我難以自持，眼眶瞬間濕潤了。原來，當時的他們竟心有靈犀地在同一時刻開始數秒。

原冬也給了冷桑十秒鐘的時間，遺憾的是他也只數到了「九」。他的解釋是：讓一個人陷入絕望，不需要再多一秒鐘的時間。既然看透了那一秒，還不如讓它化作幻想與安慰，他怕自己輸不起。未承想，他並沒有看透，倘若他能再多等上一秒鐘，希冀就會變成現實，冷桑就會過去扶他起來，後面的一系列悲劇也許就不會發生了，至少不會那麼慘烈吧。這一秒鐘，還讓我想起了小凌最後一次去原冬宿舍，當她拿出剛織好的第二條圍巾，挽留正準備拉門而去的憤怒的冷桑時，哪怕再多給他一秒鐘，他就會將那隻手從門把上撤下，回轉身來。

這個世界，為什麼總有那麼多毫釐之間的陰差陽錯與無可挽回呢？

我拭去眼角的淚水，又問了一些隨機想起來的瑣碎問題。這些問題，應該也是原冬曾經的疑團。

「你是怎麼發現他藏在床板下面的匝孓的？」

「馬溝河秋遊那次，我和小凌吵完架就回宿舍了，沒想到他回來了。我看他睡得正酣，心想昨夜他一定沒睡好，就出去待著了。下午回來他還沒起，我叫他出去喝酒，他不去，我氣得踹了一腳床板，課程表上的兩塊膠條撐開了，課程表耷拉下來，裡面的匝孓掉到了我懷裡。」

「就這麼簡單？」我難以置信。

「對啊。」他笑了笑。

「那次你們去洗澡，在更衣室裡，你是怎麼察覺到他讓你去買衛生紙，其實是為了故意把你支開？」

「也是巧合。」他嘴角的笑意猶在，「那

天我剛走出浴室大堂，突然想起頭天和小凌吃飯時，她把剩下的半包紙巾塞我兜裡了，心想不用去買了。我掉頭回去，剛好看到了他的鬼把戲。我想了想，還是出去買了衛生紙，後來的一切就是逢場作戲了。既然他那麼喜歡，就給他戴幾天唄，可總得有個正當理由啊，所以將計就計，也算是給足了他面子。」

「國慶節那天你們都喝多了，關於抹牙膏的事，第二天你到底忘沒忘？」

「沒有。可是第二天酒醒之後，我越來越擔心頭天早晨小凌的那份敏感不是無中生有，所以我不敢直面酒後回玉沁的承諾，也不敢面對那個小玩笑，而是選了一個折中的辦法。那個月他又早早就沒錢了，連牙膏都偷用我的，他還以為我不知道呢。我沒履行抹牙膏的承諾，甘願被他嘲笑斷片，但我給他買了一大管牙膏，那是我的另一種表達：關於那晚我們說的每一句話，我其實全都記得。」

不止那個晚上的一切，冷桑對於他和原冬大學期間的全部過往，都記憶深刻。所以我提出來的每一個問題，他的回答都是不假思索地脫口而出。唯有常憶方能彌新，這說明他和原冬一樣，也時時記掛著往事。

「三年多來，小凌一直都沒和你挑明她的感受，她能做到那麼隱忍已經相當不容易了。可她為什麼沒有堅持到最後，而是在國慶秋遊那天早晨突然爆發？」

「因為嘎烏。她管我要了無數次，想要打開看一看，我從來沒有答應，結果被原冬戴在了脖子上。這件事情對她的刺激，比圍巾的事情大一百倍。」

「的確如此。」我無限唏噓，越發同情小凌。我比冷桑更清楚小凌對原冬的那份帶著無限醋意的恨，因為我直面了他們之間的那次交鋒。嘎烏高調地掛在原冬脖子上，以小凌的個性，上前一把扯下來亦不足為奇，可她終歸沒那麼做，而只是用格外低劣的手段奚落了他一番，並且對著夕陽中遠去的那個背影狠狠罵了聲「賤人」。她還是給了冷桑一個機會，也給了她自己一個機會。如果隔天早晨秋遊集合時冷桑沒有來晚，或

是他沒有如實解釋來晚的原因，或是他答應把嘎烏摘下來給她戴一戴，那麼，小凌對原冬的怨氣多少會疏解掉一些，也就不至於匯集到最後，積重難返。

「那麼……你到底愛沒愛過小凌？」

他沉默了一會兒，答道：「我努力去愛過，想儘量對她好，但現實總是有各種牽絆和阻礙，不管是她帶來的，還是我自找的。」

「那你對阿茹娜呢？」我又問，「除了為原冬和你自己贖罪，就沒有一點兒別的感情嗎？」

他沒說話，無力地搖了搖頭。

關於冷桑和阿茹娜後來的事，便大致如我所見到的這樣。阿茹娜出院後沒有返校，也不願回家，而是想去一個陌生的地方生活。早已放棄學業的冷桑，一直在用善意的謊言向阿茹娜表達著愛慕，只有這樣，他對她的照顧與陪伴才順理成章。阿茹娜接受了冷桑的「愛」，但也明確地表示，自己不會和他結婚，冷桑自然無條件接受。出乎他意料的是，阿茹娜說想和冷桑一起回他的老家。

於是冷桑帶阿茹娜回到了確松，按自己的原定計劃，子承父業，做起了銀匠的營生。性情本就孤傲的阿茹娜，出事以後更不願與人交流，唯一樂意做的事情，就是獨自待在屋裡，悶頭編織那些小東西。冷桑對家人以外的個別知情者謊稱她是朋友，臨時幫忙照顧。但事實上，確松鄉裡絕大多數的人壓根兒就不知道阿茹娜的存在，這是因為沒多久，阿茹娜就提出了一個想法，她想讓冷桑把銀店搬到玉沁縣城，並執意要將銀店開到專營唐卡的雪薩街。冷桑的姐姐在西離，早些年就想接阿爸過去，阿爸藉此機會答應下來，把銀店交給了冷桑，就此化解了他的為難。隨後，冷桑賣掉了房子和家裡的犛牛，帶阿茹娜離開確松，搬到了玉沁。

「把店開到雪薩街是阿茹娜的意思？」我插了一句，這實在出乎我的意料。

「對，因為這個位置可以看到卓瑪拉雪山，她喜歡。」冷桑解釋道。

店鋪開在了不適宜的街區，但影響並不大，畢竟才昂老店名聲在外，冷桑活兒也好，很快就和玉沁曲林以及周邊的幾座寺院建立了穩定的合作關係，兩人的生活風平浪靜。不久以後，阿茹娜開始傾心於化妝和打扮，雖然花銷不小，但冷桑很支持，他相信這對阿茹娜恢復自信有幫助。後來她又提出要買一架鋼琴，儘管缺失了兩根手指，但音樂造詣深厚的她完全可以自己改編樂譜，只要強化訓練，八根手指同樣可以彈琴。冷桑知道阿茹娜挑剔，但進口鋼琴的價格不是他所能承受起的，最終，他託人幫忙買了一架日本進口的二手三角鋼琴，這幾乎花掉了他全部的積蓄。從那以後，每天下午三點到五點成了阿茹娜彈琴的專屬時間，這是她每天最享受的一段時光。

「這個店為什麼叫這個名字？」我又問。

「店名是她取的，蒙古語，是她老家一個湖泊的名字。」冷桑答道。

此前的直覺沒錯。我想到了原冬講述過的那個隨著季節而變化形態的神奇湖泊，看來，這才是它真正的名字，情人湖僅僅是個漢語俗名吧。不知道冷桑是否知道這個名字背後的故事，我沒提，這對他並無意義。

達連淖爾，這四個字寄託著阿茹娜對愛情的憧憬，而這片厚土，又是原冬曾經神往的藝術聖地。那個女人魔幻般地將二者嫁接在了一起，和我一樣，成為了這個世界上另一個無怨無悔為原冬恪守夢想的人。

顯然阿茹娜還不知道原冬來了這裡，這應該是冷桑和原冬達成的共識。迴避誠然對她不公，卻也沒有更好的辦法。以她目前的狀況來看，不該讓她再受任何刺激，現世安穩才是最重要的。至於那些註定無解的難題，姑且交給時間吧。

故事裡的疑雲全部被吹散，可我並不甘心就這麼離去，是該面對那個一直壓抑心頭的問題的時候了。原冬在哪裡？真的在這條街上的某一家唐卡店裡學習唐卡嗎？如果他打算一直在玉沁待下去的話，是否意味著他將永遠在阿茹娜面前隱身呢？

想到這裡，我忽而不安起來。

八十八、迷蹤

那些隱情和反轉也似歷經了冷桑榔頭下的千錘百煉，被塑造成了與原冬的講述幾乎嚴絲合縫的互補形態，令當年的故事得以完整地還原。

我以一個居高臨下的視角注視著趺坐在地上做活兒的冷桑，他脖子上的羊皮繩引起了我的注意，領口裡的金屬吊墜若隱若現。

「你脖子上戴的……」

「就是你要找的那種嘎烏。」他放下手裡的工具，將吊墜從衣領中掏出來，和原冬戴的一模一樣。

「他還給你了？」

「沒有，這是我另做的一個。」說罷，他把嘎烏收回衣領裡。

「裡面也裝著一張匝尕？」

「嗯。」

「綠度母？」

「嗯。」

「八年前他偷偷臨摹的那一張？」

「嗯。」

這三個「嗯」一聲比一聲輕，反倒讓我有些不好意思起來。當年的原冬之於小凌，此刻的冷桑之於我，在感情的立場上毫無區別，可我不想像小凌那樣咄咄逼人。

「有一個問題，當年他也很疑惑。」

「你是說，他嘎烏裡的那張匝尕？」

「對，他說當年在唐卡展上見過一張一模一樣的。」

「展覽上的那張應該是原件，當年我嘎烏裡的，也就是他現在戴的嘎烏裡的那一張，是秋眉法師很早以前去尼泊爾時的臨摹之作。」

「秋眉法師？」

「他是玉沁最著名的拉日巴。我八歲那年春天，玉沁曲林舉行時輪金剛灌頂大法會，委託我阿爸製作一批法器，那些日子他忙得脫不開身，就差我搭了駕進城的馬車，去寺院送一批新做好的曼扎。那天碰巧遇到秋眉法師，他把那張匝尕送給了我。」

「法師認識你？」

「不認識，那是我第一次見他。我送完了

貨，接我的馬車要晚些時候才來，我沒事做，就順著玉沁曲往卓瑪拉雪山的方向走。遠遠看見一位尊者坐在河邊，跑過去一看，他正對著河裡泡著的一整片犛牛皮念經。他面前的一塊石頭上，放著一摞經書和一張匝尕。我看著新奇，走過去朝匝尕多看了幾眼。他問我叫什麼名字，多大了，我一一回答。他又問我知不知道匝尕上畫的是什麼神，我回答是綠度母。他說早些年他去藍毘尼朝聖的時候，在一個寺院的經堂裡看到了一張匝尕，非常喜歡，就在現場臨摹了下來，也就是我眼前這一張。他問我喜不喜歡，我點點頭。他讓我過去把匝尕從石頭上請取下來，我小心翼翼地照做，然後他就說它屬於我了，還教了我一句心咒。我頂禮謝過，回去以後做了個筒狀嘎烏盒，把匝尕收藏起來。我沒把這件事告訴任何人，包括阿爸和阿奶。」

「他為什麼對著牛皮念經？」

「牛皮是用來熬膠畫唐卡的，要在流動的河水裡泡一個月，才能去毛軟化，深入加工。念經是繪製重要唐卡前的儀軌，每一道準備工序都要念。」

我久久地眺望著遠方的卓瑪拉雪山，腦海裡閃過原冬嘎烏裡的那張綠度母匝尕的前世今生。雖然我從來沒有見識過，但關於它的想像又豐富了一重。

「原冬臨摹的這一張，好像還沒有最終完成？」

「國慶節前的那個晚上，他調包匝尕的事情被我發現，可他死活不告訴我在哪兒，我氣得把他的床、抽屜和櫃子翻了個底兒朝天，做得很過分，他就賭氣不畫了。他入獄後，家人來收拾宿舍東西，我把這幅沒完成的匝尕留了下來。」冷桑無限愧疚地說道，隨即眉心又舒展開來，「不過後來，就是搬到玉沁的那一年，我到玉沁曲林找秋眉法師，希望他能為這張匝尕開光。他看到後非常欣喜，我就給他講了這幅臨摹品和他當年贈與我的那張匝尕之間的因緣。法師用九眼天珠為每一條金線拋了光，又親自研磨了一塊上好的硃砂，為匝尕描了紅，而後誦經開光，背書種子字。」

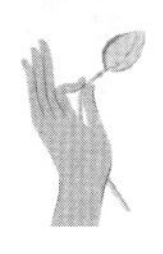

聽到這裡，我的心頭湧起一股熱流，沒想到當年給原冬帶去無盡悲歡的那張未竟之作，最後能以如此殊勝的方式得以善終。如今它成了冷桑的珍藏，被封裝在了那個同是複製品的嘎烏裡。兩個男人之間百轉千迴的糾纏，獲得了恆久的共情與撫慰，隱忍而不凡，對他們來說也算是一種善終吧。

「原冬知道他那張匝尕的來歷嗎？」我問。

「這次見面，他問過我了。」

「以前為什麼不問呢？他不好奇嗎？」

「好奇也沒用，我不讓他打開嘎烏，他總不能不打自招。」

「那天你發現了他調包，穿幫以後他為什麼還不問呢？」

「國慶節以後，我們的關係一直很微妙，大部分時間處在半冷戰狀態。後來關係雖然緩和了一些，他反倒不好意思問了。」

「寒假前在贊比亞的那次聚餐，你們不是和好了嗎？那時候他怎麼還不問？」我也不知道自己為什麼執著於這個問題。

「沒來得及吧。」他說。

事實的確如此，誰也沒想到第二天阿茹娜就出了事。

我本想請求冷桑打開嘎烏，給我看一看那張匝尕，但還是沒有說出口。我不該在那兩個男人的故事裡透支更多精力了，我清醒地明白，自己對冷桑敵意的弱化，是由於阿茹娜事情的干擾。事實上，我一直被糾結於一起的兩股情緒輪番統領著。涉及到阿茹娜時，我對冷桑充滿敬意，嗟嘆人生無常，他所承擔的實在太多。可一旦涉及原冬，便醋意翻滾，難以面對。

「好了，該和我說說他了，他到底在哪兒？」我強迫自己跳脫出對這個藏族男人的複雜情緒。

「你們之間的事情，他大致和我說過一些。」他答非所問，「要是沒有你的鼓勵和幫助，他這輩子可能就不會再摸畫筆了，更不可能去畫唐卡。」

「你的意思是——他真的在這裡學唐卡？」

「嗯。」

「那麼，他在哪兒？」我毫不鬆懈地追問。

「你有什麼話，我替你轉達。」

「不必了。」我努力控制著微微的怒意，「你不想告訴我沒關係，我可以找到你，也可以找到他，他一定就在這條街的某家唐卡店裡。」

「你找不到的。」

「那就不勞你費心了。」我起身走下臺階，準備告辭，「今天是冬至，他的生日，我必須見到他！」

「不是我非要阻止你……」他的聲音在我身後響起。

我止住腳步，扭轉身來，用盡最後一點兒耐心等待他後面的話。

「這個……其實是他的意思。」

「胡說！」

「他說如果有一天你來找他，就讓我代他跟你說聲『對不起』。」

「他為什麼讓你轉告？」我憤然走上前幾步，「他怎麼可能知道我會來找你呢？」

「可能是他的直覺吧，所以才會提前交代給我。你可能永遠不會找到這裡，也可能說來就來，就像現在。」冷桑平靜地說道。

我無力反駁，果然被他說中。

原冬早已知道，他的不辭而別會令我耿耿於懷，也許有一天我會四處尋他。至於為什麼能預知我會來找冷桑，一種可能性是他猜到了我會在某種機緣下發現那個信封，另一種可能性就是他認為我可以通過小凌尋找到關於冷桑的線索，比如他們在寒暑假期間往來的信件，或是一本年代久遠的通訊錄，或許還有什麼別的他認為可以成立的理由。總之，他猜對了。

可就算他預知我會來，我還是不肯相信他連見我一面都不願意——不願意到了甚至需要提前做好防備的地步。

「我為什麼要相信你？」我冷冷道，「一定是你的私心在作怪！」

「我有什麼私心？」他抬起頭，與我對視。

「你怕我把他搶走，這樣就沒辦法腳踩兩隻船了！」

乾燥的空氣裡突然發出「哐啷啷」的一通巨

響，冷桑手裡的榔頭被撂在地上，順勢翻滾下了臺階。他雙手交叉在一起，緊緊握成一個拳頭，額頭垂抵在上面，默然不語。

我沒給他辯駁的機會，繼續說道：「你對阿茹娜這些年來的付出令人欽佩，理所當然地佔領了道義制高點，原冬對你一定既愧疚又感恩。可是除了這些沉重的心理負擔，你還能帶給他什麼呢？真愛他的話就應該放手，讓他過正常的生活，讓他也像你一樣，不管經歷了什麼，不管心中有多苦悶，至少身邊有一個女人，擁有一個儘管華而不實但卻可以稱之為家的東西。名分和家庭，這些都是我甘心奉獻給他的，可你呢？你什麼實實在在的東西都給不了他！這對他不公平！」

「夠了！」他猛地抬起頭，像一頭被激怒的犛牛，眼裡有火在燃燒，「你以為他知道當年那場車禍的真相後，也像你一樣發幾句感慨就完事了？你知道這件事對他的打擊有多大嗎？當時那根煙在他手裡燃了半天，快燒到手指才回過神來。他抖掉煙灰，看著紅紅的煙頭，突然把它攥住。我趕緊扒開他的拳頭，手心裡全是血啊！可他一聲不吭，一動不動，最後是我強行把他拖走送到醫院去的！」

「啊……」我的唇顫抖著，半天說不出話來。那個煙頭猶如戳在我的心尖，在一片血肉模糊中泛著劇痛。那可是握著畫筆描繪唐卡的手啊，怎麼可以承受如此摧殘！哀嘆的同時我亦深感慶幸，倘若原冬是在獄中獲悉這一切的話，後果真的不堪設想。

冷桑深深嘆了口氣，而後調整了一下情緒，恢復了此前的平和。

「鐘眠。」他幽幽喚了一聲，「我可以告訴你他在哪兒，但並不是為了讓你去找他，我只是希望你能明白，很多事情不是你想像中的那樣。我從來沒對他有過什麼私心和不公平，反倒是你剛才說的那些話，才是對他最大的不公平。」

我彎腰拾起地上的榔頭，放到冷桑腳邊，而後異常艱難地邁上臺階，重新回到了剛才的座位前。

「好了，現在可以告訴你關於他的一切

了。」冷桑鄭重地說道，表情嚴肅得令人生畏，「就從我們這次重逢說起吧。」

玉沁和內地有近兩小時的時差，雖已時過四點，卻是一天中太陽最毒的時候。街上白花花的一片，仿佛有一塊不知懸在哪裡的巨大反光板，將折射後的陽光疊加投射到了整條雪薩街上。

我失神地望著貨架上那一排被照得邊緣發亮的絳紅色掛飾，重重喘息了幾下後，緩緩地，再一次坐了下來。

八十九、情關

七月十日上午，冷桑接到了一個電話。

他「喂」了一聲，對方沒說話，但能隱隱聽到喘息聲。他又「喂」了一聲，聽筒那端才傳來一句，「嗨，是我。」

冷桑怔在那裡，感覺經歷了一個輪迴，直到空氣中飄來一陣煨桑味道，他才意識到，這個曾在夢中反覆追憶的聲音，來自於現實。他又驚又喜，各種滋味齊上心頭。

電話裡他們沒有過多交談，連起碼的寒暄都沒有。一切都是那麼自然，仿佛切換到了風城的校園，他們剛剛經歷了一次稀鬆平常的冷戰，沒多久兩人就擯棄了前嫌，好像什麼都沒發生。

「我在玉沁，見個面吧。」電話那端接著說道。

「好！」冷桑脫口而出。

「時間地點，看你方便。」

「今天下午三點以後，寺院東門更登茶館。」

「好！」他也脫口而出。

這就是通話的全部內容。掛了電話，冷桑的心情久久不能平靜。他坐在炭盆前，對著那灼灼火光，第一次在白天點燃香煙，連抽了三根。

當天下午，冷桑像平時一樣，三點前安排好了阿茹娜練琴前的一切事宜，跟她說要去寺院取個圖樣，然後就直奔寺院東門外的更登茶館。

原冬早已等候在那裡了。他坐在窗邊抽著

煙，微笑著朝剛走進來的冷桑揮揮手，陽光透過窗櫺斜射在他的臉上，眉宇間少了幾分當年的英氣與清高，多了幾分滄桑與持重。

八年前後，最後一次見面的法庭和此時重逢的藏式茶館，前後場景的生硬對接讓人產生了一種時空錯亂的感覺。曾經在校園裡共同經歷的那些悲歡往事，更像是上輩子的事了。

原冬拈著香煙站起來，四目對視了幾秒鐘後，冷桑走上前將他狠狠抱住。不同於當年在宿舍第一次見面時的那次擁抱，這一次原冬手裡沒有鋪蓋和行李，所以，他也用雙臂緊緊回抱了冷桑。只是拈著香煙的那隻手不得不在冷桑背後小心翼翼地翹著，於不經意間將長長的煙灰抖落在地。

「你瘦了。」冷桑貼在他耳畔說道。

「你沒變，還跟頭犛牛似的。」原冬含笑將他推開。

兩人坐下來，點了酥油茶和幾樣小食。

原冬說了自己這些年的境況，包括兩次減刑提前釋放，為了生計到北京謀生，後因嘎烏之緣和我邂逅。小凌的陰影始終籠罩在我們之間，但現實的壓力讓他不得不暫時低頭。在我的幫助下，他的生活和工作逐漸安頓下來，還在我的鼓勵下重拾畫筆，一步一步走上了回歸理想的正途。直到在國外出差的小凌回來，這份來之不易的全新生活才被打破，未竟的理想再度夭折，深藏的矛盾全面爆發。同時爆發的，還有我對原冬不知何時生發出來的野草般的愛情。無心讓我陷入感情漩渦的他，不得不向我坦言了一切，講述了發生在他與冷桑、小凌以及阿茹娜之間的那段前塵糾葛。為了不再連累和繼續傷害於我，他最終選擇了全身而退，不辭而別。

冷桑講到這裡時，我忍不住插問了一句：「他有沒有提到，他為什麼走的那麼急？前一天他還在他們公司申請了宿舍。」

「這倒沒提。」冷桑搖搖頭，而後繼續他的講述。

原冬決定在玉沁學習唐卡，圓了大學時的夢想。他問起那張匝尕的來歷，坦言自己曾在唐卡展上見過一張一樣的。冷桑據實相告，原冬聽後驚嘆不已，說自己此行正是慕秋眉法師盛名而來，想拜師求藝，遺憾的是秋眉法師不收俗眾，他只能拜其他的喇嘛拉日巴，或是到民間去遊學。那個早晨他來到了雪薩街，想先瞭解一下這裡的情況。其間，他被一個特殊的店鋪吸引了注意力，包括它那與眾不同的招牌——達連淖爾。緊接著，他又驚異地發現，坐在貨攤前的女人樣貌很像阿茹娜。他不敢貿然過去，而是走進斜對面的一家唐卡店，悄悄觀察，和店裡的畫師一邊交流唐卡，一邊側面探聽那個女人的消息。她果然叫阿茹娜，雖然漂亮，卻是個失去了雙腿和兩根手指的殘疾人。原冬聽了很震驚，懷疑自己認錯了人。長得像又怎樣，那副裝扮一看就是藏族，可能家裡有人懂蒙古語，所以才給她取了這個名字，包括那個店招。可是後來，當原冬又從畫師口中得知男主人名叫老桑，老家就在離縣城不遠的確松後，頓感五雷轟頂，立時明白當年阿茹娜的車禍或許另有隱情，而後很快就推理出了整個事情大致的來龍去脈。不過，在向冷桑求證之前，他還懷抱著最後一絲幻想，或許她的殘疾來自於後來的另一場災難。

離開那家唐卡店，他想方設法找到了冷桑的電話，用公用電話打了過去，約他見面。

事已至此，冷桑無需再隱瞞，便把阿茹娜當年車禍的真實情況一五一十都說了出來。冷桑始終覺得，這個殘酷的真相只有自己親口告訴原冬才是最穩妥的，卻沒想到還是發生了意外。原冬聽後懊悔不已，他努力壓抑著的激動情緒，卻是以另一種殘酷的方式發洩了出來。毫無徵兆間，他把夾在指間的煙頭收握在手中，待冷桑反應過來，扒開他的拳頭後，掌心和手指已經被燙掉了一層皮，鮮血淋淋，觸目驚心。冷桑強行帶原冬去醫院包紮後，一直沒說話的原冬終於開口，宣布了一個重大決定。

冷桑說到這裡的時候，突然停下來。

「什麼決定？」我急切地問道。

「他決定……」冷桑抬起頭，看向卓瑪拉雪山，「拜秋眉法師學習唐卡。」

「法師不是不收俗眾嗎？」我有些發懵。

他一陣默然，良久，才開口說道：「是的。」

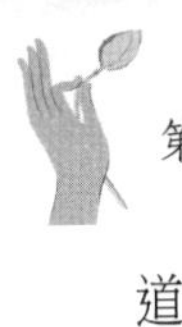

餘光中那一抹抹帶著流蘇的絳紅隨風飄擺著，撩撥著我遲鈍的神經。

「不可能，這不可能……」我不停搖著頭。

「他又去找了秋眉法師。」冷桑繼續說道，「這一次，他和法師進行了一次深談。」

原冬講述了自己的人生經歷，以及想要拜師學藝的決心。法師說他紅塵尚有障礙，當下出家因緣不具足。若只為學習唐卡，大可不必執著於他這一門下。原冬說自己不只是為了學習唐卡，更願從此以藝侍佛，遠離瑕穢垢染，不再顛倒夢想。他還講述了自己與秋眉法師的緣分，二十多年前，法師臨摹的綠度母匝尕，此刻就掛在他項上的嘎烏裡。他取出嘎烏動情地說，正是它，照亮了自己此前八年的每一個漫漫長夜，幾經輾轉，又將自己一路牽引至此。法師當即明白，他就是臨摹了自己在藍毘尼臨摹的那張綠度母匝尕的人，多年前，他還為那張匝尕描紅刻金，誦經開光。那時的他們，便已結緣。

「那……法師答應他了？」我聲音顫抖地問道。

「至少沒有馬上拒絕。」冷桑答道，用棉布反覆擦拭著轉經筒上鏨下來的金屬碎屑，「原冬見法師有所動容，繼續表達自己拜師的決心。他發心臨摹這幅綠度母匝尕一千零八十張，全部功德迴向阿茹娜及眾生，遣除違緣，斷念紅塵，也算是交給秋眉法師的一份入學申請。若未能成就，或天賦不足，到那時再被拒絕，便甘心坦然了。」

「什麼迴向眾生！」我終於爆發出來，直感天旋地轉，乾坤顛倒，「我不要我那份，他不欠我！」

冷桑再不言語，繼續做起了活兒。

心意煩亂的我，此時不知為何突然想起了離家多年的父親，情緒就此稍稍緩和了一些。

很多人的一生都可以分成兩半，長度不一定對等，但一定是因了一個契機，命運發生了一次重要轉折。父親的前半生為母親、為我而活，後半生則為自己的信仰而活。他的信仰就是他的使命，同時也被迫變成了他的生活方式——完成戰友高黎明的遺願，將他的骨灰撒到一個最美的地方，哪怕為找尋這個地方而四處漂泊，付出餘生。原冬曾對父親的事情特別感興趣，還說等高黎明的骨灰撒掉以後，一定要告訴他撒在了哪裡，他想去看看那個「最美的地方」。如今他恐怕早已忘記了這些事情，他甚至終將忘記和我的過往，他的餘生只剩下了為阿茹娜贖罪。可我無論如何也不肯相信，那座廟宇，那襲袈裟，將成為他此生最後的歸宿。

短短幾個月不可能畫完那麼多匝尕，一切應該都還有緩和的餘地。

幾片薄雲從雪山的方向升起，遮住了太陽，光線不再那麼刺眼。眼前搖曳的絳紅色掛飾，究竟是巧合，還是冥冥中編織出來的讖語？

「畫完一千零八十幅唐卡又能怎樣？阿茹娜就能站起來嗎？」我質問道，帶著出離一切的清醒，將這場對話拉回了現實，「浪費時間做那些虛妄的事，還不如解決點兒實際問題！給她裝一副假肢不好嗎？」

「殘肢太短，安裝難度大，就算勉強裝上也得靠手杖才能行走，她說寧可坐輪椅也不用手杖。」冷桑無奈地說道，伴著些不堪回首，「早些年我勉強說服她，裝過一套義肢，可沒穿幾次殘肢就發炎了，端頭神經痛得厲害。到處求醫問診也沒什麼效果，只能靠止痛藥緩解。後來我試著給她敷了黑膏藥，再加上每天早晚按摩，效果還不錯，一個月後就不再疼了。」

「黑膏藥？就是你老家藏醫秘製的祖傳膏藥？」我問，記得原冬曾提過這個東西。

冷桑點點頭，「從那以後，我就再也沒跟她提過裝義肢的事情了。」

我忽而想起明宇是這方面的專家，半年前給小凌過生日那天，曾聽他說起過業內的一些情況，便將那些話轉述給了冷桑：「這些年有很多科技突破，應用在假肢上的新技術也不少，什麼仿生、智能、超聲波演算法、意念控制……」

「普通的大腿義肢都要三四萬塊，你說的那些一定更貴，我們現在沒什麼積蓄了。」冷桑長長嘆了口氣，「其實我的收入還算可以，但攢不下錢來，吃喝花不了多少，大頭都用在了鋼琴和化妝品上。」

「化妝品？那些東西能花費多少？」我非常不解，在這座高原縣城裡，我甚至沒看見一家像樣的現代化商場，這裡所能買到的所謂化妝品，無非是些最普通的潤膚品和國產廉價彩妝了。

「車禍讓她的性情變了很多。以前她都是素面朝天，來玉沁後，對穿著打扮格外在意起來，周圍只要有人去省城，她就要請他們幫著帶各種化妝品回來，都是進口的。再加上衣服和首飾，每年算下來都要花費兩三萬，根本攢不下錢來。這還不算每年鋼琴保養和聽新年音樂會的費用。」

「音樂會？玉沁能聽音樂會？」

「這裡當然沒有。每年我們都要安排一次遠行，到大些的城市去聽最專業的鋼琴音樂會。」

一時間我感慨萬端，沒想到表面冷若冰霜的阿茹娜，內心卻如此熱切，熱切得有些發狂。她定是想用一副不朽的容顏來挽回自信，像新鮮的花朵一樣，在心上人面前重新綻放。而音樂，則成了她獲得心靈撫慰的唯一寄託。可憐的她殊不知，那個男人永遠不會愛上她，甚至再也不會出現在她面前。

「其實，這些年還有個人一直在默默地接濟我們。」

「誰？」

「大學同學，和我們一個宿舍。」

「魯高人？」

「對，他一直喜歡阿茹娜，我以前不知道，後來聽原冬說了才明白。」

「沒想到他這麼癡情。」我鼻尖一酸。

「這些年多虧高人的幫扶，錢不多，但總可以讓我們的日子寬裕一些。高人不讓我告訴她。」

冷桑從一個小鐵盒裡取出一個寫滿經文的紙捲兒，塞進剛裝上木製搖柄和碑碟墊片的轉經筒裡，蓋好蓋子，試著搖動了幾下。筒身隨著金屬墜子的離心力轉起來，還沒有塗潤滑油，金屬之間摩擦的聲音有些乾澀。

「接下來你有什麼打算？」他問。

「還沒想好，現在腦子很亂。」我說。

「她已經在彈最後一曲了，你該走了，要

不她會起疑心的。現在她不能再承受關於原冬的任何刺激了。她靠希望而活，但希望也可以讓她死。」

我側耳傾聽，分辨出了內院傳來的琴聲，是那首原版的蕭邦夜曲。

「知道了。」我起身準備離去。

「另外，拜託你不要去打擾他。」

「他真的在畫那些匝尕？」

冷桑點點頭，「閉關中，不能見任何人。」

「閉關？要多久？」

「三年零三個月。」

「你說什麼？」我驚道，以為自己聽錯了。

「一千零八十幅綠度母，加上誦經，需要三年零三個月來完成。」冷桑認真解釋道，隨後又補充了一句，「現在離出關還有兩年，十個月，二十一天。」

九十、轉經

我站在玉沁曲林前的經幡廣場向山上仰望，山頂非常陡峭，裸露著層層疊疊的巨大岩石。修在半山腰處的寺院因地制宜，基礎由數十根粗壯立木支撐，牢牢楔入山岩，斷面築有石砌護坡，整座建築猶如被托舉在一個盛大的蓮花臺上。主殿金頂正中有一組精美造像，雙鹿仰頭，虔誠跪拜於八輻法輪兩側，凝神聽法。這派莊嚴聖象高懸在山體上，在空中熠熠生輝。而下方密密匝匝的僧舍，則由於山勢變緩而重疊交錯在了一起，像是看久了那片金光後浮現出來的恍惚幻影。

勁風乍起，經幡獵獵，失焦的視線被拉回到了近前。

藍、白、紅、綠、黃，鮮明的色彩分別象徵著天空、白雲、火焰、江河和大地。每一片經幡都印滿經咒，五色相接，循環往復，無始無終。它們的一端悉數繫在一個高高的桅杆上，另一端繫在由八根地釘固定著的伏貼於地面的鋼絲繩上，細密地圍成了一個巨大的錐體。

一個頑皮的小男孩扒開經幡，從縫隙裡跑進

跑出，與一隻小土狗相互追逐著。經幡裡面是什麼樣子呢？可能只是一個高挑密閉的五彩蒼穹，也可能會別有洞天，甚至藏匿著常人難以破譯的超越生死秩序的隱文密碼。

經幡廣場像一個繁忙的樞紐，不斷有人從四面八方匯聚而來，也不斷有人從這裡離散而去，這裡才是寺院外圍大轉經路真正的起點和終點。人們總是先圍著經幡轉上三圈以後，才正式開啟大轉經。同樣，完成了大轉經後，通常也要回到這裡再轉三圈，才踏上各自歸途。

循著人影流動的方向朝山上望過去，一圈木結構的彩繪長廊環寺院而建，順著山路起伏蜿蜒，時隱時現。長廊裡掛著數不清的近半人高的轉經筒，一個接一個地緊密排列，黃銅打造的筒身上六字真言凹凸有致，在色溫漸低的陽光裡折射出歲月的質感，每將其旋轉一圈，即誦念了百萬遍筒身內裡的經文。

長長的轉經廊像一條護城河，隔離在我和寺院之間，成了我無法逾越的雷池。

環繞經幡廣場轉了三圈後，我加入了無首無尾的轉經隊伍，化身巨大圓環中的一個點。這個下午承受了太多的錯愕，應該給自己一些散漫的時間，將從冷桑那裡聽來的一切疏導一下，至少需要緩一緩神。

轉經，也成了我可以接近原冬的唯一方式。

我像所有的藏民們一樣，一邊行進著，一邊推動經筒下磨得光滑的木製搖柄。筒身不知疲憊地轉動著，在酥油的充分潤滑下，內置經文與銅皮的諧振蒼勁持久。

唵嘛呢叭咪吽——這句簡單而神秘的咒語縈繞著我，我試圖隨他們那樣誦念，可喉嚨裡卻像撐起了兩片鋼板，把聲音夾得生硬扁平，和氛圍格格不入。後來我索性不再刻意模仿他們的發音，而是利用鼻腔的共鳴，哼出相仿的抑揚頓挫，反而輕易便融進了整個聲場。

腳下的轉經路向上攀升，我的探求心也在不斷強化。這六個字蘊含著什麼奧義？念誦多少遍才能有所證悟？我像是一個懵懂孩童，帶著對這個陌生世界的無限好奇，迫切地渴望切入到他們的行為秩序和精神維度裡，只為實現一點兒俗常卑微的期許。

現實與幻夢的邊界不再那麼分明，我行走在一片模糊地帶，左顧右盼。原來，幻夢也可以成為另一種形式的真實存在，而現實，又何嘗不是萬般執念投射出來的一抹泡影。

原冬，此刻你是否在這長長轉經廊的包裹之中呢？哪一座僧舍是你的？我像你觀想心佛一樣思量著你，已經環繞著你轉了一大圈，你感覺到我時而沉重時而飄忽的步履了嗎？你聆聽到我生澀磕絆發音並不標準的梵唄了嗎？還是說，你並不在這限界分明的經廊之內，而是在那抬眼可見，卻又遙不可及的鄰山上的那幾座與山石融為了一體的絕路陋室。

佛門廣大，卻尚未接納於你。你生活了二十九年的這片紅塵遠比你想像得要大得多，可你仍義無反顧地朝著邊緣走去，這一程，須用盡三年又三月。

你可能根本感應不到我的心聲，因為你早已對我閉關了心門。可是你，卻對另一個女人敞開了心門。

我能想像到你為了她，不分晝夜凝神專注於筆下唐卡時的神情，卻難以想像你脫掉送餐的工作服，披上袈裟誦經持咒的樣子。我無法像冷桑那樣理解你的選擇，不得不沉沉地問一問你：將來，倘若你真的披上了那一襲絳紅，究竟是放下的更多，還是背負起來的更多呢？

一年前，你也曾為我背負過很多，那些裝滿水泥砂石的袋子將你的身體壓成了弓形，可這根本無法和你為那個女人所背負的一切相提並論。我的處境只是一時的生計之困，在她一世的命運苦厄面前，又算得了什麼。

我停止了哼念梵唄，走得太快，氣息有些急促。

原冬，原冬……

今天是你的生日，我不想繼續淪陷於那六個對我毫無意義的字眼，此刻我只想呼喚你的名字——原冬啊，你是否還曾記得去年今日，我為你做的餃子和長壽麵？時光緩緩，又匆匆。

我隨著人流深一腳淺一腳地走著，倘若就這樣一圈接一圈地轉下去，終有一日會與你在這長

長的轉經途中相遇。和前兩次的邂逅一樣，每一次你展現給我的，都是一種非常的境遇。這些人生中不可磨滅的節點，終將成為日後我追憶你時的一抹悲涼寫意。

我忽然懼怕這樣的相遇，你的世界總有我讀不懂的內容，尤其是這個世界。我怕你會與我形同陌路，我怕你看到我時散淡疏離的目光，我怕你將我們的一切前塵，全都劃入到了放下的那一部分裡，只因在背負起了那個女人的殘酷餘生之後，你的內心，也被她填得滿滿當當。

原冬，原冬……

阿茹娜的命運固然可悲，可她用這場悲劇換來了你對她的愧疚，從而將自己永遠地安放在了你的心門之內。而我呢？你的心裡又能為我留存多少空間？就算我對你曾有所恩澤，可比起這八年冷桑默默為你擔負起的一切，我的付出甚至連他的十分之一、百分之一都不如。阿茹娜和冷桑，像兩座大山一樣橫亙在我面前，高山仰止，不可逾越。

原冬，原冬……

不見，誰也不會想起誰；見了，誰也不會把誰記多久。當年你說這句話時的表情冷若寒霜，是因為你早就將我們的相遇定性為萍水相逢，不管後來還會產生多少交集。但事實上，除了現在的阿茹娜，每一個女人對你而言都是擦肩而過的浮萍，你不會為她們長久駐足，更不會與其中任何一葉糾纏。你心靈的終極歸宿，永遠是那個總是將心事深藏不露的藏族男人，八年前的那個雪夜你就已然明瞭。

半年前你離開北京的時候，就決定不再與我相見了吧。花舟與畫廊，這對共生體早已雙雙死去，徒留一具空殼和一絲虛無的希望，供我獨自悲戚、祭奠與苟延殘喘。

你聽到那聲聲淒厲的嗚咽了嗎？

「原冬啊，原冬啊……」

那嗚咽來自我的內心深處，源於另一個自我。

她不甘心，就算再也無法與你回到過去，就算你永遠無法接受她的感情，她也不希望那兩個人霸佔你的全部內心，她只求你對阿茹娜的負疚和對冷桑的感恩都可以卸下來一點點，為她釋放出哪怕方寸之地……

嗡嘛呢叭咪吽，嗡嘛呢叭咪吽……

這六個字又從唇齒間湧動出來，可能是為了撲滅剛剛萌生的一個熾熱而狂妄的念頭吧，它令我極度焦躁。

我加快了步伐，繼續大聲誦念，不管發音標準不標準，不管韻律和諧不和諧，尚存的一點兒理智告訴我，要將這幾圈轉經路上得來的功德，全部賦予對抗心中那一團烈焰，惟願它熄滅，並為我所心甘。

嗡嘛呢叭咪吽，嗡嘛呢叭咪吽……

轉了整整三大圈後我才停下來。我已經完全適應了高原反應，頭痛和暈眩的感覺再也沒有了，除了正常的氣短外，就只有腿腳的疲乏。

稍事休息，我又往遠離寺院的山坡上走了一小段，來到一片視野開闊的地方，這裡是遠眺卓瑪拉雪山的極佳視角。跟前有一塊裸露的岩石，和寺院主殿後身那些伸向雲天的巨岩很相似，猶如補天遺石般孤獨地面向夕陽，我倚靠著它坐了下來。

近前有座小拉康，裡面有一個巨大的轉經筒，隨著一位轉經者的離去，它正在僅有的一點兒慣性下慢慢減速。

太陽低垂，不再那麼毒辣刺眼。夕陽打在山下的經幡廣場上，與五種色彩疊加後，彼此不再分明，每一塊經幡的邊緣都像溢了色，流淌交匯在了一起。這番景致不似唐卡，更像是原冬筆下的油畫。畫面中，一個小孩和一隻小狗擺脫了廣場上人流聚散的潮汐，朝山上跑過來。

不出所料，正是剛才在經幡裡鑽來鑽去的那兩個小傢伙。

小男孩興沖沖地跑進拉康，高舉雙手，抓住了那一圈銅抓環。接著他腳下用力一蹬，雙腳離地，整個人隨著大經筒轉了起來。每隔幾秒鐘，小男孩便規律性地在我眼前閃現一次，有時還回頭朝我頑皮一笑。他腳下時不時蹬踹一下，以維持一定的轉速。從熟練程度與放鬆狀態來看，他一定經常來這裡玩耍。

他沉浸在自己的樂趣中，我觀摩著他的表

演，情不自禁地揚起了嘴角。身體的疲憊緩解了一些，可那團欲念的焰火非但沒有熄滅，反而燒得更旺。它始終在被一股不可抗拒的力量鼓著風，如同小男孩每一次蹬踹地面，向轉經筒持續傳遞著動能。

我終於鼓起勇氣，並且儘量理性地去正視那個瘋狂的妄想，亦不妨說是理想。

兩年，十個月，二十一天。上天給了我足夠的時間來與命運賽跑，讓我敢於去嘗試，將你從紅塵邊緣拉扯回來，它甚至已經賜予了我實現這個瘋狂理想的協作者，冥冥之中一切早有定數。

一個計劃正在腦海裡慢慢成形，我在無限激動的同時也倍感沉重，只因這是一把雙刃劍，亦是一條不歸路，可我沒有別的選擇。我篤信，將來不論我以什麼樣的緣由和形式與你重逢，那時的我已經準備好了足夠我們談判的精神籌碼，同時也拿到了一張足夠令你生畏的道德底牌。

我自信，這張底牌的點數足夠大，大到可以讓我張開雙臂飛起，越過那兩座高山。

獲取籌碼與底牌的同時，我也將真正走進你們的故事，成為戲份絕不亞於某些人的主角，甚至成為編劇和導演。我要重新規劃這個故事的後續走向，而不是像現在這樣，僅僅是一個觀看你們上演悲情大戲的局外人。

籌碼就是阿茹娜重新站立起來，底牌則是我未來五年、十年甚至更為久遠的一切，全部和所有。我的命運需要來一次大刀闊斧的重新架構，這是一場逃不過的人生地震。

經幡廣場上匯聚的人越來越少，散去的人越來越多。天色向晚，紅霞滿天。

卓瑪拉雪山也被染成了金紅色，像嬌羞的少女般令人心動。我朝著太陽落山的方向極目遠眺，身處紅塵之廣，但見雲泥之遠，天地間的我油然生起了一種從未有過的孤獨。

我試著享受這樣的孤獨。

一個藏族女人從山下朝這邊款款走來，小男孩看見她後不再蹬地發力，失去動力的轉經筒漸漸慢了下來，直到完全停駐，歸於靜止。男孩喊了聲「阿媽！」女人抱起他來輕吻了一下額頭，又說了些什麼，小男孩咯咯樂了起來。消失了一陣子的小土狗不知從哪裡躥了過來，跟在母子身後歡快地朝山下奔去，很快就消隱在了昏黃的暮色中。

目之所及的長廊裡，轉經的人流稀稀疏疏，多數經筒因為缺乏續力而停止了轉動。我的靈魂也在經歷了剛才的一通掙扎之後暫時沉寂下來，該歇一歇了。

九十一、夜謀

玉沁海拔四千零二十五米，太陽下山後溫度驟降。我在半山腰坐了一小會兒後頓覺冷冽，起身朝寺院東門走去。

剛才轉經時好幾次從那裡經過，不遠處有一片荒廢的村落，與其格格不入的，是掩映在廢墟間的一家整飭一新的小店，時不時地有人進進出出，那裡就是更登茶館。

店面很大，正中有兩根粗碩的頂梁柱，將室內的空間切割成了幾個單元，隨形擺著十幾張大小不一的桌子。和確松的扎西茶館一樣，這裡除了酥油茶和甜茶外，也經營一些簡單小吃。這個時段少有人喝茶應酬，大都是來吃便飯的。

茶館生意很好，眼下沒有一張空桌，空位倒是有幾個。我的視線停留在了唯一臨窗而置的小桌，冷桑曾提到過「窗邊」，想必他和原冬當時就是坐在那裡了。

在那張桌前用餐的藏族小夥子剛吃完，正在抽煙，煙霧環繞著他年輕英俊的面龐，將他似有似無的心事放大。他意識到了有一雙眼睛在盯著他，片刻的遲疑後，把只抽了一半的香煙戳進煙灰缸裡，掏出幾張零錢撂在桌上，然後抓起一旁的氈帽扣在頭上，起身離座。

我不好意思地朝他笑笑，他友善地回以微笑，客氣地點了下頭。

我走過去落座，那個用易拉罐改造而成的簡易煙灰缸裡，長長的煙蒂還閃著星星點點的餘燼，眼前禁不住浮現出了原冬血肉模糊的手掌，心頭泛起一陣撕裂的劇痛。

跑堂夥計是個十四五歲的小喇嘛，正端著一盤黃黃的香豆花饃從後廚出來。他給別的客人上了餐後，順手拿了一份有漢語的菜單給我，麻利地收拾起餐桌來。

我要了一小壺酥油茶、一份炸薯塊和一碗牛肉藏麵，請他在麵裡加上一個荷包蛋。今天是冬至，也是原冬的二十九歲生日，中午吃了餃子，晚上我要替他吃上一碗長壽麵。

食物很快上齊，麵裡卻找不到荷包蛋。我以為是小喇嘛忘記了，他撓撓頭，不好意思地向我解釋，高原煮荷包蛋成不了形，只能煎，但今天客人多，太忙，師傅就試著把雞蛋和麵條一起放進高壓鍋裡，結果出鍋變成了蛋花。我再仔細一看，棕紅色的麵湯裡除了牛肉丁，果然還漂浮著一些黃白相間的碎末。我說沒關係，營養跑不掉的。他爽朗一笑，大方地說這顆雞蛋就當是送我的，不要錢了。

我謝過他，迫不及待地吃了起來。這一天從西離到確松再到玉沁，從琅賽街到雪薩街再到玉沁曲林，每一站都素昧平生，每一步都深淺未知，我始終以飽滿的情緒去面對這一切，精神與體力上的消耗極大。

我吃光了所有東西，招呼小喇嘛結帳的時候，他正忙得團團轉。我把錢放在桌上，沒要找零。

從茶館出來時天完全黑下來，這裡的晝夜溫差比西離大得多，黑夜白日宛如冬夏之別。我束緊領口，用帽子和圍巾把腦袋圍得嚴嚴實實，又從背包裡拿出厚手套戴上，這副武裝加上體內剛剛儲存起來的熱量，足夠我在戶外再多遊蕩一會兒。

轉經廊上依稀還有轉經的人影在晃動，夜晚的寺院金頂泛著不同於白日的柔光，所有建築物都似披上了一層青色的薄紗，朦朧安詳。

原冬，你此刻在做什麼呢？誦經還是描摹？你曾說綠度母是觀世音菩薩悲憫眾生流下的一滴眼淚，如今它襲奪了你因悲情生發的熱淚，正攜引著它們流經一道暗河，匯入環繞紅塵的苦澀汪洋。而你的肉身也奔赴了那裡，你相信縱身一躍投身其中，便將獲取觀照自己的一抹天光，慈航普渡，駛向離苦得樂的清淨彼岸。

我千辛萬苦追尋到了紅塵盡頭，眺望到了那片汪洋，也依稀看見了那個正欲離岸的熟悉身形。

原冬，在你一次又一次甩給我的背影中，從未有哪一次令我如此悲傷。渡過那片汪洋之前，你可否再回頭望一眼身後這片紅塵？冬至長夜無涯，高原眾生寂靜，此時此刻唯有一人在為你撕心裂肺，可她卻喊不出聲音，空流淚，徒悲傷。

那片被轉經廊環繞的威嚴廟宇時時都在震懾著我，令我心生敬畏，望而卻步。可我還是難以抑制想要尋到關房衝進去將你拉出來的衝動，在我並不寬廣的胸膛中，它們隨時有可能掀起巨浪狂瀾。我扭頭朝山下跑去，唯有這樣，才能暫時擺脫那股邪念，讓它在未來的某一天轉換成使命，擁有被實現的恰當方式。我想，那應該是一種無論如何，佛菩薩終能原諒我的方式。

街上路燈微弱，好在頭頂月色正明。一道流光劃過夜空，如一滴淚，從蒼穹墜向人間。

白天就很安靜的雪薩街，夜晚更加清幽，所有店鋪都已打烊。

收起門前貨攤的達連淖爾不再像白日裡那樣突兀，我透過大門的縫隙，朝院裡的藏式小樓望過去。白天我待過的大房間此刻亮著燈，沒拉窗簾，可以清楚地看到冷桑坐在爐前，手拈一根香煙，吞雲吐霧的架勢很是嫻熟。他只在每天忙完了一天的活計之後，時至夜闌人靜時刻，才能放下一切，入得這般境界。

隔壁相鄰的小窗口也亮著燈，拉著厚實的窗簾，阿茹娜應該在那裡吧。擺著鋼琴的用來充當客廳的大房間，很可能兼為冷桑的臥室。那個鳳頭鈴可以響徹這座藏式院落的任何角落，冷桑會在阿茹娜需要的時候，隨時出現在她面前，聽候她施號發令，這應該就是他們八年來最慣常的相處模式。

冬至之夜，身處高原的我體會到了此生的極寒。背囊中再沒有多餘穿戴，我小跑著朝玉沁曲對面的那片新城而去。一會兒先得找家賓館住下來，然後再找公共電話打個長途。

兩件事幸運地得到了統一。我沒想到在這座發展相對滯後的高原縣城，可以找到條件這麼好的賓館，不僅乾淨整潔，有獨立衛生間，而且房間裡還有電話，各方面都比西離那家招待所好太多。這樣，我便可以躺在床上，在身體放鬆的狀態下去撥打那個電話，當不得已要編造一些謊言的時候，也可以表現得更為自然。

我拿出通訊錄，翻到M字頭的那一頁，找到了半年多前添加的一個手機號碼。短暫的猶疑之後，我按下了那串數字。

鈴響了兩聲半，電話通了。

「你好，哪位？」

「是明宇嗎？」

「鐘眠？」

沒想到他一下子就聽出了我的聲音。自打小凌那次鬧店之後，我和他再也沒見過，也沒通過電話。

「是我，有沒有打擾到你？」

「沒有。」

「那個……欠你的錢，過段時間再還可以嗎？」

「你打長途電話，就是為了和我說這個？」他疑惑的語氣中隱隱帶著笑意。

「總得先寒暄一下子嘛。」我不好意思地說道，「你和小凌現在怎麼樣了？我一直沒跟她聯繫。」

「我們早就分手了。」

這個結果在意料之內，但當它得以確認時，我還是非常遺憾。其實我已經不怎麼恨小凌了，甚至還有一點兒同情於她，儘管她那天做得的確過分。

「對不起！」我低聲道。

「跟你沒關係，我們性格不合，分手是早晚的事。」明宇寬慰道，「說吧，找我什麼事？」

「你們都分手了，我的忙你還會幫嗎？」

「當然，只要我能做到的。」他真誠的語氣令我感到踏實。

「謝謝！」我由衷道，決定進入正題。

來電顯示讓我無法隱瞞自己此刻的座標，我對他的解釋是來這邊看個朋友，而我要和他談的，正是關於他身殘妻子的事情。話題雖然沉重，但我們對話的氛圍始終是輕鬆的。我盡可能詳細地描述了阿茹娜的身體情況，想知道以她的殘肢條件是否能裝上適合的義肢，讓她重新站立起來。我特別強調的是，她極其愛美且自尊心強，希望裝上義肢後不必再拄手杖或拐，並且走起路來要自然。

明宇從專業的角度認真解答了我提出的每一個問題。他所在的蘭德公司擁有義肢矯形器領域百分之八十的專利，目前的主要科研方向之一，就是為高位截肢的患者研發智能仿生義肢。今年年初，他們接收了一位情況很糟糕的患者，也是女性，年齡比阿茹娜大一些。她的一側大腿高位截肢，一側術後坐骨缺失，比阿茹娜的情況要嚴重得多，卻也在專家們的精心設計下成功裝配了髖關節義肢。通過訓練，患者的步態幾乎可以達到和常人無異，這便是智能仿生技術帶來的進步。所以從理論上來說，阿茹娜的問題是可以解決的。當然，必須先對她的身體狀況進行一次全面體檢和綜合評估，由專家會診，確定接受腔設計方案之後，才能得出最終論斷。至於她缺失的那兩根手指，由於是左手的無名指和小指，對生活的影響不大，可以考慮美容義指，費用也低。

「美容的就算了。有沒有更先進的？能讓每一根手指都能恢復功能？」

「以目前的智能技術，可以實現不少精細化運動。」

「精細化運動……可以精細到什麼程度？」

「利用超聲波原理，簡單地說，就是通過肌肉顫搐，檢測到需要移動的手指，以及它所試圖發出的力度，將數據輸入到每一根義指的獨特演算法中，讓義指直接和肌肉發生交流。」

「那可以彈鋼琴嗎？」

「所有精細化運動都需要經過專業訓練，適應以後完全可以。至於效果，要因人而異。」

我又問起了費用，明宇讓我稍等片刻，而後給出了估算。對於阿茹娜這樣的對技術性要求極高的患者，除了下肢接受腔這個與殘肢直接接觸的部件，關節、腳板、連接器和整套義指都要從德國總部訂製，一雙大腿義肢配下來至少二十八

萬，兩根智能義指起碼四萬，就算他可以申請到一點兒內部折扣，最多也就是七八個點。也就是說，這兩套器械加在一起，打完折算下來將近三十萬。

儘管有心理準備，可當他說出這個數字時我還是一陣頭皮發麻。

我跟明宇說，我先把情況告訴冷桑，他們有意向的話，等我回京後再約他詳談，明宇表示沒問題。

掛掉電話後，我癱軟在床上，滿腦子全都是那個可怕的天文數字。

我所能借到，同時也是所能承受的極限是十萬元，如果說這個數字對我生活的影響都將是一場地震的話，那三十萬元對我又意味著什麼呢？如何才能籌到這一大筆錢呢？即便籌到，我將來又怎麼去償還呢？

為了獲得那個籌碼而需要付出的代價，遠遠超乎了我的想像。倘若擔負不起的話，此前的構想便註定是一場荒誕不經的妄想。

那麼，是否該就此放棄？頭痛又開始發作，我吃了兩片止痛藥，昏沉沉地睡了過去。

當晚我做了個奇怪的夢，夢見自己的兜裡不斷有一元硬幣冒出來，我一枚接一枚地將它們豎立壘起來，越壘越高。它們像是被膠水黏住了般屹立不倒，我順著它們往上爬，一邊爬一邊從兜裡掏新冒出來的硬幣，繼續往上碼。越爬越高，城市很快就消失在了視野之外，目之所及只有無邊的雲海。就在碼放第三十萬枚的時候，懷中數千米高的硬幣之柱猝然坍塌，我隨著那些硬幣飛速墜落下去……

從夢中驚醒的我渾身都被汗水浸濕，我顫抖著，像是剛剛經歷了一場震後重生。

這個夜晚將是我最後抉擇的時限，不論我此前的想法多麼堅定，黎明來臨之前，全都可以推倒重來。

我靜靜地聆聽著自己漸漸趨向平緩的心跳，深知最終的結果不會改變，卻也不得不耐著性子捱到天明。這幾個小時的緩緩流逝，像是和這個抉擇捆綁在一起的必要程序，濃縮了我對自己後半生有可能發生的一切不堪的深刻預見與沉重思考。不是在找機會反悔，而是為了讓自己愈加堅定。

九十二、貴人

清晨的玉沁老城到處散發著同一種味道，松柏香草與青稞五穀是人類對諸神的獻祭，它們一同燃燒，靄靄青煙將天地以直觀可見的形式連結在了一起，心香通靈。善男信女們的一天都是從煨桑開始的，他們佇立在各家屋頂或寺院拉康的桑爐前，雙手合十，誦經祈禱祛穢淨化的同時，精神亦獲得了暫時解脫。

我來到達連淖爾的時候，冷桑正在擺攤，阿茹娜還沒出來，那些帶著流蘇的小飾物也還沒有被掛出來。

「早！」我打了個招呼。

冷桑抬頭看了我一眼，並不驚訝，似乎早就料到我還會再來。

「早！」他應了一聲，低頭繼續碼放貨品。

「有件事……」

「該說的，能說的，昨天我都已經說完了。」

「是關於阿茹娜裝假肢的事情。」

他放下手裡的鏤花銅香盒，轉過身來，猶疑地望著我，「她快吃完早飯了，你還有五分鐘。」

「夠了。」我說。

我站在貨攤前，把計劃為阿茹娜安裝義肢的想法簡單說了一遍。當然，這件事情被我安放在了一套美麗的謊言中。關於明宇、蘭德公司以及他們在智能義肢領域的先進技術，這些都是如實陳述，關於那三十萬的費用預算也是真實的，被稱之為謊言的，僅僅是那三十萬的費用被免除掉了。

「免費安裝？」冷桑難以置信，「這怎麼可能！」

「蘭德公司致力於慈善事業，每年都要為偏遠地區家境困難的高位截肢患者免費安裝十套智能義肢，要是這一批的扶助對象還沒滿額的話，

我可以託人幫阿茹娜申請一下試試，不知道你願不願意？」

隨著我把層層細節和盤托出，冷桑臉上的疑雲漸漸褪去，眉頭緩緩舒展開來，眼中流露著期待，像那些轉經的藏民般虔誠地望著我，彷彿把我奉若了神明。

「事成之前暫時先別告訴她。」我叮囑道，「她的病歷要是還留著，你整理一下，我晚些時候過來拿。」

「你等下。」他說著轉身朝院裡跑去。

一分鐘後再出來時，冷桑手裡多了個厚厚的牛皮紙文件袋，裡面是阿茹娜當年截肢時的病歷，以及那次失敗的義肢裝配所留存下的材料。

「別的還需要什麼？」冷桑問。

「暫時不需要。」我說，「先把這些拿給醫生看一看。」

他像是不知該如何表達這份沉重的謝意，一時間，這個頂天立地的漢子竟流露出了幾分倉皇與侷促，連雙手都不知道該安放何處。最終，他垂下那副掛滿滄桑的眼簾，向我深深鞠了一躬。

「不必這樣，比起你這八年的付出，我做的這些根本算不了什麼。」我收起阿茹娜的病歷，「對了，還有個問題，昨天忘了問。」

冷桑看著我，等待聆聽。

「三年零三個月的閉關，他的吃喝怎麼辦？」

「每半個月，寺院會有護關的人送生活補給上去。」

「可他離開我的時候，身上就沒什麼錢了。」一股心酸湧上心頭，「這三年多的生活用度，還有畫一千零八十張匝朶需要的礦物顏料，這些費用他從哪裡來？」

「全部由我資助。」

「呵，他寧願欠你，也不願欠我。」我苦苦一笑，從包裡取出一張銀行卡，「這張卡上的六千塊，都是他在花舟時賣畫的錢，請你收下。」

「我不能要，他跟我提過這件事，說這錢都是他還你的。」

「好吧。」我拿出紙筆寫下六位數字，「那麼現在，這筆錢算是我和你對他共同的資助吧。」我將密碼連同卡片一併塞到冷桑手裡，不容他拒絕。

院子裡傳來一陣鈴鐺響，冷桑沒再說什麼。我跟他交換了電話號碼，讓他等我消息，就此別過。

我朝著長途汽車站的方向匆匆而去，行至雪薩街南口時，忍不住回頭望了一眼山上的玉沁曲林和更遠處山岩上的幾處石洞，禁不住熱淚盈眶。原冬啊，我知道你不願見我，可臨走前，我還是忍不住想隔空對你說幾句話。

我終於切入到了你們的故事裡，以我自認為的多贏方式。我確信我已牢牢抓住了讓那些既環環相扣又相互交織的人物關係的核心，就像是握住了某種至高無上的權力，劇中人的命運即將被我改寫，而我所追求的那些此刻看起來尚為縹緲的一切，即便再荒誕不經，也將由此變得可期。

原冬，你曾為了冷桑，給自己判了六年的監獄之刑。現在又為了阿茹娜，給自己判了三年零三個月的心牢之罰。你們三人的命運如同繩索般緊緊糾纏在了一起，每個人都被勒得喘不過氣來。如今，我找到了讓你們彼此牽扯的那個死結，決心將其斬斷，為你們鬆綁。

兩年，十個月，二十天。上天賜予了我足夠的時間。玉沁，我很快就會再回來的。願卓瑪拉神山護佑你們。

令人唏噓的是，那時的我殊不知，再次登臨這片高原，是在十五年以後。

我幸運地趕上了當天下午飛往北京的航班。

窗外廣袤空寒，艙內促狹壓抑，我的目光在兩個極端游離著，最終還是被收納到了眼皮之內，我寧願在一片黑暗中打發掉飛行的兩個半小時。

腦海裡放電影似的重播著這兩天的過往，它們像是源自一個過於潦草的劇本，每一處情節的轉折都生硬突兀。然而，演員們的表演卻很投入，尤其是我。我用自己的經驗、想像以及那些無從安放的豐沛情感，填補了劇本裡的所有空白。

這部電影反覆放映著，我在不知不覺中昏睡了過去，睡得很沉很香，沒有再做荒唐的噩夢，這些日子裡缺失的睡眠一次性地得到了補償。直到飛機降落，失重的感覺才粗暴地將我驚醒。

下了飛機，疲憊一掃而光。迅速恢復元氣的我，渴望馬上見到明宇，就在今天，越快越好。

進入航站樓，我迫不及待地用公用電話撥通了明宇的手機，告訴他我已經回來了，想約他一起吃晚飯，詳談一下昨晚電話裡說的事。電話那端明宇非常驚訝，因為昨晚通電話時，我還跟他說過歸期不定之類的話，而現在時間過去了還不到二十四小時。我對自己突如其來的邀約表示抱歉，跟他說他要是沒空，那就改天。明宇忙說有時間，並約我在離花舟不遠的一家西餐廳見面。

掛了電話，我從機場打了車，直奔約會地點。

明宇是下了班直接過來的，比我先到一步。他沒點餐，而是要了一壺紅茶。

「我們先談正事吧。」他拿出一大疊資料在我面前攤開，是蘭德公司的簡介和全線的智能義肢矯形器產品手冊。我也把阿茹娜的病歷和相關材料交給了明宇，他一邊翻看一邊不住地點頭，一副成竹在胸的樣子。他拿出筆記本電腦，給我播放了幾段高位截肢患者裝配義肢流程和康復訓練的視頻，其中就有昨晚在電話裡提到的那個難度很高的裝配案例。

直觀的畫面帶著強大衝擊力，明宇從專業的角度深入淺出地為我解讀著，我那一直懸著的心徹底放下，不再有絲毫懷疑。

精神鬆弛下來，我不禁回想起了我們第一次碰面時的情景。他是第一位買走原冬畫作的人，讓我當時苦苦支撐了很久的幾欲坍塌的信念，及時得以加固。原冬也因這個契機撥雲見日，重建自信，幾天後他就辭去了工地的活兒，白天送餐，晚上畫畫。如果說是我把那枝畫筆硬生生地塞進原冬手裡的話，那麼，讓他握住畫筆再也沒放下的，則是我眼前的這位貴人。

如今，明宇又在我亟待重新建立一套全新的人生規劃時，幫助我在模糊的生命象限中找到了明確的參照和最為精細的起始座標。我不想以歷史審判的視角去剖析這兩件事對於我整個人生的意義，我只在意每一個當下，他總是在我最需要的時刻及時地幫助於我，成就於我，如冥冥中的一股神力。

「明宇……」我喚道。

「嗯？」

「有個不情之請……」

「你說。」

「這筆錢，可不可以分期支付？」

「分期？」

「我是替冷桑問的。」我趕緊補充道。

「抱歉，我們公司沒有分期付款這種服務。」

「哦。」我失望地低下頭，喝了口茶，醞釀著該如何將另一個更為不情的請求說出口。

「這筆錢不是個小數目，一般的家庭的確難以承受。其實現在很多中低端產品已經國產化了，性價比很高，價格至少便宜一半，他們是不是可以考慮一下？」明宇善意地建議道。

「不，就要最好的，就要原裝進口的。」我強調，順勢提出了那個請求，「明宇，你幫忙給想想辦法好嗎？怎麼才能借到這筆錢？冷桑是個手藝人，跟寺院做生意，收入穩定，一定可以連本帶息按時償還的！」

可能是我的語氣和神情過於急切了，明宇臉上的表情才會格外複雜。他出神地望著我，緩緩說道：「讓我想想。」

「當然，不急的。」我訕訕道。

「點菜吧，一會兒邊吃邊聊。」他開始收拾筆記本電腦和桌上的資料。

我拿起菜譜翻了翻，西餐我不會點，乾脆要了一份套餐。

明宇點好了自己的菜品，又跟侍酒師交流了幾句，點了一瓶我聽不懂名字的紅酒。

「你沒開車嗎？」我問。

「沒有，打車過來的。」他說。

不一會兒，侍酒師拿來了一瓶紅酒給明宇看，然後熟練地開啟了瓶塞，優雅地將酒倒入醒酒器，斟了少許給明宇試喝。明宇輕搖酒杯，聞香品嚐，微笑頷首。

冷盤上桌，侍酒師為兩個高腳杯斟上了酒，我們舉杯相碰。

「謝謝！」我先乾為敬，心中既有感激，又有愧疚。

「別客氣，我會盡力。」他喝了口酒，凝望著窗外的風景，「有件事……我一直沒告訴你。」

我放下酒杯，看著他，感覺到了他語氣裡的不同尋常。

「那天小凌離開花店以後，我出去追上了她，既是怕她出意外，也是怕那幅畫出意外。」

「畫？什麼畫？」我驚奇道，第一反應是被小凌踐踏壞了的那幅〈黃梨葉〉，它一直都在花舟，我絕不會讓它再繼續受到迫害。

「掛在她家裡的那幅〈雛菊〉。」他答道。

我恍然大悟，暗暗佩服明宇的心細。他要是不說，我完全沒有想到那天還有可能發生的另一重悲涼後果。即便想到了，也無濟於事。

「後來呢？」我問。

「我們找了個咖啡廳，坐下來好好談了談，最後決定和平分手。我向她提出一個請求，我送她的生日禮物，如果她不願再面對的話，希望可以還給我，沒想到她痛快地答應了。喝完咖啡，我就跟她回去，把畫取了回來。現在，那幅畫在我家。」

我不知道該如何表達自己的感激，千言萬語匯成了兩個最平實的字：「謝謝！」

「不必客氣。」

「那……小凌沒跟你說別的什麼嗎？比如，關於她和原冬之間的事情？」

「沒有，她什麼也沒說。」明宇答道，「那個畫家現在怎麼樣？」

畫家——聽他這麼稱呼原冬，我難以抑制內心的詫異和感動。可這叫我如何回答呢？對他說，此刻那個人身在千里之外的雪域高原，正在一個與世隔絕的地方閉關作畫，為八年前自己深深傷害過的女人贖罪嗎？對他說，那個人還要在關房裡待上兩年多，可是出了關，就有可能披上袈裟再入空門嗎？對他說，我今天找他來商榷的這些事情，就是為了讓阿茹娜重新站立起來，以減輕那個人內心的愧疚嗎？對他說，這三十萬的貸款我是準備自己來默默承擔的嗎？對他說，只有這麼做，我才能獲得籌碼與底牌，讓那個人止步於空門，回到我的紅塵中嗎？對他說，這一切都是因為我狂妄地想要躋身於那個人內心的一方角落，奪回被阿茹娜和冷桑排擠掉的存在感嗎？對他說，這一表面無私實際自私的助殘行動的根源，僅僅是出於我對那個人無藥可救的早已幻滅的所謂愛情嗎？

「第二天他就搬走了，他和小凌在大學時關係不太好，後來我們沒再見過。」我空泛地解釋了兩句，悶頭吃起東西。

這是我第一次在這麼正式的場合吃西餐，說實話，味道雖然不錯，但刀叉與盤子的摩擦聲以及不得不裝模作樣的氛圍令我感到不適。可我必須學著去享受，因為那不菲的價格更多是因了這所謂的格調，而我一會兒還要為它去買單。

甜品上來的時候，明宇突然冒出一句：「有辦法了。」

「什麼？」我一愣。

「那三十萬，有辦法了。」

九十三、貸款

我癡癡地望著坐在對面的男人，看著他，就像看著我自己。很多話不必直說，也不必說透，他好像什麼都明白，什麼都懂，有如神一般的存在。每一次都是柳暗花明，峰迴路轉，拯救我於幽暗深邃的谷底，或蒼白無際的荒原。

他被我看得有些不好意思，喝了口茶，繼續說道：「是這樣，我手頭有一筆錢，本來是準備用來買房的。」

「你是說……北二環那個？」我想起去年小凌曾提起過，他和明宇去看過一套房。

「對。」

他跟小凌分手後，可能還沒再交女朋友，所以當下不必考慮結婚買房的事。如果是這種情形的話，這筆錢最多也就能用三五年，他總不能一直都不談女朋友不結婚不買房吧。要想在這麼短的年限內還清三十萬本金加利息，對我來說簡直是做夢。

但我還是很高興，畢竟能解燃眉之急，以後再說以後的。

「你的意思是，房子暫時不用買了？」我問。

「房子還是要買的，合同都簽了，錢也已經付了一部分。」明宇說道。

我疑惑地望著他，不知話裡乾坤。

「本來我打算下個月把餘款一次性付清，現在準備調整一下付款方式，向銀行貸款。」

「貸款？向銀行？」我一時沒反應過來。

「這樣，這三十萬就可以騰出來借給他們了。」他終於道出玄機，「我有個朋友小于，是銀行個貸部的經理，這事可以找他操持，說不定利息還能打個折。」

「就是說，以你的名義貸款買房，讓冷桑按月還款給銀行？」

「對，目前我也只能想出這個辦法，如果他們可以接受，那就商量一下貸款年限，儘快告訴我。」

原來如此。這筆錢數目太大，我要得又急，對於眼前局面，這的確不失為一個好辦法。

關於借款的期限，昨晚我思考過，十年是比較理想的。在這個期限內，我會努力賺錢，或許會走狗屎運發一筆橫財，而十年這個遙遠的期限，完全可以承載我關於那筆橫財的幻想。

但現在我需要調整一下思路，明宇提出的方案並不是到期一次性償還本息的形式，而是來自於銀行按揭，每個月都要還上一筆。粗略一算，十年期限的話，經濟壓力太大，二十年又太漫長，讓人望不到頭兒。

「十五年吧。」我取了個中，「我可以替他們做主。」

「嗯，那明天我就跟小于聯繫。」

「謝謝！麻煩你了！」我感激地看著他。

明宇淡淡一笑，沒再說什麼。我端起茶杯一口喝盡，而後別過頭去，望向灰濛濛的窗外。

十五年後我已經三十八歲了，那時的我將是什麼樣子？身在哪裡？做什麼工作？還會繼續經營花舟嗎？還會繼續為陵園送貨嗎？會隨便找一個男人為了結婚而結婚嗎？會和他生孩子嗎？我是否要對那個家庭保守關於和原冬有關的一切秘密？而那時的原冬又身在哪裡？靠什麼謀生？過著什麼樣的生活？

我並不能肯定，阿茹娜裝上義肢重新站立起來後，出了關的原冬一定會止步於空門，重返紅塵。這更像是一場賭局，輸了我也在所不惜，只要能讓他心中的愧疚減少哪怕一點點，對我都意義非凡。這份付出實實在在，從此以後，我也算有了些和冷桑相提並論的資格。

兩年後，如果原冬不願歸來，我將繼續獨守秘密，絕不會讓這筆尚未清償的債務成為他贖身的交換。然而，當十五年後貸款清償，我還是希望他知道真相：令阿茹娜獲得重生所付出的代價，是我傾盡了十五年的青春年華與物質所有。到了那時，他是否會對我心生感激與感動？我是否還有最後的一次機會去幻想，他有可能因為這番感激與感動而褪去袈裟走出廟宇，為我的這份付出重新選擇一次他的人生呢？

不管結果如何，我都可以獲得一個「保本」的安慰。

未來的十五年裡，原冬的氣息將固化在明宇與銀行簽署的那份借款合同中，像一條看不見但卻真實存在的附加條款，不容我違約。我和原冬，終於也如冷桑和他、阿茹娜和他那樣，擁有了一重無法輕易割斷的關聯，萬般深重。

「明宇，我還有一件事要拜託你……」

「好。」

「冷桑不想讓阿茹娜有心理負擔，所以請你千萬別在阿茹娜面前提費用的事，至於該怎麼和阿茹娜交代，那是他們之間的事情。」

「好。」

「還有，最好也別在冷桑面前提貸款的事，他們藏族人死腦筋，覺得借錢這種事丟臉。反正我以我的人格保證，他一定會按時還款，絕不逾期，絕不影響你的信用。」

「好。」

他沒有更多的承諾與表態，但這三個「好」字令我格外踏實。我從不懷疑明宇會出什麼差池，我信任他，超越了信任我自己。

明宇藉上洗手間之際去買了單，待他回到座位上，我拿出了錢包。

「你幫了我這麼大的忙，這頓飯不能讓你

請。」

他做了個回絕的手勢，「這頓飯本來就該我請的。」

「這算什麼道理？」我掏出錢來，不容分說地放到他面前。

「去德國留學一直是我的理想，我也自學了德語。」他突然轉換了話題，「可這些年牽絆實在太多，今年終於邁出了這一步，不久前收到了海德堡生物醫學工程學院的錄取通知書。」

「咋不早說啊，祝賀你！」我舉起酒杯。

「作為辭別飯，男士請女士，不是理所當然的嗎？」他把那疊錢推回我面前，舉杯和我相碰，「今天沒開車就是為了小小地慶祝一下，謝謝你陪我！乾杯！」

我沒再和他推讓，喝光了杯中酒，問道：「什麼時候走？」

「原計劃是想下個月中旬收完房就走，現在準備推遲一些時日。」

「為什麼？」

「阿茹娜的義肢和義指都要從德國總部訂製，前期會有很多數據交換工作，我想還是由我親自來安排比較好，至於後期的康復訓練，會有專業老師跟進的。」

這一刻，我真的特別想過去擁抱明宇，表達澎湃的感激之情。可我不得不壓抑住這股情緒，尚存的理智提醒我，依照常理，我沒有緣由為一個朋友妻子的事情激動到如此地步。

我只能舉起酒杯，再一次先乾為敬，「明宇，我替冷桑和阿茹娜感謝你！」

他會意一笑，也一飲而盡。

吃完了飯，明宇打車把我送回了花舟。他隨我一起下了車，客氣地和我道別，待我轉身剛要離去，他又叫住了我。

我回轉身來，看著他。

「我就是想問一下，那幅〈雛菊〉……」

「我要是有三千塊贖回那幅畫，還不如先把你借我那三千房租還了呢。」我實話實說。

「怎麼能讓你贖呢！改天我給你送過來。」

「不必了，先存你那兒吧，這樣我更放心。」

我朝他笑笑，轉身離去。

回到店裡，我透過櫥窗瞥見明宇還站在原地，便朝他揮了揮手，他這才點了一下頭，拉門上車。出租車一路遠去，消失在了夜幕中。

當晚我就給冷桑打了電話，在第一時間把今天的好消息告訴了他。我已經託明宇為阿茹娜申請到了免費安裝智能義肢的名額，希望他們能儘快過來。為了防止穿幫，我對冷桑那邊也做了特別交代，跟他說這一屆活動的扶助對象是藏族殘疾人，阿茹娜的身分不符，和冷桑又沒有法律關係，好在一直生活在藏區，算打了個擦邊球。蘭德公司也有意照顧，放寬了條件，但我們最好低調行事，整個過程積極配合便可，至於那些公益、慈善和免費之類的事情最好別提，免得有人刨根問底，生出是非，大家心照不宣就好。

冷桑自是連連說好。可能是被興奮沖昏了頭吧，極度的喜悅讓他對事情的判斷缺失了本該有的適度懷疑。這樣也好，反倒讓我省卻了不少搪塞與周旋的麻煩。

冷桑掩飾不住內心的激動，話音帶著顫抖，他說再過上幾天，等手頭這批寺院訂製的法器趕製好了，就帶阿茹娜來北京。然後他又像個家庭主婦似的，事無巨細地和我說起了各種家事該如何料理，還準備藉機帶阿茹娜在北京音樂廳聽一場新春音樂會……電話這端的我非但沒被他那高昂的情緒感染，心情反而越發沉重起來。

如果說這是我費盡心力佈下的一大盤棋局的話，那麼今天我又走出了至關重要的一步。今晚，我正式在這個故事的續集裡粉墨登場，擁有了屬於自己的戲份，但要為此付出連本帶息四十多萬元不為人知的代價。節衣縮食，清寒貧苦，寡欲無求……都將成為這個角色未來十五年的生活基調。

我舉著聽筒，時不時地應和一聲電話那端的冷桑，心思完全不在。

我直直望著前方，玻璃櫥窗上映出的那個表情僵硬神情呆滯的人是我嗎？盯著看了一會兒後，眼睛開始發酸，目光漸漸向遠方渙散開來，透過那個影子，穿越到了一片熟悉而又陌生的環

境裡。街道、霓虹燈、飯館、商鋪、車站、車流、行人、明宇離去時的身影……視野內的一切都在緩緩流動著，彼此交錯著，虛虛實實，最終全部重疊在一起，變成了一個大到無形的黑洞。

九十四、敵友

第二天一大早，我給羅大同打了個電話，告訴他我回來了，他過度驚訝的反應反過來把我也給驚到了。

「回來了？這麼快就回來了，你請什麼假啊！」

「我也沒想到事情辦得這麼順利。」我怯怯地解釋道。

對面角樓飯莊吃早點的食客進進出出，熟人相互打著招呼，這幅毫無陌生感與跳躍感的熟悉畫面提醒著我，自己離開這座城市只有三天。

而將這幅平庸俗常的畫面置換掉的那三天，與它們卻是雲泥之別。千里之外的雪域高原，我見識到了和以往完全不同的日出日落，聆聽到了心臟在四千米以上跳動的聲音，感受到了信仰的力量和靈魂的分量，與另一個世界裡的人產生了深重交集，用類似自殘的方式篡改了幾個人的命運劇本。多少年的滄桑都趕不上這幾天的際遇，說恍若隔世也不為過。

「哎！」羅大同嘆了口氣，好像恍若隔世的那個人是他。

我攥著聽筒的手緊了緊，一種不祥的預感籠罩過來。

「那天你說歸期不定，本來我是想找老吳那邊支援一下，只要你走的時間不是特別長，怎麼都能對付過去。可你說巧不巧啊，你那天打電話的時候，局裡事務科的老華正在我辦公室，我這電話漏音，你請假的事他全聽了去，當時就要為他外甥攬下這份差事。陵園不是正在籌劃二期擴建嘛，他是關鍵審批人，我也挺為難的。早知道你三天就能回來，我說什麼也不會答應他的！」

我坦然接受了這個結果，這就是命吧。我一

點兒也不怪羅大同，連我自己都把那次請假視為了終止合作，要不是這麼早就回來了，我真不好意思厚著臉皮索回這份肥差，按照先前簽訂的合同，我還有可能被追究違約金才是。

「可惜了，可惜了啊！」他連連嘆惋。

「沒事，以後要是還有別的賺錢機會，您想著點兒我。」我反過來寬慰起他來。

「好，一定！」他應承下來，「對了，還有一次貨款沒結呢，你別跑了，給我個帳號，我給你打過去。」

我把銀行帳號報了過去，向他道了謝。

掛掉電話後，我久久地呆立在那裡。沒想到現實的鐵拳這麼快就朝我打來，我的命中總是充斥著陰差陽錯，與想要的東西失之交臂，不論是感情，還是金錢。

以前我一直覺得，改寫人生劇本的企圖是出於對命運的不甘，是覺悟，是抗爭，現在我才意識到了自己的幼稚與狹隘。改寫劇本這一行為本身，又何嘗不是命中註定的一部分呢？這個思想轉變源於剛才掛掉電話後，由內而外釋放出來的一種無力感。我想不明白，佈下這個棋局的，究竟是我，還是自己根本跳脫不出去的命運。

每一步都是直覺在牽引，落子無回，縱使滿盤皆輸也得認。

轉眼當下，我得趕緊去花卉市場進一批貨，把花舟經營起來，這個月的房租已經轉給小凌，總要想辦法賺回來。賺不回來的話，下個月就關門去找工作，打一份工不行就打兩份，這是我必須面對的現實，必須承受的重荷，不只來自於生存的壓力，還有即將開啟的那筆沉重債務。

重新將花舟經營起來的同時，我經常要通過電話周旋在冷桑和明宇之間。這兩個男人都曾是小凌的男友，卻生活在截然不同的世界裡，除了關於同一個女人的各自回憶外，本不該再有任何交集。可現如今，他們因我而產生了瓜葛。

我事無巨細地為阿茹娜的事情進行著各種前期鋪墊，這些事情裡面，有一些屬於必要的、事務性的，更多的則是那個雙重謊言所附加給我的。起初我感覺非常累，後來慢慢適應起來，可以在面對明宇和冷桑任何一方時，迅速匹配上基

於那些謊言的邏輯，條件反射地表現出相應的人格。

事情一點點地向前推進，所有秘密都被我包裹得嚴嚴實實，從沒出過任何紕漏。為了聯絡更方便，我買了一部手機，後來，這部手機一用就是十五年。

明宇的三十萬元全部到位，貸款程序也已經啟動，他那位在銀行工作的朋友小于幫了不少忙，不僅簡化了審批流程，還給出了優惠利率，算下來可以省下近三萬元的利息。

冷桑一直在夜以繼日地工作，爭取儘快將手裡存的活兒完工，提前交付寺院。為了應付接下來的舟車勞頓，他為阿茹娜的輪椅進行了一次全方位的保養，換了更舒適的坐墊和靠墊。他還託人從省城買了一臺可以折疊的電子鋼琴鍵盤，這次出行時間久，他必須做好阿茹娜練琴的準備。這麼多年來，除了每年去外地聽音樂會的那幾天，阿茹娜還從來沒有哪一天沒碰過琴鍵。這臺鍵盤的音質和手感雖然不能和家裡的三角鋼琴相比，但已經是最佳的便攜替代品了。另外，他退掉了早已買好的新年音樂會的票，今年的行程本來是蘭州，想藉機找魯高人喝頓酒，感謝他長久以來的默默付出。說來唏噓，直到現在阿茹娜都還不知道魯高人這樣一個暗戀了她十多年的人的存在。如今計劃生變，再找機會和他相聚不知是何時了，多少有些遺憾。

冷桑事無巨細地和我分享著出行前的一切，帶著幾分與他形象不太匹配的簡單率真，這樣的性情在原冬的故事裡是極少有的，只在剛開學時閃現過幾次：和原冬在宿舍初見時的那個結結實實的擁抱，為原冬釘床板，跟他對調儲物櫃以及後來替他填報選修課。而從原冬的講述中所體現出來的冷桑的性情，還有不少令人難以理解的善變、涼薄與隱忍——源於背後那些當年連原冬都未知的真相，不知哪一種性格才更接近他的本色。

打電話告訴我這一切的時候，冷桑已經訂好了隔天從西離飛往北京的機票。我記下了航班號和行程信息，跟他說我會去機場接他們，賓館也將提前預訂好。

掛掉電話後，我去了蘭德公司的康復中心。我沒有將這次行動告訴明宇，這是私事，和業務無關。

幸好是冬天，我可以把自己捂得嚴嚴實實，戴著帽子和口罩，而且有意沒穿上次和明宇見面時的那身外套。正常情況他應該在康復中心旁的科研樓裡，康復中心這裡主要由接待處、體檢部、裝配部和訓練室組成。

訓練室一共十二間，包括六間下肢訓練室，兩間上肢訓練室，兩間肌力訓練室和兩間VIP綜合訓練室。每個訓練室裡的器材和設施都不一樣，看上去很有科技感，同時又佈置得溫馨舒適。這裡沒有鼓舞士氣的口號條幅，也沒有促人奮進的勵志圖片，只有典雅的掛飾，怡人的鮮花，和煦的陽光，香濃的咖啡和舒緩的音樂。

訓練者中，除了個別帶著不同部位矯形器的肢全患者外，更多的是下肢殘缺的患者。他們一部分沒穿戴義肢，在器械上做著定向肌力訓練，一部分穿戴上了義肢，進行著不同階段的適應性訓練。有的剛學會站立和平衡，有的邁出了蹣跚的步伐，有的在上下坡，有的在上下臺階，有的在走坑窪不平的碎石路，還有的借助一些奇奇怪怪的裝置，進行著看上去運動性更強的訓練。

可能是因為臨場感吧，支撐他們軀體的那些裸露的金屬零部件觸目驚心，比明宇給我觀看的視頻更令人震撼。但也同樣是因為這樣的臨場感，可以真切地感受到傳導在空氣中的溫度與氣息，希望與堅持。我由衷地為這些缺失了肢體的不幸人們感到慶幸，如果說是義肢讓他們重新站立起來，使他們獲得新生的話，那麼，搭載其上的世界最先進的智能技術則令這種新生更具品質，散發出美好與榮耀之光。我想像著阿茹娜擺脫輪椅站立起來的情景，但見她邁出了堅實有力的第一步，隨後越走越輕鬆，越走越自然，款款而行，步步蓮花。

這些幻象神奇地化解掉了我在這段時間積聚起來的疲憊，讓我像充了電似的重新恢復了精神與信念，這應該就是今天此行的初衷吧。

離開康復中心後，我在附近看了幾家賓館，選定了有電梯並且房間面積最大的一家，價格也

比較適中。面積大主要是為了阿茹娜的輪椅出入方便，裝上義肢後，還可以隨時在房間裡練習走路。當然，有個細節我沒忽略，我預訂的是兩張床的房間。

接下來的一切全都交給了明宇，那些程序化的事務就像是流水線上的商品一樣，輪廓清晰而具體，它們將以嚴格的標準進行生產、裝配與調試，最後以一個結果呈現在我眼前。而我，要的就是它。

隔天下午，我如期在機場接到了冷桑和阿茹娜。那個美麗女人的裝扮依舊端莊得體，細微之處做了些不太引人注目卻又格外點睛的修飾，比如脖間的白色絲巾和手套上的白蜜蠟戒指。這一次，她不再如冰雕般冷漠，而是朝我綻放了一個難得一見的甜美微笑，就在我剛剛接到他們的那一刻。

我打車帶他們來到賓館，辦理了入住登記手續，將他們送入房間。一切安排妥當後，我們約了第二天早上八點在賓館大堂見面，一起去康復中心。

冷桑說他和阿茹娜想請我一起吃晚飯，我找了個理由謝絕了。冷桑沒再堅持，送我離開了房間，一直陪我走出酒店。在大門口，他從兜裡掏出來了一個小布袋。

「這個送你。」他說道。

我接過來打開一看，是個掛著羊皮繩的嘎烏，和原冬的一模一樣，當然，也和他脖子上戴的一模一樣，只是金屬的光澤是簇新的。

「可惜我沒辦法幫你找到你要的匝尕。」他又說。

我眼眶一熱，「謝謝！真的謝謝！」

恍惚中，這個嘎烏彷彿就是原冬的那一枚，甚至還攜帶著他的體溫。

「我替阿茹娜感謝你！」

「不必謝我，我所做的一切，全是為了原冬。」我直言道，「阿茹娜最該感謝的人，應該是你。」

「我所做的一切，也全是為了他。」他回應

道。

適逢下班放學的高峰，酒店門口車水馬龍，熙熙攘攘。三五成群追跑打鬧的學生，相互搭訕的鄰里街坊，還有沿街叫賣現製零食的小商小販，這幅流動的熱鬧景象和寂如雕塑的我們形成了鮮明對比。

我和冷桑站在酒店門口的高臺上，默然對視，誰也沒有克制住從自己內心深處流露出來的那份複雜情感。

這一刻，我們的情緒是相通的。

這一刻，我們亦敵亦友。

九十五、重生

一月的北京蕭瑟乾冷，淡淡的晨曦中，冷桑推著輪椅，我走在一側，三人一路無言。

幾分鐘前，我們在賓館大堂碰了面，旅途的風塵全然從他們臉上褪去，看得出來，他們昨晚休息得都不錯。所以，此刻的無言應該是各懷心事吧。

阿茹娜在想什麼呢？這位昔日的音樂高材生，經歷了八年前的那場災難，心態發生了很大變化。可能是因為喪失了行動力的緣故，一向素雅如蘭的她，格外在意起了對自己外形的修飾與容貌的保養。不變的是她對音樂的熱愛，儘管手指的殘疾對鋼琴演奏造成了很大障礙，但這依舊是她人生最重要的寄託。不久的將來，待她裝上智能義指後，應該就不會再對那首專門為八根手指改編的夜曲過度沉迷了吧。重新擁有了十根手指以後，她理應擁有更多的曲目選擇。而裝配了下肢，不僅可以行動自如，還可以在彈琴的時候控制腳下踏板，增添共鳴，更具表現力。這一天很快就要到來了，阿茹娜的身體即將被注入一股全新的能量，煥發出不同於這八年中任何一天的姿彩，生活也將隨之發生翻天覆地的變化，她完全可以重新規劃自己的人生，畢竟她還年輕，韶華猶在。

冷桑在想什麼呢？除了為阿茹娜未來人生

的重建感到欣慰之外，他也該為自己欣慰。今後的生活負擔減輕大半，他有了更多的喘息機會，而不是只有在結束了一天的辛苦勞作，並且料理完阿茹娜白天的生活起居，將她送入閨房後，直到夜闌人靜之時，才獨自坐在那個大房間裡抽悶煙，解乏舒壓。另外，隨著阿茹娜人生的轉機，原冬的心理負重定然會卸掉一些。這是冷桑的期待，也是我的期待，在這一點上我們始終共情。

蘭德康復中心的園區很大，甬道兩側都是高高的梧桐樹。可能是因為去年雨水比較多的緣故，這個時節葉子沒有落盡，它們頑強地掛在樹梢，不願歸塵。霞光透過枝葉斜射過來，在路面投下婆娑的樹影，一陣風吹，樹影顫動起來，與其互補的白水泥地面呈現出了暖黃色，時明時暗地閃爍著。輪椅的輻條從那些光亮上轉動駛過，反射著耀眼的光芒，讓我想起了「前程似錦」這個詞。

我們順著指示牌的引導，來到了主樓的接待處。前臺護士問過阿茹娜的名姓後，熱情地領我們來到了體檢室。

明宇已經候在那裡了，和他在一起的還有另外兩位前來會診的專家。我和明宇分別為雙方做了介紹，仿佛和我有著某種不必說破的神交般，他對一切分寸都把握得很好，順暢而自然。

體檢開始，我想我應該迴避這個場合。阿茹娜那麼在乎自己的形象，平日裡甚至都要用彩色幫典圍裙來修飾自己缺失的下半身。

就在我扭身，剛準備自覺離去時，一隻冰涼而柔軟的手輕輕拉住了我的指尖。我錯愕地回身望過去，阿茹娜聲色不動地坐在輪椅上，卻是把我的手抓得更緊了。

我抬眼看向冷桑，他會意地點了下頭，我便留了下來。

明宇和兩位專家開始準備各種儀器，阿茹娜被冷桑從輪椅裡抱起，放在鋪著一次性床單的護理床上。我幫她褪去了外套和長裙，按體檢要求，只餘內衣。

雖然我曾在冷桑給我的那些材料上看到過阿茹娜殘肢的情況，但當那萎縮的肌肉、紮起的皮膚和棕紅色的疤痕直白地暴露在眼前時，我的心還是狠狠抽動了一下。

明宇先為阿茹娜測量了體重和身長，而後對雙腿殘肢和手指殘肢做了數據採集和肌力測試。由於雙腿殘肢過短，且形態不理想，所以在設計和裝配上都有很大難度，這是我和冷桑早就瞭解到的，也是曾經一直無法攻克的難題。

幾位專家借助電腦和專業儀器，輔以三維技術，對接受腔與殘肢的載荷傳遞進行了一系列模擬分析，繪製出了三套接受腔輔助設計初稿，論證後確定下了最佳方案。

接下來，阿茹娜被轉送到取模室。技師將浸滿石膏液的紗布包裹在殘肢上，塗上厚厚的石膏，用液壓設備進行精細塑模。很快，一個包裹性極強的陰模順利成型，隨後便是陽模和接受腔的製作。根據我此前提出的要求，接受腔這個唯一在國內製作的部件，材料一定要選擇舒適度最高，當然，也是價格最昂貴的進口超級 PP 板材。

體檢、數據採集和取模的工作全部完成後，冷桑陪阿茹娜進入訓練室，在康復教練一對一的指導下進行身體準備訓練。

明宇得空時，我向他瞭解了製作和安裝的具體進程，他說待今天的各項數據匯總後，還要跟德國總部的技術人員網上對接，進行更精密的數字模擬步態分析，編輯個性化演算法，設計芯片，最快也要明天下午才能進入接受腔的製作環節，製作週期大約三天。除了接受腔，連接件、關節和智能腳板等部件都要從德國總部訂製，至少要等一週，智能義指則需要等兩週。在等待的這段時間裡，阿茹娜剛好可以進行殘肢理療和肌力訓練，讓身體準備更加充分，這個步驟非常重要，直接影響義肢安裝後的使用效果。

阿茹娜的義肢屬於高端訂製，流程複雜難度大，這樣的進度已經遠遠高於我的預期了。我明白，全都是明宇在協調相助。

明宇拿出一個信封交給我，我打開一看，裡面有兩份單據，一張是費用明細，另一張是現金付訖的收據。核算下來，兩套雙腿高位智能義肢加上兩根智能義指，全都以最高規格進行裝配，原價是 329,300 元，明宇申請到了一些內部折扣，最終的實付款是 302,956 元。

「貸款的事情你放心，小于今天來電話了，說初審通過了，後面就是走程序，等領導簽字了。」

「讓你費心了。」我把單據放回了信封，「回頭我告訴冷桑。」

我並沒想刻意對明宇隱瞞，那套謊言從一開始就可退可進。倘若他發現了端倪，有所猶疑並稍稍深問幾句的話，我想我會對他坦白的。

可是，從我在玉沁給他打了那個電話開始，一直到現在，涉及那個秘密的問題他從來沒有問過。他不僅肯幫我，還給了我最大的殘喘空間。

等待智能腳板的這段時間裡，阿茹娜一直在進行肌力、關節活性、平衡能力和協調能力的訓練，每一項都在康復教練的指導下循序漸進地進行著。其間她試穿了接受腔，不僅包縛性好而且非常舒適。這是義肢裝配成功的第一步，那些進口零部件再貴再高級，倘若和殘肢直接發生接觸的部位不匹配或是不舒適，就沒法發揮出最大的作用。

所有進度都如明宇所承諾，一週後，智能腳板和其他零配件如期從德國總部快遞到康復中心。技師將它們與接受腔組裝在一起，再經激光精密對線和細緻調校後，一副融合了當前最前沿的智能仿生技術和材料技術的大腿義肢終於完成。

那天下午，明宇在裝配室親自為阿茹娜進行了義肢的首次穿戴。他把坐在輪椅上的阿茹娜推到一組平行杠下，兩條義肢擺在她面前。

明宇一邊操作一邊細緻地講解，他先為殘肢穿上了一層有伸縮性的保護套，又在外面套上了一層柔軟光滑的絲綢套，然後拔掉接受腔上的負壓閥，在絲綢套的輔助下，順利將兩條殘肢送入接受腔內。

明宇從阿茹娜身後將她小心抱起，讓她的雙臂挎在平行杠上站穩，自己發力，試著調節殘肢在接受腔內的緊張度。待感覺合適後，他才從負壓閥的開孔處將絲綢抽出，裝上了閥門。這套程序並不複雜，只要掌握要領，阿茹娜完全可以自己穿戴。整個過程，冷桑一直在旁邊做著周全的保護。

雖只是佇立在那裡靜止不動，也足以讓阿茹娜對著不遠處的落地鏡笑靨如花，那是發自靈魂深處的欣喜。不知道她上一次這麼笑是什麼時候，可能連她自己都已經忘卻。

明宇為阿茹娜安排了VIP訓練室，在康復教練的悉心指導下，她首先要接受枯燥的靜止訓練，包括站立、重心轉移和單側肢體站立等科目。前段時間以增強肌力和平衡能力為主的體能訓練準備，此時體現出了必要性，因為等配件，她比一般人多訓練了一段時間，成績更顯著。靜止訓練完成後才是行走訓練，從借助平行杠等器械到脫離器械的自主平地行走，進而是在坡道、樓梯和更為複雜路面上的一系列循序漸進的訓練。

我每天都要抽空去康復中心看看阿茹娜的訓練情況。那些突兀的金屬和有機材質日漸與她的身軀融為一體，她的步態從謹慎笨拙到趨於和諧自然，其間付出的艱辛可想而知。

又過了幾天，兩根智能義指也送到了。比起下肢的穿戴，義指的穿戴要簡單得多，但想要精準地對它們進行操控，還需要一段磨合期。按明宇的建議，阿茹娜每天都是在結束了康復中心的下肢訓練後，回到賓館再佩戴義指，進行從抓取到彈琴的進階訓練。

根據後來阿茹娜的回饋，兩根義指很容易控制，精度也非常高，收放和攥握等簡單動作輕而易舉。她的主要精力放在了彈琴訓練上，義指不僅運動靈活，還可以準確無誤地接收到發自指根神經的訊息，以最合適的時機和力度按下黑白鍵。她堅信用不了多久，自己就可以恢復到以前流暢自如的彈奏水平了。

訓練緊張有序，日趨進步，阿茹娜臉上的笑容越來越多，再沒有那種拒人千里之外的疏離感了。徒留那架輪椅，在窗邊角落裡泛著寂寞的凛光，追念著自己主人昔日寒霜般的氣場，兀自感慨著，一個脫胎於它那冰冷懷抱的美麗女人的別樣的、戲劇化的重生。

九十六、疊影

那天明宇打來電話的時候，我剛從花卉市場進完貨，正在和貨車司機為了幾塊錢運費講得不可開交。

「貸款批下來了。」明宇說。

「太好了！」我的語氣是興奮的，表情卻是僵硬的。

身體有著自己的思維，它對這個消息天然抵抗。接下來就要過節衣縮食吃苦受累的日子了，這一切更多要由這副血肉之軀來承受。

「不好意思，你稍等下。」我回過頭去，跟那個司機說了句，「三十五走不走？就這麼兩箱，也不用你搬。」

「你在花市？」明宇問道。

「嗯，剛進完貨。」

「是不是城南最大的那個？」

「對啊。」

「我離你不遠，十分鐘後大門口見。」

還不等我回應，他就掛了電話。我暗暗欣喜，能搭車當然好，從現在起，別說是三十五塊，就連三塊五、三毛五都要算計著花了。

我拖著兩箱鮮花來到門口，在一個來往車輛都能看到我的開闊地方坐下來。不遠處的熱力煙囪冒著濃濃白霧，像烽燧上點起的狼煙，召喚著隨時奔赴而來的盟友，天地異常寬廣。

時間上的感覺與空間截然相反，恍惚間，白駒過隙，忽然而已。

我望向面前的兩箱鮮花，同是大自然裡卑微的存在，我卻剝奪了它們的生存權，以販賣它們的「屍體」為生，並且還要為這樣的殘酷行徑冠以各種美好的意象，披上層層浪漫的面紗，何其偽善。不知是不是因了這些罪孽，我的人生才將被抽走未來的十五年，須以最珍貴的青春韶華去祭奠那些鮮切花枝被斬斷的生命，蒼老得比它們的枯萎還迅速。世間的因果關聯仿佛夜空中的繁星，沒人能用肉眼分辨出哪兩顆距離最近。

正遐想間，明宇的車停在了近前。他下車幫我把鮮花放在後備箱裡，將從箱口探出來的幾枝粉玫瑰整理妥善後才關上後備箱，而後為我拉開了車門。

「機票訂了嗎？什麼時候走？」我問。

「明天下午的飛機。」他一邊掉轉車頭一邊說道。

「這麼突然？怎麼不過完春節再走？也沒幾天了。」

「阿茹娜的事情一切順利，後期訓練沒我什麼事了。現在貸款也批下來了，你交代給我的任務全部完成，再不走的話，學校那邊就要過報到時限了。」

「貸款是批下來了，放款還要再等一段時間吧？收房怎麼辦？」

「剛好趕上春節，放款可能要到下月中旬了。收房不是事，小于代勞就行了。」

「真是太給你添麻煩了！」

「小于和我關係沒得說，而且他看上我這房子了，正考慮租下來呢。」

「那好啊！房子長期空置也不好。」我稍感安慰，「對了，貸款具體怎麼還？」

明宇從中控臺的格子裡摸出一張銀行卡和一張還款明細單給我，「打這張卡裡就行，密碼是六個零。貸款本金以三十萬計，按優惠利率，每個月連本帶息還兩千兩百六十五元。每月一號自動劃款，所以必須在月底之前存夠錢。因為要到二月中才放款，不足月的日子累計到下個月，第一個劃款日是四月一日，這次還款是一個半月的，得多存一些，小于說三千五百元就夠了。」

「我會轉告冷桑的。」我說。

「背面是我的郵箱，以後可以通過電子郵件聯繫。」明宇頓了頓，又補充了一句，「什麼事情都可以，只要我能幫到的。」

「好！」我把那張紙翻過來看了一眼，將它和銀行卡一併收到包中，同時拿出一個信封，放到中控臺的格子裡，「那筆安裝費不是還有將近三千塊的零頭嘛，冷桑前幾天就給我了，我一直沒在康復中心碰到你，本來想今天下午給你送到辦公室的。」

「不用了。我還要謝他們呢，讓我的職業生涯又增加了一個成功案例。知道嗎？這個型號的關節和腳板我參與了主力研發。」

「一碼是一碼啦，讓你搭錢怎麼行！再

說……」話到嘴邊，我緊急打住。一時間思維短路，差點兒要說上次那三千我還沒還，這次不能再欠他了。

「再說，他們也挺不容易的。」明宇接過話去，從方向盤上騰出一隻手來，抽出那個信封塞回我手裡，「聊表心意，這樣我心裡會舒服些。」

「可三千也不是個小數目啊。」我拿著信封不知所措。

話音剛落，我猛地意識到了什麼，不可思議地望著手裡的信封。三千元！怎麼又是三千元！這簡直成了捆縛在我和這個男人之間的魔咒。

我和明宇共有過三次不同性質的金錢往來，每一次都沒繞過這個數字。第一次是我把原冬的油畫以這個價格賣給了他；第二次是小凌鬧店那天藉機漲房租，他替我解圍，墊付了我一時沒湊夠的那部分，這筆錢直到現在還沒還；第三次便是這次，他甘願為冷桑和阿茹娜支援這一筆本該由我承擔的義肢安裝費。

這一次我絕不能像明宇那樣輕描淡寫地將此事略過，我必須代替阿茹娜和冷桑，以等價的儀式去回饋他的這番心意。三十萬都承擔下來了，還在乎這三千嗎？

「這樣吧，這筆錢就當是我替冷桑和阿茹娜答謝你，今晚請你吃飯吧。他們今天有事來不了，全由我代勞，也算是給你餞行，真正的餞行，上次那頓飯離得太遠了，不算數！」

「哈哈，那好吧。」明宇痛快地接受了邀請。「地方隨你挑，這麼多錢去哪兒吃都夠了。」

「那就晚上見了面再說？」他以商量的口吻說道。

「也好。」我應道。

晚飯的事就這麼定了下來。明宇把我送到花舟，幫我卸了貨。臨行前他還有很多事情要處理，我們約好晚上六點左右他來花舟找我。

我想好了三個備選餐廳，檔次都挺高，仿佛只有在那種體面的場合有模有樣地請明宇享用一頓豐盛的大餐，把這三千塊全部揮霍出去，我才會心安，才會就此打破那個魔咒。

晚上明宇如約而至，手裡提著好幾個塑料

袋，看上去和他的商務形象極不匹配——袋子裡裝著各種蔬菜和一隻白條雞，還有一些半成品和小零食。

「你這是幹嘛？」我被他整迷惑了。

「記得你以前說過愛吃甜醅雞。」他把一堆東西放在低櫃上，「我在網上找到了菜譜，不介意借用一下炊具吧？」

「你是說晚飯自己做著吃？」我愣愣地望著袋子裡的那隻雞，去年給小凌過生日那次，我好像的確說過喜歡吃甜醅雞。

「要是沒有煤氣，用電飯煲也可以做。其他的菜都是半成品，微波爐熱熱就行。」

「不是說好了我請你嗎？」我不滿地抗議道。

「我一直很好奇這道菜的味道，所以想試著做做，請你幫忙給品鑒一下我的廚藝，這可比請我吃飯有意義多了。」

「那……你買到甜醅了嗎？」我問，記得當時原冬去了好多地方都買不到，只好用醪糟代替。

「這個實在抱歉，我去了兩個大超市都沒有，菜市場也轉了好幾個，還是沒找到。就用醪糟代替吧，味道應該差不多。」明宇自信滿滿地說道。

「其實我只吃過一次，巧了，也是用醪糟做的。」

「那不是正好！」明宇開心一笑，「對了，我沒帶酒，這個歸你管。今天都是家常菜，配二鍋頭就好。」

我張羅著打下手，他說不用，讓我只等著吃就是了。那敢情好，我自是乖乖聽話，把從原冬走後就再沒見過天日的鍋碗瓢盆油鹽醬醋重新拿了出來。

看著明宇忙碌的樣子，我那根隱匿的神經又被撩撥起來。這兩個男人幾乎找不到任何相似之處，但在做飯這件事情上，卻是同樣拿得起來。

不出一小時，一道道豐美的飯菜就擺上了桌。

甜醅雞的味道很鮮美，誰做的正宗我不敢說，但明宇做的一點兒也不比原冬差。然而，觸

景生情的我根本無心享用，只是一杯接一杯地喝著酒，追憶著曾經在這個小餐桌前度過的每一個晚餐時光，仿佛此刻坐在我對面和我舉杯祝福的人不是明宇，而是原冬。我恍若回到了去年今日，那張年節表雖已不在，但我依稀記得，這一天有幾個紀念日，其中有一個是第一次鴉片戰爭大清宣戰的日子，我當時半開玩笑地說了句，讓原冬把煙戒了。他沒應聲，不過當晚他的確忍住了煙癮，破天荒地一根都沒抽。

我喝了不少酒，很快就有了醉意，突然特別想喝小米粥。它像精神鴉片一樣，或將伴我終生。

「如果有一個人願意為我熬一輩子小米粥……」微醺的我情難自禁地流露出了難以壓制的心聲。

「怎樣？」一個聲音問道，像是來自遙遠的雪域。

「嗯……我就嫁給他。」我傻傻地笑著，又乾了一杯酒。

我真切地記得自己曾經說過這句話，也真切地記得，坐在我對面的那個人起身離開了一會兒，再回來時手裡拎著一袋小米。他去後院淘了米，把粥煮上。

現實與回憶始終交織在一起，我面前的人總是在明宇和原冬之間不停地切換著。虛虛實實間，我又喝了很多酒，最終徹底神遊回了過去。恍惚間，我相信不論是剛才出去買小米的人，還是到後院去淘米的人，以及最終用飯煲熬上小米粥的人，都是原冬。直到明宇重新回到餐桌旁，喚了一聲「眠眠。」我才如夢初醒，原來一切都是幻覺。

失落的情緒一時間無處釋放，悄無聲息地發酵著，膨脹著。待明宇將那一碗熱氣騰騰的小米粥端到我面前時，終於爆發出來。

我揚手將粥碗打翻，滾燙的液體滿滿地灑在了明宇的手背和手腕上。他的喉嚨裡發出了一聲痛苦的呻吟，隨即又迅速收止住。

我的酒意瞬間清醒了幾分，嘴唇翕動了一下，卻是連最蒼白的一聲抱歉也無力說出口。我別過頭去，沒有勇氣去面對那一地狼藉。

明宇捂著手去了後院，我聽到了嘩嘩的流水聲，他正在給燙傷的手沖涼，同時也是給自己那顆被灼燒的心降溫。

回來後，他將破碎的瓷片小心地拾起丟掉，用拖布一遍又一遍地，將滿是小米粥的地面清潔乾淨。

有關那個晚上後來的事情，我一點兒都不記得了。

九十七、約法

第二天醒來身上有些異樣，原來我是和衣而睡的。頭昏沉沉的，躺在床上愣了半天神兒，才想起昨晚的一些片段。

我晃晃悠悠地來到外屋，用過的鍋碗瓢盆都已洗淨收納在低櫃上，餐桌正中有一袋黃澄澄的東西。走過去一看，是昨晚明宇買的那袋小米。袋口是敞開的，一個絳紅色的小盒端正地擺在其間，盒身的三分之一插進小米裡，猶如沙漠中的一棟宏偉建築。

我拿起小盒，那片凹陷立即被滑落下來的小米填平。

打開盒蓋時，眼睛被晃了一下，再定神一看，是一枚足有一克拉的鑽戒。除此以外，更吸引我注意力的，是盒蓋上的那個金黃色的「眠」字，它不是印上去的，也不是寫上去的，而是用一粒一粒的小米黏上去的。

我僵硬地站在那裡，努力回憶著昨晚發生的一切，最後幾幅畫面定格在了那碗被我掀翻的小米粥，明宇燙傷的手腕，以及他為手腕沖過涼後收拾一地狼藉的情景。至於明宇是怎麼用小米在戒指盒蓋上黏貼我的名字的，我是怎麼上的床，怎麼睡著的，他又是什麼時候離開的……這些情節一概不記得了。

時鐘指向十一點半，我猛然想起明宇是下午的飛機。

我趕緊撥通了他的手機，鈴響半聲就通了，他正在辦理值機手續，我跟他說我這就過去，如

果時間來得及，務必等等我。

四十分鐘後，我在首都機場國際出發大廳見到了明宇。

「不好意思，昨晚喝多了。不過，我還記得說過要送你。」我喘著粗氣說道。

「謝謝，我以為你都忘了。」他把重音放在了「都」字上。

我明白這個字所特指的含義，他是在提示我昨晚曾說過的「別的」話——「如果有一個人願意為我熬一輩子小米粥，我就嫁給他。」沒想到，這句因酒後思念原冬而不小心流露出來的深情告白，卻被明宇認了真，滿腹苦楚又無法挑明的我才惱羞成怒，將他端來的小米粥掀翻，想以此來推翻自己那個不負責任的言論。

我朝他的手望去，發現手背上纏著厚厚的紗布。

「對不起！你的手怎麼樣了？」我心裡非常不是滋味。

「沒關係。」他說。

「這算什麼？」我掏出那個絳紅色的小盒子。

「這……嗯……」

「求婚嗎？」

「抱歉！」他不好意思地低下頭，「太冒失了。」

「丟給我就算完事了？」

「眠眠。」他抬起頭來，目光卻不敢與我直視，「我只是想在出國前給你留下一個承諾，如果你願意等我的話。可是昨天我一直沒有勇氣把這些話說出口，直到後來，你說了關於小米粥的那句話，才讓我下了決心，這是我最後的機會。」

「對不起，喝多了的話不算數的。」我把戒指盒塞到他手裡，甚至連他緣何會對我生發出這種情愫都不願去探究，這實在太荒唐太滑稽了。

他不語，纏著紗布的那隻手輕撫著戒指盒，像是在撫慰自己的心傷。這個小動作讓我的心痛了一下，於是，我終歸還是沒忍心對他過於決絕。

「等你回來以後再說吧。」我找補了一句，「不過，在你離開的這段時間，我不承擔等待你的義務，並且將來……」

「將來怎樣？」他終於敢於和我直視。

「倘若有一天我真的答應了，要『約法三章』：一、不舉行婚禮；二、不要孩子；三、不論將來我以任何理由提出離婚，你必須無條件同意。」我一口氣將這些冷血的話說出來，感覺像是被惡魔附了體，表面看似不忍拒絕而給他留存了機會，實則是更殘酷的誅殺。

除了遠在雪域高原閉關作畫的那個男人，我的心裡再也無法容納任何人，其他男人對我都只是冰冷的性別符號，而非可以令我敞開心門的恒溫血肉，更非可以令我傾注情感的熔煉靈魂。

十四年後，當我在那個裝滿漢白玉骨灰盒的櫃檯前再一次面對這個男人求婚的時候，我也曾假設過這樣一種存在：倘若當年我橫下心來，徹徹底底地拒絕，不給他留下任何一絲希望，他可能就不會再來找我了。那麼，我的人生軌跡又該如何？

結婚大半年後，我給出了自己答案：他來與不來找我，結果都是一樣的。

這一年的婚姻對我來說更像是一段即興的人生插曲，曲終人散後，終要回歸到十五年前我就為自己規劃好的軌跡。儘管那個規劃中途發生了意外，我被一股作用力重重甩了出去，此後便只能在一條幽暗陰冷的小路上踽踽獨行，但行進的方向始終未變，我依舊循著點點星火，去接近著那個屬於我的遠方。婚姻未能覆滅我當年的執念，而倘若沒有這場婚姻，該來的，更是遲早會來。

明宇沒說話，只微微頷首，我看見他眼中有晶瑩的東西在閃爍。他躲閃開了我的目光，把戒指盒收了起來。

「有紙筆嗎？」我突然想起我們之間還有一件事情沒有了卻。

他打開電腦包外層拉鍊，拿出一個便簽本和一枝鋼筆給我。

我稍作思忖，匆忙寫就了幾行字交付於他，「這是三千塊欠條，上次你替我墊付給小凌的房

租，很抱歉，暫時還不了你。」

他掃了一眼，收起便簽本，努力朝我一笑，「保重！」

望著他進入安檢門的身影，淚水浸濕了我的眼眶。就在他轉身準備再看我一眼的時候，我迅速轉身離去，再沒回頭。

老天爺又和我開了一次錯過的玩笑，這個曾被小凌戲稱為我「永遠排不上號」的男人竟然向我求婚，而我拒絕了他。和與原冬宿命式的錯過不同，我對明宇是強行轉身。充斥在我和他之間的謊言讓我無法過多地面對於他，而我對原冬傷痕累累卻終難放手的複雜情感更是充斥著整個胸膛，難再為他人排擠出一點兒空間。我所能給予明宇的，除了那冷酷無情的「約法三章」，就只有一個永遠活在自己世界裡的孤單背影了。就讓我們在各自的人生軌跡上漸行漸遠吧。

從機場回來，我直接去了康復中心。

透過 VIP 訓練室的玻璃窗，我看到阿茹娜換下藏服，穿上了一襲白色風衣，身姿如仙鶴般婀娜曼妙。今天她在義肢外面套上了裝飾海綿和襪套，所有的關節和支撐部件都被覆蓋在了裡面。大大的落地鏡前，她癡癡地望著鏡中的自己，眸子裡閃著光輝。

她邁出的步伐還有些不太自信，但已經足夠輕盈和穩健，我驚訝於她步態的自然，甚至可以說是優美。先進的智能程序可以輕鬆地通過平衡系統獲取路況信息，從而做出全方面的動態調整助力。只要不是用過度挑剔的眼光來審視，幾乎不會看出，將這美好身軀支撐起來的，是一副堅硬冰冷的人工器械，高昂的價格在這一刻體現出了不俗的價值。

白色果然是最與她氣質契合的色彩，故而她才名副其實地成為了無數人心目中的「白雪公主」。如今她重新擁有了這一切，也算是於悲愴境遇中所收穫到的一點兒幸運吧。

金色的斜陽透過落地窗打在那兩個人身上，溫暖安詳。冷桑攙扶著阿茹娜，開始進行障礙物穿越訓練，他時不時地鬆一會兒手，讓她獨自行走一小段，卻是盡可能地伸張起雙臂環繞著她，做著最為周全的保護。

我感慨著包括自己在內的這幅夕陽裡的溫情畫面，兩個女人，一個男人，原本迥異地生活在這個世界上，卻也因緣而聚，只因三個人的心靈深處，都存在著一個共同的隱秘交集。歷史即將翻篇，他們都將從過去的陰霾走出來。我已經看到了阿茹娜未來的曙光，不論是生活品質的提升，還是對音樂的更高追求，這些都應該成為她此後餘生新的主旋律。

我的命運剛好與他們相反。十五年的還貸生涯將令我的生活陷入苦厄，但我無怨無悔。

兩年後的某一天我將再上高原，帶著我用巨大付出而換來的阿茹娜重生的喜訊，作為籌碼，找尋到那座關房，於原冬渡過那片汪洋抵達彼岸之前，和他進行一次談判。即便失敗，也不會輕易亮出底牌，因為它還不夠漂亮。我要在沉重的還貸生涯中艱苦地熬過未來十餘年，待債清之日，倘若執念還在，我才會用那張被打上血淚烙印的底牌，以它所能示現出來的最大點數，再來換取一次原冬重新抉擇的終極機會。

佛菩薩將他渡離苦海尋求解脫，我卻不惜一切代價，妄圖將他拉扯回娑婆紅塵，那些自以為正義的理由並不妨礙我看清自己的私心與邪念。明宇錯愛於我這樣的心機卑劣之人，又是何苦？我為他傾注於我的那份愚蠢且生不逢時的感情而嘆惋。

從昨天到今天，從花舟到機場，一幕幕荒誕的畫面反覆浮現於腦海，尤其是那個戒指盒。鑽戒的光芒晃了我一眼後，沒再有太多追念，反倒是那個金黃色的「眠」字，始終在腦中縈繞，揮之不去。我想像著昨晚斷片後的情景，明宇獨自坐在微弱的燈光下，守著發瘋後昏昏睡去的我，用那隻被燙傷了的手，不知費了多少時間與精力，才將那些小得難以拈起的小米一粒一粒地黏成道道筆劃，組合成字。

雙眼再度被淚水模糊，可惡魔的眼淚流淌得再多，也是虛偽的，多餘的。

九十八、衷腸

春節將至，街上門店陸續關張，擺攤的小商小販也消失了不少，隨處可見拎著大包小包和拖著行李箱的返鄉族的身影。

記得去年春節特別晚，原冬沒回家，我無家可歸，我們在這棟老屋裡共慶佳節。當時他剛從工地辭工不久，〈雛菊〉的售出令他再拾畫筆，開始了持續五個月的創作，那段日子成了我人生中最美好的一段時光。

而今空留我一人，守護著這棟老屋的舊憶。

這個春節為花舟帶來了一個寶貴的銷售小旺季。我一心一意打理著生意，等阿茹娜結束訓練回去後，還要找份晚上的兼職，對面的角樓飯莊常年招洗碗小時工，是我隨時可以選擇的一條方便生路。

由於一直在忙花舟的生意，連續幾天都沒去康復中心。冷桑打來電話的那個清晨，是臘月二十九，我剛給附近一個酒樓送完貨，正在回去的路上。那家酒樓不打烊，訂出去了不少年夜飯包桌，跟我採購了一批水仙和仙客來。我沒接冷桑電話，手機的接聽費用能省則省，等他們回去以後，這個手機也就不會再用了。

回到花舟，我用座機給冷桑回了過去。他說昨天帶阿茹娜去聽了新春音樂會，已經訂了後天，也就是大年初一飛西離的機票。

「走那麼急？」我有些意外。

「訓練進度完成得差不多了，初一的機票最便宜。」他解釋道。

「也好。現在北京禁放煙花，沒什麼年味兒了。」

「我打電話，一個是通知你這件事，還有一件事，是阿茹娜託我的。她說你要是一個人的話，不如明晚過來一起吃年夜飯。」

「這個……」我習慣性地試圖推辭，「現在飯館都休假了，能做年夜飯的都是高級酒樓，八人桌起訂。」

「可以從超市買熟食和速凍餃子，就在賓館房間裡擺宴。我問過賓館前臺，他們說可以借個電煮鍋給我們。」

我正猶疑著該如何拒絕，冷桑又接著說：

「今年挺神奇的，千禧年不說，藏曆新年和春節碰到了一起，而且還趕上了立春。」

「這麼巧啊。」我心裡開始動搖。

沒想到二〇〇〇年二月四日這一天這麼熱鬧，可惜不能和原冬一起舉杯祝福。因了這個緣故，我的確不想太孤單。更何況阿茹娜的事情圓滿結束，明宇也已經出國，我不必再做神經緊繃的雙面人，提心吊膽地周旋於他們之間，如今也該鬆口氣了。

我答應了冷桑。他很高興，反覆叮囑我明晚吃喝全由他安排，叫我什麼都別買。

第二天下午，我早早就關了店門，只帶上一大束鮮花去赴約。本來約的是六點賓館房間裡見，但我還想再去看一次阿茹娜訓練，就提前去了康復中心。

在VIP訓練室門口碰到了阿茹娜的教練，他正準備鎖門。

原來，阿茹娜今天提前結束了訓練，想讓教練早點下班回家過年，而且他們明天就要走了，早回去也好收拾一下行李。我謝過教練，和他拜年後告辭。

時間尚早，我推著自行車在街上遊蕩著，來到賓館樓下，正思忖著到哪裡耗一會兒時，一個聲音從頭頂上空飄下來。

「鐘眠！」

尋聲望去，賓館二層的一個陽臺上探出來一個身影，是阿茹娜。

「我來早了，隨便走走。」我尷尬地朝她笑笑。

「上來吧！」她招呼道。

「好。」我在賓館門口停好車，攜花上了樓。

剛走到房間門口，還沒來得及按門鈴，門就開了。

那個美麗女人亭亭玉立地站立在我面前，輪椅被收攏起來，停放在房間的角落裡。

雖說早已見識過她在康復中心的訓練成果，但當這一幕發生在其他場合，錯位的感覺還是給我帶來了不小的震撼。

「祝賀你！」我把鮮花獻給了她。

「謝謝！真漂亮！」她接過花粲然一笑，而後側身，「請進！」

今天她穿了一條白色呢料長裙，幾天未見，步態又有了很大進步。和以前每個階段的進步不同，這一次的進步還體現在精神狀態上，她已經有了足夠的自信，不依靠任何輔助設備和冷桑的保護，就能熟練自如地駕馭身下的義肢了。一種巨大的成就感油然而生，不僅是因為我獲得了一個分量十足的籌碼，同時，也是出於對一個殘疾人擺脫輪椅重新站立起來的由衷讚嘆。

桌上擺著便攜電子鍵盤，我下意識地看了下錶，五點十分，想必她剛剛練完琴。鍵盤一旁有個電火鍋和三套碗筷，以及幾袋熟食、乾果和水果，還有一瓶葡萄酒。沒看見餃子，可能在前臺冷櫃裡保存著吧。

房間裡的暖氣很足，我邊脫外套邊問：「冷桑呢？」

「他說還要去買點兒東西。」她接過我的羽絨服，幫我掛在了衣帽架上，而後穩穩朝我走過來，像優雅的仙鶴，又似輕盈的小鳥。

「鐘眠，真的謝謝你！」她微笑著，拉起了我的手，令我猝不及防。

那兩根外部包裹著硅膠的義指質感柔軟且富有彈性，和她的體溫也非常接近，但我還是更習慣從前那個冷若冰霜難以接近的她。

「不用客氣。」我用另一隻手輕輕拍了拍她的手背，像是在安撫於她，順勢抽出了被她握著的那隻手。

床上攤著一個行李箱和一大堆準備收納的東西，我隨意一瞥，赫然發現一件白色風衣，很像幾天前她在訓練室裡穿的那一件。那天只是隔窗遠觀而已，看不真切，所以當此刻近距離地凝視於它，注意到了風衣上的一處細節時，頓時心潮騰湧。

在風衣的左肩上，有一塊絳紅色印跡，周圍還有些飛濺開來的大大小小的細碎圓點。它們像夜空中遼遠的星辰，將我的記憶一下子拉回到原冬的故事裡，腦海裡閃現出了一系列畫面，是關於她和原冬的第一次相遇。

很快我就發現了佐證。風衣旁邊有一枝細細的畫筆，筆頭的顏色和風衣上的顏色一樣，筆毛乾乾地板結在了一起，筆桿上繫著一條絳紅色的絲絨帶。

如果說風衣肩頭的色漬和這枝毛筆筆頭的顏色有著必然關聯的話，那麼，那條絲絨帶的顏色應該就純屬巧合了。原冬是個對色彩極為敏感的人，所以在他對那個故事的講述中，總是下意識地加入對顏色的描述。絳紅色是他多次提及的色彩，除了他們的相識，還有第一次在琴房聽琴。原冬曾解下一條絳紅色的窗簾束繩為阿茹娜束髮，後來被她當作紀念帶走了。

那抹絳紅還在另一個場合裡出現過。玉沁雪薩街的貨攤上，阿茹娜編織的那些掛件，正是和這條絲絨帶相同的材質與顏色。她編織的哪裡是什麼貼補家用的小商品，分明是她心中纏纏繞繞的情思與追念。

她發覺了我目光的焦點，從床上拿起畫筆，撫摸著繫在上面的絲絨帶，又深深地嗅了下筆頭，沉浸在了一種旁人難以理喻，而我卻深刻洞見的柔情蜜意中。

「你有兄弟姐妹嗎？」她問。

我茫然地望著那張過分美麗的面孔，不明她的意圖，但還是誠實地搖了下頭。

「我也是獨生女，以後咱們姐妹相稱好不好？」

我禮節性地淺淺一笑，那股翻江倒海的心潮仍難平復。

她把風衣攤開來，將畫筆放在上面，仔細地疊在裡面。兩根智能義指可以輕鬆地伸張和彎曲，做這些活動不在話下。可應用到這樣的場景裡，令我極度不適。

「明天就要走了，我們談談心，好不好？」她問。

我輕點了下頭，儘量讓自己以平和的心態去面對她。雖然她一直在不斷地觸痛著我最敏感脆弱的那根神經，但那並非惡意，她不過是一個和我一樣，同樣愛著一個不該愛的男人的可憐女人。

「這麼多年，我其實一直在等一個人。」她

幽幽道。

我震驚地望向她，她竟然用了「等」這個字眼，一時間各種滋味攪和在一起，翻湧氾濫。

我想起了在玉沁聽她彈奏的那首變奏曲。儘管那時我就明白，她還懷念著和原冬的那段往事，就像「達連淖爾」那個店招一樣，但現在看來，她已經不僅僅是在懷念了，而是有著更深的執念——我所意想不到的執念，或許比我還深的執念。

「他是一個畫家，唐卡畫家。」她扭頭看著我，「你去過雪薩街，不會不知道唐卡的。」

「嗯。」我垂下眼簾，不想與她對視。

「幾年前他為了我出了事，判了刑，現在還沒出來。」

我敏感地注意到，她的用詞是「為了我」，而不是「因為我」。另外，她果然不知道原冬減刑並且已身在玉沁的消息。這些年她和冷桑各自封鎖在自己的世界裡，一個在隱忍迴避，一個在高調守候。

「我一直在等他，玉沁是他曾經最嚮往的藝術殿堂……」

「他要是不去玉沁呢？監獄會把他變成另一個人的。」我忍不住打斷了她，心想當初如果沒有我的幫助與鼓勵，原冬這輩子很難再重拾畫筆，也就不會去追求什麼狗屁理想了。

「那我就讓冷桑幫我打聽他的消息，總之我要見到他。」

「要是冷桑不肯幫你呢？或者……他出獄後銷聲匿跡，冷桑也沒有能力找到他？」

「那就是天意了。」她搖搖頭，繼而又生起一臉沉醉，「不過，在他曾經最嚮往的地方了卻殘生，也是幸事。」

我心頭一顫，不寒而慄。

「那他要是故意躲著，根本不想見你呢？」明知這種話太殘忍，但我還是忍不住說出了口。

她先是一愣，然後抬起頭來望著我，眼中充滿了迷茫，似乎從沒想過會有這樣一種結果。

「不可能的。」她的臉上重現微笑。

「也許他不想做破壞別人家庭的事情。」

「家庭？你是說冷桑？」她一副不以為然的

樣子，「他只是喜歡我，願意照顧我而已，我們之間沒有別的關係，什麼都沒有。」

我禁不住倒吸一口涼氣。在這場四個人的感情糾纏中，我以為自己掌控了最根本的命脈，卻沒有顧及到那些毛細血管的擴張與倒流，事情的走向正在朝著我未曾預見的方向，一步步地發生著畸變。

「可畫家並不知道這一切，他可能以為你過得還不錯，所以選擇不去打擾你們。」

「所以我才必須想辦法見到他啊，告訴他，這些年來我經受的所有磨難。」

「怎麼告訴？你能找到他嗎？還是說，你確信他會來雪薩街學唐卡？如果我沒有幫你安裝義肢，你就準備每天坐著輪椅，在雪薩街尋找他的蹤跡？」

要是這些年她一直這麼想的話，那就實在太可笑了，但我沒把這句話說出口。

「當然不是。」她的語氣格外自信，「他要是真的來學唐卡的話，也不會去雪薩街的那些門店的。」

「那你為什麼還要讓冷桑在雪薩街開店？他不來雪薩街學唐卡，還能去哪裡？」

「待在雪薩街，只是為了每天都能在唐卡的氛圍中有個念想。相對於另外一個地方來說，雪薩街上的那些唐卡店都太普通了。」

「好吧，那個不普通的地方是哪兒？」

「真正的藝術聖殿，是玉沁曲林。就算拜不了秋眉大師，也可以拜其他喇嘛拉日巴，他們會破格招收有天賦的俗家弟子，他有這個能力。」

「雪薩街有那麼多名師，你怎麼知道他不會去民間遊學呢？」我不顧事實，竭力去否定她。

「因為直覺啊。」

「直覺？」

「因為絳紅色，那是我們的結緣色。」

我心頭一凜，沒想到她竟歪打正著地猜到了事實，唯一的偏差是，原冬不想做什麼俗家弟子，他甘願為了她，褪卻俗衣，披上袈裟。我當然不會告訴她這些。

「你的意思是，你要到寺院去尋找他？」我問。

「要是在以前，確實有難度。現在好了，我每天都可以去寺院轉經，只要他來玉沁，我一定會在轉經路上和他相遇的。」她自信滿滿地說道，無限感恩地凝望著我。

「你等待他，尋找他，究竟是為了什麼？」我問得直白，必須得到她的明確答案。

「因為……當年我們之間存在著一些誤會。」

「誤會？」

「對，所以我們需要重新認識，重新在一起。」

她說話時始終帶著甜蜜的笑容，溫婉和煦得如同我帶來的那束金色鬱金香。我心中卻是燃起了一團火焰，越燒越旺，想要將那嬌豔欲滴的花瓣燎燃，哪怕同歸於盡。

九十九、撕心

「重新認識？重新在一起？」我不可思議地望著她，「要是他覺得沒這個必要呢？」

「不會的。」她嘴角輕輕勾起，「我的雙腿和手指是為他而失去的，負疚感讓他無法拒絕我。」

一陣寒風從半開的窗戶鑽進來，我如墮冰窖。

「你這是道德綁架。」我冷冷道。

「我是在重新給我們兩個人一次機會。」她嫣然一笑。

「我覺得你還是應該放棄這些想法，和冷桑好好過日子，否則對他不公平。」

「公平？我又去找誰要公平呢？我犧牲的健康和青春，這一切不該得到補償嗎？」她臉上的笑意瞬間遁去，「你不懂的，也無須懂。而且我已經和你說過了，我和冷桑沒有任何關係，是他死乞白賴非要留在我身邊的。」

「說話要講良心。冷桑為你付出了那麼多，八年前在醫院裡陪伴你的日日夜夜你都忘了嗎？

他還為你放棄了畢業，不離左右地照顧你，如果不是他，你根本活不到現在！」我有些激動地說道。

「沒錯，當年我醒過來以後，無法接受失去雙腿和手指的現實，一心只想尋死。」她的語氣忽然弱了下來，「第二次被搶救過來以後，冷桑便寸步不離了。」

「所以你應該感恩他才對，你的生命是他在幫你延續，怎麼能忍心再去傷害他呢？」

「那個時候死了也就死了，也就解脫了，冷桑也不必為了我放棄什麼。」她別過頭，失神地看向窗外，「人啊，真心想死總是有機會的。真正讓我繼續活下來的，不是冷桑，而是我自己的希望。」

「你的希望？就是等待那個唐卡畫家，然後利用他對你的愧疚，綁架他和你在一起？」

她未置可否地淡然一笑，「其實，那個時候我特別恨他，唯一能讓我感到一絲欣慰的，是我想像中的十年後，他出獄後面對我時的愧疚模樣。」

「可現在看來，你的想法好像改變了？或者說，增添了一些內容？」

「是的。說來你可能不信，最初我讓冷桑把銀店從確松搬到玉沁，根本不是為了他。」

「那為了什麼？」

「確松太小了，小得透不過氣。可我又失去了雙腿，沒了自由，每天憋在屋裡，人生沒有指望，這種感覺不難理解吧？」

「當然。」

「玉沁是縣城，又是藝術聖地，那裡有更多可以讓我打發時間的內容。第一次去玉沁是冷桑提出來的，他見我整天悶悶不樂，就帶我去散心，後來我就喜歡上了那裡，想搬到那裡去生活……」

「搬到玉沁不是為了原冬，這我可以理解。可讓冷桑把銀店格格不入地開到雪薩街，你還說不是為了他，我不信！」

「真的不是。」

「那到底是為了什麼？」

「因為雪山啊。」

「雪山？卓瑪拉雪山？」我想起在玉沁時冷桑的確提起過這個原因。

「對啊，那是我第一次看見雪山，真正意義上的雪山，終年積雪的那種。我一下子就愛上了她，那是我見過的最純潔最美好的白色。後來，冷桑推著我在幾條街上閒逛，我總是忍不住朝雪山的方向張望，卻被各種建築物遮擋著看不到。來到雪薩街後，在一個掛著『門面出讓』的店鋪門口，我無意間抬頭，一眼就看到了雪山。當時我激動萬分，感覺那些建築物就像是有意避讓我的目光似的，彼此錯落著，為我欣賞雪山留出了一條完美的通道。我問冷桑，我們可不可以把銀店開到這裡？他當時就去找店主詢了價，還把我推到院裡看了房。當天回確松後，他和阿爸商量了一下，這事很快就定下來了。

「後來我們就把家搬到了那裡。每天我都能看見聖潔的卓瑪拉雪山，看見清晨掛在雪山之巔的旗雲和日落時的金色雪峰。這些美景已經存在了千萬年，有一天我突然意識到，除了天地沒什麼可以永垂不朽，生命何其渺小脆弱。也正是從那天開始，我慢慢地，一點一點地接受了自己殘疾的現實。

「又過了一段時間，我開始覺得每天生活在恨意中是件非常痛苦的事情，比殘疾的現實更加痛苦，所以我試著去改變以前固有的一些想法。」

「比如說？」我問。

「比如說當年，我不該讓冷桑去送那張音樂會票給他，他一定還沒有做好公開我們關係的準備，是我沒有考慮他的感受，我不該怨他。而且，後來我忽然明白，他是愛我的，否則怎麼可能為了我和王雨決鬥，並且殺死他呢？」她自顧自地說著沒頭沒尾閃爍跳躍的話，帶著些孤芳自賞的意味，「更何況，追我的男人那麼多，我能看上的屈指可數，真正肯交往的，他是第一個，他沒有理由不愛我，只是個性有點兒強吧。」

我凝視著這個越發陌生的女人，剛才還在為她逐漸接受了苦難現實的輾轉心路歷程而感動，此刻卻又陡然生起了一種從未有過的恐懼。

「這些年，你就靠著這些自我安慰，驅逐掉

了最初的那些恨意？」我的聲音有些顫抖。

「不是自我安慰，事實就是這樣的。」笑容再度浮現於她嬌美的臉蛋上，「我缺失的肢體，需要他用愧疚和對我加倍的愛來補償；他為了我殺死情敵而缺失的十年自由，同樣也需要我用感懷和對他加倍的愛去補償。我們兩人註定要重新在一起，註定要加倍地去相愛。我接受了卓瑪拉女神的指引，把家安在玉沁，安在雪薩街，這一切，都是神明賜予我們的最好安排。」

她一臉幸福陶醉的樣子令我心如刀絞，上天真若眷顧於她，讓她因身體的殘缺而獲得情感上的加倍補償的話，那我所背負的沉重債務又能換來什麼？僅僅是一個「道德楷模」的榮譽稱號嗎？命運不該對我如此不公。

「你還是應該現實一些，生活不是童話。」我說。

「怎麼不是童話？現在我重新擁有了雙腿，行動自如，不就是你為我創造的童話嗎？」她說著站立起來，從窗邊款款走向門邊，又從門邊走回到窗邊，然後在我面前轉了一個圈，裙襬輕輕揚起，像一朵隨風舞動的白玉蘭。

這分明是挑釁，嫉妒的烈焰在我的胸膛熊熊燃燒起來，被灼傷的劇痛讓我再也無法控制自己的情緒。

「你以為自己是傾城傾國的公主嗎？所有人都要圍著你轉，對你俯首稱臣？」我終於將那積聚的憤懣與不甘一股腦兒地宣洩出來。

她臉上的笑容驟然凝固，「你好像並不願意為我祝福？既然這樣，又何必幫我？」

「是啊，我和你非親非故，為什麼要如此費盡心力地來幫你？」這句話更像是在質問我自己，而後，矛頭又重新對準了面前這個女人，「你真的以為我是助人為樂的活菩薩？」

她驚詫地望著我，漆黑的雙眸像兩個黑洞，吞噬了此前面對我時的所有感恩與溫情。

「本來我想瞞住所有人，但是現在，你逼得我不得不把實情說出來。」我與她對視，卸下了最後的偽裝，「你穿戴的這套義肢根本不是免費的，是我借了三十萬奉送給你的，加上利息要四十萬，我要用十五年的時間來償還。」

「為什麼？」她無盡茫然，「你為什麼這麼做？」

「和你一樣啊。」我笑笑，「為了他。」

「他？」

「還不明白嗎？我所有的付出不是為了你，而是為了原冬。」

很久她才回過神來，「你的戲演得可真好，怪我太天真，真以為你是憑著你表姐和冷桑的一點兒舊情，才對我發了慈悲心。天底下哪裡會有真正的活菩薩！」

「我的確是在演戲，但我並沒想去傷害誰。」

她不再說話，只等我繼續把那些她所不知的隱情說出來。

「你想利用他對你的愧疚來讓他重新接受你，可我剛好和你相反。我找最頂尖的智能義肢公司，訂製最昂貴的義肢，背負那麼沉重的債務，就是要讓你重新站立起來，這樣他就能卸掉一些愧疚，哪怕只減少一點點，也是值得！」

「你和他，到底什麼關係？」她終於按奈不住，放下了不可一世的高傲。

「反正比你和他親密。他永遠不可能和你在一起，你必須接受這個事實。」

她重新在床邊坐下來，面無表情，像是在反思什麼。

「不管我的根本目的是什麼，畢竟是我幫你站立起來，重獲新生，於情於理，你也該回報我一些不是嗎？」我的語氣緩和了一些，繼續說道，「答應我，和冷桑踏踏實實地過日子，一切都沒變，改變的只是你能站起來了，行動方便了，可以更好地彈琴了，生活也會更美好的。」

她注視著我，眼裡充滿憤怒，「我為什麼要當你的棋子受你擺佈？你憑什麼要來安排我的人生？就憑那三十萬嗎？我寧願不要這套假腿假手，也不會讓你利用我的！我就是要讓他為我愧疚，就是要讓他憐憫我牽掛我一輩子！殘缺的身體就是我獲得這一切的資本！」

我驚恐地望著她，心寒地搖著頭，直感萬念俱灰，卻仍不甘心地繼續對她施以打擊，「不要再有任何幻想了，面對現實吧！其實他兩年前就出獄了，我在他最落魄的時候收留了他。」

她先是一怔，而後輕蔑一笑，「那又怎樣？」「我不僅收留了他，還幫他重新找回了自信，讓他提筆作畫，實現了理想。」

她神色忽黯，像被一團烏雲籠罩。

「而你呢？」我乘勝追擊，「你除了拖累於他，還能給予他什麼？」

她不再和我爭辯，陷入了沉思。

良久，她緩緩掀起裙襬，露出那副包裹了美化海綿的義肢。呆呆地注視了一會兒後，她突然撕扯掉海綿，接著又把手伸向大腿一側的負壓閥。

「你要幹嘛？」我緊張得一把按住了她的手，使她動彈不得。隨即她又用力甩掉鞋子，發瘋般地蹬踹著雙腳，那兩隻鈦合金腳掌猛烈地相互撞擊著，發出刀戟相擊的巨響，戳在我的腿上，泛起鑽心的疼痛。

我不得不起身，用雙腿牢牢地夾住她的「雙腳」，另一隻手則捏住她的面頰，那張美麗的容顏在我的手掌裡變了形。

我努力控制住她的掙扎，貼近她的臉龐，一字一句清清楚楚地對她說道：「沒用的！你摘下義肢繼續賣可憐也沒用的！半年前他就來玉沁了，並且知道你的身體狀況，可他還不是要躲著你，不想見你，你又何必再強求！」

「你胡說！」她吼道，「你分明是在嫉妒我！」

「嫉妒你？哈！哈哈！」我忍不住大笑幾聲，「或許有一點點吧，畢竟你比我漂亮，比我有才華，也比我可憐，你獲得同情的資本的確比我大得多。不過說到底，我更嫉妒另一個人。」

「誰？」她立時警覺起來，兩道目光像利刃般朝我刺來，我明顯感覺到她被我牢牢控制住的下體，隨著她的神經傳導，劇烈地抽搐了一下。

「當然是你最熟悉的人，冷桑啊。」

「他……他們……」她終於放棄了掙扎，目光失去了焦點，一點點地癱軟下去。

我鬆開被堅硬金屬件硌得幾近痙攣的雙腿，順勢將她摁倒在床上，又狠狠補了一刀，「你真以為全天下所有男人都對你有意思嗎？做夢去

吧！你這個殘廢！」

她側躺在那堆還未整理好的私物中，散亂的髮絲下面就是那件包裹著畫筆的白風衣。這一刻她出奇地安靜，目光空洞地盯著眼前床單上的褶皺，像是剛剛遭受了一通瘋狂的強暴，身心俱裂。

我長長嘆了口氣，忽感五內皆空，茫然自失，起身去衛生間洗了把臉。

再回來時她已經坐了起來，卻像被釘住了似的一動不動，臉上沒有一絲表情，又回到了我在玉沁初見她時的樣子，美得夢幻不真實，像一座比卓瑪拉雪山還冷的冰雕，寒意凜凜，不容靠近。

一〇〇、齏粉

很快我就冷靜下來，剛才仿佛又被魔鬼附了體，口不擇言地說了那些刀刀見血的話。

「對不起！」我懊悔地向她道歉。

她的目光掩藏在散亂的髮絲中，空幻迷離。掀起的裙襬下面，液壓膝關節和鈦合金小腿發著冷冷白光，一隻硅膠模擬足套在剛才的折騰中被甩到了牆邊，裸露出來的漆黑的碳纖儲能腳板觸目驚心。

「我想喝冰水。」她氣息微弱，卻帶著堅持，「要帶冰塊的。」

外面天寒地凍，這個要求和時節格格不入，可負疚感讓我甘願服從於她的任何命令，哪怕是重回到幾分鐘前，在那番激烈的對抗中認輸。

「好，我這就去買，你等著。」我抓起羽絨服，跑了出去。

門口就是一家小超市，我一一摸過擺在冰櫃裡的瓶裝水，沒一瓶帶涼氣兒，後來才發現冰櫃根本沒通電。我問店員有沒有冰鎮的，他說大冷天誰喝涼的，不怕鬧病嘛。我又去了馬路對面大一點兒的超市，結果也是一樣。

渾渾噩噩地轉悠了一大圈，一無所獲。正當我一籌莫展準備回去的時候，意外地在一家水果店門口的雜貨架上發現了幾打水，裡面全都結著大大的冰坨，瓶子被撐得鼓鼓的。

我如獲至寶，似中了大獎般欣喜，迫不及待地撕開包裝取出一瓶，到裡面去交錢。店主看見那瓶水後一驚，趕緊出去把剩下的水全都搬了進去。他說今晚降溫，要是再放外面一宿的話，肯定凍爆。我問他多少錢，他說這水不是賣的，送給我了，還問我要不要換個常溫的，我連連擺手道謝，從身上摸出幾塊零錢，留在一箱阿克蘇蘋果上。

我小跑著往賓館趕，生怕那些冰在回程中融化。途中我一直在四處張望，尋覓著冷桑的身影，不知道他去哪裡買東西了，現在是否已經回賓館。如果阿茹娜仍無法從剛才的狀態中解脫出來的話，我真不知該如何向他解釋。

沒想到阿茹娜對原冬還有著那麼深的執念，而她那看似殘缺羸弱的身體裡，更是蘊藏著無比巨大的能量。事情發展到了我無法控制的局面，我處心積慮地籌謀的全盤計劃，此前和未來十五年的一切付出，還有那些尚未來得及實現的理想、幻想與妄想，全將被那股能量吞噬。

我頓感黑雲壓頂，呼吸困難，後悔剛才沒有買上兩瓶冰水，現在好想受一下刺激，讓自己迅速冷卻，清醒，決定下一步該怎麼做。

穿小胡同而行，或許能稍微快點。一個偷放鞭炮的毛孩子故意朝我身後扔過來一個，嚇我一跳。我狠狠瞪了他一眼，他嬉皮笑臉地朝我吐了下舌頭，說了句「姐姐過年好！」我的氣這才消了一些。

從最後一條胡同出來，但見馬路上車流停滯，人聲嘈雜，喇叭陣陣。很多司機都從車上下來一探究竟。

我的步伐絲毫沒有懈怠，不遠就是賓館，門前那個十幾分鐘前我才走過的空蕩蕩的過街天橋上，此刻卻是人頭攢動，橋下應該就是堵點，被人和車圍得水洩不通。可能是交通事故吧，這日子口兒人們都歸家心切，難免開車毛躁。但願只是普通的剮剮蹭蹭，賠上幾個錢破財免災，儘快散去回家過年。

我本無心駐足，剛要抬腳邁上賓館的臺階，

卻聽見人群裡傳來驚恐的喊叫聲：「不怪我啊，是她突然從天上掉下來的，我根本來不及剎車啊！哪位看見了?麻煩幫我作個證好不好！」

腦袋裡「嗡」的一聲，不祥的預感轟然砸來。我掉頭而去，橫衝直撞擠進了人群。

出事的是一輛白色捷達，打著雙閃，擋風玻璃被砸得粉碎，車前蓋深深凹陷下去。離車幾米遠的地上一片鮮紅的血泊，一個女人躺在那裡一動不動，渾身是血，四周散落著類似塑料的碎片和各種奇形怪狀的金屬零件。

倏地，眼前的色彩全然褪去，耳畔的嘈雜也同時消失，整個世界被壓縮成了一張景象混亂的黑白照片。只有我的心還在跳動，帶著巨大的迴響。

我顫抖著，踉蹌著，跌跌撞撞地衝進那張照片，撲向那尚有溫度的模糊血肉。在一片絕望的寂靜中，我聽見了來自心底的一聲哀嚎，似萬箭穿心。那聲音無法抵達這個悲慘世界，它像幻聽一樣，只有我自己才能聽到。

那個年輕的女司機望著我，木訥的樣子和此刻的我饒有幾分相像。她呆立在那裡，像個傻子，又像個瘋子，反覆叨念著那句已經說了無數遍的話：「是她自己從天上掉下來……」

「還不快叫救護車！」回過神來的我朝她大吼一聲。

「打了！剛才有人打了！」

「110、120都打了，快來了！」

「都別擋道兒，給救護車留出通道。」

圍觀的眾人紛紛應聲，自覺地維持著現場秩序，然後繼續議論著，感慨著。

「好多人看見了，真是從天橋上跳下來的……」

「還是個殘疾人，假肢都撞碎了，太慘了……」

「你們看啊，左手那兩根手指好像也是假的，都掉下來了……」

「那姑娘眉眼多漂亮，哎！可惜了……」

……

我脫下羽絨服墊在阿茹娜身下，學著以前從影視劇上看到的情節，笨拙地為她做起了人工呼吸和心肺復甦。

我一邊做一邊帶著哭腔向四周求救：「有沒有醫生啊？有沒有護士啊？拜託！幫幫我啊！」

不知是由於我的動作不規範，還是由於傷勢太重根本搶救不回來，阿茹娜的身體一點點地冰涼下去。

氣力用盡的我再也支撐不住，跪在地上泣不成聲，「我買到帶冰的水了，你試試，很涼很冰的！」

我拿出水瓶，送到她手中，發現她手裡死死攥著一枝畫筆，筆桿上繫著一條絳紅色的絲絨帶。這時我才注意到，她身上穿的正是那件白風衣，肩頭的那塊絳紅色漬混在鮮血中，難以辨認。

我撩開擋在她眼前的幾縷亂髮，即便是在這樣的一種慘烈中，她的容顏依舊美麗，甚至可以說，是這場幻滅強化了她的美。我想像著剛才墜落的瞬間，風將她的衣襬吹起，定是像極了一朵飄落的白玉蘭花。

阿茹娜，你究竟是因為承受不了我刺向你的那些刀子般的話而過度悲傷呢，還是在用你自己的生命對我來進行一場終極宣戰？如果是後者，你贏了。你終於沒有淪為被我利用的工具，並且砸碎了我引以為豪的籌碼，摧毀了我對原冬懷抱的希望，同時也把我置於了他的對立面。他可能永遠都不會原諒我，這是你施加給我的最大懲罰。

我想通過改變你的命運而改變周邊人的命運，果然做到了，結果卻是讓所有人跌入了更大的深淵。

冷桑從人群中衝過來的時候，我正把阿茹娜抱在懷裡，在她耳邊哼著蕭邦夜曲，我只記得開頭最熟悉的那幾個小節，便反覆循環著。沒有歌詞，就隨意加入了一些「噠哩噠」之類的襯詞。

「怎麼會這樣？」他驚恐地質問我。

「她要喝冰水，我出去給她買，回來後就這樣了……」我避重就輕地說道。

冷桑氣洶洶地朝那個司機走去，被我及時制止，「不關她的事，是阿茹娜自己從天橋上跳下來的。」

他回轉身走過來，撲通一下跪下，手中的購物袋落到了地上。他拉起她的手，輕伏在她身上，像一頭受傷的猛獸，低頭嗚咽著：「怎麼可能！我走之前你還好好的，還說過想穿牛仔褲！」

牛仔褲……我的腦海裡忽而掠過一個淺淺的記憶，記得原冬曾講到過，他和阿茹娜在藝術方面有著許多共鳴，但在衣著審美上卻有著巨大分歧，原冬只穿休閒服，一年四季都是牛仔褲，而阿茹娜從小到大從來沒穿過牛仔褲。

我更加悲痛，這一次純粹是為了懷中這個女人的癡情，而倘若她不是以生命為代價來詮釋這份至深至烈的愛情的話，恐怕我將永遠視她為敵。立春和春節，在這兩個美好的人間佳節裡，我摔碎了一個美麗女人的心，以及她才剛擁有不久的昂貴軀體。

「都怪我……我和她說了關於原冬的事……後來她讓我去買冰水，我一回來就成這樣子了……她說她一直在等原冬……」我語無倫次地說著。

冷桑扭頭望向我，眼神中充滿了憤怒，那目光能殺死人。

我低下頭，不敢與他對視，把懷中的阿茹娜抱得更緊了。

警車和救護車幾乎同時趕到，醫生檢測後確認呼吸、脈搏和血壓全無，心電圖也拉出了一條直線，阿茹娜被宣告死亡。

警方進行了現場勘驗和拍照取證，聯繫殯儀館接運遺體。等待的過程中，警察向那個涉事女司機以及周圍的三位目擊證人詢問了情況，記錄了口供。證人中有一位是和那個女司機並排行駛的另一輛轎車的司機，他清楚地看到阿茹娜從上面掉落下來，自己的車身也被那些飛過來的金屬零件砸了好幾個小坑。另外兩名證人是天橋上的路人，他們親眼看到阿茹娜翻過天橋的欄杆，一躍而下。由於整個過程她沒有絲毫遲疑，所以根本來不及上前阻止，悲劇就發生了。

殯儀館的車到來之前，冷桑一直守護在阿茹娜的遺體旁，我則將那些散落在地上的假肢碎塊和金屬零件盡可能地全部拾起，收納起來，更為細碎的粉末溶解在了那片濃稠的鮮血中。待殯儀車將阿茹娜抬走後，我把那瓶帶冰的純淨水傾灑於血泊之上，卻只倒出來了小半瓶。

那坨冰凍得果然結實，任憑我用雙手拼命揉搓了半天，瓶中依舊一片乾涸，猶如從二〇〇〇年二月四日這一天起，此後我人生被冰封起來的十五年。

一〇一、劫後

以前來長風陵園，都是滿載著鮮花去送貨。這一次，是攜帶著阿茹娜的死亡證明，去送她最後一程。

冷桑暫時沒有把這個噩耗告訴阿茹娜年事已高的雙親。他準備待這邊事情了結後，攜骨灰去一趟海東，陪老倆口住上一段時日，慢慢把實情告訴他們，然後再商量安葬事宜。

那天阿茹娜以想喝冰水為藉口將我支開後，在賓館留下了一張字條：「終於解脫，帶我回達連淖爾。」

她的遺言隻字未提我們之間的那場衝突，讓我得以苟延殘喘，也或許是她壓根兒就不曾把我放在眼裡吧，因為我不配。雖然經歷了那場瘋狂，但看得出來，她是帶著理性離開的，明白自己付諸一生的盡是虛妄泡影，遺憾的是解脫的方式過於慘烈。

我和冷桑為阿茹娜安排了一個簡單的遺體告別儀式，參加者只有我們兩人。冷桑翻拍了一張她身分證上的照片，去圖片社擴印成了十寸，配以黑金相間的外框。我凝望著那超凡脫俗的清純美人，珍貴的青春倩影被製成遺像掛在告別廳裡，這應該才是最接近於她和原冬在校園裡初遇時的模樣吧。

我從花卉市場緊急預訂的白玉蘭如期到貨，佈置在了花棺周圍。在它們的襯托下，阿茹娜的面容姣美如初，她睡得那麼安詳，在夢中永久投入了愛人的懷抱。

我和冷桑尊重她的意願，決定就讓她穿著那

襲生前最珍愛的白風衣離去。沾染大片血跡的地方以我親手紮製的玉蘭花蔓覆蓋，肩頭那一小塊絳紅色的硃砂早已分辨不出，我記得大致位置，將最美、最新鮮的一朵玉蘭別在了那裡。陪在她身邊的，還有右手握著的那枝繫著絳紅色絲絨帶的唐卡畫筆，在她身體另一側，是此行帶來的便攜鋼琴鍵盤。

感謝入殮師鄭虹，她為阿茹娜重塑的下肢修長纖細，優美自然。阿茹娜一定會喜歡它們的，至少勝過那些塑料、硅膠、碳纖維和金屬。包裹這雙美腿的，是冷桑為她買的那條新牛仔褲，她此生第一條也是唯一一條牛仔褲，看上去非常合身。

司儀是位年輕的男士，人稱小齊。他神情莊重語調親和地致獻了悼詞，引導我們向阿茹娜默哀、鞠躬和獻花。我獻上了自己的那一枝，冷桑則獻上了三枝，其中兩枝是替原冬和魯高人獻的。整個儀式都是在蕭邦的〈降b小調夜曲〉第九號第一首中進行的，昨天我從音像店裡買來了這張CD，儀式結束後它被一併封入了棺中。

出事那天，殯儀館的靈車來接運阿茹娜的遺體時，我沒跟冷桑一起去，而是提著那些假肢碎塊和冷桑買回來的牛仔褲，來到了天橋上。我在阿茹娜一躍而下的地方點了根蠟燭，一直坐到很晚。估摸著冷桑應該回來了，才起身朝賓館走去。

敲開門後，他一見是我，又將門關上。我在門口跪下來，服務員發現後過來詢問，我搖搖頭，請她不必管我。

不一會兒，我聽到了房間裡響起了電話鈴，隱隱傳來冷桑的說話聲，可能是服務員在和他說門外的情況，可他依舊沒有開門。

零點的鐘聲敲響，總有人違反禁令偷偷燃放爆竹，寥落的劈啪聲中，我面前的門終於開了。

我扶著牆艱難地站起來，一瘸一拐地走了進去。

房間裡還迴盪著兩個女人的嘶嚎，我呼吸困難，頭皮發麻，無法擺脫那些幻聽。

桌子正中擺著阿茹娜的身分證，燃著三炷香。那些從超市裡買回來的年夜餐食，每一樣都被取出來了一些，與水果、乾果共同擺成了一組祭盤，最前面供上了一小杯白酒。

桌上還有另一個空杯，一瓶白酒已經被喝掉了大半瓶，房間裡瀰漫著濃濃的酒氣。

我呆呆地佇立在阿茹娜的「遺像」前，噙著淚，跪在地上，重重叩了三個響頭。

冷桑將我拉起，拖來一把椅子，我們並排在阿茹娜的「遺像」前坐下。

我如實向冷桑交代了阿茹娜出事前，發生在這個房間裡的一切。被略去的，是關於那三十萬元的貸款。

冷桑一直望著窗外，遠方不時綻放起朵朵煙花。良久，他取來一個空杯，給兩個杯子都斟了酒。

我起身高舉酒杯，將酒傾灑於地，敬祭阿茹娜。

冷桑再次為我斟上，我們一杯接一杯地喝了起來。每一次舉杯，都與阿茹娜面前的那杯酒相碰。

後來，我斷斷續續地給冷桑講述起了從原冬那裡聽來的，當年他和阿茹娜在校園裡的短暫交往。大體脈絡冷桑曾從原冬那裡聽聞過，就在八年前阿茹娜出車禍的那個深夜，冷桑騎車載原冬去醫院的路上。我的講述更側重於細節，包括那枝畫筆、那件風衣、那條絲絨帶和那首夜曲，以及另一首她根據此曲改編的變奏曲。一個多月前我去玉沁找冷桑那天，當我聽到阿茹娜彈起那首變奏曲的時候，就知道她還深愛著原冬，彈琴成了她傾訴思念的光明正大的方式。但這八年來，冷桑對此毫不知情。

「遺體告別時，就用那支曲子吧。」冷桑說道，這是他在這個晚上對我說的第一句話。

告別儀式在蕭邦〈降b小調夜曲〉第九號第一首循環了整整三遍後結束。阿茹娜的遺體在禮賓員的護送下，被抬上靈車，緩緩駛向最後一站——火化間。這不是我第一次感受死亡，卻是我第一次來到焚燒爐前，見證肉身的滅寂。

靈魂是在什麼時候被釋放出來的呢？死亡的

瞬間？火化之後？還是在它終於接受了那抔灰骨再難將其安放的那一刻？沒人告訴我答案，但我終將得到答案。

不到一個小時，阿茹娜的骨灰就從小窗口遞送出來。我撫摸著那個裝著只有常人一半分量骨灰的溫熱綢袋，無言，亦無淚。

我久久地把它貼服於胸膛之上，想用自己的體溫盡可能地維持它的溫度，可它還是一點點地冷卻下去，猶如幾天前我懷抱的那具輕飄飄的屍體。

「將來你有什麼打算？」我問冷桑。

「賣掉玉沁的房子，搬到海東，和她父母一起生活。阿茹娜是獨女，二老年歲大了，身體不好，得有人照顧。」

「那原冬呢？他還在閉關，你準備不辭而別？」

「他快出關的時候，我會給他寫一封信，告訴他發生的事情。你放心，我會想好說辭。」

「謝謝你，但我不想迴避自己的責任。」我坦誠說道，「我也準備給他寫一封信，據實以告。我接受他的斥責、懲罰與厭恨，這一切天經地義，我已經做好了對他、對阿茹娜懺悔一輩子的準備。」

我和冷桑說的每一句話，都是從心窩子裡掏出來的。只有那筆貸款，或將成為伴我一生的謊言。那張底牌沾滿了骯髒的鮮血，成為遠比道德綁架更令人髮指的罪惡。當下的我要面對的最重要的事情，便是將那筆貸款連本帶息一期一期還清，這成了我對那條逝去的美麗生命的最後一點兒擔當。

冷桑走的那天，我去機場為他送行。一個多月前，我也是從這裡踏上西行前往西離的這趟航班的，那時的我怎麼也不會想到原冬真的去了遙遠的玉沁，更想不到，他正朝著紅塵之外遁去。紅塵，這個誘惑眾生的美好名字，卻是充滿了無盡苦楚。佛說這紅塵中的一切都是空妄，可為什麼這些苦楚承受起來如此真切？原冬啊，你是否明白，你想要脫離的這片紅塵之中，至少有三個人同時愛著你，每個人的愛都苦澀沉重，傷痕累累，卻又真實恆久，無怨無悔。

我願將餘生所修一切功德迴向給阿茹娜，助她往生極樂，遠離苦厄輪迴。這是我唯一一件可以與你並肩而做的事了，你不願也罷，我這樣罪孽深重的人，或許不會再有什麼功德可言了。

不見，誰也不會想起誰；見了，誰也不會把誰記多久。

如今，我終於不必擔心你會如此對待我了。因為我現在非常自信，你一輩子都會記住我——因為你將恨我一輩子。對不起，這是我作為一個三毒未滅的俗人對於你——真正看破這片紅塵之前的那個你的無稽揣度。

冷桑走進安檢，轉身朝我揮了下手。這一刻，我忍不住留下了眼淚。

這淚水純粹為這個男人而流，有感於他這麼多年來為原冬、為阿茹娜以及此後為阿茹娜的父母的全部付出，還有我和他對同一個愛人投入的沒有任何結果的「殊途無歸」的情感。我多想衝過去，和他來一個正面的滿懷的深情相擁。什麼也不必說，只想暢快淋漓地大哭一場——在我永遠的、摯愛的情敵面前。

現實終究不會這麼狗血，我們的劇情平淡無奇。我看著那個身材高大的藏族男人消失在人群中，從此，我們再無聯絡。

幾天後，我給原冬寫了一封信，內容並不長。我將那天的事情一五一十地寫了出來，或是說把它們忠誠地記錄了下來，作為我自首的罪證，所寫內容和那晚我對冷桑的講述完全一致。原冬擁有瞭解真相的權利，同時，也擁有永遠不原諒我的權利。信的郵寄地址是玉沁曲林，收信人寫的是「秋眉法師轉原冬」。

我正式開始了贖罪人生。

花舟的收入維持日常開銷沒有問題，但每月的還款毫無著落。我夜夜輾轉難寐，想盡各種辦法來增加收入，發名片，打小廣告，免費送貨，做各種促銷……為金錢打拼的日子令我充實，現實的壓力麻木了痛楚。

可努力效果甚微，第一期的還款，毫無懸念地動用了父親給我的那筆錢的最後餘款，那是我唯一一筆唾手可得的錢。那筆錢用完後，我沒遇到任何發財的機會，只好去對面的角樓飯莊刷碗，每天做兩個小時可以賺十元，管一頓飯，工錢日結。這筆收入消抵了我一日另外兩餐的開支，包括一盒泡麵和一份從奔馳快餐叫的最便宜的盒飯。我始終未能將學做飯這件事情提上日程，儘管這樣可以節省一些費用。同時，我不得不一再對進貨周轉金進行縮減，靠著打小時工和蠶食老本兒這兩招來開源節流，勉強還上了第二期貸款。

命運的轉機出現在最艱難的一刻，就在我為後續還貸沒著落而焦頭爛額的時候，我突然接到了羅大同的電話。

他說松濤館的銷售員小楊結婚了，嫁了個富二代，要移民澳大利亞，正在辦辭職，問我願不願意來頂這個職缺。因為是特殊行業，收入還不錯。

我當然求之不得，唯一糾結的是，不得不放棄我和原冬共同經營起來的這個小店。我一直覺得，只要有一線希望，我都應該把它維持下去。然而現在，我必須面對現實。

我答應了羅大同，快刀斬亂麻，用最快的速度處理掉花舟的一切設備，把房子歸還了小凌。正式到長風陵園人事處去報到那天，我申請了員工宿舍。

剛去上班的時候陵園正在擴建，平整地面和開穴的大工程已經完成，施工挖出的多餘土方在北山腳下堆成了一座小丘。得知將來它不會再被移平，很有可能作為一處綠化景觀永久保留下來後，我和園林組打了個招呼，準備在上面栽一棵小樹。我去苗圃買回來了一株白玉蘭，將它種在了小丘的制高點。同時深埋下去的，還有我一直保存的那些假肢碎塊。我沒有把它們交給冷桑，阿茹娜痛恨它們，那縱身一躍既是為了了卻自己的生命，也是為了狠狠摔碎我施加於她的這身桎梏。可我還是將它們留存下來，一方面是找不到更好的處置方式，另一方面，是希望自己的愧疚能有所寄託。

事實上，那所謂的綠化景觀不過是個任其野蠻生長的荒莽野景，從小丘成形的那一天起就沒有人再關注了。所以，和那株白玉蘭共同生長起來的，全是野生的灌木和雜草。

這麼多年過去了，不知道原冬宿舍樓下的那棵空玉蘭有沒有再開過花，將來如果有機會，我很想去看一看。故事裡的所有人物，願你們在那個世界裡安好，我不會再去攪擾你們的安寧。如果時間可以倒流，我寧願那一年與原冬在美術館旁邂逅的時候，我不曾注意到他胸前的嘎烏，注意到了也很快就忘掉。這樣，若干年後，即便我在那個圖片社再度被玻璃外的嘎烏所吸引，也不會有更多強烈的感覺，更不會去追究被遮擋在A4紙後面的那張臉，從而也便不會有接下來發生的一切了……

希望這株白玉蘭能夠越長越高，越長越壯。就讓那柔韌的枝條迎著風，用自然力去為阿茹娜超度吧。

長風陵園門口有一個ATM自動存取款機，我每個月都要通過它存錢還貸。我的收入比較穩定，扣掉社保後，拿到手的錢除了還貸，剩下的剛剛可以滿足每個月的基本生活費用，大到交宿舍房租和伙食費，小到買牙膏、肥皂和衛生紙。當然，這一切還是要建立在節衣縮食的大前提之下。

這樣的還貸生涯與生活模式持續了整整十四年，直到明宇再度出現才被打破。那一天是立春，既是阿茹娜的忌日，也是我和明宇的相識紀念日，那個恍如從前世穿越而來的與我宿緣深重的男人，在松濤館裡的一個裝滿漢白玉骨灰盒的櫃檯前，鄭重地向我進行了第二次求婚。

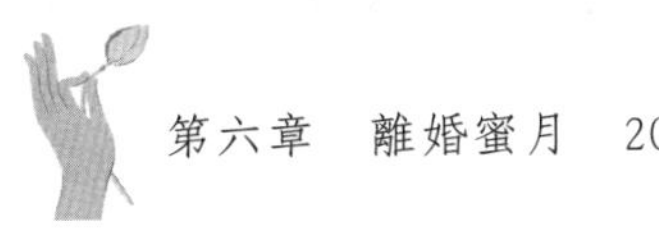

第六章　離婚蜜月　2015

一〇二、貧清

四下裡喧囂鬧熱起來，那些不知從哪裡突然冒出來的人和車，還有不知從何時起就早早開門營業的報刊亭和早點鋪，正在一點點地把我拽回現實，神遊已久的靈魂重新收束進了皮囊。我茫然四顧，似是剛從一個極深的夢境中醒來，一夢二十四載。

剛剛過去的幾個小時裡，我的大腦選擇性地屏蔽掉了和那些回憶不在同一維度的視覺、聽覺與嗅覺信號。此刻，持續緊繃的幾根神經完成了使命，隔離在現實與回憶中的屏障被刺穿，另一個世界的影像、聲響和氣息才得以向我滲透。

銀行的電動防護門升起，入位時發出刺耳的金屬撞擊聲。

我起來活動了一下僵硬的身體，拖著沉重的步伐，朝銀行走去。幾小時前失手投落在地的煙盒依然躺在原處，我將它拾起，丟進了一旁的垃圾箱。

撲面而來的暖氣讓緊張的肌肉得到了舒活。我摘下手套，在排號機的觸控屏上輕點了一下，一張印著「A001」的熱敏紙從取票口吐了出來，我當之無愧地成為了今天的第一位客戶。

防暴玻璃另一面坐著一個三十出頭略顯豐腴的女人，她面容姣好，卻有著兩個深深的黑眼圈和一臉掩飾不住的倦容。平檯的工牌上印著一個容易記住也容易忘記的名字：趙曉莉。或許她剛生產不久，身材還沒來得及恢復，嬰兒夜間的啼鬧令她飽受睡眠不足的煎熬。

「你好，辦什麼業務？」她的聲音裡帶著和神情匹配的倦怠。

「存錢。」我把銀行卡、身分證和數好的兩千兩百六十五元現金放進櫃檯中間的凹槽裡。

她把我的身分證放在一臺微型掃描器上，同時刷卡驗鈔，在鍵盤上敲打一通後，將幾聯紙塞進了列印機。刷刷幾下，紙被吐了出來。

「簽字！」她把一張紙丟進槽裡。

那是一份帶複寫聯的存款憑單，我剛要下筆，忽有遲疑，「簽我的名字？」

「對啊。」她的手在槽邊敲擊了兩下，示意我快點。

我在憑單上簽下自己的名字，直接遞送到她手裡。

「咣！咣！咣！」她在每一聯上都加蓋了一個三角形章，撕下最後一頁，連同卡和身分證一起丟到槽裡。

「請您對我的服務給予評價。」工牌旁的一個小裝置發出了甜美的錄音，我不太情願地按下了「滿意」鍵。

「這就可以了？」我多問了一句，總感覺這個過程太短暫。

「完事了。」說話間她已按下了叫號器，廣播裡傳來機械的女聲：「請 A002 號顧客到一號窗口辦理業務。」

一位上了年紀的阿姨迫不及待地候在了我身旁，我趕緊拿起東西，起身讓位。

這的確是一筆普通得不能再普通的業務，前後不過兩三分鐘，可對我則意味著一種終結，我為此付出了十五年的生命歷程。最後這一次還貸，沒有想像的轟轟烈烈，甚至來得過於平凡倉促。

不久前我還曾偏執地認為，這一天的這一刻，我必將為卸掉經濟包袱的同時，也將斬斷我和原冬唯一的關聯而感到無所適從，甚至面臨崩潰。後來，是那個黑暗中迸發出的信念挽救了我，讓我獲得了一份苟且的平靜。我一遍遍地強化著它的存在，像臨終前支撐命脈的最後一息元氣。不論結局如何，倘若彼時我都可以坦然接受的話，那時的平靜，才是真正的平靜，我還需要最後一搏。

離開銀行，我去了仲介公司，順利拿到了成人用品店的鑰匙。

要不是去年立春曾和明宇來過一次，我無法想像自己如何獲得勇氣，重回到這條曾經熟悉的老街。

門口坐著一個紮著高高馬尾辮的胖姑娘，手捧烤紅薯正吃得有味兒。我看她有些眼熟，似是去年我和明宇來這裡時，往我們車窗裡塞小廣告的那個人。見我準備開門，她起身搭訕，原來，她就是明宇通過家政公司預約的小時工。

「你可以走了。」我掏出一百塊錢給她。

她舉著錢朝太陽照了照，眼裡充滿了困惑。

「這些事情我想自己做。」我說。

她這才露出開心的神情，蹦跳著離開了，沒吃完的半個烤紅薯不小心脫了手，滾落在樹坑裡。

目送她遠去後，我慢慢回轉身來，打量起了面前這棟熟悉的老屋。

原先的窗板不復存在，鏤空式防盜捲簾門窗早已生鏽破敗，地鎖和窗鎖都是壞的。

我收起捲簾門，用鑰匙打開了老榆木門上的鏈鎖，然後深吸一口氣，懷著萬般複雜的心情，輕輕推開了門。

我恍惚了一下，曾經設想過無數次的時空穿越的感覺似蜻蜓點水，轉瞬即逝。

觸了景，卻未生情。

角落裡堆放著二三十個空啤酒瓶、吃剩的快餐盒以及各種食品包裝袋，空氣裡泛著難聞的發酵味道，隨處可見的壯陽藥廣告更是猛烈刺激著神經。

我好奇地瀏覽著這些以前不好意思注目的圖片和文字，卻是忽地驚出一身冷汗。地上的一張「大力神油」海報中央，正趴著一隻肥碩的蟑螂。

我有些後悔剛才遣走了小時工，硬著頭皮把那張海報迅速團成一團，塞進一個廢紙箱裡，壓上了幾個啤酒瓶。

心情受到嚴重干擾的我，發洩似的去撕扯牆上殘留的海報，那些因潮濕而鼓包的地方，被連帶著剝落了幾大塊牆皮。

一點星芒閃了下，我望過去，是掩藏在牆體裡的一塊小小的金屬物質。我沒在意，繼續撕扯海報。撕著撕著，忽然放慢了速度，越來越慢，最後停了下來。

電光石火間，我隱約回想起了什麼。

眼前這面牆，與幾個小時前在銀行門口重溫

過的一幅畫面重疊起來。

我定了定神，撿起一個啤酒瓶蓋，來到那個金屬物跟前，在牆上刨了幾下，金屬又裸露出來一些。我捏住端頭，晃動著把它從磚縫間拔了出來。

是一把小鑰匙，鑰匙柄的造型是一朵花。我仔細端詳著它，正是開花舟那年小凌出國前給我送來的那一把，鎖頭在信箱上。

當年我一直以為這把鑰匙丟了，從來不需要信箱的我壓根兒沒在意，甚至剛才回憶到這一段時都毫無意識，並未把因果關聯起來。現在它以這種有些荒誕的方式，離奇地穿越到了我面前，莫名勾起了我的好奇。

我來到後院，一眼就看到了那個掛在牆角的鏽跡斑斑的鐵皮信箱，它居然還在，鎖頭也沒換。

歷經十多年的風吹雨淋日曬，鎖孔早已鏽死，鑰匙毫無用武之地，鎖鼻更是糟朽不堪，輕輕一拉，連同鎖頭一併脫落下來。

我打開信箱門，裡面除了可以想到的厚厚的灰塵、蜘蛛網、小廣告和名片外，還有想像不到的安全套包裝，以及，壓在最底下的一個信封。

或許是投錯信箱了，我想。抽出信封一看，自己的名字躍然紙上。第一個反應是當年籌備花舟，訂購傢俱電器時曾留過地址，可能是商家寄來的廣告吧。

泛黃的信封上沒有寄信人的任何信息，郵票上的郵戳不太清楚，但拂去灰塵後，仍可辨出「玉沁」二字。

腦袋裡一片煞白，整個人僵在了那裡。一時間天旋地轉，時空錯亂，如夢似幻。

緩了下神後，我重新看向地址，那行工整流暢的字跡好像在哪裡見過。我的手控制不住地發抖，信口被撕得亂七八糟。

裡面沒有信，也沒有字條，只有一個透明的密封袋，裝著一張古老滄桑的綠度母匝尕。四邊的硃砂輕微氧化變成了絳紅，畫心的孔雀石綠和金色卻仍保持著礦物活性，鮮亮傳神。它以前應該是被裝容在嘎烏盒裡的，我看出了捲束過的痕跡。

似曾相識。

這種感覺甚至比信封上的地址帶給我的熟悉更久遠，也更強烈。絕不是因為這十多年裡，我也曾在畫冊或電視裡偶爾見過綠度母的造像與唐卡，那是一種極其狹義的熟稔——只對這張匝尕的一見如故。

我把信封裡裡外外又仔細檢查了一遍，再無它物。

我重新辨認信封郵戳，日期蓋得不太清楚，但依稀可以看清中間是「○二年十一」，由此推斷出這封信是二○○二年十一月某日寄出來的，它在這個骯髒黑暗猶如墳墓般的信箱裡躺了十三個年頭。

它可知，在這樣一段無法定義短長的日子裡，信箱之外的世界經歷了怎樣的變幻。它被投入到這個信箱裡的時候，這家店早已不屬於信封上的收件人了。而開啟信箱的這把鑰匙，像是為了成就一個宏偉寓言般，在更久遠以前，就被封存在了那面牆體裡。從那時起，它就做好了為她、為這個店陪葬的準備。

那個名叫鐘眠的女孩，在這封信寄來兩年半之前，就已經離開了這棟老屋，離開了曾經寄託了她光輝理想與炙熱愛情的花舟，去了荒僻的東郊，在殯儀館賣起了骨灰盒。同時，她還在一期一期從未間斷地償還著那筆沉重的債務。不經意間華髮早生，青春已死。如今債務清償，就在剛才，就在一小時前。

當她以為自己將在殯儀館待上一輩子的時候，那個名叫明宇的男人帶她離開了那裡，步入婚姻的殿堂。然而現在，她卻要逃離出去，奔赴雪域高原的另一方殿堂，去追尋十五年前給她寄信的那個人。

所有這一切，談不上滄桑巨變，卻也是物是人非。也有沒變的，那便是始終積聚在心底的對她的愧疚和對他的執念，前者始終自知，後者則是在不久前的那個停電之夜意外重拾起來的。

我梳理著自己的人生時間軸，定位著和那枚郵戳接近的其它時間參照。再往前推一些，二○○○年二月四日，阿茹娜離開了這個她愛過恨過的世界。幾天後，冷桑帶著她的骨灰回了玉沁，又過了些時日，我給原冬寫了一封「自首信」。我反覆醞釀，以為會寫成半本書的樣子，落筆時卻砍掉了所有解釋，最後字句寥寥——只關乎事實與懺悔。我把信寄到了玉沁曲林，不是為了乞求寬恕，我沒有資格，那只是我抄送給他的一份自我判決書。

而與郵戳最契合的時間點，是原冬的關期。按照冷桑當年的說法，他要閉關三年零三個月，以當時的時間算起，郵戳上的二〇〇二年十一月，剛好是他出關的年月。

這真的是幾經輾轉於冷桑和原冬之間的那張匝尕嗎？我曾那麼渴望窺見它的真容都難以如願，如今竟輾轉到了我的手上。原冬郵寄匝尕給我，是出於對我的安慰與諒解嗎？如果是的話，也就是說，早在那個時候他就已經寬恕我了……

一定是因為我罪孽深重吧，所以終歸免不了這十多年的精神折磨，只有在做夢的時候，我才有勇氣幻想他的寬恕。

我摩挲著手裡這把小鑰匙，十七年前的那一天，喝多酒的我將它插在磚縫裡，把好不容易從原冬那裡求來的嘎烏掛在上面，對著它跪拜祈福。當時忘記取下來，沒承想第二天被裝修工人用灰泥封存在了牆體裡。如今它重見天日，難道就是為了引導我來將這個信箱開啟嗎？更難以置信的是，這個信箱這麼久竟沒人動過。科技的發展改變了人們的生活方式，互聯網和電子郵件讓信箱成了古董，淡出了人們的生活，甚至視野。

我忍不住想像，倘若當時我沒有離開花舟，並且會在二〇〇二年十一月後的某一天打開信箱並看到這封信，現在的我又該是怎樣一番情形呢？我搖搖頭，身為罪人的我根本沒有資格去做這樣的假設。

銀行的債可以提前還清，只要有錢。情感的債，縱然有一萬個可以被寬恕的理由，也無法逃脫良心的審判。從阿茹娜離世的那一天起，我就把自己幽禁在一座時間砌成的監獄中，判了無期。信箱在此前打不打開都是一樣的，這把被封存在牆體裡十多年不見天日的鑰匙，就是最大的讖言。

在這樣一個債務清償之日，在那個執念捲土

重來之際，我戲劇性地被一個遲到了十三年的寬容假釋。要不是明宇為我盤下這個店鋪，我便將與這封信、這張匝尕永久地錯過了，也便與這份比我生命還寶貴的寬恕永久地錯過了。一切都是天意。對於即將開啟的第二次玉沁之尋，行前這個意外收穫令那個執念愈加深切。它難以化解，撐起了一個巨大的形式，牢牢裹縛住了受者，而創造執念的，正是受者本身。

更為深重的記憶接踵而來，清晰得近在眼前，我抑制不住噴薄而出的衝動，緊攥鑰匙，回到老屋。

那面替我保管了十多年鑰匙的牆面，當年原冬設計的新綠牆漆已經破敗得不成樣子。它像一個盡忠職守了一生的氣息將盡的老人，似乎還有什麼話要對我說。

我來到他面前，深深凝視著它，喘息著，顫抖著，哽咽著，用它暗示於我的最為壯烈方式，化腐朽為神奇。

我撿起一個酒瓶，往水泥地上用力一砸，玻璃碴散落得到處都是。我握著剩下的一半，用那犬牙差互的玻璃拼命地去鏟面前的牆皮，一時間渣土散落，煙塵紛飛。

我彷佛傾盡了餘生全力，暗藏在牆皮下的青磚裸露出了一大片。

當年我用紅色油漆書寫在上面的四個大字清晰可見，下面那幾道因蘸了過多油漆而垂淌下來的長長流痕，像極了我和原冬為青春、為夢想、為激情而傾灑出去的滾燙熱血。只是如今，鮮紅變成了絳紅。

「鐘眠花舟」——每一個字都滄桑如泣。

我伸出顫抖的手，從第一個字開始，按筆順撫過每一個筆劃，好似當年書寫時那般認真，用力。最後，我的手掌完全舒展開來，緊緊覆蓋住了「舟」字最末一筆「、」，再也抬不起來。

我將身體也貼合在了牆面上，讓自己的體溫一點點地傳導至牆後的另一個平行世界裡。耳畔漸漸響起兩個年輕人的歡聲笑語，他們頻頻舉杯相碰，叮咚聲悅耳，在三百六十五個深黑色的夜幕下，祝福著一個又一個形形色色稀奇古怪的世間年節。

這一刻，我再也無法控制眼眶裡汩汩而出的淚水，任它們潰壩決堤，洶湧成河，奔流到海，一去無回。

一〇三、雲涼

晚上，我簡單和明宇說了一下店裡的情況，其間故作不經意地把早已準備好的一張銀行卡交給他。

「冷桑把卡片寄回來了，他說最後一期貸款已經還完。」我承接著十五年前的那個謊言，「你可以去辦房產解押手續了。」

「他還好嗎？」明宇問。

「挺好。」我望著窗外漆黑的夜幕答道，起身去了廚房。

「天還沒亮你就出去了，找到靈感了？」明宇也跟著來到廚房門口。

「沒有，腦子根本轉不起來。」我如實說道，給自己沏了一杯奶茶。

「開間畫廊怎麼樣？」

「畫廊？」我莫名心動了一下，用調羹攪動著滾燙的奶茶，「那個……你要不要也來一杯？」

「好，我先去洗個澡。」他轉身離去。

我從製冰機裡接了幾塊冰，奶茶溫度驟降，我痛快地一口氣喝完。

開畫廊的確是最佳選擇，老屋毗鄰美術館，有著不可多得的地利。在那一片包容的街區裡，散落經營的大小畫廊，風格不論傳統還是前衛，古典還是現代，時尚還是民俗，每家都有自己的定位與生存空間。十多年前，花舟就是因為有了「半個」畫廊的伴生才維持下來，完成了四季輪迴。

我驚異於這麼長時間以來，自己為什麼從沒往這方面想過，一定是我把原冬和畫廊劃上了等號，總覺得人都不在了，怎麼還會有畫廊呢？這個晚上，我終於在明宇的點醒下從思維的誤區中跳脫出來。可是原冬不在，我還能賣誰的畫呢？

貨源又在哪裡呢？

明宇洗完澡，喝了奶茶，上床後草草翻了幾頁醫學雜誌就睡著了。

我從枕下摸出一本地圖冊，原冬離開的時候沒有帶走，是我除了那幅殘破的油畫之外，唯一擁有的附著著他氣息的東西。今天我把它翻找出來，將綠度母匝尕夾藏在裡面。我摩挲著地圖冊的封面，心靈熨帖著美麗慈悲的度母，默念心咒，希望她能為我帶來靈感。

心意漸沉，不知不覺進入了一個神奇的夢鄉。綠度母從匝尕畫布的蓮花臺上走下來，拉著我的手升空飄遠。千山之外，信仰之巔，一位著絳紅袈裟的拉日巴背朝於我，正在凝神對著天空描畫唐卡，形影龐然，恍若海市蜃樓。

一覺醒來，晨光熹微。

我對著天光放空了一會兒，腦海裡閃過一個靈感——開家唐卡店，可好？

我難得和明宇一起吃了早餐，跟他表明我決定接受他昨晚的提議，開一家畫廊，但暫時沒告訴他具體想法。有必要先做一下市場調研，我必須對明宇的錢負責，同時也是對自己的未來負責。

明宇幫我聯繫了去年給我們新房做裝修的那家公司，請公裝部的業務經理來和我面談。我明確了輕裝修重裝飾的思路，四白落地，水泥自流平，吊格子頂，安裝軌道射燈。裡屋將作為我的臥室，可以更加從簡，我對明宇的說辭是要把那間房當作休息室兼儲物室。

我用了兩天的時間做行業調研，從網上搜集關於唐卡的各種信息。隨著早些年唐卡被列入國家級非物質文化遺產，以及海內外拍賣會上精品唐卡的屢屢現身且價格飆升，現在內地對唐卡的認知度和接受度越來越高，流通渠道越來越廣，相關的展覽、培訓和周邊產業也越來越多。現代都市人的生活與工作壓力都很大，信仰成了撫慰精神的良師益友，每一幅唐卡都是一個流動的佛龕，請一幅掛在佛堂、書房或客廳，對觀想修行都有助益。藏傳佛教神佛眾多，財神文化更是饒有特色的一脈，公司企業與商業人士也被吸納到了這門藝術的消費群體裡，為內地唐卡市場貢獻了不容小覷的消費份額。所以，就市場前景而言，現如今和十幾年前的境遇已是天壤之別。

「我支持。」明宇聽完我的一番介紹後當即表態，「進貨需要多少資金？」

「可能要十五萬左右吧。」我說。

這個預算有點兒緊，但我不想欠明宇太多錢，特別是在剛剛結束了那筆債務的情況下，我在心理上也想適度放鬆一下。

明宇起身離開了一會兒，再回來時手裡多了個小信封，「這張卡上有四十萬，密碼是990204。」

沒想到他一下子能拿出這麼多錢，可能是生意上的回款吧，我想。

「我明天轉十五萬出來。」我摩挲著信封，並未將它開啟。

「不用轉了，這張卡上的錢你隨便用。」

「哪兒用得了這麼多。」

「你先拿著，別錯過好作品。」

「也好，等進完貨算個總帳，我再給你打借條。」我的語氣稀鬆平常，但再愚鈍的人也能從中聽出端倪。

我想像著接下來他可能要說的話，無外乎夫妻之間談什麼借，我的就是你的之類，那我便可以隨時拿出那份早已準備好的離婚協議書，自此再也不必閃爍其詞，你累我也累了。

可惜，這一次他沒按常規路數出牌。

「要說你真欠我什麼的話，那就是還欠我一個蜜月。」他說。

端坐那裡的明宇神情過於凝重，這讓我輕易就參透了他的心語：「約法三章」的第三條終究還是逃不過，但是在踐行之前，你可不可以還我一個蜜月？

我回想起去年他問過我的那個問題：「如果時間可以倒流，十四年前的那一次，你會答應我嗎？」倘若當時我交付於他的是個否定答案，那麼或許他就不至於淪落到這般傷情地步了吧。然而今天的我依舊缺乏勇氣，無法忽視掉他那即便嚴肅都始終飽含溫柔的目光，如果這一次非要用

利刃刺向他的胸膛的話，也該施以和那目光同樣溫柔的力道，不管這何其偽善。

「換個地方行嗎？」我紅著眼圈說道。

「嗯，你想去哪兒？」他的神色緩和了一些。

「達連淖爾，在雲涼。」我突然間冒出這個想法，卻又彷彿已在心中醞釀了很久，「然後再到玉沁進貨，最好的唐卡都在那裡。最近剛好有一個曬佛節，我也想去看看。」

明宇拿來地圖，指尖在平面化的大山大河上遊走著，找尋到了那兩個偏遠的地方。

「好，我們就去那裡。」他堅定地說道。

就這樣，我們利用裝修這段時間，開啟了一場臨時起意的「離婚蜜月」之旅。

其實我更願意稱其為隨緣之旅，皆因它本出於一個莫名閃念，這或將成為明宇在這場失敗的婚姻中，所能為我做出的最後一次妥協。雖各懷心事，但當踏上高原，第一眼望到皚皚雪峰時，我們還是抑制不住心中的喜悅激動，忘情地擁抱在了一起。

雲涼，背倚雄奇巍峨的祁連山脈，面朝廣袤蒼茫的柴達木盆地，時值三月仍天寒地凍。這座西部州府就是原冬和阿茹娜共同的家鄉，阿茹娜八歲離開了這裡，距離現在三十七年了，原冬出獄後曾短暫歸來，接著就去了北京，而後又去了玉沁，算下來也已經離開十七年了。故事裡他們共同經歷過的那些細碎往事我無從體驗，只能默默地去想像，那段和我全然無關的屬於他們的美好童年。不知原冬的家人是否還生活在這裡，和我擦肩而過的每一個人，都有可能是他的親人或故交。

來這裡的第一天，我和明宇哪兒都沒去，只在街頭隨意遊走，喝茶曬太陽。我的內心始終被一種不明的溫情充滿著，無限撫慰。

第二天一早，我們租了輛越野車，隨導航指引來到了郊外的達連淖爾附近，然後按當地人提供的信息，提前在一個岔口拐上小路，朝著不遠處的一個掛滿經幡的山頭開去。那裡可以俯瞰湖泊全景，是拍攝的最佳角度。

山並不高，幾個胳膊肘彎後就上到了山頂的一處平臺。因為正值枯水期，所以看不到「海」，只看到了一大一小兩個湖泊，小湖呈藍綠色，大湖呈深藍色，中間相連著一條細而蜿蜒的河流。說不上多麼壯觀，卻也別具特色。

這個時節沒有遊客，當地人也看不到。山頂上只有我們兩個人，高空有禿鷲在盤旋，風聲獵獵。

「是不是有些失望？」我問，「就是個野景。」

「很美，我喜歡這種荒無人煙遼闊蒼涼的感覺。」明宇端著相機，按下了快門。

我望著那兩片似夢迷離的水域，想像著兒時的阿茹娜和原冬，那兩個懵懂孩童或許曾在湖邊相遇過，甚至還曾一起玩耍過，可命運卻讓他們各自成長到了風華正茂之年，才相識於另一座城市，而後陷入糾纏，因難以解脫而永不相忘，就像那兩個連在一起的湖泊。

我用化名為明宇講起了阿茹娜和原冬的故事。本想以他們為主線，儘量迴避掉我和冷桑的戲份，但這根本無法實現。於是我只好在一些情節上做了模糊處理，邏輯上也有不少斷裂，就像是在講述一個別人講給我的殘缺不全的故事。也許這就是我想帶明宇來這裡的緣故吧，我不想讓阿茹娜和原冬的故事失傳，儘管這段悲情被我敘述得凌亂不堪。

一大片陰雲飄來，遮住了陽光，氣溫驟降。我們下山，準備到湖邊走一走。

大地還沒回暖，湖盆凍土堅硬，可以直接將車開到那條連接兩湖的小河邊。

兩側灘塗隨處可見在泥土中寫下的名字，還有用石頭擺成的圖案。冷桑是什麼時節來的呢？如果是豐水期的話，那時他看到的會是「海」，一派和現在截然不同的景象。河床外沿有許多瑪尼堆和經幡，它們之中或許會有冷桑傾撒阿茹娜骨灰時所留下的座標，以便日後再來祭奠。也可能冷桑什麼印跡都沒留下，因為他根本沒打算再來。

我也不會再來攪擾了，這裡應該是屬於阿茹

娜和原冬的最原始最純真的封閉記憶，是屬於阿茹娜自己的終極清淨。腳下這片坑窪的湖灘，任何一處都有可能沉積著阿茹娜的骨灰，她已經與這兩個湖泊，與那一片深海，與自己不朽的幻夢永久地融為了一體。

一〇四、後覺

玉沁如今已有機場，也有從雲涼直飛的航班，但我選擇了和十五年前一樣的路徑，從雲涼先飛到了雪北州州府西離，再乘長途汽車前往玉沁。

西離長途汽車站翻建一新，站前廣場和候車室充滿了現代化設計。周邊也變了模樣，盡是商超和快餐連鎖店。我們入住的四星級酒店的前身，就是當年我住的那家條件簡陋的交通招待所。

西行的路況和當年更是天壤之別，除了個別涉水和凍土地段依舊是砂石路外，全程鋪了柏油。運營的長途車也升了級，不僅座椅舒適，還有空調。條件的改善有利於克服高反，讓心情更放鬆。於是，我擁有了一個機會來重新認識這片高原，以彌補上一次來這裡時因唐突而產生的慢怠與不恭。

連綿山巒上成群的牛羊行走在夢幻般湛藍的天空中，升騰在多彩拉康上的裊裊輕煙傳遞著世俗與神靈的對話，蒼茫大地上匍匐前進的朝聖者，用胸膛點燃了身下的高原母體，而那一襲襲迎風飄逸的絳紅袈裟，則是從地心迸發出來的烈烈赤焰。

這些景象既熟悉又陌生，來多少次都似初臨，但記憶卻被一次又一次地重複烙在了靈魂上。

上一次來這裡時的我，那麼年輕。

一路經過的鄉鎮完全變了模樣，無一不是道路寬闊，街燈明亮，像樣的小高樓也建了不少。到確松時車速放緩，不斷有人上下車，我的目光在沿途掃描著，昔日的記憶和眼前的景象比對著，扎西茶館和冷桑老家已無從辨認。里程碑也從當年的「省道 339」變成了「省道 316」，橋梁的興建拉近了兩地間的距離。

一切都是匆匆而過。

沒變的，是出確松不遠的美麗聖湖才昂措，因了季節的不同，它看上去比當年多了些生機。溯玉沁曲而上，再翻過一個埡口，朝著卓瑪拉雪山的方向繼續西行，便是魂牽夢繞的玉沁。

抵達縣城時天已黑透，乘客們沿途陸續下車，我和明宇是最後兩名乘客，好心的司機沒把車開向汽車站，而是問我們要了預訂的酒店名字，逕直把我們送了過去。

我們計劃在這裡住四個晚上。根據我在網上查詢到的情況，玉沁曲林的唐卡很少對外流通，不知情況是否屬實。明天我準備先去雪薩街走一遍，瞭解一下行情但暫不拿貨。後天去玉沁曲林參觀，看是否有渠道進貨。最後一天上午觀摩曬佛法會，下午再根據寺院的貨源情況，有針對性地去雪薩街補貨。

到賓館辦了入住，懶得再出去覓食，晚飯將就吃了泡麵。睡前吃了抗高反藥，一晚上我們休息得不錯。次日早早就起來，用完早餐後，按計劃去了河對岸的老城。

玉沁曲像是一道時空的屏障，南面的新城變幻萬千，當年我住過的那家在當時算是條件最好的賓館，淹沒在了林立的樓群中。北面則沒什麼變化，冰清玉潔的卓瑪拉雪山、神秘莊嚴的玉沁曲林和古樸滄桑的玉沁老城，一切都似十五年前初見時的模樣。

上一次沒有時間，也沒有心情去欣賞每一條街上的藝術品，如今得以彌補。我邊走邊向明宇講述著十五年前我來這裡時的見聞，包括冷桑和阿茹娜曾經在這裡的生活。所有話都沒頭沒尾，想到哪兒說到哪兒，明宇就那麼靜靜地聆聽著。我想像不出，根據我釋放出來的這些信息，他對我當年那場往事的復原度能有多少。現在我沒什麼可在乎的了，只要他再深一步追問，我都會和盤托出。

我們最後來到了雪薩街，從北口進入，沿著當年我行進的方向。每走一步，心中都會激起一

片漣漪。

「達連淖爾」早已沒了蹤跡，鮮為人知的往事都被塵封在了厚厚的阿嘎土裡，只有那兩條供輪椅進出而修築的水泥緩坡，似是還在守候昔日的主人。

現在，這裡是一家唐卡店。

阿茹娜以前坐的位置築起了一個近一人高的煨桑爐，爐臺上擺著許多陶土製成的擦擦和小佛像，還有幾盞燃燒的酥油燈，時不時有人過來添油。這裡是老城內難得可以望到雪山的完美角度，於是這家店後來的主人，建造了這個小小的禮拜之處。往來於此的藏民們即便再匆忙，途經這裡時也會虔誠地以額頭輕觸爐壁，而後回首瞭望遠方雪山，口誦真言。

我們走進門店，兩位年輕的畫師趺坐於氆氌墊上，正聚精會神地作畫。一位藏族長者坐在佛龕下，手捻一串鳳眼在念經，見我們進來，臉上浮現出了慈祥的笑容。

「請問，這裡以前是不是一家銀店？」我問。

長者放下念珠，「你說老桑家啊，十五年前就搬走了。」

「然後就沒再回來？」

「他妻子過世了，他要去雲涼安葬，後來聽說去了海東。」

冷桑果然去照顧阿茹娜的父母了，我的心底禁不住泛起絲絲隱痛，明宇也應該已經意識到了阿茹娜去世的確切時間。去年他到陵園向我求婚那天，晚上在玉蘭塚，我告訴他阿茹娜去世的消息時，只用「後來」這個模糊的時間詞一帶而過。

我沒向老者再多問什麼，也沒有提出進一步的要求，比如進院子裡看一看，以及到那間曾經擺著鋼琴的大房間裡去憑弔，就此與他謝過告別。

從店裡出來，我在煨桑爐前默默佇立了一小會兒，然後像藏民們那樣，用額頭輕觸了一下煨桑爐溫熱的外壁，回首凝望遠方聖潔的卓瑪拉女神，深情地祈禱著一份虛妄的美好，不為生者，只為去者。

我們開始在雪薩街和那些橫七豎八的巷子裡尋訪貨源，從前我只是在唐卡藝術的大門之外徘徊，今天才算邁入了門檻。

造就那些色彩與線條生命力的，不僅是技法，還有流派的傳承與供養。在唐卡藝術的歷史長河中，先後衍生出來的大小流派有十餘個，異彩紛呈。後來有一部分失傳，還有一部分因傳承者較少而難覓蹤跡，目前最容易見到的是勉唐、欽則、噶瑪嘎孜和勉薩這四大派。而唐卡的題材也不僅是宗教，還涉及到歷史、醫學、天文、科技和社會生活等方方面面，可謂藏文化的百科全書。走訪過程中，遇到有眼緣的便詢個價，遠超預算的權當欣賞，價格可以接受的拍照留存，再跟畫師多聊幾句，將重要信息記錄下來。這一天收穫斐然，貨源有了底。

晚上，我們在一家當地人開的藏餐廳裡吃了藏式土火鍋。犛牛肉、臘豬排、松茸、豆腐丸子和野菜，這些高原特色食材特別鮮美，店家自釀的青稞酒更是佐餐必備。

我們吃得熱烈酣暢，酒足飯飽出來時，紅霞尚滿天，兩小時的時差給了我一種生命被延長的錯覺。火鍋的熱量積聚在體內，足以支撐我們在外面再多遊逛一會兒。

信步來到玉沁曲畔，風中帶著涼意，很舒服。我的心情格外放鬆，頭腦也異常清醒。這真是一個適合攤牌的好機會，我並沒有忘記這次旅行的另一個使命，是為了祭奠這場失敗婚姻的結束。

我放緩了腳步，落後於明宇三五米，從包裡掏出離婚協議書。展開時，從裡面滑落出來了一張銀行卡，是行前明宇給我進貨用的那一張，一路顛簸從信封裡掉了出來。

我隨意一瞥，霎時愣住。

「這不是還貸的那張卡嗎？」我驚奇地問。

明宇停住腳步，回頭看著手舉卡片的我。

「是啊。」他平靜道。

「哦，以為你給錯了呢。」我赧然道。這張卡本來就是明宇的，他當然可以繼續用。

「眠眠，有件事我不得不向你坦白。」他的語氣透出了一種不尋常。

「什麼？」

「當年有一件事情，我隱瞞了你。」

我迷惑地望著他，忽而又覺得可笑。準備攤牌的人明明是我，怎麼被他搶了機會？這種事也會「撞車」。也罷，讓他先說，我把手中的離婚協議書暫且放回了包裡。

「其實，當年我並沒有申請銀行的房貸，我父母那兒剛好有一筆存款到期了，我向他們借了三十萬，把房款一次性付清了。我在德國上學時，申請到了帶薪實習的機會，不到兩年就把錢還給了他們。」

我愣愣地聽著，不可思議的不是事情本身，而是他居然隱瞞了我整整十五年。

「還是你有頭腦，貸款利率可比存款利率高多了。」我揶揄道。

「我在你心中，就這麼貪財？」

「那倒不是，利息本來就該還的，還誰不是還呢？錢是這個世界上最簡單、最容易算清楚的東西。」

「那要看跟誰。」

「跟誰都一樣。這次進貨的錢，等將來賣掉了貨，再慢慢還給你，利息你說個數吧。」

「不用還了。」

「在商言商，借錢當然要付利息。」

「我不是說利息，我是說，卡上那四十萬不用還了。」

「為什麼？就因為我們現在還是夫妻關係？」我微有惱意，把重音放在了「現在」兩個字上，如果他還不明白，我立即就把那份離婚協議書掏出來。

「因為這錢本來就是你的。」他說。

「不明白你在說什麼。」我負隅頑抗地假意嗤笑，「這是冷桑還你的本利，跟我有什麼關係！」

明宇不再說話，走過來看著我，曾幾何時，他也如此注視過我。這種深邃的眼神有著穿透一切的力量，直射我心底的隱秘。

「好吧，我也騙了你！」我再也扛不住了，向他道出了實情，「這些錢都是我替冷桑和阿茹娜還的，他們不知情，以為安裝義肢是蘭德公司的免費慈善項目。」

說完我長舒一口氣，如釋重負。

「你早就知道了，對吧？」我問。

「我對你所做的一切，全憑直覺。」

「既然你都猜到了，為什麼還要讓我按揭月供？十五年後一次性連本帶息還給你不行嗎？固定的還款週期讓我的生活一點兒彈性都沒有！」我毫不留情地怒斥，「還是說，你怕我到期後賴帳不還？不信任的話當時就不要幫我！既然選擇了幫我，又何必讓我過得那麼辛苦！我至少有知情權吧？」

過去的十五年，再苦再累我都沒抱怨過，因為一切都是我的選擇。可現在我委屈得想要大哭一場，因為我被欺騙了十五年，而騙我的人，正是曾經幫助過我，最令我信任的那個人。

「對不起！沒想到給你帶來這麼大的傷害。」明宇愧疚地望著我，「當時我只是想……這樣的話，你每個月至少能想起我一次吧？」

「這就是你隱瞞這件事的初衷？」

他沒回答，只深深地看著我。

我心中五味雜陳。那一期又一期帶有儀式性的還款，那一百八十張大都已經褪色的熱敏紙，它們悉為我與原冬的牽連，從未有哪一期，屬於過眼前這個男人。

「你不覺得這樣做有點兒自私嗎？」我繼續聲討。

「我是自私，但也要怨你自己。」

「怨我？」

「十五年裡，你存了一百八十次錢，就從來沒查詢過餘額嗎？就從來沒發現一分錢都沒被銀行劃走嗎？就從來沒發現卡上是你的名字嗎？」

「我的名字？」我驚異地望著手中的卡片，不知道接下來還有多少刺激等待著我。

「當年開戶時我用了你的名字，我想總有一天你會發現，到那時候我再和你解釋。當然，也有可能你早已發現，只是不願意去追究。」

「我怎麼會發現？我都是在 ATM 機器上存的，看不到戶名。而且每次我存完錢都是直接退卡，從沒查過餘額。」我理直氣壯，隨後又弱弱地找補上了一句，「但最後一次是在櫃檯辦的。」

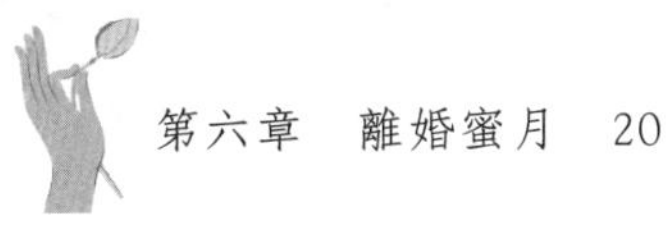

記得當時櫃員讓我簽字，我還稀里糊塗地問簽誰的名字。想到這裡，我從錢包裡翻出那張存款回單，果然，自己的名字赫然顯示在「戶名」欄裡。

我到底該有多愚笨，才會十五年之久都毫無覺察。覺察了又能怎樣呢？無外乎是把今天這反轉的劇情提前一段時日而已。

「當年你是怎麼開的戶？」我又產生了一個重要疑問，「我不記得你管我要過身分證，如果是小于以權謀私，我可以告你們兩個的。」

「我不會做違法的事的。」

「那你是怎麼做到的？」

「只能說走運吧。」他有些得意地說道，「我辦完那張卡之後，又過了兩個月，銀行才開始施行開戶實名制。」

我震驚而無奈地搖搖頭，「好吧，不管這卡的名字是誰，反正這錢是你的，是我替冷桑和阿茹娜還給你的。」

「有證據嗎？我好像沒借條哦。」他說道，而後又像是突然想起來什麼，「對了，說到借條，好像是有一張。不過不是三十萬，而是三千塊，當年你在機場寫給我的那張，這個你賴不掉。」

「你……」我氣得半天說不出話來。

明宇隨手撿起一塊石頭打了個水漂，河面泛起片片漣漪。

「這些錢在卡裡放了那麼久，早知道我就去轉存成定期了，十五年下來利息也得有好幾萬了。」我異常惋惜。

「人這一生，有些錢就是用來浪費的，就好比……」

「就好比——這世間，有些人就是為了錯過的。」

「是的，但我想……你說的不是我們。」

「當然，至少不是現在的我們。」

這世界上的人絕大多數都在錯過，我和原冬，阿茹娜和原冬，小凌和明宇，小凌和冷桑，王雨和阿茹娜，魯高人和阿茹娜，父親和母親，我和明宇的前半生……沒錯過的是原冬和冷桑，他們的靈魂永遠契合在了一起。此外，或許還應該包括我的父親和高黎明。

「明宇。」我喚了一聲。

「嗯?」

「有件事，我從來沒問過你。」

「什麼?」

「我究竟哪方面值得你愛?」

他轉身凝視著我，抬手輕撫我的臉龐，認真地答道:「一切!」

「那……你具體是從什麼時候愛上我的呢?」

他想了想，訕然一笑，「抱歉，這個無可奉告!」

說罷他在地上坐下來，繼續打起了水漂。我靜靜看了他一會兒，緩緩朝河邊走去。

我從包裡拿出一個被撕掉標籤的藥瓶，用離婚協議書將它緊緊包裹起來，揉成一團，用力投向河心，激起的漣漪和明宇打的水漂交織在了一起。

「你丟的什麼?」明宇的聲音在身後響起。

我回頭望向他，那張英俊迷人的面龐一點兒沒變，和十六年前那個立春之日在花舟初遇時一模一樣。這一刻我如夢初醒，原來，當時我是看清了他的模樣的，後來只是忘記了——選擇性地暫時忘記了。

「無可奉告!」我模仿著他剛才的口氣，走過來在他身旁坐下。

晚霞灑滿河面，碎成如鱗的波光。透過它們，我看到了自己前半生的虛妄與執著，皆是泡影。就讓它們隨著那兩個不可告人的秘密，一同沉入水底吧。

一〇五、法洲

經幡廣場旁有一棟獨立的藏式小房子，十五年前我來這裡時還沒有，那裡就是寺院的法物流通處，古樸莊嚴的風格與玉沁曲林和諧一統。

流通處不大，但佛像、法器、供器和護身符等法物應有盡有，散發著清冷寒光。當年冷桑就是靠著這些堅硬涼薄之物，撐起了他為阿茹娜奉

獻的八載華年。香火與歲月將為它們漆上包漿，像我賣掉的那個蓮花骨灰盒般，變得溫和潤澤，細膩生動。這一件件精美的手工物既是法器也是藝術品，同時還是一份蒼白沉重的營生。

這裡還經營寺院自製的藏香、甘露丸和自印的雕版經書，唯獨沒見唐卡。守店的年輕喇嘛告訴我們，玉沁曲林拉日巴們的作品都為藏區寺院專供，不在市面流通。這和行前我在網上瞭解的一樣，意味著今生都將無緣收藏到原冬親繪的唐卡了。遺憾的同時我也特別後悔，後悔當年原冬離開花舟後，我沒有及時確認他的真實去向，而是傻傻賣掉了他所有的作品。往事不堪回首，在這遠離紅塵的清淨之地，更是陌生得恍如隔世。

離開寺院流通處，我們轉而去雪薩街拿貨。

昨天做了比較充分的準備，我們回訪了著重標記下的店鋪，進一步談實價格，而後成交，打包，與畫師合影留念，交換聯絡方式，探討未來繼續合作的模式。我們還去了雪薩街附近那些橫七豎八的羊腸小巷，出入於更加微型與個性化的唐卡店，這樣的尋訪更富有結緣的意味。收購來的每一幅唐卡都是在深入瞭解了文化內涵與流派特色後精挑細選出來的。價格最高的幾幅均為大師作品，其他也多出自名門真傳，非嫡親即高徒。為了將來經營上的平衡，我選的唐卡中有半數是較小幅面的，價格不高，但流通性強，更容易受到內地市場的青睞。

這些唐卡從畫布裁切下來後，大多未做裝裱。在玉沁統一製作週期太長，回去後又恐找不到專業布藝裝裱的地方，正當我為此感到焦慮時，一位畫師開示了我。唐卡既是宗教品，又是藝術品，擺在店裡售賣的時候，就成了商品。是商品就要遵循商業規則，考慮市場需求和消費心理。傳統的布藝卷軸裝裱形式固然莊嚴美觀，但根本作用是便於攜帶。藏族牧民逐水草而居，帳篷是流動的家，唐卡就是流動的佛龕。而藏區以外的地方，越來越多的非佛教信眾開始對唐卡產生興趣，很多人請去不為禮佛修行，而是為了裝飾、收藏甚至是保值升值。所以，對唐卡進行周全的保護便取代便攜，成為第一要務，鏡框式裝裱自然是首選。信仰、情懷與功利，都是與世俗糾纏在一起的相生之物，不論是出於何種目的的唐卡流通，只要不褻瀆、不侵損，便是順善之緣。

信仰和金錢如何在交易過程中得到統一，這曾是我的另一個困惑，如今也因親歷而有所證悟。畫師們虔誠的信仰和我無信仰的敬畏，並沒有被擯棄在每一筆或談成或未談成的交易之外。他們的報價非信口開河，而是基於珍貴的礦植物原料和日復一日的人工付出計算出來的，有原則，有框架，合理公道。而我的討價還價，也是基於自己的經濟承受之力，成本控制之需，以及令畫廊良性運轉下去的相對大一些的利潤空間。只要買賣雙方將心比心，真誠相待，一切交易都會變得自然而然。

沒有進行布藝裝裱的唐卡一律採用硬紙筒包裝，被放進了提前準備好的空旅行箱內，此行進貨任務圓滿完成。我們將行李箱寄存在了最後一家交易的唐卡店裡，說好太陽下山之前過來取。

如果說，十多年前花舟創業時，年輕的我過度自信與盲目樂觀，皆因未經風雨，不懂浮沉的話，那麼，此行我所表現出來的練達，除了自身的成長因素外，還有很大一部分源於明宇在我身後默默的、無條件的支持。

轉眼時已過午，飢腸轆轆的我們朝寺院方向走去。

我們沒有踏上轉經路，而是一路溜邊，逆著浩蕩的轉經人流反向來到了寺院東門。證悟之途可成群結隊，可踽踽獨行，本無所謂起點和終點，自不必究竟所謂方向。法門八萬，方便即開。

這一帶的變化不小，那一片廢棄的村子已經被清理掉，但茶館還在，並且旁邊又新開了兩家，我們走進了名為更登的那一家。

裡面的格局沒太大變化，當年我坐過的那個靠窗位置有兩位老人在用餐，我們就在旁邊更寬敞的桌前落座。一位中年喇嘛拿了一份圖文並茂的漢語菜單過來，我們點了牛肉包、土豆餅和甜茶。

餐食很快上齊，我邊吃邊給明宇講述起了當年那個匆匆掐掉香煙給我讓座的藏族青年，還有那個請我吃了一個被煮飛了的雞蛋的跑堂小喇嘛，以及在那個極寒的冬至夜晚，我就是在這裡

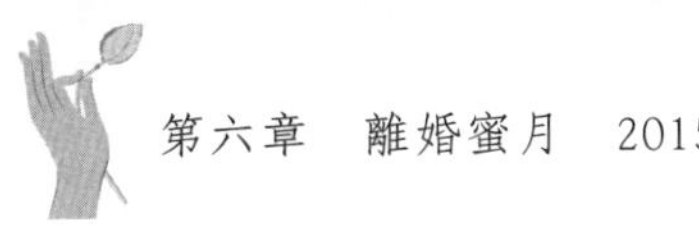

吃了一碗熱騰騰的湯麵後，匆匆前往河對岸的新城，在賓館裡給他打了那個長途電話。

往事如煙，近在眼前，卻無法觸到。

吃完午飯，我們以順時針方向，沿寺院外圍行走了四分之一圈，來到了玉沁曲林正門。

十五年前轉經時，我曾一次次地從這裡經過，卻未敢踏入半步。那時的我無法面對任何一位朝我迎面走來的僧人，我總是下意識地將原冬剃度後的面龐拼接到他們身上，而後便開始躁動、不安與瘋狂——瘋狂地想要去到寺院後面高而陡峭的山石間，在那些粗陋的石木關房中，找到屬於原冬的那一處，破門而入，將他拉下山來。最後的一點兒理智還是讓我抑制住了那股衝動，我用聲聲梵唄暫時封印住了惡靈，強迫肉身在寺院外圍的轉經廊上轉了一圈又一圈。轉經只有一個方向，人生卻是處處迷途，念念輪迴。無論如何，我不能讓自己再度陷入那種低級瘋狂。

原冬，雖然我曾一度決意再來尋你，履行那筆交易，可如今身臨其境才明白，敬畏還是大於莽勇的。我又一次高估了自己，但願這是最後一次。這裡的場太大，大到我每有起心動念，靈魂便被攝走，隔離於皮囊之外。當我俯視著那一大圈形如螻蟻渺如塵埃的轉經人流時，心念自然散去。

十五年後，我的身旁多了一個男人，昨天我差一點兒就要和他解除我們之間的那道法律關係。命運不知何時起，開始眷顧於我和明宇，頻頻賜予我們轉機。每當感情之路出現岔口時，總會出現一股神秘莫測的力量，將我們綁縛在一起，推回正途，繼續走下去。

如今，我終於在他的伴隨下步入了這座寺院，在各個殿堂裡瞻仰朝拜。我環顧著這方屬於你的清淨世界，視線掃過一襲襲絳紅色袈裟時不再逃離，他們都很像你，卻又不是你。倘若在此相遇，我將真心樂意為你和明宇做一次正式的介紹。你們這兩個素未謀面的男人之間其實有著極其深重的牽連，那些千絲萬縷的纏纏繞繞悉數交匯於我的掌心，只要我將拳頭攥緊，一切秘密都將隨我而去，不留痕跡。

所有妄想都已幻滅，那張底牌的花色早已模

糊不清，直到昨天，連最後的一點兒印跡都消失了，變成了一張廢牌，我將它撕碎，連同那紙離婚協議和避孕藥，一同沉入了河底。我沒勇氣再去打破我和明宇之間才剛撫平的這一切，雖不知道這樣的平靜能夠持續多久，但現在我們在一起的這種感覺，的確前所未有。

我們順著巍峨紅牆而行，捆紮緊緻的邊瑪草密實地壓覆在牆頭，富有質感的橫截面被刷成了絳紅色，隨山勢起伏，連綿不絕地環繞著整座寺院。它的另一面，便是浩浩轉經路。

行至金頂措欽大殿前，廣場正中旌旗杆上的風馬旗獵獵作響，加持著這場屬於我們三人的際會因緣。

進入殿堂，內部開場巨大，二層挑空，十幾根粗壯的立柱上掛著五色幢幡寶蓋。大殿主供三世佛，造像宏偉，需行至近前仰視才能看到全貌。數百幅唐卡從高高的房梁上垂吊下來，與那些立柱上的布藝幢幡形成呼應，蔚為壯觀。地上整齊地擺放著一排排厚厚的氆氌蒲團，至少能容納三百名僧人誦經打坐。現在不是修課時間，我們得以細細觀摩。

不愧是藝術聖地的寺院，不論是佛像還是法器與供器，每一件都精美絕倫，嘆為觀止。壁畫和唐卡更是「雙絕」，壁畫是凝固的唐卡，唐卡是流動的壁畫。所不同的是，壁畫受環境因素的影響較大，容易斑駁脫落，保護上的難度大一些。而這裡的老唐卡都很完好，雖不可避免地被經年累月的香火薰染，卻令它們更具滄桑韻味。

新老唐卡的懸掛沒有特定規則，猶如不同的時空交錯在一起，前生今世盡現眼前。僅靠自然採光的殿堂內比較昏暗，加上唐卡懸掛的視角較高，並不能真切地看清細節，但我還是一幅幅地仔細欣賞著。我不準備探求哪幅是原冬的作品，這裡的每一幅唐卡都神聖莊嚴，攝人心魄，賜我智慧法喜的同時，分別心已然遁去。過我眼，即我有。

受值守喇嘛提示，我們繼續朝大殿深處走去，三世佛身後還有一個秘殿，裡面供奉著玉沁曲林歷代活佛的舍利靈塔。我們一一頂禮，而後由此登梯上到了二層藏經閣。除了全套古本《甘

珠爾》和《丹珠爾》外，這裡還保存著十餘萬塊三百年前的經文雕版，極為珍貴。藏經閣的高度剛好與三世佛的佛頭平行，可以俯瞰整座大殿，兩側聯結著兩個配殿，分別是護法殿和觀音殿。

就在我們參觀完所有殿堂準備離去的時候，角落裡忽而閃了一下。

我望過去，並沒有燈光火燭之類的東西，能發出光亮的只有一個小木門上的銅鎖，剛才我以為那是值守的僧房，沒有在意。我朝著那扇門走了過去。

鎖是空掛在那裡的，我在一股力量的驅使下，推門而入。

竟然是一座靜隱於觀音殿深處的「殿中殿」。

空間不大，很窄很深，像一條長長的走廊，兩側壁畫是聖救度母，左右各十尊。長明燈散發著怡人的酥油味道，引導我步履向前，走向深遠盡頭的主龕。

一尊三尺高的琉璃綠度母坐像呈現在面前，她容顏清麗，雙目慈悲，手持烏巴拉花，左腿趺坐，右腿伸下蓮花臺，隨時準備起身救度眾生。在她背後的牆面上，沒有最慣常的壁畫，而是懸掛著上千枚整齊排列的綠度母匝尕，它們如複製而成，絳紅色的粗實邊框與主尊的膚色丹碧相映，明輝萬丈。

此番光景恍若夢境。我驚嘆著眼前的精美與壯闊，不必細數，也知道一共是一千零八十幅。

我抬手輕撫著項上冷桑贈與的嘎烏，今天早晨出行時，我第一次把它戴上，裡面裝藏的，是原冬郵寄給我的那張綠度母老匝尕。

牆壁上的這些匝尕和我嘎烏裡的一模一樣。可想而知，它們也和冷桑擁有的那張一模一樣。

電光石火間，我像一個失憶的人，突然追憶起了什麼。

我想起了二十四年前，風城美術館外的那些海報。當時令我怦然心動，但後來卻淡忘了的模糊面龐，原來就是她啊！所以半個月前，當我被靈犀牽引著，從信箱裡尋到那個穿越時空的信封而再度看到她時，才會有一種似曾相識的感覺。

此時此刻，我再也抑制不住這份頓悟的、濃

烈的、暗湧了二十四年的情感，瞬間熱淚盈眶。

卻原來，早在我和原冬在美術館外第一次邂逅之前，我就已經與她結下了緣；卻原來，原冬曾和我在同一幅海報前駐足，並為同一面尊容心動過；卻原來，十六年前牽引我走向時空旅社，去與原冬第二次邂逅的冥冥之力，不僅來自於那個嘎烏，同時也來自於裝藏其內的她。

嗡—噠咧—嘟噠咧—嘟咧—娑哈……

空靈的綠度母心咒響徹殿堂，分辨不出來自哪個方向。酥油燈火輕輕搖曳著，忽明忽暗的牆上，每一尊面龐都宛若少女，純美無瑕。

親愛的綠度母啊，此刻你就掛於我的胸膛之上，我從未與你如此親密貼合，心神相通。所以，你可不可以悄悄地告訴我：明天，你是否還會見證，我和原冬今生的第三次邂逅？

韶光悠悠，年華似夢。

那麼，究竟是我用青春年華換來了一場接一場的迷離幻夢，還是那一場接一場的迷離幻夢裝點了我的青春年華？

一〇六、曬佛

天邊泛起一抹青白色的冷光，尚不足以點亮夜幕合圍下的卓瑪拉雪山。玉沁曲林所在的山巒被團團霧靄繚繞著，偶有點點光斑閃現，分不清是金頂，還是星辰。

和這派寂靜深遠形成對比的，是街上烏泱泱集聚起來的人流。待天色微明一些，我才得以細細端詳藏民們那一身身華美光鮮的服飾，想必只有在極重要的場合他們才會如此穿戴。紅珊瑚、綠松石、蜜蠟、天珠、青金石、孔雀石……大自然賦予人類的珍貴寶藏，被這個愛美的民族高調地穿戴在身，不論男女老少，每個人都洋溢著粗獷豪放卻又剛中帶柔的質樸純美。他們合匯成了一股五彩人潮，像極了藏族女人身前圍繫的邦典。

我和明宇也匯入了這股彩潮之中，如兩個水滴被融噬，而後和他們一起向前奔流，朝上湧動，我們要在第一縷朝陽打到山頂曬佛臺之前趕到那裡。

本以為他們會順著寺院外圍的轉經路行進

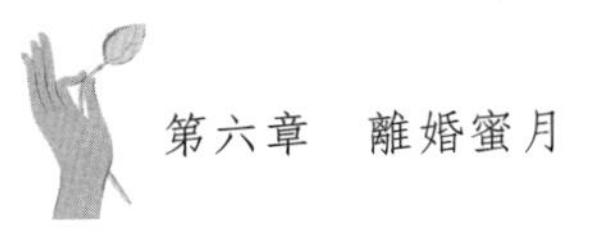

至寺院北面高地，再一路登至山頂。可人流卻是朝著寺院正門匯聚起來，寺院大門敞開著，人們魚貫而入。奇怪的是，隨著這麼多人的湧入，寺內並未有所阻滯。我們也進入寺院，拾級而上，行至較高處時，一部分人脫離了人流，來到措欽大殿門口稍作停留，對著大殿雙手合十，誦經磕頭，而後又回歸到人流中，繼續前行。

原來，平日裡不開放的寺院北門今天敞開了。人們有秩序地依次穿過那道不算太寬的木門，出去以後，便是每次在寺院外圍轉經時都會看到的一條又窄又陡的「之」字形土路。這條土路平日裡不起眼，此刻卻是佈滿了人。我和明宇跟著他們往上攀爬，不一會兒，一片相對開闊的平臺出現在眼前。

這裡真是一個好地方，向下可以俯瞰整個玉泌縣城，拍照的話還能以寺院金頂作為前景，向上則可以觀摩到整個曬佛臺的全景。不遠處的山坡上鋪了一層黃色底布，那裡就是今天這場盛會的主場，足夠平坦的巨大斜面讓它成為了一個天然的曬佛臺。

少數人停駐在了這裡，不再繼續前行，其間不乏記者或專業攝影師，聽說很多人半夜就來了。那些三腳架已經找到了屬於自己的理想位置，架於其上的「長槍短炮」也都調整好了角度和焦距。他們或三五成群地聚在一起抽煙聊天打發時間，或瑟縮地貓在一旁養精蓄銳，渴盼著天明那一刻，陽光不僅灑到唐卡上，也將他們一併溫暖。

我和明宇決定不再前行，就在這裡遠觀全景。

身後隱隱響起悠遠深沉的法樂聲，回頭望去，山下措欽大殿的方向，一條「巨龍」正從我們剛才上山的路徑蜿蜒而來，那就是抬運巨幅唐卡的隊伍。鐵棒喇嘛和法樂隊開道，緊隨其後的是一杜杜華美肅然的法幢。在這莊嚴的儀仗中，那幅捲起來後十五丈長的唐卡被上百名喇嘛扛在肩頭，在無數虔誠信眾的簇擁與歡呼聲中，被緩緩運送到了曬佛臺的最上緣。

唐卡上端被固定好，十幾名喇嘛在唐卡前一字排開，以整齊後退下山的姿態小心翼翼地將唐卡徐徐展開，連同上面覆蓋著的黃色幔簾。矖佛臺四周人頭攢動，人山人海，更多的人湧向了那裡。來自藏區諸寺院的紅衣喇嘛和沿途遇到的那些五彩藏民，兩類人群融合在了一起。

矖佛臺下有一個曼陀羅形制的石砌大法場，圍成圈的法幢中央擺放著兩尊高高的法座，端坐其中的兩位黃帽紅衣尊者是央悉仁波切與秋眉法師，下面連排法座皆為八方上師。法座前擺滿了信眾佈施的青稞、酥油和水果。再往前是法舞場，一側是樂僧，均執佛樂法器，一對三米長的銅號最是顯眼，旁邊依次是鼓、鑼和鈴等。另一側趺坐著三排喇嘛，面前皆有厚厚一沓經文，他們在法樂聲中認真地唱誦著。空場中間，藏戲藝人頭戴誇張怪怖的溫巴面具，身著寬大多彩的氆氌戲袍，舞步堅實敦穩，像是剛從久遠滄桑的歷史中走來，與天地通靈，為有情祈禱。

幾個月前，我曾在電視裡瞭解到一些這次矖佛節開光大法會的相關報導，並在電視上看到了原冬的一個側影。突如其來的停電非但沒有將我陡然生起的情緒洩掉，反而讓我在那片黑暗中更加無法忘掉那抹鮮明的絳紅，令我得以在早已失去色彩的黑白世界裡繼續苟延殘喘，並且開始了一系列光怪陸離的妄想。猶如一場大夢，那些妄想最終化成了玉沁曲中的波光與漣漪。

此時此刻，我的眼睛像是蒙上了一層濾鏡，視野中的其他顏色逐漸退色，唯有紅色系愈發強烈，最後只剩下一片深沉的絳紅。

當第一縷朝陽打向矖佛臺，那塊幔簾徐徐拉開，隨著人們的歡呼，綠度母寶相盡現。萬丈陽光灑向巨幅堆繡唐卡，慈悲輝映天地，照拂眾生。

身上有了暖意，與心靈共受沐澤。眼前的濾鏡驀然消失，唐卡上的色彩愈發鮮明璀璨。人們面對唐卡，或仰望或匍匐，虔誠膜拜，誦經祈福，拋獻哈達，用各種方式表達著心中的喜悅與感動。手中的念珠和經筒是永恆的道具，千萬遍重複的六字真言是永恆的旋律，一個接一個等身長頭是永恆的舞姿，天地是永不謝幕的恒久舞臺。

在這裡，沒有曲終人散。

我和明宇並肩站在一起，都被這樣的場面震

撼住了。我心潮暗湧著，下意識地四處張望，忽而產生了一個強烈的直覺——冷桑應該也來到了這裡。他一定就在那五彩人潮中，濃縮成了一個小小的點，他一定也和我一樣，看到了天地間的這番波瀾壯闊。

而原冬，應該就在那一片熾熱的金紅色中，他已經和唐卡的千顏萬彩完美地融溢在了一起。

我無意再分辨什麼，更無意再追尋什麼。二十四年間的過往頃刻化作一泓暗流，像原冬融入那些顏彩一樣，和我的血脈融為了一體，自此再無親疏遠近，生死無去來處。

我細細聆聽著飄逸在空中的梵唄和法號，它們最終合成了「嗡——啊——吽——」我閉目沉浸於這不絕於耳的宇宙根本音中，眼角無意識地流下了一行熱淚，滴落在高原尚未回暖的堅硬凍土上，發出了幾聲只有我自己才可以感受到的空空迴響。

法會結束，原路下山。

返回寺院時，我趁著去洗手間的機會給原冬寫了一封短信，確切地說，是一張便條。身上沒有白紙，就寫在了最後一期還款的回單背面。沒有稱謂，也沒有落款。

父親結束了流浪生涯，他找到了最美的地方，在一張黑白老照片裡。那裡有茫茫戈壁，有片片胡楊，還有他和愛人最美的青春回憶。感恩你寄來的綠度母匝尕，嗡噠咧嘟噠咧嘟咧娑哈！頂禮！

不管原冬有沒有忘記，我終要履行承諾，把有關父親和高黎明的故事結局告訴他。我把那張紙對折再對折，從包裡摸索出那個用來裝銀行卡的小信封，將紙條塞進去封好了口，然後在信封上寫下：

玉沁曲林　老桑嘉措　親啟

從寺院出來的時候，我趁明宇沒注意，把信

封投在了門口的信箱裡。我發誓，這將成為我在明宇面前關於原冬的最後一個秘密。

就在昨晚，我非常意外地接到了父親的電話。說意外，是因為這是二十年以來，他第一次在母親忌日之外的日子裡聯絡我。所以，當接通那個來自新疆的陌生電話後，儘管聽筒那端傳來的久違的滄桑聲音令我激動，但同時也令我感到不安。一件規律的事情被打破，意味著發生了一些意外，或是說出於某種原因，需要重新建立一個新秩序。

以前每次通話都是在母親的忌日，總有一層霧濛濛的東西籠罩在我和父親的通話中。這一次脫離了那種氛圍，高黎明成了我和父親這次通話的主題。

原來，父親已經完成了「大業」，他用了二十年的時間走遍了幾乎整個中國後，最終，將高黎明的骨灰帶回了新疆，撒在了茫茫戈壁上的一片枯死的胡楊林下。那個地方沒有名字，唯一的參照是不遠處曾有個廢棄的軍馬場，往東幾公里有個小村落。那一帶是他們曾經戍邊時戰鬥與生活過的地方，父親決定留在那裡，結束流浪生涯。

他沒說，但我知道，那個地方應該就是他們那唯一一張合影的拍攝地。

這個結果出乎我的意料，卻可以被我理解。關於父親和高黎明的情誼，關於他們在邊疆的那些往事，我早在孩提時代便已知曉。辛勤的勞作，嚴酷的訓練，細碎的日常，刺激的冒險……父親都是把它們當作睡前故事講給我聽的。

我對父親表達了祝福，儘管我從沒見識過西北的戈壁大漠，但卻可以想像那裡和此刻我所在的高原相似的蒼遠遼闊。父親終於為高黎明找到了歸宿，也為自己找到了歸宿。或許他心中早有答案，最美的地方，便是他們奉獻了青春、夢想與激情的地方，有人在那裡蹉跎了光陰，亦有人在那裡崢嶸了歲月。這二十年的每一處行之所至，其實並不是父親的孤獨流浪，而是一場屬於他和高黎明兩個人的真正意義上的旅行。他們需要一段漫長的時光，來讓自己面對那個答案，並且接受那個答案。

父親還向我交代了他自己的「後事」，他說不準備再回來了，將來他的骨灰也會託人撒在那片胡楊林下。如果有一天，我沒有時間或沒有能力去照看母親的墓地了，他建議我將母親的骨灰請出，撒入大海，他說母親生前熱愛大海，那裡才是她最好的歸宿。

「當然，你也可以提前去做這件事。」他最後補充道。

「好。」我鄭重答應了他。

對於那個給予了我生命，卻幾乎缺席了我一生陪伴的母親，我對她還是心存眷念的。即便那抔灰骨沒有體溫，但當它重見天日的那一刻，我仍得以感受到它與我雙手熨帖的觸感。三十八年來，我從未和她如此親近。戈壁與大海——父母的歸宿截然不同，但從某種意義上講，他們又是圓融一體的。

昨晚，當我噙著眼淚聽父親輕描淡寫地交代這一切的時候，感覺自己瞬間蒼老了許多，同時也霍然解開了自己年輕時關於父親的全部困惑。

世事比我想像得要深奧，人心比我想像得要包容。

真理的另一面，有時候，還是真理。

一〇七、海撒

玉沁蜜月歸來，店裡的裝修如期完成。儘管使用的都是環保材料，明宇還是堅持通風一段時間再投入經營。這樣也好，我可以更加從容地進行開業前的籌備工作，包括找一家最專業的相框店，為此行帶回來的唐卡進行裝裱。除此以外，我還做出了一個重大決定：利用這個時間空檔來安排母親骨灰海撒的事情。

二十年前父親離家前曾交給我一個布袋包裹，裡面裝的都是重要文件，我從那裡找到了母親的骨灰安葬證。

處置骨灰在傳統觀念裡是件大事，父母兩邊的親戚都得提前打好招呼。母親娘家除了舅舅、舅媽和小凌，就沒什麼說得上話的親戚了。我和明宇先去了舅舅家，向他們陳述了父親在新疆定居的計劃，以及我和他的共同決定：將母親的骨灰撒入大海，不留後顧之憂。

「我和你舅媽年歲大了，走不動了，不能再像從前那樣，每年去璞玉看你母親了。」舅舅嘆了口氣，繼續說道，「等你到了我們這年歲呀，也是一樣。就算你們將來有孩子，讓隔代打理祖輩墓地不現實，也沒必要。萬一欠了費，陵園就把骨灰處置掉了，與其那樣，還不如自己提前做出安排。」

「而且，你母親一個人躺在那裡多孤獨啊！海撒挺好的，魂歸天地，誰都輕鬆。」舅媽也很開明，臉上掛著欣慰。

我感恩於這兩位白髮蒼蒼的老人，他們是除了我以外，和母親最親的人了。

第二天一早，我和明宇開車回了璞玉老家，拜訪了家族長輩。此前父親和他們溝通過母親骨灰海葬的事情，他們沒想到我這麼快就啟動這件事了，但都表示理解。

趁著尚未過午，我和明宇前往母親墓地進行了最後一次祭掃。

「人生一場大夢」，這是父親寫給母親的墓誌銘，也是寫給他自己的座右銘。不久以後，墓碑上的每一個字都將被打磨掉，碑體也將被敲碎後填埋，夢過無痕。

掃完墓，我們去業務室辦理了退租手續。業務員查了下黃曆，說近三日均宜「啟攢」，我們便預約了次日一早取灰，當天就在縣城的賓館住了下來。

翌日清晨，我們早早就來到了母親墓地。

按照當地的習俗，我們提前買好了一瓶白酒和幾包香煙，還帶上了一把黑傘。酒是動土前傾灑祭奠告慰親人的，煙是敬奉啟墓師的，傘則是用來遮擋日光，以防直射灰盒。在啟墓師的朗朗唱念和司儀的講解與引導下，我們配合他們，完成了一系列簡單而莊嚴的儀式，母親的骨灰盒從濕冷的墓穴中請取出來。

密封性再好的骨灰盒也抵不過地下潮氣三十八年的侵蝕，當年的那個木盒早已腐朽得看不出圖案，包裹骨灰的綢布也褪色糟爛，一部分

灰白色的骨灰從經緯疏離的空隙中撒透出來，與盒體融在了一起。

幸虧昨天工作人員提醒我們，一定要帶上一個結實的塑料袋，現在果然派上了用場。我們將隨時可能垮掉的骨灰盒小心翼翼地放在塑料袋裡，整體打包，帶離墓地，踏上了歸程。

按事先商量好的規劃，行至京北群山時，我們找了一處草木茂密的幽靜之地泊了車。

明宇在前面探路，我抱著母親的骨灰盒跟在後面。往山裡走了幾百米後，來到了一片粗壯密實的松柏林間。

我將母親的骨灰從破敗的綢布裡取出，在明宇的協助下，倒在了事先準備好的嶄新的紅綢袋裡，散落在骨灰盒裡的細灰也盡可能地一併收納起來。然後，明宇對骨灰盒進行了拆解。由於過度腐朽，稍稍給力，那些木片便支離破碎。我將融進了母親骨灰的木頭一塊塊分散地拋撒在松柏間，用不了多久，它們的形骸便會消逝，與針葉和松果一同化為塵泥沃土。

處理完骨灰盒，我從車載導航裡搜索到了北京市骨灰撒海辦公室，設為目的地，逕直去了那裡。

那個簇新的紅色綢袋一直被我捧在手心裡，我的體溫傳導過去，母親骨灰的寒氣一點點地消退了。

「撒海辦」坐落在京郊一片肅穆的園林中。主樓前，一條深藍色的橫幅懸掛於門前，「生態澤後世，碧波寄追思」，寥寥十字，就將這項環保利生事業概括到位。

前來辦業務的人不多。根據我們從這裡瞭解到的情況，近十年間，本地的骨灰撒海活動連續組織了二百餘期，撒海骨灰萬份，可這個數字遠遠小于我的預期。這些年，接受自然葬的人越來越多，但大多局限於花葬、樹葬和草坪葬這樣的封閉形式，依舊承襲著入土為安的傳統觀念。那些與骨灰伴生的花海、樹木和綠茵皆為生生不息的有形之物，可直觀地供親人寄託哀思，本質上和墓碑沒什麼兩樣。海雖同樣有形，也有它自己的生命，能夠幻化出雨露霜雪各種形態，然而它們的意象和大海一樣，太過廣袤蒼遼，渺小的人類無法看到它的全貌，誰願意將摯愛親人的骨灰傾撒於一個看不到邊際的失形容器中呢？海葬這一先進理念的全面推廣還需不短的時日，這個過程，不亞於幾十年前的那場火葬革命。

我們幸運地趕上了最近一期的春季骨灰撒海登記。

工作人員查驗了母親的戶籍證明和骨灰安葬證，請我在骨灰撒海服務協議上簽了字，並在系統上做了預約登記。一系列手續齊備後，母親的骨灰正式移交，被裝容在一個紙質環保骨灰盒裡，暫時寄存在骨灰堂。

一週後，我接到了骨灰撒海辦公室的電話。本期海撒的時間確定在三天後，屆時我們將被安排前往天津渤海灣，隨船出海，進行骨灰播撒。這個時間恰好，畫廊的前期準備工作基本完成，正式開業前，我還可以藉機喘口氣兒。

如期抵達天津港，我聽同去參加海撒的其他家屬說，今天這個日子極好，是宜祭葬的黃道吉日。我迎合著點點頭，其實我更在乎的，是近期積了很久的霧霾被昨夜的一場大雨驅散，此刻天高雲淡，的確是一個適合出海送別親人的好天氣。

隨著一聲汽笛鳴響，收錨啟航。搭載著數十盒骨灰和逝者親屬的輪船緩緩駛離港口，海岸線上的建築一點點地變小。所有參加活動的人都坐在船艙裡，迎著海風，在舒緩的音樂中聆聽著身著潔白制服的年輕司儀致送別辭。

「他們走了，帶著對家人的無限眷戀，告別了這個世界。帶著曾經擁有過的愛與情，安詳地離開了我們……」

抽泣聲此起彼伏，悲傷瀰漫著整個船艙。

只有我一個人趴在靠後的船舷上，顯得與這個情景格格不入。我望向深海，極目遠眺海天相接的地平線，並未覺得悲傷。

致辭在音樂的高潮中結束。我回轉身來，捧起母親的骨灰盒，上面貼著一個小小的標籤，寫著一個更多時候，我只是在墓碑上見過的名字：凌海媛。

我撫摸著那個美麗的名字，她去世的時候那麼年輕，只有二十八歲，比現在的我還小十歲。

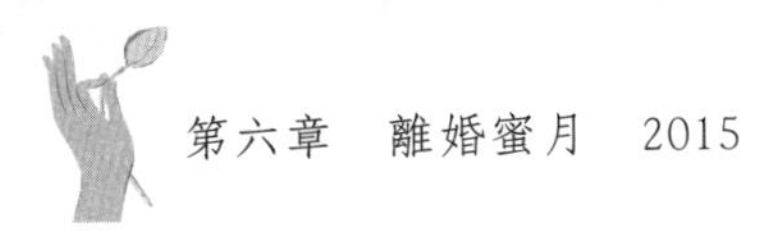

由於從小就接受了母親去世的事實，我好像從來沒有為母親流過一滴眼淚，每一次站在她的墓碑前都很坦然，請取骨灰的整個過程也心如止水。

可是這一刻，當這捧年輕的骨灰即將消失於無形時，我突然不能自已，眼淚簌簌而落。這感覺來得如此迅疾，不是為了血緣與親情，只為她曾經是一個生命，那麼年輕的生命。

明宇用紙巾為我拭去淚痕，攬我入懷，輕吻我的額頭和髮絲。

「以後每年這個時節，我們都出行度一次蜜月，去有海的地方，好嗎？」

我點點頭，眼淚再度模糊了雙眼。陣陣海風吹過，將我臉上的淚水風乾，船朝著大海更深處繼續航行。

當岸邊的建築物都模糊不清的時候，一直循環播放的追思樂也越來越弱，直到完全消失。這時，親屬們在司儀的引導下，起身默哀。船艙一片寂靜，只剩下了海浪聲、水鳥聲和風聲。

默哀完畢，親屬們跟隨引導員，依次走出船艙，來到了寬闊的甲板上。

所有人都戴上了潔白的手套。我懷抱母親的骨灰，明宇捧著一束粉白相間的康乃馨。我們並肩站在專用的播撒口前，讓母親的骨灰伴著片片花瓣，投入滾滾波濤。

安息吧，賜予了我寶貴生命的最親愛的媽媽！

我早該知道，父親自從完成了他的家庭使命，踏出家門的那一刻，就永遠不會再回來了，更不會讓自己的骨灰躺進母親的墓穴。也早該知道，母親一定也特別厭倦那個狹小逼仄的空間，懼怕那令人窒息的孤獨。如今她終於投入了此生熱愛的大海，連同她那寄託著今生宿命的名字，一同沉入到了廣闊無垠的深海之底。

我倚著船舷，迎著呼呼海風，目光直抵蒼茫盡頭。

這一刻，我更願意相信母親的靈魂早已幻化為另一種生命或是另一種形式的存在，不一定在海底，還有可能在雨裡、風間、雪原、雲端以及任何我可以感受到的氣息中，這些氣息中還有高黎明，還有阿茹娜，還有王雨，以及許許多多的人。

生與死，不過是安放靈魂的兩種形式，生死之間不是空白，同樣可以被靈魂寄居。靈魂安寧了，待在哪裡都一樣。

沒有永恆的存在，只有永恆的意義——天地間何等崇高的定律。

沉入海底的，早已不是我的母親，而只是一堆無機質，以及與其陪葬的，在幾件人生大事上真正解脫以前的我自己。

我望著翻湧奔騰的海浪，再也流不出一滴眼淚。

一〇八、清音

訂製的畫框製作完成，全部唐卡裝裱後掛上了牆，採購的幾樣藏式傢俱和布藝裝飾也都如期佈置好。沒刻意擇日，一切就位後自然而然就準備開張了。

天色微明，我在西窗前點燃一炷藏香，青煙透過香盒的鏤刻散逸出來，升騰繚繞。

我用拂塵將每一幅畫框都仔細拂拭了一遍，而後清潔乾淨了地面，正要將展板擺出去時，推門和一個人撞了個滿懷。

「嚇死我了！怎麼突然開門了啊！」

「姐，這不正準備迎你呢！」我放置好了展板，把小凌請進去。

我們已經十年沒見，如今撞面，竟沒有絲毫頓挫之感。她的性子一點兒沒變，臉蛋和身材保養得也很好，風韻猶在。

「什麼香啊，怪好聞的。」她問。

「玉沁曲林請來的手工藏香，裡面有三十多種藏藥成分，回頭我拿些給你。」

「玉沁……」她沉吟著，伸手按下牆上一組開關。

四周射燈亮起，每一幅唐卡都盡顯莊嚴，店裡頓時呈現出了不一樣的氛圍。

「漂亮是漂亮，這些東西會有人買嗎？」小

凌直皺眉。

「沒有不開張的買賣，我們這行叫結緣。」

我走到收銀檯後面，打開唯一一個單獨控制的開關，那面牆上的贊巴拉金唐閃閃發光。下面擺著一個長長的藏式小供桌，端放著淨水、鮮花和兩隻LED酥油燈。

「這是哪路神仙？」小凌走過來欣賞，「漂亮！」

「黃財神。」

「財神保佑，我能按時收租。」小凌雙手合十拜了拜。

我偷偷白了她一眼，沒接話。

她的目光從每一幅唐卡上掃了一遍，「是不是得請我吃頓飯啊？你也是做大買賣的人了。」

「為什麼不是你請我？我還沒賺錢呢。」

「月底我請你。」她說著，目光突然打向我的脖間。

「月底？今兒都三十號了。」我說。

「哦，是下個月月底。」她從包裡掏出來一個紅信封和一小袋包裝精美的糖果，丟到收銀檯上，那副不以為然的樣子，仿佛是來替別人跑腿送東西。

信封是豎版，上方有個燙金「囍」字，空白處寫著「送呈明宇鐘眠夫婦臺啟」。

「哇！恭喜！」我打開信封，取出請柬，看到了新郎的名字：姚順利。

小凌的目光仍在我的脖間徘徊，「你戴的是什麼？」

「嘎烏，眼熟嗎？」我摸了摸它，「不過，這可不是當年你看到的那一個。」

「長得一樣的東西多了。」她撇撇嘴。

「但裡面的裝藏和當年的一樣。」我說。

「裝藏？」她驚異道，「裝藏的什麼？」

「一張綠度母小唐卡，以前裝在冷桑嘎烏裡。」

「冷桑？！」

「當年王雨那件事以後，嘎烏就到了原冬手裡。後來，原冬把裡面的小唐卡送給了我。」我沒跟她提我戴的這個嘎烏的來歷，眼下她需要消化的事情已經太多了。

至少五個人的命運，就這樣被我輕率地用「後來」兩個字一帶而過，但足以傳遞給小凌一個鮮明的信息，原冬是當年唯一可以接觸到冷桑最珍視之物的人，任何人都無法改變這個事實，包括小凌。

這番話說出口後，我如釋重負——此生在小凌面前真正的、永遠的如釋重負。儘管還有很多事情來不及向她攤開，但從這一刻起，我終於找回了遺失了太久的曾經和小凌在一起時的親近感。

小凌如夢初醒，卻又故作鎮定，「你幹嘛跟我說這些？」

「我也不知道，只是希望這個世界上，我在乎的人，全都可以釋懷。」我真誠地說道，「姐，你能明白嗎？」

「其實我對冷桑沒什麼不能釋懷的，還在學校的時候，我就明白我和他八字不合。但我就是無法接受……」

「無法接受，讓自己輸給一個男人，對嗎？」

她沒否認，性感的紅唇有些顫抖。

「姐，我再告訴你一件事，也許你會改變想法。當然，你也可以選擇不聽。」

她轉身斜靠在收銀檯上，低頭看著自己那雙漂亮的高跟鞋的鞋尖，手指不耐煩地在請柬上敲了兩下。

「王雨不是原冬殺死的。」我說。

她仍低著頭，但我能看到她臉上的表情正在凝固。

「他是被冷桑失手殺死的，原冬打昏了冷桑，替他頂了罪。」

小凌沒插話，我便繼續說道：「冷桑怕原冬知道阿茹娜截肢的事情後做出傻事，就讓周圍所有人都瞞著他，自己則任勞任怨地照顧了阿茹娜整整八年。」

「我說呢，當年我聽說冷桑和阿茹娜在一起了，還納悶呢！」她努力壓抑著自己的情緒，「後來我從校友群裡聽說阿茹娜跳橋去世了，冷桑去了海東，一直和阿茹娜的父母生活在一起，再後來就沒他消息了。」

兒了。」

「關於冷桑的最新情況，我知道的也就到這

「那你知不知道，阿茹娜為什麼自殺？」

「這個知道一些，不過……說來話長。」我的眼角瞬間濕潤，抬手輕拭了一下。

「你知道的關於冷桑和阿茹娜的那些事情，都是原冬告訴你的？」

「是冷桑告訴我的，也有我親歷的。」我如實回答。

小凌的表情是震驚的，卻沒有就這個問題再深問，而是問起了原冬，「那原冬呢？他離開北京以後去了哪裡？」

提到原冬當年的去向，我本來還想和小凌對質一件事。我懷疑原冬離開花舟後，那個打到奔馳快餐四〇〇線上的電話是小凌所為，否則原冬也不會做出剛交完住宿費就辭職的反常之舉。當然，他離開這座城市去玉沁是早晚的事，小凌只是催化了這個進程。

我想了想，還是放棄了這個質問。

「他去了玉沁，學習唐卡。」我凝望著小凌，這個和阿茹娜一樣有著美麗容顏的女人，不知何時起，鬢間已有了絲絲白髮。

「如果你有興趣，以後我可以把當年原冬離開花舟之後的所有事情慢慢講給你聽，包括冷桑和阿茹娜，還包括我和冷桑，我和阿茹娜，以及……我和明宇。」

「隨便。」她不鹹不淡地甩出兩個字，而後從手包裡拿出來一份空白請柬和一枝便攜自動軟筆，在內頁和信封上飛快寫就幾行字，折起裝好，和剛才給我的那份請柬並排擺在了一起。

「我走了。」她說。

「不是讓我請你吃飯嗎？」我問，「中飯還是晚飯？」

「剛想起來，今天還有點兒事情，改天吧。」說話間她已走到門口，又想起什麼，回轉身道，「禮金不用給了，挑幅唐卡送我就行，你脖子上戴的那個嘎烏也行。」

「我寧可掏錢。」

「摳死算了！」她恢復了素有的模樣，狠狠瞪了我一眼，扭頭離去。

我回到收銀檯前，拿起其中一張請柬，撫摸著上面的名字，未乾透的墨水塗花了信封。我用打火機將它點燃，置入鐵皮簸箕裡。

這個世界上已經沒有原冬這個人了，有的只是老桑嘉措。如果他們已經形神合一的話，我相信，遠在千里之外的他一定能感受到小凌的這番心意，他應該願意用自己清朗的誦經聲作為對小凌的祝福吧。

那麼，遠方的老桑嘉措啊，你可否也為我念念經呢？什麼經都行，只要能夠加持這個小店，讓它長長久久地經營下去。如果有一天——我是說如果，那個名叫「原冬」的人奇蹟般地回來了，他終歸可以在這裡找尋到我。來打工也好，做駐店畫師也好，這裡將是他在紅塵中永遠的歸宿。

也許，老桑嘉措啊，你再也變不回原冬了。那麼，當你以後有緣來到此地，看到這個唐卡店的時候，請一定進來坐一坐好嗎？要是有可能，我還想請你吃頓飯，我親手做給你，包你大吃一驚。我現在的手藝相當不錯，只是甜酷雞試著做過幾次，並不是記憶中的味道。倒是我的老公明宇，當年追求我時特意為我做過一次。毫不偏袒地說，他的廚藝絕不遜於當年還叫「原冬」時的那個你。

不論哪個你，可能都不會再回到這裡了。無所謂，真的無所謂。原冬也好，老桑嘉措也好，不管是誰，我感恩於他送我的那張綠度母匝尕，慈悲的菩薩為我帶來了最熨帖心靈的撫慰。它被裝藏在冷桑送我的嘎烏裡，這一切都是最好的安排。這個嘎烏我從戴上就沒再摘下來過，此後的每一個夜晚，我都能徹夜安眠。當年，這尊綠度母曾和我共同見證了原冬在花舟的每一幅畫作，那時的她懸掛在原冬項上，慈悲的光輝穿透那層銀色的金屬，投射到畫布上，令他妙筆生花。如今，她與我一起守護這個小店，讓我此生不再孤獨。

簸箕裡的請柬化為灰燼，青煙漸漸散去。

十五年前，原冬畫了那麼多畫，只可惜此刻我唯一擁有的，是他在這裡畫的最後一幅，顏料被塗花後變成了抽象畫的〈黃梨葉〉。在長風陵

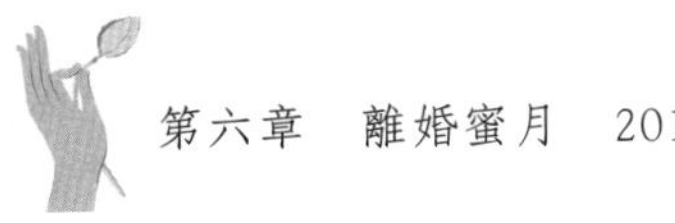

園工作與生活的那十四年裡，它一直躺在我的行李箱中，和原冬當年離去時的背影一起，被封藏起來。如今，它被我掛在裡屋的角落裡，下面貼著一個標籤：僅供欣賞。

我出神地回想著那些雲煙往事，它們再難掀起內心的波瀾。

「你好！快遞！」門邊傳來一聲。

我回過神來，迎了過去。快遞小哥送進來了一大一小兩個包裹。

「都是我的？」我疑惑地問。

「鐘眠是吧？」

我點點頭。

「簽字吧。」他把筆遞給了我。

我在兩個包裹面單上一一簽好字，快遞小哥麻利地扯下最上面的一聯，風風火火地離開了。

我先拆開了小包裹，是我從網上買的一串花瓣形琉璃風鈴，和以前那串一模一樣。

另一個包裹呈扁形，有半個方桌那麼大，外面套了層防潮袋，裡面的紙箱很厚實。我實在想不起來最近還買了什麼，又仔細看了一下快遞單，寄件人竟然是明宇。

我打開紙箱，取下四個泡沫護角，剝掉厚厚的防震膜後，裡面的東西露出了真容。

是一幅畫，一幅我以為今生難以再見到的油畫。

十六年前的那個立春，明宇從這裡買走了它，原冬出獄以後重拾畫筆所作的第一幅畫——〈雛菊〉。當年小凌關店後，他們開誠布公地進行了一次談話，最終還是決定分手，細心的明宇沒有忘記將這幅已經掛在小凌公寓的油畫索要回來。結婚這一年多來，我們之間從未提起過這幅畫，不知道此前他把它收藏在了哪裡。那一定是個極為穩妥的地方，因為它毫釐未損，新鮮如初。

畫框的一角插著一個粉色的小卡片，上面寫著：

冬眠唐卡新張誌禧　明宇

二〇一五年三月三十日

我翻過畫來，當年原冬用炭筆在右下角書寫下的兩行小字清晰可辨：

鐘眠花舟前程似錦 原冬

一九九八年十二月二十三日

這幅油畫經歷了數次轉手，如今又回到了我手中。不知道明宇有沒有看到畫背後的那行字，小凌是肯定沒注意過的，否則當年被損壞掉的就是這幅〈雛菊〉，而不是那幅〈黃梨葉〉了。

明宇選擇在這個時候把這幅畫交還於我，應該是出於對我們治癒後的重生感情的信心吧。他對我的那份至深、至沉且至誠的愛，一直與我的背影默默相隨。半個多月前的那個黃昏，在玉沁曲畔，我終於學會了轉身去愛。

原來，苦苦找尋的解脫之路就在身後。

原來，這條路上開滿了七彩鮮花。

我把〈雛菊〉拿到裡屋，掛在了〈黃梨葉〉旁，那個寫著「僅供欣賞」的字牌被我摘下來，掛在了兩幅畫之間。

我來到西窗前，初升的朝陽打在明澈的金水河上，輝映著小店的重張。溫暖濕潤的空氣撲面而來，長滿嫩綠新芽的柳條輕揚著，時不時地觸碰在窗欞上，像是在問候，此刻站在窗前的這位它們依稀記得的故人。

它們沒有認錯，儘管如今她已面目全非，儘管她的身旁少了一個人。

我在窗下的藏式沙發上坐下來，靜靜欣賞著滿室唐卡。

看久了，眼前開始恍惚。那些線條和顏色一點點地脫離了畫布，懸於空中，緩緩上升，將雲朵染成了七彩。須臾，和風拂過，彩雲散去，悉數化作了蒼穹浩宇中的波光瀾影。

閉上雙眼，殘留的視覺記憶在忽明忽暗中漸漸隱去。

腦海放空，什麼都不再去想。

唯留聽覺，在永不息止的都市白噪聲中，靜候那串琉璃風鈴的清音泛起。

（終）

國家圖書館出版品預行編目資料

綠度母/阿螃著. -- 初版. -- 臺北市：博客思出版事業網, 2023.1
面；　公分(現代文學74)
ISBN 978-986-0762-26-6(平裝)
857.7　111010263

現代文學74

綠度母

作　　者：阿螃
主　　編：張加君
編　　輯：陳勁宏
美　　編：陳勁宏
校　　對：古佳雯、楊容容
封面設計：陳勁宏
出　　版：博客思出版事業網
地　　址：臺北市中正區重慶南路1段121號8樓之14
電　　話：(02) 2331-1675 或 (02) 2331-1691
傳　　真：(02) 2382-6225
E - MAIL：books5w@gmail.com或books5w@yahoo.com.tw
網路書店：http://bookstv.com.tw
https://www.pcstore.com.tw/yesbooks
https://shopee.tw/books5w
博客來網路書店、博客思網路書店
三民書局、金石堂書店
經　　銷：聯合發行股份有限公司
電　　話：(02) 2917-8022　　傳真：(02) 2915-7212
劃撥戶名：蘭臺出版社　帳號：18995335
香港代理：香港聯合零售有限公司
電　　話：(852) 2150-2100　　傳真：(852) 2356-0735
出版日期：2023年1月 初版
定　　價：新臺幣380元整（平裝）
ISBN：978-986-0762-26-6